구제적 강도

전낙청 선집

현대어역본

구제적 강도 – 전낙청 선집 현대어역본

초판 인쇄 2020년 5월 12일 초판 발행 2020년 5월 22일
지은이 전낙청 편역자 황재문 펴낸이 박성모 펴낸곳 소명출판 출판등록 제13-522호
주소 서울시 서초구 서초중앙로6길 15, 1층
전화 02-585-7840 팩스 02-585-7848 전자우편 somyungbooks@daum.net 홈페이지 www.somyong.co.kr

값 33,000원
ISBN 979-11-5905-524-9 93810
ISBN 979-11-5905-538-6 (세트)

이 저서는 2017년 대한민국 교육부와 한국연구재단의 지원을 받아 수행된 연구임(NRF-2017S1A6A3A03079318)

전낙청(Nak Chung Thun, 1876~1953).

USC에 소장된 전낙청의 유고와 엘렌 전(Ellen Thun)의 회고록 원고.

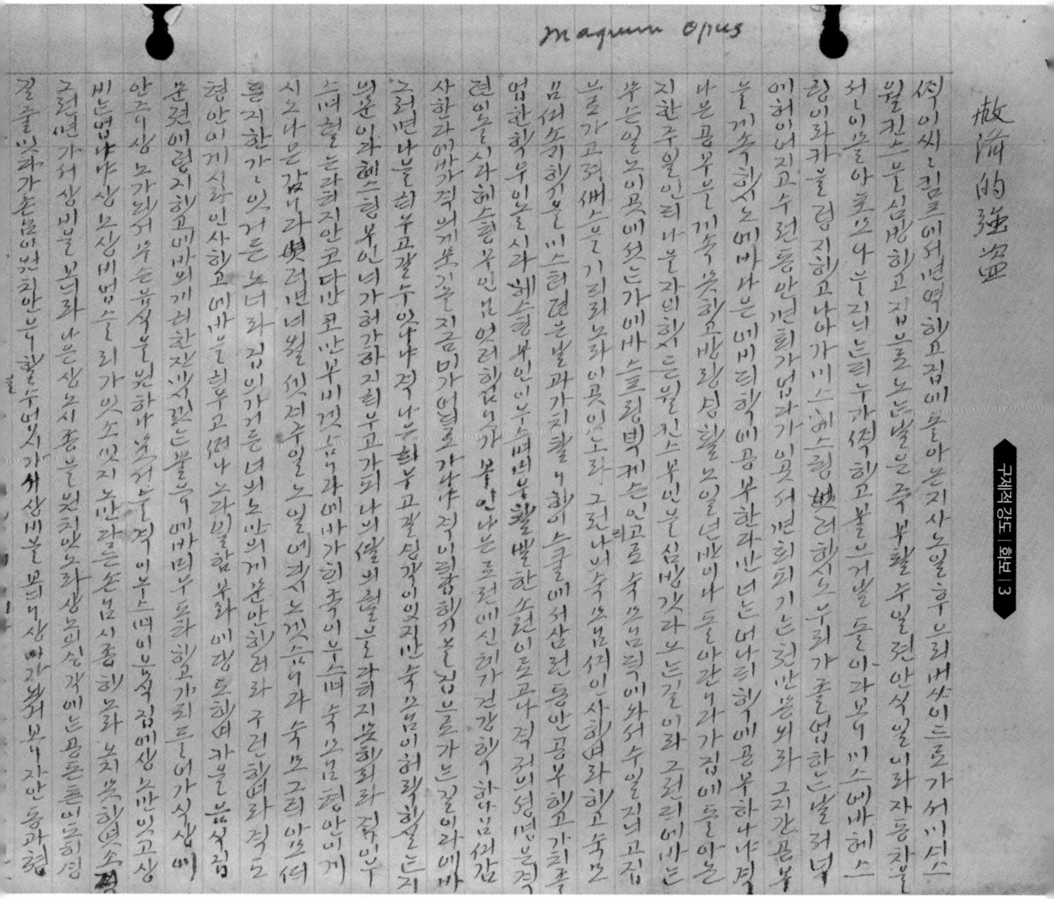

magnum opus

救濟的强盜

전낙청의 유고, 「구제적 강도」.

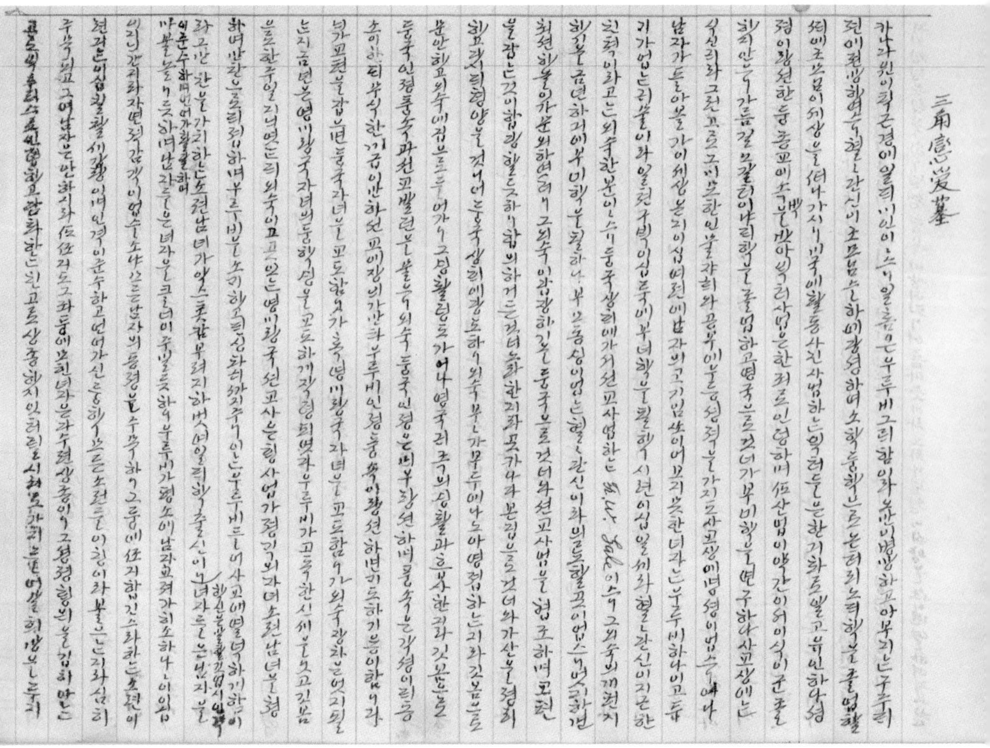

전낙청의 유고, 「삼각연애묘」(위)와 「실모지묘」(아래).

훈장을 받는 잭 전의 모습(1945년).
「오월화」와 「구제적 강도」에는 잭 전을 비롯한 전낙청의 자녀가 등장한다.
전낙청의 아들들은 미군에 입대하여 제2차 세계대전과 한국전쟁에서 활약하기도 했다.

잭 전(오른쪽)과 샘 전.

잭 전의 동생인 이소(Esau)와 오마스(Omas).

엘렌 전과 샘 전(1943년).
전낙청의 유고는 엘렌 전(딸)과 멜린다 로(손녀)에 의해 보관되다가 USC로 옮겨졌다.

전낙청의 유고를 보관해 온 멜린다(Melinda). **샘 전 부부와 함께**(1985년).

Doheny Memorial Library.
전낙청의 유고는 이 도서관에 소장되어 있다. 설립자인 'Doheny'의 이름은 전낙청의 작품에 부자의 사례로 잠시 언급되기도 한다.

오른쪽부터 USC 동아시아 언어문화학과 박선영 교수, 동아시아 도서관 Kenneth Klein 관장, 한국학 도서관 Joy Kim 관장.
전낙청의 유고는 소중히 보관하면서 세상에 알릴 길을 찾아온 세 분의 노력에 힘입어 출판이 이루어지게 되었다. Kenneth Klein 관장은 2003년에 처음 유고의 존재를 확인했으며, 2005년에 멜린다 로에게서 유고를 전달받았다고 한다.

USC 주변의 풍경. 왼쪽에 Doheny Memorial Library의 모습이 보인다.
전낙청의 소설에는 1910~1930년대 캘리포니아 부근의 상황이 직간접적으로 나타난다.
ⓒUSC Digital Library. California Historical Society Collection.

스트리트카(Streetcar)의 모습(1900년 무렵, LA).
스트리트카와 승무원(conductor)(왼쪽), 자동차와 스트리트카가 운행하는 모습(오른쪽).
ⓒUSC Digital Library. California Historical Society Collection.

LA 인근의 부촌(富村)인 패서디나(Pasadena).
1910년 무렵(위), 1945년 무렵(아래).
ⓒUSC Digital Library. California Historical Society Collection.

캘리포니아의 오렌지 농장(1880년 무렵).
ⒸUSC Digital Library. California Historical Society Collection.

캘리포니아의 선과장(Packing house).
1925년 무렵(위), 1930년 무렵(아래).

구제적 강도

전낙청 선집

현대어역본

Righteous Robber

전낙청 지음 | 황재문 편역

인문학 자료총서 02

소명출판

발간사

최근 글로벌화의 진전에 따라 상이한 문화와 가치들이 국경은 물론 일체의 경계를 넘어 무한 이동하고 있다. 이러한 분위기 속에서 활발히 진행되고 있는 국경연구Border Studies에서 국경의 의미는 단순히 중심에 대한 대립항 내지 근대 국민국가 시대 '주권의 날카로운 모서리'로 이해되는 경향이 강했고, 사회적 상징물의 창안에 힘입은 집단기억은 국경의 신성성神聖性과 불변성을 국민의 마음속에 각인시켰다.

이처럼 지금까지의 국경 관련연구는 침략과 저항, 문명과 야만, 가해자와 피해자라는 해묵은 담론을 반복적으로 재생산했는데, 이런 고정된 해석의 저변에는 '우리'와 '타자'의 경계에 장벽을 구축해온 근대 민족주의의 이데올로기가 깔려있다. 즉 민족주의의 렌즈로 바라보는 국경이란 곧 반목의 경계선이요, 대립의 골짜기였다.

그러나 이러한 해석은 단순히 낡았을 뿐 아니라 역사적 사실을 외면한 일종의 오류에 가깝다. 분단과 상호배제의 정치적 국경선은 근대 이후의 특수한 시·공간에서 국한될 뿐이며 민족주의가 지배한 기존의 국경연구는 근대에 매몰된 착시에 불과하다. 역사를 광각으로 조망할 때 드러나는 국경의 실체는 다양한 문화와 가치가 공존하는 역동적 장소이자 화해와 공존의 빛깔이 짙은 공간이기 때문이다.

HK+ 접경인문학연구단은 이러한 연구의 한계를 넘어 담론의 질적 전환을 이루기 위해 국경을 '각양각색의 문화와 가치가 조우와 충돌하지만 동시에 교류하여 서로 융합하고 공존하는 장場', 즉 '접경Contact Zones'으로 재정의하고자 한다. 본 연구가 제시하는 접경공간은 국경이나 변경 같은 '외적 접경'은 물론이요, 한 사회 내에 존재하는 다양한 정체성 — 인종 / 종족, 종교, 언어, 생활양식 — 간의 교차지대인 '내적 접경'을 동시에 아우른다.

그리고, 바로 이러한 다중의 접경 속에서 통시적으로 구현되는 개인 및 집단의 존재방식을 분석하고 개념화하는 작업을 본 연구단은 '접경인문학'으로 정의했다. 접경인문학은 이상의 관점을 바탕으로 국경을 단순히 두 중심 사이의 변두리나 이질적 가치가 요동하는 장소가 아닌 화해와 공존의 접경공간으로 '재'자리매김하는 한편 현대사회의 다양한 갈등을 해결할 인문학적 근거와 모델을 제공하고자 한다. 우리 연구단은 이런 인식을 바탕으로 다양한 정치세력과 가치가 경쟁하고 공명하는 동아시아와 유럽의 접경공간을 '화해와 공존'의 관점에서 비교분석하고자 한다.

본 연구는 시간적으로는 전근대와 근대를 모두 담아내며, 접경공간에 덧입혀졌던 허위와 오해의 그을음을 제거하고 그 나신裸身을 조명할 것이다. 접경인문학연구단은 이와 같은 종적・횡적인 학제간 융합연구를 통해 접경공간에 녹아 있는 일상화된 접경의 구조와 양상을 살피면서 독자적인 이론과 방법론을 제시하고자 한다.

연구 아젠다의 방향을 '국경에서 접경으로' 설정한 연구단은 연구총서 및 번역총서, 자료집 등의 출간을 통해서 축적된 연구 성과를 국내외에 확산시키고 사회에 환원할 것이다. 본 연구서의 발간이 학술 연구기관으로서 지금까지의 연구 활동을 결산하고 그 위상을 정립하는 자리가 되었으면 한다.

2019년 8월

중앙대・한국외대 HK+ 접경인문학연구단 단장

차용구

옮긴이의 말_**잊혀진 작가 전낙청의 작품집을 펴내며**

1

전낙청(1876~1953)은 평안도 정주 출신의 1세대 재미 한인이다.[1] 1904년에 하와이로 노동 이민을 떠나 카우아이Kauai에서 일했으며, 1907년에 아내와 함께 아들 오베드Obed, 조카인 프랭크Frank와 제이콥Jacob(전경무)을 이끌고 캘리포니아로 이주하여 오렌지 농장 등에서 일했다. 캘리포니아에서 일하는 동안에 네 아들(샘, 잭, 오마스, 이소)과 두 딸(엘리자베스, 엘렌)을 더 낳아 길렀다. 고향 땅을 떠날 때 장차 귀국할 생각이 있었는지는 분명히 알 수 없지만, 전낙청은 미국에서 생활하다가 삶을 마감했고 그 자녀들은 미국에서 성장하여 그곳에 삶의 터전을 마련하였다. 스스로 언급했듯이 '첫 세대一世 미주 한인'으로서의 평범한 삶을 살았던 것이다.

전낙청은 미국 땅에서 주로 농업 노동에 종사한 것으로 알려져 있다. 미주 이민자의 대부분이 노동에 종사했으니, 그의 존재가 그리 특별해 보이지는 않을 수도 있다. 그렇지만 그는 3편의 장편과 1편의 미완성본을 포함하여 총 8편의 소설과 6편의 논설을 세상에 남겼는데, 그 분량은 200자 원고지로 환산하면 10,000매를 훌쩍 넘어선다. 비록 유학생이나 한인회 지도자가 아닌 '평범한 이민자'였지만, 전낙청은 가장 많

1 전낙청의 생년에 대해서는 몇 가지 엇갈리는 자료가 전한다. 최근에 Kenneth Klein 관장은 '사망진단서(death certificate)'에 '1876년'으로 생년이 표기된 것을 확인한 바 있는데, 이것이 현재로서는 가장 신빙성 있는 기록인 듯하다. 따님인 엘렌(Ellen Thun)이 남긴 자료 가운데에는 '1876년 12월 24일 12시'라는 기록이 보인다.

은 분량의 문학 작품을 남긴 사람 가운데 하나였던 셈이다. 전낙청은 미국 땅에 건너간 이후로 자신과 가족의 생존을 위해 쉬지 않고 일해야 했고, 근대적인 교육이나 전문적인 문학 창작 수업을 받은 일이 없었다. 이처럼 어려운 환경 속에서도 고국과 미국에서의 생활을 담아낸 긴 작품들을 남겼으니, 전낙청의 삶은 조금은 특별하다고 해도 좋을 것이다.

그렇다면 평범하지만은 않은 1세대 미주 한인 전낙청의 이름이 세상에 알려지지 않은 이유는 무엇일까? 당연한 말이지만 그의 작품이 널리 소개되지 않았기 때문이다. 전낙청은 신문이나 잡지에 작품을 실은 적이 없었으며, 간행하지 않고 필사본의 원고만 남기는 전통적인 방식으로 작품을 남겼다. 그러니 신문이나 잡지와 같은 매체에 활자화된 형태로 작품을 싣던 당시에 그의 작품을 읽을 기회를 얻었던 사람은 거의 없었으며, 당연히 그에 대해 비평이나 소개를 하는 사람도 없었다. 그렇게 작가 전낙청의 작품은 세상에 알려지지 않은 채 긴 세월을 보내야 했다.

2

전낙청이 세상을 떠난 후 유고는 딸인 엘렌 전[Ellen Thun] 그리고 뒤에는 손녀인 멜린다 로[Melinda Roh]에게 전해졌다. 엘렌은 캘리포니아에서 태어났고 미국에서 학교 교육을 받았으니 고전소설의 형식으로 기록된 전낙청의 작품을 제대로 이해할 수 없었을 것이며, 멜린다 또한 사정은 다르지 않았을 것이다. 엘렌은 유고를 보관하는 데 그치지 않고 그 내용을 파악하여 세상에 알리고자 했던 것으로 짐작되는데, 1988년에는 가족들과 함께 기금을 모아 그 가운데 일부의 번역에 착수하기도 했다. 1988년과 1989년에 모은 기금 관련 기록이 현재 남아 있는데, 여기에는 멜린다와 함께 오마스Omas Thun와 이소Esau Thun 등의 이름이 보인다. 멜린다는 현 김Hyun Kim에게 가장 장편인 「부도」의 번역을 의뢰하였는데, 이미 70대였던 엘렌과 의논하면서 이를 추진하였던 듯하다. 그렇지만 기금 등의 사정으로 번역은 완성을 보지 못한 채로 중단되었고, 당시 번역의 결과로 짐작되는 영역본 일부가 현재 남아 있다.

전낙청의 유고는 이후 USC(University of Southern California)로 옮겨졌는데, 동아시아 도서관장 케네스 클라인Kenneth Klein 박사가 이 일을 추진했다. 클라인 관장은 1999년부터 'Korean American Digital Archive' 프로젝트를 담당했는데, 이 프로젝트에 참여한 Anne Soon Choi(현 California State University, Domininguez Hill 교수)를 통해 2003년에 엘렌 전을 소개받고 「부도」를 전달받았다고 한다. 중국사를 전공한 클라인 관장은 「부도」가 특별한 가치를 지닌 작품이라고 여겨 한국의 학자나 출판사와 접촉하여 유고를 살펴보도록 요청하였지만, 특별히 관심을 보이는 사람을 찾을 수 없었다. 2005년에는 멜린다로부터 나머지 유고를 받았으며, 이후 「부도」의 원본은 엘렌의 요청에 따라 멜린다에게 돌려주었다고 한다. 현재 「부도」의 경우에는 복사본만이 USC에 소장되어 있는 것은 이 때문이다.

클라인 관장은 이후에도 전낙청의 유고에 대해 관심을 가질 만한 학자들을 수소문했는데, 2008년에 USC에 박선영 교수가 부임한 이후로는 두 사람이 함께 이 일을 진행했다. 전낙청은 고전소설에 가까운 문체와 형식으로 글을 썼고 지금과는 거리가 있는 표기법을 사용하였는데, 박선영 교수는 작품의 가치를 알아보고 함께 작품을 검토할 뜻을 가진 고전문학 전공자를 물색했다고 한다. 역자는 박선영 교수의 주선으로 충북대학교 이지영 교수와 함께 전낙청의 유고를 살펴볼 기회를 얻게 되었는데, 그 내용과 문체를 살펴보면서 한편으로 당황하면서도 한편으로 놀랐다. 얼핏 보면 고전소설과 비슷하지만 실제 읽어보면 낯선 표현이 적지 않았기에 당황했고, 곧 그것이 전통적인 것과 근대적인 것이 뒤섞인 혼재의 결과라는 점을 깨닫고 놀랐다. 2019년에는 박선영 교수, 클라인 관장의 도움으로 USC를 방문하여 유고 실물을 살펴볼 수 있었는데, 이때 이전에 알려지지 않았던 자료 몇 가지를 더 확인할 수 있었다.

3

전낙청의 유고는 현재 USC의 도헤니 기념 도서관Doheny Memorial Library에 소장되어 있다. 그 가운데 일부는 원본이 아닌 복사본임을 앞서 말한 바 있다. 모두 미간행의 필사본이며, 그 가운데에는 미완성이거나 작품 일부만 남은 것도 포함되어 있다. 또 같은 작품을 스스로 고쳐 쓴 이본異本도 일부 포함되어 있다.

유고는 모두 27행의 세로줄이 인쇄된 노트에 작성되었는데, 그 노트는 낱장에 구멍을 뚫어 금속 링으로 고정시키는 바인더 모양으로 만들어진 것이다. 유고 가운데 일부는 다른 작품 속에 섞여 들어간 것을 확인할 수 있는데, 이는 낱장을 풀어낼 수 있는 바인더 노트를 사용했기 때문일 것이다. 한편 일부 노트에는 표지가 남아 있는데, 그 가운데 하나는 전낙청의 아들 이소가 LA Highschool에 다닐 때 사용한 것으로 추정된다. 전낙청은 띄어쓰기나 문장부호 없이 글을 썼는데, 때로는 27행을 모두 채워서 썼지만 때로는 1행을 비워서 14행에만 썼다. 따라서 작품의 면수만으로는 정확한 분량을 환산하기는 어렵다. 그렇지만 대략적으로 계산해 보아도 이본을 제외하고도 200자 원고지 10,000매를 넘어서는

〈표 1〉 전낙청의 소설

제목	분량(원본 면수)	주요 내용
홍경래전(洪景來傳)	348면 /서두 6면 없음	홍경래의 난을 다룬 역사 소설
홍중래전(洪重來傳)	343면 /서두 2면 없음	홍경래를 계승한 가공인물 홍중래(洪重來)를 주인공 으로 한 역사 소설
부도(浮屠)	869면	부도와 여러 여성의 연애 이야기
오월화(五月花)	16면	잭 전의 학창시절 학업과 연애 이야기 (결말 부분 없음. 15~16면은 다른 작품 속에서 발견됨
	6면(異本①)	
	7면(異本②)	
구제적 강도(救濟的强盜)	82면	Civilian Conservation Corps Camp 생활 이후 잭 전 의 연애 이야기
[이본] 중학교 생활	134면(미완)	「오월화」와 「구제적 강도」를 합한 개작본. 별도의 제목을 붙인 세 부분으로 구성 (중학교생활-戀愛卽險境-Murder for Love)
삼각연애묘(三角戀愛墓)	34면	1920년대 후반 중국 배경. 캐나다 여성, 중국 여성, 중국 에서 태어난 영국 남성의 삼각연애와 정사(情死).
[이본] 가련한 무덤(可憐的墳墓)	34면(異本)	
어미 잃은 고양이(失母之猫)	27면	1차 세계대전 배경. 미국 장교와 프랑스 여성, 장교의 부인과 농장 일꾼의 연애담.
주범은 누구인가(正犯誰耶)	2면	시카고 대학 배경. 추리소설(미완)

〈표 2〉 전낙청의 논설 또는 수필

제목	분량(원본 면수)	주요 내용
연애와 열애(戀愛與悅愛)	26면	사랑에 대한 논설이지만, 동서고금의 연애 이야기를 주로 서술함. 4종의 이본이 있음. 논설보다는 잡록이나 만필(漫筆)에 가까움.
	11면(異本①)	
	2면(異本②)	
	2면(異本③)	
경제적 열애(經濟的悅愛)	5면	경제의 관점에서 연애의 역사를 논함
미주(美洲) 동포(同胞)들에게 올리는 글	4면 / 서두 없음	서두가 없으므로 원래의 제목은 알 수 없음. 전체 면수 또한 확인 불가.
약육강식(弱肉强食)	1면	동물의 약육강식의 원리 서술
인생관(人生觀)	12면	의식주를 중심으로 인류의 역사를 논함. 한국의 역사 및 사회주의에 대한 언급 포함.
생사관(生死觀)	3면 /후반부 없음	'인류의 기원'과 '혼인의 기원' 일부만 남아 있음.(전 체 분량은 확인할 수 없음)

것을 확인할 수 있다.

이본을 같은 작품으로 계산하면, 현재 전낙청의 작품으로는 8편의 소설과 6편의 에세이가 전해지는 셈이 되는데 〈표 1・2〉는 그 목록을 정리한 것이다.

이본 가운데 「중학교 생활」에 대해서는 조금 자세히 설명할 필요가 있다. 이 이본은 원래의 목록에는 없던 것인데, 2019년에 USC를 방문하여 원본을 조사하면서 찾을 수 있었다. 이 이본은 총 137면의 노트에 기록되어 있는데, 표지와 낱장을 묶는 금속 링은 없어진 상태였다. 이 때문인지 다른 작품의 일부가 여기에 포함되어 있었는데, 뒤에 그것이 「오월화」의 15~16면과 「경제적 열애」의 마지막 면임을 확인할 수 있었다. 이를 고려하면 작품 분량은 134면이 된다.

사실 '중학교 생활'은 작품 전체의 제목은 아니다. 그 내용은 「오월화」와 「구제적 강도」의 이야기를 합한 것이라고 대략적으로 말할 수 있는데, 전낙청은 이를 세 부분으로 나누면서 각기 '중학교 생활', '戀愛卽險境', 'Murder for Love'라는 제목을 붙였다. 즉 '중학교 생활'이란 3부 가운데 제1부의 제목인 셈이다.[2] 그렇지만 다른 제목을 임의로 붙이기는 어려울 것이므로, '중학교 생활'을 작품 전체의 제목이자 제1부의 제목으로 사용할 수밖에 없을 듯하다.

「중학교 생활」을 「오월화」 및 「구제적 강도」와 비교하면, 작품 구성이나 표현에서 상당한 차이가 발견된다. 또 두 작품에서는 언급되지 않

2 제3부에 해당하는 'Murder for Love' 부분이 완결되지 못한 상태로 남아 있으니, 작품 전체는 총 3부가 아니었을 수도 있다. 현재의 원고는 에바의 재판 장면 도중에 끝이 난다.

은 새로운 인물이 등장하기도 한다. 그 차이는 여기서 간단히 말할 정도로 단순하지는 않으며, 앞으로 별도의 원고를 통해 논해야 할 것으로 생각된다. 그렇지만 「중학교 생활」의 존재가 이 선집의 완성도를 높이는 데 크게 기여했다는 점은 분명히 말할 수 있다. 불분명한 표현을 바로잡고 일부 오기誤記를 확인하는 데 도움이 되기도 했지만, 현재 남아있지 않은 「오월화」의 결말 부분을 이 이본을 통해 재구할 수 있게 되었기 때문이다. 「오월화」 부분의 개작 폭은 그리 크지 않다고 판단되기 때문에, 이 선집에서는 결말 부분에서 「중학교 생활」의 해당 부분을 추가했다.

4

전낙청은 신문이나 잡지에 작품을 발표하지 않았으며, 그 창작 시점을 따로 밝히지도 않았다. 따라서 그의 유고가 작성된 시점은 작품 내적 근거를 토대로 추정해 볼 수밖에 없다. 현실적으로는 대략적인 상한선과 하한선을 설정할 수 있을 따름이다. 우선 상한선은 1917년으로 잡을 수 있는데, 이는 가장 앞선 시기의 작품으로 추정되는 「홍경래전」에 1917년에 간행된 문헌이 언급되기 때문이다. 하한선은 작품의 시간적 배경과 작품에 나타난 정보들을 통해서 추정할 수 있는데, 정확하지는 않으나 1937년 중일전쟁 정도로 설정해볼 수 있다. 이는 소설 및 논설의 여러 곳에서 일본과 중국, 또는 일본과 미국 사이의 전쟁 가능성에 대해 기대하거나 예상하는 장면을 발견할 수 있기 때문이다. 논설에서는 윤봉길의 의거(1932)를 칭송하면서 "중일전쟁中日戰爭이나 아일전쟁俄日戰爭이나 미일전쟁美日戰爭이 일어나기를 마음속으로 기원하고 있는" 우리 민족의 현실을 비판했고, 「구제적 강도」에서는 국제 정세를 논하면서 이와 같은 전쟁을 기대하는 견해를 가진 사람들이 있다는 점을 언급한 바 있다.

다만 이 선집에 수록한 작품을 대상으로 말한다면, 1930년대 초중반으로 조금 더 좁혀서 창작 시점을 지적할 수 있을 듯하다. 「구제적 강도」에서는 씨씨 캠프Civilian Conservation Corps Camp, 대공황, 금주법The prohibition law의 폐지 등을 작품 배경으로 활용했으며, 논설에서는 1930년대 중반임을 짐작할 수 있는 발언이 나타나기 때문이다. 또 앞서 언급했던 「부도」의 영역본에는 "written 1930~1932"라는 기록이 남아 있는데,[3] 작품의 배경과 특성을 감안하면 선집에 수록한 작품들은 「부도」보다 뒤에 창작된 것일 가능성이 높다.

5

한 작가의 작품세계를 이해하기 위해서는 전체 작품을 살펴보는 것이 당연한 일일 것이다. 전낙청의 경우도 예외는 아니다. 그렇지만 전낙청의 작품은 작품 배경이나 문체를 기준으로 크게 두 유형으로 나눌 수 있기 때문에, 우선 그 가운데 하나를 소개하고 뒤에 나머지를 소개할 기회를 기다리는 것도 하나의 방법일 수 있다. 물론 전체를 다 살펴보아야 작가의 전모를 파악할 수 있다는 점은 다시 한번 강조해야 할 것이다.

전낙청의 작품이 두 유형으로 나뉘는 것은 그가 살았던 시대, 그리고 그가 활동했던 공간과 관련된 일이라고 말할 수 있다. 전낙청은 20세기 초에 평안도를 떠나 하와이를 거쳐 캘리포니아로 삶의 터전을 옮겼는

3 이는 엘렌 전이 기억하는 작성 시점일 것인데, 1930~1932년이 실제 창작 시점인지는 분명하지 않다. 정서(淨書) 시점일 가능성도 배제할 수 없기 때문이다.

데, 그 이주의 시점은 그가 20대 후반에서 30대 초반으로 넘어가는 시점이었다. 이 때문에 그는 「구운몽九雲夢」이나 「서상기西廂記」와 같은 전통적인 문학 작품을 읽는 한편으로 신문이나 잡지에 실린 문학 작품, 그리고 영화와 같은 미국의 대중문화를 향유할 수 있었다. 요컨대 전통적인 것과 근대적인 것, 고국의 것과 이주지의 것이 혼재하는 환경 속에서 살았던 셈이다. 전낙청의 작품에서는 이러한 혼재성이 항상 드러나는데, 작품에 따라 그 정도나 방향성에서는 차이가 보인다.

작품의 형식, 문체, 배경 등을 고려하면 비교적 '전통적인 문학'에 가까운 작품으로 「홍경래전」, 「홍중래전」, 「부도」의 셋을 들 수 있는데, 이들 작품은 이 선집에서 제외하였다. 이들은 모두 200자 원고지 2,000~3,000매에 이르는 장편으로, 회장체의 형식을 취하였으며 "각설", "이쬐" 등 고전소설 특유의 용어를 사용하고 있다. 물론 실제 고전소설과 비교하면 상당한 변형이 이루어진 것을 확인할 수 있지만, 선집에 수록한 '근대적인 문학'에 가까운 작품들과 비교하면 다른 작가의 작품으로 착각할 수도 있을 만큼 차이가 나타나는 것도 사실이다.

작품의 배경 및 소재 측면에서 본다면, 이들 세 작품은 19세기 조선의 역사적 사건 및 상황을 배경으로 한 일종의 역사 소설이라고 할 수 있다. 이들은 「홍경래전」→「홍중래전」→「부도」의 순서로 선행 작품의 시공간 및 일부 사건, 인물을 이어받고 있어서 서로 연관된 작품으로 이해될 수도 있다. 물론 「홍중래전」과 「부도」에서는 역사서에 나타나지 않는 인물을 주인공으로 등장시키고 있으니, 허구화의 정도는 더 심한 셈이다. 정확한 근거를 들어 말할 수는 없지만, 이 세 편은 비교적 이른 시기의 작품일 가능성이 높아 보이기도 한다. 만약 이러한 가정이 성립할 수 있다면, 이 선집에서는 전낙청이 과거 또는 전통과는 구별되는 새로운 형식의 작품을 창작하기 시작한 이후의 작품을 수록한다고 해도 좋을 것이다.[4]

논설의 경우에는 단편인 「약육강식弱肉強食」과 서두 일부만 남은 「생사관生死觀」, 그리고 여러 종의 이본이 있는 「연애와 열애戀愛與悅愛」를 제외했다. 앞의 둘은 현재 남은 부분의 완성도 때문에 제외한 것이지만, 「연애와 열애」는 그 성격을 고려하면 다른 '논설'들과 함께 수록하는 것이 곤란하다고 판단해서 우선 제외했다. 그 서두에서는 "내가 영문 작문이 능하여 영문으로 기술하면 백인 사회에서 대환영할 줄로 자신하지만, 내가 영문 작문을 못하니 할 수 없이 우리 본문本文으로 기술한다"고 자신감을 보이기도 했는데, 실제 내용을 살펴보면 자신이 듣거나 읽은 동서고금의 연애담을 모아놓은 것임을 확인할 수 있다. 여기에는 타이타닉호에서 삶을 마감한 부자 애스터John Jacob Astor의 연애 이야기와 같은 새로운 소재도 포함되어 있지만, 그 형식은 전통적인 잡록이나 만필漫筆에 가까운 것으로 판단된다. 대체로 「홍경래전」 등의 작품과 더 가까운 특성을 지닌다고 해도 크게 잘못된 말은 아닐 것이다. 이에 「연애와 열애戀愛與悅愛」는 「홍경래전」 등을 소개할 기회를 얻게 되면 그때 함께 소개하기로 하고, 이 선집에서는 우선 제외했다.

4 미완성으로 전하는 「주범은 누구인가(正犯誰耶)」는 서두만 남아 있어서 작품 내용을 파악하기 어렵다. 물론 '새로운 형식'을 취한 작품에 포함될 것임은 짐작할 수 있지만, 극히 일부만 남은 까닭에 선집에 수록할 수는 없는 형편이다.

6

오늘날의 독자가 전낙청의 작품, 특히 이 선집에 수록된 작품을 원본으로 접한다면 상당히 당황할 듯하다. 분명히 한글로 쓴 것임에도 쉽게 읽을 수는 없기 때문이다. 다음은 「구제적 강도」에 등장하는 에바의 교통사고 장면이다.

> 순검이그ᄃᆡ답하ᄂᆞᆫ사람의셩명거두을긔록하고충돌되든광경을말하라하니그사람이ᄃᆡ답하기을모든카가자우에스답하여통힝별울기을고ᄃᆡ하ᄂᆞᆫᄃᆡ수투리카가쌜소리을조차서향으로가ᄂᆞᆫᄃᆡ남으로올나오ᄂᆞᆫ카소리가속하기로돌아본즉무려이칠십마일팔십마일빗퉌이라스답업시다라가스투릿카을밧은즉수투리카는뎐복되고그카은던복된카우에걸니엇다한사람은말하기을나본것도그이본것과갓트나다른것은그두라입버가카을컨투롤못하ᄂᆞᆫ것을보아스니아마두링커인듯하다순검이가서카을검사하니컨턱키문솨인쾃바들이잇ᄂᆞᆫᄃᆡ삼분지이ᄂᆞᆫ업서진진라

띄어쓰기를 하지 않고 문장부호를 사용하지 않았기 때문에 일반 독자에게는 낯설게 느껴지겠지만, 이러한 표기에 익숙한 사람이라 해도 여기에 사용된 어휘 자체가 낯설게 느껴질 수 있다. '순검巡檢'이나 '던복顚覆'과 같은 한자어와 함께 '수투리카streetcar', '문솨인moonshine', '쾃 바들quart bottle'과 같은 영어 단어가 등장하며, '컨투롤control'이나 '빗퉌between'처럼 명사가 아닌 단어가 발음에 따른 한글 표기로 등장하기도 한다. 이는 고국의 것과 이민지의 것이 뒤섞인 문장이라고 할 수도 있을 것인데, 이 또한 전낙청 소설의 하나의 성과 또는 특징이라고 할 수 있을 것이다. 그

렇지만 독자가 작품을 이해하는 데 하나의 장애가 될 수 있음은 부정할 수 없는 사실이다. 이 선집에서는 이러한 어려움을 줄이면서 작품을 감상할 수 있도록 띄어쓰기를 하고 문장부호를 붙이되 그 단어에 해당하는 한자어 및 영어 어휘를 첨자로 표기해 두었다.

전낙청의 작품을 읽으면서 낯설게 느낄 수 있는 요소로는 한 가지를 더 지적할 필요가 있다. 대화 부분에서 희곡의 형식과 소설의 형식을 함께 사용한다는 점이 그것이다. 희곡에서는 말하는 인물을 앞에 밝힌 뒤에 대사를 기록하지만, 소설에서는 대화의 상황을 서술하면서 큰따옴표를 사용하여 대화를 제시한다. 둘 모두 오늘날의 문학 작품에서 사용하는 방식이지만, 둘을 함께 사용하는 일은 찾아보기 어렵다. 선집에서는 이를 하나로 통일하는 방안을 고려해보았지만 실행에 옮기지는 않았는데, 둘을 함께 사용하는 것이 전낙청 작품의 중요한 특징 가운데 하나이며 이를 그대로 전달하는 것이 바람직하다고 판단했기 때문이다. 다만 「구제적 강도」에는 희곡 형식의 대사 가운데에는 지나치게 길어서 원래의 형식을 유지하면 독자에게 혼란을 줄 수 있다고 생각되는 사례가 있어서 조금 변형하여 제시했다. 대사를 통해 과거의 일을 회고하는 부분에서는 긴 대사 속에 다시 인물 간의 대화가 나타나는 복잡한 구조가 만들어지는데, 이런 경우에는 본문처럼 줄을 바꿔 대화를 표시하되 큰따옴표 대신 작은따옴표를 사용하였다.

7

긴 세월 동안 잊혔던 작가 전낙청을 세상에 다시 소개하는 것은 그리 간단한 일은 아니었다. 옛 것과 새로운 것, 고국의 것과 이민지의 것이 뒤섞인 작품을 이해하는 것이 생각만큼 쉬운 일은 아니어서 처음 계획한 것보다 많은 시간이 걸렸고, 몇 가지 단어는 끝내 정확한 뜻을 밝혀내지 못한 채로 간행하게 되었다. 미처 깨닫지 못한 오류도 적지 않을 것이다. 부끄러울 따름이다. 그렇지만 전낙청을 세상에 소개하기 위해서는 논문이나 저술보다는 작품 자체의 번역이 우선 필요하다고 생각했기에, 부족함을 알면서도 이 선집을 세상에 내놓는다.

이 선집이 세상에 나오게 된 것은 많은 분들의 도움이 있었기 때문이다. 이 자리에서 간단하게나마 밝혀서 감사의 뜻을 표하고자 한다. 우선 전낙청의 유고를 소중하게 보관하면서 세상에 알릴 길을 찾았던 엘렌 전과 멜린다 로 두 분께 감사의 말씀을 올려야 할 것이다. 특히 불완전한 초고를 보고서도 기뻐했던 멜린다 여사는 책의 간행을 미처 보지 못한 채 작년에 세상을 떠나셨는데, 감사의 뜻과 함께 안타까운 마음을 전해야 할 것 같다.

전낙청의 유고를 관리하면서 간행에 여러 가지 도움을 주셨던 USC의 여러 분들께도 감사의 뜻을 전한다. USC 동아시아 도서관 관장East Asian Libraries Director 케네스 클라인 박사는 전낙청의 유고를 관리하고 소개하였으며, 전낙청 일가에 대한 정보를 찾아서 알려주는 등 직접적인 도움을 주기도 했다. USC 동아시아 언어문화학과East Asian Languages and Cultures Department의 박선영 교수는 선집의 간행을 주선하고 적극적으로 지원했으며, 초고를 읽고 여러 가지 의견을 제시하는 등 조언을 아끼지 않았다. 또 USC 도서관의 한국학 도서관Korean Heritage Library 조이 김Joy Kim 관장과 Collection Convergence Initiative(CCI) 디렉터 윌리엄 데브렐William Deverell 교수께도 감사의 뜻을 표한다. 리버사이드 대학UC Riverside의 장태한 교수와 보스턴 대학Boston University의 양윤선 교수도 번역과 관련하여 직간접적인 도움을 주었는데, 해당 부분에서 구체적으로 다 밝히지는 못했다.

이 선집의 출판은 중앙대학교 접경인문학 연구단의 차용구 단장님과 전우형 교수의 특별한 관심과 배려가 있었기에 가능한 것이었다고도 말할 수 있다. 두 분은 전낙청의 작품을 소개하는 작업의 필요성을 이해하고 지원하였으며, 전우형 교수는 전낙청에 대해 새로운 연구를 진행하기도 했다. 상업성을 생각하지 않고 출판을 맡아준 소명출판의 여러 분께도 물론 감사의 말을 전해야 할 것이다.

2020년 5월

편역자 황재문

차례

일러두기

1. 원문의 영어 어휘는 현대 맞춤법에 따라 번역하되, 그에 해당하는 영어 표기를 첨자로 표기해 둔다.
2. 원문의 한자어는 최대한 풀어서 옮기되, 필요한 경우에는 그에 해당하는 한자를 첨자로 표기해 둔다.
3. 현대 한국어에서 일반적으로 사용하지 않는 어휘는 다른 말로 바꿔서 옮긴다. 예를 들면 '심방(尋訪)'은 '방문'으로 고치고 '예모(禮貌)'는 주로 '예의'로 바꾸되, 문맥에 어울리도록 유의한다.
4. 긴 문장은 필요할 경우에는 나누어서 옮기되, 그 종결어미는 문맥에 맞게 고친다.
5. 원문의 대화 부분에 희곡의 형식과 소설의 형식이 함께 나타나는데, 여기서도 원문의 형식에 맞추어 두 가지 형식을 함께 사용한다. 다만 희곡 형식의 대사 속에 긴 대화가 이어질 때에는 본문처럼 줄을 바꿔 대화를 표시하되, 본문과 구별되도록 큰따옴표 대신 작은따옴표를 사용한다.
6. 작품의 표기법이나 문체를 확인하고자 하는 경우에는 주석본을 참고하여야 한다.

1

소설

오월화
구제적 강도
삼각연애묘
실모지묘

오월화五月花

1929년 9월에 잭이 엘에이 하이스쿨LA High school에 입학하니 50명 남녀 학생이 함께 공부하는데, 모두 여름 방학에 좋은 시간good time을 보내느라고 연습이 없다가 갑자기 어려운 산수를 공부하니 모두 0점이 아니면 겨우 70점을 받는지라. 세 주일을 지내고 넷째 주일 화요일 아침Tuesday morning에 에바라 하는 여자가 답 찾는 방식을 선생에게 물으니, 대개 학생이 공부를 잘 하면 선생이 골머리를 앓지 않지만 공부에 밝지 못하면 그 어두운 두뇌에 깨닫도록 설명하느라고 골머리를 많이 앓게 되나니, 개학한 세 주일 동안 잭이란 학생 하나 외에는 모두 70점을 넘지 못하니 선생은 골머리를 얼마나 앓았을까? 성난 말로,

"너는 집에 가서 무얼 하느냐? 보이에게 허비하는 정신을 산수에 써라. 대가리가 그만치 크고도 그것을 풀이하지 못해?"

그 말을 듣는 에바의 얼굴이 핏빛이 되며 밖으로 나가니, 어느 누가 에바의 수치스럽고 분한 마음을 위로하여줄까? 잭이 좇아 나가니, 에바가 나무 아래 벤치에 엎드려 우는지라. 잭이 가서,

"미스 에바. 울지 말거라. 그 답 찾는 방식 내가 가르쳐 줄지니, 울지 말라."

여러 차례 어르니, 아무리 수치스럽고 분한들 남의 성의에 감복되지 않을까? 수건으로 눈물을 닦으며 매우 감사하다고 말하니, 잭이 종이와 연필을 주며,

"네 산수 문제를 쓰라."

에바가 종이와 연필을 받아 산수 문제 세 개를 쓰니, 하나는 사냥개hound가 토끼rabbit를 쫓아가는 것이요, 하나는 수레buggy가 12,600 피트feet를 굴러간 문제이고, 하나는 361원을 몇 사람이 나눠 가지든 10명이면 사람마다 10원씩, 40명이면 사람마다 40원씩, 사람의 수와 돈의 수를 같게 나눠 가지라는 문제라. 잭이 답 찾는 방식을 가르쳐 주고,

"앞으로는 답을 찾지 못하거든 선생에게 묻지 말고 내게 물어라. 내가 아는 대로 가르쳐 주지."

에바가 거듭 감사하고 다시 말하기를,

"잭. 네가 매일 저녁 내 집에 와서 가르쳐 줄 수 있느냐?"

【잭】 내가 저녁에 시간이 없다. 그러니 네가 매일 아침 7시에 학교로 올 수 있느냐? 내가 그 시간에 와서 가르쳐 주지.

에바가 감사하고 그 이튿날부터 수업 시간 전에 잭에게 산수를 배우는데, 한두 번이면 다른 학생이 모르지만, 첫 시험 때까지 매일 배우니 그 반에 있는 학생들이 어려운 문제를 만나서 답을 찾지 못하면 선생에게 묻지 않고 잭에게 물으니, 선생은 평안하고 잭은 분주하기가 오뉴월 소꼬리 같은지라. 그 가르침을 받는 여자 중에 셋은 자기 과정課程을 넉넉히 감당할 실력이 있지만 잭을 어지럽게 하려고 시험조로 물으니, 하나는 캐더린 골든벅Catherine Goldenberg이니 미인은 아니나 인물이 준수하며, 하나는 엘리노 스미스Ellinor Smith이니 일류 미인이며, 하나는 메이 플

라워May Flower라는 칼라 걸color girl이라. 메이는 흔치 않은 미인의 체격을 가졌으나 눈이 은화 같이 크며 코는 소의 쓸개 같고 입은 붉은 원앙red woodduck 같은 중에 피부는 석탄 빛깔coal color이니, 그 앞으로 지나가는 사람의 형체가 그 피부에 비쳐서 어른거리는 미인이라. 잭이 메이와 엘리노에게는 무심하나 캐더린에게는 마음이 있어 시간이 있는 대로 좇아가서 이야기도 하고 공부 토론도 하니, 캐더린은 잭을 무심히 보나 성격이 쾌활하니 다른 여자들처럼 싫은 기색을 보이지 않고 반갑게 맞이하여 친근히 묻는 대로 답을 하곤 하니, 잭은 더욱 희망을 품고 캐더린의 공부를 할 수 있는 대로 도와주니라. 메이는 매주 한 번은 치킨 샌드위치 chicken sandwich나 로스트 포크 샌드위치roast pork sandwich를 가져다 잭의 점심통에 넣고 잭의 점심은 제가 먹으니, 잭은 처음 몇 번은 집에서 줬나 생각했지만 그 후에는 어느 학생의 장난으로 알고 에바에게 물어보니, 에바는,

"아니라. 내가 점심을 바꿔 먹을 생각이면 말을 하고 바꿔 먹지 비밀히 바꿀 터이냐? 누구의 장난인지 내가 주목watch할지니, 너는 모르는 체하고 발설하지 마라."

잭이 대답하고, 에바는 항상 주목하나 알아내지 못하다가 그 이듬해 5월에 메이의 장난임을 알아내고서 잭에게 메이의 소행이라 하니, 잭이 웃으며,

"이 세상 여자가 다 싫어하더라도 메이가 사랑하고자 하니, 나는 독신이 될 염려는 없다."

하고, 한 달 정도 지내니 방학이라.

모든 학생들이 그 부모를 따라 산으로 바다로 피서를 가나 잭은 피서

를 가지 못하고 어느 과일 가게fruit stand에서 일하다가 9월 개학이 되어 다시 학교에 가니, 그전에 공부하던 학생 가운데 몇몇은 다른 학교로 옮겨가고 다른 학교에서 공부하던 학생 몇몇이 들어온지라. 요코하마 은행橫浜 bank 사장의 아들이 팔리 하이스쿨Polytechnic High school로부터 옮겨왔으니, 잽 보이Jap boy치고는 인물이 준수하며 화려한 의복까지 입었으니 미를 탐하는 여자의 눈에 들기 쉬운 아이라. 그러나 푸른 눈의 여학생靑眼女士들이 쳐다나 볼까? 그중 젠 숙이라는 여자가 친근히 상종하니, 젠은 보헤미안Bohemian 여자라. 해리 다카하시Harry 高橋도 저를 따르는 젠과 종종 담화하며 점심도 같이 먹고 하니, 모든 여자들이 젠에게 별명 붙이기를 '도쿄東京'라 하나 젠은 거리낌 없이 해리와 상종하니라. 잭은 에바의 공부를 도와주고 때로 다른 여자의 공부도 도와주니 월급 받는 교사보다 더 분주한지라. 그 분망함을 꺼리지 않고 열심히 가르치며 종종 캐더린에게 말을 거니, 캐더린은 성격이 쾌활한 여자라 싫은 기색을 보이지 않고 묻는 대로 대답하는지라. 잭은 꿈속의 사람을 만들고자 캐더린의 요청이면 물불도 가리지 않을 형편이나 캐더린은 잭을 한 학창 친구로만 생각할 뿐인데, 엘리노는 은근히 잭에게 희망을 품고 담화하고자 하나, 잭이 많은 사람 앞에서는 담화를 허락하나 곁에 다른 사람이 없으면 담화를 허락하지 않으니 잭의 마음을 깨닫고 단념하나, 메이는 잭이 어느 여자와 단둘이 담화하는 것을 보기만 하면 가서 떠들썩한 웃음으로 '꿈에도 잊지 못할 내 사랑' 하고 등을 두드리며,

"산수 답을 찾을 수 없으니, 가르쳐 달라."

잭이 담화를 멈추고 웃으며,

"너는 집에 가서 무얼 하느냐? 정신을 보이에게 허비하지 말고 산수

에 써라."

메이가 크게 웃으며,

"나의 정신은 열 가운데 여덟은 보이에게 허비하고 둘은 산수에 쓰니, 답 찾지 못할 것이 당연하지 않느냐?"

곁에 있던 캐더린이 웃으며,

"그 여덟의 정신을 어느 보이에게 허비하느냐?"

메이가 웃으며,

"미스 캐더린, 짐작하지 못하느냐? 그 여덟 가운데 셋은 두 칼라 보이 color boy에게 허비하고, 다섯은 잭에게 허비한다."

그 말을 듣는 캐더린은 얼굴 주름이 잡히도록 웃고, 잭은 메이의 목을 끌어안으며,

"네가 나를 그렇게 사랑하는 줄을 몰랐구나. 키스kiss 한번 주지." 하고 키스하나 메이는 거절하지 않고 환영하니, 그 행동을 보는 모든 여자들이,

"메이와 잭은 예의가 없다."

"부도덕하다."

하고 웃으면, 메이는 대답하기를,

"나와 잭은 많은 사람 앞에서 키스하나, 다른 여자들은 비밀한 곳으로 가더라."

모든 여자들이 웃으며,

"검은 개black dog와 노란 개yellow dog가 합하면 갈색 개brown dog가 생기지."

메이가 웃으며,

"검은 늑대black wolf와 노란 개yellow dog가 합하면, 노루, 토끼 잘 잡는

사냥개hound가 생긴다."

메이와 잭의 행동이 매일은 아니나 매주 한두 번은 있는 일이니 모든 여자들이 메이와 잭이 만나는 것을 보면 큰 구경거리show로 알고 모이는데, 학생들만 아는 것이 아니고 모든 교사teacher가 다 알고 또 교장의 귀에까지 들어가니, 교장은 학교의 풍기를 유지하기 위하여 메이와 잭을 불러다가 '학교 풍기를 문란하게 한다', '예의가 없다'고 몹시 책망하는지라. 잭은 원래 언쟁argue을 하지 않는 성격이라 머리를 숙이고 들을 뿐이나, 메이는 소의 쓸개 같은 코를 흐물흐물 실룩거리며 은화 같은 눈을 번개 두르듯 하고 어깨를 들썩거리며 변명하기를,

"나나 미스터 전이 학교의 풍기를 문란케 한 것이 조금도 없다. 다른 남녀 학생들은 나쁜 말을 함부로 내뱉지만 잭이나 나는 그런 일이 없었다. 내가 산수 답을 찾지 못하여 잭에게 물을 때에 '나의 사랑 잭아, 답을 찾아 달라' 한즉, 그 말을 듣는 남녀 학생이 떠들썩하게 웃음을 토하였지 우리 두 사람은 웃음을 토한 바 없었고, 잭이나 내가 미성년자가 아니고 성년자이다. 성년자의 연애는 하나님도 막지 않고 허락하였으며, 또 우리 일생의 신조信條로 지켜 행하는 헌법에 남자 18세와 여자 16세에 결혼할 권리를 허락하였다. 결혼을 하여도 막지 못할 남녀에게 '나의 사랑'이란 말 한 마디 못하게 하려 하니 인권을 너무 압박하려 함이다. 만일 학교의 풍기를 고결하게 하려면 영국처럼 남녀를 나누어 교육하면 아무 폐단이 없을 터인데, 남녀를 함께 공부시키며 학교의 풍기를 주장하니 이는 두 남녀의 덜미를 잡아 얼굴을 마주대게 하면서 키스하지 말라는 격이외다."

교장이 웃으며,

"내가 직접 본 것이 아니고 다수 학생과 여러 교사가 고발하기로 사실인가 하였더니, 잭이 변명하지 않는 것을 보고 메이의 변명을 들으니 사실이 아님을 짐작할지라. 이런 뜻으로 회답하나니 그리 알고, 이후에는 남이 없는 말을 꾸며내지 못하게 주의하라."

메이와 잭이 감사하고 나오니, 모든 학생이나 교사가 큰 벌을 받은 줄로 여겨 기뻐하며 교장이 무슨 상을 주던가 물으니, 잭은 웃고 메이는 은화 같은 눈을 돌리며,

"교장이 나더러 잭과 약혼engage하라고 권유하더라."

대답하니, 교사와 학생이 웃고 전과 같이 공부하니라. 그 다음 주에 모든 학생의 공부를 시험하니, 물리학과 생리학은 학생마다 합격되나, 대수학algebra, 기하학geometry, 수리학mathematics은 여학생으로는 에바, 메이, 엘리노, 캐더린, 마그렛Margret 다섯이 합격되고 남학생으로는 잭, 아더, 해리 셋이 합격되고는 그 나머지는 모두 불합격이니, 자기보다 나은 사람을 미워하는 '승기자염지勝己者厭之'는 사람의 상정常情이라. 잭이 산수 실력이 특별히 빼어난 까닭에 함께 공부하는 학생에게 미움을 받고 또 선생에게까지 미움을 받으니, 이것이 재주가 뛰어나면 덕이 부족하다는 '재승박덕才勝薄德'이 아니겠는가? 선생이 잭에게 트집잡기를,

"네가 학업에 속임수cheat를 썼구나. 모든 학생이 다 불합격이 되는데 너만 합격이니."

잭이 히죽이 웃으며,

"공부에 속임수를 쓰는 것은 선생을 속이는 것이 아니라 자기를 속이는 일이니, 내가 아무리 어리석은들 내가 나를 속일 이치가 어디 있으리오? 그런 엉뚱한 말 멈추시오."

엉뚱한 말 멈추라는 말에 선생이 분한 마음이 하늘을 찌를 듯 솟아올라,

"네가, 9시에 등교할 네가 매일 7시에 와서 남몰래 해답집answer book을 보는 것이다."

잭은 아무 변명이 없으나, 메이가 벌컥 일어서며,

"선생님. 잭이 속임수를 쓰는지 아니 쓰는지를 아는 것은 쉽습니다. 지금 산수 문제를 주어 면전에서 시험하시오. 잭이 답을 찾으면 속임수cheat가 아니고, 답을 찾지 못하면 속임수를 쓴 것이니, 면전에서 시험하시오."

선생이 잭의 산수 실력을 알지만 짐짓 트집을 잡다가, 다른 학생이 시비를 판단하니 핑계를 못하고 산수 문제 주기를,

"1번, 2번, 3번 세 아이가 몸무게를 다는데, 1번number one과 2번number two의 두 아이가 한 저울에 같이 무게를 단 후에 1번은 내리고 2번과 3번number three이 무게를 다니, 2번과 3번의 무게가 1번과 2번의 무게보다 7근이 많고, 3번과 1번이 같이 무게를 다니 2번과 3번의 무게보다 3근이 부족하니, 1번 아이의 무게는 몇 근이며 2번 아이의 무게는 몇 근이며 3번 아이의 무게는 몇 근이냐?"

잭이 대답하기를,

"총합 310근입니다."

【선생】 내가 사람마다의 무게를 물었지, 총합은 묻지 않았다.

【잭】 내가 총합은 대답하지만 사람마다의 무게는 대답하지 않을 것인데, 이는 선생님이 사람마다의 무게를 찾아보시라는 의미입니다.

선생이 대답을 못하고 주저하는데, 엘리노가 일어서며,

"잭이 총합만 말하고 각각의 무게를 말하지 않으니, 이 문제가 교육

과정lesson에 있는 문제가 아니고 특별 문제인 듯합니다. 선생님, 각각의 무게를 우리에게 풀이하여 주시오."

선생이 웃으며,

"지금은 공부시간이니 공부하여라. 오후에 설명하지."

모든 학생이 대답하고 공부하다가 점심시간이 되자 모두 점심 먹으러 나가는데, 그 전에는 엘리노가 잭과 함께 점심을 먹지 않았지만 이날은 점심통을 들고 잭 있는 데로 가니, 캐더린, 에바도 오고 또 메이까지 오는지라. 잭이 웃으며,

"오늘은 여러 미인과 함께 먹게 되니 매우 기쁘다."

【엘리노】 우리가 잭을 사랑하여 같이 점심 먹으려 하는 것이 아니고 면전에서 시험한 문제를 묻고자 함이다. 그 문제가 교본lesson book에 있는 문제냐?

【잭】 교육 과정에 있는 문제가 아니고 선생이 나를 시험코자 만들어낸 문제이다. 내가 총합만 말하고 각각의 무게를 말하지 않은 것은, 선생이 나를 시험하니 나도 선생을 시험하려고 선생 스스로 찾아보라 한 것이다. 선생이 대학교 졸업생으로 중학교 교사이지만, 그 각각의 무게를 점심 시간에 찾지 못하고 저녁에 집에 가서 찾았다가 내일 아침에 풀이할 터이다.

【캐더린】 중학생은 시간 허비하지 않고 찾는 것을 대학 졸업생이 시간을 허비하고야 찾을까? 그 말이 선생을 무시하는 말이 아닐까?

【잭】 무시하는 말이 아니다. 그 문제가 교육 과정의 문제가 아니고 나를 비난하려고 만들어낸 문제이다. 자기가 그 문제를 내기는 하였으나, 그 답은 알지 못한다. 알지 못하는 것을 어찌 빨리 대답할 터이냐? 시간

을 소비하게 될지니, 내일 아침에야 너희가 그 답을 알게 될 터이다.

엘리노와 캐더린이 메이에게 눈짓하니, 메이가 잭의 등을 두드리며,

"오, 나의 다정한 잭. 그 각각의 무게를 우리에게 풀이하여라. 교장에게 또 꾸지람을 받더라도 내가 키스kiss를 주지."

잭이 웃으며,

"너는 결혼하기도 전에 자녀부터 원할 성격이로구나. 내일 아침에 알 것인데, 그동안이 바빠서 남을 괴롭게 하느냐?"

【메이】 바쁜 것이 아니다. 잃은 것 찾으려 함과 모르는 것 알고자 함은 사람의 상정常情이다. 산수 문제깨나 아노라고 인색하게stingy 굴지 말고 말하여라. 만일 풀이하지 않으면, 네가 내 목을 안고 내가 원치 않는 키스를 했다고 교장에게 고자질할 터이다."

잭이 웃으며,

"그런 어리석은 모함frame은 다른 아이에게나 시험하여라. 그저 풀이하라고 사정하면 풀이하지만, 위협하면 아니할 터이다."

메이가 웃으며,

"그럼 사정하지. 모든 남녀가 그 정인情人에게는 아끼는 것이 없나니, 내가 너의 정인이 아니냐? 내게는 아끼지 않을 테지."

【잭】 일대 미인에게 정인이란 말을 들었으니, 그 대가로 풀이하지. 모든 산수에서 문제의 의미가 곧 답이다. 제1과 제2가 한 저울에 달고 무게를 말하지 않았으나, 제2와 제3이 달고는 그 무게가 제1과 제2의 무게보다 7근이 더 많다 하였고, 또 제3과 제1이 달고는 그 무게가 제2와 제3의 무게보다 3근이 부족하다 하였으니, 부족한 3과 남는 7을 곱하면 3×7이 21이니, 이것이 답이다. 제1의 무게는 100근, 제2의 무게는

103근, 제3의 무게는 107근, 모두 합하여 310근이다. 제1과 제2의 무게가 203근이고 제2와 제3의 무게가 210근인 고로 앞에 단 것보다 7근이 더 많고, 제3과 제1의 무게는 207근인 고로 두 번째 단 것보다 3근이 부족하니, 제1의 무게는 100근, 제2의 무게는 103근, 제3의 무게는 107근. 분명하지 않으냐?"

메이가 웃으며,

"선생이 풀이하기 전에는 네 답이 옳은지 틀린지 알 수 없으니, 네 답이 틀리면 네가 내게 '약혼engage 허락하소서' 사정하고 너의 답이 옳으면 내가 너에게 '약혼 허락하소서' 사정하기로 내기를 하자."

잭이 웃으며,

"세상에 그런 내기가 어디 있을까? 내기란 것은 하나는 이롭고 하나는 해로운 법인데 이 내기는 양쪽이 다 이로우니, 내기를 원하면 다른 내기를 하여라."

【엘리노】 그럼 네 답이 옳으면 우리 넷이 다 키스를 주고, 틀리면 우리 넷이 네 머리털을 한 줌씩 뽑는 내기가 어떠하냐?

【잭】 그 내기는 내기가 맞다마는, 에바는 이 내기에 넣지 말자. 나와 에바가 한 반에서 같이 공부하지만, 사실상 에바는 나의 제자이다. 선생과 제자가 학교 마당에서 키스하는 예법이 있느냐?

【에바】 나는 키스 주기도 원치 않고, 머리털 뽑기hair pull도 원치 않으니, 나를 빼 놓아라.

캐더린과 엘리노가 그렇게 하기로 결정하니,

【메이】 나는 키스 주기는 원하지만 머리털 뽑기는 원치 않는다. 머리털 뽑을 때에 아파하는 것을 어찌 내 눈으로 보나?

하는데, 점심시간이 지나 모두 들어가 공부하다가 오후 3시에 하교하게 되니, 캐더린이 선생에게,

"지금은 공부를 마치고 나가는 시간이니, 선생님은 잭이 답 찾은 문제에서 각각의 중량을 풀이할 수 있습니까?"

【선생】 미스 골든벅, 용서하여라. 내가 점심시간에 다른 것 검사하느라고 해석을 못하였으니, 내일 아침에 풀이하지.

캐더린이 '감사합니다thanks' 하고 나오다가, 잭에게,

"잭아. 네가 독심술사mind reader냐? 어찌 선생의 심리를 자세히 아느냐?"

【잭】 독심술사라서가 아니라, 산수 문제가 알게 하는 것이다.

하고 각각 집으로 갔다가 그 이튿날 등교하여 전과 같이 공부하다가, 10시 반 휴식시간에 선생이 설명하기를,

"제1의 무게는 100근이고 제2의 무게는 103근이고 제3의 무게는 107근이니 총합은 310근이니, 잭의 답이 '매우 매우 정확한 답very very correct'이다. 두 말할 것 없이 잭은 천재이니, 장차 수학에 큰 인물이 될 터이다. 잭은 총합total을 찾고 나는 각각의 무게를 찾았으니, 너희 학생들은 각각의 무게가 왜 그렇게 되는지를 찾으라."

모든 학생이 대답하고 다시 공부하다가 점심시간에 다시 모여서 점심을 먹는데, 에바가 내기한 것을 시행하라 재촉하니 메이가 웃으며,

"식료품 값grocery bill은 못 갚아도 내기는 시행하라 하였으니."

하고 키스하니 엘리노도 키스하고, 캐더린이 키스하려 하니 잭이

"바다보다 더 깊이 당신을 사랑해요!I love you deeper than the sea."

하고 키스하니, 캐더린은 얼굴이 붉어지고, 메이와 엘리노는 잭의 머리털hair을 잡으며,

"우리에게는 '러브love'란 말이 없고 캐더린에게만 쓰니, 벌을 받아라."
하고 머리털을 뽑으니, 잭이 웃으며,

"나는 이기고도 벌을 받으니, 그런 내기는 다시 하지 않을 테다."

캐더린이 그제야 웃으며,

"러브 문자를 쓰려면 차별 없이 다 쓰든지 다 쓰지 않든지 할 것이지, 한 여자에게만 쓰니 '러브'라는 말을 받지 못한 여자는 분할 것이 아니냐? 메이와 엘리노의 마음씨가 선량하니 머리털만 뽑지, 나 같으면 목을 뽑을 터이다."
하고, 매일 하루같이 산수 문답과 즐거운 웃음으로 지내니라.

세월은 물 흘러가듯이 흘러 방학이 되니, 부유한 학생들은 이름난 산으로 바다로 휴가를 가고 가난한 학생들은 노동을 하는지라. 그러다가 9월에 개학이 되니 모든 학생이 전과 같이 학교에 가서 공부하는데, 때마침 경제공황으로 실업자가 많아지니 그 실업자의 대부분은 청년 남녀라. 지방정부에서 이들을 구제하는데, 야학으로 여자에게는 서기書記 직무에 관한 과목과 미용술을 가르치고 남자에게는 수학, 화학, 농학 등의 과목을 가르쳐주니, 수삼천 명 야학생에 요구되는 교사가 오륙백 명이요 교사의 월봉도 매달 10만 원가량이라. 그 경비를 절약하기 위하여 대학교 재학생으로 하여금 가르치게 하니, 누가 월급 없는 일에 시간 허비하기를 좋아할까? 매주 한 번씩 의무로 가르칠 것을 허락하니, 학교 당국에서도 월급 주지 않으면서 강요할 수는 없으니 교사가 부족이라. 중학을 졸업하지 못하고 노동하던 야학생은 중학교 4년생으로 하여금 가르치게 하니, 잭도 한 몫을 하게 된지라. 모든 학생이 대학생과 같이 1주일에 한 번씩 수업을 맡지만 잭은 매주 5일을 수업하기로 자원하고 수학을 가르치는데, 월급 없는 일이니 교사가 무슨 성의가 있을까? 그럴 듯한 명분을 내세웠지만 속으로는 딴 마음을 품은 셈이니,[1] 야학생의 공부는 진보가 없고 시간만 허비할 뿐이라.

약 1개월 후에 지방 학무국장이 모든 야학생의 공부를 검사하니, 모든 반의 공부가 진보가 없고, 오직 18반의 공부가 진보된지라. 어떠한 청년들이 배우며 어떠한 교사가 가르치나 가 보리라 생각하고 그날 저녁 식사 후에 LA 하이스쿨Highschool로 가서 18반을 찾아 들어가니, 실업자 남학생만 공부하는 줄로 알았더니 여학생 7, 8명이 섞여 있으니 이상하게 생각되는데, 또 교사가 백인종 아이가 아니고 황인종 아이라. 교사가 일어서며,

"누구이시며, 무슨 일로 오셨소?"

【국장】 나는 지방 학무국장인데, 야학하는 것을 시찰하고자 왔노라.

잭이 놀라며,

"국장이십니까? 몰라뵙고 영접하지 못했으니, 용서하시오."

하고, 이끌어 강단 의자에 앉히니,

【국장】 미스터 전은 오지 않았소?

【잭】 제가 잭 전이올시다.

국장이 웃으며,

"나는 미스터 전이 어느 백인 아이인가 했더니, 자네가 전이라니. 얼

1 원문은 "별제위명이니"인데, 벌제위명(伐齊爲名)은 어떤 일을 한다는 명분만 내세우고는 실제로는 딴 짓을 함을 뜻하는 말이다. 전국시대 연(燕)나라의 장수 악의(樂毅)가 제(齊)나라를 공격했는데, 제나라의 전단(田單)은 악의가 제나라를 정벌하고서 스스로 왕이 되려고 한다는 거짓 소문을 연나라에 퍼뜨렸다. 이에 연나라 왕은 악의를 되돌아오게 했다고 한다.

마나 수고가 많나?"

【잭】 별로 수고 되는 것은 없고, 재미가 많습니다.

【국장】 월급 없는 일에 재미나 있어야지.

하고 칠판을 쳐다보니, 문제는 '빵bread 1개에 세 사람씩이면 2개가 남고 1개에 두 사람씩이면 4개가 부족이니, 빵은 몇 개며 사람은 몇 사람이냐?'는 것이라. 잭이 일어서서,

"답을 찾은 학생은 손을 들라."

부르니, 그중 여학생 셋, 남학생 아홉, 모두 12명이 손을 드는지라. 잭이 답 찾은 것을 받아 검사하며 새 문제를 주고, 10분 후에 다시 답 찾은 학생을 부르니 15명이 손을 드는지라. 답을 받고 새 문제를 공부하라 일러 두고서, 10분 후에 다시 부르니 7명을 제외하고는 모두 손을 드는지라. 손을 든 학생의 답을 받고 새 문제를 공부하라고 시키고 나서, 답을 찾지 못한 7명의 학생을 칠판 앞으로 모아놓고,

"빵 1개에 세 사람씩이면 2개가 남는다 하였으니, 2를 표시mark하여라."

학생이 표시하니,

【교사】 1개에 두 사람씩이면 4개가 부족이라 하였으니, 4를 표시하여라.

학생이 표시하니,

【교사】 2에 4를 더하여라. 몇 개가 되나?

학생이 더하고 "6"이라 대답하니,

【교사】 그 6을 6으로 곱하여라. 몇 개가 되나?

학생이 곱하더니 "36개"라고 대답하는지라.

【교사】 그 36개가 사람의 수이다. 빵의 수를 찾아보자. 2와 4를 곱하

면 몇 개가 되나 보아라.

학생이 곱하더니 "8개"라고 대답하니,

【교사】 그 8개에 처음 6개를 더하여라.

학생이 더하니,

【교사】 그 14개가 빵의 수이다. 36명의 사람과 14개의 빵이 분명한 답인가 설명한다면, 빵 1개에 세 사람씩이면 36명이니 12개가 필요한데 14개의 빵에서 2개가 남고, 빵 1개에 두 사람씩이면 36명이니 18개가 필요한데 14개이니 4개가 부족하게 된다. 네 생각에 분명하냐?

모든 학생이 잘 이해했노라고 대답하니,

【교사】 그러면 새 문제를 공부하여라.

하고 국장에게,

"교과 내용을 설명하느라 국장님과 담화를 못하였으니 용서하시고, 무슨 분부할 것 있으면 말씀하시오."

국장이 웃으며,

"내가 며칠 전에 야학생의 공부 성적을 검사해 보니 모두 진보가 없는데, 이 반에서 공부하는 학생이 약간 진보가 있기에 구경 온 것이고, 무슨 명령을 하러 온 것은 아니라."

【책】 제가 가르치는 반이 공부가 진보되었다고 과찬하시니 감사합니다만, 공부 진보된 것은 모든 학생이 열심히 배워서지, 제가 열심히 해서는 아니올시다.

【국장】 교사와 학생이 다 열심히 한 결과라. 그러나 내가 궁금한 것은 그 가르치는 법식이 우리의 법식과 좀 다른 점이니, 그 법식을 어디서 배웠느냐?

【잭】 내가 사용한 것은 법식法式이 아니고 방식方式입니다. '법식'이란 것은 아무리 좋은 방식이 있어도 고치지 못하고 그대로 사용하는 것을 일컫고, '방식'은 지름길이 있으면 이전 것을 버리고 지름길을 따르는 것을 일컫습니다. 법식대로 하면 여섯 번 계산해야 답을 찾을 것이지만, 방식으로는 네 번에 답을 찾아냅니다. 가령 달과 저녁별은 앞서기도 하고 뒤서기도 하는데, 어떤 때에는 저녁별이 달 위에 올라앉고 어떤 때에는 저녁별이 달 아래에 깔립니다. 그것을 법식으로 찾으려면 30분을 소비할 터이나, 방식으로 찾으면 15분이 지나기 전에 찾을 듯합니다.

【국장】 산수는 빠를수록 이로운 것이니. 그 '방식'을 어디서 누구에게 배웠느냐?

"아버지가 그 '방식'을 몇 가지 아시고 기르쳐 주기에 배웠습니다."

【국장】 남의 수업 시간을 너무 허비하여 미안하다만, 한 마디 더 묻고자 하는 것은 저 여학생들이라. 여학생을 가르치는 반이 따로 있는데, 어찌 이 반에서 공부하는가?

【잭】 그 여학생은 직업을 잃은 여학생이 아니고 팔리 하이Polytechnic High school 학생으로 야학하려고 왔으니, 나의 직분은 사람이 아니라 소나 말이 책을 가지고 와도 가르칠 의무가 있는데, 하물며 사람이야 어떠하겠습니까? 그래서 받아들여 가르칩니다.

【국장】 그야 교편을 잡은 의무이니 받아들여 가르치지만, 학생이 많으면 문답 또한 많을지니 보수 없는 직분에 지나치게 마음을 수고롭게 하지 않을까?

【교사】 학생마다 공부하는 과정이 다르면 문답이 많겠지만, 10명이나 100명이나 다 같은 과정이니 별로 문답이 많지 않습니다.

【국장】 교사가 그처럼 생각하니, 매우 감사하다.
하고 여학생을 불러,

"너희가 실업자가 아니고 팔리에서 수업을 받는 학생이라니, 낮에만 공부해도 넉넉할 터인데 야학까지 하니 학업에 전력하는 것을 찬양한다."

【여학생】 우리가 학업에 전력하는 것이 아니고, 산수 실력이 매우 부족합니다. 그래서 지나간 하급반junior 班에서 합격점full credits을 받지 못하고, 지금 졸업반senior 班에서 공부하나 또 합격점을 받지 못할 듯합니다. 그래서 이번에 졸업을 못하게 되겠기로 야학을 생각하는데, 마침 이 학교에서 공부하는 친구가 '미스터 전이 야학에서 가르치는데, 학생이 깨닫기 쉽도록 가르치니 가서 배우라'고 알려주었습니다. 야학에 와서 문의하니 허락하기에, 매일 저녁에 와서 공부합니다.

【국장】 요즘 풍속에 여학생들은 늦은 저녁이면 영화picture show나 댄싱dancing으로 생활하는데, 너희는 학업으로 생활하니 참말 여학생계女學生界에 모범이 될 학생이다. 지금 기회 있을 때 다만 한 가지라도 더 배워라. 학교를 나가면 더 배울 기회가 없다.
하고 가시니, 모든 학생은 매일 저녁 수업하고, 잭은 낮에는 자기 공부를 힘쓰고 밤이면 야학에서 가르치니, 그 야학생들이 산수 실력이 많이 부족하면 큰 고생이지만 모두 보통 실력은 되니 별 고생이 없이 지내니라. 그러다가 추수감사절Thanksgiving이 되니 여학생들이 만찬dinner을 함께하자고 초청하는지라.

【잭】 내가 원래 리버사이드Riverside에서 태어나 그 곳에서 소학교를 졸업하였는데, 그때 교사 랜더스Landers가 지금 학무국장이다. 그 사람이 추수감사절 만찬에 우리 남매를 청하는 초청장을 오늘 받고서 남매가

함께 가기로 작정하였으니, 너의 초청을 시행 못하는 것을 용서하여라.

미스 바이올라 킹Miss Viola King이 말하기를,

"그 초청장에 답장하였느냐?"

【잭】 답장을 써 놓았으나, 아직 부치지는 못하였다.

【바이올라】 그러면 그 초청장에 가지 못한다고 답장하여라. 이 만찬은 나 개인이 아니고 우리 여학생이 힘을 모아 마련하는 것이니, 거역하지 못한다.

【잭】 그럼 나의 누이와 의논하여 대답하지.

【글로리아 피어슨Gloria Pearson】 누이와 의논할 것 없이 네가 결정하여라. 만일 결정하지 않으면 경찰관policeman을 보내서 잡아 가둬 둘지니, 그리 알고 결정하여라.

【잭】 일대 미인들이 청하는 연회이니 나야 만 번 환영하지만, 나의 누이가 원치 않는다고 거절하면 어찌하느냐?

매리 파머Mary Palmer가 웃으며,

"너의 누이가 남자가 아니고 여자이니, 자기 동생이 어떤 인물들과 상종하는지 알려고 먼저 나설 터이다. 그러니 핑계하지 말고 대답하여라."

잭이 가겠다고 대답하니, 모두 기뻐하며 공부하다가 추수감사절Thanksgiving Day 오후 5시 반에 바이올라의 집으로 가니, 기다리고 있던 바이올라가 맞이하여 객실로 인도하고 잭에게,

"우리가 만찬만 먹는 것이 아니라 댄싱도 있는데, 네가 예복이 없을 듯하여 내가 준비하였으니, 너희 남매가 들어가 예복을 입으라."

잭이 감사하고 남매간에 들어가 예복을 갈아입고 나오니, 모든 손님이 쌍쌍이 오는데 캐더린, 에바, 엘리노도 오는지라. 잭이 웃으며,

"너희가 어찌 이 연회에 오느냐?"

캐더린이 웃으며,

"잭이 가는 연회에 캐더린이 못 갈 터이냐? 네가 가는 곳은 천당이나 지옥이나 우리 셋이 따라갈지니, 그렇게 짐작하여라. 그러나 메이가 빠졌으니, 재미있는 이야기가 적을 듯하다."

잭이 웃으며,

"메이의 말은 하지도 마라. 오늘 점심을 메이의 집에서 먹었구나. 점심 먹고 나서는 극장 구경picture show 가자고 끌기에 '미스 킹이 만찬 준비한다고 초청하기에 허락했으니 같이 극장 구경show 가지 못하는 것을 용서하라'고 사정하나 듣지 않아서, 이다음에 키스 10번 해주마 맹세하고서야 풀려 나왔구나."

하고 자기 누이를 모든 남녀에게 소개하니, 엘리노가 인사를 한 후에,

"베티Betty의 아름다움이 이 자리에서 으뜸이니, 여자들은 눈엣가시로 생각하고 남자들은 엔젤 케이크angel cake로 알겠구나."

베티도 웃으며,

"엘리노가 너무 과장한다. 그러나 내가 블루 아이blue eye가 아니니, 어느 남자가 쳐다보지도 않을 것이다."

하는데, 식당에서 준비되었다고 알리는지라. 바이올라가 모든 손님을 인도하여 식당으로 들어가서 잭을 주빈主賓으로 모시며 설명하기를,

"이 자리에 참석한 여학생은 미스터 전을 잘 알지만 남학생은 알지 못할 듯하니, 전의 이력을 조금 말하고자 합니다. 전은 중학교 졸업반senior 학생으로 야학교의 수학 교사입니다. 전이 가르치는 데 무슨 월사금이 있는 것이 아니고 하나의 의무로 실업자를 가르치고, 또 우리 여학생이

거기 가서 수업을 받으니 우리에게는 월급 없는 선생이외다. 그이는 의무로 우리를 가르치니, 우리도 의무로 그이를 주빈으로 모십니다. 지금 미스터 전이 수의 이치를 약간 말씀할지니, 모두 재미있게 듣기를 바랍니다."

모두 손뼉을 치니, 잭이 일어나 경의를 표하고,

"미스 킹이 나더러 수의 이치를 말하라 하니, 아는 것이 부족한 나에게는 큰 영광입니다. 이 자리에 참석한 여학생은 다 나와 같은 중학생이나, 남학생은 대학 졸업생이거나 재학생인 듯합니다. 모든 친구가 수학 공부로는 나보다 선배인데 후배로서 말을 하게 되니, 그야말로 졸병이 대장에게 전략을 말하는 것과 마찬가지입니다. 수의 이치를 말하기도 미안하고, 듣기도 재미가 없을 듯합니다. 대개 수의 이치란 현상은 다양하지만 이치는 하나라는 '만수일리萬殊一理'로 말할 수 있습니다. 처음 천지가 생겨나 미개했던 때에는 '수'라는 말도 없었지만, 사람의 지혜가 발달하면서 1, 2, 3, 4와 같은 수가 생기고, 수가 생김으로 사람의 지혜가 더욱 발달되어 십, 백, 천, 만, 억, 조兆, 해垓가 생기고, 그 숫자를 가지고 장제법long division, 곱셈multiply으로부터 대수학algebra, 기하학geometry, 수리학mathematics이 생겨 사람의 지식을 증진시킨다. 우리가 학교에서 배우는 수학이 '법식'이다. 법식이란 바꾸지 못하고 책에 기록한 그대로 배우라는 의미이다. 책에 기록한 법식은 좋거나 좋지 않거나 항상 그 법식을 주장하고, 다른 사람의 새로운 '방식'이 있어도 채택하지 않는다. 이 세상의 모든 물건이 다 한정이 있지만 수는 한정이 없다. 우리의 먼 조상들은 1, 2, 3 정도나 알고 나눗셈division은 몰랐는데 지금 우리는 대수학과 수리학을 알게 되었으니, 앞으로 후손들에게 더 심오한 수학이 생겨 먼 조상들이 1, 2, 3, 4를 아는데 우리는 수리학을 아는 것처럼 후손이 아는 것에 우리가 아는 것을 비교하면 우리가 아는 것에 먼 조상이 아는 것을 비교하는 것 같을 터이다. 그런즉 지금 시대에 널리 쓰는 수학보다 더 정밀하고 심오한 수학이 대성大成될 것이다. 그 심오한 수학을 누가 대성할까? 너나없이 누구든지 열심히 공부하는 사람이 대성을 이룰 것이다. 그런즉 우리가 새로운 대성의 편찬자가 되자. 처음에 말한 '만수일리'를 약간 설명하고자 합니다. 수가 1, 2, 3, 4, 5, 6, 7, 8, 9의 9궁宮인 까닭에 『수학통종數學統宗』에서는 9교敎로 분류하였다.[2] 그 9개의 교과 가운데 '차분差分'이란 것이 있다. 그 차분을 가지고 모든 수를 해석한다. 가령 두 아이가 구슬 놀이marble play를 하는데 제삼자가 '너의 구슬marble은 몇 개이며, 너의 구슬은 몇 개인가?' 하고 물으니, 한 아이가 '저 아이의 구슬 2개를 내게 주면 구슬 수가 같아지고, 내 구슬 2개를 저 아이에게 주면 저 아이 구슬 수가 내 구슬 수의 곱이 된다'고 대답했다고 하자. 그 각각의 구슬 수가 몇 개씩이냐? 답은 '한 아이의 구슬은 10개이고 다른 한 아이의 구슬은 14개'이다. 그 답을 찾는 방식이 '차분'이

2 책 전은 동아시아의 전통적인 수학을 통해 수학의 발달을 설명하고 있다. '구궁(九宮)' 또는 '구궁수(九宮數)'는 『낙서(洛書)』에서 언급한 1~9의 수인데, 신령스런 거북의 등에 이러한 수가 그려져 있었다고 한다. 『수학통종(數學統宗)』은 명나라의 정대위(程大位)가 저술한 민간수학서 『산법통종(算法統宗)』(1593)을 가리키는 것으로 보인다. 이 책에서는 앞선 시기의 수학서에 실린 문제들을 뽑아 수록했는데, 고대의 수학서인 『구장산술(九章算術)』에서 채택한 방전(方田), 속미(粟米), 쇠분(衰分), 소광(小廣), 상공(商工), 균수(均輸), 영부족(盈不足), 방정(方程), 구고(句股)의 9장(章)의 체계를 활용하였다고 한다. 이 가운데 '쇠분(衰分)'이 곧 '차분(差分)'이다. 동아시아의 전통 수학은 실용적인 계산술을 중시한 특징을 지니고 있는데, 당시의 수학서 가운데에는 현실에서 경험할 수 있는 상황을 다룬 문제를 출제하고 답과 풀이를 제시하는 형식을 취한 것이 많다. 전낙청의 소설에 자주 등장하는 산술(算術) 문제 가운데에는 이러한 수학서의 내용과 유사한 것이 자주 보인다. 다만 문제에서 제시하는 상황이 미국에서의 생활과 관련된 것이라는 점은 차이라고 할 수 있다.

다. 2개가 왔다 갔다 하니 그 2개가 곧 답이다. 2개와 2개는 4개가 아니냐? 그 4개를 6차분으로 곱하면 24개이다. 그 24개가 그 두 아이가 소유한 구슬의 수이다. 24개를 절반으로 나누면 12개가 아니냐? 14개에서 2개를 10개 가진 아이에게 주니 같은 12개가 되고, 10개에서 2개를 가져다 14개 가진 아이에게 주면 16개가 되고 10개 가진 아이는 2개를 잃었으니 8개라. 16개가 8개의 곱이 아니냐? 모든 수학에서 문제가 다 답이고, 답이 곧 문제이다. 모든 학생은 분명히 깨달았소?"

모두 손뼉을 치니라. 잭이 물러앉으니, 바이올라 킹이 축복 기도를 하고 샴페인champagne 한 잔씩을 주고 음식을 먹기 시작하니, 바이올라가 웃으며,

"동양 손님이 있다고 동양 풍속대로 먹을 때는 말하지 않는 것이냐? 너희 대학생collegian들이 우스운 조크joke를 하여라. 웃어 보자."

쎄실 함버Cecil Hamber가 웃으며,

"오늘 조크는 미스터 전에게 시험코자 하나, 우리는 초면이라 전의 내력을 모르니, 전의 내력을 아는 주인이 한 마디 하시오."

【바이올라】 나는 조크를 하려면 할 거리가 많지만 주인이 손님에게 조크하는 예절이 어디 있느냐? 그런즉 나는 남이 하는 조크를 듣고 웃기만 할지니, 너희가 하여라.

【엘리노】 대저 남자란 것은 저희 남자끼리 모이면 별 우스운 농담이 많지만, 여자가 섞인 자리에서는 머리를 숙이고 능동적으로 활동하지 못하다가 여자가 먼저 활동하면 그 활동에 피동이 되어 활동하나니. 캐더린, 네가 먼저 한 마디 하여라.

캐더린이 웃으며,

"잭의 정인情人 엘리노가 '잭에게 조크하라' 명령order하니 시험해 보지. 이 자리에 있는 모든 남자가 다 정인이 있되, 한두 개가 아니고 많은 놈은 한 다스dozen쯤 되고 그중 적은 놈이라야 4~5개 있을 듯하다. 그렇지만 잭은 많지 않고 두 개가 있다. 한 개는 남녀가 서로 알지 못하여 남자는 남자 혼자, 여자는 여자 혼자 알 뿐 하나님도 알지 못하는 정인인데, 그 정인이 이 자리에 있다. 누구든지 그 정인을 알기 원하면, 얼굴이 붉어지는 여자가 잭의 정인이다."

남자들이 모든 여자의 얼굴을 보더니 웃으며,

"이 자리에 있는 여자는 다 잭의 정인이로구나. 모두 얼굴이 붉어졌으니 다 잭의 정인으로 인정하고, 다른 정인을 소개하라."

【캐더린】 이 여자의 이름은 메이 플라워이니, 이 세상 최고의 일류 미인이다. 소개하는 말을 듣고 욕심을 내서 빼앗을 생각은 하지 마라. 그 미인의 머리털hair은 천연적인 곱슬머리curl에 터키옥 색깔turkish color이다. 우리 얼굴은 아보카도avocado 모양으로 약간 갸름한데 그 미인의 얼굴은 쿠쿠이나무 열매candlenut 모양으로 동글하고, 우리의 눈은 버들잎 모양으로 길쭉하나 그 미인의 눈은 사과나무apple 잎 모양으로 동글하고, 우리의 코는 특별한 모양 없이 미끈하나 그 미인의 코는 안장코에다 끝 부분은 소의 쓸개 같고, 우리의 입은 병어 입이나 그 미인의 입은 메기catfish 입이다. 우리의 살빛은 흰 듯하나 그 미인의 살빛에는 눈이 빛을 잃고, 사람이 그 앞으로 지나가면 그 사람의 형체가 피부에 어른거리는 미인이다.

윌리엄 존슨William Johnson이 웃으며,

"사람의 형체가 어른거린다니, 분명히 석탄 빛깔의 사람coal color이로구나."

모두 박장대소하니, 마그렛이 웃으며,

"미스터 전. 캐더린의 조크에 대답answer하시오."

【잭】 대답할 것이 없지요. 캐더린은 조크라고 말했으나, 그 말이 사실이고 꾸며낸 것이 아니니 조크가 아니다. 조크란 것은 거짓말을 사실같이 만드는 것인데, 나는 거짓말을 사실로 만들지니 여러 친구들은 한번 웃어 보시오. '하나님도 알지 못하는 정인'을 발하리다. 미주에는 산꿩mountain pheasant이 적지만, 동양 각국에는 다 있습니다. 그 꿩pheasant이 봄spring에는 반하半夏라는 풀의 뿌리를 먹지요. 그 반하가 독약이나 그다지 심한 독약은 아닌데, 꿩이 먹은 후에는 그 꿩고기를 맛만 보아도 죽는 독poison이 됩니다. 그 꿩이 반하를 먹고는 알 낳은 닭이 꼬꼬댁 거리듯이 꺼들꺼들거리는데, 그 의미는 자기가 반하를 먹었으니 누구든지 알라고 자랑함이외다. 캐더린이 하나님도 알지 못하는 정인情人이 이 자리에 있다 하는데, 참말 나도 알지 못하는 정인이외다. 그것이 누구일까? 두말할 것 없이 캐더린이 나의 정인이라고 스스로 발표한 것이니, 모든 친구는 캐더린을 나의 정인으로 인정하시오.

모두 박장대소라. 쎄실이 웃으며,

"캐더린은 산수에 낙제fail 될 염려는 없겠습니다. 수학의 대가인 정인이 있으니."

모두 크게 웃는지라.

식사를 마치고 나서 모두 손을 씻고 거실parlor로 나와 담배cigarette도 피우며 담화하는데, 바이올라가 악단을 인도하고 사람들에게 음료를 약간 나눠주고서 춤이 시작될 무렵 널리 선포하기를,

"오늘 저녁 댄스는 다른 팔라 댄스parlor dance처럼 자기 정인과만 추지 못하고, 한 여자가 열두 남자와, 한 남자가 열두 여자와 돌아가며 출지니, 모두 그 규칙대로 하라."

하고,

"나는 주인이라 손님과 대무對舞할 것이니, 나머지는 마음대로 한 사람씩 안으라."

하고 풍악 속에 한 차례 추고 물러나서 음료를 약간 마시며 담화하다가 다시 추기 시작하여 열두 차례를 추니, 새벽 3시라.

연회를 마치고 헤어졌다가, 월요일monday부터 다시 학교에 가고 전과 같이 야학을 하여 크리스마스Christmas, 신년New Year, 부활절Easter Sunday을 지내니, 바이올라의 무리도 충분한 학점credit을 만들고, 캐더린, 에바, 엘리노, 메이도 만족스러운 학점을 만들어 머지않아 졸업하게 되었는데, 해리 다카하시가 젠 숙과 점심 먹으며 담화하는 것이 한 쌍의 부부라 해도 거짓말이 아니라. 잭이 캐더린에게,

"해리와 젠이 저만큼 친근해졌으니, 장차 부부가 될까?"

【캐더린】 분명히 부부가 된다. 젠의 심리를 깊이 알지는 못하나, 해리가 돈이 많으니 키스나 몇 번 주고서 몇만 원 강도질할 생각인 것 같다. 네가 장차 보아라, 내 말이 거짓말이 되는지.

【잭】 해리의 일은 장차 알게 될 일이니 더 말할 것 없다. 그런데 네 생각에 다른 인종끼리도 결혼할 수 있게 하는 만국통혼萬國通婚이 옳은 것 같으냐? 그른 것 같으냐?

【캐더린】 나는 전부가 다 옳거나 전부가 다 그르다고 생각하지는 않는다. 어떤 결혼은 행복을 받겠지만 어떤 결혼은 고통을 받을 것이니,

각각 바라는 바대로 행복을 도모할 뿐이다.

잭이 그 말을 들으니 희망이 많은지라. 웃으며,

"내가 캐더린에게 한 마디 물을 말이 있으니, 대답할 터이냐?"

캐더린이 웃으며,

"네가 묻는 말은 무엇이나 대답할지니, 말하여라."

【잭】 내가 작년에 네게 한 말이 있으니, 그 말을 기억하느냐?

【캐더린】 기억만 할까? 그 말을 두고 지난 주일까지 싸우다가 결단하였다. 네가 미美를 갖춘 남자이며, 수학이 빼어나니 천문학자가 될지라. 미와 명예를 탐내는 여자가 너를 무심히 볼 터이냐? 내가 1년이 넘도록 저울질하다가 '불가'로 결단을 내린 것은, 내게 마음과 눈으로 허락하는 성인이 있고 또 내가 미는 있으나 브라운 아이brown eye에다가 체구가 작기 때문이다. 그런즉 우리가 기왕 친근히 지내었으니, 잊지 않는 친구로 지내자.

【잭】 내 마음에는 만족스럽지 못하나, 친구로 지내자고 허락하니 감사한다.

그럭저럭 말은 하나, 그 염통은 바늘침을 맞는 것과 한가지라. 점심 식사가 끝나고 들어가서 공부를 하나, 3년 동안 정력을 허비하다가 성공을 못하고 실패하니 그야말로 심장이 찢어질 듯한 실연heart break이라. 엘리노와 메이는 은근히 기뻐하며 코웃음치니, 누가 위로할까? 에바가 잭의 처지가 비참하게 된 것을 알고 온갖 수단으로 위로하기를,

"잭아. 내가 슬퍼할 때에 네 위로를 들었으니, 네가 슬퍼하는 것을 나 말고 누가 위로하겠느냐? 나의 격려를 듣고 기뻐하여라. 이 세상 인류에서 여자가 절반이니, 그 많은 여자 가운데 너를 환영할 여자가 없을

터이냐? 모든 여자의 미를 보면, 캐더린에 미치지 못할 여자가 많지만 캐더린을 넘어설 여자도 많다. 그러니 기뻐하여라."

잭이 감사하고 캐더린을 잊고 단념하나, 메이는 행여나 잭을 잡을까 기웃거리며,

"먼 데 있는 장미rose가 가까이 있는 엉겅퀴thistle만 못한 법이니, 어찌 생각하느냐?"

【잭】 나는 장미와 엉겅퀴를 다 원하지 않고 몰약myrrha을 원한다.[3]

메이가 웃으며,

"몰약을 원하거든 아라비아에 가거라. 미주에는 없는 꽃이다."

잭이 대답하지 않는지라. 한 주일을 지내니 학기를 마치는 날이라. 그 예식을 캐더린이 주관하게 되니, 잭의 학점credit은 산술은 99이나 작문, 역사, 영문이 94이며 캐더린은 영문, 역사, 작문, 산술이 모두 97이니 캐더린이 주관하게 된 것이라. 지방 학무국장이 교장을 방문하여 이번에 누가 예식을 주관하는가 물으니, 교장이 졸업 예식은 미스 캐더린 골든벅이 주관하게 되었다고 대답하니,

【국장】 캐더린의 학점은 몇 점point이며, 잭의 점수는 몇 점인가? 물으니,

【교장】 캐더린의 점수point는 388이고, 잭의 점수는 384입니다.

【국장】 잭이 92점이 더 있다. 실업자 야학에서 모든 반 학생이 평균

---

3 몰약(沒藥, myrrha)은 몰약나무(Commiphora myrrha) 등의 감람나무과 식물에서 추출한 물질로, 아라비아, 이집트 등에서 오랜 옛날부터 다양한 예식에 사용되었다. 여기서는 몰약을 추출한 나무의 꽃을 가리키는 말로 사용된 듯하다. 몰약은 동방박사의 세 가지 예물 가운데 하나로도 알려져 있으며, 진한 향내가 있어 향(incense)으로도 사용되었다.

80점인데 잭이 가르치는 반의 학생은 92점이니, 그 점수가 잭의 점수이다. 그런즉 잭으로 하여금 예식을 주관하게 하여라.

【교장】 이미 캐더린이 졸업 예식을 주관하도록 결정했는데, 지금 변경하면 캐더린의 명예가 떨어질 것이니 그도 생각해야 합니다.

【국장】 캐더린의 명예가 떨어질 것 없다. 캐더린의 체면을 보호하기로 생각한다면, 이는 학교 당국의 판결이 불공평한 것이다. 내가 어느 학생에게 들은 말이 있다. 잭의 산술 과목 점수는 항상 120점이 넉넉한데 선생이 99점을 주다가, 시험 때에 잭이 속임수cheat를 썼다고 트집을 잡다가 수치를 당했다 하니 우선 불공평한 것이다. 가령 은행에 돈을 맡긴다면, 100원을 맡기면 100원을 내어주지 90원을 주지는 못한다. 이 불공평을 다른 지방이나 고을에서 알게 되면, 우리 카운티county의 학교 당국은 속임수를 쓰는 곳이라는 비웃음을 받게 될 터이다.

교장이 그 말을 듣고 생각하니, 다른 학교 교장은 어찌 되었건 자기가 으뜸가는 비웃음을 받게 될지라.

"캐더린이 섭섭할지나, 잭으로 하여금 예식을 주관하게 변경하지요."

【국장】 누가 예식을 주관하나 우리 당국은 상관이 없으나, 졸업 예식을 최다 점수 얻은 학생이 주관하는 것이 학교의 규칙이니, 최고점 얻은 학생을 제외하고 부족한 학생으로 하여금 주관하게 하면 학교 당국이 학교 규칙을 파괴함이다. 깊이 생각할 것 아니냐?

교장이 감사하니, 국장은 작별하고 가는지라. 곧바로 캐더린과 잭을 불러다가,

"이번 졸업 예식을 캐더린이 주관하기로 결정했는데, 학교 당국이 잭의 점수를 속인cheat 것이 드러나서 장차 학무국에 큰 시비가 되겠다고 학무국

장이 와서 바로잡으라 하는구나. 캐더린의 점수는 388점이며 잭의 점수는 476점이니 잭으로 하여금 예식을 주관하게 하라고 명령order하여 어쩔 수 없이 변경하게 되었으니, 미스 골든벅은 섭섭히 생각하지 말거라."

이 말을 듣는 캐더린은 얼굴빛이 잿빛이 되며 아무 대답을 못하는데,

【잭】 그렇게는 못합니다. 미스 골든벅이 예식을 주관하는 줄은 모든 교사와 학생이 다 아는데, 이제 변경하면 이는 캐더린의 분 바른 얼굴에 개똥dog manure을 발라주는 모양입니다. 또 나는 예식을 주관함으로써 대통령이 된다 하여도 거절할 것이니, 내가 내 명예를 내세우기 위하여 나의 사랑하는 친구 얼굴을 더럽히리까? 나는 절대 그렇게는 하지 않을지니, 변경하지 마시고 캐더린이 주관하게 하시오.

【교장】 나는 변경할 생각이 없지만, 학무국장의 말이 '잭의 점수를 남이 알면 학무국에 큰 시비가 생기겠다. 잭으로 하여금 주관하게 하라' 고 명령order하니 어쩌나?

【잭】 학교 당국이 강제로 나더러 주관하라 하면 내가 졸업장을 못 받을지라도 학교 문을 발뒤축으로 차고 나갈지니, 그리 짐작하시고 마음대로 하시오. 나의 점수가 캐더린의 점수와 같아서 서로 경쟁하게 되었어도 경쟁하지 않고 캐더린에게 양보할 터인데, 하물며 캐더린이 주관하기로 결정된 것을 남자 된 내가 빼앗을 터입니까?

【교장】 잭, 네가 그처럼 생각하니, 나는 감사한다. 그럼 변경하지 않을지니, 나가 보거라.

사색이 되었던 캐더린이 그 말을 듣고, 교장 앞에서 잭에게 키스하며,

"잭아. 네가 그렇게 깊이 나를 사랑하는 줄 몰랐구나."

교장이 웃으며,

"미스 골든벅, 너무 무례한데."

【캐더린】 기쁨이 솟아나면 예의가 물러납니다.

하고 나오며,

"잭아. 네가 내 얼굴에 유향乳香과 몰약沒藥을 발라줄 줄 몰랐구나. 참 말 감사하다."

잭이 웃으며,

"감사란 말은 보답할 데 보답하지 않고 말로 대신하는 것이다. 정말 감동되는 생각이 있거든 '아이 러브 유love you' 하여라."

캐더린이 웃으며,

"내가 깊이 사랑하지만 약혼engage은 할 수 없다."

하고 방room으로 들어가니, 대개 학생이 교장의 부름으로 가면 열에 일고여덟은 꾸지람을 받는 터이라. 잭만 부른 것이 아니고 친근히 지내던 캐더린까지 불렀으니 무슨 꾸지람을 받았냐고 에바가 물으니,

【잭】 나도 교장이 부르기로 무슨 꾸지람이 있을까 의심하였는데, 꾸지람이 아니고 캐더린과 약혼하라고 권유하더구나.

그 말을 듣는 메이의 석탄 빛깔 얼굴이 잿빛이 되는데, 엘리노가 묻기를,

"그래, 약혼하기로 결정하였느냐?"

【잭】 누가 눈처럼 흰 테이블snow table의 종이 되는 약혼을 할까? 캐더린은 환영하지만, 나는 거절하였지.

엘리노가 웃으며,

"그래. 눈처럼 흰 테이블의 종이 되지 말고, 석탄처럼 검은 테이블coal table의 상전이 되어라."

모든 남녀가 크게 웃으니, 시간이 12시라.

모두 집으로 갔다가 저녁 먹고 학교에 돌아오니, 여학생은 전부가 정장full dress이나 남학생은 체면이 서는 빛나는 자리에 앉을 학생만 대례복이며 나머지는 모두 검은 코트black coat에 흰 바지white pants라. 학생회 회장의 인도로 캐더린 골든벅이 맨 앞자리에, 이어서 제2 잭 전, 제3 엘리노 스미스, 제4 존 캐스웰, 제5 에바 헤스링, 제6 조지 버틀러, 제7 메이 플라워, 제8 해리 모리스, 제9 보교 왕, 제10 피터 남파, 제11 젠 숙, 제12 팽코 까시야, 제13 매리 블렌, 제14 프레드릭 고링, 제15 노부 고니시, 제16 윌리엄 존슨, 제17 마그렛 하인스, 제18 찰리 이튼, 제19 베티 프리끌, 제20 로맨 스틸웰, 제21 바바라 킹, 제22 파울 킹, 제23 크리스탈 베그맨, 제24 아더 존스, 제25 헬리나 카완까지 서니라. 이 25명의 남녀학생이 졸업 학점full credits을 받은 학생이니 앞자리에 앉았는데, 특별히 이채로운 것은 칼라 걸color girl인 메이 플라워라. 학교 악단이 음악을 연주하니 학생 일동이 국가를 부르고, 교장의 간단한 연설이 있은 후에 메이 플라워가 독창으로 교가를 부르는데, 그 음성은 그랜드 오페라grand opera에 들어가도 거절당하지 않을 음성이라. 수천 군중이 박수갈채를 보내니, 캐더린 골든벅이 일어서서 노동자보험 문제로 지은 1,800자words 산문을 꾀꼬리 같은 목소리로 낭독하니라. 때마침 경제 공황으로 실업자가 많아진 시기요, 그 글이 두서없이 번잡하거나 실제가 아닌 상상을 다룬 것이 아니고 조리 있게 사실적으로 지은 것이니, 어느 누가 마음에 깊이 새겨 명심하지 않을까? 캐더린의 교사는 누가 도와준 것인지 짐작하지만, 다른 교사들과 교장은 놀라며 칭찬하기를,

"캐더린이 저렇게 인류 진화의 요소인 경제 사상이 발달되었을까?

이스라엘Israel 자손이 분명하다."

하고, 예식이 끝나니 졸업장 수여식을 거행하고 사진picture까지 찍으니, 시간은 11시라.

모두 해산하는데, 에바가 대학생 존 카피리John Capri와 나오며 잭에게 자기 집으로 가자고 청하니,

【잭】 내가 다른 친구의 집에 가기로 허락하였으니, 너의 요청을 따르지 못하는 것을 용서하여라.

에바가 매우 섭섭하다고 하며 그럼 다음날 다시 보자고 말하고 가니, 잭도 나가서 차car를 타려는데, 캐더린이 쥐 보고 달아나는 여인의 걸음으로 달려와서 손을 잡으며,

"잭아. 어디로 가느냐? 나의 집으로 가자."

【잭】 용서하여라. 대한인 국민회Korean國民會에서 파티party를 마련하고 초청하기에 가는 길이니, 용서하여라.

【캐더린】 그러면 내일 저녁에는 와야 한다. 나의 부모가 나의 졸업 파티를 마련한다.

【잭】 그 파티에 어떠한 인물들이 참석하느냐?

【캐더린】 바이올라의 파티에 왔던 인물은 다 참석하고, 그 외에 새 인물 10여 명이 참석한다.

【잭】 그러면 나는 가지 않겠다.

캐더린이 놀라며,

"무슨 까닭에?"

【잭】 패서디나Pasadena의 그 놈guy이 오면[4] 나와 시기하고 질투하게 될 지니, 싸움이 일어날 것이다. 남의 파티에 풍파 일으키려고 가겠느냐?

캐더린이 웃으며,

"너는 시기하고 질투할는지 몰라도 패서디나 가이Pasadena guy는 시기하거나 질투할 인물이 아니다. 나는 누구든지 시기질투를 하는 놈은 차버리고kick 마음이 넓은 놈과 상종할지니, 네 누이도 모시고 오너라."

【잭】 가게 되면 나만 가지, 누이는 모시고 가지 않을 터이다. 내 누이가 함께 참석하면 내가 마음대로 장난치고 웃지를 못한다.

【캐더린】 매우 미안sorry하구나. 그럼 너만 오도록 해라. 내일 저녁 7시seven o'clock에 내 차를 보낼 것이니, 일찍 준비하여라.

잭이 대답하고 국민회國民會에 가서 학교 생활담을 조금 말한 뒤에 국민회에서 준비한 다과를 먹고서 해산하니라. 그 이튿날 오후 6시 반에 캐더린의 운전사driver가 차를 몰고 온지라. 잭이 빨리 의복을 차려입고 25번가twenty-fifth에 있는 캐더린의 집으로 가니, 캐더린이 그 정인情人 오거스틴 프리맨Augustine Freeman을 어떻게 구슬렸든지 프리맨이 마주 나와서 손을 잡아 흔들며,

"미스터 전, 대단한 성적으로 졸업한 것을 축하합니다."

【잭】 과찬하시니 감사합니다.

하고, 캐더린에게 인사하니 캐더린이 답례하고,

"베티Betty는 왜 오지 않았느냐? 모든 남자들이 눈이 빠지도록 기다렸는데."

【잭】 같이 가자고 청하니, 블루 아이blue eye 무리 속에 섞이기 원치 않

4 '패서디나(Pasadena)'는 LA 북동쪽에 있는 교외 주택 도시이다. 잭이 고백했을 때 캐더린이 "마음과 눈으로 허락하는 정인이 있다"고 하였으니, 그 정인(情人)이 사는 곳이 패서디나임을 짐작할 수 있다. 「구제적 강도」에서는 캐더린이 '패서디나 부호의 아들'과 결혼했다는 소식이 언급되기도 한다.

노라고 거절하는구나. 납치kidnap하지는 못할 형편이니, 나만 왔지.

【캐더린】 그 브라더brother는 블루 아이를 천사같이 쳐다보는데, 그 시스터sister는 블루 아이를 원숭이monkey로 보는 게로구나. 들어가자.

인도하니, 잭이 따라 들어가며 보니 그 크나큰 거실parlor에 어울려 앉은 남녀가 무려 한 다스dozen 반이 되며, 환갑을 지나지 못한 노인 부부도 있는지라. 캐더린이 잭을 노인 부부에게 소개하기를,

"이 젊은이young man는 미스터 잭 전입니다."

하고 잭에게,

"이 노인old man과 노부인old lady은 나의 부모이시니, 인사하여라."

【잭】 나의 성명은 잭 전이올시다. 노년에 평안하십니까?

【노인】 네가 잭 전이냐? 너의 큰 명성은 캐더린에게 몇 번 들었으나, 마주앉아 이야기하는 것은 처음이로구나. 우선 모든 젊은이young people들과 인사하여라.

잭이 대답하고 돌아서니, 캐더린이 잭을 자기 오빠brother 부부에게 소개하고 새로 온 인물들에게도 소개하니, 바이올라 집에서 인사를 나눈 남자들은 졸업을 축하하고,

"미스터 전. 타타르Tatar 족속으로 우리 중학교에 신기록을 만들었으니, 존경의 뜻을 표합니다."

【잭】 별로 대단하지도 못한 보통의 졸업에 과찬하시니, 미안합니다.

캐더린이 바이올라가 앉은 카우치couch로 잭을 인도하고,

"미스터 전. 바이올라에게 사랑love을 시험해 보시오. 재미가 어떠한가?"

【잭】 선생과 제자가 사랑하는 예절이 어디 있느냐?

하고 앉으니, 바이올라가 웃으며,

"학교에서는 선생과 제자이지만, 이 자리에서는 한 쌍의 연인love pair 이다. 그러니 내가 정신을 잃도록 정담情談을 하여라. 내가 끌려가나?"

【잭】 정情의 세계에서 끌어당기는 내 힘은 한량없이 강대하다. 여자는 말할 것도 없고 나무나 돌도 움직이게 할 것이다.

하는데 집사butler가 들어와 노부인에게 알리니, 노부인과 캐더린은 식당으로 나가고 노인은 웃으며,

"오늘 저녁 만찬에는 재미있는 조크joke가 많을 모양이지? 청년남녀가 말을 주고받는 서두는 연애담love talk이니, 오늘 저녁에 제일 뛰어난 농담꾼joker을 캐더린과 약혼하게 할 것이다. 그러니 누구든지 마음과 재능을 다하여 조크하여라. 한번 웃어 보자."

하는데, 집사가 다시 들어와서 젊은 골든벅young Goldenberg에게 손님을 인도하시라고 아뢰니, 데이비드 골든벅David Goldenberg이 일어서며,

"모든 손님, 식당으로 들어갑시다."

하고 인도하니, 노인이 앞장서고 모든 남녀가 그 뒤를 따라 들어가니라. 캐더린이 자기 부모 두 분은 북쪽 끝에 나란히 앉게 하고, 오빠brother 부부는 남쪽 끝에 앉게 하고, 바이올라와 잭은 아버지 왼편에 앉게 하고, 나머지는 아무 데나 앉게 하고, 자기와 오거스틴은 오빠 오른편에 앉는지라. 노인이 축복의 기도를 하고 데이비드 골든벅이 자기 누이의 졸업을 축하하는 파티party라고 간단히 말하고 물러앉은 뒤에 집사butler가 샴페인champagne을 잔glass마다 채우니, 노인이 잔을 들며,

"너희 청년들도 한 잔씩 마시고, 그 대가로 조크 한 마디씩 하여라. 만일 조크 못하는 놈은 벌로 한 잔씩 더 줄 터이다."

엘리노가 웃으며,

“잭아. 네가 너의 끌어당기는 힘이 나무나 돌도 움직이게 한다고 자랑하나, 나는 그 말을 믿지 않는다. 네가 우리 학교에 입학하는 날부터 어떤 천사님께 희망을 품고 3년 동안 마음 고생하다가 2주일 전에 그 천사님께 ‘나의 모든 정신을 천사님께 바치느라고 심장heart이 끓고 목이 말랐으니, 천사님은 불쌍히 보시고 그 유향, 몰약 같은 진액을 내 입에 한 방울 떨어뜨리소서’하고 사정하고 애걸하다가, 진액은 받지 못하고 발길질kick을 받았으니.”

잭이 웃으며,

“엘리노. 네가 그 발길질을 단순한 발길질로 아느냐? 그 발길질은 나의 끌어당기는 힘이 얼마나 센지 시험하는 발길질이다. 우리 공부하는 반에 남녀 학생이 60명인데, 여자가 과반수이다. 그 과반수의 여자 중에 한 여자는 저나 나나 피차 무심하였고, 한 여자는 내가 마음을 두었으나 그 여자는 무심하였고, 그 외에는 다 나를 눈여겨보면서 다만 한두 번이라도 사랑의 윙크love wink를 던졌다. 그중 심한 여자가 하나 있었는데, 오전 15분 휴식 시간에 내가 어느 나무 아래 앉아 쉬면 그 여자가 매번 따라왔다. 내가 그 여자의 심리를 아는 까닭에 옆에 다른 사람이 있으면 맞이하지만 다른 사람이 없으면 피신하여 정담love talk할 기회를 주지 않았다. 그런고로 그 여자가 옆에서 보는 사람들 때문에 정담은 입 밖에 내지 못하고 사랑의 윙크를 매일 서너 번 하기를 2년 반이나 하다가 지난 2월부터 그만두었다.”

바이올라가 웃으며,

“우리가 한번 크게 웃게 피차 무심하게 지낸 여자는 누구이며, 너는 마음을 두는데 무심하게 행동한 여자는 누구이며, 매일 윙크한 여자는 누구인지 사람들 앞에 꺼내 놓아라. 한번 웃어보자."

【잭】 바이올라가 한번 웃기 원한다면, 엘리노에게 물어보라. 엘리노가 누구인지 지적하리라.

바이올라가 엘리노에게,

"잭의 말이 그 아름다운 이야기를 네게 물어보라 하니, 네가 누구인지 지적할 테냐?"

【엘리노】 지적하지. 피차 무심하게 지낸 여자는 에바 헤스링Eva Hessling이고, 잭은 애걸하지만 무심하게 행동한 여자는 캐더린이다. 그 외에 누가 잭 같은 놈을 눈여겨보았을까? 메이 플라워가 매일 윙크한 듯하다.

마그렛이 웃으며,

"그 매일 윙크한 여자는 내가 말해 주지. 함께 공부하는 여학생이 잭과 친근하게 되는 것은 산수 때문이다. 답을 찾지 못하는 학생은 다 잭에게 답을 묻게 되니, 나도 잭에게 종종 물었다. 모든 여자가 잭과 한 주일에 한 번이나 두 번 상종하지만, 캐더린, 엘리노, 메이, 에바는 매일 오전 휴식 때와 점심시간에 모여서 담화하였다. 내가 답을 물어보러 가니, 엘리노가 잭에게 윙크하더라. 처음에는 눈에 먼지가 들어갔나보다 생각했지만, 매번 윙크하기에 그제야 사랑의 윙크인 줄로 짐작하였다."

모두 박장대소하는데, 오거스틴은 캐더린의 손을 잡으며,

"오 마이 러브Oh My love. 나는 당신을 사랑하오I love you."

하며,

"레들랜즈 산보다 더than the Redlands mountain."[5]

---

5 '레들랜즈(Redlands)'는 캘리포니아주 남동부에 있는 도시이다. 리버사이드 동북쪽에 있다.

하고, 존 카피리는,

“나는 만찬이 끝나거든 에바를 데리고 이 자리에서 물러날 것이다. 이 자리에 있다가는, 끌어당기는 힘이 강한 잭에게 에바가 끌려갈지니.”

모든 남자가 크게 웃으며,

“이 데이고dago야.[6] 데이고의 심성이 그렇게 만만하냐? 노란 망나니 놈yellow bad egg에게 정인을 잃을까 겁을 내다니.”

모두 크게 웃는지라. 노인이 웃으며,

“모두 훌륭한 조크를 하였으니, 샴페인 한 잔씩 더 마시고 음식 먹자.”

집사가 샴페인을 돌리니 모두 마시고, 음식을 먹기 시작하니 수저 소리 뿐이라. 노인이 웃으며,

“나는 중학교 시절에 여학생과 말하려 하면 얼굴이 붉어지고 숨이 차서 대답도 못했는데, 너희는 여학생을 꼭두각시 인형Jumping jack 움직이듯 하는구나.”

노부인이 웃으며,

“미스터 골든벅Mr. Goldenberg은 참말 여학생girl을 무서워하였지. 내게 매일 꽃 한 송이씩 주었으니, 그것이 무서워한 증거이지.”

모두 박장대소라. 잭도 웃으며,

“부인님 마음씨가 매우 부드럽습니다. 꽃 한 송이 주는 사랑에 끌려갔으니. 그러나 그 따님은 매일 산수 가르쳐 주는 사랑에도 끌려가지 않으니, 부인님의 마음씨를 물려받지 않은 듯합니다.”

---

6 원문은 “쎄고”이다. ‘데이고(dago)’는 이탈리아 등 라틴 계통의 사람들을 모욕적으로 지칭하는 비속어이며, 보통은 사용할 수 없는 말이다. 그렇지만 조크를 하는 자리이므로 의도적으로 이 말을 사용했을 것이다.

부인이 웃으며,

"남녀 사이에 사랑으로 끌 때에는 끌려가는 것이 있고 끌려가지 않는 것이 있다. 눈에만 들고 마음에 들지 않으면 안 끌려간다. 눈과 마음이 다 허락해야 끌려간다. 엘리노의 눈과 마음이 너를 허락하는 까닭에 너를 끌려 하였으나, 네 눈과 마음이 엘리노를 허락하지 않았다. 그러니 끌려가지 않은 것이다. 네 눈과 마음은 캐더린을 허락했으나, 캐더린의 눈과 마음은 너를 허락하지 않았다. 무슨 이유로 엘리노에게 끌려가지 않았는지를 네가 생각하면, 캐더린이 네게 끌려가지 않은 이유를 알리라."

【잭】 부인님 말씀이 매우 이치에 맞습니다.

곁에 있든 바이올라가 웃으며,

"잭아. 네가 이치에 맞다고 하였으니, 엘리노에게 안 끌려간 이유와 캐더린을 끌려고 한 이유를 말하여라. 그 이치 속에 아름다운 이야기가 있을 듯하니, 한번 웃어 보자."

잭이 웃으며,

"바이올라의 요청은 내 염통의 피를 한 잔 받아 달라고 해도 시행할 터인데 말하지 않겠느냐? 내 성정이 고요한데, 엘리노의 성정도 고요하다. 두 고요한 성정을 지닌 사람이 마주하면 곧 적멸寂滅이니, 무슨 기쁨과 즐거움이 있을 터이냐? 그러니 끌려가지 않은 것이다. 캐더린의 성정은 활발하다. 활발함과 고요함이 마주하면 곧 '풍화가인風火家人'의 괘이니,[7] 기쁨과 즐거움이 많을지라. 그러니 끌고자 한 것이다."

바이올라가 캐더린에게,

---

7 '풍화가인(風火家人)'은 주역(周易)의 37번째 괘(卦)로, 대체로 여자는 정숙하고 가정은 화목하다는 뜻으로 풀이된다.

"잭은 너를 끌어가려 하였으나 너는 끌려가지 않았으니, 아니 끌려간 이유를 말하여라."

캐더린이 웃으며,

"별 이유 없다. 내 마음은 허락하나 눈이 허락하지 않은 것이다. 내 키는 6척尺인데 잭의 키는 5척 반이 되지 못한다. 만일 부부가 되어 함께 거리street를 걸어가면 보는 사람들이 부부로 보지 않고 모자母子로 생각할 것이니, 남의 웃음거리funny가 아니냐?"

모두 박장대소하는데, 아더 존슨이 웃으며,

"미스터 프리맨(오거스틴)은 장차 수학의 대가인 아들을 둘 모양이지?"[8]

모두 박장대소라. 식사가 끝나니 반시간 동안 이야기하며 휴식하고서 댄스dance가 시작되는데, 그 유명한 지미 오케스트라Jimmy orchestra에 맞춰서 새벽 1시까지 추고서 해산하니라.[9]

---

8 '미스터 프리맨'은 곧 캐더린의 정인(情人)인 어거스틴 프리맨(Augustine Freeman)을 가리킨다. 캐더린이 자신이 잭과 걸어가면 남들이 모자(母子)로 볼 것이라고 했으므로, 이를 활용하여 조크를 한 것이다.

9 '지미 오케스트라'는 재즈 밴드인 'Jimmy Dorsey and His Orchestra'이다. 리더인 지미 도시(Jimmy Dorsey, 1904~1957)는 클라리넷, 색소폰 연주자 겸 작곡가로 유명했으며, 동생인 트럼본 연주자 토미 도시(Tommy Dorsey, 1905~1956)와 함께 밴드를 결성하여 활동하기도 했다. 1935년에 형제가 각기 밴드를 만들어 독립했는데, 지미 도시가 만든 밴드가 곧 지미 오케스트라이다.

구제적 강도救濟的强盜

구제하는 강도

잭이 씨씨 캠프C.C. Camp의 생활을 끝내고 집에 돌아온 지 사오일 후에 리버사이드Riverside로 가서 미세스 윌킨스Mrs. Wilkins를 방문하고 집으로 오니, 이날은 곧 부활주일 전의 안식일이라. 자동차를 천천히 몰아 포모나Pomona를 지나가는데 누가 '잭' 하고 부르거늘, 돌아다보니 미스 에바 헤스링Miss Eva Hesling이라.[1] 차car를 세우고 나가서,

"미스 헤스링, 어떻게 지내시오? 우리가 졸업하는 날 저녁에 헤어지고서 수년 동안 만나지 못하다가 이곳에서 만나게 되기는 천만 뜻밖이라. 그동안 공부는 계속 하시었소?"

【에바】 나는 예비 대학에서 공부한다만, 너는 어느 대학에서 공부하느냐?

---

1 씨씨 캠프(C.C. Camp)는 뉴딜(New Deal) 정책의 일환으로 운영되었던 Civilian Conservation Corps(자원보존봉사단, 資源保存奉仕團)을 일컫는 말이다. 대공황 이후에 발생한 실업자 구제를 목적으로 한 제도로, 1933년 3월부터 시작되었으며 18~25세의 미혼자 가운데 참가자를 선발하였다. 「중학교 생활」에서는 졸업한 이후 노동을 구하던 잭 전이 C.C. Camp에 참여하여 캘리포니아주 킹스 카운티(Kings County)의 산에서 8~9개월을 생활했다고 했다. 리버사이드(Riverside)와 포모나(Pomona)는 모두 LA 인근의 소도시이다.

【잭】 나는 공부를 계속하지 못하였소. 방랑 생활로 1년 반이나 돌아다니다가 집에 돌아온 지 1주일인데, 나를 사랑해 주시던 윌킨스 부인을 방문하고 오는 길이라. 그런데 에바는 무슨 일로 여기에 서 있는가?

【에바】 봄 방학spring vacation이라 숙모님 댁에 와서 며칠 지내고, 집으로 가려고 버스를 기다리느라고 이곳에 있었지. 그런데 나의 숙모님께 인사하여라.

하고, 숙모님께 소개하기를,

"미스터 전은 나와 같이 팔리 하이스쿨Polytechnic High school에서 3년 동안 공부하고 같이 졸업한 학우올시다."

헤스링 부인이 웃으며,

"매우 활발한 청년이로구나."

【잭】 저의 성명은 잭 전이올시다. 헤스링 부인님, 안녕하십니까?

【부인】 나는 늙어서도 신체가 건강하니, 하나님께 감사한다.

에바가 잭에게 묻기를,

"지금 어디로 가느냐?"

잭이 대답하기를,

"집으로 가는 길이다."

【에바】 그러면 나를 태우고 갈 수 있느냐?

【잭】 나는 태우고 갈 생각이 있지만, 숙모님이 허락하실는지 의문이다.

【헤스링 부인】 내가 허락하지. 태우고 가되, 내 조카딸의 털끝도 다치게 해서는 안 되느니라.

잭이 웃으며,

"털끝은 다치지 않고, 코만 부비겠습니다."

에바가 해죽하게 웃으며,

"숙모님, 평안히 계시오. 나는 갑니다. 어쩌면 다음 달 셋째 주 다섯째 날(금요일)에 다시 올 듯합니다."

【숙모】 그래. 아무 때든지 한가한 겨를이 있거든 오너라. 집에 가거든 너희 어머니께 문안하더라고 전하여라.

잭도 평안히 계시라고 인사하고, 에바를 태우고 떠나 알함브라Alhambra에 당도하여 차car를 음식점 문 앞에 세우고 에바에게 차tea 한 잔 마시겠는지 물으니,

【에바】 매우 좋다.

하고 같이 들어가 식탁에 앉으니, 상노床奴가 와서 무슨 음식을 원하는지 묻거늘, 잭이 웃으며,

"이 음식집에는 상노만 있고 상비床婢는 없느냐?"[2]

【상노】 상비가 없을 리 있소? 있지만, 다른 손님을 시중드느라고 오지 못하였소.

【잭】 그러면 가서 상비를 보내라. 나는 상노의 시중을 원치 않노라.

상노의 생각에는 공 돈푼이 좋이 생길 줄 믿었는데, 손님이 원치 않으니 할 수 없이 가서 상비를 보내는지라. 상비가 와서 보니, 갈색 눈의 아이와 푸른 눈의 숙녀라.[3] 특별히 주목하며,

---

2 '상노(床奴)'와 '상비(床婢)'는 밥상을 나르거나 잔심부름을 하는 남녀를 가리키는 말이다. 오늘날에는 외래어인 '웨이터(waiter)'와 '웨이트리스(waitress)'가 이러한 의미로 사용되고 있는데, 여기서는 혼란을 피하기 위해 '상노'와 '상비'를 다른 말로 바꾸지 않고 그대로 둔다.

3 이 구절의 원래 표현은 '자안동(紫眼童)과 청안여사(靑眼女士)'이다. '자안동(紫眼童)'은 붉은 눈을 가진 아이로, '청안여사(靑眼女士)'는 푸른 눈을 가진 여성으로 풀이할 수 있다. 갈색 눈인 'brown eyes'와 푸른 눈인 '벽안(碧眼, blue eyes)'을 '자안'과

"무슨 음식을 원하시는지 청하시오."

잭이 에바를 보고,

"무슨 음식을 원하는지 청하시오."

【에바】 계란에 굴을 지져 오라.

상비가 나간 뒤에 잭이 다시 에바에게 말하기를,

"이곳에서 담화할 것 있거든 지금 말씀하시오. 집에 갈 동안에는 왕래하는 자동차가 많아서 충돌하기 쉬우니, 이곳에서 담화하고 차car에서는 담화를 중지합시다."

【에바】 그럼 집에 가서 담화하고, 차에서는 원수처럼 지내지.

하는데, 음식이 들어오거늘 받아먹으며,

【에바】 우리가 한 식탁에서 음식 먹기는 처음이라. 잭아, 네가 이전에도 여자와 같이 음식 먹어 보았느냐?

【잭】 내게 두 누이가 있으니, 매일 같이 먹었지.

【에바】 내 말은 여자 친구와 같이 먹었냐는 말이다.

【잭】 와이오밍Wyoming 가서 시골뜨기country jake와 같이 먹어 보았지.

【에바】 그 여자의 성명이 무엇이며, 인물과 자태가 어떠하더냐?

【잭】 그 여자의 성명은 팻시 영러브Patsy Younglove며, 인물과 자태는 로키Rocky 서쪽에서 일류이지만 공부에는 매우 아둔하더라.

【에바】 물무양능物無兩能이라 여러 가지에 다 능한 사람은 없는 법이니, 인물이 준수하고 공부까지 잘 하기가 쉽겠느냐? 그래, 얼마 동안 상종하였느냐?

'청안'으로 바꿔서 말한 것일 듯하다. '아이'와 '여사'라는 말을 뒤에 붙인 것은 두 사람의 외모나 체격의 차이를 말한 것으로 볼 수 있다.

【잭】 예닐곱 달 상종하였지.

【에바】 무슨 일을 계기로 그 여자와 상종하게 되었느냐?

【잭】[4] 작년 6월 20일에 와이오밍으로 캠프가 옮겨갔는데, 독립기념일fourth July에 옐로스톤黃石公園에 들어가니[5] 각처의 유람객과 주변 지역의 남녀가 모여서 웅성거리는데, 국경일이라 공동 댄스dance가 있으니 춤추는 청년 남녀가 무려 삼사 천 명이더라. 그러나 같이 간 우리 두 사람은 짝지어 춤출 여자가 없구나. 서서 구경하는데, 한 차례 추고 잠시 휴식했다가 다시 추기 시작할 즈음에 23~24세 되었을 법한 남자 하나가 17~18세 되었을 법한 여자에게 춤 상대를 청하니 그 여자가 거절하기를,

'네가 나를 좋아하나, 나는 너를 싫어한다.'

라고 하니, 남자는 강제로 대무對舞하려 하고 여자는 거절하고 하여 질서가 문란하게 되었으나 어느 누구도 정돈을 시키지 않더라. 그래, 내가 그 중간에 끼어들어,

'아무리 예의를 모르는 시골뜨기country jake로서니 이곳에 모인 여자가 거의 수천 명인데 그 많은 여자를 다 내버려 두고 원치 않는다는 여자에게 폭력을 쓰느냐?'

한즉, 그 놈의 대답이,

'황목黃目,[6] 네가 무슨 상관이냐? 이 여자는 나의 정인情人이다.'

---

4 과거를 회고하는 잭의 대사가 너무 길기 때문에 대사 내부의 대화 등을 원문과 같은 방식으로 줄을 바꿔 표시한다. 단 구별을 위해 부호는 큰따옴표가 아닌 작은따옴표를 사용한다. 이하에서도 긴 대사는 이와 같은 방식으로 표기한다.

5 옐로스톤 국립공원(Yellowstone National Park)은 1872년에 미국 최초로 국립공원으로 지정된 명승지이다. 원문에는 뜻을 따른 표기인 '황석공원'과 음을 따른 표기인 '얄노스톤'이 함께 나타나는데, 여기서는 둘 모두 '옐로스톤'으로 옮기되 구별할 필요가 있다고 판단될 경우에는 원문의 표기를 병기하기로 한다.

하기에, 내가 다시 말하기를,

'네 정인이 아니라 아내라도 원치 않는다면 그뿐이지. 폭력을 함부로 쓰니, 그래 내게 그 폭력을 써 볼 터이냐?'

그 놈이 나보다 체격이 강대하니, 멸시하는 말로,

'네 목이 몇 개냐?'

하며 주먹질하려 하기에, 내가 그 놈의 팔을 잡아끌며,

'이 곳은 여러 사람이 함께 쓰는 무도장이니, 밖에 나가서 싸우자.'

하고 끌고 나오는데, 금새 구경꾼 수백 명이 둘러서며 '그 일본놈Jap 죽여라'라고 고함치니, 그 놈이 기고만장하여 주먹질하는 바람에 내 코가 납작해지고 피가 물 흐르듯 했구나. 그놈의 키가 나보다 크니 얼굴은 건드릴 수 없고 겨우 목이나 건드릴 터인데, 목을 치면 부러질지라. 그래서 쇄골collarbone을 치니 이놈이 갑자기 자빠져서 움직이지 못하는구나. 경찰관이 와서 사건을 조사하면서 그놈을 병원으로 보내고 내 이름과 주소를 묻고 가니, 그제야 그 여자가 와서 내 이름을 묻고서 자기는 '팻시 영러브'라 하며 같이 대무하자고 하기에, 내가 말하기를,

'나와 같이 온 동무가 있는데, 그 아이는 추지 못하고 나만 추기 미안하니 용서하라.'

한즉, 그 여자가 말하기를,

'같이 온 동무가 있으면, 그 아이에게 여자 하나 소개하지.'

하고, '매리. 매리'하고 부르니 어떤 밉지도 곱지도 않은 여자가 오는데, 팻시가 그 여자를 우리에게 소개하기를,

6 '황목'은 황인종인 잭을 비하하는 말일 것인데, 'brown eye(s)'를 표기한 것으로 짐작된다. 직역한 말인 'yellow eyes'는 황달을 뜻하므로, 여기서는 어울리지 않는다.

'이 여자의 성명은 매리 그린Mary Green이며, 나의 친구라.'

하기에, 나도 나의 동무를 그 여자에게 소개하기를,

'이 아이의 성명은 해리 토셋Harry Toucet이라.'

하고, 같이 무도장에 들어가 춤을 추며 팻시와 매리의 춤을 눈여겨보니, 팻시는 보통 춤이지만 매리는 참말 빼어난 춤이더라. 6시까지 춤을 추고 네 남녀가 그곳에서 제일가는 고급 식당으로 가서 저녁을 먹는데, 그 두 여자는 시골뜨기인 고로 음식 먹는 예절이 약간 서툴더라. 식사를 마치고 나서 계산서bill를 보니 6원이더라. 50전의 팁tip을 식탁에 놓고 나와서, 다시 9시까지 춤을 추고 모두 흩어졌구나. 우리 두 사람은 팻시의 차를 타고 오다가 중간에 내려 캠프로 들어가고 팻시와 매리는 제 집으로 갔는데, 그 다음 일요일Sunday에 팻시와 매리가 우리를 찾아왔구나. 그 캠프에 있는 아이놈들은 너나없이 여자란 말만 해도 침을 흘리는 놈들이니, 꿀주머니honey sack에 벌과 나비 모여들 듯 하는구나. 두 여자를 맞이하여 잠시 담화하다가 보내면서,

'이후에는 우리가 방문할 것이니, 그리 알고 이곳으로 오지 말라.'

당부하여 보내고서 그 후로는 우리가 방문하고 했는데, 어느덧 개학이 되더구나. 그 전에는 방학 때여서 아무 때나 시간이 있으면 방문했지만, 이제는 공부하는 학생인 까닭에 일주일의 여섯째 날(토요일)에만 찾아갔구나. 매리의 공부 성적은 양호하지만 팻시의 성적은 매우 낮았는데low, 수학 과목은 모두 '에프'이고 작문은 정치politic에 관한 글이 가장 뛰어나니, 장차 와이오밍 주Wyoming state 상원 의원senator이 될 것 같더라.

담화하는 동안에 먹기를 마치고 일어나며 음식 값을 보니 1원 70전

이라. 잭이 상비床婢에게 2원을 주며,

"거스름돈은 가지시오You keep change."

하니, 그 상비가 반쯤만 웃으면서 말하기를,

"물론 내가 갖지요Sure, I keep change."

하거늘, 에바가 웃으며,

"이 다음에 다시 올 테니 기다리라."

하고, 밖으로 나와서 차에 들어가 앉으며 시계를 보니 5시라.

【잭】 음식을 한 시간 동안 먹었구려. 지금 떠나면 오가는 차가 매우 복잡할 시간이라.

하고, 천천히 차를 몰아 로렌스 가Lawrence Avenue에 있는 에바의 집에 당도하니, 시간이 6시 반이라. 잭이 차 문을 열고 나와 에바를 부축하여 내리도록 하고서 작별을 청하니, 에바가 놀라며,

"이 무슨 생각이냐? 내 집에 오지 않았으면 모르거니와, 온 바에는 나의 어머님께 인사하고 가는 것이 당연하지. 예의를 아는 네가 나의 어머님께 공손치 않게 구니, 매우 섭섭하다."

【잭】 공손치 않게 구는 것이 아니라, 내가 매우 바쁘니 이 다음날에 와서 헤스링 부인께 문안하지.

【에바】 아무리 바쁘기로서니, 5분이면 인사드릴 터인데.

하고 손을 잡아끄니, 잭이 할 수 없이 끌려 들어가는데 에바의 집안 형편이 큰 부자는 아니지만 집은 깔끔하고 아름다운지라. 에바가,

"어머님, 계십니까? 귀한 손님이 왔습니다."

어머니가 주방에서 음식 만들며,

"에바 왔느냐? 귀한 손님이라야 네 외사촌이겠구나."

【에바】 조지가 아니고, 다른 손님이외다.

【어머니】 그럼, 예복으로 갈아입어야 하겠구나.

【에바】 예복으로 갈아입지 않아도 흠될 것 없는 손님이외다.

어머니가 행주로 손을 닦으며 들어오다가 보니, 손님이란 것이 백인 손님이 아니고 어느 황인종 아이라. 의아하게 여기며 말하기를,

"참말 우리 집에 귀한 손님이로구나."

잭이 손을 내밀어 인사하기를,

"저의 성명은 잭 전이올시다. 리버사이드에 갔다 오다가 포모나에서 에바를 만나게 되어 같이 와 문안하오니, 늦음을 용서하시오."

헤스링 부인이 웃으며,

"네가 잭이냐? 우리 에바가 평상시에는 네 말이 없지만 산수 공부할 때에는 항상 '잭이 있었으면' 하더니, 오늘 만나보게 되니 매우 기쁘다." 하고, 에바에게,

"숙부, 숙모님은 평안하시더냐?"

【에바】 숙모님은 건강하시나, 숙부님은 늙고 힘이 없어서 앉으면 졸더이다. 저녁은 어찌 되었습니까?

【어머니】 저녁은 준비되었다. 오늘 너의 아버지가 '조지가 에바와 함께 올 듯하니, 치킨 디너chicken dinner를 하라'고 말씀하시기에 치킨 디너를 준비했는데, 조지가 왜 오지 않았느냐?

【에바】 그 멍청한 놈dumb boy이 여자 친구에게 이끌려 들꽃 뜯으러 가면서 나더러 같이 가자고 청하는데, 나는 월요일Monday 공부 때문에 가지 않고 왔습니다.

【어머니】 그 시기에는 모든 남녀가 남자는 여자의 요청에 복종하고

여자는 남자의 요청을 시행하는 법이니, 조지가 나무나 돌이 아니니 여자 친구의 요청을 거역할 터이냐?

잭이 에바에게,

"이제 부인님께 인사하였으니, 이 다음날 다시 방문하기로 하고 작별하자."

【에바】 저녁 준비가 다 되었다고 하니, 우리 식구와 같이 저녁 먹고서야 가지 그 전에는 못 간다.

【잭】 저녁 먹는 것은 별 문제가 아니지만, 내가 리버사이드에서 떠날 때에 윌킨스 부인이 집에 전화하여 내가 점심 먹고 1시에 떠난다 하였는데 지금 6시 반이 지났으니 아버지가 기다릴지라. 저녁 먹지 않는 것을 용서하고 작별하자.

【에바】 아버님이 몹시 기다릴 듯하면, 우리 집에 와 있다고 전화하자꾸나. 너의 전화번호가 무엇이냐?

【잭】 전화번호는 전화번호부電話book를 보면 알 것 아니냐?

에바가 전화번호를 찾아 전화를 거니, 저쪽에서 누구인가 묻는지라. 에바가,

"나는 에바 헤스링이라. 네가 오마스Omas냐, 이소Esau냐?"

저쪽에서 오마스라고 대답하니,

【에바】 네 형 잭이 리버사이드에서 오다가 나를 만나서 지금 내 집에 같이 와 있으니 그리 알고, 아버님께 너무 기다리지 말라고 아뢰어라. 어쩌면 10시가 지나서 갈 듯하다.

저쪽에서 '오케이OK' 하는지라. 에바가 전화를 끊고 잭에게,

"안심하고 같이 저녁 먹으며 담화도 하고, 또 나의 오빠brother 부부와

인사하도록 해라. 나의 형님이 매우 현명하시다."

하고 의자로 인도하니 잭이 할 수 없이 물러나 앉는데, 얼머Irma 부부가 일을 마치고 오는지라. 에바의 소개로 얼머 부부와 인사를 마치니, 헤스링 부인이 식당으로 인도하는지라. 부인님의 인도로 얼머 부부가 자리에 앉고 그 다음으로 에바와 잭이 앉으니, 에바의 집안 형편이 큰 부자는 아닌지라 진수성찬은 아니지만 아담하기로는 최상이라. 얼머의 부인 헤셀Hessel 양이 하나님께 감사의 기도를 올리고 음식을 먹기 시작하니, 헤셀 양이 놀리는 말로,

"미스터 전은 무슨 대단한 마술이 있는 모양이지? 우리 에바가 자석에 바늘 끌려가듯 하니. 그 마술을 보여 줄 수 있소?"

【잭】 마술이 뭡니까? 에바가 어리석어 끌려오는 것이지요.

【헤셀 양】 이 세상에서 총명하기로는 우리 에바보다 나은 여자가 없는데, 그 총명한 에바가 같은 피부색도 아닌 피부색이 다른 인종에게 홀려서 유혹되니, 아마 마술이 매우 심오한 듯합니다.

【잭】 남자가 여자를 끌어당기거나 여자가 남자를 후리는 지름길은, 모두 상대의 성취가 부족한 부분을 찾아서 내가 더 우수함을 보여서 그 우수함에 탄복하여 따르게 하는 것입니다. 제가 에바와 3년 동안 같이 공부하였는데, 에바의 부족은 기하학幾何學입니다. 기하학을 공부할 때에 답을 찾지 못하여 애쓰는 것을 보고 답 찾는 방법을 몇 번 가르쳐 주었더니 거기에 감복되어 저를 신으로 알고 따르려 하지만, 저는 에바에게 정복되지 않겠습니다.

【헤셀 양】 미스터 전이 에바에게 정복되지 않는지 에바가 미스터 전을 정복하지 못하는지, 나는 지켜보겠소.

【잭】 헤스링 부인은 에바의 동기이니 그 마음씨와 재능을 깊이 알고 하시는 말씀인 듯합니다만, 끌어당기는 에바의 힘이 강한 만큼 밀쳐내는 나의 힘도 강합니다.

【얼머】 정담情談은 이 다음날 하고, 어서 저녁 식사 마치고 활동사진 구경 갑시다.

헤셀 양이 웃으며,

"참말 어리석구려. 자기 누이를 도적질하러 왔는데, 진수성찬으로 대접하고 또 활동사진 구경까지 시키겠다고 하니."

【얼머】 내가 어리석은가? 지혜롭지. 누이의 친구 대접하는 것이 누이를 사랑함이라. 그전에 내가 자네를 방문하니, 자네 오빠가 진수성찬으로 내섭하고 오페라 하우스opera house로 인도하데그려. 그러면 자네 오빠가 나보다 더 어리석지.

헤셀 양이 웃으며 "유 윈You win!" 하는데, 식사가 끝난지라. 모두 손을 씻고 거실parlor로 나오니, 헤셀 양이 에바에게 미스터 전과 함께 구경 가자고 청하는데,

【에바】 형님 부부만 구경 가시오. 나는 잭에게 산수 답 몇 가지를 찾아 달라고 하겠소이다. 이번 주에 공부할 산수는 참말 어려운 문제외다. 그 답을 찾지 못하면 금년에 통과pass가 못될 듯합니다.

【헤셀 양】 나는 미스터 전을 모시고 갈 생각이 많은데, 네 공부가 막으니 매우 섭섭하다. 그러면 산수 공부만 하고 정담은 하지 말거라.

에바가 웃으며,

"형님 혼인하기 전에 누가 놀리는 말씀 듣는 것이 좋습디까?"

헤셀 양이 웃으며,

"용서하여라."

하고 부부가 함께 나가니, 잭이 에바에게,

"산수 공부할 것이 있으면 빨리 공부하지."

【에바】 잠시 쉬었다가 공부하자. 지금 숟가락spoon을 놓고 공부를 시작하면, 식곤증으로 정신이 맑지 못할 것이다.

하고,

"알함브라Alhambra의 식당에서 말하던 팻시의 사정 이야기를 끝마치자. 그래, 일주일의 여섯째 날(토요일)에 방문했다 하니, 홀로 갔느냐? 아니면 누가 함께 갔느냐?"

【잭】 나는 방문할 생각이 그다지 많지 않으나, 해리가 매리를 방문할 생각으로 나를 끌더구나. 해리와 함께 방문했지.

【에바】 매리가 해리 맞이하는 정도가 어떠하더냐?

【잭】 매리가 해리 맞이하는 마음이 그다지 뜨겁지는 않았다. 그런 까닭에 해리가 나를 끌고 가더구나.

【에바】 그러면 매리도 너에게 마음이 있었던 모양이로구나.

【잭】 매리가 내게 마음이 있었는지를, 나는 알지 못하지.

에바가 웃으며,

"무릇 남자는 거짓말쟁이야."

잭이 웃으며,

"남자의 거짓말과 여자의 인색함은 하늘이 정한 이치이다. 만일 남자가 거짓말하지 않으면 그는 남자가 아니고, 여자가 인색하지 않으면 그는 여자가 아니다. 그런 까닭에 나는 여자의 행동acting은 '인색'으로 인정하나니, 너도 남자의 행동을 '거짓'으로 인정하여라."

【에바】 그만하면 매리의 심리를 짐작할 수 있다. 그러면, 팻시를 방문하여 무슨 담화로 시간을 보냈느냐?

【잭】 캘리포니아 여자는 황인종을 무슨 짐승으로 여기지만, 와이오밍 여자는 황인종과 백인종의 차별이 없이 인격의 높낮이로 상종할 사람을 택하더라. 그런 까닭에 팻시의 나에 대한 마음은 뜨겁지도 차갑지도 않았고, 대여섯 달 상종하면서도 정담은 한 마디도 내놓지 않고 정치나 사회 이야기가 아니면 학문 이야기뿐이로구나. 그래서 나도 정담을 내비치지 않고, 문학적 담론으로만 함께 시간을 보냈다.

【에바】 무릇 남자가 여자를 방문하는 것은 그 여자의 입에서 정담이 나올까 기대하고 가는 것인데, 정담이 없는 여자를 매주 방문 가는 것은 무슨 생각일까?

【잭】 별다른 생각이 있었던 것은 아니다. 팻시의 공부가 뛰어난지 아닌지 누가 알리오? 나도 개학한 첫 주에는 알지 못하였으나, 둘째 주에 알았구나. 둘째 주 안식일에 아침을 먹고 동무들과 사냥 가려 하는데, 해리가 부잣집 아들 모양으로 꾸며 입고 와서 팻시 방문하러 가자고 심하게 조르더구나. 그래 사냥 가려던 동무들에게 용서를 청하고 해리와 같이 미스 그린Miss Green을 방문하여 약간 담화하다가, '잠시 팻시를 방문하고 올지니 용서하라'고 하니 매리가 '방문할 것 없이 팻시를 청하자'고 막더구나. '내가 팻시에게 특별히 문답할 것이 있으니 방문하러 가노라'고 그 말을 막고 나와서 팻시의 집에 가서 초인종을 울리니 팻시가 나오는데, 무슨 힘든 일hard work을 했는지는 알지 못하나 진주 같은 땀이 얼굴에 영롱하더라. 그래서 내가 묻기를,

'무슨 힘든 일을 했기에 얼굴에 땀이 영롱하냐?'

팻시가 대답하기를,

'힘든 일, 힘든 일이라 해도 그런 힘든 일은 이 세상에 나 이외에는 맡았을 사람이 없을 듯하다. 산수가 나를 땀 흘리게 하는구나.'

하고 인도하기에 따라 들어가니, 폐지scrap paper가 테이블table을 덮고 테이블 밑에도 쌓였으니 무려 삼사십 장page이라. 내가 묻기를,

'무슨 산수인지 어려운 문제인 게로구나. 종이를 허비한 것 보니.'

팻시가,

'다른 사람에게는 그다지 어려운 문제가 아니나, 내게는 알 수 없을 만큼 어려운 문제라.'

말하기에 책을 들어보니 오하이오 레인저Ohio ranger에 대한 문제인데, '한 사람이 말 한 필 씩을 가지면 열다섯 사람이 부족하고, 한 사람이 말 두 필 씩을 가지면 아홉 사람이 남는다. 사람은 몇 사람이며 말은 몇 필인가?' 하는 것이라. 그 답을 찾지 못하여 세 시간 동안을 고생한 모양이라. 그 폐지를 검사하니 열다섯과 아홉을 합하여 24개를 만들기는 하였으나, 그 외에는 다 병아리가 흙먼지 헤치듯 하였구나. 내가 팻시에게 묻기를,

'어찌하여 15와 9로 135개를 만들었으며, 24개를 만들었느냐?'

한즉 팻시의 대답이,

'15와 9이니 곱하면 135개가 아니냐? 그러나 답이 안 나오는구나. 다시 15에 9를 더하니 24개가 되나, 또 답이 나오지 않는구나.'

하기에, 내가 가르치기를,

'네가 속셈으로 답을 찾고자 하였으니, 답을 찾을쏘냐? 차분법差分法으로 찾아보아라. 답이 나오리라.'

하고,

'15에 9를 더하니 24개가 아니냐? 그 24개를 2차분差分을 곱하여라. 몇 개나 되나?'

팻시가,

'2로 곱하니 48개가 된다.'

하기에, 내가 말하기를,

'48개가 말의 수이다. 그 48개에서 15를 빼면 몇 개가 남나 보아라.'

팻시가 빼더니 '33개'라 대답하기에, 내가 말하기를,

'그 33개가 사람의 수이다. 그 33개에서 아홉 사람을 빼 보아라. 몇 사람이 되나?'

팻시가 빼더니 '24인'이라 대답하기에,

'24인이 사람마다 말 두 필씩 가지게 되면 말이 모두 합하여 몇 필인가 보아라.'

팻시가 곱하더니 '48필'이라 대답하기에, 내가 다시 설명하기를,

'33인이 각기 1필씩 가지면 48필이니 15필 남고, 사람마다 2필을 가지게 되면 48필이니 24인만 가지고 아홉 사람은 못 가지지 않느냐?'

팻시가 매우 기뻐하며,

'네가 씨씨 캠프C.C. Camp 일을 그만두고 우리 학교에 와서 수학 보조교사를 하여라. 네가 교사로 가르치면, 어떤 바보라도 깨우칠 터이다.'

하더구나. 내가,

'그전 중학교에서 야학하는 학생을 가르쳐 보았다. 참말 교사가 힘든 일이다.'

하고 이번 주 닷새 동안 공부할 것을 가르치기 시작하는데, 매리의 집에

서 점심을 준비했다고 팻시까지 오라고 청하기에 같이 가니, 매리가 맞이하며,

'잠시 동안 방문하고 곧 온다더니 점심 준비하고 청하도록 담화하였으니, 무슨 정담을 그렇게 지루하게 하였느냐?'

하기에, 내가 대답하려는데 팻시가 대답하기를,

'내가 산수에 아둔한 것을 네가 알지 않느냐? 이번 주 공부에 어려운 산수 문제가 세 가지로구나. 학교에 가서 애쓰느니 조용한 집에서 답을 찾아보려고 아침 먹고부터 잭이 올 때까지 애를 썼으나 한 가지 답도 찾지 못하였는데, 잭이 바보라도 깨닫게 찾는 방식을 가르치는구나. 하여튼 손님을 위하여 점심을 준비하고 나까지 청하니 감사하다.'

매리가 '웰컴welcome'하고

'잭이 산수에 매우 능한 게로구나. 그러면 나도 몇 가지 배워야겠다.'

하는데, 그린 부인이 음식이 식는다고 재촉하기로 모두 식당으로 들어가니, 참말 진수성찬을 준비한지라. 미스터 그린이 감사의 기도를 하고 먹기 시작하니, 별다른 재담이 없어 우리 집home과 한가지라. 내가 웃으며,

'미스터 그린, 재담 좀 하시구려. 무슨 동양 풍속처럼 밥 먹을 때 말을 하지 않는 것입니까?'

한즉, 그린이 웃으며,

'이 세상에서 제일 어리석은 사람이 누구인지 아는가? 알거든 누구든지 대답하라.'

하니, 제일 어리석은 사람이 누구인지 누가 알리오? 모두 말이 없으니 그린이 웃으며,

'이 세상에서 제일 어리석은 사람은 나이다.'

하기에, 내가 묻기를,

'무슨 이유로 스스로 어리석다고 하십니까?'

하니, 그린이 웃으며,

'누구든지 제 집에 도적놈이 들어온 줄 알기만 하면 총으로 쏘거나 야구 방망이ball bat로 머리를 치거나 할 터이지, 조용히 보기만 할까?'

내가 웃으며,

'그야 누구든지 도적이 들어온 줄 알기만 하면 총으로 쏘거나 총이 없으면 방망이로 때려서 쫓아내지요.'

그린이 다시 웃으며,

'나는 집에 도적질하러 온 놈을 때려 쫓아내지 않고 진수성찬으로 대접하니, 어리석지 않으냐?'

모두 이 말을 듣고 밥을 뱉을 듯이 웃었구나. 원래 팻시의 부모는 와이오밍 태생인 고로 인종 차별 관념이 없지만, 매리의 부모는 샌프란시스코San Francisco 태생이니 인종 차별 관념이 매우 강하구나. 샌프란시스코桑港 지진 때에 생업을 잃고 거지가 되어 부부가 함께 북쪽으로 굴러가다가 그곳에 살게 되었으나 생계가 막막하구나. 노동으로 생활하다가, 샌프란시스코가 정돈된 후에 지진 때 불에 타고 남은 집터를 3천 원에 팔아서 그 돈으로 밑천을 삼아 그곳에 철물hardware 상점을 열고 근근이 생활했는데, 매리가 첫 자식으로 생기고 그 후에 아들 형제를 두었구나. 매리가 복이 많은 여자로구나. 막 걷기 시작할 때부터 자녀 없이 홀로 생활하는 이웃집 노부인이 딸같이 손녀같이 사랑하며 계절에 맞춰 의복을 공급하니, 매리의 부모가 미안하여 딸을 입양adopt시키고자 하였는데, 그 노부인이 '입양한 딸adopted daughter이라고 해서 더 사랑하거나 아니라고 해서 덜 사랑할 것이 아니니 입양할 필요가 없다'고 하며 거절하고 항상 사랑하셨구나. 매리가 12살 되는 봄에 노부인이 병으로 돌아가시게 되었는데 변호사律士를 청하여 3만 원의 값이 나가는 자기 재산을 매리에게 주는 문서note를 만들어 땅과 집은 매리가 21세 후에 마음대로 처분할 수 있게 하되 그 전에는 누구든지 처분하지 못하게 하고 그 토지의 수입금은 그 아버지가 맡아서 매리의 의복, 음식, 학비로 쓰라고 한 까닭에 그린이 그 땅에서 생산되는 곡식은 마음대로 사용하였구나. 그래서 매리의 요청이라 하면 말이 떨어지자마자 곧바로 시행하는구나. 매리가 나를 환영하니 그 딸의 낯을 봐서 박대하지 못하고 뜨겁지도 차갑지도 않게 대접하고, 해리에게는 대단히 뜨겁게 환영하는구나. 해리가 오리건Oregon 외딴 산촌의 가난한 집에서 나고 자라서 지식을 많이 배우지 못하였고 사회 교제가 적어서 보고 들은 것이 부족하나, 인물로는 준수한 미남자이다. 눈이 블루 아이blue eye에 머리털은 타고난 곱슬머리curl요, 피부는 옅은 붉은 빛이며 키는 크지도 않고 작지도 않은 6척이니, 참으로 여자의 환영을 쉽게 받을 만한 아이라.

점심 식사를 마치고 내가 일어나서 그린에게 감사의 뜻을 말하고, 해리에게 일러두기를,

'너는 여기서 매리와 담화하며 내가 오기를 기다려라. 나는 팻시의 공부를 도와주고 올 터이다.'

하고, 팻시와 함께 매리의 집에서 나와 팻시의 집에 가서 공부를 도와주고자 하는데, 팻시가 잠시 쉬었다가 공부하자고 하여 잠시 휴식하니 팻시가 매리의 사정을 말하기를,

'매리가 해리를 그다지 원하지 않노라고 하기에 그 이유를 물은 즉

매리의 말이 해리가 인물은 더할 수 없이 준수하나 학식과 언어가 부족하다고 꺼리니, 해리가 장차 눈물 흘릴 때가 있을 듯하다.'

하더구나, 내가 말하기를,

'하나님이 이 세상 동물을 창조하실 때 모든 일에 뛰어난 양능兩能의 재주를 주지 않았다. 뿔이 난 놈은 윗니가 없고, 뛰는 놈은 날개가 없고, 나는 놈은 네 발이 없다. 사람도 동물이니, 한 가지 장기와 한 가지 결점이 있다.'

하고 다시 공부하기를 재촉하니 팻시가 말하기를,

'이번 주 5일 동안 공부할 것 가운데 어려운 문제가 셋인데, 둘은 깨우쳤으니 나머지 한 문제는 저녁 이후에 배우도록 하고 지금은 이야기를 나누자.'

하기로, 내가 내 경험을 말하고 팻시도 자기의 경험담을 하는 동안에 저녁 준비가 되었다고 하기에 식당에 들어가 저녁을 먹고 나와 팻시의 공부를 재촉하니, 팻시가 공부할 것을 찾아놓으며,

'다른 문제는 다 답을 찾을 수 있는데, 이 문제는 답을 찾지 못할 듯하다.'

하기로, 내가 그 문제를 보니 '어떤 부자의 딸 셋이 다 시집가서 각자 생활하는데, 맏딸은 7일마다 방문하고 둘째 딸은 5일마다 방문하고 셋째 딸은 3일마다 방문하다가 하루는 세 자매가 같은 날 왔다. 그동안 맏딸은 몇 번 왔으며 둘째 딸은 몇 번 왔으며 셋째 딸은 몇 번 와서 같이 모이게 되었나?' 하는 문제라. 그래 내가 팻시더러 답을 찾아 보라고 하니 팻시가 찾느라고 애를 쓰는데, 그 찾는 법을 눈여겨보니 '방식'이 아니고 '속셈'이로구나. 속셈이란 것은 소학교 4~5학년에나 쓰는 것이지, 중학교 2~3학년에야 소용이 있느냐? 그런 까닭에 속셈을 시험하지 말고 항상 방식을 사용

하라고 하고,

'맏딸이 몇 번 왔는지 찾으려면 둘째 딸의 5와 막내딸의 3으로 곱하면 삼오 15이니 맏딸은 15번 왔고, 둘째 딸의 방문 횟수는 첫딸의 7과 막내딸의 3으로 곱하면 삼칠 21이니 21번 방문했고, 막내딸의 방문횟수는 첫딸의 7과 둘째 딸의 5로 곱하면 오칠 35이니 막내딸은 35번 방문했다. 그것이 분명한 답인지 의심스럽거든, 다시 맏딸의 15번을 7로 곱하면 합계 105일이고 둘째 딸의 21번 방문을 5로 곱하면 합계 105일이고 막내딸의 35번 방문을 3으로 곱하면 합계 105일이니 답이 분명하지 않으냐?'

팻시가 다시 시험하여 답을 찾고 매우 기뻐하며,

'학교 교사는 문제만 주고 답 찾는 방식을 가르쳐 주지 않는구나. 만약 어떤 학생이 답 찾는 방식을 물으면 네 골통은 무엇을 하려고 그만큼 자랐냐고 나쁜 말을 하니, 그 말을 들을 때마다 내 입이 내 발가락을 깨물려 하고 눈물이 비 오듯 하는구나. 답 찾는 방식을 너는 다 아니, 몇백 가지나 되느냐?'

묻기로, 내가 대답하기를,

'답 찾는 방식은 대강목大綱目이 9개조이고 세칙은 무한정이다. 대강목 9개조는 천문학자에게만 쓸모가 있고, 그 밖에 보통의 상업에는 대강목은 쓸모가 없고 세칙이 쓸모가 있다.'

하고, 시계를 쳐다보니 9시 10분 전이라. 팻시에게 작별을 청하며,

'다음next 토요일에 다시 올지니, 그리 알고 작별하자.'

팻시가 같이 일어서며 매리의 집에 가서 작별하자고 하여 함께 매리의 집에 가니, 해리도 매리와 작별하려 하는 때라. 함께 작별하고 10여

마일mile 떨어진 캠프로 올라와서 자고, 그 이튿날 일요일Sunday에 사냥hunting을 갔다가 곰을 한 놈 잡았구나. 트럭에 싣고 캠프로 와서 무게를 달아 보니 450근이더라. 1주에 5일 동안은 일하고 여섯째 날에는 비가 오나 눈이 오나 가는데, 해리 놈이 내게 묻기를,

'1주일에 닷새 지나가는 것이 한 달 같으니, 너는 지루하지 않으냐?'

하기로, 내가 웃으며,

'내놈이 생각은 다른 데로 가고 일에는 무심한 까닭이라. 그러니 매리는 잊고 일만 하여라. 그러면 일주일의 여섯째 날(토요일)이 빨리 돌아온다.'

하고, 매주 여섯째 날에는 어김없이 가고 가면 자연히 점심과 저녁을 얻어먹으니, 남의 음식을 한두 번이 아니고 매주 먹으니 매우 미안하더라. 그래서 10월 보름날에는 매리와 팻시의 가족을 대접하기로 생각을 하니, 그 근처의 큰 도시town는 아이다호Idaho 보이시 타운Boise town인데 50마일이 넘는다. 매리의 어머님께 '보이시 타운에 영화picture show 구경 갈지니 저녁 준비는 하지 마시고 4시에 가게 하시오' 일러두고, 팻시의 집으로 와서 영러브 부인께 영화 구경 갈 뜻을 말하고 팻시의 공부를 도와주다가 4시에 떠나도록 준비했구나. 팻시의 어머니는 영화에 그다지 취미가 많지 않으나, 매리의 어머니는 샌프란시스코桑港에서 나고 자라 안목이 고상하니 매우 기뻐하시더라. 두 집 자동차로 보이시 타운으로 가서 일행 9인이 고급 식당으로 들어가니, 상비床婢가 영접하여 식탁으로 인도하니, 내가 일러두기를,

'우리 일행은 한 식탁에서 먹을 것이니, 두 개의 테이블table을 맞붙여 준비하라.'

하니, 상비가 보이boy를 불러 식탁 둘을 맞붙이고 주문order을 받아가더니, 시간에 맞춰 음식이 들어오는데 진수성찬이라. 먹기 시작하니, 팻시의 어머니는 조크joke할 줄을 모르지만 매리의 어머니는 조크할 줄 아시던 모양이라. 웃으며,

'동양 사람을 똑똑하다고 할까? 어리석다고 할까? 어리석은 것부터 말하지. 내가 딸이 있기는 하나 아름답지는 못하고 못생긴 추물인데 그 추물을 보고 그 어미를 고급 식당으로 인도하니, 만일 매리가 손꼽을 만한 미인이었다면 패리스 여관Paris 旅館이나 앰배서더 호텔Ambassador hotel로 모실 터이지. 잭이 나이는 어리지만 예의범절은 우리의 상류 인사보다 더 낫다. 그런즉 똑똑한 인종이니, 어리석으면서도 똑똑한 아이는 잭 하나이다.'

웃음과 농담으로 식사를 마치고 일어서니, 6시 반이라. 유나이티드 극장United theatre으로 가니, 때마침 이날 저녁에는 시애틀 보드빌Seattle vaudeville 순행대巡行隊가 와서 공연하는데 입장료admission는 1원씩이라.[7] 들어가서 한가운데 자리 잡고 앉으니 영화가 시작되는데, 영화는 〈캡틴 마이 솔Captain of My soul〉이란 영화라. 영화 상영show이 지나고 나니 남녀 배우actor가 나와 공연하는데 모든 공연acting이 늘 보던 공연이라 그다지 흥미롭지는 않으나, 그중에서 한 여자의 독창은 그레이스 무어Grace Moore나 릴리 폰스Lily Pons와 우열을 다툴 만한 노래더라.[8] 매리와 팻시는

7 보드빌(vaudeville)은 1880년대부터 1930년대까지 미국과 캐나다 등에서 유행하던 극 형식의 공연이다. 녹화된 영상을 보여주는 영화와 함께 현장에서 공연하는 형식으로 유지되다가 점차 사라지게 되었다고 한다. 시애틀의 보드빌 순회 공연단이 한 공연을 관람했던 것으로 이해된다.

8 보드빌 공연에는 영화 이외에 노래, 춤, 촌극 등이 포함되기도 했다. 이날 상영된 영화가 어떤 영화인지는 분명하지 않은데, 이본인 「중학교 생활」에서는 제목을 언급하지

그 맑고 낭랑한 노래에 취하여 정신을 잃고 조각상statue 모양이 되었더라. 재미있게 구경하고 나오니 11시 반이라. 식당으로 가서 커피를 한 잔씩 마시고 매리의 집으로 오니, 시간이 새벽 1시더라. 할 수 없이 매리의 집에서 해리와 같이 자고, 그 이튿날은 일요일Sunday이니 매리, 팻시와 종일 담화하며 놀다가 캠프로 돌아와 잤구나. 그 이튿날 길 닦는 노역장에 나가니 해리가 내게 말하기를 자기도 두 집 가족을 대접할 생각이 있지만 돈이 한 푼도 없으니 어찌 하느냐고 하기에, 내가 권유하기를,

'돈이 없으면 남을 대접하기는 고사하고 나도 못 먹는다. 매달 받는 5원을 한 푼도 쓰지 말고 가지고 있다가keep, 크리스마스에 매리에게 귀한 물건을 선사하여라.'

해리가,

'그럼 한 푼도 쓰지 않고 가지고 있을 터이다.'

하고, 매일 일하다가 여섯째 날이면 가고 하다가 보니 어느덧 추수감사절Thanksgiving Day이라. 해리와 매리를 청하여 팻시의 집에서 점심을 같이 먹고 이야기하다가 매리의 인도로 매리의 집에서 저녁을 먹은 후에 팻시에게 캠프로 돌아갈 뜻을 말하니, 팻시가 웃으며,

'왜 오늘은 빨리 가려느냐? 아직 시간이 많은데.'

하기로, 내가 말하기를,

'나는 규칙 생활을 하는 아이다. 그 전에는 여섯째 날(토요일)인 까닭에 늦어도 무방했지만, 오늘은 넷째 날(목요일)이니 내일이 다섯째 날(금

않고 '로부 픽처(love picture)'를 보았다고 했으므로, 아마도 일종의 러브 스토리일 듯하다. 독창을 한 여성을 그레이스 무어(Grace Moore, 1898~1947)와 릴리 폰스(Lily Pons, 1898~1976)에 견주었는데, 이들은 1930년대의 대표적인 소프라노였다.

요일)이다. 다음날 일을 하려고 모두 일찍 자는데 늦게 들어가서 모두 달게 자는 잠을 깨우게 되면 미안하지 않느냐? 그래서 일찍 가려 한다.'

팻시가,

'그러면 일찍 가야겠지만, 내가 네게 문답할 말 몇 마디가 있으니 집에 가서 문답하자.'

하고 끌기에 끌려갔더니, 집으로 가지 않고 마을town 밖으로 나가려 하니 내가 의아하게 여겨 말하기를,

'집으로 간다더니 집으로 가지 않고 이리로 오니, 무슨 생각이냐?'

하니, 팻시가 걸음을 멈추고,

'내가 네게 묻고자 하는 말은 하나님 외에 사람은 들어서는 안될 말이니, 조용한 곳을 택한 것이다.'

하기에, 내가 웃으며,

'네가 매우 어리석다. 네가 로키 산맥Rocky Mountains 서쪽에서는 제일 가는 명물이니, 모든 남자가 가져 보려고 생명도 아끼지 않을 만한 여자이다. 그러니 나라고 마다할쏘냐? 내가 너를 매우 존경하고 사랑하지만 네 요청은 거절할지니, 네가 자녀를 양육할 가정주부가 아니고 연꽃 같은 아름다운 혀를 놀리며 죽순 같은 손을 흔들어 정치를 할 여자이니 그런 여자에게 이색인종인 내가 어울리겠느냐? 만일 내가 내 욕심대로 네 요청을 받아들인다면, 그것은 네가 나아가는 길에 깊고 깊은 함정을 파 놓거나 단단한 금속 장벽을 세워 가로막는 것과 한가지라. 나는 누가 나아가는 길에 함정이 있으면 메워 주고 장벽이 있으면 무너뜨려 줄 생각을 한다. 깊이 생각해 보아라. 네가 정치 무대에 들어가고자 하면 시기심이 많고 추잡한 정치꾼들이 없는 허물도 만들어내서 모함할 것인데,

하물며 있는 허물이야 어떠하겠느냐? 다른 인종과 친구라거나 부부라는 구실로 공격할지니, 네 사회적 위치가 추락하지 않을 터이냐? 그러니 단념하고 친구로 지내자. 네가 입맞춤이나 약혼을 말하면, 나는 사정없이 절교하고 돌아설 터이다.'

팻시가 웃으며,

'나의 앞길에 대해 마음 써주는 것은 매우 감사하나, 너무 박정하구나.'

내가 웃으며,

'정이 부족한 박정이 아니고 정이 많은 다정이다. 박정한 놈 같으면 네가 원하지 않아도 어떤 감언이설이라도 사용할 터인데, 다정하기 때문에 너를 존경하고 네 앞길을 평탄하게 만들고자 하는 것이다.'

팻시가 매우 감사하다고 하고,

'그러면 우리 사랑의 인연은 끊어버리고 친구로 지내자.'

하고 집으로 돌아와 작별하고, 매리의 집에 갔더니 해리도 매리와 작별하는지라. 같이 작별하고 캠프로 돌아와 자고, 그 이튿날 저녁에 나의 누이님께 편지하기를,

'루비 반지ruby ring 두 개를 사 보내되, 하나에는 매리 그린Mary Green이라 해리 토셋Harry Toucet이라 새기고 하나에는 팻시 영러브Patsy Younglove라 잭 전Jack Thun이라 새겨서 보내라.'

하였더니, 열흘 후에 반지 두 개가 왔는데 박스box를 열어보니 누이님이 매우 치밀하더구나. 두 남자의 이름만 새기고 성은 새기지 않았더라.[9]

---

9 반지에 잭의 성을 새기게 되면, 이 반지로 인해 팻시가 이색인종과 사귀었다는 사실이 세상에 알려질 수 있다. 잭의 누이는 이를 염려하여 이름만 새기고 성은 새기지 않았을 것이다.

한 개는 해리를 주고, 한 개는 내가 보관keep했다가 그 다음 여섯째 날(토요일)에 가져가서 팻시에게 크리스마스 선물이라 하고 주니, 팻시가 받아서 열어 보더니 열광적인 어조로,

'이것은 시골뜨기country jake에게 너무 과하구나. 해리도 매리에게 무슨 선물이 있느냐?'

하기로, 내가 웃으며,

'남의 선물이 있는지 없는지 내가 어찌 알 터이냐?'

팻시가 '어머니, 어머니' 하고 부르며,

'잭이 루비 반지로 크리스마스 선물을 했으니, 나와서 구경하시오.'

어머니가 당근 요리sour carrots를 만들다가 나오시며,

'잭이 반지를 선물했어? 아마 너희가 무슨 밀약이 있었던 게로구나.'

팻시가 웃으며,

'어머님, 무슨 말씀입니까? 부모를 무시하는 경박한 남녀의 행동을 잭이나 내가 감히 할 리가 있습니까? 예의를 아는 잭이 친근하게 지냈으니 크리스마스 선물로 준 것이지, 약혼 선물로 준 것은 아니올시다.'

어머니가 팻시의 손에 반지를 끼워주며,

'원래 아름답지만 반지를 끼니 한층 더 아름답구나. 어디 나가지 말고 방 안에 숨어 있어라. 함부로 나가 다니다가는 어떤 놈에게 공격attack이나 납치kidnap를 당하리라.'

하시고 내게 감사를 칭하고 나가니라. 팻시가 나를 끌고 매리의 집에 가니, 매리의 기쁨이 얼마나 큰지는 알 수 없지만 그 중등 정도의 인물이 상등의 인물로 보이는지라. 매리가 열광적으로 나의 손을 잡고 인사하니, 나도 답례하고 웃으며,

'미스 그린, 그 손가락에 사마귀가 돋았소그려.'

매리가 웃으며,

'잭Jack이니 또 강탈hijacking하려는 모양이지.[10] 해리가 내게 이것을 선물하였으니, 너는 팻시에게 무엇을 선물하였느냐?'

하기로, 내가 웃으며,

'해리가 반지를 선물하였어? 그러면 나도 선물하지.'

하니, 매리가 웃으며,

'무릇 남자는 거짓말쟁이야. 해리의 말이 이곳에는 좋은 물건도 없거니와 자기는 진짜인지를 알아보지 못하는 까닭에 네 누이에게 부탁했더니 네 누이가 얼마나 치밀한지 글자까지 새겨서 보내었다던데.'

하고 팻시에게 인사하고,

'네 반지 구경하자. 얼마나 광채 있나.'

하고 대조하니 광채도 크기도 차이 없이 꼭 같은지라. 매리가 웃으며,

'나는 반지 선물을 받고 세 번 키스하였는데, 너는 몇 번이나 키스를 주었느냐?'

팻시가 말하기를,

'나는 선물을 받고 기쁜 마음이 일어나나, 키스를 주기는 고사하고 청하지도 않았다. 청했다가 거절당하면 무안할 테니.'

---

10 이 구절의 원문은 '직이니 또 직하는 모양이지'인데, 이는 이름인 'Jack'과 납치 또는 강탈 행위를 뜻하는 'hijacking'의 유사성을 활용한 언어유희로 짐작된다. 'hijacking'은 미국의 금주법 시대에 마피아 등이 불법주류를 실은 차량이나 선박을 강탈하던 일을 뜻하는 말인데, 마피아 등이 불법주류를 실은 차량을 빼앗으려고 나설 때 '하이잭(Hi Jack)'이라고 소리쳤던 데서 유래했다고 전한다. 오늘날에는 주로 항공기를 탈취하는 일을 뜻하게 되었지만, 탈취 대상이 되는 운송수단에 'jacking'을 붙인 단어들도 사용된다.

매리가 말하기를,

'그러면 그 전에 키스를 청했다가 거절당한 모양이로구나.'

팻시가 말하기를,

'키스를 청하다가 거절당한 것이 아니고, 밀약을 청하다가 거절당했다. 너는 복이 많은 여자여서 반지 선물 받고 키스까지 받았으니, 너의 복 많음을 부러워한다.'

하는데, 매리의 어머니가 점심 준비를 하느라고 닭 잡는 소리가 깩깩 나더니, 부인이 들어와 팻시에게 가지 말고 있다가 같이 점심 먹으라고 일러두고 나가시더구나. 우리 네 남녀가 기쁘게 웃으며 담화하는데, 매리가 말하기를,

'잭의 누이가 팻시는 잭의 편지로 알 수 있지만, 나까지야 알 이치가 있을까?'

하기에, 내가 대답하기를,

'나는 크리스마스 선물을 중국 비단수건으로 하려고 생각했는데, 너희 집에서 추수감사절 만찬을 먹고 간 다음날에 해리가 내게 말하기를 이곳에는 좋은 물건도 없을 듯하고 또 자기는 진짜인지 가짜인지 알아보지 못하니 나의 누이에게 부탁하여 반지을 한 개를 사 달라고 하기로, 나도 팻시에게 반지ring를 선물하려고 누이에게 편지하였다. 그랬더니 나의 누이가 반지를 사서 보냈는데, 이 반지가 핏빛이라고[11] 가격이 150원씩이라 하며 300원을 보내라고 편지하였더라.'

11 원문은 '혈식'인데, 'pigeon blood'를 말한 것으로 짐작된다. 'pigeon blood'는 비둘기 피와 같은 짙은 붉은색을 뜻하는 말인데, 붉은색 보석인 루비(ruby) 가운데 품질이 좋은 것의 색상을 일컫는 말이기도 하다.

매리가 웃으며,

'또 거짓말이야? 해리의 말이 30원이라는데. 나는 해리가 거짓말쟁이고 너는 정직한 줄로 알았더니, 해리가 정직하고 너는 거짓말쟁이구나.'
하기로, 내가 웃으며,

'해리는 네게 희망을 품었으니 모든 행동을 정직하게 하지만, 나는 네게 바라는 것이 없으니 정직하게 할 것이 무엇이냐?'
하는데, 점심 준비가 되었다고 식당으로 부르는지라. 모두 들어가 음식을 먹는데, 그린 부인이 웃으며 나더러,

'다시 오지 말라. 이다음에 다시 오게 되면 내가 딸을 잃어버릴지니.'
하기에, 내가 웃으며,

'나는 남의 집 딸 도적질하러 다니는 아이가 아니니 마음 놓으시오.'
한즉, 부인이 다시 웃으며,

'네가 직접 도적질하는 것이 아니라 해리를 충동하여 도적질하게 하니, 네가 오지 않으면 해리도 못 올지니.'

해리가 웃으며,

'어머님, 딸 잃을까 걱정하지 마시고, 미리 제게 선물하시구려.'
하니, 매리는 얼굴이 붉어지고 팻시는 박장대소하니, 부인이 웃으며,

'네가 내 딸을 선물로 받을 생각이 있다면, 어느 대학을 졸업하거나 무슨 사업을 성취하거나 두 가지 가운데 한 가지는 성공하여라. 그래야 내 딸을 선물로 받는다.'

해리가 웃으며,

'선물하지 않겠다는 말보다는 듣기에 좀 낫습니다만, 어머님이 선물을 하시지 않나 내가 도적질하지 못하나 두고 봅시다.'

하니, 부인이 웃으며 팻시에게 묻기를,

'팻시, 너는 잭에게 대한 생각이 어떠하냐?'

하니, 팻시가 웃으며,

'별다른 생각이 없고, 친구 관계일 뿐이지요.'

부인이 웃으며,

'대개 남자가 여자를 방문함은 희망을 둔 결과이고 여자가 남자를 영접함도 희망의 결과인데, 희망이 없는 방문이나 영접은 무슨 이유일까?'

팻시가 웃으며,

'별 이유 없지요. 이 세상 많은 여자들처럼 나도 다른 인종과 자유롭게 혼인하는 만국통혼萬國通婚을 찬성합니다만, 나는 블루 아이blue eye와 결혼하라는 계명을 신에게 받았습니다.'

부인이 웃으며,

'신의 계명이면 할 수 없지. 그러나 신의 계명을 그대로 따르는 사람이 이 세상에 있을까? 사람에게 계명을 받았다고 하면 믿지만, 신에게 받았다는 말은 믿을 수 없지.'

하는데 식사를 마치니, 모두 거실parlor로 나와 담배cigarette를 태우며 담화를 시작하였구나. 매리가 팻시를 놀리기를,

'아무리 마음이 옹졸한 여자이기로, 그 인물과 자태로 남자에게 거절을 당하였어? 나 같으면 그 자리에서 자살하였을 터이다.'

팻시가 웃으며,

'만일 자기가 그 경우를 당했으면 거절당했노라고 말도 못할 위인이 남을 비웃어?'

하기로, 내가 팻시에게,

‘오늘 이야기를 많이 나눴으니, 지금은 가서 다음 주next week 교과 과정을 공부하는 것이 마땅하니 가는 것이 어떠하냐?’

팻시가 말하기를,

‘다음 주 공부할 내용은 쉽기도 하려니와, 또 내가 수리를 깨달아 어떤 어려운 문제라도 넉넉히 답을 찾을 듯하다. 그러니 마음 놓고 담화하자.’

해리가 웃으며 팻시를 보고,

‘미스 영러브Miss Younglove가 잭에게 단단히 홀린 듯합니다. 공부를 그만두고 담화하고자 하니.’

팻시가 웃으며,

‘내가 브라운 아이brown eye에게 홀린 것이 아니고, 블루 아이에게 홀렸노라.’

하니, 모두 크게 웃는지라. 해리가 다시 웃으며,

‘지난 독립기념일Fourth July에 잭에게 쇄골collarbone 부러진 아이가 어디 있는지 우리에게 소개할 수 있소?’

하니, 팻시가 웃으며,

‘해리도 비웃기를 좋아하는 모양이지? 그 아이 찾는 것 보니. 그 아이가 두 블록block 밖에 있으니 청할 수는 있지만, 청한다고 올 인물이 못 되니 청할 필요는 없다.’

홍미진진한 담화를 재미있게 하다가, 나는 팻시와 같이 가서 저녁을 먹고 다음 주 교과 과정을 시험해보니, 참말 온전한 방식으로 답을 찾아내는지라. 답을 찾은 팻시가 아니라 보는 내가 기뻐하였구나. 팻시와 함께 매리의 집에 가서 작별하고, 해리와 함께 캠프로 돌아와서 자고 월요일부터 일하는데, 12월 15일은 즉 일주일의 다섯째 날(금요일)이다.[12] 길

닦는 일을 마치고 캠프로 들어가니, 워싱턴Washington 육군성War Department에서 명령order이 왔는데, 그곳은 한 길이 넘는 눈이 쌓여서 날씨가 혹독하게 추울 것이니 날씨가 따뜻한 캘리포니아로 캠프를 옮기라 하였구나. 이 기별을 듣는 모든 아이boy가 다 기뻐하지만, 해리는 정신을 잃는구나. 모든 아이들이 손발을 주물러 정신이 돌아오니, 모든 놈이 위로를 주지 않고 비웃음을 주는구나. 어떤 놈은 '고양이가 쥐를 엿보다가 쥐가 구멍으로 쏙 들어가니 야옹하는 모양이로구나' 하고, 어떤 놈은 '캠프에서 이름을 빼고 그린의 일꾼long job boy으로 가 있어라. 그러면 밤낮 상종하지' 하고, 어떤 놈은 '미스 그린을 업고 담을 넘어 달아나라'고 비웃는구나. 그래, 내가,

'이 인정 없는 놈들아. 마음이 상한 사람을 위로하지 않고 비웃어? 너희 놈들, 그 경우를 당하면 자살commit suicide할 놈들이.'

하는데, 저녁 먹으라고 종을 울리기에 해리를 끌고 식당에 들어갔구나. 그날 저녁은 특별 음식이라 클램 차우더 수프clam chowder soup에 폭 찹pork chop을 굽고 으깬 감자mashed potato가 있으니, 일을 하던 놈들이라 먹는 소리가 '너훌나훌, 너훌나훌' 하는구나. 해리는 숟가락도 들지 않고 백치 모양으로 우두커니 앉았구나. 나도 먹으려고 숟가락을 들어 수프를 떠 먹어보니, 그 좋은 수프가 맹물 맛이로구나. 억지로 한 그릇을 마시면서 해리에게 억지로 권하니 해리도 나의 권유에 반 그릇을 마시고 숟가락을 놓았는데, 곁에 앉았던 놈이,

'야, 먹기 싫거든 내게로 보내라. 내가 먹게.'

---

12 작품 속의 시간을 계산하면 1933년이 되는데, 실제 1933년 12월 15일은 금요일이었다.

하기에 내 것은 내 곁에 있는 놈을 주고 해리의 것은 해리 곁에 앉았던 놈을 주니, 이놈들이 매일 폭엔빈스Pork and beans만 먹다가 특별 음식이니 주린 개가 고기 먹듯이 하더구나. 해리와 내가 먼저 일어나 텐트tent로 돌아오니, 해리가 그제야 눈물이 비 오듯 하며 울음을 삼키니, 나도 알지 못할 눈물이 눈에 빙글 돌더라. 그러나 눈물을 참고 해리를 위로하기를,

'네가 이 세상에 온 지 20여 년에 여자의 사랑 받아보기가 처음이니 상심될 듯하나, 이 고통은 약과 먹기로다. 네가 매리의 손을 잡고 영원한 도시Eternal City로 가려면, 다리나 배가 없는 큰 강이 앞을 막고 올라가지 못할 높은 바위절벽도 앞을 막고 마우나 로아Mauna Loa 화산 같은 불길이 앞을 막을 터이다. 이만한 고통을 이기지 못하면, 앞으로 더 심한 고통을 만나게 되면 어찌할 것이냐? 이겨내라. 이기면 영원한 도시에 들어가지만, 이기지 못하면 지옥으로 간다.'

온갖 수단으로 달래니, 이놈이 약간 진정이 되는지 잡지를 들더라. 나도 잡지를 찾아보는데, 이놈이 흐흑 흐느끼기로 그 잡지를 빼앗아 보니 어떤 남녀 두 사람의 러브 스토리love story라. 책을 던지고,

'이 어리석은 놈아. 그 두 남녀의 고통이 네게 무슨 관계가 있기에 통곡이냐? 정신 차려라.'

하니, 해리가 울음 섞어 대답하는 말이,

'그 두 남녀의 사정이 내 사정과 비슷하구나. 같은 처지인 내가 눈물이 없을 터이냐? 네놈의 마음은 아무 감동이 없는 쇠나 돌로 만든 마음인 게로구나.'

내가 웃으며,

'남자의 마음이 쇠나 돌 같아야 여자의 통제를 받지 않는다. 조그마한 슬픔을 보고 크게 슬퍼하며 사소한 기쁨을 보고 크게 기뻐하는 여자의 마음과 같을 터이냐?'

그놈도 씩 웃고,

'우리가 캘리포니아로 나가면 매리는 영원히 잃을 것이니, 이제 어찌하면 영원한 도시에 들어가게 될 터이냐?'

하기에 내가 웃으며,

'네가 영원한 도시에 가려거든 슬퍼하지도 기뻐하지도 말고 자연스럽게 하여라. 네 슬픈 기색을 매리에게 보이면, 매리는 호탕한 여자이니 너를 속되게 여겨 싫어하는 마음이 생기기 쉽고, 싫어하는 마음이 생기면 남녀 사이가 깨어지게 된다. 그러니 매리에게 슬픈 기색이나 기쁜 기색을 보이지 말고 평소와 같은 행동을 보여라. 그러면 헤어질 염려가 없다.'

해리가 웃으며,

'그럼 네 말대로 힘써볼 터이다.'

하고,

'네가 중학교를 졸업하였으니 학식이 나보다 나을 듯하나 나이는 같은데, 여자 후리는 수단은 나보다 만 배나 뛰어나구나. 여자 후리는 수단을 좀 가르쳐 줄 테냐?'

하기로, 내가 웃으며,

'이놈아. 네 인물에 여자 후리는 수단까지 있으면 이 세상 여자를 너 혼자 가지게? 하나님이 너와 나를 만드실 때에, 너는 인물이 준수하게 된 까닭에 네게 여자 후리는 수단을 주지 않았으니 인물로 여자를 후릴 줄 아신 것이요, 나는 인물이 준수하지 못하게 된 까닭에 수단을 주셨으

니 수단으로 여자를 후리게 하신 것이라. 그러나 남녀 교제의 경력이 많으면 약간 진보가 되느니라.'

하고,

'패서디나Pasadena의 어떤 남녀가 성공 못하고 실패한 것은 이기지 못한 까닭이요, 리버사이드Riverside의 어떤 남녀가 연애하다가 실패하지 않고 성공함은 이겨낸 연고니라. 그러니 너도 이겨라.'

해리가 웃으며,

'나도 힘껏, 재능껏 이겨 보겠다.'

하고 되풀이하며 말하다가 새벽 1시쯤 잠이 드는지라. 나도 안심하고 자려고 하나 쓸데없는 공상이 왔다갔다하는 바람에 잠을 이루지 못하고 뒤척거리기만 하다가, 아침 먹으라는 종소리에 일어나 해리를 깨워 세수하고 식당으로 들어가니 뜨거운 커피포트coffeepot에서 김이 서리고 토스트toast 냄새는 코를 찌르니 입맛이 당기는지라. 옥수수죽mush 한 그릇에 크림을 치고 설탕을 넣어 먹고자 하니, 그 전에는 그렇게 달던 옥수수죽이 퀴닌quinine과 한가지라. 다시 먹지를 못하고 커피를 연달아 세 컵을 마시니, 모든 놈들이 놀리기를,

'캘리포니아로 나가라는 명령order을 받고 팻시와 작별할 생각을 하느라 하룻밤 사이에 간담이 재가 된 모양이로군.'

다른 놈이 웃으며,

'재까지 될 리야 있나? 아마 숯charcoal은 되었을 터이지.'

또 다른 놈은,

'숯이 되었으면 죽었게? 죽지 않은 것과 커피 마시는 것을 보니, 아마 말린 고기dry meat가 된 모양이다.'

하니, 이 말을 듣는 해리의 얼굴이 붉어지는구나. 모든 놈이 하늘을 쳐다보고 크게 웃기를,

'비웃음을 받는 잭의 안색은 변함이 없는데, 곁에 앉은 해리의 얼굴이 핏빛이 되니 무슨 이치일까?'

하니, 해리가 숟가락을 내려놓고 나가는지라. 나도 숟가락을 놓고 나와서 캡틴captain에게 가서,

'캠프를 캘리포니아로 옮기게 되면 어느 날 출발하시렵니까?'

물으니, 캡틴의 대답이,

'오늘 내일은 떠나지 못하지만, 20일은 떠날 터이다.'

하기로, 내가

'마을town에 가서 며칠 놀다가 화요일(19일) 저녁에 올라올지니, 휴가absence 주시오.'

하니, 캡틴이 웃으며,

'무얼 하려고 4일 휴가를 달라 하느냐?'

곁에 있던 아더가 웃으며,

'캡틴, 모르십니까? 잭, 해리 두 놈이 로키산Rocky Mountains 서쪽의 일등 인물인 팻시 영러브와 매리 그린이란 두 여자를 하나씩 나눠 갖고서 예닐곱 달 동안 호사스러운 생활을 하였지요. 아마 작별 겸하여 눈물 사발이나 흘리고자 하는 모양이외다.'

캡틴이 웃으며,

'이 못난 놈들. 잽 보이jap boy가 블루 아이의 일대미인을 가지게 해?'

하고,

'가서 작별하고, 산 서쪽의 국민은 알지…….'

하고 끝은 맺지 않는지라. 우리가 캠프를 나와서 10여 마일 거리의 마을로 내려가니, 매리가 맞이하다가 숨막힐 듯이 놀란 말투로,

'어디서 오는 길이냐? 병원에서 나오는 길이냐? 일주일 사이에 모두 중병에 걸린 얼굴이니.'

내가 대답하기를,

'중병은 들지 않았으나 자칫하면 지옥문의 걸쇠를 만져볼 뻔하였다. 하여튼 커피 좀 만들어 오너라. 우리가 어제 저녁과 오늘 아침을 먹지 않고 빈속으로 내려왔더니, 약간 시장하다.'

매리가 나가서 커피와 베이컨 에그bacon and egg, 토스트toast를 만들어 식탁에 차려놓고 청하는지라. 세 남녀가 식탁에 가서 먹는데, 매리가 묻기를,

'무슨 걱정되는 일이 있느냐? 혹 음식 먹고 소화가 불량하여 구토하였느냐? 어찌하여 이 모양이 되었느냐? 그 이유를 좀 알자.'

내가 대답하기를,

'아무 때든지 알 일이니 감출 것 없이 지금 말하지. 이곳은 한 자 넘는 눈이 내려 날씨가 매우 추우니 모든 아이들이 고생하겠다고, 날씨가 따뜻한 캘리포니아 주加州로 캠프를 옮기라고 어제 워싱턴에서 명령이 왔구나. 그 명령을 받은 놈이 모두 기뻐서 춤을 추나, 우리 둘은 기운을 잃고 인사불성이 되었다가 의원의 응급처치로 간신히 죽음은 면했구나. 그래서 작별하러 내려온 길이다.'

매리가 경악하면서 말하기를,

'캘리포니아 주로 가면 너희 신체 건강에는 도움이 될 터이나, 우리의 교제에는 벼락불이로구나. 캠프가 옮겨가는데 너희가 아니 갈 수 없

고 우리가 따라갈 수 없으니, 어찌하는 것이 최선일까? 아고 하나님, 이다지도 무심합니까?'

진주 같은 눈물이 성큼성큼 떨어지더라. 내가 위로하려는데 해리가 나서서 위로하기를,

'네가 부족한 우리를 위하여 슬퍼하니, 우리는 감사하고 기뻐한다. 그러니 너도 우리와 같이 기뻐하자.'

매리가 수건으로 눈을 닦으며 동생을 불러 팻시를 청해 오라 하기에 내가 막기를,

'팻시를 청하는 것은 바쁘지 않다. 우리 세 사람의 기쁨이 충만된 후에 청하자.'

매리가 동생을 정지시키고,

'캠프를 오늘은 옮기지 못하겠지만, 내일이나 어느 날 옮기게 되느냐?' 하기로, 내가 대답하기를,

'오늘이나 내일이 아니고 다음 수요일에 옮긴다고 캡틴이 명령을 내렸다.'

매리가 말하기를,

'나는 인물이 그다지 아름답지 않으니 곁에서 기웃거리는 아이가 적지만, 팻시는 아름다운 여자인 까닭에 그 보잘 것 없는 아이들이 염소goat 뒤를 뱀이 좇아가듯 하는구나. 우리가 선물 받은 반지를 끼고 월요일에 학교에 가니, 남녀 학생들이 떠드는 것은 말할 것도 없고 선생들이 다 놀라더구나. 그래, 내가 팻시와 의논하여 크리스마스 댄싱 파티는 내 집에서 열고 새해 파티는 팻시 집에서 열어 이곳 시골뜨기country jake들을 불러다가 우리 두 사람이 어떤 인물과 상종하나 자랑하려고 했더니,

호사다마好事多魔라더니 좋은 일에는 방해가 많구나. 그러면 오늘 저녁에 댄싱 파티를 열고 시골뜨기들을 청할 터이다.'

해리가 대답하기를,

'그것은 네 마음대로 하여라. 그렇지만 그 무식하고 지각 없는 놈들이 풍파나 일으키지 않겠느냐?'

매리가 대답하기를,

'풍파가 무엇이냐?'

하고 팻시를 청하니, 팻시가 오다가 우리가 와 있는 것을 보고 놀라며,

'무슨 일로 오늘은 일찍 내려왔으며, 어디 몸이 불편하냐? 안색이 초췌하니.'

내가 대답하려는데 매리가 나서서 대답하기를,

'그 두 놈이 상사병으로 죽어가다가 살아나왔다 한다.'

팻시가 놀라며,

'상사병이라니? 청년young man이니 걸리기 쉬운 병이지만, 상사병은 치정으로 생기는 병이라. 해리와 잭이 그 병에 걸릴 인물이냐? 아마 음식 먹고 체한 것이겠지.'

매리가 웃으며,

'해리와 잭의 심장과 간이 쇠나 돌로 된 줄로 아느냐? 가죽, 살, 피, 뼈, 정기가 합하여 된 것이 해리와 잭이다. 캠프를 캘리포니아 주로 옮기라고 워싱턴에서 명령이 왔는데, 해리와 잭이 그 정인을 남겨 두고 가게 되니 저희가 정신을 잃지 않으면 누가 정신을 잃겠느냐?'

팻시가 웃으며,

'해리야 정신을 잃었을지 모르겠지만, 잭은 정신 잃을 리가 없다. 잭

이 나와 왕래하며 친밀하게 교제하나 내게 희망을 품지 않았다. 희망을 품지 않은 여자로 인해 정신을 잃을 터이냐? 해리야 겉으로는 말이 없으나 속으로는 너를 잡아넣고 나갈까 생각하며 숨도 쉬지 않으니 정신을 잃었지. 그래, 너도 그 소식을 듣고 눈물 사발이나 흘렸느냐?'

매리가 웃으며,

'사발까지야 흘리겠냐? 여남은 방울 흘렸다. 그런데 우리가 저번 날 약속한 댄싱 파티dancing party는 물거품이 되었구나.'

팻시가 말하기를,

'어찌 크리스마스라야만 좋겠느냐? 오늘 저녁, 내일 저녁 아무 때나 댄싱하면 그뿐이다.'

매리가,

'그러면 오늘 저녁에 파티하자. 그런데 우리가 약속한대로 피터 놈들과 앨라스Alace 년들을 청할까?'

팻시가,

'누구누구 할 것 없이 우리 반에서 공부하는 남녀는 다 청하여라.'

매리가,

'다 청하면 누구에게는 후하고 누구에게는 박하고 하는 차별은 없어 좋지만, 우리 거실parlor이 좁을 것 같구나.'

팻시가 말하기를,

'청한다고 다 오지는 않는다. 더러는 영화 구경picture show 가느라고 더러는 정인情人을 방문하느라고 오지 않고 우리에게 희망을 품었던 몇 놈과 몇몇 계집까지 한 10여 명 올 것이니, 거실이 좁을 염려는 없고 우리는 모두 초청했다고 내세울 수 있으리라. 그러니 네가 피터 놈과 앨라스에게 전화phone하여라. 피터 놈이 할 수 있는 대로 사내놈들을 몰아오고, 앨라스가 계집아이들을 몰아오리라.'

매리가 피터에게 전화하니 피터가 대답하는지라.

'오늘 저녁 내 집에서 특별 댄싱 파티가 있으니, 우리 반에서 같이 공부하던 아이들을 다 데리고 오라.'

말해주니, 피터가 '오케이OK' 하는지라. 다시 앨라스에게 전화하여,

'내 집에서 오늘 저녁에 댄싱 파티가 있으니, 우리 반에서 공부하는 여자는 다 데리고 오라.'

말해주니, 앨라스도 같은 대답이라. 전화를 끊고 돌아와,

'파티이니 무슨 음식이 있어야 할지니, 무엇을 마련할까?'

펫시기 대답하기를,

'아이스크림, 케이크cake, 차tea면 넉넉하다.'

매리가 아이스크림 2갤런gallon과 케이크 네 덩이를 주문order하고 물러 앉아 우스운 농담으로 종일 시간을 보내니, 해리의 슬픔은 사라지고 기쁨이 가득한지라. 저녁을 먹고 모두 의복을 단장하는데, 보이와 걸이 쌍쌍이 오기 시작이라. 매리는 남녀가 들어오는 대로 우리 두 사람에게 소개하여 인사하게 하는데, 유감이 없게 된 것은 남녀가 짝이 맞게 된 것이라. 매리가 널리 선포하기를,

'이 파티가 공적인 파티가 아니고 사적인 파티이나, 아무 여자가 아무 남자에게나 그리고 아무 남자가 아무 여자에게나 춤을 청하면 거역하지 말고 따라야 할 것이오. 만일 싫어하거나 거절하는 남녀가 있으면 사정없이 추방kick out할 것이오. 연회를 마치는 시간은 새벽 1시이니, 그 전에 가는 남녀에게는 벌을 줄 것이오. 11시에는 소프라노soprano 독창

이 있을지라. 각각 규칙을 지키고 기쁨을 자랑하여라.'

하니, 모두 박수갈채라. 라디오radio를 켜 놓으니, 시카고 심포니 오케스트라Chicago symphony orchestra의 음악이 들리는지라. 해리는 팻시와, 나는 매리와 춤을 추고, 나머지는 제가 데리고 온 남녀끼리 한 차례 추고 잠시 휴식하고서 다시 추기 시작하는데, 매리의 춤 솜씨가 뛰어나니 매리와 추고자 하는 남자가 많으며, 팻시의 인물이 아름다우니 팻시를 원하는 남자가 많으며, 남자로는 해리가 인물이 빼어나니 해리를 원하는 여자가 많은지라. 9시에 시작하여 11시까지 추니, 다섯 차례 춤을 추었구나. 춤을 멈추고 아이스크림과 케이크 한 조각씩을 나눠 먹고 차를 마신 후, 릴리 파웰이란 여자가 〈아이 빌롱 투 유I belong to you〉를 독창으로 부르니 대학교에서 교정correct을 받지 못한 노래이나 실로 자넷Janet보다 더 뛰어난 듯하더라. 그 답가로 해리가 〈문 컨트리 마이 홈Moon country my home〉을 부르고, 물러앉아 담화하다가 다시 추기 시작하니 12시 반이라.[13] 새벽 1시 반까지 추고 파티를 마치니, 만족하지 못하는 남녀가 있는 것을 본 팻시가,

'오늘 저녁에는 내 집에서 댄싱 파티를 열지니, 이 자리에 참석하였던 사람은 다 오고 또 다른 남녀를 많이 청하여 오라.'

모든 남녀가 대답하기를,

---

13 여기에 언급된 노래들이 어떤 곡인지는 분명하지 않은데, 시기를 고려하여 유사한 제목을 지닌 노래를 찾아볼 수는 있다. 〈I belong to you〉의 경우에는 가수이자 보드빌 배우였던 어빙 카우프만(Irving Kaufman, 1890~1976)의 1926년 곡인 〈Tonight You belong to me〉를 가리킨 것일 가능성이 있으며, 〈Moon country my home〉은 작곡가이자 배우인 호기 카마이클(Hoagy Carmichael, 1899~1981)의 1934년 곡 〈Moon country is home to me〉일 가능성이 있다. '자넷(Janet)'은 〈Tonight You belong to me〉를 부른 여러 가수들 가운데 한 사람의 이름으로 짐작된다.

'장소만 넓은 곳을 마련하라. 이 마을의 청년 남녀를 다 몰아서 올지니.' 하고 헤어졌구나.

나와 해리는 매리의 집에서 자고 그 이튿날 아침 식사 후에 매리와 팻시의 인도로 장로교회의 예배에 참석하고 돌아와 점심을 먹고 나니, 매리와 팻시가 다 활발한 여자인지라 해리를 위로하느라고 테니스 공tennis ball 놀리듯 하는구나. 어느덧 저녁 시간이 되어 식사를 마치고 네 남녀가 팻시의 집으로 가서 방 단장을 하고 파티 음식을 준비하는데, 이제 저녁은 아이스크림이었지만 이 저녁은 술 파티booze party로 준비하더구나. 그래, 내가 막기를,

'기혼 남녀의 파티이면 술 파티가 흠될 것 없지만, 미혼 남녀의 파티에 술booze이 적당하나? 술은 그만두고 어제 저녁 같이 준비하여라.' 하나, 팻시가 고집하기를,

'이전의 금주법 시대 같으면 술 파티가 법률 위반이지만, 지금은 해금解禁 시대이니[14] 법률에 저촉되지 않는다. 싸움만 없으면 그뿐이라.' 하고 준비하니, 매리는 부유하니 100원을 써도 상관이 없지만 팻시는 집안형편이 부유하지 못하며 또 자기 마음대로 쓸 수 있는 돈이 없구나. 그래, 내가 포켓pocket에 있던 돈 15원을 꺼내주며 준비에 보태라고 하니, 팻시가 웃으며 매리를 보고,

'너만 복이 많은 것이 아니라, 나도 복이 많구나. 한 푼 없는 내가 돈을 쓰려 하니, 돈이 절로 생기는구나.'

---

14 '해금시대(解禁時代)'는 금주법이 해제된 시대를 말한다. 미국에서는 1919년에 금주법(禁酒法, The prohibition law)이 제정되어 술의 제조와 판매가 금지되었는데, 1933년에 대통령 루즈벨트가 폐지안에 서명한 이후 금주법은 주별로 폐지되기 시작했다.

하고, 아몬드 브랜디Almond Brandy 2갤런을 주문하고 닭chicken 두 놈으로 수프soup를 만들어 놓으니, 시간은 8시 반이라. 춤출 남녀가 쌍쌍이 모여드니, 어제 저녁에는 20명이 못 되었지만 오늘 저녁은 30여 명이라. 팻시가 새로 온 사람들을 우리에게 소개하여 인사를 나누게 한 후에 널리 선포하기를,

'오늘 저녁 파티는 어제 저녁 파티와는 달라서 술 파티이니 그리 짐작하라. 동양 사회에서는 여자의 음주를 규칙에 맞지 않고 예의가 없는 것으로 여기지만, 우리 아메리카America 사회에서는 여자의 음주가 습관화된 풍속이니 규칙에 맞지 않거나 예의 없는 일이 아니라. 우리가 술 마시고 주정만 하지 않으면 누구도 나무라지 않을지니, 주정만 하지 말라.' 하고 9시에 라디오radio를 켜 놓으니, 뉴욕 오페라 오케스트라New York Opera Orchestra의 음악이 들리는지라. 브랜디brandy를 한 모금씩 마시고 수프soup를 먹은 후에 춤이 시작되니, 어제 저녁에는 처음 만나 서로 서먹서먹했지만 이날 저녁은 두 번째 모이니 낯이 익은지라. 즐겁게 한 차례 추고 나서 모두 자기 친구들과 같이 물러앉았는데, 라디오에서는 그레이스 무어Grace Moore가 소프라노soprano 독창을 하는지라. 모든 남녀가 열광적으로 그 노래를 듣고 다시 한 모금씩 마시고 춤을 추니, 아메리카 여자가 원래 수치를 모르지만 어린 심장에 사람을 뜨겁게 하는 술이 들어가니 수치가 어떤 물건인지나 생각하겠는가? 10시 반에 앨라스가 팬 댄스fan dance를 추고 애스터가 탭 댄스tap dance를 춘 후에 잠시 휴식하고, 릴리 파웰이 〈마이 하트My heart〉를 독창으로 부르고 답가로 아더 잰슨이 〈드림 컴 트루dreams come true〉를 부르는지라. 남자들은 그다지 제멋대로 굴지는 않지만, 어린 여자 몇은 공원park에 있는 음료 노점drinking stand이라. 이놈

과 입 맞추고 저놈과 입 맞추니, 그 여자와 입 맞추지 못하는 남자는 참말 어리석은 물건이라. 매리가 그 혼란을 멈추게 하고 나니, 12시라. 팻시가 연회의 종료를 널리 선포하기를,

'오늘 저녁이 다섯째 날(금요일)이나 여섯째 날(토요일) 저녁이면 날이 밝도록 추겠지만, 이 저녁은 일요일 저녁이니 일찍 헤어져 자고 내일 학교에 가자.'

하니, 한 여자가 발끈 일어서며,

'어제 저녁도 새벽 1시 반까지 추었고 오늘 저녁 개회 때에도 1시 반까지 춘다고 하더니 중간에 연회를 마치니, 우리의 번잡함을 싫어함이냐? 전기 소비되는 것을 싫어함이냐? 주인 팻시는 잘 테면 침대bed로 가서 자라. 우리는 춤을 추든 이니 추든 새벽 1시 반에야 갈 터이다.'

팻시가 웃으며,

'싫어할 리가 있느냐? 우리가 다 부모님 모시고 사는 남녀이며 규칙생활을 하지 않느냐? 춤출 때는 추고 놀 때는 놀고 학교에 갈 때는 가야지.'

그 여자가 웃으며,

'해리와 잭이 키스를 주면 두 말 없이 갈 터이다.'

팻시가 웃으며,

'그것은 해리, 잭과 너 사이의 일이다. 내가 무슨 재판관이거나 해리와 잭의 보스boss냐?'

그 여자가 웃으며 우리에게로 오기로, 내가 맞이하여 안으며,

'할리우드 여배우hollywood actress의 키스를 원하느냐? 가정주부의 키스를 원하느냐?'

한즉, 그 여자가,

'아무 키스나 다 좋다.'

하기로, 할리우드 키스hollywood kiss를 주니 정신과 육체가 삼분의 일이나 녹더구나. 그때 모든 여자가 일어나서 오기에 모든 여자와 키스를 하고 생각하니, 내가 보통의 남자가 아니고 한 배우actor가 되었구나. 모두 '굿바이Goodbye' 하고 가니 우리도 매리의 집에 가서 자고, 아침 식사 후에 매리가 학교 가려고 의복을 단장하는데, 팻시가 와서 우리를 보고,

'우리가 가서 교장을 만나 방학 전 휴가를 얻어가지고 올지니, 쓸쓸하지만 잠시 있어라.'

하고 매리와 같이 가더니, 한 시간 후에 오는지라. 우리가 맞이하며,

'무슨 감언이설로 교장을 속였나?'

한즉, 팻시가 웃으며,

'감언이설을 쓰면 의심하고 휴가를 주지 않는다. 사실대로 정인이 오늘 캘리포니아 주로 가는데 솔트레이크 시티Salt Lake City까지 전송 갔다가 내일 저녁에 돌아와서 셋째 날(수요일)에는 학교에 가겠다고 휴가를 청하니, 교장이 웃으며 두 말 없이 휴가를 주더구나.'

하고 담화로 그날 낮을 보내고, 저녁에 내가 해리를 보고,

'내가 매리와 몇 마디 밀담할 것이 있으니, 너는 팻시와 함께 나가서 산보하여라.'

하니, 해리와 팻시가 손을 잡고 나가는지라. 그래, 내가 매리에게 묻기를,

'네가 중학을 졸업하면 대학교로 갈 작정이냐?'

한즉, 매리의 대답이,

'특별한 장애물만 없으면 반드시 갈 터이다. 학비가 없으면 그것도 마음대로 못하지만, 내가 양어머님께 유산으로 받은 것이 3만 원이며

그 유산에서 얻은 수입을 저축한 것이 2만 5천 원이고, 그 두 재산에서 얻는 수입이 매년 만여 원이니 학비는 염려 없다.'

하기로, 내가 다시 묻기를,

'해리에게 대한 관심은 어떠하냐?'

하니, 매리가 웃으며,

'그것은 왜 묻느냐?'

하기로, 내가 대답하기를,

'해리의 네게 대한 관심은 하늘만큼 무제한sky limit으로 크지만, 너의 해리에 대한 관심이 크지 않은 듯하여 묻는 것이다.'

매리가 웃으며,

'내가 해리를 처음 만났을 때 인물은 준수하나 학식이 부족하고 말솜씨가 없어서 멸시하는 생각이 있었지만, 그 후 몇 번 만나 보니 그 심성이 매우 어질고 착하더구나. 내가 해리를 마음으로 허락한 것은 내가 돈은 조금 있지만 인물이 부족하기 때문이다. 인물이 부족한 내가 인물 뛰어난 자를 선택하게 되면 그 인물 뛰어난 자가 인물을 믿고 나를 멸시할지니, 그런 멸시를 받는 나는 고통이 심하게 될지라. 그러면 나만 잘못되지 않겠느냐? 그래서 나를 기쁘게 할 자를 선택하려 하니 해리가 적당한 듯한데, 내가 마음으로는 허락했지만 아직 분명히 드러내어 말하지는 않았다.'

하기로, 내가 매우 지혜로운 생각이라고 칭찬하고 다시 말하기를,

'아내는 대학생인데 남편은 중학 졸업생도 되지 못하면 모든 일에 하늘과 땅 만큼의 큰 차이가 있을 것이니, 해리가 어느 조그마한 대학교에 입학하도록 돕는 것이 어떠하냐?'

매리가 웃으며,

'그것은 자기가 원하면 의심할 것 없이 도와주지만, 그러다가 대학생이라고 세도를 부리면 어찌하느냐?'

내가 웃으며,

'해리의 심성이 진중하여 경박하지는 않으니 멸시할 염려는 없다만, 그것은 네 마음대로 해라.'

하고, 다시 묻기를,

'네가 나를 한 친구로 여기느냐? 아니면 정인情人으로 생각하느냐?'

한즉, 매리가 웃으며,

'나도 처음은 네게 희망을 품었으나 팻시로 인해 단념하고 해리를 저울질하였으니, 너는 해리 다음 가는 둘째 친구이다.'

하기로, 내가 감사하다 말하고,

'그러면 내가 네게 요청할 것이 한 가지 있으니, 듣고 시행할 터이냐?'

매리가 웃으며,

'너의 요청은 내 몸을 원한다 해도 허락할 것이요, 목이 마르니 목 축이게 염통의 피를 한 잔 받아 달라고 해도 두 말 없이 받아줄 터이다. 그러니 아무런 요청이라도 말만 하여라. 시행한다.'

하기로, 내가 다시 말하기를,

'네가 알다시피 팻시가 대학교에 갈 형편이 못되니, 네가 도와줘서 같이 대학교에 가는 것이 어떠하냐? 만일 내가 돈이 있으면 두 말 없이 후원하겠지만, 나도 돈이 없어 대학을 못 가는 형편이니 다른 사람을 도와줄 능력이 없구나.'

매리가 웃으며,

‘그럼 네 요청대로 같이 대학교에 가겠지만, 염려되는 점은 팻시가 대학교 과정을 감당할 것 같지 않다는 것이다. 팻시가 작문에는 능하지만 산수 실력이 부족하여 소학교 8학년에 2년을 있었고 중학교 1~2학년에 3년을 있었으니, 대학교에 가서도 그처럼 되면 나의 정력 쓴 것이 헛수고가 아니냐?’

내가 웃으며,

‘그것은 염려 놓아라. 과정을 견뎌내지 못할 것 같으면, 나도 아니고 남더러 후원해 주라고 요청하겠느냐? 팻시가 그 전에 산수가 낙제fail되었지만, 그것은 풀이하는 방식을 몰라서 낙제fail가 된 것이지 지능이 부족했던 것이 아니다. 내가 저를 방문했다가 산수로 고생하는 것을 보고 방식 몇 가지를 가르쳐 주었더니, 지금은 어떤 어려운 문제라도 쉽게 답을 찾아낸다. 대학교 과정은 말할 것도 없고 천문학 과정이라도 감당할지니, 도와줘서 큰 인물 하나 만들어라.’

매리가 허락하기를,

‘저와 나의 친분으로든지 네 요청을 시행해서이든지 같이 대학에 갈 것이니, 염려 놓아라.’

하고,

‘너와 팻시의 관계가 어떠하냐?’

묻기로,

‘아무 관계 없다.’

대답한즉, 매리가 웃으며,

‘대개 남녀가 친밀하게 지냄은 특별한 뜻이 있기 때문인 법인데, 관계가 없는 친밀이 어디 있을까?’

하기로, 내가 웃으며,

'네가 하나만 알고 둘은 모른다. 팻시는 이 세상 남자들이 알기만 하면 서로 가지려고 생명도 아끼지 않을 만한 여자이니, 내가 마다할쏘냐? 팻시는 내게 적당한 여자가 아니고 분수에 넘치는 여자이다. 분수에 넘치는 여자가 자청하여 안기려 하는 것을 내가 거절하였다. 만일 팻시가 자녀를 양육하는 가정주부의 재목이면 팻시가 원하지 않아도 후려 보겠지만, 팻시는 가정주부가 아니라 정치 무대에 오르내릴 여자이다. 내가 내 욕심 채우기 위하여 팻시가 이 세상에 왔던 흔적을 남기지 못하게 할 사람이냐? 나는 누구를 연화보좌蓮花寶座로 올려 앉힐 생각은 있지만, 누구를 지옥으로 보낼 생각은 품지 않는다. 팻시는 생각과 재능이 프랭클린 루즈벨트Franklin Roosevelt보다 나은 인물이다. 미국 대통령에 당선될지는 모르지만, 와이오밍 주 대표로 상원senate room에 들어가 정치를 좌우할 여자이다. 네가 두고 보아라. 내 말이 거짓말이 되나?'

매리가 웃으며,

'네가 독심술사mind reader냐? 어찌 팻시의 장래를 그렇게 명백히 판단하느냐?'

내가 웃으며,

'내가 독심술사는 아니지만 팻시의 장래를 알 수 있다. 산수를 가르치던 둘째 번에 팻시의 테이블table에 스케치북sketchbook이 있기에 집어 보니, 팻시가 소학교 8학년에서부터 시작한 작문이라. 미국의 내정 문제로는 종교 문제, 사회 풍기 문제, 노동자보험 문제, 자본주의 제한 문제, 교육 문제 등을, 외교 문제로는 미국과 일본, 미국과 중국, 미국과 유럽 각국, 세계대전歐洲大戰 때의 전쟁 채무 문제, 러시아Russia 공산주의 문제,

독일Germany 독재주의 문제 등을 다루었는데, 그 작문이 기교art는 부족하나 대정치가의 기세와 위엄이 있더구나. 나도 팻시에게 희망을 품었다가 그 작문을 보고 단념하였는데, 지난번 추수감사절 만찬을 네 집에서 먹은 후에 팻시가 무슨 물어볼 것이 있으니 집으로 가자고 하기에 좇아 나섰더니 집으로 가지 않고 마을 밖으로 나가더구나. 내가 의심이 나서 집으로 가자더니 이곳으로 오니 이곳이 집이냐고 물었더니, 팻시가 걸음을 멈추고서는 내가 네게 묻고자 하는 말은 하나님 외에는 사람은 듣지 못할 말이기에 조용한 곳으로 가서 의논하려고 함이라고 말하더구나. 그제야 내가 깨닫고 팻시를 나무랐구나. 네가 심히 어리석다고, 내가 블루 아이가 아니며 네가 브라운 아이가 아니니 지금 우리가 흠이 될 만한 일 없이 만나는 것도 네 앞길에 큰 방해가 될 것인데 하물며 밀약까지 하겠느냐고. 나는 남의 앞길에 깊고 깊은 함정을 파놓거나 금속 장벽을 세워 가로막는 사람이 아니니, 그런 이상한 생각은 칼로 베듯이 없애고 친구로 지내자고 했구나. 그랬더니 저도 두 말 못하고 친구로 지내기로 작정하였다.'

매리가 웃으며,

'너는 정情을 아는, 가죽과 살과 피와 뼈로 이루어진 책이 아니요, 정을 모르는, 금이나 은이나 구리나 쇠로 이루어진 책이로구나.'

하기로, 내가 웃으며,

'내가 정을 모를 리가 있느냐? 정을 나보다 잘 아는 사람이 이 세상에는 없을 듯하다. 오늘날 우리 인류 사회에 유행하는 정에 대한 이야기나 정에 대한 문장이 정을 아는 자의 담론이거나 문장이냐? 철없는 어린 것들이 어른의 행동을 보고 흉내 내는 것이지. 네가 보아라. 잡지에 수

록된 정에 대한 문장이나 대화talking나 영화picture에 있는 정담이 정을 아는 자의 담론인가?'

매리가 웃으며,

'내가 공부를 못할지라도 팻시를 도와 성공하게 할 터이다.'

하는데, 해리와 팻시가 들어오는지라. 차tea를 만들어 한 잔씩 마신 후에 해리더러 팻시를 이끌고 나가라 하고, 다시 매리에게,

'너는 이 세상에 제일 복이 많은 여자이다. 양어머니의 유산을 받고, 또 해리 같은 남자를 만나게 되었으니.'

매리가 웃으며,

'양어머니의 유산 받은 것은 행복이라고 하겠지만, 해리를 만난 것이야 행복이라 할 수 있을까?'

내가 웃으며,

'해리가 말재주와 학식은 부족하나, 인물이 준수하고 기력이 강대하다. 남자의 기력이 강대한 것이 여자에게는 행복이다.'

하니, 매리는 활발한 여자인지라 웃으며,

'남자의 기력 강대한 것이 여자에게는 행복인 듯하더라. 우선 나의 부모로 짐작하여도 그렇다. 나의 아버지가 기력이 강대한 사람인데 나의 어머니가 항상 아버지의 명령에 복종하고, 나의 옆집 미스터 킹Mr. King은 기력이 약한 사람인데 그 부인이 킹을 천대하고 다른 정인을 두었으니. 여자에게 남자의 기력이 강대한 것이 행복이라면, 남자에게는 어떠한 여자가 행복이 될까?'

하기로, 내가 웃으며,

'남자에게 행복이 되는 여자는 춤 잘 추는 여자이다.'

하니, 매리가 웃으며,

'예의를 아는 놈이 무례한 말을 함부로 토하는구나.'

하는데, 해리가 돌아오기에 팻시의 행동이 어떠하던가 물으니, 해리의 말이,

'팻시가 무슨 슬퍼하는 기색은 없으나, 이따금 숨을 길게 내쉬며 온갖 계획이 물거품이 되었다고 하더라.'

하기로, 내가 웃으며,

'물거품이 될 리가 있느냐? 언제든지 소망이 성취되지.'

하고 조금 자다가 깨어 아침을 먹고, 해리더러 매리와 담화하며 있으라 하고서 팻시의 집에 가니, 팻시도 매리 집으로 가려고 의복을 단장하던 즈음이라. 나를 맞이하며,

'내가 가려 했는데, 네가 오니 더욱 좋다. 오늘이 마지막 날이니 한이 남지 않도록 담화를 많이 하자.'

하기로,

'나도 마지막 날인 까닭에 담화를 하려고 왔으니, 포커 페이스Poker face로 담화하지 말고 다이아몬드 하트Diamond heart로 말하자.'

팻시가 웃으며,

'여자는 본성이 인색하니 제아무리 다정한 친구에게라도 마음속에 품은 생각을 다 내놓지 않고, 남자는 제아무리 정직하다 해도 과장이 있다. 우리는 요즘 남녀의 추한 태도에서 벗어나 다이아몬드 하트로 말하자.'

하기로, 내가 웃으며,

'너의 일생 소망이 무엇인지 내놓을 수 있느냐?'

팻시가 웃으며,

'이 문답이 참말 다이아몬드 하트로구나. 내가 여자이니, 여자의 소망은 양처현모良妻賢母란 명예를 얻는 것이 제일이요, 그 외의 소망은 여자마다 그 성격에 따라 각기 다르다. 내 소망은 다른 여자의 소망과 같지 않으니, 우리나라의 내정 개량이 목표이다. 너의 소망은 무엇이냐?'

내가 웃으며,

'내 소망은 있다고 하면 많고 없다고 하면 없는 것이지만, 나는 망한 나라에서 살아남은 몸이니 조국의 회복이 목표이다.'

하고,

'네가 중학교를 졸업하면 어느 대학교로 갈 작정이냐?'

한즉, 팻시의 말이,

'대학교로 갈 생각은 간절하지만, 우리 집안 형편이 매년 1천 원의 학비를 지출할 형편이 못 되는구나. 아버지의 재산이라고는 사탕무를 경작하는 땅 40에이커acre가 있으니 그 땅에서 얻은 수입을 집안 살림에 쓰고, 결혼marry해서 따로 사는 오빠brother도 재산이 부족하다. 그러니 양처현모가 되겠다는 제1의 소망은 성취할 수 있으나 내정을 개량하겠다는 제2의 소망은 공상이 될 듯하다.'

내가 웃으며,

'만일 내가 돈이 있다면 두 말 없이 도와줄 터이지만, 돈이 없어 나도 대학을 못 가는 형편이니 다른 사람을 돌아볼 수 없구나. 그래서 어제 저녁에 매리에게 사정해서 너를 데리고 대학교로 가겠다는 허락을 받았다. 그러니 대학교에 못 갈 염려는 없어졌으니 마음 놓고, 매리와 친밀하게 지내고 무슨 언쟁argue 같은 것은 일절 금지해라.'

팻시가 이 말을 듣더니 부끄러움을 돌아보지 않고 '아이고 내 사랑'

하며 나의 목을 안고 입을 맞추더구나. 남의 정성을 거절할 수 없어 입맞춤을 허락하고 다시 부탁하기를,

'네가 대학교에 가거든 제일 주의할 것은 남자 학생이다. 1~2학년에 있는 대학생은 그다지 위험한 놈들이 아니지만, 3~4학년에 있는 대학생은 실로 위험한 놈들이다. 그놈들이 여자를 후리는 수단은 사탄satan보다 100배나 뛰어나다. 네가 그 놈들의 마술에 홀리게 되는 날은 곧 만겁의 지옥으로 들어가는 날이 된다. 그러니 십분 아니라 만분 조심하여라. 이것이 네게 대한 나의 소망이다.'

팻시가 감사하다고 말하고,

'나의 부모형제도 내 앞길을 주선하지 못하는데, 한때 잠깐 만나던 친구면서 주선도 하고 또 부탁까지 하는구나. 네 명령은 죽을지라도 시행할 것이니 마음 놓아라.'

하기로,

'지금 우리의 담화가 끝이 났으니 매리의 집으로 갈 터이다. 네 부모님을 청하여라. 작별할 터이다.'

팻시가 대답하기를,

'아버지는 오빠 집에 가시고 없으니, 어머님께 작별하여라.'

하고 어머니를 청하니, 어머니가 들어오시며,

'오 내 아들아Oh my son. 캘리포니아로 나간다는 말이 사실이냐?'

하기로, 내가 대답하기를,

'내일 떠납니다. 그래서 작별하고자 왔습니다.'

부인이 웃으며,

'나는 늙은이라 별로 슬픈 감정이 없지만, 팻시는 매우 서운해sorry 하

는구나. 그래, 너희가 무슨 약속이 있느냐?'
하기로, 내가 대답하기를,
'다음next 독립기념일Fourth July에 만나자고 약속했습니다.'
하고 작별하고서 팻시와 함께 매리의 집에 가니, 점심 준비가 되었고 또 미스터 그린Mr. Green도 계신지라. 같이 점심을 먹은 후에 그린에게 작별하니, 그린은 '평안히 가고 종종 편지하라' 하고 가게store로 가더구나. 우리 네 남녀가 한가롭게 이야기하다가 3시에 그린 부인을 청하여 작별하려 하니, 부인이 웃으며,
'나의 매리는 해리와 잭을 양손의 캔디candy로 알다가 갑자기 잃게 되니 은근히 죽으려고 덤비는데, 팻시 너는 애지중지하던 잭을 잃게 되었는데도 슬픔이 없고 기쁜 빛이 얼굴에 가득하니, 무슨 은밀한 약속을 맺은 게로구나.'
팻시가 웃으며,
'슬픔을 토해서 해리와 잭이 가는 것을 멈출 수 있을 것 같으면 없는 슬픔을 만들어 내서라도 토하지마는, 슬픔으로 멈추게 하지 못하고 결국 보낼 바에는 기쁨으로 보내는 것이 가는 자를 기쁘게 함이지요.'
하니, 부인이 웃으며,
'팻시의 심성은 여성이 아니고 호탕하고 활발한 남성이야.'
하고 우리의 작별을 받고서 답사로 '평안히 가고 가거든 곧바로 편지하라'고 부탁하고 나가시니, 해리가 매리를 보고,
'우리 작별하자.'
하니, 매리가 웃으며,
'작별 인사가 무엇이냐? 키스 한 번이면 넉넉하다.'

하고 해리에게 입맞춤하고 내게도 입맞춤하니, 팻시도 해리와 내게 입을 맞추더라. 우리 두 사람이 나서며,

'울지 말고 평안히 있어라. 이다음에 올 때에는 다이아몬드 반지diamond ring를 사다 주지.'

하고 캠프로 올라가니, 모든 놈이 웃으며,

'너희 두 놈이 매리와 팻시를 하나씩 갈라 업고 남아메리카로 도주했는가 의심이 나더니, 돌아온 것을 보니 도주는 하지 않은 모양이로구나. 그래, 약혼들이나 하였느냐?'

내가 웃으며,

'이놈들 잠잠히 있어라. 구새먹은 나무처럼 속은 다 타고, 남은 것은 껍질과 말뿐이다.'[15]

하니, 한 놈이 웃으며,

'그대로 두면 껍질까지 재가 될 것이니, 그 불은 내가 꺼 주지.'

하고 물 한 컵glass을 내게 뿌렸구나. 화는 나지만 웃고 저녁을 먹고 나니 모든 놈들이 와서 따지고 캐묻기를,

'사나흘 사이에 키스를 몇 번 하였으며, 캡틴의 명령을 시행하였느냐? 거역하였으면 구류를 시킬 터이다.'

하기로, 내가 웃으며,

'키스는 몇 번 했으나 캡틴의 명령은 농담joke이고 사실이 아니니, 시행하고 말고가 없다.'

---

15 '구새먹다'는 나무의 속이 오래돼서 저절로 썩어 구멍이 뚫린다는 말이다. 이 구절은 해리와 잭이 구새먹은 나무처럼 속은 다 타서 없어지고 빈 껍질만 남아 겨우 말만 할 뿐이라는 뜻으로 풀이할 수 있다.

레이몬드 스톡Raymond Stock이란 놈이,

'우리 캠프의 보이 170명 중에 너희 두 놈만 복이 많다. 우리는 젊은 여자young girl는 고사하고 늙은 노부인의 얼굴도 보지 못하였는데, 팻시 영러브는 우리나라 전체에서 제일가는 인물이며 매리 그린은 그곳의 은행 주인bank owner이라 하니, 해리 놈은 돈 잘 쓰게 되었고 잭 놈은 크림색 장미creamcolored rose를 밤낮으로 안고 놀게 되었구나. 그 호강할 대가로 벌을 주자.'

하고 로프rope로 우리 둘의 발목을 홀쳐서 매다니, 아더 킹이 막기를,

'벌을 주더라도 캘리포니아 주에 가서 주자. 이곳에서 벌을 주면 그 놈들이 발목 다쳤다고 핑계를 대고 병원으로 갈 것이니, 그러면 벌이 아니고 상이다.'

하니, 레이몬드가 풀어 놓으면서,

'참말 그럴 듯하다. 캘리포니아 주로 가서 큰 벌을 주자.'

하고, 해리에게 묻기를,

'저 잭은 대도시의 중학교에서 생활하였으니 별로 희한할 것 없지만, 해리 너는 오리건Oregon의 궁벽한 산촌 놈이 활달한 매리 그린의 사랑을 받으니 재미가 어떠하더냐? 사실대로 고하여라. 만일 숨기면 캘리포니아 주加州에 가서 큰 벌을 준다.'

해리가 웃으며,

'재미는 무슨 재미? 그저 꿀honey에다 생강ginger 치고 레몬lemon을 떨어뜨린drop 맛이더라.'

하니, 모든 놈들이 하늘을 쳐다보고 크게 웃으며,

'새콤하고 달콤한sour-sweet 더할 나위 없는 재미로구나.'

하고 즐거운 이야기를 하다가 자고, 그 이튿날 아침 식사 후에 떠나 이틀 만에 캘리포니아주 북부北加州 해피 캠프Happy Camp에[16] 당도하여 캠프를 정돈하니, 크리스마스 데이Christmas Day라. 칠면조 만찬turkey dinner이 있었고, 그날 저녁에 팻시와 매리에게 '평안히 왔노라'고 편지했더니 4일 후에 회답이 왔는데, 매리의 편지에는 '팻시가 음식을 전혀 먹지 않으니 그 부모가 놀라 어찌할 바를 몰랐는데, 내가 권유하여 음식을 먹기 시작했지만 크리스마스를 경황없이 지냈다'고 했고, 팻시의 편지에는 '매리가 눈물로 벗을 삼는다'고 했으니, 누가 사실대로 말한 것인지는 알지 못하나 매리가 쓴 편지에는 잉크ink가 번졌구나. 나는 매주 한 번씩 편지하나, 해리 놈은 두 번, 세 번, 어떤 주에는 네 번까지 편지하더구나. 내가 떠날 때에 팻시에게 어려운 산수 문제를 난나시 답을 찾지 못하면 편지하라고 했는데, 정월 한 달이 다 지나도 아무 소식이 없더니 2월 중순에 한 문제의 답을 찾을 수 없다고 묻기에 답을 찾아 보내었고, 이달 10일이 내가 기한을 채우고 퇴역하는 날인 까닭에 팻시에게 편지하기를,

'나는 캠프 생활을 마치고 집으로 가니 답장은 보내지 말고, 대학교에 가거든 회답하여라. 그 전에는 내가 편지하지 않을 것이며 나의 주소도 줄 수 없다만, 네가 대학교에 입학하였다 하면 전보로 축하할 터이다.' 하였더니, 나의 부탁을 시행하는 것인지 아직 편지가 없다.

이처럼 팻시의 일을 말하고 나니, 시간은 12시라. 구경 갔던 얼머 부

16 '해피 캠프(Happy Camp)'는 캘리포니아 북쪽 끝의 시스키유 카운티(Siskiyou County)에 속한 마을로, 19세기 중반에 골드러시로 모여든 광부들이 광산 캠프를 만들면서 형성되었다고 전한다. 클래머스 국유림(Klamath National Forest)의 클래머스강 연안에 있다.

부가 들어오며 헤셀 양이 에바에게 공부 잘 하였는지 물으니, 에바가 대답하기를,

"많이는 못 하였으나, 서너 가지 문제의 답을 찾았습니다."

헤셀 양은 총명한 여자라. 에바가 공부하지 않고 책과 담화하였을 줄로 짐작하고 시험조로,

"그 공부한 것 구경 좀 할까?"

에바도 헤셀 양만큼 총명한 여자라. 헤셀이 정탐할 생각인 줄 알아차리고 선뜻 대답하기를,

"구경하시려거든 구경하시구려. 그 스케치북sketch 속에 있지요."

하니, 얼머가 웃으며,

"시간이 12시인데, 자지 않고 그것을 검사할까?"

하고 헤셀을 끌고 자기 방으로 가니, 책도 에바에게 작별하고 일어서는데, 에바가 차에까지 쫓아 나와서 작별하며 종종 방문하라 하니,

【책】 도저히 방문할 수 없다.

에바가 놀라며,

"무슨 까닭에 방문할 수 없다 하느냐?"

【책】 별 이유가 없다. 나는 청하지 않는 곳은 가지 않는다. 네가 나를 원하여 부르면 비가 오거나 눈이 오거나 꺼리지 않고 오지만, 부르지 않으면 나는 나서지 않는다.

에바가 웃으며,

"그럼 내가 부르면 몇 시인지 가리지 않고 곧바로 오지?"

【책】 네가 부르기만 하면 오다 뿐일까? 재판관의 명령을 거역하면 하지, 네 명령이야 거역할 터이냐?

하고 차를 움직이게 하니, 에바가 들어가는지라.

집으로 와서 자고, 부활 주일을 지낸 셋째 날(수요일) 저녁에 전화가 울려서 전화 곁에 있던 잭이 전화를 들고 '헬로Hello' 하니, 저쪽에서 다른 말 없이 얼른 내 집으로 오라고 하는지라. 잭이 웃으며,

"네가 누구이기에 나를 부르느냐?"

저쪽에서 대답하기를,

"나는 네 음성을 알아듣는데, 너는 내 음성을 알아듣지 못하느냐? 나는 에바이다."

잭이 가겠노라 허락하고 차를 몰고 가서 초인종을 울리니, 몹시 기다리던 에바가 문을 열어 맞이하며,

"부르기 바쁘게 오는 것을 보니, 하나님의 명령을 시행하듯 하는구나."

잭이 웃으며,

"이 세상에 하나님의 명령을 시행하는 사람은 없다. 누가 보이지 않는 하나님의 명령을 시행할까? 엄청난 미인의 명령이니, 키스나 한번 받을까 기대하고 나는 듯이 왔지."

에바가 웃으며,

"네가 그전 중학교에 다닐 때에는 행실이 단정했는데, 씨씨 캠프에 갔다 오더니 갑자기 성정이 변하여 난봉꾼 놈이 되었구나."

잭이 웃으며,

"씨씨 캠프이니 난봉꾼만 되었지, 군대army camp에 갔다 오면 살인, 겁간, 강도질 하는 패륜의 무리가 된다."

하고 보니, 에바가 공부를 하던 모양이라. 웃으며,

"한가한 때도 아니고 공부하다가 불렀으니, 무슨 어려운 산수 문제를

만났느냐?"

【에바】 다른 사람에게는 그다지 어려운 문제가 아니나, 내게는 더할 수 없이 어려운 문제이다. 아무리 애를 써도 답을 찾을 수 없구나.

잭이 웃으며,

"대학교 과정을 중학생에게 물으니, 요즘의 공부는 반대로 뒤집힌 것이냐?"

에바가 웃으며,

"뒤집힌 것이 아니다. 네가 중학생이지만 중학교에 다닐 때 야학 수업을 1년이나 하였다. 중학교 교사는 곧 대학 졸업생이다."

하고 잭을 이끌어 책상 곁에 앉히고 책을 펼쳐 놓으며,

"이 문제가 나의 골통을 썩히는구나. 짝수 같으면 찾기가 쉬울 터이나, 홀수인 까닭에 답을 찾을 수 없다."

하거늘, 잭이 들여다보니,

'어떤 시골 농부가 노환으로 죽게 되었는데, 재산이라고는 젖소milk cow 열일곱 마리뿐이다. 아들 삼형제를 불러서 맏아들은 절반을 가지고 가운데 아들은 3분의 1을 가지고 막내아들은 9분의 2를 가지게 하라.'

한지라. 잭이 웃으며,

"대개 여자의 산수 능력은 똑같은 모양이로다. 팻시도 그러하더니 너도 그러하니. 이것이 짝수가 아니고 홀수이니 어찌 절반으로 가를 수 있겠느냐?"

하고, 그 책상에 단추 열일곱 개를 내어 놓고,

"이것이 소의 수이니, 이 홀수는 하나님이 오셔도 못 가른다. 빌려주고 빌리는 '대차'의 방식 외에 다른 방식이 없다."

하고, 다시 한 개를 더 집어서 열여덟 개를 만들어 놓고, 맏아들에게 절반인 아홉 개를, 가운데 아들에게 3분의 1인 여섯 개를, 막내아들에게 9분의 1인 두 개를 주니, 17개의 원래 수는 다 나가고 빌려온 1개가 남는지라. 에바가 웃으며,

"참말 큰 선생님이다. 그렇게 쉬운 것을 두 시간을 애만 쓰다가 너를 청하였더니 찾았으니, 더운 날에 소다수soda 마신 것과 한가지다."

하고, 책을 덮어놓고,

"이제 우리 담화하자."

【잭】 공부할 것 있으면 더 할 것이지, 귀한 시간을 쓸데없는 말로 보낼 티이냐?

【에바】 답을 찾느라고 골통을 썩혔으니, 되살아니게 휴식할 터이다.

【잭】 그러면 담화하지만, 내가 그 전 중학교에 재학하던 잭이 아니고 씨씨 캠프에서 나온 잭이다. 그러니 말이 무례하더라도 용서할 터이면 담화하고, 그렇지 않으면 갈 터이다.

에바가 웃으며,

"이 놈이 무슨 조크joke를 하려고 음흉을 피우나? 용서하지."

하고,

"우리가 공부할 때에 설렁거리던 캐더린을 기억할 수 있느냐?"

【잭】 기억만 할까? 항상 나의 눈에 어른거리고, 이따금 꿈에도 보이는데.

에바가 놀라며,

"매우 사랑한 게로구나."

【잭】 나는 존경하였지만, 제가 블루 아이노라 거절하니, 나만 헛고생

하였다. 그런데 그 여자의 말은 왜 하느냐?

【에바】 캐더린은 패서디나 부호의 아들과 지난 크리스마스에 결혼하였지.

【잭】 그 흐물거리던 물건이 돈 잘 쓰노라고 더 흐물거리겠구나.

【에바】 지금 캐더린은 안하무인眼下無人이다. 또 마가렛을 기억할 수 있느냐?

【잭】 마가렛, 마가렛? 오, 기억된다. 산수에 0점 받고 울던 여자.

【에바】 옳다, 그 여자다. 마가렛은 버버리Beverly 부호의 아들과 약혼하였지.

【잭】 야, 야. 듣기 싫다. 많고 많은 담화 가운데 미혼 남자에게 남의 결혼과 약혼을 말하니, 누구의 비위를 긁어 보려느냐? 다른 말 하여라.

【에바】 너는 무슨 담화를 좋아하느냐?

【잭】 내가 좋아할 말은 네가 하지 않을 것 같다.

【에바】 어떤 담화를 좋아하느냐? 청하여라. 내가 말하지.

【잭】 내가 듣기 좋아 할 말은 네가 나와 약혼하자고 청하는 말이지.

에바가 얼굴이 붉어지며,

"그놈이 정말 무례한 조크를 하는구나. 그 말이야 농담으로 할 말이냐? 지금 네가 나이 스물이 넘었으니, 마음에 새겨둔 여자가 있겠구나. 누구인지 소개할 수 있느냐?"

【잭】 아직 없다.

【에바】 그럴 리 있을까? 팔리 중학Polytechnic Highschool이나 예비대학junior college에는 너와 같은 인종인 아름다운 여자가 많이 다니는데.

【잭】 많기는 많다만, 내가 저희를 방문하지 않고 저희도 나를 방문하

지 않는다. 만일 내가 부잣집 아들 같으면 오지 말라고 해도 매일 오겠지만, 나는 낡은 옷을 걸친 거지 신세다. 내 속사정을 자세히 아니, 어느 누가 거지인 줄 알고서 어울릴까? 저희는 나를 거지라고, 나는 저희를 멍청이dumb라고 피차 멸시하니, 교제가 될 터이냐? 자연히 멀어진다. 그래, 네가 내 정인이 있는지 물었으니, 나도 너의 정인이 있는지 물을 터이다. 그래, 정인이 몇이나 되느냐?

【에바】 다른 여자들은 수단이 능란해서인지 복이 많아서인지 정인을 하나가 아니고 두셋씩 두고서 이놈이 어디 가고 없으면 저놈과 담화하지만, 나는 재능이 부족해서인지 인물이 추악해서인지 정인이 하나 있기는 하나 자랑할 인물은 되지 못한다.

【잭】 그게 누구냐? 내가 알 만한 인물이냐?

【에바】 우리 공부할 때에 선생과 언쟁 잘하던 아이가 누구인지 짐작할 터이냐?

【잭】 그러면 존이로구나. 인물 좋고 부잣집 아들이니.

【에바】 인물은 무슨? 회초리 거듭 얻어맞고 성난 황소개구리bullfrog 같은 인물? 그 인물에다 마음까지 불량하구나. 말끝마다 돈 자랑하기 일쑤고, 또 저와 상종하는 여자는 다 제 손에 넣으려 하는구나. 어느 어리석은 여자가 그 모욕을 받을 터이냐? 여자마다 몇 번 상종하고는 이웃집 개 쫓아내듯 하는구나.

【잭】 그런 줄 알고서 상종함은 무슨 생각일까?

【에바】 존의 아버지가 존을 부추기고, 또 나의 아버지가 그 회사에서 사무를 보는 까닭에 친근히 상종하라고 내게 권유하는구나.

【잭】 그러면 조심하여라. 연인들love pair의 생명이 위태한 것은 쇠지팡

이 아래 질그릇 같고, 바람 앞에 나선 거미줄이다. 쇠지팡이가 움직이면 질그릇은 깨어지고, 바람이 불면 거미줄은 끊어진다.

【에바】 나도 짐작한다. 미혼 남녀가 연애로 인해 생명을 희생하는 일이 생기지 않는 날이 없으니, 그런 까닭에 낯가림을 한다.

어느덧 11시라. 잭이 작별하고서 집으로 오니, 그 후로는 에바가 매주 서너 차례 부르는지라. 잭은 거절도 할 수 없고 가기도 무엇한 것을 갔는데, 사월 중순에 누이와 함께 영화 구경을 가려 하는데 에바가 전화로 얼른 오라고 부르는지라. 그래서 대답하기를,

"무슨 긴요한 일이기에 부르느냐?"

에바가 대답하기를,

"내가 혼자 있기가 너무 갑갑해서 담화하려고 청함이다."

【잭】 그러면 용서하여라. 내가 누이님 모시고 영화 구경 가려 나서는 길이다.

【에바】 누이님 영화 구경 가는 것은 오마스Omas나 이소Easu더러 모시고 가라고 하고, 너는 이리 오거라. 지금 나는 적적하기가 외딴 무인도에 갇힌 것 같다.

【잭】 그러면 존을 청하여 담화하려무나.

【에바】 존을 청했더니, 존은 자기 사촌누이 약혼하는 파티에 가느라고 못 오겠다는구나. 네가 와서 나의 적적함을 위로하여 주렴.

잭이 할 수 없어 누이에게 이소와 같이 가라고 부탁하고 에바의 집에 가니, 적적하다던 에바가 정장을 입고 곱게 꾸민지라. 웃으며,

"적적하다더니, 곱게 꾸민 것 보니 무슨 구경을 갈 모양이로구나."

【에바】 내가 댄싱할 생각이 불길이 일어나듯 하는구나. 그래, 댄싱 가

려고 의복을 차려입고 존에게 전화했더니, 존이 포모나에 가느라고 올 수 없으니 정 가기를 원하면 다른 친구를 청하고 그렇지 않으면 참고 있으라 하는구나. 그래서 너를 청하였다.

【잭】 그러면 댄싱 갈 것 없이 차이나 씨어터China Theater에 영화 구경 가자.

【에바】 영화는 실속 없는 눈속임이니, 적적함을 없애지 못한다. 온몸이 운동 되는 댄스 갈 터이다.

【잭】 댄싱을 가면 어느 무도장parlor으로 갈 터이냐?

【에바】 아니 가면 모르거니와, 갈 바에는 앰배서더 호텔Ambassador hotel로 가지.

【잭】 너는 블루 아이니 지체 없이 맞이하지만 나는 브라운 아이라고 거절하면, 내가 무안하지 않겠느냐?

【에바】 유색인종이라고 거절하면, 그 무도장dancing parlor에 수류탄hand grenade을 던지지. 염려 말고 어서 가자.

하고 손목을 잡아끌고 나와서 차에 올라 앰배서더 호텔로 가니, 댄싱을 시작한지라. 입장권 두 장을 사 가지고 무도장으로 들어가니, 웨이터waiter가 음료를 대령하는지라. 브랜디brandy를 한 모금씩 마시며 댄싱하는 남녀를 살피니, 존이 엘리노 스미스Ellinor Smith와 짝을 이뤄 춤을 추는지라. 에바가 그쪽으로 가서 풍파를 일으키려고 일어서다가 다시 앉아 음료를 한 모금 더 마시며 춤이 멈추기를 몹시 기다리는데, 마침 춤이 정지되고 모든 남녀가 쌍쌍이 의자로 가니 존도 엘리노와 어깨를 겯고 의자로 가는지라. 에바가 달려가서 존의 손을 잡으며,

"포모나 사촌누이의 약혼 파티에 간다더니 이곳에 왔으니, 누이의 약

혼 파티가 아니라 네 약혼 파티로구나.”

곰같이 미련한 존이 성난 말투로,

“네 생각에는 내가 누구에게 매여 사는 사람인 줄로 아느냐? 내 몸 가지고 내 마음대로 하는 나이다.”

에바가 웃으며,

“너나 나뿐만 아니라, 이 세상 사람이 다 제 몸 가지고 제 마음대로 한다. 그러면 〈아이 빌롱 투 유belong to you〉는 왜 불렀던가? 지금은 〈아이 빌롱 투 유〉가 날아가 버렸다.”

하고 앉았던 의자로 돌아와 음료를 마구 마시니,[17] 모든 남녀의 시선이 에바와 잭에게 쏟아지는지라. 잭이 은근히 미안하나 태연자약한 모습으로 에바와 같이 음료를 마셨는데, 다시 춤이 시작되니 에바가 잭을 끼고 무도장으로 들어가 춤을 추기 시작하는지라. 에바와 잭의 춤이 그다지 뛰어난 춤은 아니지만 음료를 마셨으니 흥이 바야흐로 올라오는지라. 활발하게 춤을 추며 잭이 이따금 팔꿈치로 존의 갈비를 찌르고 하다가 춤이 정지되니 각각 의자로 물러앉는데, 엘리노는 에바, 잭과 함께 공부한 친구이니 와서 잭에게 인사하고, 다시 에바에게 미안하다고 말하기를,

“나는 존이 네 친구인 줄을 몰랐구나. 존이 댄싱 가자고 여러 차례 요청하기에 같이 왔더니, 매우 미안하다.”

에바가 웃으며,

“우리는 미안할 것 없다. 내가 오늘 저녁 댄싱할 생각이 나기에 저녁

17 여기서 ‘음료’는 곧 술이다. 무도장에 들어왔을 때 웨이터가 브랜디를 대령했다고 했다.

후에 댄싱 가자고 전화로 물었더니, 그놈의 대답이 포모나 사촌누이의 약혼 파티에 모든whole 가족이 간다고 하며 적적한대로 집에 있으라 하더구나. 포모나에 따라가기를 요청하니 그럼 누구 다른 친구를 청하여 댄싱 가라고 하는데, 네가 알듯이 내게 다른 친구가 없다. 잭이 3년 동안 나의 공부를 도와주었으니, 잭이 학창 친구이다. 잭을 청하여 왔더니, 포모나에 간다던 놈이 이곳에 와서 댄싱을 하니, 가령 입장이 바뀌었다면 그놈은 두 말 없이 총질할 놈이다. 제가 사람 놈 같으면 '용서하여라' 한 마디를 해서 내 마음에 만족하게 할 것인데, 자기 마음대로 하는 자기노라고 하니 어느 어리석은 여자가 그런 홀대를 받아들일까?"

엘리노가 웃으며,

"여러 말 하면 우리 네 사람이 모두 재미없게 될지니, 잊고 다른 말 하자."

에바가 웃고, 엘리노와 잭에게 음료를 권하며,

"우리는 흠이 없는 친구이니, 아무 관계없다."

하는데, 춤이 다시 시작되는지라. 엘리노는 존에게로 가서 같이 들어가고, 에바는 잭과 같이 들어가니라. 에바가 그 전에 존과 춤 춘 것이 수십 차례이지만 원치 않는 남자인 까닭에 무미건조하게 추었지만, 이번에 재주껏 잭과 춤을 주는 것은 존에게 자랑하기 위함이니 꽃밭에 나비춤이라. 12시까지 추고 헤어질 때 에바가 존에게,

"내일 저녁에 내 집으로 오라."

일러두고 잭과 같이 무도장을 나오니라. 집에서 잠을 잔 뒤 그날 저녁 존이 올까 기다리나 존은 고사하고 바람도 오지 않는데, 셋째 날(수요일) 저녁 9시까지 기다리나 끝내 그림자도 없는지라. 아주 발길을 끊은 줄로 짐작하고, 잭을 부르니 잭이 오는지라. 에바가 맞이하여 카우치couch

에 같이 앉아 존의 어리석음과 발길 끊은 것을 말하고 이런저런 이야기를 하는 동안에 10시가 되었는데, 초인종이 울리는지라. 에바가 일어나 문을 열어 맞이하니, 존이라. 들어오라고 했더니 아무 대답 없이 들어서며 하는 말이,

"어느 영국 공작이 오신 줄 알았더니, 황동 원숭이brass monkey가 왔군."

하는지라. 잭이 앉은 채로,

"이놈아. 네가 대학교에 가서 '황동 원숭이'란 문자만 배우고, '예의courtesy'란 문자는 배우지 않았느냐?"

존이 권총을 뽑아 들고,

"이 남녀를 지옥으로 보내리라."

하니, 에바의 얼굴빛은 햇볕 쬔 쥐색이 되나 잭은 웃으며,

"네가 기운 있는 남자면 권총 끝을 내 가슴에 대고 쏘아라."

하니, 이 어리석은 놈이 권총 가진 것을 믿고 잭에게로 달려드는데 잭이 발길로 존의 무릎 아래를 치니, 에바와 잭 사이로 엎어지며 권총을 떨어뜨리는지라. 잭이 권총을 집어 에바에게 주며,

"이 총이 증거물이니, 간수하여라."

하고, 존의 덜미를 잡아 들고,

"이 집은 남의 가정집이니, 밖으로 나가 싸우자."

하고, 끌고 나와 우선 멍든 눈black eye을 만들고, 코nose를 힘껏 때리고smash, 다시 턱jaw을 서너 번 두드려주니, 정강이를 다쳐 기운을 쓰지 못하는 놈이라 맥없이 얻어맞고 정원garden에 넘어지는지라. 그때에야 이웃집 남녀노소가 나오며,

"무슨 일로 싸움이 난 것이냐?"

"경찰 불러라."

"앰뷸런스ambulance를 불러라."

하고 떠드는지라. 잭이 가서 멱살을 잡아들며,

"더 싸울 터이냐? 화해할 터이냐?"

하나, 대답이 없는지라. 잭이 웃으며,

"이놈이 대답하지 않는 것을 보니, 더 싸울 기운도 없고 화해할 생각도 없는 놈이로구나. 그러면 썩 가거라."

하고, 발길로 엉덩짝을 미니, 존이 부스스 일어나 차car를 타고 달아나는지라. 에바가 잭을 끌고 방으로 들어가 입을 맞추며,

"옐로스톤黃石公園에서 무례한 놈의 쇄골collarbone을 부러뜨렸다break고 하나 믿지 않았더니, 오늘 저녁에 보니 그 일이 사실이며 여자 하나는 보호할 재능이 있는 대단한 남자로구나. 맨손으로 권총 든 놈을 때려 쫓았으니."

잭이 웃으며,

"내가 재능이 많은 것이 아니라 그놈이 어리석어서 권총을 손에 쥐고도 실컷 얻어맞고 갔구나. 그놈이 8보 밖에 섰으니, 내가 가서 맞서려고 하면 어리석은 놈이 총질할 것이니 우리만 다칠 것이 아니냐? 그래서 가까이 오면 처리할 생각으로 '네가 쏠 기운이 있거든 총 끝을 내 가슴에 대고 쏘라'고 했더니 그 어리석은 놈이 어린아이가 제 아비 믿듯이 총을 믿고 내게로 왔고, 가까이 오기에 발을 뻗으니 이놈이 엎어졌구나. 만일 내가 일어섰더라면 그놈의 다리가 부러질 것인데, 그놈이 운이 좋아서lucky 다리가 부러지지 않고 멍든 눈만 되어서 갔다."

하는데, 잠자리에 들었던 헤스링 노부부며 얼머 부부가 내려와서 무슨

소란trouble인가 묻는지라. 에바가 헤셀에게 말하기를,

"일요일에 말하던 존으로 인한 소란이다. 여섯째 날(토요일) 저녁 무도장에서 나올 때 '내일 저녁에 집으로 오라'고 부탁하고 온 까닭에 일요일 저녁에 올까 기다리나 오지 않기에 전화로 물었더니 나가고 없다고 하고, 월요일과 화요일 이틀 저녁과 오늘 저녁 아홉 시까지 기다렸지만 오지 않는구나. 절교하는가 생각하고 잭을 청해 담화를 몇 마디 하는데, 그놈이 들어서더니 무례한 말을 말 방귀 뀌듯 하는구나. 잭이 듣다 못하여 '대학생의 언행이 그 정도냐? 점잖은 사람이 되어라'고 하니, 그놈이 두 말 없이 권총을 뽑아들고 나더러 잭의 곁에 앉으라고 호령하며 '두 남녀를 죽이고 간다'고 하는지라. 잭이 '네가 나를 쏠 기운이 잇거든 총 끝을 내 가슴에 대고 쏘라'고 하니, 그놈이 총 끝을 대려고 오는 것을 잭이 발길로 차서 꺼꾸러뜨리고 총을 빼앗아 나를 주며, '이 집은 남의 가정집이니 밖으로 나가 싸우자'고 하고 끌고 나가서 죽지 않으리만치 때려주고 보냈다."

헤셀이 웃으며,

"총을 함부로 쓰는 놈을 장의사undertaker로 보내지 않고 병원으로 가게 했어? 아버님은 그놈을 대단한 남자로 생각하지만, 나는 한 마리 짐승으로 보았다. 내가 그놈과 절교하라고 권할 생각이 있었으나, 아버님이 환영하시고 또 네가 사랑하는 것 같기에 조용히 있었더니. 차라리 잘 되었다."

【에바】 나도 그놈을 별다른 관심 없이 보지만, 아버지가 친근히 상종하라고 항상 권유하시기로 할 수 없이 맞이할 뿐이지 내 마음으로 환영하는 것이 아니다.

헤스링이 듣다가 다른 말 없이,

"일찍 흩어져 자거라. 남부끄럽다."

하고 침실로 올라가시니 얼머 부부도 올라가는데, 헤셀은 잭에게 '굿바이goodbye' 하고 올라가는지라. 잭도 일어서며 에바에게 사과하기를,

"너희 집에 소란trouble이 생기게 하였으니 용서하여라."

【에바】 용서 여부를 말할 것 없다. 쇠지팡이 아래 질그릇이나 바람 앞의 거미줄처럼 위태롭던 우리 두 생명이 죽음을 면했으니, 나는 니의 재주를 칭찬한다. 그놈이 영원히 발길을 끊을지니, 이제 위험이 없다. 그러니 매일 저녁에 오너라.

잭이 대답하고 가거늘, 에바가 거실의 불을 끄고 침실로 올라가 자리에 누워 존의 행동을 다시 생각하니 모골이 송연해지는지라. 한탄하기를,

"우리가 한 쌍의 연인love pair은 아니지만, 저승의 진광대왕秦廣大王이 혼을 불러들이는 발혼장發魂狀도 보내지 않은 채로 갑자기 죽어 시신이 될 뻔했구나."

이후는 그놈이 방문하지 않을지니, 몸을 칭칭 감았던 뱀snake을 떼어버린 것보다 더 기쁜지라. 다음 날부터 낮이면 학교에 가고 밤이면 잭이 와서 담화하니, 실로 더할 나위 없는 즐거움이라.

이때 잭이 존과 격투한 지 10여일 후에 할리우드Hollywood 갔다가 집으로 오느라고 오후 5시에 웨스턴 가Western avenue 스트리트카S-car 정류소에서 스트리트카car를 타려는데, 스트리트카에서 내리던 존이 앞으로 지나가며 아무 말 없이 주먹으로 얼굴을 때리니 코피가 물 흐르듯 하는지라. 이에 잭이 주먹으로 존의 배를 지르니, 존이 벌컥 자빠져서 인사불성이 되는지라. 스트리트카에서 내리는 사람과 오르려 하던 사람이

돌아서며 무슨 일인가 떠드는데, 근처에 있던 경찰관이 와서 잭의 성명과 넘어진 자의 성명을 기록하고 증인이 누구인가 물으니 모두 대답이 없고 중년부인이 보았노라 대답하는지라. 경찰관이 그 부인의 성명과 주소를 기록하고 싸우던 정황을 물으니,

【그 부인】 내가 스트리트카를 타다가 보았다. 저 넘어진 청년boy이 전차car에서 내려 저 저 청년 앞으로 지나가는데 저 청년이 주먹으로 배를 때려 거꾸러뜨렸다.

그 거짓 증언을 듣는 모든 남녀가 하늘을 보며 크게 웃을 뿐 사실을 말하지 않는데, 그 가운데 15~16세 되었을 소녀girl가 외치기를,

"그 부인이 거짓 증언한다. 내가 보니, 이 청년이 스트리트카를 기다리고 섰는데, 저 넘어진 청년이 스트리트카에서 내려 아무 말 없이 저 청년의 얼굴을 갈기니 코피가 터져 물 흐르듯 하였고, 이 청년이 주먹으로 넘어진 청년의 배를 지르니 그 청년이 저기 넘어졌다. 그 넘어진 청년이 미치광이crazy인 것이다."

중년 부인은 어디로 갔는지 없어지고, 모든 남녀가 웃으며,

"그 소녀의 증언이 진실하니, 그대로 보고하라."

경찰관이 그 소녀의 성명과 주소를 기록하고, 존은 할리우드 병원으로 보내고 잭을 잡아가려고 하니, 모든 사람이 막기를,

"법을 아는 경관이 무죄한 사람을 잡고자 하느냐?"

【경찰관】 사람을 때려서 생명이 위태하니, 잡고자 하노라.

【모든 사람】 생명이 위태한 것이 아니라 죽었어도 상관이 없다. 싸움이란 것이 말을 주고받고 하다가 때리게 되는 것인데, 아무 말 없이 먼저 손질하다가 얻어맞았으니 그런 놈은 열 번 죽어도 괜찮다.

경찰관이 잡아갈 생각은 있지만, 여러 사람의 여론이 못하리라 하니 슬며시 풀어주는지라. 잭이 모든 사람에게 감사하고 버스bus를 타고 집으로 오니라.

이때 에바가 아침 식사를 하며 모닝 타임즈Morning Times를 보니, 제2면second page에 존과 잭이 할리우드에서 싸웠다는 기사가 있는지라. 자세히 보니, 잭은 납작코가 되었고 존은 똥을 쌌다고 기록한지라. 아침 먹던 것을 멈추고, 전화로 잭을 불러 존과 싸운 사유를 물으니,

【잭】 네가 그 일은 어찌 아느냐?

【에바】 모닝 신문에서 보았다.

【잭】 저녁에 가서 말하지.

【에바】 그럼 저녁에 오니라. 기다리겠다.

잭이 대답하고 전화를 끊으니, 헤셀과 얼머가 신문을 보고 웃으며,

"황소 같은 놈이 얻어맞고 똥까지 쌌으니, 죽기가 쉬울 듯하다. 신문에 싸움 기사가 자세하지 않으니, 저녁에 잭의 말을 들어보지."

하고, 아침 식사를 마치고 얼머 부부와 에바가 예배당으로 가니라.

이때 존이 병원에 들어가 의사의 치료를 받으니, 저녁 9시에 정신이 돌아오는지라. 간호사nurse를 불러,

"나의 어머니에게 전화telephone할지니 전화를 가져 오라."

간호사가 전화를 가져다주니, 존이 그 어머니에게,

"할리우드 병원에 있는데, 내일 오후에 집으로 갈 것이니 아무 염려하지 마시오."

【어머니】 무슨 일로 병원에 들어갔느냐?

【존】 누구와 싸우다가 코를 다쳐 들어갔습니다.

어머니가 전화를 끊으니,

【카피리】 그놈이 병원에서 전화했어?

【부인】 예. 병원에서 전화하는데, 누구와 싸우다가 코가 납작해졌답니다.

【카피리】 그놈은 매주 싸우더니, 이번에는 얻어맞은 모양이로군. 10여 일 전에는 멍든 눈이 되고, 지난 일요일에는 남을 때려서 의사와 병원비를 물었는데, 이번에는 제가 얻어맞았으니 의사와 병원비나 물 수 있는 놈과 싸웠는지?

하니라.

이때 잭이 오후에 에바의 집에 가니, 헤스링 노인은 나가고 그 부인과 얼머 부부, 에바가 존의 병세를 말하고 있었는데, 헤셀이 잭이 오는 것을 보고 웃으며,

"미스터 전. 얼른 들어오시오. 우리가 지금 존의 말을 합니다."

잭이 노부인, 얼머 부부, 에바에게 인사하니, 에바가 카우치couch로 인도하고,

"잭아. 무슨 일로 존과 싸웠느냐?"

【잭】 할리우드에서 닥터doctor 마우어Mauer를 방문하고 나와서 도심지downtown로 가려고 스트리트카를 기다리는데, 마침 스트리트카가 와서 멈추고 열 몇 사람이 내리고 타더구나. 나는 뒤에 서서 지나가는 자동차를 보는데, 어떤 놈이 주먹으로 코를 치기에 보니 존이로구나. 코를 얻어맞아 정신이 어찔한 것을 참고 그놈의 배를 주먹으로 지르니, 그놈이 벌컥 자빠져서 죽었는지 인사불성이 되었구나. 스트리트카에서 내리는 사람과 오르려던 사람 사오십 명이 둘러서서 무슨 일로 싸우는가 하는

데, 자동차 통행을 지도하던 경찰관이 와서 나의 주소를 묻고 넘어진 청년을 아는가 묻기에 중학교에서 함께 공부하던 존 카피리라 하니 존의 성명을 기록하고, 무슨 일로 싸우는가 묻기에 내가 대답하기를,

'내게 묻지 말고 증인을 찾아 물어보라.'

경찰관이 누구 명백하게 본 사람이 있거든 말하라 하니 모든 사람이 대답하지 않는데, 중년 부인이 보았노라 하고,

'저 넘어진 청년이 스트리트카에서 내려 걸어가는데, 저 청년이 아무 말 없이 주먹으로 배를 지르니 그 청년이 넘어졌다.'

이 증언을 듣는 모든 사람이 하늘을 보고 크게 웃기만 할 뿐 사실을 밝히지 않았는데, 동쪽 편east side에 있던 소녀가 외치기를,

'저 늙은 부인old lady이 거짓 증언한다. 나만 본 것이 아니라, 이곳에 있는 사람은 다 보았다. 저 넘어진 청년이 스트리트카에서 내려 이 앞으로 지나가며 스트리트카를 타려는 이 청년의 얼굴을 주먹으로 치니 코가 맞아서 피가 쏟아졌고, 달아나는 것을 얼굴 맞은 청년이 가로막고 주먹으로 배를 지르니 넘어진 것이다.'

하니, 처음에 증언하던 여인은 스트리트카로 올라갔는지 없어졌고, 모든 사람이 '그 소녀의 증언이 명백하니 그대로 보고하라' 하는데, 구급차救急car가 와서 존을 실어가고 경찰관은 나를 잡아가려 하더구나. 그랬더니 모든 사람이,

'법을 아는 경관이 무죄한 사람을 잡으려 하느냐?'

경찰관이 말하기를,

'그 사람이 남을 때려서 생명이 위태하니, 아니 잡을 수 없다.'

하니, 모든 사람이,

'그놈의 생명이 위태한 것이 아니라 죽었어도 상관이 없다. 싸움을 하는 법칙이 말을 주고받고 하다가 주먹질하는 것인데, 아무 말 없이 남을 치다가 얻어맞았으니 죽은 후에 법정court에서 불러 심문하면 그만이다.' 하니, 경찰관이 슬며시 놓아주더구나. 그 어리석은 놈이 저번에 멍든 눈이 된 것을 분풀이하려고 한 것이겠지만, 내가 맞지 않았으면 용서하겠으나 맞고야 용서할 터이냐? 이번에는 경찰청에 보고되었으니, 이후에 다시 무례하게 굴면 장의사undertaker로 보낼 터이다.

이 말을 듣는 에바는 기뻐하나, 헤셀은,

"조심하라. 존이 곰처럼 미련하니 조심하는 것이 좋다."

하고 다른 이야기를 하니라.

4월과 5월이 달리는 말 지나가듯 하고 6월 초승이 되니, 머지않아 학업을 마칠 시기가 된지라. 기쁘게 주니어junior 대학을 졸업하고 나니, 에바는 해야 할 일이 없는 한가한 몸이 된지라. 매일 책과 낚시fishing하면서 두 주일을 지내고 나니, 내일이 곧 30일이라. 헤셀 부부가 초하루에 요세미티Yosemite로 피서갈 준비를 하는데, 에바가 금년은 요세미티로 가지 말고 옐로스톤Yellowstone으로 가자고 간청하니,

【헤셀】 나는 가고 싶지만 얼머가 멀다고 가지 않으려 하니, 네가 얼머를 구슬려서 허가를 받아라. 같이 가보자.

에바가 기뻐하며 얼머를 보고서,

"금년에는 요세미티로 가지 말고 옐로스톤으로 갑시다."

【얼머】 옐로스톤이 이름뿐이지, 기실 구경은 요세미티만 못하다. 그러니 요세미티로 가자.

【에바】 나도 요세미티가 나은 줄 압니다만, 요세미티는 매년 구경하였고 옐로스톤은 한 번도 구경을 못하였으니 한번 가 봅시다. 내가 요세미티 경치로 작문한 것이 두서너 편이나, 옐로스톤 경치로 글 지은 것은 없습니다. 그래서 가 보고 옐로스톤 경치를 그려 두려고 합니다.

얼머가 그다지 갈 생각은 없지만, 에바가 옐로스톤 경치로 작문하겠다고 하니 허락하기를,

"그곳에 가서 몇 주일 휴양할 터이냐?"

【에바】 그야 내 마음대로 하겠습니까? 오빠 마음대로 작정할 것이지요.

【얼머】 그러면 두 주일 휴양하고, 돌아오는 길에 요세미티를 다녀오자.

에바가 기뻐하며 헤셀을 보고,

"옐로스톤으로 가게 되었습니다."

【헤셀】 가게 되었어? 그러면 나는 얼머와 동행하지만, 너는 누구와 길동무가 될 터이냐?

【에바】 그 전 같으면 존을 청하지만 존은 절교하였으니 청할 이유가 없고 다른 친구는 없으니, 형님 부부와 길동무 삼지요.

헤셀이 웃으며,

"친구는 아니지만, 책과 길동무를 하지?"

【에바】 책이 담화하는 친구는 되나, 피서 가는 데 길동무 삼을 친구는 아닙니다.

헤셀이 웃으며,

"네가 신을 속여라. 신이 속으면 나도 속지만, 신이 속지 않으면 나도 속지 않는다."

에바가 웃으며,

"무슨 증거가 있습니까?"

【헤셀】 증거가 한두 가지가 아니고 많다. 내가 증명prove하면, 네가 승복하지?

【에바】 증거가 충분하면 승복하지요.

【헤셀】 여자는 아름다움을 선택하는 본성인 '택미성擇美性'이 있다. 아름다움이 있는 남자는, 보는 여자마다 탐을 낸다. 잭이 아름다움이 있는 남자이다. 아름다움을 아는 네가 탐내는 마음을 두지 않을 터이냐? 그런 까닭에 만나자마자 끌고 와서 저녁을 대접하고 우리에게 소개까지 하였고, 또 불러다 담화도 하고 댄싱 파티에까지 끌고 갔으며, 그중 더 유력한 증거는 쇠지팡이 아래 질그릇처럼 위태롭게 되었던 것이 움직일 수 없는 증거이다. 네 마음속에 잭을 그려둔 때가 어제 오늘이 아니고, 중학교에 다닐 때였다. 그만 하면 증명이 넉넉하지.

에바가 웃으며,

"형님은 너무 신경과민입니다. 만약 내가 잭을 사랑한다고 치더라도, 잭이 나를 사랑하는 모습이 없는데 머나먼 곳에 길동무해서 가자고 청했다가 거절당하면 어찌합니까?"

헤셀 양이 웃으며,

"네가 스스로 똑똑하다고 자랑하면서 잭의 심리를 알지 못하느냐? 네가 잭을 삼층집 높이만큼 사랑한다면, 잭의 너에 대한 사랑은 팔구층 집 높이와 같다."

【에바】 형님이 그같이 판단하신다면, 내게 대한 잭의 태도를 보았습니까?

【헤셀】 내가 본 것이 아니라, 너의 말을 듣고 아는 것이다. 네가 말하기

를 중학교 다닐 때에 산수 공부를 3년 동안 계속 도와주었다고 했으니, 그것이 너를 사랑하는 증거다. 내가 자세히 알지는 못하나, 네가 공부하는 반에 남녀 학생이 50명은 될 것이다. 그 수많은 학생이 다 도와주지 않는데, 잭은 골머리를 썩혀가며 3년 동안을 도와주었다. 월급 받아먹는 교사가 너를 도와주더냐? 혹시 어려운 문제를 만나서 답 찾는 방법을 물으면 무례한 말로 보이에게 정신 쓰지 말고 산수에 정신을 쓰라거나 대가리가 그만치 크고도 그 답을 찾지 못한다고 비웃을 뿐이었지. 또 네가 부르면 거절하지 않고 오는 것이 사랑하는 증거다. 네가 깊이 생각해 보아라. '네가 죽으면 내가 살 수 없다'거나 '나는 당신 것이요I belong to you' 하던 존에게 댄싱 가자고 하니 너를 사랑하지 않는 까닭에 포모나 간다고 핑계하고 다른 계집과 댄싱 간 것을. 잭은 너를 사랑하므로 네가 끌면 아무 데나 거절하지 않고 끌려가는 것이니, 그것이 사랑하는 증거다.

【에바】 3년 동안 공부 도와준 것은 내가 답을 찾지 못하여 선생에게 나쁜 말을 듣고 우는 것을 불쌍히 보고 도와준 것이지, 무슨 사랑으로 도와준 것은 아닙니다. 그러니 졸업하는 날까지 무슨 의미 있는 말 한 마디가 없었습니다. 또 내가 부르면 오고 부르지 않으면 오지 않으니, 만일 제가 나를 사랑할 것 같으면 내가 부르거나 아니 부르거나 방문할 터인데, 방문하지 않는 것을 보면 사랑하지 않는 증거가 아닙니까?

헤셀이 웃으며,

"네가 하나만 알고 둘은 모른다. 잭이 우리와 같은 블루 아이가 아니고 피부색이 다른 인종이로구나. 피부색 다른 인종으로 자청하여 방문하면 네가 싫증이 나서 환영하지 않을지니, 환영하지 않으면 사랑을 이룰 수 있겠느냐? 그런 까닭에 제가 너를 잡을 생각을 하지 않고, 너더러 자기를 물어라 하고 자기는 물리겠다는 의미이다. 길동무하자고 청하면 두 말 없이 승낙할 것이니, 전화로 물어보아라."

에바가 거실로 내려와 전화로 잭을 불러서,

"내가 내일 옐로스톤黃石公園으로 피서를 가는데, 네가 함께 갈 터이냐?"

잭이 대답하기를,

"동행이 누구냐?"

【에바】동행은 나의 오빠 부부이다.

【잭】그러면 함께 가지.

승낙하니, 에바가 전화를 끊고 올라가 헤셀을 보고,

"잭이 승낙합니다."

하니, 헤셀이 웃으며,

"나의 추측이 어떠하냐?"

에바가 웃으며,

"형님의 추측은 신과 같으니, 무슨 지식으로 내 일 같이 아십니까?"

【헤셀】나에게 너의 두 마음을 비춰보는 거울이 있다. 그러니 나를 속일 생각은 털끝만큼도 품지 말거라. 그러나 네가 옐로스톤으로 피서 가자는 것이 의혹이 된다. 무슨 이유이냐?

【에바】그 의혹은 옐로스톤에 가면 자연스럽게 풀리지요.

헤셀이 웃으며,

"그러면 그곳에 의미 있는 비밀이 있구나."

에바가 웃으며,

"비밀도 여간한 비밀이 아니고, 이전에도 없었고 앞으로도 없을 큰 비밀이 있습니다."

헤셀이 놀라며,

“무슨 비밀이기에 이전에도 없었고 앞으로도 없을 큰 비밀이라 하느냐? 같이 알까?”

【에바】 같이 알아도 문제될 것 없습니다. 잭이 씨씨 캠프 보이로 그곳에서 예닐곱 달을 지냈는데, 그동안에 두 명의 여자와 어울렸다는 이야기가 사실이 아니고 전부 거짓말인 듯합니다. 그래서 그 진위를 알고자 가려 합니다.

헤셀이 웃으며,

“잭이 선뜻 허락하는 것을 보니, 여자를 속이려는 과장이 아니고 사실일 것 같다.”

하고 가져갈 짐을 준비하는데, 두 주일 동안 먹을 음식물과 캠핑 침상, 텐트 등이라. 텐트와 침상은 얼머의 차에 싣고 음식물은 잭의 차에 싣기로 계획하고, 저녁을 먹은 후에 헤셀 양이 전화로 잭을 불러,

“우리가 새벽 1시에 떠나니, 짐을 챙겨서 빨리 오라.”

하니, 잭이 대답하는지라. 전화를 끊고 돌아서서 에바를 보고,

“그 많은 블루 아이를 다 버리고 브라운 아이를 집어삼키고자 하니, 다른 인종과 결혼하는 만국통혼萬國通婚이라고 캘리포니아 사람들의 비웃음거리가 될 터이다.”

하는데, 잭이 오는지라. 헤셀 양이 맞이하며,

“우리 가족이 옐로스톤 구경을 가려 하나, 우리는 처음 가는 것이라 어디가 좋고 어디가 좋지 않은지 알지 못하여 염려했습니다. 그런즉 에바가 미스터 전이 이전에 방문했던 일이 있다고 말하기에 인도해 달라고 청한 것인데, 망설이지 않고 승낙하시니 감사합니다.”

잭이 감사하기를,

"그다지 감사할 것 없습니다. 제가 작년에 방문했으나 그것은 별다른 재미는 없는 방문인데, 이번에는 대단한 미인과 함께 방문하게 되니 제게는 더할 나위 없는 영광이올시다. 그 영광을 시골뜨기들에게 자랑하면 더욱 영광이 될지니, 아무리 어리석은들 마다할 리 있습니까?"
하고 얼머와 에바에게 인사하고, 다시 헤셀 양에게,

"무슨 음식물 같은 것을 가지고 갈 것이 있으면, 내 차에 싣는 것이 어떠하십니까?"

【헤셀】 그러지 않아도 침상 등의 여러 물건은 우리 차에 실었고, 음식물은 미스터 전의 차에 실으려고 여기에 쌓아 두었습니다.

【잭】 그러면 지금 내다 실어둡시다.
하고, 음식물을 운반하여 차에 싣고 나니 9시라. 헤셀 양이 잭의 침상을 준비하니, 잭이 막으며,

"우리가 자다가는 1시에 떠나지 못하고 6~7시가 되어서야 떠나게 될지니, 앉아서 담화로 시간을 보내다가 1시에 떠납시다."

【헤셀 양】 나도 그런 생각이 있지만 미스터 전이 피곤하게 될듯하여 잠시 휴식하게 하려 함인데, 그러면 담화로 시간을 보내다가 떠납시다.
하고, 잭에게 묻기를,

"미스터 전이 그전에도 싸움을 많이 하였습니까?"

잭이 놀라며,

"제가 중학교 졸업할 때까지는 누구와 싸움은 고사하고 말다툼도 한 바가 없었습니다. 학업을 그만둔 뒤에 이 세상 사회에 나가서 불량한 인물과 상종하게 되니 자연스럽게 싸움을 하게 되어서 작년과 금년의 두

해 동안에 두세 번이나 싸움을 했습니다."

헤셀 양이 웃으며,

"싸움을 한 바도 없이 황소같이 힘이 세고 총까지 쥔 존을 때려 눕았으니, 무슨 특별한 장기가 있는 것이지요?"

【잭】 제가 보지는 못하였으나 전해 들어서 아는 바로는, 나의 조부와 외조부 두 분이 다 유명한 싸움꾼이었다고 합니다. 아마 그 유전을 받은 듯합니다.

하고 이런저런 이야기를 하다가 새벽 1시에 커피를 한 잔씩 마시고 떠나서, 네바다Nevada를 거쳐 중간에 노숙하고, 3일 이른 아침에 공원으로 들어가 식당에서 아침을 먹고 나가서 캠핑장camping place을 돌아보니, 가운데는 먼저 온 사람들이 차지하고 남은 곳은 다니기 불편한 변두리뿐이라. 새로 터를 닦아 텐트를 치고 모든 것을 정돈하니, 공원 감독이 와서 성명, 원래의 주소와 일행이 몇 사람인 것을 기록하여 가는지라.

그날을 보내고 나니, 즉 7월 4일이라. 아침 9시에 퍼레이드parade가 시작되니, 말을 탄 경찰관 2명이 맨 앞에 서고, 그 다음으로 군악대가 서고, 그 다음으로 어깨에 총을 멘 군인 삼사십 명이 서고, 그 다음으로 손에 국기를 쥔 15세 미만의 아동이 서고, 그 다음으로 15세 이전의 여자가 서고, 그 다음으로 들꽃으로 곱게 장식한 퍼레이드 카parade car가 나오는지라. 화려한 무대 위에는 퍼레이드 퀸parade queen이 섰는데, 머리는 풀어헤치고 화관花冠을 썼으며 몸은 나체에 얇은 비단으로 아랫도리를 가리고 한 손에는 국기를 쥐고 한 손에 나발을 쥐었으니 사람이 아니라 천사처럼 보이며 그 좌우에는 아름다운 여자가 섰는지라. 퍼레이드 퀸은 다른 여자가 아니고 팻시라. 잭이 놀라며 '팻시가 왔으니 매리도 왔을 터이로구나' 하고 다시 보니, 그 뒤에는 신사 수백 명이 자동차에 앉아 따라가고 구경꾼은 좌우에 서서 박수로 경의를 표하는지라. 얼머 부부와 에바, 잭이 같이 서서 그 광경을 구경하는데, 어떤 여자가 "잭!" 하며 나와 그 많은 사람 속에서 잭의 목을 안고 입을 맞추는지라. 헤셀과 에바는 그 여자가 팻시인가 의심하는데, 잭이 그 여자에게 묻기를,

"팻시, 매리도 왔느냐?"

그 여자가 대답하기를,

"이놈아. 눈이 소경이 되었느냐? 화려한 무대 위에 서 있는 퀸이 팻시다. 팻시, 매리만 온 것이 아니라 모든 동무가 다 왔다. 그런데 너만 왔느냐? 해리도 왔느냐?"

【잭】 나는 캠프 생활을 마친 자유로운 몸이니 마음대로 오지만, 해리는 그렇지 못해서 오지 않았다. 그런데 매리와 다른 동무들이 모두 평안하냐?

그 여자가 대답하기를,

"모든 동무가 다 평안하며, 이번 방학에 졸업할 학생은 모두 통과pass하였다."

잭이 그 여자를 헤셀과 에바에게 소개하기를,

"이 여자는 미스 사라 루피노Miss Sarah Lupino이니, 인사하시오."

하고, 또 그 여자에게 헤셀과 에바를 소개하기를,

"이 부인은 헤스링 부인이시고 이 여자는 미스 에바 헤스링이니, 인사하라."

하여 서로 인사를 나누니, 사라가 잭에게,

"모든 동무를 청하여 올 것이니, 어디 가지 말고 이곳에 있어라."

하고 돌아서려 하니, 잭이 막기를,

"지금 청하면 그 동무들이 구경을 못하게 될지니, 퍼레이드가 끝난 후에 청하자."

하고 따라가며 구경하니, 그 행렬이 공원을 한 바퀴 돌아서 같은 장소에 돌아오니 10시 반이라. 그곳의 시장mayor이며 공원 감독과 각처에서 오신 명사들의 짧은 연설이 있고서 모임을 마치니 모든 군중이 흩어지는데, 사라가 가서 팻시와 매리를 보고 잭이 왔다고 전달하니 팻시와 매리가 놀라며,

"잭이 왔어? 왔으면 어디 있느냐? 인도하여라. 가서 만나보자."

사라가 웃으며,

"나도 같이 놀게 허락하면 있는 곳을 알려주지만, 허락하지 않으면 알려주지 않고 나 혼자 가서 상종할 터이다."

매리가 웃으며,

"이 계집아이가 할리우드 키스를 맛보더니, 기름 덩어리 먹은 강아지 모양이 된 게로구나. 그래, 허락할지니 어디 있는지 가자."

하고 일어서니, 모든 일행이 같이 일어나 사라의 인도로 잭이 있는 곳에 가니, 잭이 혼자 있는 것이 아니고 어떤 세 남녀와 같이 섰는지라. 매리가 입을 맞추며,

"이놈아. 올 바에는 해리를 데리고 올 것이지, 너만 와서 내 마음을 섭섭하게 하느냐?"

【잭】 나도 오지 못할 것인데, 어떤 친구가 길을 인도하여 달라고 하여 온 것이다. 해리는 아직 고된 캠프 일을 하고 있으니 퇴역하기 전에는 도저히 올 수 없다. 하여튼 나의 동행과 인사하여라.

하고, 소개하기를,

"이 두 분은 미스터 헤스링 부부이시며, 이 여자는 헤스링의 누이인 에바이다."

하고, 동행에게,

"이 여자는 미스 매리 그린이니, 인사하시오."

하니, 헤스링 부부와 에바가 매리, 팻시와 인사하는지라. 헤셀 양이 요를 꺼내어 나무 밑에 펴고서 모든 남녀에게 앉으라 하고, 아이스크림ice cream을 사다가 한 컵씩 돌리고 담화를 시작하는지라. 헤셀 양은 조크를 잘하는 여자라. 매리에게 조크하기를,

"미스 그린은 와이오밍 출신이고 잭은 캘리포니아 출신인데, 언제 상종했기에 이 많은 사람 앞에서 입맞춤을 하는가? 정분情分이 매우 친밀하고 두터운 모양이지?"

매리가 웃으며,

"정분이 두터운 것이 아니라, 우리가 시골뜨기여서 예의가 없기 때문이지요."

하고, 에바에게,

"미스 에바가 잭과 동행이 되어 함께 왔으니, 평소에 교제가 매우 돈독하셨던 모양이지요?"

에바가 웃으며,

"교제가 친밀하거나 돈독해서 그런 것이 아닙니다. 내가 잭과 같이 중학교에서 공부하고 같이 졸업하였으니, 설명하지 않아도 미스 그린이 짐작하실 줄로 믿습니다."

하고, 팻시에게 말하기를,

"내가 미스 영러브Miss Younglove의 자태를 잭에게 듣고 믿지 않았더니, 정작 직접 만나서 보니 잭이 말한 것보다 더 대단합니다."

팻시가 웃으며,

"시골뜨기를 과찬하니, 감사하다. 그러나 에바가 잭과 동행이 되어 수천 리 먼 이곳에 왔으니, 그 정분이 바늘에 실이지?"

에바가 웃으며,

"바늘에 실 같을 리는 없지만, 권총에 총알bullet과는 비슷하다." 하니, 아이스크림을 다 먹은지라. 잭이 헤셀 양을 보고,

"점심 준비하시지 마시오. 내가 모든 손님을 모시고 식당에 가서 대접하겠습니다."

헤셀이 웃으며,

"잭의 행동acting이 저러하니, 교제하는 여자들마다 홀리게 되지. 그래, 보잘 것 없고 지저분한 식당으로는 가지 말고, 이 공원에서 제일가는 고급 호텔로 모시어라. 보잘 것 없는 식당으로 가면, 캘리포니아가 인색장이가 된다."

【잭】 나는 더 나은 식당이 없는 것을 한탄합니다.

매리가 웃으며,

"이놈아. 한 푼 없는 거지가 되어 씨씨 캠프에서 힘든 일을 하던 놈이 돈이 어디서 나기에 물 퍼붓듯 쓰려 하느냐?"

잭이 웃으며,

"나에게는 돈 한 푼이 없지만, 가는 곳마다 은행bank 돈이 다 내 돈이로구나. 아무 은행이나 들어가서 사장을 찾아보고 몇만 원 꿔달라고 하면, 두 말 없이 시행하는구나."

앨라스가 웃으며,

"우리는 너를 정직한 남자로 알고 상종하였더니, 강도 놈이로구나."

모두 하늘을 보고 크게 웃고 일어나 그곳에서 제일 유명한 식당으로 들어가니, 선임 웨이터head waiter가 맞이하는지라. 잭이 요청order하기를,

"우리 일행 30명은 한 식탁에서 먹을지니, 식탁을 이어붙이라."

웨이터가 보이를 불러 상을 이어붙이고서 인도하는지라. 일행이 좌우 양끝으로 들어가 자리에 앉으니, 상비가 와서 주문을 청하는지라. 잭이 말하기를,

"모두 각기 원하는 대로 주문하시오."

하니, 헤셀 양이 메뉴menu bill를 들어 살펴보고,

"오늘 날씨가 매우 더우니 찬 음식cold dinner을 먹자."

하고, 콜드 미트cold meat 가운데 콜드 햄cold ham을 주문하고 말하기를,

"이 식탁에 앉기만 하면 먹으나 아니 먹으나 사람마다 1원 5각이니, 모두 원하는 대로 주문하여 먹으라."

하고 일행이 주문하니, 다섯 상비가 주문을 받아가더니 이어서 음식을 가져다 차려놓는지라. 헤셀 양의 축복의 기도가 있은 후에 먹기 시작하니, 헤셀이 사라에게 조크하기를,

"사라 양이 그 많은 사람 가운데서 키스하기로 무슨 생각인가 했더니, 고급 식당에서 음식 먹을 생각이었던 것이지?"

사라가 웃으며,

"우리 미국America의 풍속은 다정한 친구를 만나면 많은 사람 가운데가 아니라 대로broad way에서라도 키스하는 법이니 키스한 것이지, 1원 5각에 팔리려고 키스한 것은 아니다."

하니, 모두 하늘을 보고 크게 웃고서 음식을 먹고 나니 12시 20분이라. 잭이 상비에게 5원을 주며,

"너희가 수고 많았으니 같이 나눠 가져라."

하고, 나와서 행사장을 지나며 보니, 아직 사람이 많이 모이지 않은지라. 입장권을 사서 한 장씩 나눠가지고 행사장에 들어가 앉으니, 헤셀과 에바는 처음이지만 춤이 있을 줄 아는 까닭에 준비한 의복과 머리장식, 화장이 여배우 이상이라. 다시 1시가 되니 악단이 대기하고, 모여든 군중은 무려 만여 명이라. 공원 감독이 나와서 널리 선포하기를,

"오늘 아침에는 퍼레이드로 모든 관광객을 기쁘게 하였고, 이 오후에는 남녀노소가 대무로 즐길 것입니다. 대무하기 전에 세계적 명창인 미스 무어Miss Moore가 독창하고 미스터 맥코맥Mr. McCormack이 독창할 것이니,[18] 그 노래를 듣는 남녀는 누구든지 스스로 나서서 한 마디 불러 그 두 명창을 눌러 주기를 바랍니다."

하고 물러서니, 오케스트라orchestra가 연주play를 시작하고 미스 무어가 이 세상 사람이 아니라 달나라moon country 사람 모양으로 꾸미고 나와 노래를 부르니, 명창이라고 굳이 말할 것도 없이 공원이 잦아드는 듯 고요해지는지라. 모든 남녀가 재미있게 듣던 노래가 끝나고 나니 박수 소리는 제1차 세계대전의 격전지였던 프랑스 데드맨 힐Dead Man's Hill의 총소리와 한가지라.[19] 미스터 맥코맥이 나와 노래를 부르니, 무어는 여성

18 '세계적 명창'으로 언급된 두 사람은 1930년대에 활동한 소프라노 겸 배우 그레이스 무어(Grace Moore, 1898~1947)와 테너 겸 배우 존 맥코맥(John Francis Count McCormack, 1884~1945)인 듯하다. 무어는 이미 앞에서도 두 차례 언급되었는데, 직접 등장하여 노래하는 장면은 여기서 처음 나타난다. 맥코맥은 아일랜드 태생으로 1917년에 미국 시민권을 취득하였고 1929년에 미국영화 〈Song O' my heart〉의 주연을 맡아 배우로 데뷔하였다.

이라 음성이 가늘게 이어지지만 맥코맥은 남성이라 음성이 웅장하여 층암절벽에 서있는 늙은 소나무가 바람에 우는 소리와 한가지라. 맥코맥이 물러나니, 감독이 다시 일어서서 군중 가운데서 누가 답사하기를 재촉하는지라. 그곳 토박이인 릴리 파웰이 일어서며 선언하기를,

"나는 극장에 출입하는 노래하는 기생이나 가정에서 음식 만드는 주부가 아니고, 학교 생활하는 미성년의 여자올시다. 미스 무어의 빼어난 노래를 들었는데, 감독이 답사하라고 요청하기에 한 마디 부를지니 청중은 웃음거리 삼아 한번 듣고 웃어주시오."

하고 〈아이 빌롱 투 유〉를 부르니, 교정correct을 받지 못한 노래이나 실로 빼어난 솜씨라. 어떤 사람은 자넷Janet보다 낫다고 칭찬하나, 다시 누가 일어서지 않는지라. 얼머가 일어서서,

"나는 이곳 토박이가 아니고, 남캘리포니아南加州에 사는 얼머 헤스링이올시다. 잘 부르나 못 부르나 생각하지 않고, 답사하려 합니다."

하고 〈켄터키 마이 홈Kentucky My Home〉을 부르니,[20] 실로 빼어난 노래라. 다시 일어서는 사람이 없으니, 감독이 다시 널리 알리기를,

"노래가 아니라 탭 댄싱tap dancing 같은 것도 좋으니, 탭 댄싱 아시는 남녀는 일어서시오."

하니, 앨라스가 일어서며,

"나는 이곳에서 살지만 이곳이 아닌 하와이에서 태어난 미스 앨라스

---

19 'Dead Man's Hill'은 제1차 세계대전에서 가장 치열했던 전투인 베르덩전투(the Battle of Verdun)가 벌어졌던 지역 가운데 하나인 프랑스의 Le Mort Homme의 별칭이다. 1916년 2월부터 벌어진 베르덩 전투에서는 프랑스군과 독일군이 각기 수십만 명의 사상자를 냈다고 알려져 있다.

20 〈Kentucky My Home〉은 미국 작곡가 포스터(Stephen Foster, 1826~1864)의 노래인 〈My Old Kentucky Home〉을 가리키는 것으로 짐작된다.

버커올시다. 탭 댄싱은 모르지만 하와이의 카나카Kanaka 원주민이 추는 훌라 춤hula dancing은 출 줄 압니다. 팬 댄스fan dance를 출 것이니, 한번 웃어 보시오."[21]

하고 뒷방에 들어가 옷을 벗고 풀을 엮어 만든 풀치마로 아랫도리를 가리고 풀어헤친 머리에는 들꽃으로 만든 화관花冠을 쓰고 나오는지라. 그곳에 모인 군중은 백에 하나 정도가 훌라 이름을 알까 말까 한 정도이니, 춤이 어떠한지 알리오? 그렇지만 음악에 맞춰 추니 어떤 때에는 엉덩짝도 보이고 어떤 때에는 아랫도리도 보이니, 어느 남녀가 웃지 않을까? 그중 늙은 것들 가운데에는 너무 웃어 기절하는 자도 네댓 명이라. 앨라스가 물러나니 에바가 일어서며,

"나는 무어Moore의 노래가 아니라 앨라스의 훌라 춤에 답사합니다."

하고 옷을 벗어 헤셀에게 던지고 블루머bloomer 차림으로 나서니,[22] 군중은 손뼉 치고 소리 지르며 환영하는지라. 에바의 탭 댄스는 남캘리포니아에서 유명한 춤이니, 여간 흥미로울까? 모든 군중이 외치기를,

"이것 할리우드에서 왔구나."

하고 떠드는지라. 에바가 그렇게 떠드는 가운데 춤을 마치고 물러나와 의복을 입으나, 다시는 나서는 남녀가 없는지라. 감독이 선언하기를,

---

21 '카나카(Kanaka)'는 하와이를 비롯한 남태평양 여러 섬의 원주민을 가리키는 말인데, 원래 '사람'을 뜻하는 말이었다고 한다. 앨라스는 하와이에서 태어났기 때문에 그곳의 원주민들이 추는 훌라 춤을 출 수 있으니, 그 가운데 부채를 사용하는 팬 댄스(fan dance)를 추겠다는 말을 한 것으로 풀이할 수 있다. 한편 앨라스는 잭의 씨씨 캠프가 와이오밍을 떠날 때 팻시와 매리가 베푼 파티에서도 팬 댄스를 추었다고 했다.

22 '블루머(bloomer)'는 고무줄을 넣어 만든 간편한 여성용 바지이다. 19세기 중반에 미국의 어밀리아 젠크스 블루머(Amelia Jenks Bloomer)가 여성들의 복장을 간편하게 입도록 계몽한 데서 유래한 것이라고 한다.

"경축 행사는 전에 없는 성황을 이뤘으니, 감독된 나는 군중들에게 감사합니다."
하고,

"15분 동안 휴식하고 남녀 대무가 시작될지니, 쉬는 동안 준비하시오."

모두 질서 있게 앉아서 쉬는데, 음악 소리가 시작되니 2시 반이라. 얼머는 팻시와, 잭은 사라와 나서고, 헤셀, 에바, 매리, 앨라스는 성명을 알지 못하는 군인과 나서는지라. 대개 군인 생활한 사람은 남을 배척하는 마음이 강한 법이라. 잭이 사라 루피노와 나서는 것을 보고,

"저 잽Jap이 우리 블루 아이와 대무하려 하니, 그 잽을 추방kick out하여라."
떠드는지라. 얼머가 나서며,

"미국에서 태어났으면 미국 국민이니, 다른 날은 인종차별이 있지만 오늘은 차별을 못한다."
하니, 그 군인이 움츠러지는지라. 한 차례 추고 물러났다가 다시 추게 되니, 잭이 팻시의 손을 잡고 나서는지라. 팻시는 화려한 무대 위에 높이 섰던 퍼레이드 퀸이니 어느 누가 모를까? 다 비상하게 주목할 뿐이라. 잭이 그 다음에는 매리와, 그 다음에는 앨라스와, 그 다음에는 에바와 추는지라. 그날 유명하다고 지목된 여자는 다 잭과 한 번씩 추니, 어느 누가 주목하지 않을까?

시간이 5시 반이 되니 헤셀 양이 자기 일행과 매리, 팻시, 앨라스, 사라를 데리고 식당으로 가서 저녁을 먹고 돌아와 다시 추는데, 매리, 팻시와 짝이 되어 춤추는 군인이,

"그 어떠한 잽이기로 너희가 짝이 되어 춤을 추었나?"

물으니, 팻시가 대답하기를,

"그 사람은 잽Jap이 아니고 코리언Korean이며, 남캘리포니아 리버사이드에서 태어났다. 로스앤젤레스Los Angeles 중학을 졸업하고, 이곳에 씨씨캠프 보이로 와서 반 년 동안 있었다. 그 사람의 장기는 수학mathematics이다. 그런 까닭에 중학생으로 중학교 야학 교사의 일을 보았고, 우리가 그 사람과 상종하게 된 것도 산수로 인한 것이다. 그 사람의 목적이 포병학인데 포병학을 졸업하면 너에게 명령할지니, 그때도 잽이라고 부를까?"

군인이 웃으며,

"포병대장이 되면 잽이 아니라 원숭이monkey라도 경례하지. 그런데 그 탭 댄싱하던 여자는 어떠한 여자이기에 너희와 같이 가서 저녁을 먹었느냐?"

【팻시】 그 탭 댄싱하던 여자는 남캘리포니아 로스앤젤레스 여자인데, 그 사람과 중학에서 같이 공부하고 같이 졸업한 학우이며 이 공원을 구경할 목적으로 동행이 되어 온 것이다.

군인이 웃으며,

"매우 다정한 모양이로구나. 아닌 게 아니라 과연 '나는 당신 것이에요I belong to you'니 '당신은 내 것이에요You belong to me'란 말을 종종 하겠구나."

하고 몇 차례 춤을 추는데, 어느덧 10시라. 감독이 연회가 끝났음을 널리 선포하고 앨라스에게 며칠 머물 수 있는지를 문의하니, 팻시가 막기를,

"우리는 부모님 모시고 살며 제약을 받아 규칙 생활하는 미성년의 여자라. 부모의 허가 없이 머물 수는 없으니, 갈 것이오. 감독이 정말 원하시면 우리가 돌아가 부모님의 허가를 받아 가지고 다시 올 수는 있어도,

그대로 머물 수는 없다."

거절하니, 감독이 웃으며,

"미스 영러브는 우리 와이오밍의 영광을 미국 48개 주에[23] 자랑할 뛰어난 여성이로다. 그러면 가서 부모님께 여쭤보고 허가하시거든 다시 올라오도록 하여라. 나는 그다지 원하지 않으나, 각처의 유람객들이 앨라스의 팬 댄스와 에바의 탭을 보고서 열광적으로 박수갈채하며 한 번 더 구경하게 주선하라 내게 부탁하는구나. 그 손님들이 기뻐하게 될수록 우리 공원의 경비가 넉넉해지는구나. 그리 알고 다시 오도록 힘써 보아라."

모두 대답하고 나와서 에바를 보고,

"에바 양. 우리와 같이 가서 우리 생활을 구경하는 것이 어떠하시오?"

에바가 허락하기를,

"매우 고맙습니다. 따라가지요."

하니, 매리가 헤셀에게,

"에바 양이 대학생이요 나이 스물이 넘었으니 스스로 처신할 지식이 넉넉하지만, 헤셀 양이 동행하여 가는 것이 어떠하십니까?"

헤셀이 웃으며,

"나까지 가면 매리 양에게 더욱 큰 폐를 끼치게 될 것이니 가지 않겠습니다. 에바를 데려가서 며칠 담화하다가 보내시오."

하니, 얼머가 권유하기를,

23 1912년에 애리조나가 48번째 주가 된 이후에 미국은 48주로 이루어져 있었다. 알래스카와 하와이가 49번째와 50번째 주가 된 것은 1959년의 일이다. 이 소설을 쓴 시점의 미국은 곧 48주였다.

"에바가 스스로 처신할 지식과 학식이 넉넉하지만, 예의범절을 따져 보면 혼자 보낼 수 없으니 자네가 같이 가게."
하니, 헤셀이 같이 갈 생각은 있지만 얼머의 생각을 몰라 거절했던 것이니, 얼머가 권하는데 마다할쏘냐? 같이 가려고 나서니, 매리가 자기 차에 헤셀 양을 타게 하고, 사라, 에바, 팻시는 잭의 차에 타게 하니, 사라가 웃으며,

"그러면 내가 잭 옆자리에 앉을 것이니, 팻시 너는 에바 양을 모시고 뒷좌석rumble seat에[24] 앉아라."

팻시가 웃으며,

"저 계집아이는 항상 남의 자리 빼앗는 짓 하기가 일쑤야."

사라가 웃으며,

"내가 남의 자리를 빼앗는 것이 아니라 너희 두 사람을 기쁘게 함이다. 팻시 네가 잭 옆에 앉으면 에바 양이 불만스럽게 여겨 즐겁지 않을 것이요, 에바 양이 잭 옆에 앉으면 팻시 네가 불만스럽게 여겨 즐겁지 않을 것이다. 내가 잭 옆자리에 앉으면 원망하거나 탓할 사람이 없어질 것이니, 내게 감사하여라."

에바가 웃으며,

"사라 양이 와이오밍 주의 고등재판장이 되면, 그 주에는 억울한 옥살이가 없게 될 모양이지?"
하는데, 차가 움직여 10여 마일 떨어진 마을town로 내려가서 팻시의 문 앞에 차를 멈추고 팻시를 내리게 하며,

---

24 원문은 '우럼불씻'인데, '우'는 어두의 [r] 음을 표기한 것이다. 'rumble seat'는 구식 자동차 뒤쪽의 접이식 좌석이다.

"내일 아침에 와서 너의 부모를 뵐 것이니, 늦음을 용서하여라."

하고 떠나 매리의 집에 가니라. 미스터 그린 부부가 헤셀 양과 인사하다가, 그린이 잭을 보고 웃으며,

"오라는 딸은 오지 않고 오지 말라는 복지일 하는 부인welfare woman만 오는 격으로, 원하는 해리는 오지 않고 원치 않는 네가 오는구나."

잭이 웃으며,

"미스터 그린은 항상 잘못 생각하십니다. 해리 오기를 원하신다면 해리가 오지 않게 해 달라고 하나님께 기도하면 자연히 해리가 오게 될 것이요, 내가 오는 것을 원치 않으신다면 내가 오게 해 달라고 기도하면 자연히 내가 오지 않게 되지요."

하니, 모두 크게 웃는지라. 그린 부인이 잭의 인사를 받고,

"서널 달 동안 소식이 없더니 직접 왔구나. 그래 다이아몬드 반지는 몇 개나 가지고 왔느냐?"

잭이 웃으며,

"매리와 절교하려 하였는데, 하나님이 내몰며 가라고 하여 왔습니다."

부인이 웃으며,

"무슨 까닭에 절교를 해?"

【잭】 미스터 그린이 항상 나를 싫어하니, 여자는 많고 많은데 하필이면 싫어하는 곳에 기웃기웃할 리가 있습니까?

부인이 웃으며,

"그린의 말을 곧이듣느냐? 한 조크joke다."

하고 매리에게,

"무슨 밤참을 준비할까?"

【매리】 차tea에 케이크cake나 쿠키cooky면 넉넉합니다.

하고, 동생 길버트Gilbert를 불러,

"사라와 앨라스를 집까지 모셔다 드려라."

말해주니, 사라와 앨라스가,

"내일 아침에 다시 보자."

하고 가는데, 차tea가 들어오는지라. 모두 한 잔씩 마시고 나니, 그린 부인이 접이 침대wall bed와 카우치에 잠자리를 마련하며,

"미스터 그린은 보기 싫은 책과 같이 주무시오. 나는 손님 모시고 잘지니."

그린이 웃으며,

"보기는 싫지만, 딸의 낯을 봐서 같이 자지."

대답하니, 그린 부인이 올라가 침상을 준비하고 내려와,

"너무 늦었으니, 어서 올라가 잡시다."

하고 인도하기에 헤설과 에바가 따라 올라가니, 헤셀의 침상은 부인의 방에, 에바의 침상은 매리의 방에 마련한지라. 에바가 은근히 기뻐하기를,

"그린 부인이 우리를 대접하는 예절이 우리 로스앤젤레스 부인들보다 더 낫다."

하고, 매리에게,

"너와 내가 남자가 아니고 둘 다 여자이니, 한 침대bed에 자는 것이 어떠하냐?"

매리가 웃으며,

"그 생각이 매우 좋다. 이야기하기 편리할지니."

한 침대에 누우니, 에바가 매리에게 묻기를,

“너희가 무슨 일로 인하여 잭과 상종하게 되었으며, 잭과 너의 관계는 어떠하냐?”

【매리】 나는 잭과 별다른 관계가 없다. 잭과 상종하게 된 계기는 이렇다. 작년 이날에 우리가 공원에 올라가서 오전에는 행렬을 구경하고 오후에는 댄스를 하는데, 팻시의 그전 친구가 와서 같이 춤을 추자고 강요하니 팻시는 거절했다. 거절하느니 강요하느니 해서 질서가 어지럽게 되었지만 어느 누구도 중지시키지 않는데, 그것을 본 잭이 달려들며,

‘어떤 무례한 놈이 연약한 여자에게 힘을 뽐내느냐? 그 힘을 내게 자랑할 터이냐?’

한즉, 그놈이,

‘이 여자는 내 정인이니 내 마음대로 할 수 있다. 네가 법관이냐? 무슨 참견이냐?’

잭이 대답하기를,

‘네 정인이 아니라 너와 결혼한 아내일지라도 원치 않으면 그뿐이다. 물러나라.’

하는데, 그놈이 내려다보니 자기보다 몸집이 작은지라. 멸시하는 말로,

‘네 목이 몇 개나 되느냐?’

하고 손질하려 하니, 잭이 그놈의 손을 잡아끌며,

‘이곳은 여러 사람이 함께 쓰는 무도장이니, 밖으로 나가 싸우자.’

하고 끄니, 끌려가던 놈이 주먹으로 잭의 얼굴을 갈기니 코피가 물 흐르듯 하는데, 잭이 그놈의 어디를 때렸는지 그놈이 벌컥 자빠져서 일어나지 못하니, 경찰관이 와서 그놈을 병원으로 보내고 잭의 성명, 나이, 주소를 물어 기록하여 가더구나. 그제야 팻시가 잭과 인사하고 함께 춤추

자고 하니, 잭의 대답이,

'같이 온 친구가 있는데, 그 친구는 추지 못하고 나만 추기 미안하니 용서하라.'

한즉, 팻시가 그 친구에게 함께 춤 출 여자를 소개한다 하고 나를 부르기로, 내가 가서 해리, 잭과 인사한 후에 나는 해리와, 팻시는 잭과 춤을 추었구나. 댄스가 끝난 뒤에 흩어졌다가 다시 상종하게 되어 반년 동안이나 매우 재미있게 지냈다.

【에바】 그러면 팻시와 잭의 관계는 어떠한지 네가 짐작하느냐?

【매리】 내가 팻시와 잭의 관계를 나의 일처럼 잘 안다. 아무 관계가 없고, 나와 같이 친구가 된 것 뿐이다.

【에바】 어려서부터 같이 성장했거나 친척도 아닌데, 이름도 알지 못하던 성년 남녀가 어울리다가 관계가 없이 작별하게 되었을까?

【매리】 보통 생각으로 추측해보면 네 말이 옳다. 팻시 뿐이랴? 나도 관심을 가졌다만, 팻시를 위해 단념하고 해리를 잡았다. 그러니 나무나 돌이 아닌 팻시가 무심하였을 터이냐? 관심을 갖고 재능을 다해 잡으려고 힘썼는데, 우리 집에서 추수감사절 만찬을 먹고 나서 잭에게 나가자고 요청하여 약혼을 문의해 보았다. 잭이 달리 약속한 여자가 있어서 핑계를 댄 것인지 좋은 친구로 지내자며 거절하였다. 그러니 팻시도 아무 관계가 없는 친구일 뿐이다. 나와 팻시의 말은 멈추고, 너의 관계를 말하자. 네가 잭과 동행하여 이곳까지 왔으니, 잭과 너의 관계는 어떠하냐?

【에바】 내가 잭과 3년 동안 같은 반에서 공부하였고 졸업도 같이하였지만 특별한 의미가 없이 헤어졌고, 지난 부활주일 전날에 다시 만나게 되었으나 또 특별한 의미가 없이 상종했구나. 그렇게 담화하다가 팻시,

매리와 상종한 일을 말하기에 대개 남자는 거짓말쟁이이니 자랑의 말이라고 생각하여 대수롭지 않게 여겼는데, 잭과 내가 쇠지팡이 아래 질그릇 될 뻔하고서야 매리와 팻시의 일도 사실인 줄로 믿게 되었다. 그래서 상종하고자 피서를 핑계하고 온 길이다.

【매리】 에바 네가 3년 동안 상종하였으니 잭의 심성을 깊이 그리고 많이 알지니 내가 설명할 필요가 없다만, 잭은 모든 일에 거짓이 없고 숨기는 것이 없구나. 나의 아버님이 샌프란시스코桑港에서 태어나고 자란 까닭에 동양 사람을 사람으로 보지 않으며 묻는 말에도 잘 대답하지 않는데, 잭은 환영하고 조크까지 하는구나. 그래, 쇠지팡이 아래 질그릇 될 뻔했던 말 좀 들어볼까?

에바가 웃으며,

"네가 남자가 아니고 여자이니, 숨길 것 없이 말하지. 내가 남자 친구가 하나 있는데, 로스앤젤레스에서 몇몇 째 가는 부자의 아들이나 마음씨가 불량하구나. 그래서 싫어하지만, 그 남자의 부모가 나를 매우 사랑하고 또 나의 부모가 친근하게 상종하라고 권하기에 몇 해 동안 상종이 있었구나. 그런데 지난 4월 중순 여섯째 날(토요일) 저녁에 댄싱을 가려고 의복을 단장하고 그 아이를 전화로 불러서 댄싱 가자고 했더니, 저는 포모나에 있는 사촌누이 약혼 파티에 가니 댄싱 가지 못하는 것을 용서하라고 하더구나. 포모나에 따라가기를 문의하니 제 가족이 다 가며 자고 올 것이라 거처가 불편할지니 댄싱 가기를 정 원하면 누구 다른 친구를 청하여 가라고 하나, 내가 다른 친구가 없다. 부활주일에 마주쳤던 잭을 불렀더니 오기에 댄싱 가자고 한즉, 잭이 댄싱 가지 말고 영화 구경 가자고 하더구나. 그런 잭을 앰배서더 호텔로 끌고 갔더니, 포모나

간다던 그 아이가 어떤 여자와 짝을 지어 춤추더구나. 춤이 멈추기를 기다렸다가 다가가서 그놈을 붙잡고 '사촌누이 약혼 파티가 아니라, 네 약혼 파티로구나'고 했더니 그놈이 불평스럽게 투덜대기에 '나는 당신 거예요!I belong to you라는 말은 회오리바람에 날아갔다' 하고 자리로 돌아왔구나. 함께 춤추던 여자도 나와 동창 친구라. 내게 와서 '네가 그 남자의 친구인 것을 전혀 몰랐으며 존이 여러 차례 전화로 댄싱 한번 같이 가자고 청하기에 오늘 저녁에 따라온 것인데, 매우 미안하다'고 사정하기에 내가 대답하기를 '우리는 편치 못할 것 없으니, 잊어버리고 춤이나 추자'고 하고 춤을 추다가 12시에 무도회를 마치고 나오면서 그놈에게 '내일 저녁에 내 집으로 오라'고 말하고 왔구나. 그날 저녁에 오지 않기에 그 이튿날 저녁에는 전화를 걸었더니 누가 '어디 나가고 없다'고 대답하니 할 수 없이 자고, 둘째 날(화요일) 저녁도 오지 않고 셋째 날(수요일) 저녁 9시까지 오지 않더구나. 그래 그놈이 완전히 절교하는 줄로 알고 잭을 부르니, 곧 잭이 오는지라. 맞이하여 담화 몇 마디를 하는데, 초인종이 울리기에 일어나 문을 열고 본즉 그놈이라. 들어오라고 했더니, 이놈이 대답 없이 들어서더니 무례한 말을 말 방귀 뀌듯 하더구나. 잭이 '대학생의 언행이 그뿐이냐? 황동 원숭이란 문자는 배우지 말고 예의란 문자만 배워라. 그러면 가는 곳마다 대접 받는다'고 말했더니, 그놈이 '너희 두 남녀를 지옥으로 보낼 터이다' 하고 총을 뽑아들고는 나더러 잭의 곁에 앉으라고 호령하는구나. 총 든 놈의 명령을 거역할 터이냐? 카우치에 물러앉은 즉, 잭이 말하기를 '네가 사람 쏠 기운이 있거든 총 끝을 내 가슴에 대고 쏘아라. 대단한 남자인가 보자'고 하니, 이놈이 총 든 것을 믿고 잭에게로 오더구나. 카우치에 앉아 있던 잭이 발길로 그놈의 다리를 차니 이놈이 잭과 내가 앉은 사이로 엎어지며 총을 떨어뜨렸는데, 잭이 총을 집어 나에게 주고 그놈을 밖으로 끌고 나가 죽지 않을 만큼만 만들어 보냈구나. 그놈과 자연 절교하게 되고 잭과 상종하게 되었는데, 우리가 매년 피서를 요세미티로 갔지만 금년에는 이곳으로 와서 피서도 하고 너희와 상종도 하면 기쁨이 되겠기로 그 머나먼 길을 지척처럼 가까운 곳으로 여기고 온 것이다."

【매리】 머나먼 길에 우리를 찾아 왔으니, 감사하다기보다 그저 기쁘다. 그러면 네가 잭과 무슨 약속이 있느냐?

【에바】 아직 무슨 약속한 바는 없으나, 내가 잭에게 요청한 것이나 잭이 내게 요청한 것을 서로 거역하지 않고 시행할 만큼은 되었다.

매리가 웃으며,

"내가 에바 양의 재능을 알지 못하니 분명히 말할 수는 없지만, 잭을 잡는 것이 샛별Morning Star 만져 보는 것만큼 어려우리라."

【에바】 무슨 이유로 별 만지는 것과 같을까?

【매리】 별 이유는 없다만, 네가 정말 잭을 잡으려거든 힐로Hilo 화산의 불구멍에 빠져라.[25] 그러면 잭을 잡겠지만, 로스앤젤레스에서는 못 잡으리라.

에바가 웃으며,

"내가 3년 동안 상종했으나 그것은 무심한 상종이요, 너희는 짧은 기간 상종했지만 유심한 상종이라. 네가 깊이 알고 하는 말일 것이니, 그럼 내가 어느 화산 불구덩이에 빠질 터이다."

---

25 힐로(Hilo) 화산은 하와이의 하와이섬(Hawaii Island, 일명 빅아일랜드)에 있다.

하고 더 담화하려 하나, 종일 춤에 피곤한 몸이니 자연히 잠이 든지라. 일어나 세수하고 아침 먹으라는 소리에 깨니, 해가 창에 비치운지라. 일어나 머리 빗고 세수하고서 아침을 먹고 나니, 그린이 가게store로 가면서 며칠 놀다 가라고 하는지라. 잭이 웃으며,

"미스터 그린은 몇 날만 알고 몇 달은 모릅니까?"

그린이 웃으며,

"몇 달이 아니라 몇 해도 안다만, 오래 머물면 음식이 축나지 않느냐?"

【잭】 그러면 내가 밥값을 내지요.

그린이 웃으며,

"우선 아침 먹은 것부터 내어 놓아라."

잭이 웃으며,

"무슨 식당이라고 매 끼니마다 받으려 합니까? 가는 날에 한꺼번에 내지요."

그린이 웃으며,

"식당은 아니지만, 매 끼니마다 받지 않고 갈 때 받으려다가 그때 가서 없다고 하면 어찌하나?"

하고 가게로 가는지라. 일행 네 사람이 팻시의 집으로 가니, 영러브 부부가 맞으며,

"어제 저녁에 팻시에게서 귀한 손님이 오셨다는 소식을 듣고 곧바로 방문할 생각이 있었으나 피곤할 듯하기에 가지 않고 오시는 것을 맞이합니다. 거만함을 용서하시오."

헤셀 양이 감사하기를,

"젊은 것들이 노인을 찾아뵙는 것이 예절에 맞고, 노인이 젊은 것들을

방문하는 것은 예절에 맞지 않습니다."
하고 돌아보니 사라와 앨라스도 온지라. 영러브 부인이 잭의 인사를 받고,

"네댓 달 소식 없다가 뜻밖에 오니 기쁘다만, 해리는 왜 오지 않았느냐?"

【잭】 나는 캠프 생활을 마치고 집에 가 있는 까닭에 아무 데나 마음대로 가지만, 해리는 고된 캠프 일을 하는 중이니 제아무리 올 생각이 간절해도 올 형편이 못됩니다.

부인이 헤셀에게,

"나의 집이 큰 부자는 아닌지라 진수성찬은 아니지만, 점심을 준비할 것이니 앉아서 담화하시오."

【매리】 어머니, 점심은 준비하지 마시오. 내 집에서 점심을 준비합니다.

영러브 부인이 웃으며,

"왔다가 갔다가 하지 말고 점심은 내 집에서 먹고 저녁을 네 집에서 먹도록 하지. 어머니께 가서 저녁 식사로 준비하라고 말하여라."

매리가 대답하고 그 어머니에게 가서 점심은 그만두고 저녁을 준비하시라 부탁하고 곧바로 돌아오니, 노부인이 점심을 준비하러 나가시며,

"매리, 팻시. 너희는 손님 모시고 담화하여라. 나는 나가서 점심을 준비할 터이다."
하고 나가시니, 잭도 일어서며 팻시에게,

"헤셀 양 모시고 담화하여라. 나는 나가서 시내 구경하다가 점심 때 돌아올 터이다."

사라는 같이 담화하자고 붙잡지만, 팻시가 허락하기를,

"어서 나가서 시내 구경하고, 늦지 않게 돌아오라."
부탁하니, 잭은 나가고 젊은 여자 여섯이 마주 앉았으니 무슨 농담이 없

을쏘냐? 헤셀이 웃으며 앨라스를 보고,

"이 염치없는 계집아. 그 춤을 그 많은 사람 앞에서 추니, 이마가 후끈후끈하지 않더냐? 어떤 때는 보는 내가 부끄럽더라."

앨라스가 웃으며,

"내 생각에는 헤셀 양이 대도시인 로스앤젤레스에서 생활하였기에 신여성modern lady인 줄 알았더니, 참말 구시대 인물old timer이로구려. 어제가 어떠한 날입니까? 필그림파더스Pilgrim 조상님들이 우리들의 행복을 만들고자 피 흘리기를 결심한 날이다. 만일 어제가 없었다면, 우리 아메리카 남녀는 영국Britain의 종으로 살아갈 것이다. 그러나 어제가 있는 까닭에 우리가 기뻐한다. 더 기쁘게 할 수 없는 것이 유감이다. 호놀룰루Honolulu에서 다정한 남녀가 개인의 집private home에 모여 이 춘을 추게 되면, 몸을 가리지 않고 나체로 춘다. 어제 내가 풀잎치마로 가린 것은 마치 소학교 1~2학년 아이들이 사탕candy 가게 가서 사탕을 훔치면서 손으로 제 얼굴을 가리는 것과 같다. 가린 저는 다른 사람을 보지 못하지만, 다른 사람은 그 아이가 사탕 훔치는 것을 다 본다. 사탕 훔치는 아이가 얼마나 어리석으냐? 이 세상에 사람으로 태어나서 선하려면 끝까지 선하고 악하려면 끝까지 악해야지, 선도 악도 제대로 못하면 그는 무능한 인물이다. 내가 항상 그렇게 느끼는 것은 우리 아메리카 여자의 행동이다. 여자가 치마를 입음은 그 깊은 곳을 감추고자 함인데, 짧은 치마를 입은 까닭에 차에 들어앉을 때나 나올 때나 그 깊은 곳이 삐쭉삐쭉 보이니, 그 깊은 곳을 남에게 보일 바에야 치마는 둘러 뭐하나? 차라리 에덴Eden에 있던 이브Eve처럼 나체로 다닐 것이지."

헤셀이 웃으며,

"앨라스 네가 개화civilize한 신여성modernist girl이다. 네 말대로 나는 긴 치마를 두르고 나서거나 나체로 나서거나 극단적으로 할 터이다."
하는데, 점심 준비되었다는 기별이 오고 나갔던 잭도 들어오는지라. 모두 식당으로 들어가 둘러앉으니, 노부인이 음식을 돌리려 하는지라. 사라가 일어서며,

"어머니, 앉으시오. 내가 상비 노릇을 할지니, 주인 행세하시오."

노부인이 웃으며,

"나는 너희들이 숟가락 드는 것만 보고 나갈 터이다. 만일 내가 같이 먹게 되면 너희들이 음식 맛을 모를지니."
하고 자기가 음식을 나눠주고 나가시니, 이는 샴페인champagne이 있는 까닭이라. 매리가 웃으며,

"다른 사람에게는 샴페인을 권하지만 사라 네게는 주지 않을지니, 줄까 바라지도 말아라."

사라가 해해 웃으며,

"크리스마스 이전의 파티 때에 주정하였더니, 다시 주정할까 염려하는 게로구나. 술 마시고 토하는 주정은 안정시키기가 쉬워도, 마시지도 않고 토하는 강주정은[26] 안정시키기가 매우 어렵다. 그러니 마음대로 하여라."

팻시가 웃으며,

"내가 한 잔 줄지니, 마시고 주정하지 말거라."

사라가 웃으며,

26 '강주정'은 '건주정(乾酒酊)'이라고도 하는데, 술에 취한 체하고 하는 주정을 뜻하는 말이다.

"나도 여자이지만, 여자의 마음은 솜cotton같이 폭신폭신해. 위협적인 말 한 마디에 굴복하니."

하고,

"잭아. 매리와 에바 사이에 앉지 말고 내 곁으로 오너라. 오늘은 나와 친근히 지내자."

잭이 웃으며,

"친근히 지내자는 여자가 없더니 사라가 친근히 지내자 하니, 남자 된 내가 마다할쏘냐?"

하고 사라 곁으로 옮겨 앉으니, 사라가 잔을 들어 잭의 잔과 부딪치고 마신 후,

"잭아. 이다음 올 때 피전 블러드의 붉은 반지pigeon blood ring 하나 사다 줄 터이냐?"[27]

잭이 웃으며,

"이다음 다시 오게 되면 다이아몬드 반지를 사다 주지."

【사라】 나는 다이아몬드 반지를 원치 않는다. 그 반지는 약혼하는 데 쓰는 반지이니. 나는 너와 약혼하기를 원치 않는다.

앨라스가 웃으며,

"사라 네가 은근히 약혼을 청한다만, 헛수고이다. 네가 정말 원하거든 가서 묘성seven stars을[28] 따서 치마에 싸가지고 오거라. 그러면 희망이

---

27 'pigeon blood'는 비둘기 피와 같은 짙은 붉은색을 뜻하는 말이니, 'pigeon blood ring'은 주로 짙은 홍색의 보석인 루비(ruby) 가운데 품질이 좋은 것을 붙인 반지를 뜻한다. 잭과 해리가 팻시와 매리에게 핏빛의 반지를 선물한 일이 있었기 때문에, 사라가 이처럼 말하며 잭을 놀린 것이다.

28 'seven stars'는 28수(宿) 가운데 18번째 별자리의 별들인 묘성(昴星)을 뜻하는 말이다. 다만 여기서는 '7개의 별'이나 '북두칠성'을 뜻하는 말로 사용했을 가능성도 있다.

있어도, 그전에는 헛된 생각이다."

이 말을 듣는 에바가 스스로 생각하기를 '매리는 샛별Morning Star을 말하더니 앨라스는 묘성seven star을 말하니, 그 별이 무슨 의미 있는 말인가?' 하고 의심하는데, 사라가 해해 웃으며,

"앨라스, 네 생각에 잭 잡기가 어려운 줄로 아느냐? 잡기 쉬운 것은 잭이다."

매리가 웃으며,

"그러면 사라 네가 잡아라. 우리는 그 잡는 수단을 구경할 터이다."

사라가 웃으며,

"내가 잡으면 누구는 자살하게commit suicide? 나는 누구 죽는 것 보기를 원치 않는다. 그러니 그 잡는 재주만 말하지. 누구든지 잭을 잡으려거든 만 길 깊은 함정에 빠져라. 그러면 잭이 스스로 와서 잡힌다."

팻시가 웃으며,

"이 계집아이. 쓸데없는 잔사설은 그만두고, 음식 먹자."
하고, 헤셀에게 권하기를,

"진수성찬은 아니나 진수성찬으로 알고 많이 잡수시오."

【헤셀】 진수성찬이 별다른 것입니까? 닭튀김fried chicken이면 진수성찬이지요.

하고 맛있게 먹고 나니, 팻시가 헤셀과 에바에게 시골country 생활 구경 나가자 하며 시내town로 이끌고 나가니, 모든 상점이 구색을 갖추기는 했으나 눈길을 끄는 것은 없는지라. 시내중심을 돌아다니는데, 모든 시선이 그 일행 여섯 사람에게 쏟아지고 "어디서 신식modern 생활하던 걸이 왔구나" 하는 소리가 헤셀과 에바의 귀에 들리는지라. 못 들은 체하

고 매리의 인도로 과자점confectioner에 들어가 아이스크림을 한 컵씩 먹고 나와 가족 생활을 구경하고 매리의 집으로 돌아오니, 시간은 5시라. 자리에 둘러앉아 이야기를 하며 만찬을 기다리는지라.

한편 잭은 일행과 떨어져 영러브 부인과 담화하게 되니, 부인이,

"오 내 아들Oh my son 잭아. 너 같은 호걸이 캘리포니아에는 많지? 우리 와이오밍에는 없을 듯하고, 여자인 어린 매리 하나뿐이다. 네가 팻시와 친근히 상종하다가 반지를 선물하기에, 팻시에게 무슨 약속이 있냐고 물은 즉 없다고 하더구나. 대개 여자는 어머니는 고사하고 하나님에게도 비밀을 감추려 하는 법이니, 팻시가 나를 속이는 모양이라 의심하였구나. 그런데 지난 4월에 매리가 찾아와 미시간 대학Michigan大學에 같이 입학 지원을 하자고 하니, 매리는 대학교에 입학할 능력이 있지만 팻시의 형편에야 대학교가 무엇인가? 그래서 팻시가 '갈 생각은 많지만 경비가 없으니 갈 수 없다'고 하니, 매리가 '내가 대학교 경비를 매년 1,500원으로 예산하는데, 둘이 가게 되면 여기에 500원을 더하여 2,000원이면 넉넉할 것이다. 둘이 거처할 방 하나 얻어서 한 침대에 자고 음식을 직접 지어먹으면 1,000원이면 넉넉하고 둘의 수업료tuition가 1,000원이다. 그러니 경비를 염려 말고 같이 가자'고 말하더구나. 팻시가 대답하기를 '감사는 하다만, 한 해 두 해도 아니고 4년의 긴 세월이니 미안하구나' 하니, 매리가 웃으며 '미안해할 것 없다. 우리의 친분으로라도 도와줄 수 있는데, 또 잭이 내게 요청하기에 내가 허락하였으니, 네가 같이 가지 않으면 알지 못하는 잭이 나를 신의 없는 여자로 여길지라. 그러니 허락하라' 하더구나. 팻시가 허락하고 입학 지원서를 보냈더니 입학하라고 허가장이 왔는데, 8월 30일에 떠나기로 준비가 다 되었다. 그런데 내가 이

번에 온 것이 무슨 목적이냐? 팻시와 약혼하려고 온 길이냐?"

【잭】 어머님. 잘못 생각하신 겁니다. 내가 팻시를 누이로는 생각하지만 아내 만들 사람으로는 생각하지 않습니다. 만일 아내 만들 사람으로 생각한다면, 대학교에 가게 주선할 리가 있습니까?

부인이 웃으며,

"그러면 매리와는 관계가 어떠하냐? 매리가 너의 요청을 제 아버지 명령보다 거침없이 시행하니."

잭이 웃으며,

"매리도 팻시와 마찬가지입니다."

하고, 다른 자질구레한 이야기를 하다가 5시에 매리의 집으로 가니, 모두 산보하고 들어와서 담화하는지라.

"산보 나가서 보니, 시골 생활이 어떠하더냐?"

헤셀이 웃으며,

"우리 도시 생활은 복잡하여 근심이나 잡념이 많지만, 향촌 생활은 단순하여 근심이나 잡념이 적은 듯이 보이니 참으로 맑고 한가로운 행복이다."

하는데, 저녁 식사 준비되었다고 하는지라. 모두 식당에 들어가 저녁을 먹고 나와서 다소간 담화하는데, 헤셀이 공원으로 올라가겠다고 매리에게 말하는지라. 매리가 놀라며,

"그렇게는 못한다. 오늘밤 여기서 자고 내일 아침에 다 같이 가자."

【헤셀】 미스터 헤스링Mr. Hesling이 기다릴지니, 나는 올라간다.

떠날 준비를 하니, 에바가 막기를,

"매리의 성의를 봐서 자고 같이 올라갑시다. 오빠가 뭘 기다려요? 형

님이 하룻밤 떨어져서 자보니 재미가 없었던 모양인 게지."

헤셀이 웃으며,

"재미가 없었던 것이 아니다. 여자에게 대한 의심은 남자가 독차지하였다. 여자 잘 후리는 잭과 동행하였으니, 의심하지 않으면 다행이지만 만일 의심하면 변명하느라고 뒤숭숭할지라. 미리 의심을 막는 것이 옳다."

【에바】 만일 오빠가 의심하면 내가 밀방망이rolling pin 맛을 보여줄지니,[29] 마음 놓고 자고 내일 같이 갑시다.

헤셀이 웃으며,

"네가 막을 것 같으면, 자고 가지."

하니, 모여앉은 사람들이 기뻐하는지라. 다시 담화를 시작하니, 헤셀이 웃으며,

"사라 양이 이 자리에서 나이는 가장 어리지만 말솜씨 있기로는 제일이라. 어느 오페라 하우스opera house에 내세우면, 모든 남녀를 잘 놀릴 터이지?"

사라가 웃으며,

"시골에서 나고 자란 까닭에 사람이 적은 곳에서는 곧잘 재잘거리지만, 사람이 많이 모인 곳에서는 머리가 숙여지더라."

하니 모두 크게 웃는지라. 팻시가 매리에게,

"오늘 저녁 밤참이 있어야 할지니, 무엇으로 준비할까?"

【매리】 날씨가 더운 때이니, 아이스크림에 케이크면 좋을 듯하다.

---

29 'rolling pin'은 밀가루 반죽을 미는 데 쓰는 밀방망이를 뜻하는 말이다. 만약 오빠가 자기 부인을 의심한다면 동생인 에바가 밀방망이로 오빠를 혼내주겠다고 한 것이니, 에바가 헤셀에게 오빠 문제는 자신이 책임질 것이니 다른 핑계를 대지 말라고 한 셈이다.

【팻시】 우리 아메리카 사회에서는 부녀자가 술 마시는 것이 한 관습이니 시골의 여자들도 보통 술을 마신다. 헤셀 양은 도시에서 생활하니 음료를 종종 생각할 것이니, 술 파티를 하는 것이 어떠하냐?

【매리】 네 어머니는 자녀가 술 마시는 것을 그다지 꺼리지 않으나, 내 어머니mother는 매우 꺼리는구나. 그런 까닭에 나는 술 파티에 대해 물을 수 없으니, 네가 물어 허가를 받으라. 허락하면 한 잔씩 마시되, 사라에게는 권하지 말자.

사라가 웃으며,

"권하기 전에 내가 마시지 않고, 술잔을 돌릴 터이다."

앨라스가 웃으며,

"그래. 네가 술 칠 때에 여섯 잔 치지 말고 일곱 잔 쳤다가, 남는 것이 있거든 네가 마셔라."

하는지라. 팻시가 나가서 그린 부인에게 허가를 받아가지고 들어오니, 매리가 전화로 드러그 스토어drugstore에 와인wine 1갤런gallon 보내라 주문하니, 어느 명령이라 지체할까? 전화 끊기가 바쁘게 와인이 들어오니 모두 테이블에 둘러앉는데, 잭이 에바와 팻시 둘 사이에 앉으니 사라가 웃으며,

"잭, 너도 매우 음흉하다. 두 미인 사이에 앉으면 못생긴 내가 시기하여 곁에 오라고 할 줄 알고 짐짓 두 미인 사이에 앉지만, 내가 청하지 않을 터이다."

잭이 웃으며,

"나는 음흉하지만, 너는 얄밉다. 그 얄미운 수단에 내가 속을 것 같으냐? 내가 곁에 앉기를 원하면, 팻시의 집에서처럼 사정을 하여라."

사라가 웃으며,

"네가 두 미인 사이에 앉으면, 미인이 되지 못하고 추한 인물인 내가 신세를 한탄할지라. 네가 남을 한탄하게 할 사람이냐? 곁으로 오너라."

잭이 웃고 가니, 사라가 웃으며,

"마지못해 명령에 복종하지만, 졸병이 대장의 명령에 복종하듯 하는구나."

하고 한 잔씩 마시니, 헤셀이 매리에게,

"공연play할 수 있는 장기가 무엇인가?"

물으니,

【매리】 나는 시골에서 나고 자라 탭 같은 것은 모르고, 약간 아는 것은 피아노 연주piano play이다.

하는지라. 또 팻시에게 무슨 장기가 있나 물으니 팻시는 단소를 불 줄 아노라 대답하는지라. 또 사라에게는 묻는 것이 아니라,

"사라는 바이올린violin을 잘 할지니, 그만하면 공연하기에 넉넉하다. 내일 저녁에 한 번 놀아서 그 늙은 것들을 기쁘게 하자."

한 잔씩 마시며,

"나는 이미 혼인한 여자이다. 혼인한 여자로서 아직 혼인하지 않은 여자에게 정情에 대해 말하기는 편치 않지만, 정담情談은 인생관의 대문제이니 말하려 한다. 나는 정의 바다에 들어가 목욕하는 시기이고 너희는 장차 정의 바다에 들어갈 시기이니, 정의 바다에서 기다리는 남자에게 속지 말라. 남자는 거짓말쟁이인 까닭에 항상 거짓말로 여자를 후린다. 그 거짓말에 속아 정의 바다에서 같이 목욕하면, 장래의 결과가 산뜻하고 아름다울 터이냐? 아니면 외롭게 울게 될 터이냐? 분명히 불만

족일 것이다. 불만족이면 고통이니, 그 고통은 지옥 생활과 같다. 우리 아메리카 여자들이 말할 때마다 반드시 '사랑love'을 말하지만, 그들이 남자 택하는 것을 보면 '사랑'이 아니다. 진정한 사랑은 인격이 높고 낮은지를 보지 황금이 많고 적은지를 보지 않는다. 그러나 이 세상 여자들이 인격이 높고 낮은지는 보지 않고 황금이 많고 적은지를 쳐다보니, 그것은 사람을 사랑love하지 않고 황금을 사랑함이다. 오늘날 성행하는 영화에서 사랑을 그려냈노라고 하지만, 그것은 사랑이 아니고 쾌락funny이다. 진정한 사랑은 도덕과 예의범절이 둘러싸고 나간다."

사라가 해해 웃으며,

"헤셀 양이 우리에게 사랑을 지도coach하니 감사하다만, 나는 사랑은 사람의 성정과 심리에 따라 각기 다른 줄로 안다. 그 심리로 말미암아 남자의 속임을 받는다. 그 속는 것은 어찌할 수 없는 이치이다."
하는데, 술은 다 떨어지고 밤은 10시라. 헤어지게 되니 매리가 앨라스와 사라를 보고,

"내일 같이 올라갈 것이니, 부모에게 한 주일 허가를 받아라."

앨라스와 사라가 대답하고 가고, 팻시도 아침에 다시 보자면서 가는지라. 모두 자고 다음날 깨어 조반을 먹고서 일행 일곱 사람이 공원으로 올라가니, 얼머가 맞이하며,

"일주일은 머물 줄 알았더니, 빨리 돌아오는구나."

에바가 웃으며,

"우리는 일주일 머물 생각이 있지만, 형님은 무엇이 못 미더운지 어제 저녁에 올라오려 하는 것을 억지로 붙잡아서 자고 올라왔습니다."

얼머가 웃으며,

"못 미더울 것이 무엇이냐?"

【에바】 오빠야 그리 생각하지만, 형님의 말이 세상 못 믿을 것은 남자의 마음이라 하는데.

얼머가 웃으며,

"제가 나를 못 미더워 하면 나도 저를 못 미더워 하겠지만, 내가 헤셀이 다른 남자를 안고 누운 것을 보아도 사랑으로 누운 줄로는 생각하지 않을 것이며 헤셀이 내가 다른 여자와 같이 누운 것을 보아도 하나의 조크로 생각할 것이다."

모두 웃고 샌드위치sandwich에다 커피coffee를 한 잔씩 마시는데, 잭이 얼머에게,

"이번 공연에서 앨라스의 대학교 경비를 만들어 주는 것이 어떠하냐?"

【얼머】 어찌 주선해서 학비를 마련할 것이냐?

【잭】 네가 가서 공원 감독을 보고 '앨라스가 팬 댄스를 출 터인데, 관람자에게 입장권을 줄 것인가 아니면 무료free로 해줄 것인가?' 하여라. 그이의 대답이 '무료'라 하면 더 말할 것이 없지만, 만일 '입장권을 준다'고 하면 '앨라스에 대한 보수를 어찌할 것인가?' 물어 보라. 그 늙은이가 많으면 100원이라고 말할 것이니, '두말없이 절반을 주면 모르거니와, 그렇지 않으면 우리가 자유로 공연할 터이다'라고 하면 그 늙은이가 허락한다.

얼머가 대답하고, 곧 가서 감독을 방문하고,

"미스 버커Miss Becker가 부모의 허가를 받은 까닭에 오늘 저녁에 팬 댄스fan가 있을 터인데, 관람자에게 입장권을 주시렵니까? 유람객을 기쁘게 하기 위해 무료로 해주시렵니까? 어찌 생각하셨습니까?"

감독이 웃으며,

"무료 공연free show이 어디 있나? 입장권을 주지요."

【얼머】 그러면 앨라스에 대한 보수는 어찌하렵니까?

【감독】 무슨 보수? 미스 무어나 존도 보수 없이 무료인데.

【얼머】 그들이 보수 없이 노래하는데, 입장권은 왜 팔려 합니까?

【감독】 입장권을 주는 것은, 해마다 공원 관리하는 경비가 부족하여 중앙정부의 보조를 받으니 그 부족한 경비를 메꾸고자 함이라.

얼머가 일어서며,

"늙은 것이 마음 씀씀이가 매우 불량합니다. 미성년의 여자를 많은 사람 앞에 내세워서 만든 돈을 자기 주머니pocket에 넣으려 하니."

감독이 몹시 화난 말투로,

"젊은 놈의 언행이 매우 불순한데. 그래, 내가 사기꾼crook인 증거를 말하여라."

【얼머】 이 공연의 수입이 변변치 못해도 수만 원 될 터입니다. 부족한 경비를 메꾼다 하니, 그래 1년 경비가 수만 원 부족합니까?

감독이 웃으며,

"1년 경비만 메꿀 것이 아니라 그 수입으로 기금을 만들면, 공원도 더 확장되고 유람객이 즐길 것도 많아질 것 아닌가? 그래, 앨라스의 보수를 얼마나 원하는가?"

【얼머】 앨라스는 스크린銀幕에 오르내리는 광대가 아니고 규중에 있는 중학생입니다. 내년에 졸업하나 대학교 갈 경비가 없습니다. 그러니 그 수입금을 '50 : 50'으로 합시다.

【감독】 못하기가 쉽지, 절반은 줄 수 없다.

얼머가 일어서며,

"그러면 우리가 자유로 공연하여 유람객에게 무료공연을 줄지니."

이 말을 듣는 감독이 생각하니, 무료로 하게 되면 공원에는 한 푼 이익이 없고 부유한 유람객만 기쁘게 될지라. 웃으며,

"젊은 사람이 왜 그리 덤비나? 절반 줄 것이니, 그리 짐작하게. 그런데 자네가 앨라스와 무슨 친척인가?"

【얼머】 친척이 아니고 내 누이sister의 친구이니, 곧 내 누이와 같습니다. 보수는 결정되었으나, 장소는 어디로 정하렵니까?

【감독】 공원 연극장이 있으니, 연극장에서 거행하지.

【얼머】 내가 보니 이 공원 안에 극장theatre이 있는데, 극장 사업하는 사람이 무거운 세금을 바치는 줄은 어린이이도 압니다. 구경할 곳이 두 곳이 되면 누구나 팬 댄스를 구경하고 영화 구경은 가지 않을 것이니, 극장 사업이 부실하게 될지라. 극장에서 공연하면 양쪽 다 이익이니, 어떻습니까?

감독이 웃으며,

"젊은 사람young man이지만, 참말 사업가 이상이라."

하고 극장 운영자manager를 전화로 부르니, 주인이 시간을 맞춰 오는지라. 얼머가 맞이하여 인사하고서 의자가 몇백 개이며 수입이 매일 얼마가량인가 물으니, 주인이 대답하기를,

"의자는 540개이며, 지금은 유람객이 많은 까닭에 수입이 평균 200원 가량이라."

하니,

【얼머】 우리가 팬 댄스를 할 터인데, 공원 감독은 공원에 딸린 연극장

을 쓰라고 하나 그러면 극장 사업이 손해를 입을지니 쓰지 못합니다. 그런 까닭에 극장을 빌려 사용하기로 감독과 의논하였으니, 생각이 어떠하십니까? 허락하시면 우리가 몇 날 저녁을 공연하든지 매일 저녁 200원씩 줄지니, 어떻습니까?"

주인이 흔쾌히 허락하는지라.

【얼머】 허락하시니 감사하오. 우리의 프로그램program은 세 가지 노래와 세 가지 춤인데, 노래는 미스 무어, 존 맥코맥, 그리고 나의 아내가 부르고, 춤은 내가 탭 댄스를 하고 나의 누이가 토 댄스를 하고[30] 미스 버커가 팬 댄스를 합니다. 입장권은 1명에 5원인데, 16세 미만의 아이들에게는 입장권을 주지 마시오. 곧바로 자동차로 특별광고를 하시오.

주인이 대답하고 가서 그대로 준비하고 오후 6시에 입장권을 팔기 시작했는데, 반시간 만에 540개가 다 나가니 더 팔지는 못하는지라. 7시에 개막하여 짧은 영화single picture가 상영된 후에 미스 무어가 바이올린에 맞춰 〈노바디 스윗하트Nobody's Sweetheart〉[31]를 부르고 물러서니, 얼머가 올라가 오케스트라에 탭 댄스를 추고 물러나는지라. 그 뒤에 존 맥코맥이 피아노에 맞춰 〈드림 컴 트루Dreams come true〉를 부르고 물러나니, 에바가 오케스트라에 토 댄스를 추고 물러나는지라. 그 뒤에 헤셀이

30 토 댄스(toe dance)는 발끝으로 추는 춤을 뜻하는 말인데, 주로 발레화(ballet slipper)를 신고 추며 발레리나의 춤으로 인식되기도 한다. 얼머의 누이 즉 에바는 황석공원에서 처음 무대에 올랐을 때에는 탭 댄스를 추었는데, 이를 고려하면 탭 댄스와 유사한 춤을 가리키는 말일 가능성도 있다.

31 〈Nobody's Sweetheart〉은 빌리 마이어스(Billy Meyers)와 엘머 쇼벨(Elmer Schoebel)이 1924년에 작곡한 재즈곡인 〈Nobody's Sweetheart Now〉(또는 〈You're Nobody's Sweetheart Now〉)로 짐작된다. 앞에서 사라가 바이올린을 연주할 수 있다고 했으므로, 사라의 바이올린 연주에 맞춰 무어가 이 노래를 했을 것이다.

단소에 맞춰 〈유 아 인 마이 하트You are in my heart〉를 부르고 물러나고, 앨라스가 풀치마로 하체를 가리고 나와서 우쿨렐레ukulele에 맞춰 춤을 추니, 어느 누가 웃지 않을까? 춤이 끝나니, 시간은 11시 반이라. 얼머가 스크린 앞에 올라가 모든 관람자에게 감사하고 널리 알리기를,

"내일 저녁에 다시 놀기를 원하시거든 일제히 손을 드시오."

노소를 가리지 않고 빠짐없이 손을 드는지라. 얼머가 기뻐하며,

"노인에게는 일찍 오거나 늦게 오거나 가리지 않고 모두 입장권을 주겠지만, 청년들은 좀 늦게 오시오. 오늘 저녁에 구경 못하고 돌아간 이가 삼사백 명이 되니, 그이들에게 입장권을 주어서 같이 구경합시다."

하고 흩어졌다가, 다시 공연하기를 여섯째 날(토요일)까지 5일 동안을 하니 수입 총액이 1만 3천 5백 원이라. 1천 원은 극장 주인에게 주고, 6천 원은 앨라스의 대학교 경비로 주고, 6천 5백 원은 공원 경비로 쓰게 하니, 옐로스톤에는 기쁨뿐이라.

얼머의 일행이 두 주일 머물려고 했으나 에바의 요청으로 세 주일 머물다가 7월 22일에 떠나기로 결정하니, 에바, 팻시, 매리의 애처로운 생각에는 옐로스톤이 함께 슬퍼하는 것 같은지라. 헤셀이 자기 목에 걸었던 목걸이를 벗어 팻시에게 선물로 주며,

"내가 이번에 왔다가 팻시 같은 미인과 친분을 맺게 되니, 내게는 더할 나위 없는 영광이라. 그런 까닭에 우정을 표시하고자 조그마한 것이지만 선물하나니, 사양하지 말고 받아서 나를 기억하여라."

팻시가 감사, 감사, 다시 감사하고 받으니, 에바도 자기 손에 끼었던 반지를 벗어주며,

"나의 선물은 이것이니, 받고 똑같이 기억하여라."

팻시가 받으며,

“헤셀 양이 주는 것에 대해서는 감사를 표하지만, 네가 주는 것은 일종의 대가인 셈이니 감사를 표하지 않고 받는다.”

하니, 에바가 웃으며 다시 목걸이를 벗어 매리의 목에 걸어주며,

“네게는 이것뿐이다.”

하니 매리가 감사하는데, 사라가 해해 웃으며,

“선물을 할 바에는 공평하게 할 것이지. 누구에게는 두 가지씩 하면서 앨라스와 나에게는 아무런 말이 없으니.”

헤셀이 웃으며,

“사라 네가 섭섭할 줄 내가 안다. 그러니 다음에 올 때에는 네가 만족하게 여길 미남자 하나를 선물하도록 하지.”

사라가 웃으며,

“이 다음에 선물할 것 없이, 이 자리에 있는 잭을 선물하려무나.”

【헤셀】 잭이 내 것이냐? 게다가 잭은 미남자가 아니고 추남이다.

【사라】 잭이 미남자는 아니지만, 호저porcupine 몸에 백반alum 붙듯이 보는 여자마다 달라붙지.[32]

【잭】 사라, 너는 말이 너무 많다. 쓸데없는 말은 그만두고 어서 내려가자.

하고 얼머에게,

“우리가 내려가다가 매리, 팻시의 부모를 방문하고 가는 것이 어떠하냐?”

【얼머】 나도 그 생각이 있었다. 그렇게 하지.

---

32 ‘호저(porcupine)’는 몸과 꼬리 윗면이 가시처럼 변화된 털로 덮인 야행성 동물이다.

하니, 사라가 웃으며,

"예의 바르기로는 잭이 제일이지."

하고,

"나는 잭의 곁에 앉아서 갈 터이다."

하고 잭의 차에 뛰어오르니, 앨라스가 손목을 잡아 끌어내리며,

"이 계집아이는 남의 발등 밟기가 일쑤야. 너는 여러 번 곁에 앉았으나, 나는 한 번도 곁에 앉지 못했다. 그러니 내가 곁에 앉을 것이니, 이리로 나오너라."

사라가 해해 웃으며,

"무릇 자리는 먼저 앉는 사람이 임자인데 내가 먼저 앉았고, 또 너는 큰 상을 받아 마음이 기쁘지 않으냐? 상 받지 못하여 섭섭한 내게 양보하고, 팻시, 에바와 함께 매리의 차에 오르려무나."

앨라스가 웃으며 팻시, 에바와 함께 매리의 차에 오르면서,

"옐로스톤아, 잘 있거라. 내년 이때에 다시 보자."

하고 떠나니, 내려오다가 먼저 들어가게 되는 집은 팻시의 집이라. 차를 문 앞에 세우는데, 팻시의 어머니가 나오시며,

"오늘에야 내려오느냐?"

팻시가 대답하고, 얼머를 소개하기를,

"미스터 헤스링은 헤셀의 남편이올시다. 어머님 환영하시오."

부인이 웃으며,

"도시 생활한 까닭인지 인물이 준수하군."

하고, 잭의 문안을 받고,

"어서 방으로 들어가자. 날씨가 매우 더우니."

하고 이끌고 들어가 차가운 맥주cold beer를 한 병씩 돌리고, 헤셀에게,

"이 공원에 와서 즐긴 재미가 어떠하더냐?"

【헤셀】 세 주일 즐긴 것이 다른 곳에서 서너 달 즐긴 것보다 낫습니다. 어머님이 믿지 못하시거든, 우리의 얼굴에 기쁜 빛이 가득한 것을 보시오.

【부인】 돈 쓰고 시간 쓰는 것은 기쁨을 얻고자 함이니, 무슨 모양으로든지 마음 기쁘게 하여라. 나처럼 늙으면 다시는 기쁨이 없다.

하시고,

"앉아서 담화하여라. 나는 나가서 점심 준비할 것이니."

【팻시】 어머니, 이것을 보고 나가시오.

목걸이와 반지를 보여주며,

"이것은 헤셀 양이 선물한 것이고, 이것은 에바 양이 선물한 것입니다."

어머니가 놀라며,

"선물하였으니 감사하다만, 공 없이 상을 받는 것과 한가지로구나."

하고 매리의 목을 보니 매리도 걸었는지라. 안심하고 헤셀에게 감사하니, 헤셀이 답례하고,

"어머니, 우리는 지금 떠날 것이니, 여기서 작별합시다."

【부인】 떠나다니? 도저히 허락하지 못할 말이구나. 공연히 헛말 말고 앉아서 담화하다가, 점심 먹고 저녁 먹고 자고서 내일 새벽에 떠나거라.

얼머가 말하기를,

"제가 생각하기에는 한 주일 더 머물면서 아름다운 팻시와 담화하면 기쁨이 가득할 것이오나, 다음 달 첫째 월요일first Monday이 사무실로 출근하는 날입니다. 미리 가서 집안일을 대강 정리해야 하겠습니다."

부인이 웃으며,

"사무실로 출근하는 날이 모레라고 하면 막지 못하지만, 첫째 월요일이면 아직 한 주일이나 있으니 하루 아니라 사흘을 머물러도 바쁠 것 없다."

하고 나가시니, 잭이 얼머보고,

"그럼 오늘 자고 내일 새벽에 떠나도록 합시다."

얼머가 웃으며,

"네놈의 마음은 팻시 집에서 일꾼long job boy이라도 할 생각이 있겠지만, 나야 무슨 재미가 있어?"

사라가 웃으며,

"미스터 헤스링이 잭의 심리를 알지 못합니다. 잭이 팻시의 집에서 일꾼을 할 생각이 아니고, 나와 담화 몇 마디라도 더 할 생각이니. 잭아, 이리로 오너라. 꿀 같은 달콤한 말을 누에가 실 뽑듯이 하자."

하니, 매리가 팻시에게,

"우리 셋은 각각 부모님께 내려왔노라고 인사드리고 올지니, 너는 손님 모시고 담화하여라."

【팻시】 그러면 얼른 가서 인사드리고 곧바로 오너라. 어머니가 점심 준비한다.

매리가 대답하고 각각 부모에게 가서 내려왔노라고 인사드리니, 매리의 부모나 사라의 부모는 그다지 기쁠 것이 없지만 앨라스의 부모는 앨라스가 대학교 학비로 육천 원을 만들었다는 소식을 두 주일 전에 들었으니 여간 기쁠쏘냐? 너무 기뻐서,

"이 나쁜 계집애bad girl, 훌라를 추지 말라고 그렇게 단속해도 가는 곳마다 추더니, 이번에 공원에서 큰 수치를 당하였어?"

【앨라스】 수치는 당하였으나, 대학교 경비를 마련하였으니 안심됩니다. 이후로는 다시 추지 않겠습니다. 팻시의 집에서 점심을 준비하니 부모님께 인사드리고 곧바로 오라고 하기에 대답하고 왔으니, 가서 손님들과 같이 점심 먹겠습니다.

하고 나와서 사라를 불러 매리의 집에 들러 매리와 함께 팻시 집으로 가니, 점심은 아직 되지 않았고 다섯 남녀가 담화하는데 헤셀이 웃으며,

"매리와 사라는 꾸지람 받을 리가 없지만, 너는 채찍질whip을 몇 번이나 받았느냐?"

앨라스가 웃으며,

"돈이 장사더라. 그 전에는 동무들과 놀다가 추곤 했는데 그 소식을 듣기만 하면 눈물이 쏟아지도록 나무라더니, 이번에는 수만 명 군중 앞에서 추었지만 꾸지람은 없고 칭찬을 하니 돈이 장사 아니냐?"

얼머가 웃으며,

"미스 버커. 그 춤을 우리 헤셀에게 가르쳐 주시오. 그러면 내가 큰 상을 드리지요."

【앨라스】 이번에 학비 마련한 것은 미스터 헤스링이 절반쯤 주선한 것이니, 받은 상이 이미 넉넉합니다. 그뿐 아니라 헤셀이 부탁한 바도 있으니, 이다음에 USC南加州大學에 입학하면 가르쳐 주지요.

하는데, 점심이 되었다고 식당으로 청하는지라. 모두 들어가니 닭튀김fried chicken이라. 또 영러브 부인이 참석하니, 이번에는 술이 없는 까닭이라. 모두 자리에 앉는데 잭이 사라와 앨라스 둘 사이에 앉으니, 사라가 해해 웃으며,

"현명하고 예의 있기로는 잭이 제일이야. 내가 오라고 할 줄 알고 부

르기 전에 오니. 잭아. 이다음 올 때에는 다이아몬드 반지 가지고 오거라. 내가 약혼engage 허락하지."

얼머가 웃으며,

"사라가 잭과 약혼하기를 원하면, 내게 키스를 한 번 주어라. 그러면 내가 약혼이 되도록 주선하지."

사라가 웃으며,

"얼머 너도 시골뜨기와 입맞춤을 원하는 것 같다만, 내가 그렇게 만만히 남자의 거짓말에 속지 않는다. 아무리 불량하기로 자기 누이의 품속으로 들어갈 남자를 빼앗아서 다른 여자의 품속에 넣어 줄까?"

영러브 부인이 웃으며,

"저 어린 계집아이가 말을 함부로 하네."

사라가 웃으며,

"어머니. 내가 어린 계집아이입니까? 지나간 6월June 22일twenty two이 16살sixteen 되는 생일입니다. 이팔청춘sweet sixteen이라 하니."

매리가 웃으며,

"이팔청춘이면 성년이니, 어머니 같은 행동을 하고 어린아이 같은 행동은 그만두어라."

사라가 웃으며,

"어머니가 이겼어요You Win."

하고 음식을 먹으니, 다만 수저소리 뿐이라. 에바가 웃으며,

"사라가 재담할 때에는 음식이 맛있더니, 재담이 끊어지니 음식조차 맛이 없구나."

사라가 잭을 보고,

"이야 잭아. 나만 기쁘게 하면 다른 사람이 섭섭할지니, 골고루 기쁘게 하여라. 에바가 남자 없는 음식을 먹으려니 맛이 없는 모양이다. 에바 곁으로 가서 대화하며 먹어라."

잭이 웃으며,

"음식 먹다가 자리 옮기는 데가 어디 있느냐? 저녁을 에바와 같이 먹을지언정, 점심은 너와 끝을 맺을 터이다."

사라가 웃으며,

"내 사랑My love. 끝을 맺겠다는 말은 영원한 도시Eternal City로 들어가자는 말이니, 어느 날 결혼하자는 것이냐?"

【잭】 어제.

사라가 웃으며,

"이놈아. 1934년 7월 21일은 이 세상에 있는 사람이나 장차 올 사람이나 누구든지 만나지 못할 날이다. 같은 값이면 1935년 7월 21일이라 할 것이지, '어제'라 하니 칼로 베는 듯하구나."[33]

잭이 웃으며,

"베는 것이 아니라, 네 재주를 다하여 나를 끌어가라 함이다. 그러면 모든 사람이 그 끄는 재주를 구경하지."

【사라】 내가 너를 끌어안을 재주가 있다. 그렇지만 그 재주는 세 사람이 있어도 사용 못하는 것이 규칙인데, 하물며 예닐곱 사람이 있는 자리에서? 이다음 우리 둘이 만나게 되면 내가 끌어안을지니, 네가 아니 끌려오나 보자.

---

33 원문에는 1934년과 1935년의 '7월 24일'로 되어 있으나 '7월 21일'로 수정해야 뜻이 통한다. 이 대화를 나누고 있는 날이 1934년 7월 22일이기 때문이다.

하는데, 식사를 마친지라. 모두 손을 씻고 거실parlor로 나오니,

【사라】 오늘 저녁 12시가 지나가면 얼마 동안 어울릴 일이 없을지니, 댄싱으로 작별하는 것이 어떠하냐?

【매리】 그 생각이 매우 좋으니, 나는 찬성한다.

【잭】 댄스로 작별하면 더욱 멋이 있을 터이나, 여자는 여섯이고 남자는 둘이니 재미가 적을 듯하구나.

사라가 웃으며,

"이 세상에 너희 두 남자만 있고 다른 남자는 없을 줄로 아느냐? 시골뜨기가 무수히 많다. 넷만 부르자꾸나."

하고,

"오늘 저녁 춤은 한 여자가 한 남사와만 추지 말고 여섯 남자와, 한 남자가 여섯 여자와 돌아가며 추자."

얼머가 웃으며,

"나는 여섯 여자와 추기를 원하지만, 헤셀이 여섯 남자와 추는 것은 원하지 않는데."

사라가 웃으며,

"얼머 네가 대도시에서 생활하였기로 모던 보이modern boy로 알았더니, 생각하는 것을 보니 오늘날은 고사하고 1800년 시대에 사는 구시대 인물old timer이로구나. 하나님이 세상의 남녀를 만드실 때, 어떤 여자를 절세 미녀로 만든 것은 그 여자가 세상에 나가서 세상을 기쁘게 하라 함이요, 어떤 남자를 뛰어난 남자로 만든 것도 세상을 기쁘게 하라 함이다. 만일 그 미녀가 한 남자만 기쁘게 하거나 그 미남이 한 여자만 기쁘게 하면, 이는 하늘의 법칙을 어기는 대역부도大逆不道이다. 그런 까닭에

미녀와 미남에게는 '지조'라는 말이 없다. 만일 미녀와 미남이 지조를 자랑한다면, 이는 하나님을 속이는 거짓말이다. 얼머 네가 믿지 못하겠다면 미남 미녀에 가까운 남녀 배우를 보아라. 그 남녀가 처음 사귄 남녀와만 사랑하는지."

팻시가 웃으며,

"너는 너무 말이 많다. 어서 나가서 세 집 부모를 방문하고, 돌아와서 담화하자."

하니, 모두 일어나 매리 그린, 앨라스 버커, 사라 루피노 세 사람의 집을 방문하여 잠시 담화하다가 돌아오니 저녁 식사 시간이라. 저녁을 먹고 나와 파티할 방을 꾸미려 하니,

【매리】 파티이니 무슨 음식을 쓸까?

【팻시】 우리가 음료 마셔본 지가 오래니, 와인이 좋을 듯하다.

앨라스가 말하기를,

"와인을 쓰나 케이크를 쓰나, 오늘 저녁 파티 음식은 내가 마련할 터이다."

하고, 전화로 드러그 스토어에 아몬드 브랜디Almond Brandy 1갤런gallon을 주문하고 과자점confectioner에 아이스크림 1갤런과 케이크 한 덩어리를 주문하는지라. 방 단장을 마치니 음료와 음식물이 오고, 그 뒤에 피터 일행 네 사람이 들어오는데, 피터 일행은 팻시의 인도로 얼머 부부와 에바에게 인사한 후에 팻시를 보고,

"미스 영러브가 부른다고 앨라스의 형제가 말을 전하기에 오기는 하였지만 무슨 일로 불렀는지는 알지 못하니, 부른 이유를 말씀하시오."

【팻시】 별 이유가 없고 댄스 파티를 열어 같이 기뻐하려고 청한 것이

니, 춤추어 볼 터이냐?

【피터】 우리 일행 넷은 아버지와 형이 부르고 동시에 댄싱 파티에서도 부르면 아버지와 형이 부르는 데로 가지 않고 댄싱 파티로 가는 성질이니, 마다할 터이냐? 추어 보지.

사라가 웃으며,

"오늘 저녁 파티는 다른 파티와 달라서, 처음 추던 남녀와 항상 추지 못하고 매번 다른 남녀와 번갈아가며 춘다. 그러니 너희들도 매번 짝을 바꾸어야 것이요, 또 담력이 있거든 키스도 하여라. 만일 키스 못하면, 정말 '시골뜨기'라는 이름을 면치 못한다."

피터가 웃으며,

"이 어린 것아. 조용히 있거라. 숙녀lady, 신사gentleman들이 말씀하시는데, 무슨 긴 말이냐?"

사라가 웃으며,

"이놈아. 내가 어려? 너 같은 놈은 올려다보지 않고, 아들놈처럼 내려다본다."

피터가 웃으며,

"그 계집아이가 시집도 가지 않고 자식부터 말하는구나."

하고, 얼머에게 시골 생활이 담백한 것을 말하니, 얼머는,

"도시 생활이 복잡하여 근심과 잡념이 많으니, 나는 시골 생활을 부러워하노라."

하는데, 시간은 10분 전 9시라. 라디오radio를 켜 놓고 음료를 가져다 한 모금씩 마시고 일어나서 한 차례 추고 물러나 담화하는데, 다시 추게 되자 얼머와 잭이 다른 여자와 추려 하는지라. 피터 일행도 사라의 말이

진짜인 줄 알고서 다른 여자와 추고 물러앉으니, 사라가 웃으며,

"이 시골뜨기야. 처음 보는 여자와 춤을 추니 재미가 어떠하냐?"

【피터】 재미가 어떠한지는 알지 못하나, 이 세상 여자와 춤추는 것 같지 않고 달나라 숙녀moon country lady와 춤추는 것 같다."

사라가 웃으며,

"이 다음 아무 댄스에 가든지 다른 남자가 네 친구와 춤추려 것을 질투하지 말거라."

하고 음료를 약간 마시고 다시 추니, 춤 한 번에 음료 한 번이라. 여섯 차례를 추고 나니 시간이 11시 반이라. 아이스크림과 케이크cake를 나눠 먹고 차tea를 나눠 마신 후에 헤어지게 되니, 매리가 잭에게 아침 몇 시에 떠날 것인지를 물었는데,

【잭】 지금 곧바로 떠날 것이니, 작별하자.

【매리】 지금까지 있던 김에 오늘 편안히 자고 내일 아침에 떠나지?

【잭】 다른 계절 같으면 아무 때나 상관이 없지만, 지금 날씨가 더할 수 없이 덥구나. 서늘한 때에 떠나서, 정 더우면 어느 나무 아래에서 더위를 피하고 가야 힘들지 않을 듯하다.

사라가 돌아서며,

"정말 갈 작정이냐?"

【잭】 정말이지. 가는 것을 거짓말 할 터이냐?

【사라】 그러면 막지 못할 작별이니, 내가 먼저 작별할 터이다.

하고 키스하고,

"평안히 가고 한숨은 쉬지 말거라."

【잭】 그래. 한숨은 쉬지 않을지니, 너는 울지 말고 있어라.

하니, 앨라스와 매리도 똑같이 키스하고 피터 일행도 작별하고 나가는지라. 잭이 매리에게 그린 부인께 용서를 청하라 부탁하고 영러브 부부를 청하여 작별하고 나서니, 팻시가 그 전에는 눈물 흘린 일이 없지만 이번에는 눈물을 흘리며,

"잭아. 평안히 가거라."

하고 얼머 부부, 에바와 키스로 작별하며,

"내가 대학교에 가면 4년 동안 만나보지 못할 것이니, 그동안 편지로 소식을 전하자."

하고, 헤어져서 집으로 오니 곧 27일이라.

그 이튿날 헤스링 노부부는 산으로 피서 가고, 얼머 부부는 며칠 쉬고서 사무실로 출근하게 되니, 헤셀이 잭을 청하여 부탁하기를,

"우리 부부가 내일 아침부터 출근하게 되면 에바가 혼자 지낼 것이니, 네가 매일 와서 말동무가 되어 집을 지켜라. 내가 그 전에는 염려한 바가 없었지만, 존이 총을 뽑은 후부터는 항상 염려한다. 그 어리석은 놈이 에바 혼자 있는 줄 알고 와서 총질하면 어찌하느냐? 미리 막는 것이 상책이다."

잭이 웃으며,

"도적놈 보고 돈을 맡아 지키라는 것이나 이리에게 양떼를 보호하라는 것과 마찬가지외다. 청년 남자더러 청년 여자를 보호하라 하니, 그러다 실수가 되면 어찌 하렵니까?"

헤셀이 웃으며,

"실수될 리도 없거니와, 설혹 실수되더라도 무슨 큰일이냐? 그 실수는 네 자유요, 누가 막거나 권할 바가 아니다."

하니, 잭이 대답하고 그 이튿날부터 매일 상종하는지라. 잭이 에바에게 더할 수 없이 마음을 두나 열정을 보이지 않는 것은 실패하게 될까 염려함이요, 에바도 은근히 열정을 품고서도 겉으로 드러내지 않음은 갈라서게 될까 두려워함이라. 이런 말 저런 말로 며칠을 보내다가, 에바가 잭에게 묻기를,

"동양 사회에 사랑이 없다 하니, 사실이냐?"

잭이 웃으며,

"동물 사회animal society에도 사랑이 있는데, 인간 사회human society에 사랑이 없을 리 있느냐? 그런 말을 어디서 누구에게 들었느냐?"

【에바】 중국 갔던 선교사missionary에게 들었다.

【잭】 다른 사람에게 들었다면 내가 설명하지 않겠지만, 선교사에게 들었다니 내가 이치를 따져 말하지. 사랑이 무엇인지 알지 못하는 인물은 종교가이다. 사랑이 무엇인지도 모르는 사람이 남의 사랑을 어찌 알 터이냐? 내가 미국에서 나고 자란 까닭에 아직 동양을 돌아다니며 살펴보지 못하였다. 보지 못한 것을 '아노라'고 하기는 미안하다만, 내가 동양의 소설 몇 종을 보니 모두 사랑이 드문 듯하나 그 가운데 두 종류를 읽어보면 사랑이 드문 것이 아니라 털끝이 쭈뼛할 정도로 지독하더라. 그 소설이 사실적인지 허구적인지 판단하기는 어려우나, 어떤 사랑하는 여자가 그 남자에게 '목이 마르니 목 적시게 염통의 피를 한 잔 받아 달라'고 하니 그 남자가 두 말 없이 칼을 뽑아 자기 가슴을 파헤쳤다. 또 어떤 남자가 살인강도의 누명을 쓰고 사형을 받게 되었다. 그의 연인love인 여자가 자신의 연인을 구하려고 가진 재산을 모두 썼으나 뜻대로 되지 않으니, 자기 몸으로 법률가 재판장을 구슬렸으나 또 헛수고가 되었다. 그 남자가 사형

당하는 것을 눈으로 보고, 여자는 곧바로 스스로 목숨을 끊었다. 그래, 미국 사회에서 연인인 여자가 염통의 피 한 잔 받아 달라고 하면 남자가 받아줄 것이냐? 또 연인인 남자가 살인강도의 누명을 쓰고 죽게 되었을 때 여자가 자기 재산을 모두 쓰는 일은 혹 있을지도 모르겠지만, 자기 몸으로 법률가 재판장을 구슬리거나 연인인 남자와 같이 죽을 것이냐?

【에바】 그러면, 동양의 사랑이 미국의 사랑보다 낫구나.

【잭】 나을 것 없다. 사랑은 꼭 같다. 다만 환경에 따라 차이가 있을 뿐이다. 미국의 사랑은 물질에 농락되어 바뀌었고, 동양은 물질이 발달하지 못한 까닭에 농락되지 않은 것뿐이다.

에바가 웃으며,

"그래, 내가 피 한 잔 달라고 하면 거침없이 받아줄 터이냐?"

【잭】 그야 내가 진정으로 사랑하면 두 말 없이 받아줄 것이요, 사랑하지 않으면 거절할 것이다.

에바가 이 말을 들으니 의심 많은 여우처럼 이리저리 살피며 머뭇거리기만 하게 될 뿐이라. 다시 물어보지 않고 다른 말로 며칠을 보내다가, 잭에게,

"네가 그 전에 그림을 잘 그렸는데, 지금도 잘 그리느냐?"

【잭】 무릇 어떤 것이라도 학교에서 배운 것은 잊지 않는다. 그동안 연습하지 않았으니 진보는 없겠지만 퇴보하지는 않았을 듯하다.

【에바】 그러면 나의 모습을 그려 줄 터이냐?

【잭】 무슨 모양으로 그리려 하느냐?

【에바】 나의 이름이 '에바Eva'이니, 에덴Eden에 있던 '이브Eve'의 모습으로 그리기를 원한다.

【잭】 그러면 보통 종이는 불가하니, 양피지sheepskin라야 하겠구나.

하고,

"내가 가서 종이 한 장 사 가지고 올지니, 기다리라."

하고 지물포에 가서 찾으나, 양피지가 있을쏘냐? 다섯 번째 가게에 너무 커서 팔지 못한 것 1장이 있으니, 길이가 32치이며 폭이 18치라. 5원 주고 사 가지고 에바의 집에 가서 에바에게,

"내가 너희 집 뒤뜰에 복숭아peach와 무화과fig 나무tree가 있는 것을 보았는데, 그리로 나가서 그릴 것이니 옷을 벗고 나오라."

하고 나가서 종이를 받침대에 걸고 기다리는데, 에바가 나오는 것을 보니 옷을 벗기는 하였으나 가슴과 아랫도리는 가린지라. 웃으며,

"내가 너의 소원대로 그려주려고 종이까지 사왔으나, 그릴 수 없으니 들어가서 옷을 입어라."

에바가 놀라며,

"무슨 이유로 그릴 수 없다 하느냐?"

【잭】 네가 그림 그려 달라 할 때에 이 세상에 있는 이브를 그려 달라 하지 않고 에덴에 있던 이브를 그려 달라 했는데, 정작 그리게 되니 바뀌어서 이 세상의 이브가 된 까닭이다. 원시 에덴에 있던 이브는 아무 가림 없고 완전한 나체이다. 죄를 범하고 이 세상으로 쫓겨나서 부끄러움을 깨닫고 풀잎으로 아랫도리를 가렸다. 풀잎으로 가리거나 옷clothes으로 가리거나 가리기는 한가지이니, 나는 죄인의 형상을 그리는 것은 원치 않는다.

에바가 웃으며,

"내가 세상사람 앞에서는 알몸이 되지 않을 터이지만, 네 앞에서는

가림 없이 알몸이 된다."

하고 가슴과 아랫도리 가렸던 것을 걷어치우고 나체로 서니,

【잭】 저 복숭아나무peach tree 아래로 가서 나를 등지고 서서, 익은 복숭아 고르는 자세를 취하여라.

에바가 가서 손으로 복숭아를 고르니,

【잭】 그만두고 무화과나무fig tree에 가서 나를 바라보고 서서, 익은 무화과를 따서 먹어라.

에바가 익은 무화과를 따서 잭을 쳐다보며 먹는데, 바람이 휙 불며 풀어헤친 머리카락을 날려서 아랫도리를 가리게 하니,

【잭】 이제 다 그렸으니, 들어가 옷 입고 나와서 그림을 보아라.

에바가 대답하고 들어가 의복을 입고 나오니 그림을 다 그렸는데, 첫째 그림은 복숭아를 따려고 익은 것을 고르는 모습이요, 둘째 그림은 무화과를 따 먹는데 풀어헤친 머리카락이 아랫도리를 가린 모습이라. 웃으며,

"그전에 내가 미술학교에 구경을 갔더니 그리는 사람이 그려지는 사람을 다 그릴 때까지 있게 하였는데, 너는 그려지는 사람이 없어도 그림을 그리니 무슨 신통한 재주냐?"

【잭】 무슨 신통한 재주가 아니다. 미술학교에서는 그리는 사람과 그려지는 사람이 서로 낯선 사람이로구나. 눈으로 보면 알되 보지 않으면 알지 못할 것이니, 알지 못하는 것을 어찌 그릴 터이냐? 그런 까닭에 다 그릴 때까지 있게 하는 것이다. 너와 나는 3년을 함께 공부하였으니, 네 모습이 내 눈에만 있는 것이 아니라 내 마음의 눈에까지 있다. 그러니 보아도 그릴 수 있고 아니 보아도 그릴 수 있는 것이다.

에바가 매우 기쁜 말투로,

"나만 네 마음의 눈에 있는 것이 아니다. 너도 내 마음의 눈에 있지." 하니, 잭이 웃으며,

"너는 죽은 후 백만장자millionaire가 된다. 이 그림picture이 지금은 1원의 가치가 없으나, 10년 후에는 만 원이 되고, 50년 후에는 50만 원, 100만 원 부르는 것이 값이 되고, 50년이 지나면 도로 오늘과 같이 가치가 없어져서 전람실 벽에 걸려 관람자의 눈이나 바쁘게 만들 것이다."

【에바】 어찌하여 지금은 가치가 없다가 10년 후에는 만 원이 되고, 50년 후에는 100만 원million까지 올라갔다가 다시 가치가 없어지게 될까?

잭이 웃으며,

"지금 이 그림을 누구더러 사라 하면 모든 사람이 보고 웃을 따름이겠지만, 10년 후에 누구더러 만 원 주고 사라 하면 두 말 없이 만 원 주고 산다. 사는 사람이 누구일까? 평상시에 너와 정인으로 지내다가 영원한 도시로 들어가지 못하고 다른 이에게 빼앗긴 사람이로구나. 그때는 분노만 가득하여 만나면 죽일 생각을 가지지만, 10년 후에는 분노가 가라앉고 자기의 실수를 뉘우치다가 이 그림을 보게 되니 너를 기억하고 살 것이다. 50년 후에는 네가 이 세상을 떠나갔으니, 아무리 뉘우치고 기억해본들 네 얼굴을 구경할 수 있겠느냐? 늙어가도록 사랑하고 그리워하는 마음은 간절하니, 누가 이 그림을 가지고 가서 사라고 하면 두 말 없이 요구한 값으로 살 것이다. 돈은 많으나 그 많은 돈을 가지고 갈 터이냐? 죽으면 이 세상에 던지고 갈지니, 던지고 갈 바에는 이 그림을 사서 자신의 마음을 위로하고, 또 아름다움을 알고 사랑하는 사람이라고 칭찬을 받을지니, 아니 살 것이냐? 그 후에는 가치가 없어질 것이다. 그 사

람이 자기가 사는 날까지 섭섭한 마음을 위로하고자 산 것이지 그만한 가치가 있어서 산 것이 아니니, 그 사람만 죽으면 누가 다시 이 그림을 원할까? 원하는 사람이 없으니, 전람실 벽에 걸릴 따름이다."

에바가 웃으며,

"이 그림을 이 세상에 구경할 사람은 헤셀 하나뿐인데, 헤셀이 보면 나무라거나 칭찬하거나 두 가지 중에 하나일 것이다."

【잭】 내 생각에 헤셀이 나무라거나 칭찬하지 않고, 웃을 뿐일 것이다. 하고, 며칠 지내다가 다시 자질구레한 이야기가 시작되니,

【잭】 이 세상에 사람으로 태어나서는 남녀를 막론하고 다 비밀이 있으니, 에바 너도 비밀이 있느냐?

에바가 웃으며,

"사람마다 다 있는 비밀이 나라고 없을쏘냐? 나도 그전에는 있었지만, 지금은 없다. 그것은 왜 묻느냐?"

【잭】 에바 너는 얼머가 단정한 줄로 짐작하느냐?

【에바】 분명히 오빠는 단정한 남자이다. 이곳으로 온 지 첫 5년 동안 어느 여자와도 상종하지 않고 지내다가, 그 회사에 여자 속기사stenographer girl로 들어온 헤셀을 만나서 두 해를 사귀다가 결혼하였으니, 참말 단정한 남자이다.

【잭】 나도 단정한 남자라고 짐작했지만, 이번 와이오밍 가서 비밀을 찾았구나.

【에바】 이곳 같으면 모르지만 낯선 사람만 있는 곳에서 비밀을 보았다고 하니, 그 일을 말할 수 있느냐?

【잭】 말하지. 우리가 가는 날에 텐트tent를 칠 때, 우리 텐트 앞 셋째

줄 동쪽으로 일곱째 텐트에서 어떤 여자가 나오는데, 나이는 얼머와 비슷하고 인물도 중간은 넉넉히 되겠더라. 그 여자가 텐트에서 나오다가 얼머와 두 눈이 마주치니 얼굴에 기쁨이 가득했는데, 얼머가 머리 숙이는 것을 보고는 얼굴이 사색이 되고 분노한 기운이 하늘을 찌를 듯이 되어 텐트로 들어가더라. 그러니 분명히 비밀이 있는 여자인 듯하더라.

【에바】 이곳이면 의심하지만, 그곳에서는 의심할 바가 없다.

【잭】 너희가 그전에 시카고Chicago에서 태어나고 자랐다 했으니, 그곳에서도 없었느냐?

【에바】 그곳에서는 여자 친구가 있었다. 그 여자의 이름은 조안 바커Joan Barker인데, 중학교에서부터 친하게 지내다가 대학교 졸업하면 결혼한다고 했다. 그러더니 졸업 전 2월에 무슨 갈등이 생겼는지 그 여자가 얼머에게 세 번이나 총질하였으나, 운 좋게도 얼머는 다치지 않았다. 졸업하기를 기다려 졸업한 이튿날 이곳 캘리포니아로 나왔으니, 그 여자가 왔던지는 몰라도 그 외에는 없다.

【잭】 그러면 바커가 온 것이 분명하다. 기회 있거든 물어보아라. 얼머가 무엇이라고 대답하나.

그 이튿날은 일요일이라. 헤셀이 점심 준비하려고 식료품점grocery store에 가니, 에바가 얼머에게,

"오빠. 이번 옐로스톤 가서 얼마나 기쁨 얻었습니까?"

【얼머】 기쁜 것이 무엇이냐? 아무 재미없고, 남의 장단에 몇 번 춤 춘 것뿐이다.

【에바】 내가 미스 바커Miss Barker를 그곳에서 보았는데, 기쁨을 얻지 못하였어?

【얼머】 바커가 있는 것을 보았느냐?

【에바】 우리 텐트 앞의 셋째 줄에 동쪽으로 여섯째 텐트에 있는 것을 보았습니다.

【얼머】 그러면 인사하였느냐?

【에바】 헤셀이 함께 있는 까닭에 모르는 체 하고 지나갔지요.

【얼머】 모르는 체 한 것이 지혜롭다. 헤셀이 안다 해도 별 문제는 없겠지만, 모르는 것만 못하니. 우리 가는 날 텐트를 치다가 저와 나의 눈이 마주쳤구나. 만나볼 생각은 있지만 헤셀 때문에 마음먹지 못했는데, 마침 매리가 헤셀도 가자고 청하는데 헤셀이 아니 가려 하기에 내가 권유하여 보내고, 그 이튿날 바커를 만나 사과하니 용서하기에 담화를 재미있게 하였다.

【에바】 그 비밀을 헤셀에게 말하는 것이 어떠하십니까?

얼머가 놀라며,

"네가 가정불화home trouble 만들기를 좋아하느냐? 아무 말 말고 조용히 있어라."

【에바】 그럼 조용히 있을지니, 나의 요청을 시행하렵니까?

【얼머】 무슨 요청? 다이아몬드 반지? 아니면 핸섬한 남자handsome guy?

【에바】 반지나 핸섬이 아니고, 내가 장차 잭과 결혼할 터인데 오빠나 어머님은 반대하지 않으실 줄로 짐작하나 아버님이 끝까지 반대할지니 그 반대를 막아주시렵니까?

【얼머】 결혼 말하는 것 보니, 무슨 비밀 약혼이 있었느냐?

【에바】 약혼은 뭐하게? 결혼이 지름길이지요.

【얼머】 내가 막아도 아버님이 고집하고 끝까지 반대하면, 내가 네바

다Nevada나 애리조나Arizona에 데려가서 결혼하게 할지니 결혼만 하면 법률도 파혼시키지 못한다. 그러니 마음 놓고 결혼 준비만 하여라. 그래 추수감사절, 크리스마스, 언제 결혼할 터이냐?

【에바】 대학교 졸업한 후에 혼례를 올리려고 생각합니다.

【얼머】 졸업 후가 좋지만, 혼인이란 것은 연기하면 갈등이 많이 생긴다. 그러니 할 수 있는 대로 빨리 결혼하도록 마음을 정해라. 네가 믿지 못하겠거든, 나와 바커의 일을 생각해 보아라.

에바가 대답하고 며칠 지내니 피서 갔던 부모님이 오시는지라. 잭은 그 이튿날부터 부르면 오고 부르지 않으면 오지 않았는데, 그러기를 10여 일 되던 날은 곧 다섯째 날(금요일)이라. 에바가 USC에 가서 등록하고 나오다가 이전에 함께 공부하던 학우, 앞으로 함께 공부할 남녀 학우를 만나서 잠시 담화하는데, 존이 와서,

“미스 헤스링. 매우 오랜만입니다. 그동안 평안하셨소?”

에바가 속으로 밉지만 그렇지 않은 듯한 말투로,

“존. 참말 오랜만long time이오. 그동안 무엇 하였으며 등록은 하였느냐?”

【존】 나는 이 방학에 아무 재미없이 지내다가 개학인 까닭에 등록하려고 왔던 것인데, 에바도 등록하려고 온 것인가?

【에바】 입학하려고 등록하고서 집으로 가는 길이다.

【존】 등록하였으면 그다지 바쁠 것 없고 또 점심시간이니, 저 건너 식당에 들어가 커피coffee 한 잔씩 마시는 것이 어떠하시오?

【에바】 그럼 같이 들어가자.

하고 따라 들어가니, 존이 한편으로 먹을 것을 주문하고 한편으로 에바에게 묻기를,

"금년에도 요세미티 갔던가?"

【에바】 금년은 요세미티로 가지 않고, 옐로스톤으로 가서 세 주일 한가롭게 휴양하고 왔다.

【존】 옐로스톤으로 갔었어? 매우 멋지구나high-tone. 그래, 누구와 함께 갔느냐?"

【에바】 오빠 부부와 동행했지.

【존】 그 외에는 누구?

에바가 이 말을 들으니, 잭과 피서 갔던 것을 아는 모양이라. 없다고 하면 거짓말이니 사실대로,

"잭이 같이 갔지."

존이 웃으며,

"그 황동 원숭이와 동행했으니, 정분이 두텁고 친밀한 모양이로구나."

【에바】 친하고 말고가 없다. 이전 너와 나의 친분은 서로 부부가 될 희망을 품고 친한 것이었으나, 지금 잭과 나의 친분은 서로 부부가 될 희망을 품는 것이 아니고 함께 공부하는 학우의 친분이니. 그런데 너는 여전히 황동 원숭이란 말만 아느냐?

【존】 내가 실수하였으니, 용서하여라.

【에바】 용서는 한다. 그렇지만 네가 중학교 다니는 중학생이 아니고 대학을 졸업할 학생이니, 졸업하면 어디 가든 상류 인사가 아니냐? 상류 인사이면서 함부로 무뢰배의 행위를 하니, 보는 내가 부끄럽다.

【존】 에바 양. 이후에는 조심할지니 용서하시오. 내가 엘리노Ellinor에게 홀려서 에바를 속이고 박대하기까지 했으니, 나의 신의 없는 것만 용서하여 주시오.

에바가 과거에는 신의 없는 짐승으로 여겼지만, 뉘우쳤노라고 스스로 말하는데야 거절할까? 용서하기를,

"과거에는 무슨 충돌이 있었든지 잊고, 앞으로는 친밀하게 지내자."
하는데 음식이 들어오니 받아먹는지라. 존이 술을 주문하여 권하자 에바가 사양치 않고 받아 마시니, 존이 다시 술을 더 권하는지라. 에바가 막기를,

"이 식당이 내 집이 아니며 또 내가 차를 운전drive할 것이니, 더는 못 마시겠다."
하고 먹기를 마치자 '월요일에 다시 보자' 하고 헤어져서, 버몬트 가Vermont로 나와서 집으로 가다가 버몬트 가와 베니스 대로Venice의 교차로에서[34] 스트리트카streetcar와 충돌이 된지라.[35] 스트리트카는 전복turn over되어 땅콩 캔디peanut candy 깨어지듯이 되고 에바의 차는 전차 위에 걸렸는데, 블록 가운데middle block에 있던 경찰관이 달려와 구경꾼에게 협조를 청하여 전차 안에 있는 사람을 끌어내는지라. 어린아이가 일곱인데, 그 가운데 셋은 그 자리에서 죽고 넷은 거의 죽을 듯한 지경이라. 어른으로 다친 사람은 여자가 여덟이며 남자가 여섯인데, 승무원conductor은 깨어지는 유리 조각에 왼편 눈이 멀었고 운전사motorman는 왼팔과 갈비뼈를 다쳤고 나머지 남녀는 허리, 머리 또는 얼굴을 다친지라. 그 나머지 승객들은 다친 곳이 없는지라. 자동차는 누구도 돌보지

34 버몬트 가(Vermont avenue)와 베니스 대로(Venice boulevard)가 만나는 교차로를 말한 것이다. USC에서 서북쪽으로 2.5km 정도 떨어진 곳에 이 교차로가 있다.

35 'streetcar'는 도로의 일부에 부설한 레일 위를 운행하는 전차이다. 잭과 존의 격투 장면에 언급된 'S-car'가 곧 'streetcar'이다. 여기서는 '스트리트카'와 '전차'가 함께 사용되고 있는데, 원문에 가깝게 옮기되 둘이 같은 것임을 밝혀 둔다.

않았는데, 한 노인이 들여다보며,

"이 여자도 죽었구나."

하니, 경찰관이 가서 끌어내니 인사불성이 되었으나 죽지는 않은지라. 구급차ambulance를 불러 다친 사람과 시신을 실어 보내고, 누가 보았는지 물어 증인을 찾으니 저마다 보았노라고 대답하는지라. 경찰관이 대답하는 사람의 성명과 주소를 기록하고서 충돌되던 광경을 말하라 하니, 그 사람이 대답하기를,

"모든 차가 좌우에 정지stop하여 통행 벨bell 울리기를 기다리는데, 스트리트카가 벨 소리를 따라 서쪽방향으로 가더라. 이때 남쪽에서부터 올라오는 차 소리가 빠르기에 돌아보니 무려 70마일에서 80마일 사이between라. 정지하지 않고 달려가서 스트리트카를 들이받으니, 스트리트카는 전복되고 그 차는 전복된 전차 위에 걸렸다."

또 한 사람은 말하기를,

"내가 본 것도 그이가 본 것과 같다. 다른 점은 그 운전사driver가 차를 제어control하지 못하는 것을 본 것인데, 아마 술꾼drinker인 듯하다."

경찰관이 가서 차를 검사하니, 켄터키 문샤인Kentucky moonshine 쿼트들이 병quart bottle이 있는데 그 병에 담긴 위스키의 삼 분의 이가 이미 없는지라.[36] 술에 취한 것drunk으로 판명되어 경찰관이 본부headquarter에 보고하는지라. 에바의 차는 패커드 자동차Packard car 회사에서 견인tow하

36 '문샤인(moonshine)'은 원래 '밀주'를 뜻하는 말에서 유래한 위스키 이름이다. 쿼트(quart)는 부피 단위인데, 미국에서는 1쿼트가 액체의 경우에는 0.9463리터, 곡물의 경우에는 1.1012리터에 해당한다. 켄터키에서 생산된 문샤인 위스키 쿼트들이 병 1개가 위스키의 2/3가 없어진 채로 에바의 차에서 나왔다는 말이니, 이는 에바가 2/3쿼트 정도의 위스키를 마신 채로 운전했거나 늘 술을 마시면서 운전했다는 증거가 될 수 있다.

여 갔는데,[37] 곧바로 얼머의 집에 전화하기를,

"에바가 어디 갔다 오다가 버몬트 가와 베니스 대로의 교차로에서 스트리트카와 충돌되어 여러 사람이 죽고 크게 다쳤으며 에바도 인사불성이 되어 병원으로 갔는데, 차는 우리가 끌어왔으니 그리 아시오."

이 전화를 받는 에바의 어머니가 놀라고 두려워 전화를 떨어뜨리니, 정비소garage에서는 전화를 끊는 줄 알고 같이 끊어 자세한 소식을 더 듣지 못하게 된지라. 얼머에게 전화로 알리자 얼머가 곧바로 병원으로 가서 의사를 만나 에바의 생명이 위험한지 물으니, 의사doctor가 대답하기를,

"아직 정신이 회복되지는 못하였으나, 위험은 없으니 안심하시오."

하는지라. 다시 다른 사람의 사망 여부를 물으니, 의사가 대답하기를,

"그 자리에서 아이 셋이 죽었으며, 병원에 들어와 죽은 아이가 둘이며, 오늘 저녁 전에 죽을 아이가 둘이라. 그 외에는 중상을 입은 사람은 있으나 죽을 염려는 없다."

얼머가 이 말을 들으니 털끝이 쭈뼛해질 만큼 두려울 뿐이라. 집으로 돌아와 먹기 싫은 저녁을 먹는 둥 마는 둥 하고 하고, 변호사 넬슨Nelson을 찾아가서 에바가 사고accident 당한 것을 말하니, 변호사가 놀라며,

"다른 자동차와 충돌되어 사람이 죽거나 다쳤으면 있는 만큼 배상하면 그뿐이지만, 스트리트카와 충돌되었으니 그 많은 사망자의 가족은 에바에게 책임을 묻지 않고 스트리트카 회사에 배상을 요구할 것인데 그 금액이 무려 30만 원이라. 스트리트카 회사에서는 그 배상금 내는

37 '패커드(Packard)'는 1899년에 처음 자동차를 생산한 미국의 자동차 회사이다. 에바의 차가 패커드사(Packard Motor Car Company)의 제품이므로, 패커드사에서 사고가 난 에바의 차를 정비소(garage)로 견인해 간 것이다.

분풀이를 에바에게 할 것이니, 이는 에바에게 큰 불행이라. 하여튼 사실을 조사하여 싸워 보지."

하니, 얼머의 생각에도 별다른 방법이 없는지라. 작별하고 집으로 돌아오니, 헤셀이 잭에게 전화하고 있는지라. 전화 끊기를 기다려서 변호사 방문한 말을 하며,

"에바가 큰 벌을 받게 되었으니, 어찌 벗어나게 하나?"

【헤셀】 할 수 있는 대로 주선하지요.

하고 물러앉는데, 잭이 오는지라. 맞아들여 카우치로 인도하고 에바의 사고를 자세히 말하며,

"변호사의 말이 배상금이 적어도 30만 원은 될 것이라는구나. 스트리트카 회사는 자본이 많은 까닭에 사망자의 가족이 에바에게 책임을 묻지 않고 스트리트카 회사에 배상을 요구할 것이요, 스트리트카 회사는 배상금 내는 분풀이를 에바에게 할 것이니, 에바가 큰 벌을 받을지라. 이 일을 어찌 주선하면 좋을 터이냐?"

【잭】 걱정하거나 염려하지 말고, 앞으로의 일이 어찌 되나 볼 뿐이외다.

하고, 잠시 담화하다가 집으로 돌아와 자고, 그 이튿날 아침 식사 후에 전화로 에바의 상태가 어떠한가 물으니, 의사가 대답하기를,

"에바가 정신이 약간 회복되었으나 아직 또렷하다고는 못하니, 그리 짐작하라."

하는지라. 전화를 끊고 생각하기를,

'에바가 어찌하여 술을 마셨으며, 차에 술을 보관하였을까? 그것이 의문이다.'

하고 오후에 다시 전화로 에바의 상태를 물으니, 의사의 대답이,

"아침보다 매우 밝고 또렷하니 마음 놓으라."
하는지라. 전화를 끊고 나가서 대학교university 근처를 돌며 살펴보나, 흔적을 찾을 수 있으리오? 그러다 식당에 들어가 커피를 마시며 그곳 웨이터에게,

"에바 그 계집아이가 술을 어디서 많이 마시고 가다가 사람을 많이 죽였다."

꾸짖으며 욕하니, 그 웨이터가 웃으며,

"그 여자가 존 카피리와 같이 와서 점심을 먹었는데, 존이 마실 것을 권한즉 한 잔 받아 마시고는 다시 마시지 않고 곧바로 갔으니, 술 마셔서 사고를 낸 것이 아니고 무슨 공상 때문인 듯하다."

하는지라. 잭이 차에 있던 술병은 존이 넣은 것으로 확신하고, 집으로 와서 존의 심리를 풀이해보니 존이 에바에게 술을 권하고 술병을 몰래 넣은 것은 에바가 교통 법규를 위반하여 벌을 받게 하려는 장난joke이라. 웃으며,

"존의 장난이 에바를 지옥으로 몰아넣었구나."

매일 아침저녁으로 에바의 상태를 의사에게 물으니, 의사가 몹시 수상하여 누구인가 물으니,

【잭】 나는 에바의 친구라.

하고 이름을 알려주지 않으니, 더 의심스러워 에바에게,

"어떤 사람이 매일 두 번씩 전화로 네 상태를 묻기에 누구인가 물은즉 이름을 알려주지 않고 그저 에바의 친구라고만 하니, 너는 누구인지 짐작할 수 있느냐?"

에바가 마음속으로 누구인지 짐작하지만,

“누구인지 짐작할 수 없다.”

대답하니,

【의사】 그러면 그 사람이 내일 아침에 다시 전화를 하면 네게 연결connecting할지니, 네가 담화하여라. 알지는 못하나, 매우 다정한 친구인 듯하더라.

하고 나가니, 에바가 생각하기를,

‘나의 상태를 매일 두 번씩 물을 사람은 잭인데, 잭이 왜 와보지 않고 전화로만 물어볼까? 옳다. 우리 두 사람의 비밀을 감추고자 함이로구나.’

하고 자고 일어나니, 병원에 들어간 지 엿새째 되는 아침이라. 아침을 먹는데 간호부가 전화를 주며,

“미스 에바에게 누가 전화를 하니, 대답하라.”

에바가 전화를 받아들고 ‘헬로’ 하니, 저쪽에서 에바의 상태가 어떠한가 묻는데, 잭의 음성이라. 에바의 상태가 매우 만족스럽다고 대답하고,

“잭아.”

하니, 저쪽에서 대답하기를,

“네가 누구이기에 나의 이름을 아느냐?”

【에바】 나는 팻시이다.

대답하니, 저쪽에서 웃으며,

“나는 잭이 아니고 존 카피리이다.”

하고,

“너의 상태가 어떠하냐?”

【에바】 나의 상태는 매우 좋다. 자리에 누워 있기가 갑갑하니 걸어 보았으면 좋겠지만, 의사가 못하게 하니 쓸쓸할 뿐이다.

【잭】 이러니저러니 할 것 없이 무조건 의사가 시키는 대로 자리에 누워 죽어가는 시늉을 하여라. 만일 일어나 움직이면 감옥으로 들어간다.

에바가 대답하고 전화를 끊고서 다시 생각하기를,

'내가 어찌하여 이 모양이 되었을까?'

하는데, 의사가 들어오더니,

"에바 양. 전화하는 사람이 누구인지 알았습니까?"

【에바】 예, 알았습니다. 그전 중학교에서 함께 공부하던 학우이더이다.

의사가 웃고,

"오늘 아침 경무관이 에바 양이 언제쯤 병원에서 나올 수 있는지 묻기에 두 주일 후에야 퇴원하게 될 듯하다고 말했으나, 오늘 오후나 내일 아침에는 감옥 의사가 올 것이니 매우 아파하는 모습을 보이시오. 그렇지 않으면 감옥으로 옮겨질 것이니 주의하라."

하고 나가는지라. 에바는 의사의 지시대로 문밖에 발소리가 나면 아파하는 숨소리를 어지럽게 내니, 세상에서 어려운 일은 꾀병이라. 그 밤을 지내고 그 이튿날 아침 식사 후에 병원 의사와 경찰관 두 명, 그리고 다른 사람 하나가 들어와 에바의 건강을 진찰하더니,

"매우 좋다."

하고 경찰관에게 인도하라고 하니, 병원 의사가 주장하기를,

"지금 나가는 것이 매우 위험하니, 얼마 동안 더 요양했다가 나가는 것이 좋다."

한즉, 그 사람의 말이,

"아무 위험이 없으니, 늦출 것 없다."

서로 언쟁하는지라. 에바가 병원 의사에게,

"오늘 들어가나 한 달 후 들어가나 들어가기는 한가지이니, 빨리 들어가서 빨리 결말을 짓는 것이 내게는 편합니다."

하고 경찰관에게,

"내가 옷을 입을지니, 잠시 밖으로 나가라."

하니, 의사와 경찰관이 나가는지라. 에바가 옷을 입고 나와 경찰관의 차를 타고 경무청으로 가니, 총순이 맞이하여 의자로 인도하고 이어서 문답이 시작되는데, 총순이 묻기를,[38]

"지난 다섯째 날(금요일)에 미스 헤스링이 어디에 갔던가?"

【에바】 그날 USC에 입학하려고 등록하러 갔었습니다.

【총순】 몇 시에?

【에바】 학교에 가서 차에서 내리며 시계를 보니 11시 10분이더이다.

【총순】 몇 시에 등록하였으며, 등록하고 곧바로 집으로 갔던가? 아니면 다른 곳에서 시간을 보냈던가?

【에바】 등록하려고 들어가니 등록 받는 테이블이 넷인데 모두 줄을 서 있어서line up 바로 등록하지 못했고, 차례에 따라 등록하고 나오면서 시계를 보니 12시 17분이더이다. 그때 그전 중학교에서 같이 공부하던 친구를 만났는데, 서로 오랫동안 보지 못한 것을 말한 뒤에 그 친구가 점심 시간이니 같이 가 점심 먹자고 하니 먹기 싫다고 할 사람이 있겠습니까? 따라 들어가서 점심을 먹었을 뿐이며, 그밖에 달리 간 곳은 없습니다.

---

38 「구제적 강도」에는 미국에 오기 전에 쓰던 어휘를 활용하여 미국 생활을 서술하는 사례를 찾아볼 수 있는데, 시간이나 화폐의 단위가 그 대표적인 예이다. 경찰 제도의 경우에도 순검(巡檢), 경무관(警務官), 총순(總巡)과 같은 어휘를 사용하고 있다. '순검'은 '경찰관'으로 고쳐서 옮기지만 '경무관'과 '총순'은 원문대로 제시한다.

【총순】 그 친구가 여자 친구인가? 아니면 남자 친구인가?

【에바】 여자 친구가 아니고 남자 친구 존 카피리올시다.

【총순】 그 남자 친구와 점심만 같이 먹은 것이 아니라, 술도 많이 마셨지?

【에바】 존이 그전에 나의 집에서 추수감사절 만찬과 크리스마스 만찬을 먹었습니다. 그 만찬 먹을 때에 레드 와인을 약간 마셨으니, 존이 내가 먹는 술을 알고 와인을 권하기로 한 잔 마셨습니다.

【총순】 왜 한 잔 마셨어? 몇 병을 마셨지?

【에바】 존이 다시 권하나 내가 거절하기를 '이 집이 내 집이 아니며 또 차를 운전할지니, 운전수가 술을 마셨다가 교통 법규를 위반하지 않으면 다행이지만 만일 위반하면 무거운 벌을 받는다' 하고 아니 마셨으니, 식당 주인을 불러 물어보면 판명될 것이외다.

【총순】 식당에서는 더 마시지 않았으나, 다른 곳에서는 더 마셨지?

【에바】 더 마신 바 없습니다.

총순이 술병 한 개를 내어들며,

"더 마신 바가 없어? 술 파는 집에서 1쿼트 가득 채운 술[full quart]을 팔지 삼분의 일만 채운 술을 파는 일은 없나니, 이 병에 있던 술은 다 어디 가고 이것만 있을까?"

에바가 쳐다보니, 켄터키 문샤인이라. 놀라며,

"그것이 어떤 병이기에 내게 묻습니까?"

총순이 웃으며,

"모르는 체하면 지은 죄가 면해질까? 이 병은 경찰관이 에바의 차에서 찾은 것이니, 사실대로 말하라."

【에바】 내가 차를 운전한 지 4년이올시다만, 술병을 차에 넣어본 일이 없다.

【총순】 그러면 이 술병이 바람에 날아가다가 에바의 차에 들어갔던가?

【에바】 바람에 날아가다가 들어갔는지 누군가 넣었는지 몰라도, 나는 알지 못하는 술병이다.

【총순】 점심 먹고 어디로 갔어?

【에바】 집으로 갔습니다.

【총순】 어느 길로?

【에바】 학교에 갈 때에는 유니버시티 가university로 내려갔으나, 카를 37번가thirty seventh street에 주차park하였으니 왔던 길로 가면 유턴U-turn을 하게 되는 까닭에 바로 버몬트 가로 나갔습니다.[39]

【총순】 그래. 버몬트 가로 갔으면 몇 마일 속력으로 갔어?

【에바】 버몬트 가는 어린아이들이 장난하는 일이 없는 까닭에 마음 놓고 25마일의 느린 속력으로 갔습니다.

【총순】 증인의 말이 70마일과 80마일 사이라는데?

【에바】 속도계meter가 잘못되었던지 증인이 잘못되었던지 하나는 잘못이나, 내 생각에는 증인이 거짓말한 것이다. 버몬트 가에 있는 경찰관이 정지시키지 않은 것 보면 알 것 아니냐?

총순이 웃으며,

"대단한 말솜씨인데. 그래 25마일의 느린 속력으로 가는 차가 버몬트

---

39 원문에는 학교 갈 때 이용한 길이 '유니버시티'로만 표기되어 있으나, USC 동쪽에 있는 도로인 University Avenue를 가리키는 것으로 짐작된다. 에바는 USC 서쪽의 37번가(West 37th street)에 주차하고 일을 본 뒤에 USC 서쪽의 Vermont Avenue를 거쳐 집으로 가려고 한 것이다.

가와 베니스 대로의 교차로에서 서쪽으로 가는 스트리트카를 받아 전복시키고 어린아이 7명을 죽였으며 어른 8명을 크게 다치게 했을까?"

【에바】 전차가 전복되고 사람이 죽거나 다쳤으니 속력이 느렸는지 빨랐는지 변명할 수는 없다. 그렇지만 내가 워싱턴 가Washington Street를[40] 건너간cross 일은 온전히 생각나지만, 그 후에 어찌된 것인지는 기억나지 않는다. 지난 여섯째 날(토요일) 아침에 깨어보니 집이나 누운 자리가 내 집과 내 자리가 아니기에 이상하게 여겼는데, 마침 간호사가 아침을 갖고 들어오기로 '이곳이 어디이며, 내가 어찌하여 이 자리에 누웠나?' 하고 물었다. 간호사의 대답이 '병원이며, 어제 오후에 버몬트 가와 베니스 대로 교차로에서 사고가 나서 들어왔다'고 하기로, '사고가 났으면 사람이 다치지 않았느냐?'고 했다. 간호가 '다른 사람은 다치지 않았고 너만 기절하여 들어온 것이니, 마음 놓아라'고 대답하기에 안심했는데, 어제 오후에 의사의 말을 듣고 사람이 죽고 다친 것을 알았다.

【총순】 문샤인 1쿼트를 거의 다 마셨으니, 정신이 없었을 것이 사실이다.

하고 문답한 기록에 에바의 싸인sign을 받고 카운티county 감옥으로 넘기는지라. 얼머와 같이 갔던 변호사가 재판장에게 보석을 청구하니, 재판장이,

"11만 원의 보증금을 내어 놓으라."

변호사가 웃으며,

---

40 'Washington Street'은 'West Washington Boulevard'이다. Vermont Avenue를 따라 북쪽으로 올라가면 West Washington Boulevard 다음으로 Venice Boulevard를 만나게 된다.

"우리 미국이 건국한 이래 보증금이 5만 원을 넘은 바 없다. 규정과 관례에 없는 보증금이니, 다시 생각하시오."

【재판장】 보증금을 받은 다른 사건은 단순하지만, 이 사건은 어린아이 일곱이 죽고 여덟 사람이 크게 다쳤으니 배상 요구액이 적어도 25만 원은 될지라. 보증금을 가볍게 받았다가 죄인이 달아나면 누가 책임을 질까?

변호사가 할 수 없이 얼머를 담보 회사pawn company에 데려가서 담보pawn를 요청하니, 사장이 거절하기를,

"헤스링의 집안 형편에 만 원도 지나친데, 11만 원 담보 요청에는 응할 수 없다."

거절하는지라. 변호사가 다시 재판장에게 가서 사정하니, 재판장이 허락하기를,

"담보를 구할 수 없거든, 어느 큰 부자의 보증을 얻어 오라."

변호사와 얼머가 대답하고 집으로 가서 그 부모에게 재판장의 허락을 말하니,

【아버지】 우리가 시카고에서 태어나고 자라 이곳에 온 지 10여 년이라. 부호 친구는 하나도 없고 아는 부호라고는 우리 부자가 일하는 회사의 주인인 카피리 뿐이니, 그이에게 요청해 보자.

헤셀이 막으며,

"못 합니다. 데이고dago가[41] 무슨 의리 있는 줄 아십니까? 그도 에바

---

41 '데이고(dago)'는 이탈리아 등 라틴 계통의 사람들을 모욕적으로 지칭하는 비속어이다. 「오월화」에서 존 카피리를 지칭하는 말로 사용된 바 있으며, 「구제적 강도」에서는 카피리가 고용한 불량배인 '베니토 카멜로(Benito Carmelo)'에게도 다시 사용된다.

와 존이 갈라서지 않았으면 모르지만, 갈라섰으니 거절할 것이 분명합니다. 그러니 물어보지 마시오."

【얼머】 우리가 달리 의논할 사람이 없으니 어찌하나?

이 말을 들은 헤스링 노인이 나가서 카피리를 방문하고 보증을 서 달라고 사정하니, 두 말 없이 거절이라. 담담하게 돌아와,

"재판이 끝날 때까지 감옥에 있을 수밖에 없다."

하니, 에바의 어머니가 기절하는지라. 가족이 매달려서 손발을 주물러 정신이 돌아오니,

【헤셀】 어머니 안심하시오. 오늘은 늦었으니 어찌할 수 없지만, 내일 오전에는 나오게 됩니다.

어머니가 울며,

"오늘 못 나오는 것이 내일은 어찌 나오나? 그 풀잎 같고 꽃 같은 것이 재판 끝날 때까지 감옥에 있을 것을 생각하니, 내 가슴이 터지는 듯하구나."

이때 잭이 저녁을 먹고 전화로 의사에게 에바의 상태를 물으니, 의사가 대답하기를,

"에바가 오전 10시에 경무청으로 옮겨 갔다."

하는지라. 전화를 끊고 곧바로 에바의 집으로 가니, 세 식구가 말없이 앉아 있는지라. 인사하고 에바의 앞일을 물으니, 헤셀이 대답하기를,

"에바는 카운티 감옥郡獄에 들어갔고, 우리가 보석을 시키려 하니 11만 원의 보증금을 요구하는구나. 만 원은 구할 수 있지만, 그 많은 담보는 담보 회사에서도 거절하기에 재판장에게 다시 사정했구나. 그런즉 현금 담보cash pawn가 아니라 큰 부자가 보증서는 것도 좋다고 하나, 우리는 시

카고에서 태어나고 자라 이곳에 온 지 오래지 않고 또 큰 부자인 친구가 없구나. 아는 사람은 미스터 카피리 뿐인 까닭에 그이를 찾아가 사정한 즉 거절하니, 재판이 끝날 때까지 에바가 감옥에 있을 수밖에 없다."

【잭】 매우 유감sorry입니다.

하고 다소간 담화하다가,

"내일 다시 오겠습니다."

하고 집으로 와서 자니라. 그 이튿날 아침 식사 후에 미스터 벅하트Mr. Buckheart를 방문하려고 도심downtown으로 가서 투자 회사investment company 사무소로 올라가려고 승강기에 들어섰는데, 미스터 벅하트가 들어오다가 잭을 보고,

"내 아들 잭아Hello my son Jack. 어디 가려고 승강기에 섰느냐?"

잭이 인사하고,

"미스터 벅하트를 방문한 것인데, 여기서 만나니 매우 기쁩니다."

벅하트가 웃으며,

"나를 방문하려고 왔더랬어? 그럼 사무소로 올라가자."

하고 같이 사무소에 들어가 옷과 모자를 벗어 걸고서 의자를 주고 자기도 앉으며, 담배 상자cigar cigarette box를 내어 놓고,

"흡연smoke하여라."

잭이 담배를 한 개 집어서 피우니, 벅하트도 고불통에[42] 담배를 담으며,

"나를 방문하러 왔으니, 무슨 의논할 것이나 요청이 있거든 말하여라."

---

42 '고불통'은 흙을 구워서 만든 담배통이다. 고불통은 담뱃대의 한 부분인데, 미국의 담뱃대(pipe)에는 고불통이 없었을 것이다. 담배 파이프 가운데 담배를 담는 부분을 지칭한 말인 듯하다.

【잭】별 의논이 없습니다. 지난 다섯째 날(금요일)에 베니스 대로에서 자동차와 전차가 충돌하여 사람이 많이 죽고 다친 일을 아십니까?

벅하트가 웃으며,

“내가 보지는 못하였으나 신문 보고 알았다. 그런 행실 단정치 못한 계집아이! 대학교 학생으로서 술을 마시고 마실 뿐 아니라 술병을 차에 싣고 다니다가 어린아이를 죽였으니, 교수형hang을 시킬 계집아이라. 그것은 왜 묻느냐?”

【잭】그 술병은 그 여자가 마시느라고 가지고 있던 것이 아니올시다. 대학생의 장난이 험합니다. 평소에 그 여자에게 만족치 못한 대접을 받은 놈이 그 여자를 교통 법규에 걸리게 하려고 넣은 것이지, 그 여자가 마시느라고 보관한 것이 아니올시다.

벅하트가 웃으며,

“네 말이 그럴 법하다. 나도 그전 대학생 시절에는 어떤 여자에게서 불만족한 대접을 받으면 기어이 그 여자를 부끄럽게 만들거나 분하게 하였으니, 지금 대학생이라고 장난하지 않을 터이냐? 그런데 그 여자의 사건은 왜 말하느냐?”

【잭】그 여자는 병원에서 치료하다가 감옥으로 들어갔습니다. 그 부형이 건강치 못한 몸으로 수감되는 것을 염려하고 보석시키고자 하니, 담보금으로 11만 원을 청구합니다. 그 부형이 만 원은 구할 수 있지만 10여만 원을 낼 힘은 없는데, 자식이나 동생을 사랑하는 마음으로 담보회사에 문의하니 그 회사에서 두 말 없이 거절했습니다. 그래서 다시 재판장에게 사정하니 재판장이 담보금을 구할 수 없다면 큰 부자가 보증guarantee하는 문서note도 좋다고 허락하기에, 그 부형이 일하는 회사의

주인인 카피리에게 문의한즉 카피리도 거절했습니다. 그 부형이 원래 캘리포니아주에서 태어나고 자란 것이 아니고 시카고에서 태어나고 자라서 이곳에 온 지가 10년인데, 큰 사업가가 아니니 큰 부자인 친구가 있을 수 있습니까? 내가 그 여자와 안면이 있는 까닭에 보증을 설 수 있는지 미스터 벅하트에게 묻고자 왔습니다.

벅하트가 웃으며,

"네가 그 여자를 위하여 보증을 구하러 다니니, 그래 그 여자가 너의 정인이거나 장차 결혼하려고 약속한 여자이냐?"

【잭】 정인이거나 약혼한 사이가 아니고, 중학교에서 3년 동안 함께 공부한 학우올시다.

벅하트가 웃으며,

"정인이나 약혼한 사이가 아니라 하니 내가 보증을 서지만, 그 여자가 달아나면 그 책임을 누가 질까?"

【잭】 그 여자가 달아날 사람이 아니올시다. 만일 그런 염려가 있을 것 같으면, 내 보증도 아니고 다른 사람의 보증을 구하러 다닐 리가 있습니까? 그 여자는 신의가 있습니다.

벅하트가 전화로 재판장 플레밍Fleming을 불러 인사하고 에바 헤스링이 석방되었는지 물으니, 재판장이 대답하기를,

"그 여자가 담보금을 구하지 못하여 보석이 되지 못하였다."

【벅하트】 미스터 헤스링의 말이 어느 부유한 사람이 보증을 서는 문서도 좋다고 하니, 사실이냐?

【재판장】 그 부형이 보석을 시키려고 애를 쓰나, 10여만 원을 어디 가서 구할 터이냐? 그래서 내가 어느 큰 부자가 보증을 서는 문서도 좋다

고 허락하였다.

【벅하트】 그러면 내가 보증을 설 것이니, 석방하여라.

재판장이 웃으며,

"에바 헤스링은 서부에서 제일가는 미인인데, 네가 보증을 하는 것 보니 무슨 비밀이 있구나."

벅하트가 웃으며,

"이놈아. 대학교에서 쓰던 말투를 백발gray hair이 되어서도 그대로 쓰느냐? 에바는 장차 내 며느리 될 여자이다."

재판장이 웃으며,

"아들도 없는 놈이 며느리 될 사람이라 하니, 정말 비밀이 있구나."

【벅하트】 내게 남이 모르는 아들이 많다. 우선 네가 나의 맏아들이 아니냐?

재판장이 웃으며,

"장차 내 며느리 될 사람이라니, 그럼 석방하지."

【벅하트】 이것은 무슨 농담이 아니다. 내 문서를 헤스링에게 주어서 보낼 것이니, 곧바로 석방하여라.

재판장이 대답하니, 벅하트가 전화를 끊고 서기를 불러 문서를 만들게 하여 잭을 주며,

"이것을 재판장에게 전달하고 에바를 자기 집으로 데리고 가서 키스나 몇 번 하여라."

잭이 문서를 받아 가지고 에바의 집에 가니, 얼머 부자와 헤셀은 사무소로 가고 노부인만 계신지라. 전화로 얼머를 불러,

"보증을 얻었으니 빨리 오라."

얼머가 대답하고 헤셀을 불러,

"나는 에바 데리러 가니, 자네가 내 사무를 함께 맡아주게."

【헤셀】 나도 같이 갑시다.

하고, 두 사람의 사무를 다른 여자에게 맡기며,

"재판장이 우리 부부를 불렀으니 잠시 갔다 올 것이라. 그동안 무슨 요긴한 사무가 있거든 대신 수고하여 주시오."

하고 부부가 함께 집으로 오니, 잭이 문서를 주며,

"이 문서를 주면 에바가 감옥에서 나오게 될 것이니, 데리고 오시오."

얼머 부부가 문서를 받아가지고 법원court house으로 가니, 에바가 나와서 몹시 기다리는지라. 문서를 재판장에게 전달하고 에바와 함께 나와 차를 타고 집으로 오는데, 에바가 헤셀에게 누구의 보증을 얻었는가 물으니,

【헤셀】 우리가 얻은 것이 아니고 잭이 그 친구에게서 얻어다 주기에 가지고 갔더니, 문서를 전달하기 전에 네가 나왔구나.

【에바】 재판이 끝날 때까지 감옥에 있을 줄 생각했더니, 여자 경찰관이 들어와 재판장이 부른다 하기에 따라 나오니 재판장이 '미스터 벅하트와는 언제 어디서 안면이 있었나?'고 묻는데 벅하트가 누구인지 내가 알 리 있느냐? 알지 못하노라고 한즉, 재판장의 말이 벅하트가 보증을 서서 풀어준다고 하며 '미스터 헤스링이 올 것이니 같이 가서 요양하다가 재판 때 부르거든 오라'고 하는데, 너희 부부가 왔구나. 그러면 잭이 주선한 것이니, 참말 허락이 된다.

집으로 오니, 어머니가 지옥 갔던 딸이 돌아오는 듯이 기뻐하여 말도 못하고, 잭은,

"에바 양, 얼마나 고생하였는가?"

【에바】 고생은 별로 한 것 없으나, 너의 정성스럽고 두터운 마음은 말로 다 표현할 수 없다.

하고, 키스를 하지 않는지라. 헤셀이 나무라기를,

"에바, 너는 정도 없고 의리도 없는 여자이다. 그 보잘 것 없는 놈들에게는 키스를 함부로 주더니, 높고 험한 절벽에 걸린 것을 구해 준 사람에게는 키스를 주지 않으니."

【에바】 나야 키스는 말할 것도 없고 안고 뒹굴기라도 원하지만, 그러다가 팻시에게 거절하듯 하면 어찌합니까?

잭이 웃으며,

"에바의 말이 나더러 키스하라는 말이니, 내가 원하지는 않으나 남의 소원을 무시할 수 있나?"

하고 키스하니, 노부인이 그제야 말문이 열려서,

"에바야. 어찌된 일이며 얼마나 고생하였느냐?"

【에바】 어찌된 일인지 나도 알지 못하며, 고생은 많지 않았습니다.

【얼머】 우리 부부는 사무소로 갈 것이니, 너희는 정답게 담화하여라.

하고 부부가 나가니,

【노부인】 나는 나가서 점심을 준비할지니, 너희는 키스는 하지 말고 담화만 하여라.

하고 나가니, 에바가 잭의 목을 안으며,

"잭아. 나는 너를 그다지 깊이 사랑하지 않았는데, 네가 나를 사랑함은 바다같이 깊었구나."

【잭】 내가 사랑한 것이 아니다. 네가 캘리포니아 주에서 나고 자란 것

이 아니고 시카고에서 나고 자라서 이곳에 왔으니, 친구 없을 것이 사실이다. 친구가 없으니, 누가 돌아볼 터이냐? 만일 돌아볼 사람이 있었다고 한다면, 아마 나는 소경일 것이다. 그 난리 속에 있는 것을 굽어보는 사람이 없으니 내가 힘써본 것일 따름이니, 사랑으로 돌아본 것은 아니다.

에바가 다시 키스하며,

"정도 없는 놈아. 너는 의리만 알고 사랑은 모르느냐? 같은 말이면 사랑으로 돌아보았다고 하려무나. 그러면 내가 더 기쁘지."

잭이 웃으며,

"너는 사랑이 의리보다 나은 줄로 생각하느냐? 사랑은 깨어져도 의리는 깨어지지 않는다. 네가 믿지 않거든, 너와 존을 두고 생각해 보아라. 그 친함이 의리가 아니고 사랑이던 까닭에 깨어졌다. 나와 매리, 팻시의 친함은 사랑이 아니고 의리인 까닭에 팻시나 매리의 명령이면 내가 불구멍에라도 사양하지 않고 뛰어들며 내 요청이면 팻시나 매리가 자기 염통의 피도 받아줄 터이다. 그러니 네 생각에는 어느 것이 좋으냐?"

【에바】 그러면 우리는 의리만 주장하지도 말고 사랑만 힘쓰지도 말고, 의리와 사랑을 겸하자꾸나.

잭이 웃으며,

"너는 항상 남을 끌고 가려 하는구나."

하는데, 점심 준비되었다고 부르는지라. 나가니 진수성찬은 아니지만 부인이 힘을 다하여 마련한지라. 모두 앉아 먹기 시작하니, 부인이 웃으며,

"헤셀이 있었으면 재미있는 조크가 많을 터인데, 없으니 재미가 적다. 이 세상 젊은 남녀가 저희는 새로운 시대의 사람modernizer이라 자랑하며 늙은 것들은 구시대 인물old timer이라고 코웃음을 치기에 내가 항

상 노여운 생각이 있었구나. 그러나 지금은 그런 생각이 없어졌다. 이번 에바 보석 일에 카피리에게 보증을 부탁하려 했더니 헤셀이 '그 데이고가 무슨 의리 있는 줄 아십니까? 아는 것이라고는 돈과 남의 집 딸 얼굴 고운 것뿐인 인물이니, 말을 허비하지 말라'고 막았는데, 헤스링 부자가 그래도 문의했더니 거절이로구나. 에바가 재판 끝날 때까지 감금될 것을 생각하니, 이 세상이 티끌dust로 보이더구나. 천만 뜻밖에 네가 주선하여 보석이 되었으니, 나중은 어찌 될는지 몰라도 재판하는 날까지는 집에 평안히 있을지니 나의 기쁨은 하늘까지 뻗치었다. 그 기쁜 대가로 에바를 너에게 허락하나니, 재판이 끝나거든 결혼하여라."

잭이 웃으며,

"최고의 미인을 주니 감사합니다만, 이 일은 에바와 나 두 사람의 일이요 다른 사람의 일이 아니올시다. 그런 까닭에 에바가 간절히 원해도 내가 원치 않으면 아니 되고 내가 아무리 사모해도 에바가 거절하면 성취 못하는 일이니, 두 마음이 꼭 한 마음이 되어야 결실을 맺게 됩니다."

에바가 이 말을 듣고 나는 더할 수 없이 원한다고 말하려다가 다시 생각하니, 잭이 원치 않는다고 하면 두 말 못하고 실패가 될지라. 웃으며,

"어머니, 아무 말씀 마시고 음식 잡수시오. 내가 부끄럽습니다."

부인이 웃으며,

"여자가 부끄러워할 때는 열 대여섯일 시절이지, 지금은 나이가 스물이니 그럴 때가 지나갔다."

식사가 끝나니 잭이 일어서며,

"나는 집에 갔다가 저녁 지나서 올지니, 에바는 적적한대로 있으라."

에바가 웃으며,

"그럼 적적한 것을 참고 기다릴지니, 어김없이 오너라."

작별하여 보내고 존에게 전화를 거니, 마침 존이 전화를 받아 대답하며 누구인지 묻는지라.

【에바】 나는 에바이다.

【존】 에바? 어디서 전화하느냐?

【에바】 어디서 전화해? 내 집에서 전화한다.

【존】 그러면 보석 되었구나. 매우 기쁘다. 그런데 누가 보석시켜 주었느냐?

【에바】 그것은 알아서 무엇하게?

【존】 그러면 잭이 보석시킨 게로구나.

【에바】 돈이 썩어나는 놈도 보석시켜 주지 않는데, 돈 없는 잭이 어찌 보석시킬 터이냐?

【존】 그 보증을 선 사람이 누구인지 나도 아는 사람인가?

【에바】 패서디나에 있는 노인old man 미스터 벅하트가 보증을 섰다.

【존】 벅하트? 벅하트? 누구인지 처음 듣는 이름이로구나.

【에바】 처음 듣는 이름이거나 늘 듣던 이름이거나 말할 것 없고, 네가 내 집으로 잠시 올 수 있느냐?

【존】 무슨 일로?

【에바】 담화하는 동무가 없고, 또 의논할 일이 있으니 얼른 오너라.

【존】 그럼 가지.

대답하는지라. 전화를 끊고 카우치로 물러앉아 기다리는데, 한 20분 되어 존이 오는지라. 맞이하여 자리로 인도하니, 존이 카우치에 앉으며 담배를 꺼내 피워 물고,

"에바가 사고로 병원에 들어가고 감옥까지 들어갔는데 방문하지 않은 것을 용서하라."

【에바】 방문해서 죽었던 아이들이 살아날 것 같으면 방문이 요긴한 일이겠지만, 죽은 아이들이 되살아나지 못할 바에야 방문하나 아니하나 한가지라. 내가 너를 청한 것은 다른 것이 아니라 내 차에 문샤인이 있었던 일이다. 그 문샤인을 누가 넣었는지 너는 짐작할지니, 말할 수 있느냐?

【존】 누가 넣었는지 짐작할 수는 있지만, 눈으로 보지 못했으니 그 많은 놈 가운데 어느 놈이라고 꼭 집어 말할 수 없다.

【에바】 눈으로 보지 못한 것을 짐작만으로 말하지 못할 것은 사실이다. 그러나 나는 누가 장난으로 내가 교통 법규에 걸려 수치 당하는 것을 보려고 넣은 줄로 안다만, 장난이 지나쳐서 큰일을 빚어내었구나. 그런데 네가 나를 사랑하느냐?

【존】 사랑 여부를 말할 것이 있겠느냐? 네가 없어지면 나도 없어질 듯하고, 적어도 미치광이crazy는 분명히 될 것이다.

【에바】 그렇게 사랑하면서 보석시켜 달라는 것을 거절해?

【존】 나야 보석시킬 생각이 많지만, 아버지가 거절하니 어쩌느냐?

【에바】 그것은 지나간 일이니 더 말할 것 없고, 이 앞으로 닥칠 일을 말하자. 변호사의 말이 자동차가 자동차를 받아 사람이 다친 것 같으면 보험금을 있는 대로 내놓으면 그뿐이지만, 이 사고는 자동차가 아니고 스트리트카를 받은 것이어서 죽은 아이의 가족이나 다친 사람은 내게 책임을 묻지 않고 스트리트카 회사에 배상을 청구할 것이요 스트리트카 회사는 두 말 못하고 배상하고서 그 분풀이를 내게 할 것인데, 내가

동등한 권력을 가졌으면 충분히 대항하지만 세력이 없으니 불가불 그 배상금을 내어놓거나 종신징역을 가게 될 듯하다고 한다. 네가 나를 구원하여 줄 터이냐?

【존】 만 원 정도 같으면 어머니 패물을 도적질해서라도 시행하겠지만, 1~2만 원이 아니고 25만 원quarter million이니 그 많은 돈을 어디 가서 마련할 터이냐? 대답할 수 없다.

【에바】 네 말이, 내가 없어지면 따라 죽는 것은 모르겠지만 미치광이 될 것은 자신한다던 네 말이 거짓말이로구나. 거짓말하는 놈과 다시는 상종하지 않을지니, 썩 가거라.

존이 모욕을 받으니, 부끄럽고 분노가 터져서,

"이 계집아이를 죽이고 간다."

하고 총을 꺼내는데, 에바가 그 손을 쏘니 존이 그 손목에 맞고도 총을 떨어뜨리지 않고 우물거리는지라.

【에바】 이놈이 총을 놓지 않는 것 보니, 누구를 쏘려 하는 놈이로구나.

하고 다시 가슴을 쏘니, 그제는 거꾸러져서 꿈틀거리는지라. 위층에 있던 어머니가 총소리를 듣고 달려 내려오는데, 두 번 총소리가 나니 여간 기겁할까? 2층upstairs에 거꾸러지는지라. 이웃 사람들도 총소리를 듣고 밀려들어가니, 어떤 청년이 거실에 거꾸러져서 몸을 꿈틀거리는지라. 어떤 사람이 그 청년을 옮기려 하니, 전화로 경찰관을 부르던 에바가,

"누구든지 경찰관 오기 전에는 그 몸을 만지지 못하리라."

하고 전화로 경찰관에게,

"반 뷰렌Van Buren 45번지forty five에[43] 살인murder이 났으니, 얼른 경찰관을 보내어라."

하고 물러서서 존을 보니, 머리 얻어맞은 뱀snake이 가지 못하고 꿈틀거리듯 하는지라. 정색하면서,

"이놈 총을 함부로 뽑아? 다른 사람은 총이 없다더냐?"

하는데, 경찰관이 들어와 어찌된 사건인가 물으니,

【에바】 그놈이 나를 쏘려고 총을 뽑기에 내가 그 총 쥔 손을 쏘았는데, 그놈이 총을 놓지 않고 쏘기를 시험하는 까닭에 내가 다시 쏘아 죽였다. 그러니 병원으로 보낼 것 없이 장의사undertaker로 보내고 나는 법률에 따라 잡아가라."

경찰관이 거실에 떨어진 총을 집어 들고,

"이것이 누구의 총이냐?"

【에바】 그 총은 그놈의 것이다. 내 총은 내게 있다.

대답하니, 경찰관이 존의 총을 수건에 싸고 다시 에바의 총을 달라고 하여 총알을 검사하니, 두 개가 발포되고 나머지는 그대로인지라. 수첩handbook을 꺼내 들고,

"목격한 증인이 있거든 말하라."

모두 다 말하기를,

"우리는 쏘거나 맞는 것을 보지 못하고 총소리가 나기에 온 것인데, 다시 총소리가 나기에 들어왔더니 이 사람은 거꾸러졌고 에바는 전화하는지라. 우리가 거꾸러진 사람을 구하려고 하니, 에바가 경찰관 오기 전에는 누구든지 그 총이나 사람을 건드리지 말라고 하기에 서서 볼 뿐이라."

43 반 뷰렌 가(Van Buren Place)는 USC 서쪽 West Adams 지역에 속하는 부촌(富村)으로, USC에서 멀지 않은 곳에 있다.

하는데, 위층에서 "에바" 하는지라. 모든 사람이 올라가 본즉, 에바의 어머니가 홀hall에 거꾸러져 호흡이 미미한지라. 모두 들어다가 자리에 눕히니라. 경찰관이 죽은 시체는 장의사로 보내고 에바는 잡아가려 하니,

【에바】 내가 잡혀가지만, 어머니에게 작별하고 갈지니 위층으로 같이 올라갑시다.

하고 경찰관과 같이 올라가니, 어머니의 정신이 돌아와서 누가 죽었는지 묻는지라.

【에바】 존이 죽었고 나는 경무청으로 갑니다. 문답이 매우 늦게 되면 9시에 돌아오고, 그렇지 않으면 5시 전에 옵니다.

하고, 경찰관과 같이 경무청으로 가니, 총순이 없는지라. 경찰관이 서기에게 총순은 어디 가셨나 물으니, 서기가 대답하기를,

"총순이 재판소 가시면서 죄인이 오거든 뒷방에 가둬 두라 하더이다."

경찰관이 대답하고 뒷방에 가두고자 하니, 에바가 거절하기를,

"내가 살인하였으니 경찰관이 체포할 권리가 있으나, 문답 전이니 가둘 권리는 없다. 총순이 오거든 심문을 거치고서야 어디로 가지, 그전에는 이 의자에서 떠날 수 없다."

남자가 아니고 여자인지라 경찰관도 내버려두고 같이 있는데, 카피리 부부며 얼머 부자와 헤셀이 들어오며,

"무슨 사건trouble이냐?"

에바가 카피리 부부에게 인사하고,

"사건의 원인은 내가 지금 말할 수 없으니, 이따가 총순과 문답하는 것을 들으면 자세히 알지라."

하고 다시 말이 없으니, 카피리가 분한 마음이 하늘을 찌를 듯 솟아올라

고함치기를,

"무슨 원한이 있어 내 외아들을 죽였느냐?"

서기가 막고서 재판소에 있는 총순에게 전화하니, 총순이 대답하기를,

"할 수 있는 대로 빨리 갈지니, 잠시 기다리라."

하는지라. 서기가 총순이 곧 올 것이라고 말하니 모두 다시 말하지 못하고 40분을 보냈는데, 총순이 오더니 에바에게 무슨 사건인가 물으니,

【에바】 살인하였노라.

자백하니,

【총순】 무슨 일로 어떠한 사람을 죽였어?

【에바】 나를 죽이려 하는 존 카피리를 죽였노라.

【총순】 존이 너와 어떠한 관계에 있는 사람이냐? 친구냐? 아니면 연애하는 약혼자냐? 친분이 없는 남자냐?

【에바】 약혼은 하지 않았으나 연애했던 사람이다.

【총순】 연애했던 사람? 그러면 얼마 동안 사귀었느냐?

【에바】 3년 동안 연애하며 지내다가 지난 4월에 헤어졌다.

【총순】 무슨 일로?

【에바】 지난 4월 중순, 곧 여섯째 날(토요일)의 일이다. 무도장dancing hall에 가려고 옷을 차려입고 존을 불러 댄싱 가자고 하니, 존이 대답하기를 '포모나에 있는 사촌누이 약혼 파티에 가니, 같이 가지 못하는 것을 용서하라' 하는지라. 내가 다시 요청하기를 '나도 같이 가서 구경하는 것이 어떠하냐? 또 약혼 파티이니 댄스도 있을 듯하구나' 하니, 존이 대답하기를 '나의 부모가 다 가고, 또 자고 내일 저녁에 오게 될지니 거처가 불편하다. 그러니 적적한 대로 집에 있어라' 하는지라. 내가 다시 '내가

매우 적적하니, 나가서 소풍했으면 좋을 듯하구나' 하고 청하니, 존이 '그러면 누구 다른 친구를 청하여 가거라'고 하는지라. 그런데 나는 다른 친구가 없다. 내게 다른 친구 없는 것을 미스터 카피리 부부는 짐작할 듯하다. 또 내가 한 여자가 두셋 남자 친구 두는 것과 한 남자가 두셋 여자 친구 두는 것을 미워한다. 한 남녀가 서너 개의 남녀 친구를 두면, 그 서넛은 질투심과 불평을 품게 된다. 그런 까닭에 연애하는 남녀의 생명이 쇠지팡이 아래 질그릇 같이 위태로운 법이다. 어느 누가 죽기 좋아할까? 그런 까닭에 나는 존 이외에 달리 연애하는 사람이 없었다.

누구와 같이 갈까? 나는 산수 실력이 매우 부족하다. 7학년보다 8학년, 8학년보다 9학년으로 올라갈수록 어려운 것이 산수이다. 팔리 하이스쿨Polytechnic High school에 들어간 첫 달에는 매일 C, D가 아니면 F이고, B도 받아보지 못했다. 다른 학생은 졸업할 나이에 나는 중학교 2학년이었으니, 어느 정도인지 알 것 아니냐? 매일 답 찾는 방식을 선생에게 물으니, 묻는 내가 미안할 때에야 가르치는 선생은 얼마나 성가실 것이냐? 하루는 성난 말투로 '보이에게 정신 허비하지 말고 산수에 힘을 다 쏟아라. 대가리가 그만큼 큰 것이 그 답을 못 찾아?' 하는데, 그 선생이 여자가 아니고 남자이다. 여자로서 남자에게 무례한 욕설을 들었으니, 통곡이 나려 한다. 그 자리에서 통곡하면 공부하는 다른 학생에게 방해가 되겠기에 밖으로 나가서 우는데, 어떤 학생이 따라 나와서 위로하기를 '울지 말라. 그 답 찾는 방식을 가르쳐 주지' 하고 답 찾는 방식을 가르쳐 준 뒤에 '언제든지 답을 찾지 못하거든 선생에게 묻지 말고 내게 물어라. 내가 아는 대로 가르쳐 주지' 하였다. 그래서 그 후부터는 선생에게 묻지 않았고, 내가 그 학생에게 묻고 그 학생이 나를 가르쳐 주기를 3년 동안 매일 하였다. 그런 까닭에 낙제fail가 되지 않고 우등으로 그 학생과 같이 졸업하였는데, 나는 예비대학에 입학했지만 그 학생은 입학하지 못하고 일자리를 구했다. 그렇지만 경제 공황으로 실업자가 십분의 일이 되는 시기이다. 그 학생이 씨씨 캠프로 가서 1년 반 동안 고된 일을 하고 부활 주일에 집으로 돌아와 있었는데, 내가 그 학생을 만나게 되어 어느 대학교에 입학하였느냐는 등 담화를 한 일이 있었다.

그 학생이 생각나기에 부르려다가 생각한즉, 그 학생은 예의 바른 학생이니 나와 댄싱 갈 터이냐? 또 존이 나의 친구인 것을 안다. 오지 않을 것이 분명하기에, 산수 공부하는데 답을 찾지 못하여 고생하니 와서 가르쳐 줄 수 있는지 전화로 물었다. 그 학생이 오지 않고 전화로 가르쳐 주려고 문제를 묻기에 얼른 오라고 한즉 대답하고 왔는데, 내가 옷을 차려입은 것을 보고 놀라며 '산수 공부 한다더니, 옷을 차려입은 것 보니 어느 댄싱 파티에 가려는 것이냐?'고 했다. '내가 댄싱 갈 생각은 있으나 함께 갈 짝이 없어 너를 청하였다'고 대답했더니, 그 학생이 웃으며 '존은 어디 가고?' 했다. 내가 '존은 시골에 있는 친척 방문 가느라고 다른 친구와 가라고 하는구나'고 하니 그 학생이 '댄싱 가지 말고 영화 구경 가자'고 했는데, 내가 그 학생을 끌고 앰배서더 호텔로 가니 이미 댄싱이 시작되었구나. 그래서 우리는 의자에 앉아 구경했는데, 포모나에 간다던 존이 미스 엘리노와 댄싱하고 있구나. 춤이 멈추기를 기다려서 존이 나오는 것을 붙잡고 '사촌 누이의 약혼 파티가 아니라 네 약혼 파티로구나'고 했다. 만일 존이 약간이라도 생각이 있는 놈 같으면 '용서하여라. 나의 거짓말이 탄로되었구나' 하면 그뿐인데, 이놈이 뻣뻣한 말로 '네 생각에 내가 누구에게 매여 사는 줄로 아느냐? 나는 내 자유이다. 네가 무는 상관인가?' 하는구나. 내가 대답하기를 '너만 자유 있는 줄 아느냐? 그 자유는 사람마다 있다' 하고 자리로 돌아왔는데, 엘리노가 와서 미안하다고 용서를 구하며 같이 춤을 추자고 하기에 '이미 잊어버렸다forget' 하고 나오려 했다. 그러다 생각해보니 가지 않으려는 친구를 데리고 간 것이니 그 친구 대접하는 뜻으로 춤을 추었다. 무도회가 끝나고 나올 때 존에게 '내일 저녁 나의 집으로 오라'고 하니 그놈이 대답 없이 갔는데, 나는 올 줄로 믿고 12시까지 기다렸다.

그 이튿날 월요일 저녁 9시까지 기다려도 오지 않기에 전화하였더니 나가고 없다고 누가 응답하였는데, 나의 집으로 오는가 생각하고 몹시 기다렸으나 오지 않았다. 둘째 날(화요일)과 셋째 날(수요일) 이틀 저녁을 전화로 물어 보았으나, 다 나가고 없다고 하는지라. 전화를 끊고, 넷째 날(목요일)에는 공부할 산수 문제를 풀어보는데, 이 문제는 천문학자가 와도 답을 찾지 못할 문제로구나. 전화로 다시 그 친구를 불러 산수 가르쳐 달라고 한즉 그 친구가 '저번에도 거짓말하더니, 오늘 저녁도 거짓말이냐?'고 대답하기로, 내가 웃으며 '정말 사실이고 거짓말이 아니니, 네가 와서 보고 거짓말이면 나를 꾸짖어라'고 하니 그 친구가 와서 가르쳐 주고는 곧바로 가려고 하는구나. 내가 막으면서 '아직 시간이 10시 전이니 담화하다 가거라' 하고 카우치로 인도하여 몇 마디 하는데, 존이 문을 열고 들어서는구나. 내가 일어나 맞이하려 하니 그놈이 '어느 영국 공작이 온 줄로 알았더니 황동 원숭이가 왔구나' 하고 무례한 말을 말 방귀 불 듯 하는지라. 그 말을 들은 그 친구가 '대학생의 언행이 그 정도냐? 신사가 되려거든 황동 원숭이란 문자는 배우지 말고 예의란 문자를 배워라. 그러면 가는 곳마다 대접 받는다'고 하니, 그놈이 두 말 없이 총을 뽑아들고 나더러 그 친구의 곁에 앉으라고 호령하는데 총 든 놈의 호령을 누가 거역할까? 그 친구의 곁에 앉았더니, 존이 '너희 두 남녀를 지옥으로 보내고 갈 터이니, 그리 알아라'고 말하더구나. 그 말을 듣는 그 친구가 웃으며 '네 관상을 보니 사람을 쏠 놈이 못된다. 만일 담력이 있거든 총 끝을 내 가슴에 대고 쏘아라. 대단한 남자인가 보자' 하니, 그놈이 손에 총 쥔 것을 어린아이가 제 아비 믿듯이 하여 총 끝을 가슴에 대려고 오는지라. 그 친구가 앉았던 발로 그놈의 다친 다리를 차니, 그놈이 우리 둘이 앉은 사이로 엎어지며 총을 떨어뜨리는지라. 그 친구가 총을 집어 나에게 주고서 그놈의 덜미를 잡아 일으키며 '이놈아. 이 집은 남의 가정집이니 밖으로 나가자' 하고 끌고 나가 멍든 눈을 만들어 주니, 잠자던 이웃집 사람과 나의 아버지, 오빠가 나와서 중지시켰다. 그 친구가 내가 가지고 있던 총을 달라고 하여 그놈을 보고 '이것이 너의 총이냐?' 하니, 그놈이 제 것이라고 머리를 흔드는지라. 그 친구가 총알을 뽑고서 그 총을 주니, 존이 받아가지고 갔구나. 그래서 자연히 왕래 없는 절교가 되었다.

【총순】 그 친구의 성명이 무엇이며, 그 배우던 산수 문제가 무엇이냐?

【에바】 그 친구의 이름은 잭 전이다. 산수 문제는 어떤 노인이 산에 올라가 나무 세 개를 찍었으나 늙고 힘이 없어 가져 올 수 없는 까닭에 빈손으로 집에 돌아와서 아들 삼형제를 불러서 '내가 산에 나무 세 개를 찍어 두었으니, 너희 삼형제가 가서 한 사람이 두 개씩 가져 오너라'고 했다는 문제이다.

총순이 웃으며,

"기억력이 매우 좋은데, 그 기억력으로 산수 답을 못 찾을까?"

에바가 웃으며,

"기억력이 좋은 것이 아니다. 내가 이 세상 어느 남자와 키스한 것은 잊을 수 있어도, 산수 답 찾지 못하여 애쓴 것은 잊을 수 없다. 답 찾느라 두뇌를 많이 힘들게 한 까닭이다."

【총순】 그래, 그 후부터는 다시 상종이 없었어?

【에바】 다시 상종이 없다가, 지나간 주의 다섯째 날(금요일)에 USC에 등록 갔다가 만났다.

【총순】 다시 만나서 무슨 담화가 있었어?

【에바】 존이 나를 보고 '그날 저녁 행패를 용서하여라. 내가 지금 뉘우치고 사과하러 가려다가 너를 만났으니, 용서하라' 하기로, 나는 '이미 잊었는데, 네가 말하니 다시 기억된다. 용서하지' 했다. 그런즉 존이 '지금 점심시간이 되었으니 같이 가서 점심 먹으며 담화하자' 말하기에 따라 들어갔다. 이미 용서를 청하여 허락까지 하였으니 거절할 터이냐? 따라 들어가서 존이 음식을 주문하고 음료를 권하기에 받아 마셨는데, 그전에 추수감사절이나 크리스마스 등의 만찬을 저의 집에서나 나의 집에서나 먹을 때마다 레드 와인을 한 잔씩 마셨으니 권하는 음료를 사양하거나 거절할 터이냐? 한 잔 받아 마시니 다시 권하기에 '이 집이 네 집이나 내 집이 아니라 식당이며, 또 내가 차를 운전하니 운전수가 과음했다가 교통 법규를 위반하지 않으면 다행이지만 만일 위반하면 무거운 벌을 받을 것이다' 하고 거절하니, 저도 권하지 않고 음식을 먹었구나. 돌아오다가 사고를 내서 사람을 죽이고 중상까지 입혔으니, 내 차에 있던 술병은 누구의 장난이겠느냐?

대학생 남녀의 장난이 험하지 않으냐? 어느 남학생이 여학생에게 푸

대접을 받으면 기어이 그 여학생을 부끄럽게 만들고, 여학생이 남학생에게 푸대접을 받으면 무슨 모양으로든지 그 남학생을 분하게 만드나니, 존이라고 그런 생각이 없을 터이냐? 내가 오라는 것을 오지 않고 밖에 와서 주목watch하다가 그 친구가 들어오는 것을 보고는 뒤쫓아 들어와 행패를 부리려 했지만 행패는 못하고 오히려 멍든 눈black eye이 되었으니, 그 보복으로 술병을 내 차에 넣었으며 또 마시기를 권하기까지 했다. 저는 장난한 것이지만, 내게는 큰 불행이 되었다.

감옥에 수감될 상황에서 나의 부형이 보석을 주선하니, 재판장이 11만 원의 보증금을 요구한다. 1만 원도 마련하지 못할 나의 부형이 그 과다한 보증금을 마련할 수 있을 터이냐? 알지도 못하는 미스터 벅하트가 보증을 선 결과로 밖에 나와서 생각하니, 재판 전이 걱정이 아니고 재판 후가 어려운 문제라. 존을 청하여 '나의 차에 술병 넣은 사람이 누구인지 너는 짐작하지?' 하니, 존의 얼굴이 붉어지며 '그 수많은 학생 가운데 누구의 소행인지 어찌 알며, 만약 짐작한다 한들 보지 못한 것을 말할쏘냐?' 하는지라. 내가 웃으며 '나를 부끄럽게 하려던 장난이 지나쳐서 큰일을 빚어내었구나. 그런데 네가 나를 사랑하느냐? 사랑하는지를 사실대로 말하여라' 하니, 존이 대답하기를 '사랑하는지를 말할 것 없이, 네가 죽으면 따라 죽지는 않더라도 정신이상이 될 것은 자신한다' 했다. 내가 웃으며 '그런 사랑으로 현금 보증도 아니고 문자로 보증하는 것도 시행치 않아?' 하니, 존이 대답하기를 '나는 시행할 생각이 많았지만, 아버지가 거절하니 어찌하느냐?' 하는지라. 내가 다시 변호사와 의논하던 말을 진술하고서 '재판이 끝나게 되면 나는 깊고 깊은 함정으로 들어가게 될 것이니, 그때 네가 나를 구원해 줄 터이냐?' 하니, 존이 대답하기를 '1~2만 원이면 어머니의 패물을 훔쳐서라도 주선하지만, 25만 원 그 많은 돈을 어디 가서 마련할 터이냐? 그러니 대답할 수 없다' 하는지라. '네놈은 남의 집 처녀의 입이나 더럽히고자 거짓말하는 놈이니, 썩 가거라' 한즉, 이놈이 일어서며 '이놈의 계집아이, 죽이고 간다' 하고 총을 뽑아드는지라. 그래서 내가 그 총 쥔 손을 쏘았으나 이놈이 총을 놓지 않고 나를 쏘아 보려고 하니, 내가 '총 쥔 손을 맞고도 뉘우치지 않는 놈. 살려 두어도 인간사회에 아무 희망이 없다'며 꾸짖고서 다시 쏘았다. 그놈이 가슴을 맞고 거꾸러지기로 전화로 경찰관을 부르는데, 이웃 사람들이 들어와 어떤 사람은 거꾸러진 사람을 붙들려 하고 어떤 사람은 총을 집으려 하는지라. 그래서 내가 '경찰관 오기 전에는 누구든지 그 총이나 그 몸을 만지지 말라. 만일 만지는 사람이 있으면, 살인자 된다' 고 말하니, 누가 살인한 남 대신으로 살인자가 되리요? 서서 볼 뿐이라. 경찰관이 와서 사실을 조사하고 그 시체는 장의사로 보냈으니, 이것이 살인하던 상황이다."

총순이 에바의 진술을 기록한 문서에 에바의 서명을 받고 카운티 감옥郡獄으로 넘기니, 얼머와 넬슨이 보석을 위해 재판장에게 문의하는지라. 재판장이 허락하기를,

"그전 보증이 있으니 다시 보증할 필요가 없다. 그러니 마음 놓고 집에 가 있다가 재판 때 부르거든 어김없이 오라."

카피리의 변호사가 반대하기를,

"살인자를 보증금 없이 풀어주는 것은 법률을 무시한 것이거나, 그렇지 않으면 무슨 사적인 감정이 있는 것이다."

재판장이 웃으며,

"에바가 이미 10여만 원 담보한 것이 있다. 10만 원을 더 받으면, 20만 원이라 달아나지 않고 10만 원이라 달아날까? 달아날 염려는 없을 것이오. 만일 달아나면 카운티county 경비 쓰지 않고 자기 경비를 써서 잡아다 바칠 사람이 있으니, 마음 놓을 것이오. 사적인 감정이 있다 하는데, 내가 젊은 사람 같으면 에바의 아름다움을 탐내서 사적인 감정을 둘는지 모르지만 늙은 것이 무슨 사적인 감정이냐?"

얼머와 넬슨이 감사하다 하고, 에바를 데리고 집으로 오니라.

이때 잭이 저녁을 먹고 에바의 집에 가니, 에바는 없고 부인 혼자 있는지라. 부인에게 에바가 어디 갔는지 물으니, 부인이 에바의 말대로,

"에바가 소풍 나가면서 9시 전에 들어올 것이니 네가 오거든 기다리게 하라고 했으니, 곧 들어올 것이다."

하는데, 얼머 부부와 에바, 넬슨이 들어오니 정확히는 알 수 없으나 재판소에 갔다 오는 모양이라. 넬슨이 얼머의 인도로 자리에 앉고,

"재판장이 그 큰 사건에 보증 없이 풀어주니 불행 중 다행이라. 그까짓 전차 회사 재판은 고의적인 살인이 아니라 실수로 사람을 죽인 일이니 두려워할 바 없지만, 이 사건은 실수로 죽인 것이 아니고 고의로 죽인 것이요 돈 많은 카피리가 기어이 사형을 시키려고 힘쓸 것인데 그놈의 금전의 힘을 말로 저항할 수는 없을 것이니 큰 문제라. 그러니 에바를 어디로 피신시키는 것이 어떨까?"

얼머는 머뭇거리는데, 에바가 반대하기를,

"못합니다. 교수형hang이 아니라 수없이 찢겨 죽는 형벌을 당한다 해도 피신할 수는 없습니다. 미스터 벅하트가 나의 가족이나 나와 안면이 있어서 보증을 선 것이 아닙니다. 이름도 모르는 사람의 보증을 선 것은

그 중간에 있는 사람을 보았기 때문입니다. 만일 내가 달아난다면 그 중간에 있는 사람이 신뢰를 잃게 될 것이니 못할 일입니다. 존을 죽인 것은 재판에 오르내리지 않고 취소cancel가 될 것입니다. 만일 재판이 이루어져 사형 선고를 받아도 사형을 집행하지는 못할 것인데, 전차 회사 일로 징역을 살고서 남은 시간이 있어야 할 것이기 때문입니다. 그러니 아무 염려 없습니다."

넬슨이 웃으며,

"에바는 외모도 곱고 마음도 곱다."

하고 가니, 잭이 그제야 에바에게,

"존을 죽였다는 말이 무슨 말이냐?"

에바가 전후의 사정을 말하니,

【잭】 그렇다고 그 값어치 없는 놈을 죽였으니, 그것이 서로 사랑하던 마음이냐? 용서할 것이지.

【에바】 아무리 용서하고자 하나, 나를 죽이려고 악을 쓰는구나. 나의 귀한 생명을 그 악한 놈의 손에 맡길 터이냐?

하고 술을 청하여 오빠 부부와 잭까지 네 사람이 한 잔씩 마시며,

"내가 꿈꾸던 '공상'이 참말 헛된 '공상'이 되었구나. 나는 대학을 졸업하고 품은 공상을 실천하려 하였더니, 그 악마의 장난에 걸려서 지옥생활을 하게 될 것이니 세상 사람일의 변화가 이러할까?"

【잭】 사람일의 변화가 콜로라도 강Colorado River과 같다. 작년에는 애리조나Arizona 쪽으로 가다가 금년에는 캘리포니아 쪽으로 오고, 내년에는 다시 애리조나 쪽으로 그렇게 왔다 갔다 한다.

이런저런 이야기를 나누다 보니 12시라. 내일 다시 보자고 작별을 청

하니,

【에바】 못 간다. 지금 나의 마음에 불이 붙는지 바람이 부는지 알 수 없으니, 그 흔들리는 마음을 담화로 진정시켜 주려무나.

잭이 웃으며,

"내가 풍화가인風火家人을 주관하는 신이냐?[44] 그런 어리석은 말은 그만두고, 스스로 마음을 잡아라."

에바가 다시 잭을 붙잡으며,

"우리가 연애하는 사이는 아니지만 3년 동안 함께 공부한 친구가 아니냐? 지금 내 마음을 위로할 사람은 너밖에 없구나."

【잭】 나는 길이 아니면 가지 않고, 말이 아니면 듣지 않는다. 네 말이 말이 안 되며 예의에도 어긋나니, 나는 듣지 않을 것이다.

이 말을 듣는 헤셀이,

"미스터 전은 예의를 아는 까닭에 남이 의심할까 염려함이나, 남의 의심이 에바와 잭에게 무슨 관계인가? 미스터 전의 에바에 대한 생각이 어떠한지는 알지 못하나, 에바가 마음으로 허락한 것은 내가 안다. 나뿐 아니라 우리 가족이 말로 선포하지는 않았으나 마음속으로는 이미 미스터 전을 한 가족으로 여기고 있으니, 아무 의심이나 근심을 두지 말고 담화하시오. 아주 속된 말로 이 세상의 청년 남녀는 상종하다가 혼인하기 전에 잉태하는 일도 종종 하는 법이니, 나의 요청까지 거역한다면 고집불통인 바보일 뿐이다."

잭이 웃으며,

---

44 '풍화가인(風火家人)'은 주역의 괘 가운데 하나인데, 여자는 정숙하고 가정은 화목하다는 뜻으로 풀이된다.

"온 가족의 끌어당기는 힘을 다 합하면 나의 밀어내는 힘이 부족할는지 몰라도, 그전에는 나의 밀어내는 힘이 강합니다."

얼머가 웃으며,

"이 세상에서 음흉하기로는 네가 제일이다. 에바를 은근히 끌면서도 아니 끄는 체하니. 그럼 나의 끌어당기는 힘까지 보태지. 내가 에바와 의논한 말이 있었다. 재판이 끝나거든 혼례를 올리게 될 것이니, 집사람으로 여겨라."

잭이 허락하고 물러앉으니, 헤셀이 시부모 두 분을 내려오시라 청하고 다시 술상을 마련하는지라. 노부인이 내려오다가 잭을 보고,

"아직 가지 않았구나."

【헤셀】 우리가 에바의 일을 의논하느라 아직 가지 않았습니다. 우리가 의논한 일을 어비님께 아뢰고 정하지 않을 수 없는 까닭에 아버님과 어머님 두 분의 허가를 받고자 내려오시라고 청하였습니다.

【노인】 무슨 일인지 매우 중요한 게로구나. 나의 허락을 받으려 하는 것을 보니.

【헤셀】 아버님은 마음으로 에바를 존에게 허락하시나, 에바는 허락하지 않았습니다. 그런 까닭에 존을 차갑지도 않고 뜨겁지도 않게 대하면서 눈가림하였는데, 내가 에바에게 그 생각을 물어보니 존에게 마음이 없노라고 하였습니다. 내가 깨우치기를 '마음이 없으면 왜 맞아들이느냐? 거절할 것이지.' 하니, 에바가 말하기를 '아버지가 억지로 권하니 아버지의 명을 거역할 수 없어서 그대로 응대하지만, 사실은 싫은 것을 그렇지 않은 듯이 맞이하는 것이다.'고 하였습니다. '그러면 네 마음의 눈이 허락하는 남자가 따로 있는 게로구나' 하였더니 에바가 없다고는

하나 비밀로 감추어둔 사람이 있는 듯하여 눈여겨보았습니다. 그런즉 남자와 상종하는 일은 없으나 산수 공부할 때마다 '잭이 있었으면' 하기에 잭이 어떠한 사람인가 물었더니, 에바의 말이 중학교에 들어가는 날부터 오늘까지 산수를 도와준 아이인데 말이 적고 행실이 단정하여 교사의 칭찬을 받는다고 하니 그 아이가 감추어둔 사람임을 충분히 짐작하였습니다.

에바가 중학교를 졸업하고 예비 대학에 입학하였으나 그 아이가 우리 집 방문하는 일이 없기로 의심하였습니다. 그러다가 지난 3월 부활주일 전 축일에 사무실에서 집으로 오니 어떤 알지 못할 손님이 있기에 누구인가 물으려는데, 에바가 '미스터 잭 전Mr. Jack Thun이며, 자기 산수 배우는 것을 도와준 사람'이라 소개하여 인사하게 되었습니다. 그후 미스터 전이 여러 차례 왕래하였는데, 4월 중순에 앰배서더 호텔 무도장에 에바가 전을 데리고 갔습니다. 여간한 친구는 못 데리고 가는 장소입니다. 그 일로 존이 행패를 부리려는 일이 생기고 절교까지 되었습니다. 에바와 잭이 겉으로는 담백한 듯하지만 속마음으로는 애정이 깊어서 서로 떨어지지 못하게 되었는데, 오늘 저녁에는 에바가 잭에게 직접 자기 마음을 실토했습니다. 잭이 에바의 말을 거절하니, 이는 우리 가족의 동의를 구하는 의미입니다. 그래서 내가 동의하나 잭은 허락하지 않습니다. 얼마가 '우리 남매 사이에 의논이 있었으니 허락하라'고 동의하여 잭의 허락을 받은 까닭에, 아버님께 이 일을 아룁니다.

【노인】 일이 이렇게 되었으니, 나도 반대할 수 없다. 그러나 한 가지 염려되는 것이 있으니, 캘리포니아 법률이 황인종과 백인종의 결혼을 허락하지 않는다는구나.

【헤셀】 그 법률은 에바와 잭에게는 무력합니다. 잭이 캘리포니아 주에서 태어났고 에바는 일리노이Illinois에서 태어났기 때문입니다. 캘리포니아 주 지방정부가 법률을 고집하면 다른 주에 가서 결혼하지요.

【노인】 에바의 소원이면 존이 있어도 할 수 없는데, 하물며 존이 죽었으니. 그럼 나도 동의한다.

【헤셀】 그러면 지금 약혼 예식을 거행합시다.

술을 부어 시부모와 에바, 잭, 자기 부부가 한 잔씩 들게 하고,

"아버님 축복하시오."

노인이 축복하기를,

"에바와 잭이 하나님 뜻대로 부부 되려고 약혼하오니, 하나님이 보살피셔서 저들 남녀가 헤어지지 않고 괴로움과 즐거움을 같이하며 하나님 앞에 나아가도록 도와주소서."

에바가 잭에게,

"나는 너에게 잡히고 너는 나에게 잡혔으니, 서로 붙잡고 괴로움과 즐거움을 같이하며 깊은 사랑으로 죄를 짓게 되는 정천얼해情天孽海를[45] 지나 하늘나라로 들어가자."

잭도 같은 말로 답사를 하니, 예식이 끝난지라. 한 잔씩 마시고, 에바가 잭에게,

"지금 우리가 약혼하였으니, 명분으로 보면 사실상 부부라. 내 집에서 자라."

45 '정천얼해(情天孽海)'는 사랑에 깊이 빠져 죄를 짓게 됨을 일컫는 말인데, 『홍루몽(紅樓夢)』에는 주인공 가보옥이 꿈에 이 네 글자를 써 놓은 곳에 이르는 장면이 등장하기도 한다.

하고 침실로 들어가니, 에바와 잭이 이 세상에 온 지 21년이지만 사랑의 바다에 목욕하기는 처음이니, 그 재미가 포도 순에 꿀 발라먹는 맛이라.

이때 카피리가 그 외아들을 잃었으니 여간 원통하고 분할까? 그것도 무슨 병에 죽었거나 어쩔 수 없는 사고에 죽었으면 그다지 원통하고 분하지 않을 것이지만, 그 정인 계집아이 손에 총을 맞아 죽었고, 그 계집아이가 만에 하나라도 용서하는 마음이 있었다면 죽지 않았을 것을 죽은 것이라. 참말 세상이 캄캄하고 바람개비 돌아가듯 하는지라. 결단하기를,

"네가 내 하나뿐인 자식을 죽였으니, 나는 너를 법률로 죽일 터이다." 하고 유명한 변호사 톰슨Thomson을 청하여 사형 여부를 문의하니,

【톰슨】 신문에 널리 퍼진 것을 보니 사형은 어려울 듯하고, 또 캘리포니아 법률에는 여자를 사형하지 못 한다. 그러니 형편을 보아 처리하자.

【카피리】 내 재산 전부를 다 써서 없애더라도 그 계집아이를 교수형하고야 말 것이오. 그래도 교수형을 못하면 내가 쏘고 죽을지니, 미스터 톰슨은 좋은 방법을 연구하시오.

톰슨이 담배를 피우며 깊이 생각하다가 말하기를,

"이 사건을 해결하려면 두 가지 계책이 있소. 한 가지는 미스터 카피리가 직접 행동을 결행하는 것이요, 다른 한 가지는 직접 결행하지 못할 경우에 간접으로 무뢰배에게 후한 보답을 주어서 대신 살해하게 하는 것이요. 이것이 두 가지 계책이니, 미스터 카피리의 생각에는 어떠하시오?"

카피리가 기뻐하며 대답하기를,

"그 계책이 매우 좋다. 우선 간접으로 시험해보고, 뜻대로 안되면 내가 직접 살해하리라."

하고 베니토 까멜로Benito Carmelo를 불러 의논하는지라. 이 자는 미국에 온 지 30여년에 세 번 유죄 선고convict를 받은 자이니, 절도와 강도로 사람을 크게 다치게 하여 뉴욕New York에서 두 번, 캘리포니아에서 한 번 유죄 선고를 받았고, 석방된 지는 불과 4년이라. 성실히 노동하지 못하니, 지금은 아들이 노동으로 부양하고 있는지라. 까멜로가 카피리의 요청을 받고 찾아가니, 변호사 톰슨이 같이 있는지라. 서로 인사하고,

"미스터 카피리가 부르기에 왔으나, 미스터 톰슨이 함께 있으니 무슨 법률문제가 있습니까?"

【카피리】 무슨 법률문제가 아니라. 에바 헤스링이라는 계집아이가 자기 정인인 나의 아들 존을 죽였으니 나는 저를 죽이기로 마음먹었으나, 캘리포니아 주 법률에서는 여자를 교수형하지 못하게 하니 교수형은 못할 것이 사실이라. 그래서 누구를 내세워 암살할 것을 꾀하는데, 이 일을 할 사람은 자네밖에 없기에 문의하고자 청했으니 생각이 어떠한가?

【까멜로】 내가 대신 살인을 하면 보답이 무엇인가?

【카피리】 그 여자를 죽여서 자네가 교수형을 받게 되면 자네 가족에게 100만 원을 주고, 그 여자가 죽었으나 교수형을 면하고 징역 살게 되면 25만 원을 주고, 쏘기는 하였으나 그 여자가 죽지 않고 자네만 감옥에 감금되면 자네가 살아있는 동안 매달 100원씩 줄 것이다. 어떠한가?

【까멜로】 내가 백만장자 이름을 얻지는 못하나 자식은 백만장자가 될지니, 그런 일을 마다할까? 실행할 것이나, 무슨 각서가 있어야 된다.

【톰슨】 각서가 없어도 미스터 카피리가 그대로 시행할 것이요, 또 내가 중개한 일이니 아무 염려하지 말고 성공만 하여라.

까멜로가 웃으며,

"나도 이탈리아 출신인 데이고이지만, 데이고보다 더 말을 잘 뒤집고 신의 없는 자가 없다. 내가 나를 믿지 못하는데, 다른 사람을 믿겠는가? 하물며 데이고인데. 그 일이 성공하기를 원하면 각서를 줄 것이요, 그렇지 않으면 의논을 그만두자."

카피리의 마음은 에바의 간으로 술 안주할 생각이 간절하니, 각서 쓰는 것을 아낄쏘냐? 곧바로 각서 만들기를,

'성공하였으나 불행히 생명을 잃는 경우에는 100만 원을 까멜로 가족에게 주고, 성공하였으나 생명을 잃지 않으면 20만 원을 주고, 성공하지 못했으나 착수하기만 하면 매달 100원씩을 살아 있는 동안 지급한다. 모년 모월 모일.'

카피리와 톰슨이 싸인하고 다시 일러두기를,

"할 수 있는 대로 그 여자를 어느 골목alley으로 몰아넣고 처리하도록 하고, 그렇지 않으면 어느 극장에 들어가 살해하고서 많은 사람들 속에 섞이면 귀신도 모를지니, 부디 골목이나 극장 안에서 실행하여라."

【까멜로】 그것은 될 수 있는 대로 비밀스럽게 할 것인데, 내가 총이 없으니 어찌할까?

카피리가 자기 총을 내어주며,

"이 총이 경무청으로 들어가게 하고, 내게로 돌아오지 않게 하여라." 하고,

"우선 50원을 주나니, 오가는 교통비로 써라."

까멜로가 받아가지고 가서, 에바 헤스링의 집 근처를 돌아보며 에바가 어떠한 여자인가 눈여겨보니라.

이때 에바와 잭이 사랑의 바다에 목욕하고 나니, 몸과 마음이 상쾌할

뿐이겠는가? 기쁨이 충만하니, 살인한 것은 잊고 서로 부둥켜안고,

“네가 없으면 내가 못 사는데, 내가 없으면 너는 어찌할 터이냐?”

“이 세상에서는 원앙새 되고, 하늘에 가서는 별이 되자. 아아, 내 사랑.”

하면서 낮을 보내고 해가 지면 무도장과 극장에서 생활하니, 모르는 사람은 말이 없지만 사정을 아는 이웃 사람은 코웃음 치기를,

“전차를 들이받아 어린아이 일곱을 죽이고 또 제 정인까지 죽이고서 무엇이 만족스러워 밤마다 나갈까? 그 계집아이 감옥에 가두어 둘 것이지. 다른 사람의 아이 죽인 것은 실수로 죽인 것이지만 제 정인 죽인 것은 고의로 죽인 것이니, 테하차피Tehachapi에서[46] 늙어죽어야지. 또 다른 사람이 정인이었으면 죽이지 않았겠지, 그놈이 돈이 많으니 그 돈 강도질하려다가 마음대로 되지 않으니 죽인 것이지. 진짜 정인은 요즘 같이 다니는 잭 보이인 듯해.”

잭이 에바에게 물리고 에바가 잭에게 꿰었으니, 에바 가려는 곳에 물린 잭이 아니 갈 수 있으며 잭이 가려는 곳에 꿰인 에바가 아니 갈 터이냐? 그러나 잭은 먼 앞일까지 헤아릴 만큼 생각이 깊은 아이라.

‘가족 관념이 강한 이탈리아인Italian 카피리가 그 외아들이 제 수명대로 살지 못하고 총 맞아 죽은 원수를 갚으려 하지 않을까? 만일 복수를 꾀하면 에바의 생명이 위태할 것이니, 출입을 멈추고 얼마 동안 숨어 지내는 것이 상책이다.’

하고 에바의 출입을 단속하나, 에바는 강아지 범 무서운 줄 모르는 것

46 테하차피(Tehachapi)는 캘리포니아(California) 컨 카운티(Kern County)에 속한 도시로, 산 호아킨(San Joaquin)계곡과 모하비사막(Mojave Desert) 사이에 있다. 여기에 캘리포니아 교도소(California Correctional Institution, CCI)가 있는데, ‘Tehachapi’는 이 교도소의 별칭으로 사용되기도 한다.

같이 함부로 무도장으로 극장으로 가려 하는지라. 잭이 위험을 설명하고 얼마 동안 숨어 지내자고 하나, 에바는 고집하기를,

"오늘 죽을지 내일 죽을지 모르는 인생인데, 마음이 하고 싶은 것을 억눌렀다가는 죽지 않으면 몰라도 죽으면 후회하게 된다. 가기 싫거든 너는 집에 있어라. 나 혼자 갈 터이다."

에바에게 물린 잭이 아니 끌려갈까? 그런 까닭에 시내 생소한 곳으로 가서 댄싱도 하고 영화도 구경하는지라. 9월은 별다른 풍파 없이 지나갔는데, 10월 초순에 에바가,

"헐리우드 극장에 좋은 영화가 있다. 가자."

하는지라. 잭이 따라가니, 시간은 8시 전이라. 들어가 구경하고 10시 반에 나오다가 잭은 물을 마시느라 안에 있고 에바가 문 밖에 나섰는데, 어떤 알 카포네Al Capone 같은 놈이[47] 에바에게 총을 겨누는지라. 이를 본 잭이 뛰어나와 에바의 앞에 서니, 총 쏘던 놈이 멈출까? 총을 쏘니, 잭이 왼팔에 총을 맞고서 총을 뽑아 달아나는 놈을 쏘니 무릎 쪽을 맞고 거꾸러지는지라. 총소리가 두 번 나니 극장 안에 있던 사람이 한꺼번에 몰려나오고 거리에 있던 사람이 모여들었는데, 근처에 있던 경찰관이 와서 잭의 이름과 주소, 거꾸러진 자의 성명을 기록하고,

"누가 증인인가? 대답하라."

하니, 젊은 남녀가 대답하고 극장 직원theatre boy이 대답하는지라. 경찰관이 이름과 사는 곳, 나이를 묻고 다시 총격 사건 일체를 물으니, 그 젊

47 알 카포네(Al Capone, 1899~1947)는 당시 유명했던 마피아 보스로, 기관총으로 다른 조직의 갱단을 살해하는 등 많은 사건을 일으켰으며, 1931년에 탈세 혐의로 구속되었다. 까멜로가 이탈리아계의 범죄자이기 때문에 알 카포네를 언급한 듯하다.

은 남녀가 대답하기를,

"우리 부부는 이 문으로 나오고 저 여자는 저 문으로 나오는데, 저 모퉁이corner에 섰던 저 사람이 총을 뽑아 쏘려고 했다. 뒤에 나오던 저 사람이 그 여자의 앞을 가로막아 서자 저 거꾸러진 사람이 그 사람을 쏘아 팔을 맞추고 달아나니, 총 맞은 저 사람이 달아나던 사람을 쏘아서 거꾸러뜨렸다."

하고, 또 극장 직원의 진술도 마찬가지라. 총 맞을 뻔한 여자의 이름과 사는 곳을 묻고,

"저 거꾸러진 사람이 너를 쏘려 하였으니, 네가 그 사람과 무슨 원한이 있었느냐?"

【에바】 원한이 무엇이냐? 그 사람의 얼굴도 모른다. 구경하고 나오는데 말없이 쏘려는 것을 이 사람이 가로막아 내가 총을 맞지는 않았으나, 이 사람이 다쳤으니 매우 유감스럽다.

그곳에 온 구급차에 두 사람을 다 실으려 하니,

【잭】 나는 병원으로 갈 필요 없다. 상처를 입었으나 심한 상처가 아니고 가벼운 상처이니, 내 집으로 가서 내 약을 쓸 것이다. 저놈이나 실어다가 치료하게 하여라.

하고, 집으로 돌아오니, 헤셀이 잭의 옷에 얼룩이 있는 것을 보고,

"웬 잉크ink냐?"

【잭】 그것은 앞으로 알게 될 것이니, 마늘garlic 한 쪽 가져 오시오.

헤셀이 마늘을 가져오니, 잭이 소매를 걷고 마늘로 상처를 씻은 후에 다시 영시靈砂[48] 가루를 치고 붕대bandage로 싸매니,

【에바】 그것은 무슨 약이며, 미리 준비해서 가지고 다니는 것은 무슨

생각이냐?

【잭】 가족 관념이 강한 데이고의 자식을 죽였으니, 그 아비가 가만히 있을 터이냐? 결단코 네게 해를 끼치려 할 것이니, 응급수단으로 쓰려고 준비한 것이다. 덤덤탄dumdum bullet으로[49] 쏘아도 마늘로 씻고 이 약가루를 치면 독성poison이 없어진다. 자세히 알지는 못하나, 그놈이 카피리를 대신하여 쏘려 한 듯하다.

헤셀이 그 말을 듣고 놀라며,

"까딱 했으면 줄초상 날 뻔 했구나. 앞으로는 어디 나가지 말고 집에 자빠지거나 엎드려 있어라."

【에바】 얼마 동안 문 밖에 나서지 않겠다. 나 죽는 것은 고사하고, 잭을 잃게 될 터이다.

하고, 그 밤을 지내니라.

이때 카피리가 까멜로를 보내고 매일 성공 소식을 기다리나 근 한 달 동안 소식이 없었는데, 그날 아침 신문을 보니,

'에바 헤스링이 헐리우드 극장에서 구경하고 나오는 것을 어떤 알 카포네 같은 놈이 쏘았는데, 뛰어나오던 잽이 가로막아서 헤스링은 맞지 않고 그 잽이 왼팔을 맞고서 총을 뽑아 달아나는 놈을 거꾸러뜨렸는데, 의사가 검사하고서 무릎뼈 전부가 파괴되어 뼈를 붙일 수 없으니 불가불 고무rubber 다리를[50] 쓰게 할 수밖에 없다고 알렸다.'

---

48 영사(靈砂)는 수은과 유황을 섞어 가열하여 결정체로 만든 약이다.

49 덤덤탄(dumdum bullet)은 탄두 끝에 구멍을 뚫고 탄알 외피에 홈을 길게 파서 쉽게 찢어지도록 만든 소총탄으로, 명중될 경우에는 납이 흘러나와 몸에 퍼지게 되므로 사망률이 높아진다고 알려져 있다. 인도의 덤덤에 있는 무기공장에서 만들어졌기 때문에 이 이름이 붙게 되었으며, 비인도적이라는 이유로 만국평화회의에서 그 사용을 금지한 바 있다.

고 한지라. 카피리가 크게 화를 내면서 신문을 던지며,

"에바는 다치지 않고 까멜로가 병신이 되었으니, 온갖 계획이 허사로구나."

곁에 있던 카피리의 부인이 권고하기를,

"그래서 헛된 생각은 하지 말고 잊어버리자고 했지. 그러니 다시 헛된 생각은 하지 말고 취소cancel합시다."

카피리는 아무 대답이 없는지라. 아침 식사 후에 부인이 재판소로 가서 검사총장을 방문하고,

"나는 카피리의 부인이며, 에바 헤스링의 손에 죽은 존의 어미올시다."

【총장】 그러하십니까? 자식의 죽음을 당하고 얼마나 슬퍼하며 지내나이까?

【카피리 부인】 내가 슬퍼해서 죽은 존이 다시 살아올 것 같으면 울며불며 슬퍼하지만, 슬퍼하는 것으로는 살아오지 않을지니 잊었습니다.

【총장】 매우 깊이 생각하셨습니다. 그런데 무슨 일로 방문하신 것입니까?

【부인】 에바에 대한 기소를 취소하고자 왔습니다.

검사총장이 놀라며,

"법관이 살인자 처벌에 소홀하면 죽은 사람의 부모가 독촉하고 책망하는 법인데, 그 부모가 취소하려 하시니 나는 무슨 생각인지 알 수 없습니다. 또 죽은 사람의 부모가 상관하지 않아도 법률은 살인자를 죄에 따라 처벌합니다."

---

50 까멜로의 무릎뼈가 모두 파괴되었다고 했으므로 '고무(rubber) 다리'는 고무를 재료로 삼아서 만든 의족(prosthetic leg 또는 artificial leg)을 뜻하는 말로 짐작된다.

【부인】 그야 법률은 공평한 것이니, 법률을 시행하면서 죽은 자의 가족을 상관치 않는 줄은 나도 아옵니다. 그렇지만 이 살인 사건은 재물 빼앗는 강도질로 생긴 것이 아니고, 서로 연애하던 남녀 사이에서 여자가 남자를 죽인 것입니다. 깊이 알지는 못하나 그 사이에서 드러내어 말하지 못할 분노와 원한이 하늘에 닿을 정도가 된 까닭에 살인을 하게 된 것이니, 죽은 자가 그 여자에게 분노와 원한이 될 일을 하지 않았으면 그 여자가 자신이 사랑하던 정인을 죽일 리 있습니까? 죽일 만한 죄가 있는 까닭에 죽였으니, 죽일 놈 죽인 것을 누가 '살인'이라 하오리까? 검사총장은 남자이니 여자의 사정을 깊이 아시지 못하지만, 나는 여자이니 깊이 아옵니다. 거짓말 모아놓고 사람 껍질로 싼 것이 남자이니, 그런 남자의 거짓말에 스무 살 전의 여자 가운데 아니 속아본 여자가 없을 듯합니다. 여자마다 속았지만 자신이 속은 것을 감추는 까닭에, 다른 사람은 모릅니다. 나도 한 번이 아니고 여러 번 속았습니다. 속을 때마다 속인 남자를 죽일 생각이 불 일듯 일어납니다. 그러나 내가 모자란 까닭에 죽이지 못하였습니다. 이제 에바가 그 정인을 죽였으니, 거짓말에 속은 본노와 원한의 결과입니다. 그러니 옳으니 그르니 따질 것 없이 취소해 주시오.

【검사총장】 부인께서는 취소할 생각이 있다 할지라도, 미스터 카피리가 동의하지 않으면 취소하지 못합니다.

【부인】 미스터 카피리도 암묵적으로 허락하였습니다.

【총장】 그러면 취소하지요.

하고 부인의 서명을 받고 취소하니, 부인은 집으로 가니라.

이때 에바가 귀신도 모르게 죽을 뻔하고는 며칠 동안 출입이 없었는데,

그날 오후에 헤럴드Herald 신문을 펴 보니, '카피리 살인사건 취소Cancel of Capiri murder'라 하였는지라. 잭과 함께 보니, 존의 어머니가 재물을 빼앗는 강도의 소행이 아니고 서로 연애로 충돌되어 살인을 한 것이라는 이유로 취소를 한지라. 에바가 웃으며,

"어리석은 할미, 내가 연애 관계로 죽였나? 말로 나를 속이려 하니, 속지 않으려고 죽인 것이지. 하여튼 한 가지 일은 무사하게 되었으니, 큰 다행이다. 전차 사건만 해결되면 그만이다."

하고 10월, 11월을 담화하며 지내는지라. 그러다가 12월 8일에 재판소에서 통지서가 오니, 모레 10일에 재판을 연다는 문서라. 에바가 통지서를 받고 열병day fever 앓는 사람 모양으로 온몸을 떨며 멍하니 아무 말을 못하니, 잭이 붙들고,

"에바, 네가 나를 사랑하거든 진정하여라. 네가 놀라고 두려워하니 내가 놀라고 두려워하게 되는구나."

에바가 길게 숨을 내뱉으며,

"아무리 억제하려 해도 신경이 자극되는구나."

와인을 청하여 한 모금 마시고,

"잭아. 나의 경망함을 용서하여라."

【잭】 용서란 말은 내게 쓸 말이 아니다. 그러니 다른 말을 하고, 재판 일은 잊어버리자.

【에바】 네 말이 옳다. 그날 죽으라고 하면 죽고 살라고 하면 살 셈을 하고, 지금은 기뻐하자. 그런데 이 일을 팻시와 매리에게 알리는 것이 어떠하냐?

【잭】 나도 그런 생각이 있었으나, 재판이 끝난 후에 알리려고 조용히

있었다.

하고, 저녁을 먹은 후 얼머 부부와 에바, 잭이 헐리우드 무도장으로 가니, 엘리노 스미스와 다른 친구 10여 명이 있다가 맞이하며,

"에바야. 전차를 전복시킨 것은 사고이지만, 존은 무슨 일로 죽였느냐?"

【에바】 존과는 지난 4월에 절교하였다. 그리고는 다시 왕래가 없다가 개학 때 등록하러 갔다가 다시 만났는데, 그날 내 차에 술병을 넣고 또 내게 술을 권하여 사고를 내게 하였구나. 병원에서 치료하다가 감옥에 들어가 하룻밤 자고 나와서 존을 청하여 술병을 누가 두었을지 물으니, 그저 모른다고 하면 그뿐인데 이놈이 거짓말을 말 방귀 뀌듯이 하는구나. 그래서 가라고 했더니 그놈이 불평스레 투덜거리며 죽이고 간다며 총을 뽑아 들더구나. 내가 그 총 쥔 손을 쏘았는데도 그놈이 뉘우치지 않고 나를 쏘려고 시험하기에 내가 다시 쏘니, 그놈이 거꾸러져 죽었구나.

【엘리노】 지난봄에도 잭과 댄싱 가더니 오늘 저녁에도 같이 온 것 보니, 매우 친밀한 게로구나.

【에바】 친밀하고 말고를 말할 것 없이, 잭과 약혼하였다.

엘리노가 웃으며,

"잭이 그 약혼을 바라고 3년 동안 산수를 도와주었구나. 잭이 산수는 뛰어나지만 작문 실력은 부족한 걸. 그래, 약혼하였으면 혼례는 언제?"

【에바】 혼례는 나의 재판 끝나는 것을 봐서 시골 교회country church에 가서 할 터이니, 그때 청첩장 보내거든 오거라.

【엘리노】 초청하고 말고 할 것 없이 날짜만 알면 갈 터이다. 그런데 잭이 가난하다poor는데 약혼했으니, 혼례를 치르면 생활이 곤란하겠구나.

【에바】 사람마다 돈을 좋아하지만 돈은 있다가도 없어지고 없다가도

생기는 것이다. 헬만Hellman이 은행 소유주bank owner로 가지고 있던 4천만 원 재산은 어디로 갔느냐? 도헤니Doheny가 샌 호아킨 계곡San Joaquin Valley에 걸어서 돌아다녔지만 지금은 3천만 원 재산을 가진 거부巨富가 되었다.[51] 잭이 가난poor하나 내 마음과 눈이 허락하니 약혼한 것이요, 생활은 둘 다 일을 하면 넉넉하다. 그런데 잭이 가난한 것을 네가 어찌 아느냐?

【엘리노】 잭이 가난한 것을 내가 어찌 알았는지 말할까? 잭이 아름다움이 있는 남자이다. 그런 까닭에 내가 눈여겨보며 담화하고자 하나 기회가 없어 말을 붙이지 못하고 눈길로만 세 번이나 하소연하였다. 잭이 알고도 짐짓 응답answer하지 않는지 아니면 모르고 응답하지 않는지 알 수 없지만, 이해understand를 못하는 어리석은 물건 같더구나. 그래, 말을 붙여보려고 기회를 찾다가 잭이 혼자 있는 것을 보고 가까이 가면 일어나서 다른 데로 가고 하여 말을 붙이지 못하고 항상 주목했는데, 잭은 캐더린에게 주목하고 친근히 상종하고자 하더구나. 그래서 나는 제 성격이 조용하니 활발한 성격을 택하는 모양이라고 깨닫고서 졸업하는

51 헬만과 도헤니는 당시 캘리포니아에서 이름난 부자였을 것인데, 화폐 단위인 '원'은 실제로는 '달러'일 것이므로 거액의 재산을 가진 인물이라고 해야 할 듯하다. 이런 조건을 고려하면 '헬만(Hellman)'은 독일계 이민자로서 은행가로 성공한 이시아 볼프 헬만(Isaias Wolf Hellman, 1842~1920) 또는 그의 자손일 가능성이 높으며, '도헤니(Doheny)'는 아일랜드계 이민자의 후손으로 석유 개발로 대부호가 된 에드워드 도헤니(Edward Laurence Doheny, 1856~1935)일 가능성이 높다. 헬만은 캘리포니아를 중심으로 태평양 연안의 주요 은행들을 설립 또는 운영하였으며, 에바가 입학한 남가주대학(南加州大學) 즉 USC(University of Southern California)의 설립자 3인 가운데 한 사람이기도 하다. 젊은 시절의 재정적 어려움을 극복하고 결국 큰 재산을 모은 것으로 알려진 도헤니는 자선가로도 알려져 있는데, 1932년에는 아들의 죽음 이후에 USC에 거액을 기부하여 도헤니 기념 도서관(Doheny Memorial Library)을 세우기도 했다. 한편 샌 호아킨 계곡(San Joaquin Valley)은 센트럴 밸리(Central Valley)로도 일컬어지는데, 캘리포니아 중부의 대표적인 포도 및 와인 생산지이다.

날까지 특별한 말을 못하고 헤어졌는데, 지난봄에 너와 댄싱 온 것을 보고 다시 기억이 나더구나. 그래서 잭의 내력을 알아보니 매우 가난하다고 하는구나. 생각해보니, 네가 지난봄에 내가 존과 댄싱 가는 것을 알고서 그것을 이유로 삼아 존과 갈라서려고 했던 것이로구나. 존을 죽인 것도 마음과 눈이 허락하는 사람의 손을 잡고 영원한 도시로 들어가려면 존이 큰 장애물이 될 듯한 까닭에 그 뿌리를 뽑으려는 생각이었구나.

【에바】 그런 의도가 아니다. 한 번도 아니고 두 번씩이나 나를 죽이려 하니, 스스로를 지키겠다는 생각으로 죽인 것이다.

하고, 춤을 추다가 11시에 헤어지며 엘리노에게,

"다음 월요일이 나의 재판을 하는 날이니, 그날 와서 구경할 터이냐?"

【엘리노】 구경 갔으면 좋겠지만, 학교에 가는 날이니 못 가는 것을 용서하여라.

에바가 허락하고 집으로 와서 일요일을 보내고, 월요일 아침에 부모님 두 분, 얼머 부부, 포모나에 있는 숙모aunt, 사촌cousin과 동행하여 재판소에 가니, 죽거나 다친 사람의 가족들이 모두 나오고 증인과 배심원이 제 자리에 앉아 있는지라. 재판장이 개정開廷을 선포하니, 원고의 변호사가 나와 증인을 심문하고 에바를 심문한 뒤에 배심원을 향하여 악감정이 하늘까지 치솟도록 에바의 죄상을 설명하고 물러나는지라. 이어서 에바의 변호사 넬슨Nelson이 증인과 에바를 심문한 뒤에 배심원 앞에 나아가 설명하기를,

"나는 여러 말로 설명하지 않을 것입니다. 열두 분 배심원이 공평하게 투표할 줄로 믿기 때문입니다. 그 사고를 직접 본 증인이 오늘만 증언한 것이 아니고, 사고가 나던 당시에 경찰관이 '누가 직접 본 증인인가' 할

때에 각각 자기 본 대로 말했습니다. 어떤 사람은 '80마일의 속력으로 갔다'고 하니, 80마일로 간 것이 사실이라면 20마일로 가야 할 길에 80마일로 간 것이라 60마일 초과over이니 1마일에 5원씩 계산하여 총 300원 벌금이면 충분합니다. 미스터 앤더슨Mr. Anderson의 증언은 '남북으로 가라는 벨이 울리는데, 전차가 출발하다가 충돌되었다'고 하니, 남북으로 가라는 벨에 서쪽으로 갔으니 전차의 잘못이며 에바의 잘못이 아닙니다. 양심이 풍부하신 배심원 여러분. 깊이 생각하시오."

하고 물러나는지라. 열두 명의 배심원이 밀실로 들어가서 투표하니, 그 평결verdict은 유죄guilty라. 재판장이 판결하기를,

"죽거나 다친 사람의 가족들이 50만 원의 배상금을 청구했으나, 그것은 지나치다. 죽은 아이 일곱 명은 앞길이 9만 리 같은 8~9세의 어린 것이니 1명당 3만 원씩 총 21만 원, 다친 사람 가운데 눈 잃은 자, 허리 부러진 자, 다리 잃은 자의 세 사람은 1인당 만 원씩, 나머지 다섯 사람은 1인당 2천 원씩, 이렇게 해서 모두 25만 원이다. 이 배상금을 에바가 내놓지 못하면, 전차 회사에서는 배상금을 낼 것이며 에바는 배상금 내지 못한 죄로 30년의 종신 징역에 처하노라."

라고 하니, 양쪽 변호사가 다 판결이 불공평하다고 노하여 소리치는지라. 재판장이 웃으며,

"에바 헤스링의 죄는 80마일 속력을 낸 것이요, 전차 회사의 죄는 남북으로 통행하라는 벨에 서쪽으로 간 것이다. 에바는 종신 징역에 처할 죄이지만, 배상금을 내면 죄를 묻지 않고 석방한다. 만일 전차 회사와 에바가 배상금을 나눠서 부담하게 되면 양쪽이 다 불공평하게 된다."

에바의 변호사 넬슨이 재판장에게,

"에바가 돈을 내든가 징역을 살든가 1달 동안의 기한을 더 주시오. 그러면 그동안 주선할 것이니."

재판장이 허락하기를,

"한 달 아니라 석 달도 줄 것이니, 할 수 있는 대로 주선하라."

하고, 에바는 감옥에 가두라고 하고 벅하트의 보증은 무효로 하고 재판을 마치니, 에바의 가족은 삼분의 이 쯤 죽은 모양을 하고 집으로 가는지라. 넬슨이 말하기를,

"재판장이 에바가 배상금을 내지 못할 형편인 까닭에 전차 회사에서 배상하게 하고 에바는 종신 징역에 처하도록 판결하였으나, 벅하트의 보증을 무효로 한 것과 무제한으로 기한을 준 것을 보니 실은 에바더러 달아나라는 의미라. 에바를 탈옥시키는 것이 어떨까?"

얼머가 크게 환영하며 탈옥을 시킬 수만 있으면 탈옥시키기로 결정하니 넬슨은 가고, 잭은 찬성인지 반대인지 밝히지 않고 나가서 은행에서 돈 천 원을 찾아서 도쿄 클럽Tokyo Club으로 가는지라. 들어가 보니 다이사이 게임 테이블sic bo table과[52] 주사위 게임 테이블shake dice table에는 둘러선 사람이 무려 팔구십 명이라. 블랙 잭 테이블Blackjack table은 네 개인데, 세 테이블에는 썩은 생선에 쉬파리 모이듯 하였으나 한 테이블에는 딜러dealer 뿐이라. 그 테이블 앞에 가서 담배cigarette를 피우며 섰으니, 그 딜러가 잭에게 게임play하라고 권하는지라. 잭이 웃으며,

"나더러 게임하라 하니, 그래 한도limit가 얼마냐?"

---

52 원문은 '시고'인데, 이는 중국에서 유래한 주사위를 이용한 테이블 게임인 '식보(Sic bo, 骰寶)'로 짐작된다. 이 게임은 다이사이(大細), 다이시우(大小), 하이-로우(hi-lo), 빅 앤 스몰(big and small) 등으로 일컬어지기도 했으며 미국 카지노의 주요 게임 가운데 하나였다.

【딜러】 25원이 한도이다.

잭이 웃으며,

“누가 돈 25원 보고 시간 낭비할까?”

딜러가 웃으며,

“한도가 얼마면 할 터이냐?”

【잭】 제한이 없으면 할 터이다.

딜러가 ‘제한이 없으면’이란 말에 다시 보니, 제가 많이 가졌다 해야 기껏 100원이고 그렇지 않으면 50~60원일지라. 웃으며,

“제한이 없으면 네가 가진 돈을 단번에 다 걸 터이냐?”

【잭】 제한이 없으면 있는 대로 다 걸지.

【딜러】 그러면 있는 대로 다 걸어라.

하고 카드card를 섞으니mix, 잭이 지갑을 내어 던지며,

“이것이 내가 가진 전부다.”

하고 카드를 뽑아 얹으니 딜러가 카드를 돌리는데, 잭과 딜러의 첫 장은 다 잭Jack이나 둘째 장은 잭의 것은 1ace이고 딜러의 것은 10ten이라. 딜러가 카드를 젖혀 보니 잭은 블랙잭이라.[53] 지갑에 있는 돈을 검사하니, 100원짜리 지폐 10장이라. 돈을 가져다가 1,500원을 주니, 잭이 다시

53 블랙잭(Blackjack)은 2장 이상의 카드로 합계 21점에 가까운 점수를 만들어 딜러와 승부를 가리는 게임이다. 이때 1(ace)은 1점 또는 11점으로 계산할 수 있고, 잭(Jack), 퀸(Queen), 킹(King)은 모두 10점으로 계산한다. 나머지 카드의 경우에는 카드에 적힌 숫자가 점수가 된다. ace와 10점 카드를 얻게 되면 처음의 2장으로 21점이 되는데, 이를 ‘블랙잭’이라 한다. 첫 번째 게임에서 딜러는 잭(Jack)과 10의 카드를 가졌으므로 20점이 되고, 잭은 잭(Jack)과 1(ace)의 카드를 가졌으므로 ‘블랙잭’이 된다. 블랙잭이 되면 건 돈의 1.5배를 받게 되는데, 이 때문에 딜러는 잭의 지갑에 있던 1000원의 1.5배를 계산하여 1500원을 잭에게 준 것이다.

걸어서 5,000원, 또 다시 걸어서 10,000원이 되는지라. 그러자 클럽 사장bossy이 테이블을 뒤집어 놓으며,

"투데이 노 오더Today, no order."

하니, 잭이 일어서며,

"일본 놈Jap의 심장heart이 닭의 심장chicken heart인 줄을 내가 안다."[54]

하고 나와서 곧바로 롱비치Long Beach로 내려가 바닷가에 있는 몬테 카를로Monte Carlo에 들어가니, 나가고 들어오는 사람이 헤아릴 수 없을 만큼 많은지라. 테이블을 돌아가며 구경하면서 형편을 살피니, 포커poker는 한도가 없으나 블랙 잭은 100원이 한도라. 서서 구경하는데, 어떤 사람이 말하기를,

"이 몬테 카를로에 들어오는 사람은 도박gamble이 목적인데, 왜 게임하지 않는가?"

【잭】 몬테 카를로라 하기에 한도가 없는 줄로 알고 왔더니 한도가 있으니, 재미가 적다.

그 사람이 말하기를,

"100원이 한도이나 실상은 하늘sky만큼이 한도이니,[55] 천 원, 만 원까지 마음대로 걸어라."

잭이 웃으며,

"한도가 없으면 시험해 볼까?"

---

54 'chicken heart'는 겁쟁이 또는 소심한 사람을 뜻하는 말이다. 잭이 찾아간 카지노가 '도쿄 클럽'이니 아마도 사장(bossy)은 일본인일 것이며, 잭이 일본인을 지칭하는 비속어인 'Jap'을 쓴 것은 이 때문일 것이다.

55 이 구절의 원문은 '스카이 한뎡' 즉 'sky 限定'인데, 이는 금액에 제한이 없다는 'The sky is the limit'에서 유래한 말인 듯하다.

하며 가죽 부대를 던지며,

"이것이 내가 가진 전부다."

딜러가 얼마인가 묻는지라. 잭이 웃으며,

"하늘만큼이 한도라는데, 얼마인지를 묻느냐?"

하고 카드를 뽑아 놓으니 딜러가 카드를 돌리는데, 잭은 1ace과 10점 카드요 딜러는 10점 카드 둘이라.[56] 1만 5천 원을 겹쳐 놓으니, 다시 2만 5천 원이 5만 원, 다시 5만 원이 10만 원, 다시 10만 원이 20만 원이 되는지라. 잭이 필요한 돈은 25만 원이니, 5만 원이 부족한지라. 부족한 금액을 채우려고 5만 원을 거니, 잭이 10점 카드 둘을 잡았으나 딜러는 5점, 6점, 10점이니 잃고, 다시 15만 원을 거니 또 잃는지라. 일어서며 주인이 누구인가 물으니, 처음에 게임하라고 권하던 자가 대답하는지라. 잭이 무슨 마실 것이 있는지 물으니, 주인이 있다고 대답하고 식당으로 인도해서 통닭whole chicken을 가져다 놓고 샴페인을 부어 권하며,

"과연 큰 갬블러다. 내가 몬테 카를로 문 열어 놓은 지 십여 년에 처음 오는 갬블러다."

둥개둥개 어르며 술을 한 없이 권하는 것은 자살을 염려함이요, 잭이 한 없이 술을 마시는 것은 세상만사를 잊고자 함이라. 일어서며,

"내가 갔다가 사오일 후에 다시 올지니, 그때 백만million 달러dollar를 준비하라."

56 원문에서는 '일당'과 '쌍장'이라고 했는데, 여기서의 '당(장)'은 곧 화투 놀이의 '열끗'을 뜻하는 말이다. 블랙잭 게임에서의 '장(열 끗)'은 곧 10점의 카드 즉, '10'과 잭(Jack), 퀸(Queen), 킹(King)을 가리키는 말일 듯하다. 처음 언급된 게임에서는 잭이 1(ace)과 10점 카드를 가져서 21점을 얻은 반면에 딜러는 10점 두 장을 가져서 20점을 얻었다. 그 다음에 언급된 게임에서는 잭이 10점 두 장으로 20점을 얻은 반면에 딜러는 5점, 6점, 10점 세 장의 카드로 21점을 얻었다.

주인이 웃으며,

"백만 달러는 지나치니, 절반을 마련해 두지."

하고 같이 나오며 사환에게 일러두기를,

"내가 로스앤젤레스에 갔다 올 것이니, 그리 알라."

하고 롱비치로 나와서 잭에게 차가 어디 있는지 물으니,

【잭】 스트리트카로 왔으니, 스트리트카로 갈지라.

【그 사람】 그러면 내가 시내에 가는 길이니, 내 차를 같이 타고 가면서 담화하자.

잭이 대답하고 그 차에 오르니 그 사람이 차를 운전하여 잭의 집까지 가서 잭을 내려주었는데, 잭의 집을 보니 거지도 살지 않을 집이라. 그 사람이 작별하고 가니, 잭은 침실로 들어가 거꾸러져서 세상모르게 자다 깨니 아침 먹으라 하는지라. 일어나서 코트coat를 만지니 돈이 있는지라. 의심이 나서 뒤져보니 2천 원이라. 몬테 카를로 주인이 한 일인 줄로 알고, 다시 에바의 일을 생각하니 희망 없는 절망이라.

"세상에 남자로 태어나서 여자 하나 구해주지 못하는 놈이 살아 무엇해?"

하고 다시 누워 일어나지 않으니라. 그날 저녁에 에바는 잭이 오지 않으니 잭의 집에 전화하여 잭이 어디 있는지 물었는데, 누가 대답하기를,

"어디서 크게 취하여 들어와 잔다."

하거늘 마음 놓고 그 밤을 지내고 기다려보지만 소식이 없는지라.

잭의 아버지가 들어가 어디 몸이 불편한가 물으나 잭은 대답이 없는지라. 에바가 재판에서 진 일로 상심한 것임을 깨닫고, 잭의 동무 스튜어트Stewart를 불러,

"잭이 자리에 누웠는데 무슨 병이 아니고 에바의 일로 상심한 듯하

니, 네가 깨닫도록 위로하여라."

스튜어트가 들어가서 보고,

"잭아. 무슨 병이 난 것이냐?"

【잭】 병이 아니다.

【스튜어트】 병이 아니면, 자리에 누운 것은 무슨 생각이냐?

【잭】 무슨 별다른 생각이 아니고, 나는 죽기로 작정했다.

【스튜어트】 무슨 일로 죽어? 에바에게 무례한 청을 했다가 거절당한 게로구나.

【잭】 거절당한 것이 아니다. 세상에 남자로 생겨나서 그 정인이 깊고 깊은 함정에 빠졌는데 구해내지 못하니, 살아서 무엇 하느냐?

【스튜어트】 그 정인이 무저갱無底坑에[57] 빠진 것을 구해내지 못하면 죽는 것이 남자의 기운이다. 그런데 구할 방법은 생각해 보았느냐?

【잭】 생각만 할까? 시험까지 해 보았으나 빗나갔구나.

몬테 카를로의 일을 말하니,

【스튜어트】 달리 주선할 방법이 없느냐?

【잭】 다른 방법이 있기는 하나, 나 혼자는 실행할 수 없고 협력자 네댓 사람이 있어야 하는데, 아무리 보아도 협력자가 없구나.

【스튜어트】 협력자가 없다니? 나도 있고 헨리Henry에 또 너의 두 동생까지 모두 넷이니, 그만하면 될 것 아니냐?

【잭】 헨리와 너는 으레 힘을 합하겠지만, 동생더러 이 일에 협력해 달

57 '무저갱(無底坑)'은 바닥이 없을 만큼 깊은 구덩이라는 뜻인데, 기독교에서는 악마가 벌을 받아 한번 떨어지면 헤어나지 못한다는 영원한 구렁텅이를 의미하는 말로도 사용된다.

라고 할 수 없구나.

【스튜어트】 그러면 어느 은행에서 빼앗을 작정이로구나.

【잭】 은행에서 빼앗는 것 외에 별다른 계책이 없구나.

【스튜어트】 실수 없이 은행에서 빼앗을 것 같으면, 실행하자. 오마스와 이소에게 내가 말하여, 만약 듣지 않으면 지옥으로 보내고 실행하자. 하고 나와서 오마스와 이소를 보고,

"지금 잭이 에바 일로 죽기를 작정했는데, 잭이 죽는 것이 옳으냐? 사는 것이 옳으냐?"

【오마스】 세상에 죽는 것이 옳을 일이 어디 있느냐? 사는 것이 옳지.

【스튜어트】 잭이 에바를 구하려고 몬테 카를로에 가서 20만 원까지 만들었다가 도로 잃고, 다시 주선할 계책은 은행에 가서 빌려오는 수밖에 없다. 그런데 협력자가 있어야 되겠다고 하는데 헨리와 나 둘 뿐이니, 너희들도 힘을 합칠 터이냐?

오마스가 웃으며,

"내가 언제 어느 신문을 보니, 어떤 신사님이 '동양 사람은 도덕이 풍부하여 절도와 강도가 없다'고 하니 신문 주필이 그 말에 반박하기를 '동양 사람이 도덕이 풍부하여 절도와 강도가 없는 것이 아니고, 나약하고 담력이 부족하여 그럴 마음을 먹지 못하는 것뿐이다'라고 하더라. 이 기회에 동양 사람이 나약하거나 담력이 없는 것인지 아니면 도덕이 풍부하여 불의를 행하지 않는 것인지 보여줄 터이다."

허락하니, 스튜어트가 들어가 잭을 보고,

"오마스가 협력하기로 허락하였으니, 어느 날 갈 터이냐?"

잭이 곧바로 일어나며,

"헨리를 불러 오라."

스튜어트가 전화로 부르니, 헨리가 곧 오는지라. 전후 사실을 말하니,

【헨리】 자기를 알아주는 벗을 위해 죽는 것이 남자의 의리이니, 나도 협력할 터이다.

【잭】 그러면 너희 네 사람이 동서남북 네 방향으로 나가서 실업자의 성명과 주소를 빠짐 없이 조사해 오라. 나는 도심지downtown에 가서 현금 백만이 있을 만한 은행을 조사할 터이다.

하고 공책notebook 네 개를 꺼내어 한 개씩 주니, 모두 받아가지고 조사하러 나가는지라. 잭이 도심지로 들어가 출입이 편리한 은행을 골라두고, 총포상gun store에 들어가 기관총machine gun이 있는지 물으니, 주인이 대답하기를,

"지금은 없지만 주문하면 두 주일 후에는 줄 수 있다."

하는지라. 1각刻의 시간이 3년처럼 길게 느껴지는 형편이니 두 주일 후에 있는 것은 없는 것과 마찬가지라 생각하고 집으로 와서 기관총을 만들고 모든 것을 준비하는데, 실업자 조사에 4일이 걸리는지라. 12월 16일은 안식일이니, 오후에는 은행이 문을 닫는지라. 오전에 실행하기로 하고, 잭이 협력자들에게 명령 주기를,

"헨리와 이소가 먼저 들어가서 오른쪽과 왼쪽 문에서 경비watch하는 경찰관에게 일시에 '손들어hands up'를 외치라. 그러면 우리가 들어간다."

오마스와 스튜어트는 산탄총shotgun과 소총rifle을 쥐고 잭은 기관총을 가지고 다음차로 도심지에 들어가는지라. 헨리와 이소를 먼저 보내고 세 사람이 천천히 걸어서 그 은행 문을 여는데, 헨리와 이소가 각각 권총을 경찰관의 배에 대고 '손들어'를 외치는지라. 잭이 들어서며 기관총을

사장에게 향하고, 오마스와 스튜어트는 산탄총과 소총을 휘두르며,

"누구든지 조금이라고 움직이면 총을 쏠 것이니, 모두 손들어라hands up. 또 벨을 울려 경찰관이 오게 되면 은행 사무원은 모두 죽게 될 것이니, 죽기 바라거든 마음대로 하라."

호령하니, 어느 누가 죽기를 자청할까? 모두 조용히 있는지라. 잭이 사장에게,

"미스터 테스Mr. Thess. 이번 크리스마스 날에 실업자에게 구제금을 줄 생각이 있으나, 손에 한 푼 돈이 없으니 생각뿐이라. 그런 까닭에 미스터 테스에게 사정하나니, 돈 100만 원을 꾸어 달라. 그러면 내년 이날에 갚을 것이다. 만일 꾸어 줄 수 없거든 50만 원을 기부하라. 만일 두 가지를 다 거절하면 나는 이 자리에서 자결할 터이니, 그리 알고 가부를 결정하라."

시계를 보며,

"10분을 줄 것이니, 그동안 가부를 대답하라."

테스가 박스에서 담배를 집어서 피워 물고 흔들거리다가 10분 만에 대답하기를,

"꾸어 줄 수 없다."

【잭】 빌려줄borrow 수 없으면, 50만 원을 기부하라. 네가 네 어미 배에서 나올 때 돈을 가지고 오지 않았고, 빈손으로 온 지 20년에 모든 사람이 땀 흘려 만든 돈을 간접으로 강도질하여 쌓아놓고 잘 먹고 잘 입었다. 그러고서도 모든 사람을 굶어 죽게 하려고 경제 공황을 만들어 십분의 일이 실업자가 되게 하였으니, 그 실업자를 누가 구제할 터이냐? 너희는 칠면조 요리turkey dinner에 와인을 마시지만, 실업자는 음식 찌꺼기

slop도 없다. 그러니 50만 원 기부하거나 100만 원 꾸어 주거나, 5분을 줄 것이니 대답하라.

테스가 5분 동안 생각하나 별다른 계책이 없는지라. 할 수 없이,

"50만 원 기부한다."

허락하니, 잭이 감사하다 하고,

"그러면 그 돈을 5만 원씩 10다발bunch로 만들어라."

하고, 서기를 불러 문서 만들기를,

'아메리카 은행 사장 나 조지 테스George Thess는 이번 크리스마스 날에 실업자에게 구제를 할 것인데, 그 돈 50만 원을 너 잭 전이 맡아서 공평하게 나눠주라. 그 돈에서 담배 한 개를 사서 피우거나 맥주 한 잔을 사 마시면 형벌을 내릴 것이요, 제대로 나눠주면 특별 상급을 주리라. 12월 16일.'

하고 테스의 싸인을 요구하니, 테스가 머뭇거리는지라. 잭이 웃으며,

"참말 유대인Jew이로구나. 허락한 지 10분이 지나지 않아서 말을 뒤집으니."

이 말을 듣는 테스가 싸인하니, 잭이 여기에 두 경찰관과 다른 고객customer의 싸인을 받고 돈은 포대canvas bag에 넣은 후에 경찰관의 총에서 총알을 뽑고 총을 돌려주며,

"내가 정월 10일에 지방 검사총장을 방문할 것이다. 이 말을 경무관에게 전하여 그이도 안심하게 하라. 만약 그 전에 나를 잡고자 하면, 다른 사람 생명이 위태할 것이다."

하고 나와서 길거리로 가지 않고 위층으로 올라가 5층의 북쪽으로 난 창문으로 나가서 지붕 위로 달아나니, 이는 뒤쫓는 경찰관이 어지럽게

쏘는 총에 다른 사람이 다칠까 염려함이라. 차를 주차했던 골목에 내려와 차를 타고 에바의 집으로 가니, 얼머 부부가 있다가 맞이하며,

"며칠 동안 어디 갔더냐?"

【잭】 아무 데 갔던지 그것은 이다음 말하고, 얼른 가서 에바를 꺼내오시오.

하고 포대에서 25만 원을 내어 놓으며,

"넬슨을 청하여 같이 가서, 뒷날 근심이 없도록 문서로 보고하시오."

얼머가 대답하고 전화로 넬슨을 재판소로 오라고 청하고, 다시 지방검사총장에게는 벌금을 가지고 갈 것이니 에바를 감옥에서 불러내라 말하고, 부부가 가니라.

이때 에바가 감옥에 들어가 그 밤을 자고 깨어나 장래를 생각하니, 힐로Hilo 화산에[58] 빠진 것은 아니나 깊고 깊은 함정에 빠진 것과 한가지라. 자살을 생각하나 자살할 도구가 없고, 또 여자 경찰관이 밤낮으로 함께 있으니, 참말 속수무책이라. 그러다 잭이 오면 영원한 이별을 말하고자 하나, 잭이 오기는 고사하고 전화도 없으니 한탄하기를,

"병원에 있을 때에는 매일 두 번 전화하더니, 이번에는 전화가 없으니 그럴 리가 있나? 전화를 했으나 교도관warder이 말해주지 않는 것인가?"

헤셀이 매일 오후에 오니 헤셀에게 물어보았는데, 헤셀도 대답하기를,

"잭이 발길을 끊은 듯하다. 집에 오지 않기에 전화로 물어보니 '어디 나가고 없다'고 하더구나. '시내로 갔나? 아니면 어느 시골로 갔나?' 물었더니 '시내로 매일 간다'고 대답하니, 집에 머물면서 오지 않는 것이

58 힐로(Hilo) 화산은 하와이의 하와이 섬(Hawaii Island, 일명 빅아일랜드)에 있다.

니 아마 희망이 끊어져 단념한 것 같다."

【에바】 단념할 리 있소? 나를 감옥에서 나가게 하려고 주선하지만 마음대로 되지 않으니 오지 않는 것이지요. 만일 주선이 되면 모르거니와, 되지 않으면 잭은 자살할 것입니다. 잭이 자살하면 나도 따라갈 것이니, 그리 짐작하시오.

【헤셀】 잭이 자살할 리 있어? 아마 무얼 변통하느라고 겨를이 없는 것이겠지.

그렇게 말한 지 며칠 뒤는 곧 토요일이라. 점심을 먹는데 여자 경찰관이 들어와,

"재판장이 부르니, 얼른 의복 입고 나가자."

하는지라. 음식 먹던 것을 멈추고 의복을 입고 따라 나와 재판소로 들어가니, 다른 사람은 없고 재판장, 서기, 검사총장의 세 사람이 있다가 웃으며,

"미스터 헤스링이 전화하기를 '벌금을 준비하여 가지고 오노라' 하며, 에바를 불러내라 말하기에 불러내었으니 기뻐하라."

에바가 웃으며,

"사실이 아니고 조크 같습니다."

하는데, 얼머 부부와 넬슨이 들어오더니 25만 원 지폐를 내어놓으며 에바의 사건 종결 보고를 청하니, 재판장이 서기에게 종결 보고를 하라고 말하니 서기가 문서에 종결 보고를 하는지라. 넬슨이 일어서서 에바의 손을 잡으며,

"미스 헤스링. 이제 지옥을 벗어났으니 집으로 가자."

하고 나오니라.

이때 잭이 얼머를 보내고, 함께 일한 일행에게 62,500원씩을 나눠주며,

"너희는 이 돈을 가져다가 실업자에게 50원씩 주되, 이다음에 누가 묻거든 '100원을 받아 크리스마스에 썼다"고 대답하라고 일러두어라."

【헨리】 우리가 이 돈 나눠주다가 경찰관에게 잡히면 어찌하나?

【잭】 그런 까닭에 세탁소 차laundry car 2대와 식료품 차grocery car 2대, 모두 4대를 준비했다. 하나씩 타고 돌아다니면, 경찰관이 보아도 세탁물 돌려주거나 식료품 배달하는 사람으로 여기고 눈여겨보지 않는다.

네 사람이 대답하고 나가서 돈을 나눠 주니라.

얼머의 일행이 집으로 돌아오니, 잭만 있는지라. 에바가 잭의 목을 안고 키스하며,

"오 내 사랑Oh my love. 오늘 저녁에 혼례를 올리자."

넬슨이 웃으며,

"에바가 잭을 만나지 않았다면, 지옥 생활을 했을 것을."

하고 가니, 잭이 헤셀에게,

"오늘 저녁에는 특별히 성대한 만찬을 준비하시오. 함께 일한 사람들이 큰 수고를 하였으니, 만찬을 대접합시다."

헤셀이 대답하고 나가는데, 아이들이,

"호외extra paper요. 50만 원 은행 강도bank robbery."

하는지라. 얼머더러 한 장 사오라고 해서 살펴보니, 헤드라인headline에는 '대로에 나왔던 대담한 강도'라고 했는지라. 잭이 웃으며 내려다보니 자기 사진picture이 있고 그 다음에는 강도질하던 자세한 사정을 기록했는데, '추격하던 경찰관이 그 건물building 5층에 던지고 간 기관총을 찾았는데, 장난감 기관총toy machine gun이라'고 한지라. 곁에 앉아서 보

던 에바가 다시 키스하며,

"오 연애의 힘. 지옥을 깨뜨리고 천당을 만들었구나."

삼각연애묘三角戀愛墓

삼각연애의 무덤

캐나다Canada 위니펙Winnipeg 인근에 매우 대단한 미인이 있으니, 이름은 루비 그래함Ruby Graham이라. 어머니는 병으로 돌아가시고 아버지는 세계대전에서 전사하니, 의지할 데 없는 외로운 홀몸으로 할머님 슬하에서 자라 소학교, 중학교를 마쳤으나 온타리오Ontario 대학을 졸업할 때에 할머님이 세상을 떠나가신지라. 미국에서 활동사진 사업하는 배우actor들은 루비를 진기한 보물로 알고 유인하나, 타고난 성품이 어질고 착한 데다 종교의 속박을 받아 배우 일은 하나의 죄악으로 여기고 또 재산이 약간 있어 먹고 입는 데 부족함이 없으니 샛길로 갈 터이냐? 대학을 졸업하고 영국으로 건너가서 부녀학婦女學을 연구하나, 사교에는 재주가 없어 음식 먹는 귀신일 따름이라. 그런 까닭에 그 아름다운 인물과 자태, 우등한 학업 성적을 가지고도 사교계에 명성이 없으니, 어느 남자가 돌아볼까? 이 세상에 온 지 20여 년에 남자의 콧김을 쏘여 보지 못한 여자는 루비 하나이니, 세상에 둘이 없는 희귀한 물건이라.

1926년에 부녀학을 마치니, 이때 나이가 21세라. 외로운 홀몸에 가까운 친척이라고는 외숙 한 분이 있으니, 중국 상해上海에 건너가 선교

사업을 하는 게일F. W. Gale이라. 그 외숙에게 편지하기를,

"금년 여름에 부녀학을 마쳤으나 부모 형제가 없는 외로운 홀몸인지라 믿고 의지할 곳이 없으니, 어떻게 하면 가장 좋으리까?"

문의하였더니, 그 외숙이 답장하기를,

"중국으로 건너와 선교 사업을 도우며 교편을 잡는 것이 적당할 듯하니, 네 뜻에 맞거든 건너오라."

한지라. 곧바로 캐나다 본가로 건너와 재산을 정리하고 다시 태평양을 건너 중국 상해에 당도하니, 외숙 부부가 부두에 나와 맞이하는지라. 기뻐하며 문안하고 외숙의 집으로 들어가니, 그 생활 정도가 어느 영국 귀족의 생활과 거의 같은지라. 기뻐하며 중국의 인정과 풍속, 선교의 발전을 물으니,

【외숙】 중국의 인정은 매우 선량하며 풍속은 여러 고을이 거의 비슷하다. 그런데 무식한 계층이 많아서 선교에는 어려움이 많다.

【루비】 인정과 풍속이 선량하면 깨우쳐 인도하기 쉽습니다. 내가 교편을 잡으면 중국 아이를 가르칩니까? 아니면 영국과 미국 두 나라의 아이를 가르칩니까?

【외숙】 앞으로는 어찌 될는지 몰라도, 금년에는 영국과 미국 두 나라의 중학생을 가르치기로 결정되었다.

루비가 외로운 신세를 잊고 기쁘게 한 주일을 지냈는데, 외숙이 그곳에 있는 영국과 미국 두 나라의 선교사, 은행 사업가, 정치가의 자녀 가운데 젊은 남녀를 초청하여 만찬을 대접하며 루비를 소개하고 댄싱 파티dancing party를 베풀어 주는지라. 이는 루비에게 사교를 두루 경험하도록 하기 위함이라. 그 만찬을 같이하는 젊은 남녀가 옥스퍼드Oxford, 캠

브리지Cambridge, 하버드Harvard, 예일Yale 대학 출신인데 학식은 말할 것 없고 인물이 준수하며 언어가 활달하니, 여자들은 남자를 구슬marble 놀리듯이 놀리며 남자들은 여자를 찰흙clay 주무르듯 다루는지라.

루비가 평소에 남자 교제가 드물었지만 나이 스물이 넘은지라. 어찌 자연적 감각이 없을쏘냐? 모든 남자의 행동을 눈여겨보니, 그중에 조지 홉킨스George Hopkins라 하는 젊은이가 매우 주목되는지라. 나이는 27~28세가량인데 인물이 준수하고 말이 신중하며 모든 젊은이들이 '칭chink'이라 부르는지라.[1] 그 나머지 남자는 눈 아래로 보일 뿐 눈에 차지 않는지라. 또 조지도 그 자리에 모인 여자는 모두 여러 해 상종하여 성격과 행실을 깊이 아는 까닭에 여배우actress로 여기고 담화하는 친구로서나 어울릴 뿐 결혼하여 영원한 도시Eternal City로 같이 들어갈 희망을 두지 않았는데, 새로 건너온 루비를 만나보니 학식은 말할 것도 없고 인물과 자태며 말과 행동이 참으로 금지옥엽金枝玉葉처럼 귀한 인물이라. 만찬을 마친 뒤 담화할 시간에 영국 학계의 형편을 묻고서 또 말하기를,

"이곳에 오셔서 교회 일을 도와주시고 영국과 미국 아이들을 가르치게 되었으니 모든 일에 유익할 것입니다. 우리 젊은 남녀의 모임도 종종 베풀 것이니, 미스 그래함Miss Graham의 앞길을 위해 기뻐합니다."

루비가 감사하며,

"나는 부모 없는 외로운 홀몸인지라 의지할 데가 없었는데, 외숙이 이곳으로 와서 교회 일도 곁에서 돕고 두 나라 아이들 교육하는 교편을

---

1 'chink'는 중국인을 가리키는 비속어인데, 여기서는 특별히 비하하는 의도가 담긴 말로 쓴 것은 아닌 듯하다. 조지가 중국에서 태어났기 때문에 이처럼 말한 것일 수도 있고, 중국 문화에 밝아서 이런 별명이 붙었을 수도 있다.

잡으라 하셨습니다. 지식이 얕은 내게 더없는 영광입니다."

담화하다보니 9시라. 라디오radio를 켜 놓고 숙모님의 피아노piano 반주로 열두 남녀가 짝지어 춤을 추다가 11시에 흩어지게 되니, 조지가 루비에게 종종 방문해도 좋을지 문의하는지라. 루비가 허락하기를,

"나의 사촌cousin은 다 영국으로 공부 가고 늙으신 외숙과 외숙모 두 분만 계시니, 저녁 두세 시간은 매우 고요하고 쓸쓸합니다. 그런 까닭에 젊은 남녀의 방문은 누구라도 환영합니다."

모두 작별하고 가니, 그 이튿날은 일요일Sunday이라. 예배당에 가서 두 나라 아이들에게 주일공과主日工課를[2] 가르치고 예배를 마친 후에 집으로 돌아오니, 태어나고 자란 고향이라도 이런 경우에는 쓸쓸할 것인데 하물며 낯선 만리타국에서랴? 심심풀이로 책을 읽다가 저녁 식사 때 모든 남녀의 내력을 묻는데, 조지 홉킨스의 내력을 물으니,

【외숙】 미스터 홉킨스Mr. Hopkins는 중국에서 태어나고 자랐는데, 옥스퍼드를 졸업했지만 중국 문화의 영향을 받아 중국의 기풍이 많으며 남경 정부의 외교 사무를 돕고 있다. 그 아버지는 중국 해관海關의 총세무사이니 수출입 세관 사무의 책임자이다.[3] 또 아무개는 선교사의 자녀, 아무개는 은행 상업가의 자녀이며, 모두 명성 있는 젊은 남녀라. 함께 상종하면, 서로 유익함이 많으리라.

---

2 주일공과(主日工課, sunday school lesson)는 교회 주일학교의 성경 교육 과정을 뜻하는 말이다.

3 '남경 정부'는 일반적으로 장제스(蔣介石)가 1927년 4월 12일 쿠데타 이후 남경에 세운 정부를 가리키는 말로 사용된다. 따라서 작품 속의 시간(1926년)이 장제스의 남경 정부 시기와 정확히 들어맞지는 않는다. '총세무사(總稅務司)'는 톈진 조약 이후 중국의 해관(海關) 즉 세관의 행정을 총괄하던 외국인 관직으로, 상당한 기간 동안 영국인이 담당하였다.

루비가 감사하고 두세 주일을 한가롭게 휴양하다가 9월 보름 무렵에 개학이 되니, 모두 중학생인데다가 중국의 기풍을 아는 까닭에 예의 바르니 영국이나 미국에서 가르치기보다는 매우 편하고 쉬운지라. 미성년 학생과 상종하는 것이나 낮에는 이 때문에 적적하지 않지만, 하교 후에는 사람 없는 외딴섬에서의 생활과 한가지라. 전화phone로 홉킨스를 청할까 생각하는데 외숙이 부르기를,

"누가 너에게 전화하니, 응답하라."

하거늘, 나와서 받으니 조지가 방문해도 좋을지 묻는지라. 오시라고 곧바로 대답한 후에 전화를 끊고 외숙에게,

"미스터 홉킨스가 방문하겠노라 하기에 허락하였습니다."

【외숙】 네가 미성년자가 아니고 성인이니, 마음대로 맞이하여 대접할 것이요 내게 묻지 않아도 좋다. 또 홉킨스가 모든 일에 빼어나니 친근히 상종하여라.

루비가 감사하고 나가서 객실을 정돈하는데 홉킨스가 오거늘, 맞이하여 의자로 인도하고,

"적적한 나를 위로하시려고 방문하시니, 매우 감사합니다."

【홉킨스】 나도 미스 그래함이 적적하게 지내실 줄 짐작하오나, 낮에는 중국의 외교 사무를 약간 돕고 아버님이 관장하시는 해관의 세무 일도 돕다 보니 한가한 겨를이 별로 없습니다. 오직 늦은 저녁에 몇 시간이 있지만, 친구들이 와서 담화도 하고 때로는 산보 나가자고 청하니 자연히 늦어졌습니다. 늦은 것을 용서하시오.

【루비】 손님을 맞이하여 대접하고 어버이께 문안하는 것은 사회 생활에서 자연스러운 일이니, 용서하고 말고가 없지요.

하고 담화를 시작하는지라. 루비의 성격은 냉정하고 조지의 성격은 침묵한데, 차갑고 고요한 냉정과 무겁고 말없는 침묵이 마주하게 되니 얼음과 숯이라. 그러나 냉정이 태양을 쪼이면 뜨거워지고 침묵이 바람을 맞으면 흔들리나니, 둘은 바늘과 자석이라. 서로 끌지 않을까?

【루비】 미스터 홉킨스께서 중국 문화에 정통하시다 하니, 배움의 이치가 어떠하더이까?

【조지】 제가 중국에서 나고 자랐으니, 그곳 문화를 받아들이는 것이 자연스러운 형세올시다. 중국에서의 배움의 이치는, 문자가 자음자와 모음자를 엮어서 쓰지 않고 자모음이 합쳐진 한 글자로 만들어져서 한 글자로 두세 가지의 뜻을 나타냅니다. 그런 까닭에 보통 지어놓은 글이 잘못 해석되는 폐단도 있지만, 철학적 이론을 펴는 데는 더 할 나위 없는 편리하며 특히 시 짓는 데는 더 없이 좋습니다. 가령 우리 영어로 상해 경치를 읊은 시를 지으려면 무려 20구나 될 터이나, 중국 문자로는 8구면 충분합니다. 중국의 배움의 이치를 알지 못하는 우리 유럽과 미주의 사람들이 '복잡하다'거나 '너무 어렵다'고 비평하지만, 실제로는 간단하고 명료합니다. 한 가지 미흡한 점은 외국 사람으로서는 배워 익히기가 어렵다는 것뿐입니다.

【루비】 중국 인민의 종교에 대한 관념은 어떠합니까?

【조지】 중국에 처음에 있던 종교는 선교仙敎인데, 지금은 사라져서 자취가 없으나 그 교리는 짐작할 수 있습니다. 그 도덕이 지금까지 지배하기 때문입니다. 3,000년 전에 유교가 시작되어 선교를 대신하였는데, 그 교주는 공자와 맹자이며 형체 없는 '영혼설'은 없고 성리性理를 주장하여 도덕을 키우도록 했습니다. 그 후 불교가 들어와 윤회설을 전파하

였는데, 이로 인해 인민이 미신으로 나아갔지만 도덕심은 풍부합니다. 선교와 유교 두 종교에서 도덕의 으뜸 되는 가르침은 인仁, 의義, 예禮, 지智, 신信의 다섯인데, 그 가운데 인, 의, 예, 신의 넷으로 인해 '지'가 가려짐으로써 어리석음이 드러나게 되었습니다. 그러나 우리가 믿고 받드는 기독교가 전파됨에 따라 미신도 깨뜨려지고 있으며 지식도 늘어나고 있습니다.

【루비】 중국 남녀의 사교는 어떠합니까?

【조지】 중국 남녀의 사교에는 유교에서 남존여비를 주장했던 해독이 남아 있습니다. 남자는 더 없는 권력을 지니되, 여자는 더 없는 압박을 받아서 사교에서는 아무런 능동적인 움직임이 없습니다. 가정에서 의복과 음식을 공급하며 자녀를 낳아 기르는 것이 여자의 의무입니다. 또 사교에서 능동적으로 움직이려는 여자를 경박하다고 여기며, 여자가 가정에 숨어 있는 것을 한 영광으로 생각합니다.

하고, 인생의 큰 문제인 '연애'는 말하지 않는지라. 루비가 아무리 같은 인종이나 초면의 여자요 조지는 중국의 기풍에 목욕하였으니, 예의를 벗어나겠는가?

【루비】 중국 여자는 한편으로는 불행하나 한편으로는 복이 많은 듯합니다.

하고 다시 묻기를,

"중국 사람들의 연애 학설은 어떠합니까?"

【조지】 미스 그래함, 용서하시오. 연애 학설은 말하기 불편합니다.

【루비】 이 문답이 우리 두 사람의 사적인 담화가 아니고 '인생의 요소'에 대한 학술적 담론이니, 불편해 하실 것 없습니다.

【조지】 미스 그래함이 그처럼 생각하시면, 그 강령을 말하지요. 중국의 연애는 우리 구미歐美의 연애와 완전히 다르다고 해도 지나친 말이 아닙니다. 그런 까닭에 중국을 유람하는 구미 사람들이 '중국에는 연애가 없다'고 합니다. 동물의 사회에도 연애가 있는데, 신령스런 지혜를 지닌 인간의 사회에 연애가 없을 리 있습니까? 우리 구미 사회에서는 연애하는 사람이 자랑삼아 널리 알리니 다른 사람이 알고 '연애가 있다'고 함이요, 중국에서는 연애하는 사람이 감추고 말하지 않으니 다른 사람이 알지 못하여 '연애가 없다'고 함이외다. 무릇 연애는 하나님의 비밀스런 뜻이라. 신성하고 존귀한 '비밀스런 뜻'을 감추는 것이 당연한 일이며, 널리 알리는 것은 부당한 일입니다.

【루비】 중국 사회에서 연애를 감추니, 그에 따라 학설도 부족할 듯합니다.

【조지】 연애 학설이 몇 종류 있기는 해도 '없다'고 하는 것도 지나친 말이 아닐 정도처럼 보이지만, 실상을 따져보면 많습니다. 그 인민이 믿고 받드는 유교가 연애를 저주하는 까닭에 연애를 말하거나 기술하면 '유교의 죄인'이라 하여 사교에서 배척합니다. 그런 까닭에 학자들이 연애를 기술할 때에는 직접적으로 기술하는 우리 구미 사람들과는 달리 간접적으로 기술합니다. 중국의 시는 '경景-경景-정情-사事'의 네 가지 의미로 엮어지는 까닭에, 시마다 연애가 포함되었습니다. 가령 예를 들자면, '서상西廂 아래 달을 기다리니, 바람을 맞은 문이 반쯤 열렸더라.' 이것을 누가 연애 학설이라 하오리까? 그러나 그 연애의 의미는 한정 없이 방탕합니다.[4] 연애를 기술하는 학자들이 유교의 저주를 피하려다 보니 전부가 이런 모양으로 시문을 지었습니다. 연애는 존귀하고 신

성한 '비밀스런 뜻'인데, 우리 구미 사회에서 유행하는 연애는 존귀하게 보이지 않고 비천한 면이 많더이다.

하는데, 시간은 9시 반이라. 조지가 일어서며,

"미스 그래함의 사랑으로 시간 가는 줄을 몰랐습니다."

루비도 규칙 생활하는 여자라. 허락하며,

"미스터 홉킨스. 좋은 학설을 많이 들려주시니 감사합니다. 이후에는 물어볼 것 없이 종종 방문하시오. 아무 때든지 거절하지 않고 환영하겠습니다."

조지가 대답하고, 집으로 돌아와 자리에 누워 생각하기를,

'내가 옥스퍼드에서 공부하는 동안에 상종한 여자가 매우 많고 또 이곳에도 상종한 여자가 여럿이지만, 그 여자들은 두 사람 사이의 사적인 담화만 하려고 했는데 이 여자는 사적인 담화는 없고 학설 토론을 하는구나. 실로 존귀한 여자이다.'

하고 그 후부터 늦은 저녁에 시간만 나면 방문하니, 게일 박사Dr. Gale도 성가시게 여기지 않고 환영하는지라. 청년 남녀가 많지만 다 평범하게 보이고 조지만 특별히 빼어나게 보이니 여간 환영할까? 늦게 와도 반갑게 맞이하고 늦게 가도 내버려 두니, 이는 조지가 자신이 인도하고자 하

4 한시의 구성법에서는 앞 두 구절에서 경치(景)를 묘사하고 뒤의 두 구절에서 시인의 마음(情)과 일(事)를 드러내어 말하는 방식이 널리 활용된다. 이때 경치를 묘사하는 것은 실제로는 화자의 감정을 간접적으로 표현하는 수법이 되기도 하는데, 이처럼 간접적으로 표현된 의미를 읽어내게 되면 연애에 대해 말한 '연애 학설'이 실제로는 적지 않다고 말할 수 있다. 조지가 예로 든 구절은 당나라 원진(元稹, 779~831)의 「앵앵전(鶯鶯傳)」에 실린 시의 일부이다. 원문은 "待月西廂下, 迎風戶半開. 拂牆花影動, 疑是玉人來"인데, 이 가운데 앞의 두 구 즉 '경(景)-경(景)'에 해당하는 부분은 실제로는 단순한 풍경 묘사가 아니다. 연인이 찾아오기를 기다리는 간절한 마음을 담은 것이니, 조지는 시 구절에서 이러한 마음을 읽어냄으로써 '방탕한 연애'를 언급하게 된 것이다.

던 남자이며 루비가 나이 스물이 넘었으니 혼인할 시기가 지났기 때문이라. 루비도 생각하기를,

'내가 남자 교제가 많지는 못하나 담화하는 남자는 모두 경박한 말을 지껄이기나 했는데, 이 사람은 예의 바르고 정당한 말만 하니 그 심성이 신중하구나.'

종종 조지를 만나는데. 세월은 풍차windmill 돌아가듯 흘러 9월에 개학하더니 어느새 크리스마스Christmas라. 방학하고 성탄절을 지낸 뒤에 루비가 조지에게,

"내가 상해에 온 지가 거의 대여섯 달인데 활동사진 구경 간 일이 없으니, 한번 인도하렵니까?"

조지가 웃으며,

"미스 그래함, 영화 구경picture show을 원하십니까? 나는 벌써부터 인도할 생각이 많았으나, 당신의 뜻을 알지 못하고 또 게일 박사가 어찌 생각할는지 알지 못하여 아무 말 않고 있었습니다. 미스께서 원하시면 오늘 저녁에 가 봅시다."

루비가 대답하고 외숙에게 홉킨스와 구경 갈 것을 문의하니, 외숙은 종교가라 사진 구경을 찬성하지는 않지만 청년 남녀의 사정을 양해하고 허락하는지라. 루비가 기뻐하면서 나와 조지와 함께 자동차로 공연장에 들어가니, 영화는 2편을 함께 상영double show하는지라. 하나는 폴라 네그리Pola Negri가 미술가와 연애하는 영화이며 하나는 노마 쉬어러Norma Shearer가 이혼하는 영화인데,[5] 폴라 네그리의 미술가와의 연애는

---

5 폴라 네그리(Pola Negri, 1897~1987)는 폴란드 출신의 배우로, 무성영화 시대를 대표적인 스타였다. 미술가와 연애하는 영화가 어떤 작품을 말하는지는 분명하지 않

약간의 인상을 주나 노마 쉬어러의 이혼은 별다른 재미가 없는지라. 구경을 마치고 나오며 루비가 조지에게,

"내가 아직 상해 교외를 구경하지 못하였으니, 한번 인도할 수 있소?"

【조지】 미스 그래함이 원하신다면, 상해 교외만이 아니라 서호西湖의 풍경도 구경하게 하지요.

【루비】 그럼 내일 아침 식사 후에 떠나도록 합시다.

조지가 대답하고 루비를 집까지 바래다주고서 돌아와 자니라. 이튿날 아침 식사 후에 자동차로 게일 박사의 집에 다시 들러 그래함을 태우고 떠나서 홍구 공원虹口公園에서[6] 시작하여 모든 명승지를 두루 관람하고, 다시 해변으로 나가서 원주민 막노동꾼coolie의 생활을 구경하니라. 점심을 먹은 후 다시 양쯔강Yangzi river을 따라 올라가며,

【조지】 미스 그래함, 나이가 얼마나 되었습니까?

루비가 웃음을 머금고,

"지금 22세올시다. 미스터 홉킨스의 나이는 얼마입니까?"

【조지】 하는 일 없이 28세가 지나갑니다.

무릇 청년 남녀가 서로 나이를 묻는 것은 연애를 시작하는 첫 관문이

으나, 에른스트 루비치(Ernst Lubitsch) 감독의 1918년 작품인 〈미이라 마의 눈(Eyes of the Mummy Ma)〉일 가능성이 있다. 비극적인 공포 영화에 속하는 이 영화에는 여주인공 마(폴라 네그리)와 젊은 화가 벤트란트와의 사랑 이야기가 포함되어 있다. 노마 쉬어러(Norma Shearer, 1902~1983)는 캐나다 출신의 배우로, 1920년대와 1930년대 할리우드의 대표적인 스타였다. '이혼하는 영화'는 1930년 작품인 〈이혼녀(The Divorcee)〉를 가리키는 것으로 짐작되는데, 노마 쉬어러는 이 영화로 아카데미 여우주연상을 받았다.

6 '홍커우 공원(虹口公園)'은 상해(上海)에 있는 공원으로, 원래 조계(租界) 관청이 있었으며 영국인이 설계한 서양식 정원을 갖고 있었다. 1956년에 루쉰 공원(魯迅公園)으로 개칭되었다.

라. 조지가 묻고 루비가 대답한 후 다시 조지에게 물으니, 이는 문 안에 들어가자는 허락이라. 문 안에 들어선 바에야 둘째 문을 찾지 않을까? 루비가 다시 한 걸음 더 나아가서,

"나는 '미스' 그래함이니 아직 혼인하지 않았지만, 미스터 홉킨스는 가족을 두셨습니까?"

【조지】 유감스럽게도 아직 가족을 두지 못했습니다.

루비가 웃으며,

"나이 서른이 되도록 가족을 두지 않았으니, 독신 생활을 할 생각이십니까?"

【조지】 남녀를 막론하고 독신 생활을 하는 사람은 하늘의 이치를 거역하는 죄인이올시다. 이 세상에 독신 생활하는 사람은 천주교 신부와 불교 승려인데, 그이들은 종교의 교리에 복종하여 정욕을 이기느라 어려움을 무릅쓰고 독신 생활을 실행하는 것입니다. 그 나머지 독신 생활하는 사람은 각자의 사정으로 연애에서 타격을 받고 비관하여 독신하는 것이지, 그 외에야 누가 독신하오리까? 나도 가정을 이루고자 하나 마음에 합당한 여자는 그 여자가 나를 싫어하여 자연히 가정을 이루지 못하였습니다.

【루비】 이 세상에 사는 사람은 아름다운 것을 선택하는 '택미성'이 있습니다. 그런 까닭에 남자는 여자를 선택하고 여자는 남자를 선택합니다. 내 손으로 만든 옷도 몸에 꼭 맞지 않으며 음식도 입에 꼭 맞지 않는데, 내가 만들지 않은 사람이 꼭 합당하기는 도저히 불가능합니다. 그러니 지나치게 우둔하거나 못난 사람이 아니면, 서로 적당할 듯합니다.

【조지】 과연 철학적인 말씀이올시다.

담화하는 동안에 차는 상해 시내city로 들어가는지라. 게일 박사의 집 문 앞에 차를 세우고 차에서 내려 루비를 하차시키고 작별하며,

"오늘 구경에서 특별한 장관이 없었으니, 아마 미스께서 피곤할 듯합니다."

【루비】 장관도 많았거니와, 신선한 공기를 호흡하여 정신이 상쾌합니다. 개학 전에는 내가 적적할 것이니, 한가한 겨를이 있거든 방문하시오.

【조지】 나의 일은 남경 정부의 외교를 돕는 것인데, 요즈음은 외교적인 마찰이 없으니 한가합니다. 나도 적적함을 잊고 미스 그래함도 적적함을 잊을 수 있도록 저녁에 오겠습니다.

이미 둘째 문에 들어섰으니, 셋째 문으로 가지 않을까?

【루비】 그럼 저녁에 오시오. 기다리겠습니다.

조지가 대답하고 가서, 저녁을 먹은 뒤에 야간 산보를 하다가 게일 박사의 집으로 가니, 루비가 문 밖까지 나와 맞이하는지라. 묻지 않아도 몹시 기다린 것을 짐작할지라. 조지가 웃으며,

"일찍 떠나오느라고 했으나 오는 길에 미국 은행가를 만나게 되어 담화 몇 마디 하느라고 늦었습니다. 용서하시오."

【루비】 관계치 않습니다.

하고, 객실로 들어가 앉은 뒤에 담화가 시작되는지라. 미국 남녀가 셋째 문의 문고리를 잡게 되면 이러니저러니 다른 말 하지 않고 '네가 나를 사랑하고 내가 너를 사랑하니, 교회church로 가서 결혼marry하자' 하는 경박한 말을 거리낌 없이 내뱉지만, 이 두 남녀는 현대인modernist이라 스스로 일컫는 경박한 남녀가 아니고 신중한 현대인이니, 학설을 말하면서 연애를 발표한다.

【루비】 유럽이나 미국에서 유행하는 연애 학설은 우리 두 사람이 같이 알지만, 나는 중국의 연애 학설에는 어둡습니다. 미스터 홉킨스가 그 가운데 희귀하고 멋이 있는 학설을 말할 수 있습니까?

【조지】 중국 연애 학설로 순전히 연애만 말한 학설은 세 종류인데, 그 학설은 무슨 꾸미는 말이나 감추는 바가 없습니다. 그 밖에 헤아릴 수 없을 정도로 많은 학설은 모두 연애로 기초를 삼지 않고 '가정'으로 주인을 삼고 '연애'로 손님을 삼음으로써 유교의 공격을 피한 것들입니다.

【루비】 그 순전히 연애만 말한 세 종류를 말할 수 있습니까?

【조지】 용서하시오. 그 학설은 어느 누가 누구에게 보라고 하거나 말해줄 만한 것이 아니니, 각 개인이 스스로 구해서 보아야 할 것입니다.

【루비】 용서하시오. 나는 그런 사정을 알지 못하고 물었습니다. 가정으로 주인을 삼은 학설은 어떠합니까?

【조지】 우리 구미 사회에서는 한 남자가 한 여자와, 한 여자가 한 남자와만 연애를 하지요. 중국에서는 연애를 하지 않으면 그만이거니와, 연애하게 되면 한 남자가 두세 여자와, 한 여자가 두세 남자와 연애하게 됩니다. 중국의 남녀는 결혼의 자유가 없어서 부모의 주장에 따라 결혼하게 되니, 남자가 여자의 마음에 합당하거나 여자가 남자의 마음에 합당하기가 거의 불가능합니다. 부모가 억눌러서 자기 마음이 허락하지 않는 생활을 유지하지만, 그 남녀가 마음과 눈이 허락하는 남녀를 만나게 되면 생사를 돌아보지 않고 연애를 합니다. 자연히 제삼자의 간섭이 생겨나서 연애하는 사람에게 귀신의 장난 같은 장애물이 되는데, 연애에서 제삼자의 훼방이 없으면 그것은 연애가 아닌 열애입니다. 그런 장애물이 있는 까닭에 연애하는 사람은 자신의 재능을 있는 대로 다 발휘

하여 성공하기를 힘쓰니, 듣는 자와 보는 자가 마음과 혼백을 놀라게 되는 아름다운 이야기가 여기서 생깁니다.

【루비】 '열애'란 말의 뜻을 깨닫지 못하겠습니다.

【조지】 우리 구미에서 '연애'에 해당하는 단어는 '러브love'인데, 그 하나의 단어를 가지고 부모, 처자, 친구, 정인情人에게 사용합니다. 그런데 중국 문자에서는 부모, 처자, 친구, 정인에게 사용하는 말이 각각 다릅니다. '열애'라는 말은 기혼 남녀에게만 쓰고 미혼 남녀에게는 못 쓰며, '연애'는 미혼 남녀에게만 쓰고 기혼 남녀에게 쓰지 않습니다.

【루비】 각각의 연애마다 쓰는 말이 다르면, 연애의 진리를 깨닫기 쉽겠습니다.

【조지】 그러하다고 깨닫기 쉬운 것이 아닙니다. 깨닫는 것은 각 개인의 마음에 달려 있습니다. 때로 우리가 영화 구경을 가게 되면, 한 여자가 한 남자와 연애하다가 결혼하는 것처럼 무미건조한 것은 또 없을 듯합니다. 그러나 한 여자에게 두 남자 또는 한 남자에게 두 여자가 연애를 하게 되면, 서로 가지려고 마음과 재주를 다하여 경쟁하게 되고 그때 환호와 공포와 슬픔이 일어나게 됩니다. 그래서 보는 사람의 정신이 상쾌하여집니다.

【루비】 나도 그런 영화를 보았는데, 남녀들 가운데 하나는 밉게 보이더이다.

【조지】 그야 누구든지 밉게 보지요. 하나는 잃지 않으려고 애 쓰고 하나는 빼앗으려고 힘쓰니, 다투는 둘의 재능이 비슷하면 용과 호랑이가 다투는 것 같은 볼거리가 있겠지요. 그렇지만 하나는 부족할 것이니, 부족한 자의 곤란한 형상은 참말 분하고 기가 막히게 하니 내가 힘을 합쳐

볼 생각까지 생기더이다.

【루비】 연애가 어떤 물건이기에 청년 남녀가 생명을 희생합니까?

【조지】 연애는 귀중한 물건입니다. 사람이 음식을 요구하는 것은 신체가 죽지 않으려 함이요, 연애를 요구함은 마음이 죽지 않으려 함이외다. 동물이 자기가 낳은 자식을 보호하는 것이 누가 시켜서 보호하는 것입니까? 천연적입니다. 사람이 연애하는 것이 누가 시켜서 연애하는 것입니까? 천연적입니다. 그러니 그 의미의 깊이를 깨닫지 못합니다.

【루비】 중국에 연애로 유명한 인물이 누구입니까?

【조지】 연애로 유명한 여자로는 양귀비와 최앵앵이 있고, 남자로는 원진元稹과 이하李賀가 있습니다. 그 외에 연애를 했지만 이름을 남기지 못한 이들은 이루 다 헤아릴 수 없이 많습니다. 이들을 한 마디로 말한다면 '찬 이슬을 느끼는 원녀怨女와 광부曠夫'입니다.[7]

이 말을 듣는 루비의 심장이 널뛰듯 하니, 안색이 여전할까? 조지가 그 모습을 보고,

"미스 그래함. 물 한 모금 마시오."

루비가 물을 받아 한 모금 마시니, 약간 진정이 되는지라. 감사하고 다시는 연애에 대해 묻지 않는지라. 조지도 말을 돌려 중국 인민의 생활 정도와 정치의 변동을 말하다가,

7 '최앵앵(崔鶯鶯)'은 「앵앵전(鶯鶯傳)」 및 「서상기(西廂記)」의 여주인공이다. '원미지(元微之)'는 당나라의 시인 원진(元稹, 779~831)인데, 「서상기(西廂記)」의 원작인 「앵앵전(鶯鶯傳)」의 작가이기도 하다. '이장길(李長吉)'은 당나라의 시인인 이하(李賀, 790~816)이다. 명문가의 아들 완욱(阮郁)과 사랑하다가 19세의 나이로 죽은 명기(名妓) 소소소(蘇小小)의 사랑을 그려낸 시 「소소소묘(蘇小小墓)」를 남겼다. 원녀(怨女)와 광부(曠夫)는 나이가 많지만 결혼하지 못한 여자와 남자를 뜻하는 말인데, 『맹자』 「양혜왕」에 보인다.

"동서양의 재앙의 근원은 일본인데, 영국과 미국 두 나라는 임시방편의 계교로 현상황만 유지하려 하니 일본은 그 기회를 이용하여 누에가 뽕잎 갉아 먹듯이 하고 있소. 이를 마음대로 하도록 내버려두고 막지 않으니, 머지않아 구미 각국은 분명히 물러나게 될 것이며 선교 사업도 정체될 것이요. 코리아Korea가 그 증명이라."

【루비】 그것은 정치가의 일이니, 그들이 어떻게든 할 것이며 우리는 뒤에서 도울 뿐이라.

하고 며칠 지내니, 1927년 1월 1일이라. 게일 박사의 집에서 새해 만찬을 먹고 밤 9시까지 담화하다가 작별하게 되니, 조지가 루비에게,

"내가 내일 남경으로 가면 사나흘 머물게 될 듯합니다. 그리 아시고 용서하시오."

【루비】 남경으로 가시면 정부 당국자와 새해 면회가 될 것이니, 자연 사나흘 걸리겠지요. 그럼 평안히 다녀오시오.

조지가 대답하고 집으로 와서 자고, 그 이튿날 자동차로 남경에 올라가 영국 공사를 방문하여 잠시 담화하고 나오니라. 이어서 외교총장을 방문하여 서로 새해의 행복을 축원하고 그 집에서 만찬을 한 뒤에 하룻밤을 묵고, 그 이튿날에는 주석 장개석蔣介石과 각부 총장을 면회하고 또 사적인 친분이 있는 친구를 만나니 자연 사오 일 머물게 된지라.

이때 루비가 새해 첫날을 지내고 이튿날 등교하여 열심히 학생을 가르치니, 다섯째 날(금요일)이 된지라. 오후에 일을 마치고 집으로 돌아오니, 담화하던 친구는 남경에 가고 다만 외숙 내외분과 담화할 뿐이니 그 담화가 무슨 재미가 있으랴? 성경 토론이 아니면 중국 인민의 단점에 대한 담화이고 그도 아니면 세계 각국의 선교 소식이니, 그 담화가 심심

풀이가 될까? 세 사람이 담화하나 실로 외로운 홀몸과 한가지라. 스스로 생각하기를,

‘조지의 말이 사나흘 머물 것이라 하였으니, 어쩌면 오늘 저녁에 올 듯하다.’

책을 보며 몹시 기다리지만, 남경에 있는 사람이 올 터이냐? 그 밤을 별다른 재미없이 지내고 나니, 그 이튿날은 여섯째 날(토요일)이라. 무슨 할 일이 있으면 그 일을 하느라 골몰하여 공상이 오지 않겠지만, 하는 일 없이 의자에 앉았으니 떠오르는 것이 공상이라. 그 공상을 잊으려고 산보 갈 것을 생각하니, 동행할 사람이 누가 있을까? 종일 정원에서 계속 왔다갔다하니, 공상은 잊게 되지만 몸은 약간 피곤해지는지라. 저녁 후 책을 보며 홉킨스를 기다리나, 9시가 지나도 홉킨스의 목소리도 체취도 없는지라. 일찍 자려고 침상으로 가서 누워보지만, 잠이 올 터이냐? 팔다리가 피곤하니 하품은 많이 하지만 눈은 새벽별 같이 밝아가니 잡지를 들고 뒤척이는데, 홉킨스가 발소리도 없이 앞에 서며,

“미스 그래함. 내가 그래함을 하늘같이 높이 존경하며, 바다같이 깊이 사모합니다. 그래함, 어찌 대답하시렵니까?”

루비가 이 말을 들으니 알지 못할 기쁨이 샘솟듯 하는지라. 기쁨을 머금고,

“미스터 홉킨스. 나도 같은 생각입니다.”

조지가 아무 말 없이 목을 안고 입 맞추는데, 놀라 깨니 생시가 아니고 꿈이라.

‘이것 무슨 일인가? 내가 이 세상 온 지 20여년에 할머님 외에는 입 맞춘 남녀가 없는데. 이 사람이 내게 무례하게 굴까? 오, 이것이 사실이

아니고 꿈이니, 무례하고 말고가 없다. 내가 그전에 활동사진에서 연애하는 남녀가 이러한 꿈을 꾸는 것을 보았는데, 이제 나도 그런 꿈을 꾸니 내가 연애하는 여자인가? 나는 결단코 아니다. 그러면 조지가 내게 사모하는 마음을 품고 있는가? 내가 홉킨스와 상종함은 담화하는 동무가 없으니 적적함을 깨뜨리려 함이지 무슨 특별히 묘한 생각을 가져서가 아닌데, 꿈은 깨어있을 때 먹은 마음이 드러나는 것이라는데 그런 꿈을 꾸었으니 나로서는 알지 못할 나의 연애가 시작되었나? 처음 내가 이곳 온 지 불과 일주일 만에 외숙이 여러 남녀를 초청하여 소개하고 만찬과 댄스dance로 상종하게 하였는데, 남자가 홉킨스 하나가 아니요 여섯 명이라. 그러나 다른 남자는 기억되지 않고 어찌 홉킨스만 기억되었을까? 내가 방문을 청하려는데 홉킨스가 먼저 청하였으니, 저도 내가 기억이 되었던가? 옳다. 이것이 연애의 시작이로구나. 두 사람이 말은 없었으나, 마음은 마주 비치었구나. 사람이 되어서 한 번의 연애는 피하지 못할 일이라. 내가 천사가 아니니, 연애를 피하거나 연애가 없을 터이냐? 홉킨스의 됨됨이를 분석하자. 눈으로 보는 인물, 귀에 들리는 명예, 언어, 학식까지 남자로서 마땅히 갖춰야 할 바를 모두 갖추었으니, 나뿐만 아니라 여자마다 탐할 남자인지라 내게도 적당하고. 내가 홉킨스에게 어떠할까? 나의 인물이 일등은 아니라도 추하지는 않으며 품행이 단정하고 학식도 상당하니, 남자가 요구하는 바에 모자라지 않으리라. 그러니 홉킨스에게도 합당할지라.'

생각하니 정신이 상쾌하고 또렷한지라. 시계가 똑딱똑딱 하는 소리에 쳐다보니, 12시 반이라. 다시 잠들었다가 깨어 아침을 먹은 후에 예배당에 가서 주일공과主日工課를 가르치고, 예배 후에 집으로 돌아와 점

심을 먹고 숙모님께 산보 나가기를 청하니라. 숙모가 기꺼이 허락하고 같이 나가서 주변을 돌며,

【숙모】 지금 네 나이 스물이 넘었으니, 본국에 혹 담화하던 친구가 있었느냐?

【루비】 담화하던 친구가 없습니다.

【숙모】 그럴 리 있을까? 지금 세상의 여자들은 보통 15~16세 되면 남자를 쫓아다니는데.

【루비】 숙모님. 옛날 말씀이올시다. 지금 남녀들은 13~14세 되면 으레 보이boy는 걸girl을 잡으려 하고 걸은 보이를 선택하려 합니다만, 나는 보이가 가까이 오면 무슨 호랑이 오는 것같이 공포심이 생기며 또 남자의 입에서 이상한 악취가 나서 심한 두통이 생기는 까닭에 남자 교제가 없었습니다.

숙모가 웃으며,

"너의 성격은 이상하구나. 여자가 15~16세 되면, 남자가 사람으로 보이지 않고 무슨 귀한 물건으로 보이며 그 말은 소프라노soprano 같고 그 입에서 뿜는 냄새는 장미화 향기 같아서 부끄러움을 모르고 좇는 법인데. 세상 여자가 네 성격 같으면, 세상에는 '남녀 교제'란 말이 없을 터이다."

【루비】 나도 15~16세 시절에 다른 여자들이 보이를 오라고 청하거나 찾아가며 짬이 있는 대로 무슨 담화를 재미있게 하기로, 이상하게 생각하였습니다.

【숙모】 네가 이곳 온 후에 상종하는 친구는 다만 홉킨스 한 사람인데, 그 사람과 담화할 때에도 공포심이 생기며 그 입에서도 다른 사람과 같

이 악취가 내뿜어지더냐?

【루비】 홉킨스에게서는 그런 것을 전혀 깨닫지 못하였습니다.

【숙모】 사람은 다 같은 사람인데, 어느 사람에 대해서는 공포심이 일어나며 어느 사람에 대해서는 공포심이 없을까? 네가 지금 나이 스물이 넘었으나, 부모 형제 없는 혈혈단신 외로운 몸이 아니냐? 우리 부부가 힘을 다해 사랑하지만, 너를 기쁘게는 못한다. 너도 기쁨을 얻으려면 인생의 원리를 이행하여라. 그러면 만족한 기쁨이 생긴다.

【루비】 숙모님 감사합니다. 앞으로는 주의하지요.

하고,

"미스터 홉킨스의 품행이 어떠합니까?"

【숙모】 조지는 중국에 있는 외국 젊은이 가운데 명망이 두드러지게 높다. 네가 처음 왔을 때에 외숙이 소개하던 여섯 남자는 다 명망이 있으니, 그런 까닭에 네 외숙이 소개한 것이다. 조지는 원래 영국에서 태어나지 않았고 중국에서 태어났다. 이곳에서 소학교를 졸업하고 영국으로 가서 중학교, 대학교를 졸업하고 이곳으로 돌아왔는데, 영국 있을 때의 품행이 어떠했는지는 알지 못하나 이곳으로 돌아온 후에 남경 정부의 외교를 돕게 된 것은 그 친구 유진 첸Eugene Chen이 외교부장인 연고이다.[8] 어느 나라 사람인지를 막론하고 외국에 가서 그 나라 외교를 돕는 사람은 대부분 중년이 지난 사람인데, 조지는 서른 전에 착수했구나. 그러니 역사에 없는 젊은 정객政客이다. 만찬 먹고 댄싱에 참여하였

8 유진 첸(Eugene Chen)은 남경 국민정부의 외교부장 진우인(陳友仁)의 영문 이름이다. 영국 식민지였던 트리니다드 토바고에서 태어나 영국에서 변호사로 활동하다가 남경정부의 외교부장으로 활동했다. 다만 그 활동시기는 이 작품에서의 시간대와 일치하지는 않는다.

던 다섯 여자가 다 조지를 잡아볼까 시험하고 수고하였으나, 조지가 차갑지도 뜨겁지도 않은 태도로 대접하니 다 스스로 물러나고, 지금은 교제하는 여자가 없는 듯하다.

【루비】 홉킨스의 됨됨이가 보는 여자들로 하여금 탐내는 마음을 갖게 만들만 합니다.

하고 집으로 들어가 저녁 식사를 한 뒤에 밤 예배를 보고, 돌아와서 홉킨스를 기다리나 소식이 없는지라. 낮에는 등교하여 남녀 아동을 가르치고 밤에는 홉킨스를 기다리니, 은근히 조급함은 대학 졸업일자 기다리는 것과 한가지라. 일주일의 셋째 날(수요일) 저녁 만찬을 먹고 일어서는데 조지가 오니, 할머님이 다시 살아온들 이보다 더 기쁠까? 맞이하며,

"언제 오셨습니까?"

조지가 루비의 행동을 보니 사람이 아니고 하나의 꽃송이이니, 장미화라 할까? 수선화라 할까? 이 세상에 없는 거울 속에나 있는 꽃이라. 대답하기를,

"지금 오는 길입니다. 그 사이 재미 많았습니까?"

【루비】 예. 재미 많았습니다. 저녁은 드셨습니까?

【조지】 저녁은 시내로 들어오다가 식당에서 먹었습니다.

루비가 카우치couch로 인도하며,

"이리로 앉으시오."

하고 같이 앉으니, 그 전에는 따로 앉았지만 이번에 처음 곁에 앉은지라. 웃으며,

"3~4일 머물게 될 듯 하다더니, 어찌 8~9일 늦어졌습니까?"

【조지】 나는 각부 총장을 인사차 만나볼 생각이더니, 각부 총장이 만

찬을 대접하며 외교 사무도 협의하자고 하더이다. 그 외교사무가 조그마한 교섭이면 반드시 참석해야 할 것이 아니겠지만, 치외법권 철폐 문제이니 중대한 문제라. 어쩔 수 없이 사나흘 더 늦어졌습니다.

루비가 웃으며,

"외교 사무는 미스터 홉킨스의 본분이니, 피하지 못할 사무입니다. 그러나 나는 그 사이 사람 없는 외딴섬에 갔더랬지요."

조지가 놀라며,

"어느 외딴섬에 가셨더이까?"

【루비】 이 방안에.

조지가 웃으며,

"이 방이 어찌 사람 없는 외딴섬입니까?"

【루비】 사람 없는 외딴섬은 아니지만, 오도 가도 못하고 혼자 있으니 사람 없는 외딴섬이 별다르겠습니까?

【조지】 그렇게 쓸쓸히 지내게 하였으니, 매우 미안합니다. 용서하시오. 앞으로는 충분히 주의하겠습니다.

이어서 말하기를,

"담화로 남경 정부에서 치외법권의 철폐를 요구하는데, 일본이 두말없이 못 한다고 반대하니 구미 각국은 형세만 살피고 찬성이나 반대가 없습니다. 그래서 교섭 진행이 정체되기에 내려왔습니다."

루비가 숙모님의 말을 들은 후 처음 남자와 같이 앉은 것이라. 그 전에는 몰랐지만, 사람과 같이 앉은 것 같지 않고 천사와 같이 앉은 것 같고, 말하는 목소리는 소프라노가 아니라 유리 쟁반에 다이아몬드diamond 굴리는 소리이며, 말할 때 뿜는 냄새는 장미 향내가 아니라 몰약myrrha

항내라. 다정히 담화하다가 홉킨스가 일어서며,

"아직 아버님께 남경 갔다 왔노라고 문안 올리지 못하였으니, 약간 일찍 가겠습니다. 용서하시오."

【루비】 그럼 빨리 가시오. 우리 담화는 내일 저녁에 해도 넉넉합니다.

조지가 내일 저녁에 오겠다는 뜻으로 작별하고 가니, 루비가 낮에는 학교에 가고 늦은 저녁에는 조지와 담화하니 세월 가는 것을 모르는지라. 그러다가 2월 15일 저녁에 담대한 마음으로 큰 기운을 내고서 홉킨스 오기를 기다리는데, 마침 홉킨스가 들어오는지라. 맞이하여 카우치에 앉아 담화하다가 웃으며,

"조지. 네게 말 한 마디 줄 것이니, 받을 터이냐?"

조지가 이 말을 들으니 이상한 것은, 이전에는 '미스터 홉킨스'라 하더니 오늘 저녁은 어찌하여 '조지George'라 할까? 웃으며,

"그래함이 주는 것은 말이 아니라 사약이라도 받을 것이니, 말하시오."

【루비】 내가 너를 하늘같이 높이 존경하며 바다같이 깊이 사모하나니, 너는 어찌 대답할 터이냐?

조지가 웃으며,

"내가 그 말을 미스 그래함에게 주고자 하였더니, 네가 먼저 주는구나. 하늘보다 더 높이 바다보다 더 깊이라고 말하면 그것은 거짓말이니, 나도 너와 꼭 같이 존경하고 사모한다."

루비가 조지의 목을 안으며,

"네가 없으면 나는 못 살지니, 내가 없으면 너는 어찌할 터이냐? 대답하여라."

【조지】 네가 없으면 나는 자살한다.

키스하고 물러앉아서,

"우리 두 마음이 한 마음 되었으니, 약혼하자."

【루비】 우리 말한 것이 약혼이 아니냐? 그러니 결혼하면 그 뿐이다.

【조지】 언제 결혼할까?

【루비】 지금 결혼하면 내가 교편을 잡고 있어 밀월여행을 가지 못할 지니, 방학 후에 결혼하자.

【조지】 방학 후면 4개월 연기하는 것이로구나. 지금 나는 네게 잡혔고 너는 내게 잡혔으니, 서로 속임 없이 한결같이 사랑하자.

【루비】 내가 보니, 이 세상 보통 남녀의 약혼은 3분의 2를 여자가 뒤집지만 상류 남녀의 약혼은 3분의 2를 남자가 바꾸더라. 너만 뒤집지 않으면, 우리는 정천얼해情天孽海를 지나갈 터이다.[9]

【조지】 너의 기쁨은 얼마나 많은지 알지 못하나, 나의 기쁨은 하늘과 땅 사이의 절반은 채울 듯하다.

【루비】 그 절반 남은 것은 내 기쁨으로 채워서, 하늘과 땅 사이에 우리 두 사람의 기쁨만 있게 만들자.

만리나 되는 불모지에서 맛난 샘물을 찾은들 이보다 더 기쁘며, 단두대에서 처형이 중지된들 이보다 더 기쁘랴? 루비가 이 세상에 온 지 20여 년에 처음으로 맛보는 기쁨이니, 제삼자가 보면 실성한 사람 비슷하다 할 정도라. 조지도 욕망을 이루었으니 남경 정부에서 청하면 잠시 갔다

9 '정천얼해(情天孽海)'는 '하늘처럼 큰 정욕(情欲)과 바다처럼 깊은 죄'로 풀이할 수 있는데, 사랑에 깊이 빠져 죄를 저지르는 것을 뜻하는 말로 사용되기도 한다. 「홍루몽(紅樓夢)」에서는 주인공 가보옥이 꿈에 이 네 글자를 써 놓은 곳에 이르는 장면이 등장하기도 한다. 이 구절은 사랑으로 인한 고통이나 죄까지도 극복하고 행복한 결혼에 이를 수 있으리라는 뜻으로 풀이할 수 있다.

가 곧바로 돌아와 잠시를 떠나지 않는지라. 그러다 종려주일Palm Sunday에[10] 학교를 잠시 쉬게 되니, 조지가 루비에게 서호 구경 갈 것을 문의하는지라. 루비가 허락하고, 외숙 부부에게 조지와 동행하여 서호 구경 갈 것을 문의하니 외숙 부부도 두말없이 허락하는지라.

의복과 행장을 준비하여 그 밤에 떠나 남경에 올라가서 자고, 그 이튿날에는 봉황대鳳凰臺를 구경하고 오후에 서호西湖로 올라가서 숙소를 정하고, 그 이튿날부터 배를 타고 무호蕪湖, 팽호, 동정호洞庭湖 등 모든 호수를 유람하며 구경하는지라. 루비가 캐나다에 있는 호수와 미국의 큰 호수Great 湖水를 구경하였지만, 동정호는 천연적 경치가 이 세상이 아니라 월굴月窟에 노니는 듯한지라.[11] 가슴 가득한 뜨거운 마음으로 조지의 손을 잡고,

"나는 스위스Switzerland도 예루살렘Jerusalem도 원하지 않고 이곳에서 너와 일생을 보낼지니, 네 생각은 어떠하냐?"

【조지】 네가 가는 곳은 지옥이라도 쫓아갈 터인데, 경치 좋은 동정호에야 아니 갈 터이냐? 백년 천년이 다하도록 늙지 말고 살아가자.

---

10 'Palm Sunday'는 '성지주일(聖枝主日)' 또는 '종려주일(棕櫚主日)'이라고 풀이되는 날로, 부활절 바로 전의 일요일이다.

11 '봉황대(鳳凰臺)'는 남경 봉황산(鳳凰山)에 있는 명승지로, 이백(李白)의 시 「금릉 봉황대에 올라(登金陵鳳凰臺)」로 널리 알려져 있다. '무호(蕪湖, 우후)'는 양쯔강[揚子江]과 칭이강[青弋江]의 합류점에 있는 양쯔강 연안의 교통 요지이다. '동정호(洞庭湖, 둥팅호)'는 호남성에 있는 호수로, 옛날부터 명승지로 이름이 높았던 곳이다. '팽호'가 어느 호수를 가리키는지는 분명하지 않은데, 뱃놀이(船遊)하면서 간 곳임을 고려하면 강서성(江西省) 북부에 있는 파양호(鄱陽湖, 포양호)일 가능성이 높은 듯하다. 「가련한 무덤」에서는 무호, 동정호만 말하고 '팽호'는 말하지 않았다. '그릿 호수(Great 湖水)'는 '거대한 호수'로 풀이되지만, 오대호(Great Lakes)를 의미하는 말일 가능성이 높다. '월굴(月窟)'은 달에 있다고 전하는 전설상의 지역인데, 여기서는 지구가 아닌 '달나라'로 이해해도 좋을 듯하다.

동정호 깊은 물에 이리저리 노니는 원앙새 모양으로 너댓새를 머무니, 일주일의 다섯째 날(금요일)이라. 종려주일을 준비하기 위해 상해에 돌아오니, 외숙 내외분이 맞이하며,

"서호의 경치가 사람의 마음과 눈을 기쁘게 하나니, 얼마나 기쁨을 얻었느냐?"

【루비】 아름다움은 대단하지만, 역사를 알지 못하니 마치 소경이 단청을 구경한 것 같습니다.

하고, 종려주일을 지내고 다시 학교에 가서 아이들을 가르치는지라. 6월 중순에 방학하고 결혼을 의논하고자 하는데, 조지가,

"만리장성 구경을 가자. 이 장성은 세계 팔대 장관 가운데 첫째로 손꼽히는 고적이다."

루비도 중국의 장성이나 이집트의 피라미드를 직접 보지는 못했으나 세계 지리에서는 공부하였으니, 안목을 넓히는 장성 구경이야 가지 않을까? 조지에게 허락하고, 외숙에게 장성 유람 가는 허락을 받는지라. 행장을 준비하여 조지의 자동차로 북경까지 가고, 그곳에서는 비행선을 타고 진황도秦皇島로부터 위주魏州, 안문관雁門關까지 공중에서 구경하면서[12] 조지는 노래하고 루비는 해금을 켜서 한편에서 부르고 한편에서 화답하는지라. 여운을 남기는 아름다운 음악소리가 바람에 날리니 땅 위에 있는 사람들이 듣고서 달나라 신선이 한가롭게 유람한다고 환호하고

12 비행선은 원문의 '공긔선(空氣船)'을 옮긴 말인데, 공기선을 타고 공중에서 여러 곳을 구경했다고 했으니 배가 아니고 비행선으로 이해할 수 있다. '친황다오(秦皇島)'는 만리장성(萬里長城) 동쪽 끝에 있는 항구인데, 진시황이 불사약을 구하기 위해 찾아온 일이 있어서 이 명칭이 붙여졌다고 한다. '옌먼관(雁門關)'은 산시성(山西省) 북부를 지나는 내장성(內長城) 주변의 주요 관문이며, 높고 험한 곳에 있어 기러기가 왕래한다는 뜻의 안문이라는 이름이 붙었다고 한다.

박수치는지라. 한 달 동안 머물며 다섯 번을 왕복하니, 그 한 달의 즐거운 놀이가 다른 사람의 50년 즐거운 놀이보다 나을지라.

결혼을 준비하기 위해 상해로 돌아가려 하는데, 남경 정부에서 전보로 조지를 부르는지라. 연기하지 못하고 그 밤으로 떠나서 천진을 거쳐 남경에 도착하니, 외교총장이 영접하여,

"양자강 상류에서 영국 상선이 도적떼에게 강도를 당한 사건 때문에 도움을 청한 것인데, 영국 공사가 지나치게 많은 배상을 요구하여 해결이 곤란하므로 방법을 의논코자 하노라."

【조지】 어떤 나라인지를 따질 것 없이 강도의 소행은 법을 벗어난 행동이니, 강도의 소행을 정부가 어떻게 하겠습니까? 강도를 잡아 징벌하여 다스릴 뿐입니다. 우선 납치된 캐나다 선교사 부부가 위험에서 벗어나도록 주선하시오. 나는 지금 상해로 내려갔다가 내일 저녁에 돌아올 것이니, 그리 짐작하시오.

곧바로 남경을 떠나 상해로 내려가서 루비를 닥터 게일의 집에 내려주고, 집으로 가서 부모에게 문안하고 장성 구경을 재미있게 하였노라고 설명하니,

【아버지】 나도 여러 차례 가 보았으나, 무슨 재미가 있더냐? 진시황의 위력만 볼 뿐이지. 그래, 네가 미스 그래함을 데리고 장성 구경을 갔으니, 둘 다 미혼 남녀로 동행하면 남의 수군거림이 없을 터이냐? 무슨 약혼이 있었느냐?

【조지】 법적인 약혼은 없었으나, 서로 말로 한 언약은 있었습니다.

【아버지】 말로 작정한 것이 약혼이니, 법적인 약혼은 별다른 것이냐? 그러면 혼례는 어찌할 터이냐?

【조지】 빨리 결혼할 생각이오나, 추수감사절Thanksgiving 전에는 겨를이 없을 듯합니다.

【아버지】 추수감사절이라야 서너 달이니, 빨리 혼례를 올리도록 생각하여라.

조지가 대답하는지라. 그 이튿날 아침을 먹은 후 남경으로 가는 길에 루비를 방문하여,

"내가 지금 남경으로 가는데, 돌아올 날짜를 정하지 못합니다. 두 나라가 각자의 의견을 고집하고 서로 양보하지 않을지니, 자연 시간이 지연될 듯합니다. 그리 짐작하시고 너무 궁금해하거나 기다리지 마시오. 나는 할 수 있는 대로 빨리 올 것이요. 만일 너무 쓸쓸하거든 편지하시오. 밤낮으로 쉬지 않고 곧바로 오겠습니다."

【루비】 과도하게 기다리지는 않을 것이니, 안심하고 양국 교섭을 해결하시오. 내 생각에 그다지 적적하지는 않을 듯합니다. 만일 적적하여 피곤증이 생기면 편지하지요."

조지가 '굿바이Goodbye' 하고 상해를 떠나서 남경에 올라가니 오후라. 영국 공사를 방문하지 못하고, 외교총장과 대책을 의논하는지라. 그 이튿날 아침 식사 후에 영국 공관으로 가니, 공관 하인이 맞이하며,

"공사께서 몸이 편치 못하시니, 오늘은 면회하지 못할 듯합니다. 가셨다가 다른 날 다시 방문하시오."

조지가 다른 날 방문하겠다고 말해 두고 외교부로 돌아오니, 다른 외교는 없고 중요한 외교는 중국과 영국의 교섭인데 공사의 몸이 불편하여 면회를 못하니 그 더운 날씨에 일 없이 외교부에 앉았으리요? 피서할 생각으로 밖으로 나가서 봉황대에 올라가니, 그 전에는 구경하는 사

람이 끊이지 않고 이어지더니 이날은 조용하기가 황폐한 빈 집과 한가지라. 누대에 올라가니 어떤 중국 여자가 중국식 여름옷을 입고 앉아서 무슨 글을 쓰는데, 내려쓰지 않고 가로로 쓰니 알지는 못하나 영문을 쓰는 모양이라. 글 쓰던 여자가 사람의 발자취를 듣고서 얼굴을 들어 쳐다보는데, 그 얼굴을 보니 사람이라 할까? 귀신이라 할까? 물결에 흔들리는 부용화라. 중국 여자의 얼굴은 보통 달 모양인데 이 여자의 얼굴은 달 모양이 아니라 심장 모양이며, 눈은 초승달처럼 가늘고 눈길은 반짝거리니 두 말 없이 애정이 풍부할 여자라. 그러나 같은 인종이 아니고 다른 인종이며 게다가 여자이니 조지는 못 본 체하고 한 쪽에 가서 바람을 맞으며 섰는데, 가늘게 불어오는 바람이 살근살근 얼굴을 씻으니 그 마음이 마치 날개가 돋아 하늘로 올라가 신선이 되는 것 같은지라. 그러자 글 쓰던 여자가 쓰기를 마치고 책을 가죽 주머니에 넣으려 하거늘, 조지가 가까이 가서 머리를 숙이며,

"부인님, 안녕하십니까?"

그 여자가 미소를 지으며,

"나는 부인이 아니고 규수올시다."

조지가 사과하기를,

"내가 알지 못하고 실례하였으니, 용서하시오."

【그 여자】 알지 못한 것은 허물이 아닙니다.

【조지】 우리 중국 사람은 글자를 내려쓰는데 규수께서는 가로로 쓰시니, 영문으로 쓰셨습니까?

【그 여자】 내가 영문을 약간 아는 까닭에 써 보았지만, 아름답게 되지는 않습니다.

조지가 놀라며,

"아름다움을 말씀하시니, 시를 지었습니까?"

【그 여자】 시를 짓노라 지었으나, 문장력이 부족하니 아름답지는 못합니다.

【조지】 세상이 다 영문이 좋다고 하나, 시 짓는 데는 우리 중국 문자만 못합니다. 어느 대학을 졸업하셨습니까?

【그 여자】 아메리카America 미시간Michigan 대학을 졸업하였습니다.

【조지】 미시간 대학은 미국에서 이름난 대학입니다.

【그 여자】 미스터께서는 미국 분입니까?

【조지】 나의 부모는 영국인이나, 나는 이곳 남경 토박이올시다.

그 여자가 미소를 지으며,

"우리 외교 사무를 도우시는 홉킨스 선생입니까?"

【조지】 내가 조지 홉킨스올시다.

【그 여자】 매우 감사합니다. 다른 토박이들은 자기가 태어난 중국 땅을 돌아보지 않는데, 선생은 정력을 다하시니 참으로 감사합니다.

【조지】 규수께서 유럽Europe도 다녀보셨습니까?

【그 여자】 스위스에서 음악과를 마치고 귀국한 지 두 주일입니다.

【조지】 음악과를 졸업하셨으면 시가 매우 아름다울 것 같습니다. 보여 주시렵니까?

【그 여자】 졸작이지만, 선생이 보고자 하니 거역하지 않겠습니다.

하고 주거늘, 받아보니 중등은 넉넉한지라.

"규수는 천재올시다. 영국England 토박이도 이보다 나을 수 없을 만큼 지었습니다."

【그 여자】 선생님, 지나친 말씀이십니다. 제가 선생님의 높은 이름을 듣고도 담화하느라고 제 이름을 말씀드리지 못하였습니다. 제 이름은 '강주 장'이올시다.

【조지】 존귀하신 이름을 일러 주시니, 감사합니다. '강주'란 말의 뜻이 '루비Ruby'가 아닙니까?

【강주】 그 뜻이올시다. 그런 까닭에 나의 졸업장에 '루비 강주 장Ruby 絳珠 張'이라 썼습니다.

【조지】 고향에 숨어 지낼 뿐 해외에 나가 두루 유람하지 않은 이 같으면 감히 묻지 못하지만, 규수는 구미 각국을 두루 돌아보아서 그곳 풍속을 잘 아실지니 여쭤보겠습니다. 지금 점심시간이 가깝습니다. 같이 가서 점심 먹는 것이 어떠십니까?

【강주】 감사하나이다만, 나는 집에 가서 먹겠습니다.

【조지】 규수께서는 이곳 남경에 살고 계십니까?

【강주】 아니올시다. 나의 집은 동성桐城입니다. 백부님이 남경 도성에 계신 까닭에 문안을 왔습니다.

【조지】 백부님이 누구이신지? 혹 제가 알 만한 신사입니까?

【강주】 나의 백부님은 이전 청나라 시대에는 벼슬길에 오르내리셨지만, 청나라 조정이 전복된 뒤에는 벼슬을 단념하고 좁은 뒷골목에서 조용히 지내십니다. 선생께서 혹 아실런지요? 전 금릉지사金陵知事 장계명 선생입니다.[13]

조지가 웃으며,

13 '금릉(金陵)'은 남경의 옛 이름이며, 지사(知事)는 고을 수령을 뜻하는 말이다. 청나라 때 금릉태수(太守)를 지냈으면 상당히 높은 지위였던 셈이다.

"장선생이 백부이십니까? 내가 노소의 구분으로 인해 지극히 친밀하지는 못하나, 몇 번 만나 뵌 일이 있습니다."

【강주】 전에 면회한 일이 있다 하시니, 나의 백부님 댁으로 가서 점심을 같이 합시다.

【조지】 우리는 사교에 있어 흠될 것이 없지만, 장선생이 보수성으로 인해 거절하면 피차 미안하지 않겠습니까?

【강주】 나의 백부님은 보수성이 별로 없습니다. 또 중국에서 남녀가 함께 공부하기를 주장하신 이가 나의 백부입니다. 다른 명사들처럼 거절하지 않고 환영할 것이니, 마음 놓고 갑시다.

하고, 유럽이나 미국의 방식으로 조지의 팔을 끼고 집으로 가니라. 사랑에 계시던 장선생이 내다보니 강주가 어떤 젊은 백인과 어깨를 나란히 하여 들어오는데, 그 백인은 외교 협리外交協理 홉킨스라. 나와서 맞이하며,

"홉킨스 선생, 어떻게 오셨나? 내 조카딸과 함께 오시니."

홉킨스가 머리를 숙이며,

"선생님, 노년에 몸과 마음 모두 건강하십니까? 제가 교외에 소풍 나갔다가 우연히 여사를 만나 담화했는데, 선생님의 조카딸이라 하기에 선생님께 문안하고자 같이 왔습니다."

장이 웃으며,

"20세기 젊은이들은 늙은이를 싫어하고 마주치게 될까봐 항상 피해 다니더니, 강주에게 잡혀서 오신 모양이지?"

【강주】 백부님. 손님 모시고 사랑으로 들어가시오. 나는 들어가서 점심 준비하겠습니다.

【장】 시간이 늦어가는구나. 얼른 준비하여라.

하고 홉킨스를 인도하여 사랑으로 들어가 자리를 정돈하고서 홉킨스 노선생의[14] 안부를 묻고 차를 한 잔씩 마시며 담화하기를,

"지금 중국과 영국 두 나라의 외교가 갈등을 빚고 있는데, 서로 합당하게 타협이 될 것 같은가?"

【조지】 무슨 합당하고 말고가 없습니다. 이 일이 자신의 분수를 편안히 여기면서 자신의 일에 전념하는 양민이 배외사상을 가져서 빚어낸 사건이 아니고, 강도가 재물을 빼앗느라고 일어난 갈등입니다. 그래, 구미 각국에는 강도가 없습니까? 중국 정부는 나라 사이의 친밀한 정을 잃지 않으려고 빨리 해결하기를 주선하나, 영국 공사는 위협하는 말을 내뱉으며 시간을 끌고자 합니다. 빨리 해결하면 상당한 배상을 받게 되지만, 시간을 끌게 되면 모르는 사이에 갈등의 불길이 꺼지게 될 것입니다. 그런고로 중국 정부에서 힘쓸 일은 앞으로 외국인의 생명과 재산을 보호하는 것입니다.

【장】 선생은 영국도 배척하지 못하고 중국도 배척하지 못할 절반씩 섞인 인종이니, 두 나라가 일방적인 손해나 이익이 없이 공평하게 되도록 주선하라.

하는데, 점심 준비되었으니 손님 모시고 내당內堂으로 들어오시라 청하는지라. 장이 웃으며,

"선생이 우리 중국의 예법을 잘 아시니 하는 말이지만, 여간한 손님이면 사랑에서 대접하지만 선생은 사사로이 박하게 대접하지 못할 손님이라. 내당으로 들어가 점심 먹읍시다."

---

14 '홉킨스 노선생'은 조지의 아버지인 윌리엄 홉킨스(William Hopkins)를 가리키는 말로 짐작된다.

【조지】 바깥손님으로 존엄한 내당에 들어가기가 편치 않습니다.

【장】 편치 않을 것 있나? 선생이 자청해서 왔으면 아무데서나 대접하지만, 강주가 인도하여 왔으니 내당으로 아니 인도하지 못할 것이요, 또 꽃송이 같은 여자와 담화하며 먹으면 먹는 맛이 한층 더 높아지지.

조지가 따라 들어가니, 백발이 가득한 강주의 숙모님이 자리에 계신지라. 어느 여왕에게 알현하듯이 문안하고 물러서니, 강주가 인도하여 차례에 맞춰 앉아 음식을 먹기 시작하는데 우선 술이 한 순배 돌고, 강주가 웃으며,

"영국 오랑캐 종족으로 중국 명사의 내당에서 점심을 먹으니, 아마 달에 올라간 것 같을 터이지?"

【조지】 나만 오랑캐 종족인가? 인류의 시조인 아담Adam이 오랑캐이며 중국의 시조인 천황씨의 아버지 반고盤古는 이름부터 오랑캐이니, 모두 다 오랑캐에서 진화하여 스스로 사람이라고 일컫는 셈이라. 또 달나라는 아니지만, 마치 주나라 목왕이 여덟 마리 명마가 끄는 수레를 타고 서왕모西王母가 요지瑤池에서 베푼 잔치에 가서 먹는 것 같기는 하다.

농담과 웃음으로 점심 식사를 마치고 사랑으로 나오니, 강주가 쫓아 나와서 백부님께,

"제가 손님 모시고 산보 나갈 터인데, 허락하시렵니까?"

【장】 그래라. 모시고 나가 산보하되, 같은 인종 대접하듯이 예의를 주장하지는 말거라.

강주가 백부님께 감사하고서 조지를 이끌고 나가 근처에서 산보하며,

"우리 중국의 가정은 여자를 너무 묶어둬서 해를 받으며, 구미의 가정은 여자를 너무 풀어줘서 해를 받으니, 양쪽이 다 손해라. 중국의 가

정 예법과 구미의 가정 예법을 섞으면 완전무결한 가정이 될 듯하다."

【조지】 우리 구미 각국에는 가정 예법이 없어졌다. 하등 계급에서는 '수치'라는 말은 알지만 실제로는 수치를 모른다. 어떤 이가 수치를 알고 미리 막으려고 자녀를 단속하게 되면, 벌을 받는다. 남녀 13세 때가 위험한 시기이다. 그 시기에 갈 길이 두 가지이다. 하나는 타락의 길이며, 하나는 진화의 길이다. 진화의 길로 들어선 남녀는 고등 교육을 밧지 못하더라도 사회에 손해를 주지 않으며, 타락의 길에 들어간 남녀는 고등 교육을 받아도 사회에 이익을 주지 못한다. 우리 구미의 인사들이 중국의 가정 예법에 대해 악평을 하지만, 그러다가 그 자녀로 인해 수치를 당하고서는 중국의 가정 예법을 칭찬한다.

담화하며 산보하는데, 아이놈들이 하나 둘 모이다가 금방 수십 명이 되어서 뒤를 따라오며,

"장강주 여사가 양귀자洋鬼子와[15] 산보한다."

외치는 소리가 귀에 시끄러운지라. 강주가 돌아서며,

"나는 양귀자와 산보할 것이니, 너희는 선녀와 산보하여라."

조지가 웃으며,

"그 철없는 것들의 야유를 대꾸할 것 있습니까?"

【강주】 철없는 놈들이 떠들면 사탕 사먹으라고 돈푼이나 주지만, 그만한 지식은 배웠을 만한 놈들이 무례하게 구니 공갈하는 것이지요.

하고 저녁해가 산에 걸리도록 산보하다가 작별하게 됨에,

【강주】 미스터 홉킨스는 이곳에 얼마 동안 머무십니까?

---

15 '양귀자(洋鬼子)'는 동양에서 서양 사람을 일컫던 말인데, 서양 사람의 외모를 사람보다는 귀신에 가깝게 여겨 비하한 것이다.

【조지】 중국과 영국의 교섭이 지체되니 정해진 바가 없습니다.

【강주】 그러면 여러 날 머물게 될 듯합니다. 내일 아침 먹고 나서 자금산紫金山에[16] 구경 가는 것이 어떻습니까?

【조지】 내일 아침에 영국 공사를 방문할 것인데, 교섭이 시작되면 갈 수 없습니다. 그러나 전날같이 핑계하면 댁으로 갈 것이니, 9시 반까지 기다리시오.

강주는 대답하고 집으로 들어가고, 조지는 여관으로 돌아와 루비에게 편지하기를,

'중국과 영국의 교섭은 영국 공사가 이리 핑계, 저리 핑계를 대고 내일, 내일 하면서 미룹니다. 한 주일 기다리다가 실마리가 보이지 않으면 곧바로 내려갈지니, 그리 짐작하시오.'

편지를 써서 그 이튿날 부치고서 영국 공관으로 가서 문의하니, 공사가 대답하기를,

"본국 정부의 명령을 기다리는 것이니, 그리 알고 내가 정부에 독촉하는 동안 안건을 보류해 두라."

홉킨스가 대답하고 나와 장 지사知事의 집으로 가니, 지사 노인이 맞이하며,

"강주가 선생과 같이 자금산 구경을 가겠다고 묻기에 허가하였으니, 선생은 마음 놓고 함께 가시오. 그러나 강주는 마음이 오만하여 남자를 무시하는 성격이 있으니, 그 말에 교만한 태도가 있을지라도 용서하라."

하는데, 강주가 나오는 것을 보니 어제도 얇은 비단 옷이었지만 오늘은

---

16 자금산(紫金山)은 남경에서 제일 높은 산으로, 강남 5대 명산의 하나로도 알려져 있다.

더욱 가벼운 비단으로 만든 여름옷이니, 그 눈처럼 흰 피부가 옅은 붉은 빛을 띤 것을 분별할 수 있을 정도라. 인사하고 차에 오르며 장선생에게 작별하고 떠나서 자금산에 올라 중산 손문孫文의 묘소에 꽃을 올리고 잠시 배회하다가, 강주와 조지는 서로 손을 잡고 걸어서 산꼭대기에 올라가는지라. 여름철이라 녹음이 우거지고 산꼭대기라 바닷바람이 가늘게 불어오니, 정교보鄭交甫가 두 미인을 만나 노닐었다는 한고대漢皐臺인들 이보다 나을까? 동쪽으로 큰 바다를 바라보니 물과 하늘이 한 가지 색이요, 북쪽으로 북경北京과 천진天津을 쳐다보니 물안개 속에 희미하고, 서쪽으로 무창武昌과 한구漢口를 굽어보니 눈에는 온갖 사물의 형상이요 생각에는 옛 유적이라. 강주가 술을 꺼내서 한 잔씩 마시고 북중국에 전해지는 민간의 노래를 한 마디 부르니, 그야말로 금 쟁반을 옥비녀로 두드리는 듯 아름다운 여음이 흩어지지 않고 공중에 은은히 오르는지라. 조지도 지금 영국의 유행가를 불러 화답하는지라. 다시 술을 한 잔씩 마시며 강주가 조지의 행동을 눈여겨보니, 그 인물과 말솜씨와 학식이 여자를 꿀처럼 녹일 재능이 풍부한 듯하지만 풍류성이 부족하니 미성년자와 한가지라. 웃으며,

"조지. 네가 옥스퍼드 출신이기로 애정의 사상이 무한히 발달하였을 줄로 알았더니, 이 경치와 이 계절에 미성년자의 행동이냐?"

조지가 웃으며,

"내 나이 28세이니, 애정의 사상이 없을 터이냐? 내가 완전한 유럽의 기풍이 아니고 중국의 기풍이 섞인 까닭에 존귀한 여자에게 경박하게 굴지 않을 뿐이요, 애정을 모르는 것은 아니다."

강주가 앵두 같은 입에 웃음을 머금고 반달 같은 눈에 가을 물결 같은

눈길을 흘리며,

"이 경치와 이 계절에 재자와 가인 단둘이 만났으니, 키스kiss 없이 헤어지면 천치이다."

하고 홉킨스를 끌어안으니, 조지도 같이 안고 키스하며,

"오 나의 사랑, 내 거울 속의 꽃이여.[17]"

하니, 두 사람의 정신은 높은 하늘 구름 밖으로 날아가고 남은 것은 신체뿐이라. 대개 보통의 여자는 그 만나는 남자가 눈에 만족하여 마음이 허락되면 마음만 허락하는 것이 아니라 몸까지 허락하는 법이라. 이제 루비와 강주가 보통 여자가 아니고 고등한 학식을 갖춘 여자로서 그 행동이 중하등의 여자와 한가지이니, 이것은 무슨 이유일까? 루비는 평소에 남자가 가까이 오는 것을 독사나 맹수같이 두려워하고 남자의 입 냄새는 썩은 송장 냄새같이 싫어하였는데, 홉킨스는 뱀이나 호랑이처럼 두려워하지 않고 천사처럼 친밀하게 사랑하며 썩은 냄새처럼 싫어하지 않고 향내처럼 호흡하다가 밀약을 맺고 그 또한 부족하여 몸까지 허락한지라. 이는 '내가 좋아하는 물건은 사람마다 탐내는 법이니 내가 사랑하는 남자를 다른 여자가 사랑하지 않을까' 생각하여 잃을까 염려하고 품속에 잡아넣은 것이라. 강주는 어울린 지 이틀 만에 밀약도 없이 '이 경치와 이 계절에' 하면서 몸부터 허락했으니, 이는 마법의 약을 먹여 그 정신을 뽑아 버리고 껍질만 내놓은 것이라. 장차 누구의 차지가 될까? 강주가 홉킨스의 손을 잡고,

"이 세상 여자의 아름다움이 나보다 부족하면 잃을까 염려가 없지만,

---

17 '경화(鏡花)'는 거울에 비친 꽃이니, 볼 수는 있지만 만질 수는 없는 존재이다.

나보다 더 아름다운 여자도 많다. 사람마다 좋은 음식을 보면 먹으려 하고, 남자마다 절세미인을 보면 가지려 하는 법이다. 잃을까 염려하게 되니, 변치 못할 맹세를 하자."

조지가 루비와는 언약이 있으나 그이에게 정신을 빼앗기지 않았고, 강주와는 언약이 없으나 그이에게 정신을 잃었으니, 루비로 인해 강주를 거절할까?

"태평양 바다가 말라 육지 되고 지브롤터Gibraltar 바위가[18] 녹아 물이 되어도 나의 마음 변치 않으리니, 너는 어찌 대답할 터이냐?"

【강주】 이 세상에서는 원앙새 되고, 하늘에 가서는 별이 되자. 아아, 내 사랑.

하고 다시 키스하고, 술을 곁들여 점심을 먹고서 정담情談을 시작하니,

【강주】 조지, 네가 나이 28세이며 옥스퍼드 출신이니, 상종하던 정인이 있었느냐?

【조지】 영국에서나 이곳에서나 상종하던 여자 친구가 수십 명이 되나, 애정이 움 돋지 않았으니 모두 보통의 친구이며 특별한 친구는 없다. 너는 어떠하냐?

【강주】 내가 14세 때에 중국을 떠나 10여 년 동안 외국에서 살았으니, 중국에는 아무런 친구가 없다. 미시간 대학에서 학업을 닦을 때에 중국 학생이 거의 30명이나 있었는데, 그 학생들이 위로 쳐다보이지 않고 아래로 내려다보이니 그이들에게 사랑하는 마음이 움직일 터이냐?

---

18 지브롤터 바위(Rock of Gibraltar)는 이베리아 반도 남단에서 지브롤터 해협을 향하여 남북으로 뻗어 있는 바위산(높이 425m)이다. '헤라클레스의 기둥'으로 일컬어지기도 했으며, 교통의 요지여서 여러 차례 분쟁지가 되기도 했다.

저희가 내게 와서 까불며 자꾸 지껄이지만 나는 모르는 체하니, 그 학생들이 나를 '천치'라고 지목하더라.

조지가 웃으며,

"다른 사람에게는 천치가 되어도, 내게는 천사가 되어라."

담소를 하며 재미있게 놀다 보니 해질 무렵이라. 자금산 정상을 떠나 차car를 타고 집으로 돌아오는지라. 강주는 집으로 들어가고, 조지는 여관으로 돌아가서 저녁 식사 후에 루비에게 편지를 써 두었다가 그 이튿날 편지를 부치고 강주와 상종하니 그야말로 '어찌 이리 늦게 만났던가 何相見之晩'로다.[19]

조지가 한 주일 동안 머물렀지만 중국과 영국의 교섭은 갈피를 잡을 수 없는지라. 외교총장을 방문하고,

"중국과 영국의 교섭은 흐지부지하다가 그만두게 되기가 쉬우니 그리 짐작하고, 우리가 먼저 채근하지 말고 저쪽에서 채근하면 우리는 대답만 합시다."

【총장】 우리가 배상을 받을 것 같으면 독촉하지만, 우리가 배상을 내놓을 일이니 채근할 이유가 없다.

【홉킨스】 그러면 나는 내일 상해로 내려갈 것이니, 그리 아시오.

하고 여관으로 나와서 저녁을 먹고, 장지사 댁으로 가서 노인을 방문하니, 노인이 맞이하며,

"홉킨스 선생. 무슨 일로 늦은 밤에 방문하신 것입니까?"

---

19 '하상견지만(何相見之晩)'은 '만남이 어찌 이리 늦었는가?'라는 뜻이니 더 일찍 만나지 못했음을 한탄하는 말이다. 『사기(史記)』「평진후주부열전(平津侯主父列傳)」에서 나온 말이다.

【조지】 제가 내일 상해로 내려가게 되었습니다. 그래서 대인께 작별을 고하러 왔습니다.

노인이 웃으며,

"선생이 뼈는 영국인이지만, 생각은 중국인이로구나. 그래, 본댁으로 내려가? 내게 작별을 고할 것만이 아니라, 강주와 작별하려는 것이지?"

【조지】 대인님이 허락하시면 작별하지요.

노인이 주안상을 내게 하여 술 석 잔을 주고서 강주를 부르니, 이때 강주가 구미 각국의 연애소설을 보다가 백부님의 부름을 듣고 나가니 조지가 온지라. 놀라며,

"홉킨스 선생. 무슨 일로 늦은 밤에 오셨습니까?"

【조지】 내가 내일 상해로 갑니다. 대인님께 작별을 고하러 왔더니 자비하신 대인님이 강주 규수와 작별하라고 허락하시니, 내인님의 친절하고 두터운 마음에 감사합니다.

강주가 웃으며,

"내 얼굴을 보려고 왔든지 노인 대접으로 왔든지, 나는 감사합니다. 평안히 다녀오시오."

조지가 노인에게,

"이제 작별하였으니, 저는 물러갑니다."

【노인】 상해에 가거든 홉킨스 노선생老先生에게 내가 안부 묻더라고 전해 주시오.

조지가 대답하고 나가니, 강주가 대문 밖까지 좇아오며,

"무슨 중요한 일이 있기에 가느냐? 얼마 동안 머물 것이지."

【조지】 나야 평생도 머물 생각이 있지만, 해관의 일이 약간 있고 또

어머님이 몹시 기다리시는구나. 가서 어머님의 기다림이 없게 하고서 한 주일 후에 다시 올 것이니, 다른 데 눈길 흘리지 말거라.

강주가 웃으며,

"그야 너보다 더 나은 미남이 있으면, 두 말 없다. 그러니 너보다 더 나은 미남이 내 눈에 보이지 않게 해 달라고 하나님께 기도하여라."

【조지】 그래, 나는 기도할지니, 너도 기도할 터이냐?

【강주】 나는 기도할 필요가 없다. 네가 천당에 가나 지옥에 가나 달나라에 가나, 어디에 가더라도 다시 내게 돌아올 줄로 자신한다. 그러니 나는 마음을 놓나니, 1년을 오지 않거나 평생을 오지 않거나 네 마음대로 하여라.

【조지】 그럼 한 1년 있을 것이니, 네가 오라고 청하지 않나 볼 터이다.

키스하고 여관으로 돌아와 자는지라. 그 이튿날 상해로 나가서 부모님을 찾아뵙고, 저녁 후에 루비를 방문하니 올 줄 알고 미리 기다리던 루비가 온 얼굴에 열기를 띠고,

"미스터 홉킨스. 그 사이 어찌 지내었소? 나는 편지 받을 때마다 기쁨이 충만하였소."

【조지】 나는 갈피도 찾지 못하는 외교 문제로 여관의 차가운 등불 아래 쓸쓸하게 지내면서 미스 그래함도 쓸쓸할 듯하기로 편지로 위로한 것인데, 편지 받을 때마다 기뻐하였다 하니 나도 기쁘다.

【루비】 오늘 아침에 편지 받아보고 오늘 올 줄 알고 회답하지 않았다. 그전 편지는 다 받아 보았느냐?

【조지】 편지는 빠짐없이 받아보았다.

하고 영국 공사의 위협적인 언사와 교섭을 지연시키던 전말을 말하니,

【루비】 영국 공사의 위협이나 지연이 우리에게 무슨 상관이냐? 이 세상이 불에 타거나 물에 떠내려간다 할지라도, 우리 두 사람이 기쁠 방도에만 힘쓰자꾸나.

【조지】 우리가 먼저 기쁜 뒤에야 다른 사람의 기쁨도 생각하지, 우리가 기쁘지 못하면 다른 사람의 슬픔도 돌아볼 기운이 없다.

【루비】 우리가 그 전에 의논하기를 방학 이후에 혼례를 올리자고 했으나, 그 사이에 만리장성을 유람하고 남경에 사건이 생겨서 결혼을 못 했구나. 지금은 한가하니 혼례를 올리자."

【조지】 그때부터 참아왔던 것이니, 크리스마스로 연기하자.

【루비】 나는 더 참을 수 없으나 네가 크리스마스로 연기하자 하니, 내 요청을 네가 거역하며 네 요청을 내가 거역할 터이냐? 크리스마스로 연기하지만, 그 사이에 내 요청을 시행해야 한다.

【조지】 무슨 요청이든지 말만 하여라. 시행하지.

【루비】 별다른 요청이 아니고, 서호西湖에서 했던 그 요청.

【조지】 서호에서의 요청은 네가 나를 잃을까 염려하고 완전히 결정하여 묶어두려는 의사이니, 나는 잡히느라고 시행한 것이요 하나의 조크로 시행한 것이 아니다. 이미 잡고 잡혔으니 다시 요청할 필요가 없다. 그러니 혼례 올리도록 참아라.

【루비】 20여 년 참은 것을 네댓 달 못 참을까? 그럼 참을지니, 그때는 이행하여야 한다.

조지가 대답하고,

"내가 집에 오는 길로 저녁 먹고 곧바로 너를 방문했으니, 부모님과 집안일을 의논하지 못하였다. 일찍 가서 집안일을 의논할 것이니, 일찍 가는 것을 용서하여라."

루비는 정담을 하는 것이 마시멜로marshmallow를 구워 꿀 발라먹는 것 같이 생각되지만, 집안일을 의논하겠다는 데야 허락하지 않을까?

"그럼 가서 집안일을 정리하여라. 내일 저녁에 담화하지."

조지가 감사하고 가니, 두 강주의 잘못이 아니고 실로 조지의 잘못이라. 강주를 더 사랑하면 루비와 관계를 끊을 것이요 루비를 더 사랑하면 강주를 다시 돌아보지 않을 것이거늘, '양손의 캔디candy'로 어느 쪽으로도 결단하지 못하니 이는 앞으로 일어날 화의 실마리라.

조지가 집에 가서 침실로 들어가 담배cigar를 피우며 루비와 강주 가운데 어느 쪽을 택할까 저울질하는데, 루비도 놓을 수 없고 강주도 놓을 수 없으니 이럴 수도 저럴 수도 없는 어려운 일이라. 중국 혈통이면 둘 다 가질 수 있지만 영국 혈통이니 둘을 가질 수는 없고, 또 둘 다 가질 수 있다 하더라도 루비와 강주가 응낙하고 따를 것인지? 둘 중에 하나가 거절하면 수치만 당할지라. 이리저리 뒤척이다가 잠이 드는지라. 아침에 일어나서 종일 해관의 사무를 정리하고, 늦은 저녁 9시가 지나서 방문하니 기다리던 루비가 맞이하며,

"무슨 일로 이처럼 늦었느냐?"

【조지】 아버님이 해관 문서를 검사하자 하시더구나. 그래 낮에 검열하자고 한즉, '낮에는 다른 사무도 많거니와 서기가 있으니 검열이 불편하다.' 하시더구나. '그러면 서기가 무슨 협잡했다고 의심합니까?' 한즉, 아버님 말씀이 '일이백 원 협잡이면 검사할 것 없지만, 큰 협잡이 있는 듯하다.'고 하시니, 아니 검사할 수 없구나. 문서를 검열하니, 자연 늦어졌다.

【루비】 아버님 명령이면 거역할 수 없지. 사무정리 하라는 것이야 거역할 수 있느냐?

조지가 한 시간 반 동안 담화하다가 일어서며,

"내가 혹시 늦어지거나 오지 않아도 기다리지 마라."

루비가 대답하고 조지를 배웅한 뒤에 침실로 들어가 자리에 누워 조지의 행동을 생각하니 이상한 생각이 일어나는지라.

'그 전에는 더할 수 없는 열정을 보이더니 지금은 뜨겁지도 차갑지도 않으니, 이는 무슨 이유일까? 옳다. 그 전의 열정은 나의 열정으로 인해 생긴 것이요, 지금의 뜨겁지도 차갑지도 않은 정은 나의 뜨겁지도 차갑지도 않은 정에 의해 생긴 모양이로구나. 이후에는 나의 열정을 있는 대로 토하리라.'

생각하고 자는지라. 깨어나 보니, 자신이 하는 일이 없는지라. 개학하기 전에 책을 한 권 저술하기로 생각하고 '진화 중인 여성'이라는 제목으로 쓰기 시작하니, 심심하지 않고 재미도 꽤 있어서 조지는 관심 밖에 두게 되는지라. 조지가 오거나 아니 오거나 상관치 않다가 오면 있는 대로 열정을 토하는데, 조지는 이를 대수롭지 않게 여길 뿐이라. 루비가 학술에서는 대가이지만, 애정의 세계에는 단련이 없으니 14~5세의 미성년 여자와 같이 어두운지라. 이처럼 애정에 어두우면서 열정을 토하니, 그 열정을 받는 사람에게는 감흥이 일어나지 않고 싫증이 생기는지라. 이에 조지의 마음은 점점 루비에게서 멀어지고 강주에게 기울어지게 되는지라.

조지가 집에서 한 주일을 지내고 남경으로 올라가기로 생각하는 저녁에 전화가 울리거늘, 전화를 받아 누구인가 물으니 대답하기를,

"나는 남경서 내려온 루비이다. 내가 지금 원동루遠東樓에 투숙했으니, 올 수 있느냐?"

【조지】 곧바로 갈지니 기다리라.

하고 자동차로 원동루에 가서 주인을 불러,

"이 호텔hotel에 남경서 내려오신 장여사가 투숙하였느냐?"

주인이 웃으며,

"미스터 홉킨스, 무슨 일로 오셨소? 장여사가 전화하고 침실로 올라갔습니다."

사환을 불러서,

"이 손님을 328호로 인도하여라."

사환이 대답하고 홉킨스를 인도하여 3층으로 올라가 28호 초인종을 울리니, 거실에 앉아 기다리던 강주가,

"누구인가?"

하며 문을 열거늘, 조지가 들어서며,

"헬로 루비Hello Ruby. 무슨 일로 오셨소? 나는 내일 올라가기로 작정했는데 먼저 오시니, 그 정성스런 마음에 감사합니다."

【강주】 나도 조지가 올라올 줄 짐작하나, 올라오면 만나기가 불편할 지라. 만나기에 편한 상해로 내가 내려왔다.

조지가 웃으며,

"만나기에 편해서 내려온 것이 아니고, 내가 어느 다른 여자의 품으로 들어갈까 의심스럽고 두려운 마음이 나서 내려오셨지?"

강주가 웃으며,

"재자와 가인은 어느 한 남녀가 독차지할 물건이 아니다. 누구든지

독차지할 생각을 가지면, 그는 어리석은 사람이다. 희귀한 과일을 보는 사람마다 따 먹으며 재자와 가인을 보는 남녀마다 탐내는 것은, 사람이 지닌 보통의 마음이다. 사람이라면 사람이 지닌 보통의 마음을 양해해야 하는 것이니, 그 마음을 양해하지 못한다면 신생활을 하는 현대에 살면서도 그 생각은 옛날 중세나 고대에서 떠나지 못한 것이다."

【조지】 강주는 자유연애로구나.

【강주】 연애는 자유이다. 네 아버지가 너더러 나와 연애하라 지시하지 않았으며 내 아버지가 나더러 너와 연애하라 명령하지 않았으나, 내가 너를 연애하고 네가 나를 연애한다. 또 네가 나를 다른 남자와 연애 못하게 구속하여도 내가 연애할 수 있고, 내가 너를 다른 여자와 연애 못하게 단속하여도 네가 연애할 수 있다. 그러니 연애는 극단적인 자유이다.

조지가 강주의 목을 안으며,

"오, 나의 사랑. 사람의 정신을 너무 홀리게 하는구나."

키스하니, 강주가 웃으며,

"내가 홀리게 하는 것이 아니라, 네가 어리석어 스스로 홀리는 것이다. 기름이 아무리 잘 새더라도 틈이 없으면 못 새고, 내가 아무리 사람을 잘 홀리는 사탄Satan이라도 네가 정직하면 홀리게 하지 못한다."

【조지】 나는 지렁이 만난 지네가 되려 하는구려.[20]

담화하며 그 밤을 보내고서 조지가 아침에 나가며,

"우리 오늘 남경으로 올라갑시다. 이곳은 사람들의 귀와 눈이 너무

20 지렁이는 지네의 먹이이니, 조지는 자신이 먹잇감을 만난 지네처럼 강주가 던져둔 지렁이를 물 수밖에 없는 처지라고 말한 것이다.

많으니.”

【강주】 이곳은 네 얼굴을 알아볼 사람이 너무 많고 남경은 내 얼굴을 알아볼 사람이 너무 많으니, 알아볼 사람이 많은 것은 마찬가지가 아니냐? 배고프고 목마른 사람이 남이 본다고 먹지 않을 터이냐?

【조지】 그러면 한구漢口로 가서 유람하자.

강주가 대답하니,

【조지】 내가 12시에 영호寧滬 정거장에 갈 것이니, 너는 먼저 가서 기다려라. 틀림없이 갈 터이다.

작별하고 가는지라. 강주는 아침을 먹은 후에 택시taxi를 타고 영호 정거장으로 가서 근처에 있는 작은 식당에 들어앉아 조지를 기다리는데, 조지는 집으로 돌아가 아침을 먹고 아버지에게 남경으로 가노라고 아뢰니,

【아버지】 무슨 일로?

【조지】 중국과 영국의 교섭 일로 올라갑니다.

【아버지】 그 일이 아직 해결되지 않았느냐?

조지가 대답하고 집을 떠나, 육영학교로 가서 그래함을 방문하고,

“내가 지금 남경으로 올라가게 된 까닭에 작별하러 왔습니다.”

루비가 온 얼굴에 열정을 띠고,

“남경으로 가셔서 얼마 동안 머무시렵니까?”

【조지】 교섭이 진행되든지 지연되든지, 한 주일을 넘기지 않고 내려오겠습니다.

【루비】 그럼 평안히 가시고, 종종 편지하시오.

조지가 대답하고 떠나는지라. 조지가 영호 정거장으로 가서 차를 세

우며 시계를 보니 10분 전 12시라. 강주가 어디에 있는지를 살피는데, 어느 살림집에서 나오는지라. 강주를 불러 차에 태우고 한구漢口로 올라가니, 오후 6시라.[21] 여관을 정하여 그 밤을 지내고, 그 이튿날 주변의 명승지를 구경하니, 그 두 사람이 몸은 이 세상에 있으나 마음은 연화보좌蓮花寶座에 함께 앉은 것과 같은 모양이라. 며칠을 들여 구경하며 강주가 설명하기를,

"저 다리는 맹호연孟浩然이 나귀 타고 지나간 다리이고, 저 산은 정교보鄭交甫가 미인과 술을 마시던 산이요, 저 정지는 재자와 가인이 노래와 춤으로 기뻐하던 정자이다."[22]

조지가 웃으며,

"맹호연이 나귀 탄 것이나 정교보가 술 마신 것이 우리에게 무슨 상관이냐?"

【강주】 프랑스의 「홍루지紅淚池」, 영국의 「겁화」, 러시아의 「해당화海棠花」가 우리에게 무슨 상관이냐?[23] 그 3종은 사실이 아니고 허구이다. 사

---

21 한구(漢口)와 상해(上海) 사이의 거리는 오늘날의 도로를 기준으로 800km 이상이다. 12시에 상해에서 출발하여 6시에 한구에 도착하기는 적어도 당시 상황에서는 불가능할 듯하다.

22 맹호연(孟浩然, 689~740)은 당나라의 시인으로, 매화를 찾아다니는 탐매행(探梅行)으로도 유명하다. 맹호연이 나귀를 타고 설중매(雪中梅)를 찾아가는 모습은 그림의 소재로도 널리 활용되었는데, 그 그림에 나타나는 다리는 대체로 당나라 수도 장안(長安)의 파교(灞橋)라고 한다. 정교보(鄭交甫)는 주나라 사람인데, 그가 한고대(漢皐臺)에서 두 여인을 만나서 노닐다가 그들의 구슬을 청하여 얻었다는 이야기가 전한다.

23 강주는 유럽의 연애소설 3편을 언급하였는데, 이 소설들이 어떤 작품인지 혹은 실제 유럽에서 창작된 작품인지는 분명하지 않다. 프랑스의 소설로 언급된 「홍루지」는 한국인 작가가 프랑스를 배경으로 삼아 쓴 작품일 가능성이 있으며, 영국소설로 언급된 「겁화」(또는 '업화')는 어떤 작품인지 분명하지 않다. 러시아소설로 언급된 「해당화(海棠花)」는 톨스토이의 작품 『부활(*Voskresenie*)』(1899)인데, 1918년에 신문관에서 간행된 번역본에서 이 제목을 사용했다.
'홍루지'의 경우에는 두 가지 가능성을 생각해볼 수 있다. 첫째는 번역본일 가능성인

람의 상상으로 지은 소설을 보고도 기뻐하는데, 방대산과 남교藍橋는 사실이다.[24] 허구적인 소설도 사람마다 부러워하고 탐내거든, 사실적인 고적을 누가 그대로 따라하려고 힘쓰지 않을까? 우리도 그를 넘어서는 애정을 남기자. 너희 구미 각국의 남녀가 애정 소설을 몇천만 권이나 지었으나 애정이 어떤 물건인지 알지 못하는 사람들이 지었으니, 이는 20~30세의 청년이 쓰지 않고 13~14세의 미성년자가 쓴 것과 거의 같다. 우리 중국은 유교의 속박으로 인해 연애를 글로 쓰기는 고사하고 말하지도 못한다. 그런 까닭에 연애 소설이 몇 권 되지 않는다. 그러나 다만 한 권일지라도 진정을 알렸다. 네가 알 것이니, 내 말이 거짓이냐, 참이냐?

조지는 강주에게 정복된 자라. 강주가 왼손으로 오른쪽 귀를 잡고 오른손으로 왼쪽 빰을 때려도 성내지 않고 그저 기쁘다고 할 형편이니, 그 오만함을 노여워할까? 웃으며,

---

데, 이에 해당하는 작품은 알렉상드르 뒤마(Alexandre Dumas, 1824~1895)의 「동백 아가씨(La Dame aux camélias)」이다. 흔히 '춘희(椿姬)'로 알려진 이 소설은 1917년 9월~1918년 1월까지 '홍루(紅淚)'라는 제목으로 『매일신보』에 연재되었으며, 번역자는 진학문이었다. 둘째는 번역본이 아니라 프랑스를 배경으로 삼아 창작된 소설일 가능성이다. 실제 회동서관(匯東書館)에서 '홍루지(紅淚池)' 또는 '홍루지전(紅淚池傳)'이라는 제목의 단행본을 간행한 바 있는데, 프랑스 귀족 가문에서의 연애 문제에 얽힌 살인사건 재판이 그 주요 내용이다. 작가가 프랑스인이 아닌 한국인이지만, 전낙청이 이 작품을 통해 '프랑스의 연애'를 짐작해 보았을 가능성은 충분히 있을 듯하다. 회동서관 간행 「홍루지(紅淚池)」의 판권장에는 저자가 이종린(李鍾麟)으로 간행일이 1917년 9월(초판 기준, 1921년 재판)로 기록되어 있다.

24 '방대'는 정교보(鄭交甫)가 두 여인 또는 선녀를 만났다는 '한고대(漢皐臺)' 또는 '한고산(漢皐山)'의 별칭으로 추정된다. 「가련한 무덤」에 정교보가 미인과 술을 마신 곳으로 '방대산'이 언급된 바 있으며, 한고산의 별칭 가운데 '방산(方山)'이라는 명칭이 확인된다. '남교(藍橋)'는 섬서성(陝西省) 남전현(藍田縣)의 남계(藍溪)에 있는 다리인데, 당나라의 배항(裴航)이 이곳에서 선녀 운영(雲英)을 만났다는 이야기가 전한다. 방대산과 남교에는 전설이 남아 있는 셈인데, 전낙청은 이 전설을 '사실'로 간주하고 있다.

"강주, 네가 너무 오만하다."

강주가 웃으며,

"네가 아직 연애의 진리를 모르는구나. 이 말을 별 관심 없는 친구에게 하면 오만이지만, 연애하는 사람에게 하면 진정이다."

【조지】 하나님이 나를 이 세상에 보내시고 또 너를 보내신 것은 서로 기뻐하게 하라 함인 듯하구나. 네가 나를 기쁘게 하는 것은 내가 깨달았으나, 내가 너를 기쁘게 하는지는 나로서는 알 수 없구나.

【강주】 두 사람의 애정은 은밀하고 미묘한 비밀스런 뜻이다. 그 애정을 받는 자는 알되, 주는 자는 모른다. 네가 주는 애정은 받는 나는 알되 주는 너는 모르며, 내가 주는 애정은 받는 너는 알되 주는 나는 모른다. 하나님의 비밀스런 뜻인 까닭이다.

종일 담화하다가 여관으로 돌아와 자고, 그 이튿날 양자강으로 뱃놀이를 나가니 이야말로 백락천白樂天의 즐거운 놀이가 아니면 서문적西門勣이 오락이라.[25] 강주는 비파 뜯고 조지는 단소 불어 물결을 희롱하니, 흰 갈매기는 펄펄 날아 공중에서 배회하고 물고기와 자라는 슬슬 돌아 청아한 곡조를 듣는 듯한지라. 비파와 단소 소리가 멈추니, 조지가 무릎을 치며,

"영국 공작이 호강을 자랑하지만, 실로 이 호강에 미치지 못하리로다."

강주가 웃으며,

"영국 공작이 어느 집 아이냐? 세계 제왕이라도 여기까지 오지 못한다."

25 백락천(白樂天)은 당나라의 시인 백거이(白居易, 772~846)이다. 서문적(西門勣)은 고전소설 『동선기(洞仙記)』에 등장하는 인물인데, 작품 속에서 항주 기생 동선(洞仙)과 인연을 맺는다.

한 잔씩 마시며,

【강주】 내가 기생집에서 일하는 천한 기생이 아니고 대갓집의 금옥같이 귀한 아가씨로 이런 놀이를 하니, 내 부모가 알면 스스로 목숨을 끊을 터이다.

【조지】 오나라나 초나라 같이 먼 나라의 흥망이야 내 알 바 아니다.[26]

【강주】 네 아버지 윌리엄 홉킨스William Hopkins 죽는 것이 내 알 바 아니니, 내 아버지 장계진 죽는 것이 네게 무관할 것이 사실이다. 그럼 이 세상 사람이 다 죽더라도, 너와 나만 살자꾸나.

조지가 한 잔 두 잔 마시지만 지나치게 취한 것이 아니고 호언장담하기 좋으리만치 마셨으니, 강주의 손을 잡고,

"네가 천당으로 가나 지옥으로 가나 아니면 그 중간의 월굴月窟로 가나, 나는 따라갈 터이다. 미처 손을 못 잡으면 발목이라도 잡고 갈지니, 너는 어찌할 터이냐?"

【강주】 살아서는 한 이불 아래 자고, 죽어서는 한 구덩이에 누울 터이다.

하는데, 배가 적벽강赤壁江에 이르러 멈추니,

【강주】 이곳은 적벽강이다. 1700년 전에 조조가 80만 대군으로 대패를 당하던 곳이요, 임술년 가을 7월에 소동파가 「적벽부赤壁賦」를 지은 곳이다.[27] 우리도 이곳에서 밤을 보내자.

---

26 원문은 "오초흥망(吳楚興亡)이 비아소관(非我所關)이다"인데, 이는 오나라나 초나라와 같이 먼 나라가 흥하거나 망하는 것은 내가 관여할 바가 아니라는 뜻이다. 강주가 부모님이 알면 자살할 것이라고 말하니, 조지가 그것은 자신이 알 바 아니지 않느냐는 식으로 대꾸하며 농담한 것이다.

27 '맹덕(孟德)'은 조조(曹操, 155~220)의 자이다. '소동파'는 송나라의 문장가 소식(蘇軾, 1037~1101)이다. 임술년(壬戌年)은 1082년인데, 「전적벽부(前赤壁賦)」의 서두에 '임술년 가을 7월 16일에(壬戌之秋, 七月既望)'라는 말이 보인다. 그렇지만 소동파

【조지】 밤낮, 낮밤 할 것 없이 평생을 보내자꾸나.

강주가 웃으며,

"이 어리석은 놈아. 정신 차려라. 물이 그릇에 차면 넘치고, 애정이 뜨거운 시점을 지나가면 식는다. 그러니 우리는 항상 부족하도록 하자."

저녁을 먹고 나니, 때는 7월 초승이라. 반달은 4분의 1이나 갈 길이 남았는데, 맑은 바람이 가늘게 불어오니 물결도 잔잔한지라. 조지와 강주가 서로 손을 잡고 묵묵히 하늘을 쳐다보니, 서쪽 봉우리에 가까이 간 반달 빛에 별빛이 은은하고 무심한 갈매기는 오락가락하는지라. 애정이 풍부한 조지가 강주에게 결혼을 물으니,

【강주】 네 소원이면 내가 허락하지 않을 수 없다. 그러나 결혼은 스스로 자신을 묶는 것이다. 네가 너를 결박하고 내가 나를 결박하여, 자유가 없다. 그러니 깊이 생각하고 다시 의논하자.

다시 의논하기로 하고 술 한 잔에 노래 한 마디를 하는데, 조지는 구미 각국에서 유행하는 '위드 유With you'를 부르고 강주는 북중국에서 유행하는 '바라보건대 하늘에는 별이 드무네惟見天上星斗稀'를 불러 그 밤을 보내는지라. 그 이튿날 강을 거슬러 올라가니 여러 강이 합류하는 삼강구三江口라. 어느 강으로 가야 할지 몰라 방황하다가 배를 돌려서 무창武昌으로 들어가니, 어느덧 엿새가 된지라.

남경으로 돌아와 강주는 자기 집으로 가고, 조지는 외교부로 가서 총장을 방문하여 영국 공사의 움직임을 물으니,

【총장】 영국 공사가 무슨 생각인지 아무 소식이 없으니, 매우 민망하다.

가 배를 띄운 '적벽'은 조조의 대군이 패배한 '적벽'과는 실제로는 다른 곳으로 알려져 있다.

【조지】 민망할 것 없다. 언제든지 채근하면 대답하고, 채근이 없으면 모르는 체하자.

하고 떠나는지라. 상해로 가서 부모를 찾아뵙고 저녁 식사 후에 루비를 방문하니, 루비가 맞이하며,

"이번에는 얼마나 바쁘기로 편지가 없었소?"

【조지】 내려올 날짜를 알지 못하면 편지하지만, 떠날 때에 교섭의 결말이 어찌되든지 한 주일 일하고 내려오겠다고 하였으니 편지하지 않았습니다. 매우 쓸쓸하게 지내신 모양이구려.

【루비】 쓸쓸하지 않았습니다. 그동안 내가 글을 쓰기 시작하였는데, 제목은 '진화 중인 여성'이라 하고 한 50페이지page 썼습니다. 구경하시려거든 보시오.

【조지】 오랫동안 떨어져 있다가 만났는데, 담화하지 않고 책을 볼까?

【루비】 그 취미가 더욱 좋다. 이번에 가서 교섭이 어찌되었느냐?

【조지】 교섭이 다 뭔가? 또 지연되어 희망이 없기에 곧바로 돌아오려는데 남경 친구들이 양자강에 뱃놀이가자고 끌기에 친구 대접으로 함께 갔더니, 더 할 나위 없는 즐거움을 얻었다.

하고 잡담으로 중국 사람들의 즐거운 놀이에 대해 이야기하니, 어느덧 10시라. 작별하고 집으로 돌아온 뒤에는 이전과 마찬가지로 잠시만 상종하고 긴 시간을 쓰지 않는데, 한 주일은 루비에게 쓰고 한 주일은 강주에게 쓰니 이것이 조지의 큰 실수라. 조지가 다른 일에는 과감성이 풍부하지만, 애정의 세계에서는 머뭇거리며 결정을 내리지 못하니 루비가 끌면 루비에게 넘어지고 강주가 후리면 강주에게 복종하는지라. 그 결과로 나중에는 '내 천川 자' 무덤을 만들게 되었도다.[28]

세월은 흐르는 물 같이 흘러가서 추수감사절이 이른지라. 게일 박사가 상해에 온 한구漢口 주재 영사를 초청하여 만찬을 대접하는데, 영국인은 음식 먹을 때 사적인 이야기를 많이 하는 습관이 있으니, 게일 박사가,

"상해에 있는 영미 두 나라 청년 남녀의 종교 신앙심이 엷어지고 약해져 간다. 지저분하고 더러운 중국의 기풍에 홀려서 허황하고 방탕한 길로 달려가니, 장래의 결과가 위험하다."

【영사】 청년의 신앙심이 약하거나 풍부한 것은 모두 교회 일 하는 사람의 정성이 어떠한가에 달린 것이요, 중국의 기풍에 홀리게 되는 것은 자연스러운 형세라. 사람의 마음이란 좋은 것은 배우기를 원하지 않지만 나쁜 것은 기뻐하며 환영하는 법이라. 내가 지난 8월에 장사長沙에 가서 미국 영사를 방문하고 물길로 돌아오는데, 어떤 백인이 중국 여자와 뱃놀이하기에 자세히 본즉 조지 홉킨스라. 이상하게 생각하고 그 중국 여자를 눈여겨보니, 그 행동은 여자 광대라고 할까? 아니면 몸 파는 기생이라고 할까? 매우 비루하고 천박하나, 그 골격은 귀인의 골격이라. 한구로 들어가 원주민 사환을 불러 백인과 뱃놀이하던 중국 여자의 내력을 조사해 오라 하였더니, 돌아와 보고하기를 미국에 유학한 '장강주張絳珠 여사'라 하는지라. 강주의 내력을 물으니, 동성桐城에 살고 있으며 전 청나라 대관 장지동張之洞의[29] 증손녀이며 금릉지사 지낸 장계명의 조

28 '내 천 자 무덤'이란 '川'자 모양으로 세 사람이 나란히 묻힌 무덤을 말한다. 작품 결말에 이 말이 다시 언급되는데, 여기서 이 말을 한 것은 결국 독자에게 미리 작품의 결말을 알려준 셈이 된다.

29 장지동(張之洞, 1837~1909)은 청나라 말기의 관료로, 당시 이홍장(李鴻章)에 버금가는 영향력을 가졌던 인물이다. 군사제도 및 산업의 발전에 큰 역할을 했으며, '중체서용(中體西用)'을 주장한 인물로도 널리 알려져 있다. 다만 그의 후손 가운데 장계명이나 장강주라는 이름은 보이지 않으며, 실제 증손의 나이와 장강주의 나이는 상당한

카딸이라 하는지라. 우리 영국인으로 중국 여자와 사는 사람은 해관에 고용되었거나 부두에서 화물 운송을 하는 자 뿐이고 상류 인사는 없었는데, 이제 조지가 교제를 시작하니 장차 중국인과 영국인이 혼인을 맺는 '중영통혼'이 될 모양이라. 그 결과가 양호할 것인지 불량할 것인지는 의문이라.

음식을 먹던 루비가 이 말을 듣고 의자에서 떨어지며 정신을 잃으니, 숙모는 전화로 의사를 부르고 외숙과 영사는 루비를 들어다 카우치에 눕히고 손발을 주무르는데 약한 호흡이 돌기는 하나 인사불성인 것은 한가지라. 의사와 간호부가 와서 응급처방을 실시하여 정신이 조금 돌아오니, 죽은 것 같았던 루비가,

"오 하나님. 불운한 나를 불쌍히 보소서."

하고 다시 정신을 잃으니, 의사와 간호부가 놀라고 두려워하면서 온갖 약을 쓰고 치료하는지라. 겨우 회생한 루비를 침실로 옮기고 간호부로 하여금 곁에서 떠나지 않도록 당부한 후에, 의사가 게일 박사에게,

"미스 그래함이 마음의 충격을 받았으니, 무슨 일인지 짐작할 수 있소?"

【게일】 루비가 이곳에 온 지 1년이 지났는데, 그 사이에 조지 홉킨스와 친밀히 지내었으나 마음의 충격을 받을 만한 이유는 없을 듯하다.

【영사】 남녀의 마음은 다른 사람이 알지 못하나니, 조지와 강주에 대한 말을 듣고서 정신을 잃고 쓰러졌으니 알지는 못하나 무슨 기대하는 바가 있었던 모양이라. 정신이 건강해지거든 물어보시오. 나는 무심결에 한 말인데, 미스 그래함을 놀라고 두렵게 하였으니 매우 미안합니다.

차이가 있다.

【게일】 미안하나 어찌합니까? 알지 못하고 한 말이니. 저 아이가 정신 건강이 회복되면, 사유를 알아보지요.

【의사】 조지가 있으면 위로될지니, 빨리 청하시오.

하고 가니, 영사도 일어서며,

"나는 미스터 윌리엄 홉킨스를 방문할 것이니, 의사는 환자를 위로하시오."

하고 나가서, 홉킨스를 방문하여 조지, 루비, 강주의 삼각연애三角戀愛를 말한 후에 조지를 단속하라고 깨우쳐 주고 호텔로 가니라.

이때 강주는 동성 본가에 가 있고 조지는 남경에 있는지라. 그 아버지가 전화로 부르니, 조지가 그 밤에 바로 내려와 부모를 찾아뵈니,

【아버지】 너를 부른 것은 다른 일이 아니다. 네가 미스 그래함과 무슨 관계가 있느냐?

【조지】 미스 그래함과 연애 관계가 있습니다.

【아버지】 중국 여자 장강주는 어떠한 여자냐?

【조지】 그 여자도 연애 관계가 있습니다.

【노인】 한 남자가 두 여자와 연애하니, 그래 중국 풍속처럼 처와 첩을 둘 터이냐?

【조지】 처와 첩을 두지는 않겠지만, 사람에게는 아름다운 것을 선택하는 성질인 '택미성'이 있습니다. 옷과 음식도 선택하나니, 평생을 함께 살 집사람을 선택하지 않으리까?

【노인】 그야 선택하지만, 미스 그래함이 네게 적당하다. 내가 예배당에서 종종 만나보았다. 인물이 매우 준수하며 품행이 단정하고, 또 같은 인종이 아니냐? 강주가 어떠한 여자인지는 알지 못하나, 구미에 유학하

였다니 품행이 어떠한지 짐작할 수 있다. 게다가 다른 인종, 그것도 절반만 개화된 인종이 아니냐?

【조지】 지금 다른 인종과 결혼하는 만국통혼萬國通婚이 날마다 늘어나고 있습니다. 아프리카Africa에 가 있는 우리 족속이 미개한 흑인 원주민과 결혼합니다. 또 강주의 품행을 비판하시는데, 사람마다 남이 마시던 술을 마시며 다른 사람 자던 침상에서 잡니다. 나는 루비, 강주 할 것 없이 더 나은 사람을 선택하겠습니다.

【노인】 그야 네 마음대로 몸 파는 기생과 결혼하든가 신성한 처녀와 결혼하든가 자유이지만, 그래함이 너로 인하여 거의 죽을 지경에 이르렀으니 우선 즐거운 마음이 들도록 위로하여라.

조지가 대답하고 시계를 보니, 12시라. 할 수 없이 자고, 다음날 일어나서 아침 먹은 후에 게일 박사의 집으로 가니, 게일 박사가 맞이하며,

"남경에 있다더니, 언제 내려왔느냐?"

조지가 안부를 묻고,

"간밤에 내려왔습니다. 미스 그래함이 불편하시다더니, 지금은 어떠하십니까?"

【게일 박사】 무슨 몸의 병이 아니고 마음의 병이니, 그 마음만 안정되면 그뿐이지만 그 마음이 답답하고 분노하는 마음이니 나로서는 위로할 방도가 업구나.

【조지】 그래함을 지금 면회할 수 있습니까?

【게일 박사】 제게 물어보아서 허락하면 면회 되지.

하고 들어갔다 나와서,

"루비가 청하니 들어가 면회하고, 그 마음에 흡족하도록 위로하여라."

하고 인도하는지라. 조지가 따라 올라가서 루비의 침실로 들어가니, 침대에 누웠던 루비가 일어나려 하는지라. 조지가 막으며,

"침대에서 일어나지 말고 누워 계시오. 담화는 누워서도 넉넉히 할 수 있습니다."

하고 의자chair를 침대 곁에 가까이 옮겨 놓고 앉으니, 루비가 모로 누우며,

"남경 가셨는데, 언제 왔소?"

【조지】 지난밤에 왔습니다. 아버님 말씀을 듣고서 루비가 편찮다는 것을 알고 방문한 것입니다.

【루비】 방문해 주니 감사하다. 내가 편지로 묻고자 했더니, 직접 만나게 되니 말하기 편하다. 장강주란 여자가 어떠한 여자이냐?

【조지】 장강주는 구미에 유학한 여자이다. 그것은 어째서 묻느냐?

【루비】 네가 그 여자와 이전에 면회가 있었느냐?

【조지】 이전에 면회가 있었다.

【루비】 무슨 일로 인하여 어디서 면회하였느냐?

【조지】 내가 옥스퍼드를 졸업하고 중국으로 올 때에 주영駐英 중국공사가 전송을 나왔는데, 그 여자가 공사와 동행한 까닭에 부두에서 면회하게 되었다.

【루비】 그때 면회하고 다시 면회가 없었느냐? 혹 이곳에 와서 면회가 되었느냐?

【조지】 나는 중국으로 오고 그 여자는 그곳에서 유학을 하니, 다시 면회하기는 고사하고 잊고 있었다. 그러다가 지난 8월 중순에 남경에서 마주쳐서 언제 귀국했는가 물었더니 귀국한 지 거의 1개월이라 하면서 자기 백부님 댁으로 인도하기에 좇아갔는데, 그 백부는 나와 이전에 면

회가 많았던 이라. 점심을 대접하기로 같이 먹으며 학창 생활을 이야기 했다.

【루비】 그 여자에 대한 네 연애 감정은 어떠하냐?

【조지】 무슨 연애가 번갯불 같이 빨라서 만나는 길로 감정이 생길까? 이 앞으로는 알지 못하나, 지금은 아무 연애 감정이 없다.

【루비】 어제 저녁에 한구漢口에서 오신 영사 윌킨스Wilkins를 초청하여 만찬을 대접하는데, 담화 중에 그이가 '조지와 강주가 양자강에서 뱃놀이하는 것을 보았노라' 하는구나. 그 말에 내가 벼락을 맞았는지 정신을 잃고 쓰러졌는데, 의사의 응급 처치로 죽음을 면하였다. 그러니 여러 말 할 것 없이 오늘 혼례를 올리자.

【조지】 혼례 올리는 것은 바쁘지 않으니, 몸과 마음에 기쁨이 충만된 뒤에 혼례를 올리기로 하자. 우선은 마음을 편안하게 다스려라.

하며 알랑거리는지라. 대개 여자는 사랑하는 남자의 말은 개를 쥐라 하거나 쥐를 개라 하거나 모두 곧이듣는 법이니, 루비도 여자인지라 그 말을 곧이듣고 기쁨이 시작되어 정신 건강이 회복되는지라. 루비가 조지와의 혼례를 어떻게 거행하며 거처할 집은 어디에 마련할까 의논하다가 강주의 주소를 물으니,

【조지】 강주의 본가는 동성이라 하나 주소는 묻지 않았으니 알지 못하고, 그 백부의 주소는 안다.

【루비】 내가 강주와 만나볼 생각이 있기로 초청하고자 하나 그 주소를 모르니, 그 백부의 주소를 줄 수 있느냐?

【조지】 만나볼 생각이 있어? 그 여자가 매우 오만하여 우리 백인을 한 원숭이monkey로 여기니 면회가 재미없을 듯하다만, 마음대로 하여라.

하고 주소를 주니, 루비가 받아 간수하고 점심을 같이 먹으니, 이야말로 사람과 같이 먹는 것 같지 않고 천사와 같이 먹는 것 같이 기쁜지라. 점심 식사를 마치고 조지가 일어서며,

"내가 어제 저녁 늦게 와서 아버지와 집안일을 의논하지 못했으니, 가는 것을 용서하여라. 어쩌면 늦을 듯하다."

하고 집으로 와서 강주에게 루비의 일에 대해 편지하고서 며칠 지내는데, 남경 정부에서 부르는지라. 떠나는 길에 루비를 방문하고,

"남경 정부에서 부르는 까닭에 가나니, 그 사이에 무슨 헛된 생각은 하지 말고 책 쓰던 것을 끝마쳐라."

루비가 조지를 전송한 뒤에 편지로 강주를 청하였는데, 사흘 뒤 오후에 외숙이 어떤 중국 여자를 인도하여 들어오는지라. 루비가 보니, 옷은 깔끔하고 소박한 중국식이나 얼굴은 아름답기가 일류 미인이러라. 생각하기를,

'저 여자가 강주인가? 강주 같으면 옷이 밝고 화려할 터인데, 옷이 예스럽고 소박하니 누구일까?'

의심하는데, 외숙이 소개하기를,

"이 여자는 장강주 여사이니 인사하라."

하고 강주에게,

"이 여자는 나의 조카딸 루비 그래함이니, 서로 인사하라."

루비와 강주가 서로 인사하고, 루비가 강주를 인도하여 자리에 앉게 하는지라. 강주가 루비에게,

"시골에서 나고 자라 어리석고 졸렬할 뿐인 나를 부르시기에 오직 미치지 못할까 두려워하는 마음으로 왔으니, 무슨 가르침이나 부탁할 것

있거든 말씀하시오."

【루비】 무슨 요청드릴 일이나 부탁은 없습니다. 여사께서 미시간 대학을 졸업하고 스위스의 음악과를 졸업하셨다 하니, 문학 실력이 심오할지라. 문학 친구로 사귀고자 청한 것인데, 거절하지 않고 오시니 친절하신 마음에 감사드립니다.

【강주】 몇몇 학교 구경한 것을 가지고 지나치게 말씀하시니 부끄럽고, 문학 친구로 허락하니 이 촌사람에게는 더할 나위 없는 영광입니다.

루비가 과자와 차를 내어 대접하며,

"차를 마셔 가며 담화하자."

강주가 차를 받아 마시며,

"내가 미시간에서 학업을 닦을 때에 나와 같은 인종인 남녀 학생이 30명이나 되고 또 나의 이종사촌도 있었지만 쓸쓸한 때가 많았고, 스위스에서는 더욱 심해서 사람 없는 외딴섬에서와 같은 생활을 했습니다. 그러니 미스 그래함도 쓸쓸히 지내실 줄을 내가 짐작합니다."

【루비】 간혹 쓸쓸한 때가 있으나, 그다지 심하지 않다. 내가 네게 묻고자 하는 것이 있으니, 장여사가 영국사람 조지 홉킨스를 아느냐?

【강주】 우리나라 해관 세무사海關稅務司 홉킨스의 아들 말이냐?

【루비】 과연 그 사람이다.

【강주】 내가 몇 번 만난 일이 있는 까닭에, 만나면 서로 안부를 묻는다.

【루비】 무슨 일로 인하여 어디서 처음 만나보았느냐?

【강주】 주영 중국공사 시조기施肇基 씨는 나의 고모부이다.[30] 여름방학

30 시조기(施肇基, Alfred Sao-ke Sze, 1877~1958)는 미국 코넬 대학교(Cornell University)에서 유학했으며 오랜 기간 동안 중국의 외교관으로 활동했다. 1914~

에 고모님을 방문했었는데, 고모부가 어느 손님 전송을 나가시며 나더러 같이 가자고 하시기에 따라갔더니 우리 중국 손님이 아니고 어떤 젊은 영국인을 전송하는지라. 고모부가 소개하면서 '이 젊은이는 중국 해관의 세무장관 홉킨스의 아드님인데, 옥스퍼드를 졸업하고 중국으로 가는 길이니 인사하라.' 하시기로 인사한 즉, 우리나라 말을 우리 인사들과 대등하게 사용하는지라. 그때 처음 면회가 있었다가 지난 여름학기에 졸업하고 귀국하여 남경에 있는 백부님을 방문하여 여러 날 머물 때에 길거리에서 마주쳐서 서로 안부를 묻고 객실로 인도하여 점심을 같이 먹었다. 그러니 영국서 한 번, 본국에 돌아와 한 번, 전후로 두 번이다. 그것은 어째서 묻느냐?

【루비】 면회는 전후 두 번이나, 그에게 대한 생각은 어떠하냐?

강주가 웃으며,

"초면에 매우 무례하구려. 없는 것을 있다고 하거나 있는 것을 없다고 하는 것은 무식한 남녀의 보통의 모습이라. 나는 숨기지 못할 것이니, 아닌 게 아니라 연애가 시작되었다. 규중에 있는 몸으로 남의 연애관계를 물으니, 너도 그 남자에게 연애 관계가 있구나."

【루비】 연애 관계만 아니라 약혼까지 있었다.

【강주】 그러하냐? 나는 몰랐구나. 지금 우리 두 사람이 한 남자에게 연애를 하니, 나는 그래함에게 원수이고 그래함은 나에게 원수라. 이 일을 어찌 해결하려느냐?

【루비】 우리 두 사람뿐 아니라 세상에는 삼각연애가 많다. 두 남자나

1920년, 1929~1932년의 두 차례에 걸쳐 주영 중국공사를 지냈는데, 주미 중국대사로도 오랫동안 일했기 때문에 전낙청 또한 그의 이름을 알고 있었을 듯하다.

두 여자가 서로 다투다가 하나는 기운을 잃고 쓰러진다. 우리 두 사람은 다 고등교육을 받았으니, 보통 여자들처럼 경쟁할 것 없이 하나는 양보하는 것이 옳은 줄로 생각한다.

【강주】 그러면 내가 양보할까? 아니면 그래함이 양보하려느냐?

【루비】 내가 보니 중국 4억만 인구에는 정신이 맑고 골격이 빼어난 훌륭한 남자가 많더라. 홉킨스는 피부색이 다른 인종이니, 혈통의 관계로나 풍속의 관계로나 너는 같은 인종을 선택하고 홉킨스는 내게 양보하여라.

강주가 웃으며,

"아프리카에 가 있는 앵글로Anglo 여자들이 그곳 원주민과 결혼하며 미주美洲에 있는 앵글로 여자들이 노예로 팔려온 흑인과 결혼하니, 이곳에 와 있는 미스 그래함도 우리 중국인 중에서 빼어난 남자를 택하고 홉킨스는 내게 양보하여라. 내가 만일 앵글로 여자이면 군소리 없이 양보할 터이지만, 앵글로 여자가 아닌 내가 양보를 하면 세상이 나를 자비롭다고 칭찬하지 않고 어리석다고 비웃을지라. 나는 정인을 잃고 어리석은 사람의 자리에 끼게 될 것이니, 어느 누가 자청하여 어리석은 물건이 되랴? 미스 그래함, 깊이 생각하라."

【루비】 나는 평화적인 방법으로 해결하고자 하였더니 미스 장이 양보하지 않으니, 각기 그 재능을 다하여 경쟁하는 수 외에 다른 방법이 없다.

【강주】 평원 넓은 들판에 내달리는 사슴을 범과 이리가 쫓는데, 걸음이 날래고 재주가 많은 놈이 잡을 것이라. 뉘 손에 잡히나 시험하자.

하고 작별을 청하니, 루비도 허락하기를,

"피차 경쟁하기로 결정되었으니, 더 담화할 재미가 없다. 작별하였다가 홉킨스를 잡은 후 서로 자랑하며 면회하자."

강주가 웃으며,

"두 마리의 범이 밥을 다투면 하나는 죽는다. 너는 어쩔지 몰라도 나는 홉킨스를 잃으면 두 말 없이 자결할 것이니, 다시 면회할 생각은 하지 마라."

하고 나가는지라. 루비가 아무리 생각해도 결혼이 지름길이라. 전보를 쳐서 남경에 있는 조지를 청하는데, 루비의 전보를 받은 조지가 즉시 떠나 상해로 내려오니 시간은 초저녁이러라. 자기 집으로 가지 않고 바로 루비의 집으로 가니, 루비가 맞이하며,

"내가 보낸 전보를 받아보고 오느냐?"

조지가 인사하고,

"못 올 것인데, 네가 편지도 아니고 전보를 보냈으니 어디가 편찮은가 의심이 나서 내려왔다. 와서 보니 몸은 건강하구나. 무슨 일로 불렀느냐?"

【루비】 결혼하려고 청하였으니, 오늘 혼례를 올리자.

【조지】 내가 얼마 동안 연기하자고 말하지 않더냐?

【루비】 내가 강주를 청하여 담화로 그 심리를 탐색하니, 사람을 홀리는 마귀 정도가 아니고 마귀의 조상 격이더라. 더할 나위 없이 영험한 마귀로구나. 허술하게 굴다가는 그 계집에게 빼앗길 것이니, 결혼하는 것이 상책이다.

【조지】 결혼하면 이혼이 없다더냐? 일이 이 지경이 되었으니, 숨길 것 없이 자백할 터이다. 너와 강주가 양손에 사탕 같다. 어느 것을 먹을는지 내가 아직 판단하지 못했으니, 1년만 연기해 주면 어느 한 쪽을 선

택할 것이다. 강주가 나으면 강주를 택할 것이요 네가 내 마음에 맞으면 너를 택할지니, 약혼은 깨진 줄로 생각하고 얼마 동안 연기하자.

루비가 더 강요하지는 못할지라. 열에 한 마디라도 거짓말이 있으면 믿을 수 없지만 사실대로 자백하고 연기하자는 것이니, 그렇게 못한다고 고집하다가 약혼을 깨자고 하면 일이 더 어려워질지라. 웃으며,

"내가 연기해 주지만 한 가지 다짐을 받을지니, 대답할 터이냐?"

【조지】 무슨 다짐이냐? 오늘 혼례를 올리자는 다짐 이외에는 다 시행할지니, 말하여라.

【루비】 네가 누구 한 사람을 선택하는 날까지 강주와 면회하지 않을 것이라는 다짐이다. 면회하지 않겠노라고 대답하여라.

【조지】 남의 자유를 지나치게 구속하는구나.

【루비】 지금 네 자유를 내가 구속할 권리가 있고, 내 자유를 너도 구속할 권리가 있지 않으냐? 조지, 대답하여라.

【조지】 면회를 끊겠지만, 편지 왕복 같은 것은 어찌할 터이냐?

【루비】 편지야 하나님도 속일 수 있는 비밀이다. 그것은 마음대로 하고 면회만 하지 못하리라.

【조지】 내가 강주의 면회를 거절하면 무슨 이유로 거절하는지 묻는 편지가 있을 것이니, 그 편지에 회답하려 할 뿐이지 다른 뜻은 없다. 너는 할 수 있는 대로 나를 기쁘게 하여라. 그러면 선택 당하게 된다. 지금 나는 집으로 갈 것이니, 그리 알고 기다리지 마라. 집안일을 의논하게 되면 올 시간이 없고, 내일 아침에 남경으로 올라가면 한 주일 소비하게 될 듯하다. 그 전에라도 올 수 있으면 올 것이니, 아침에 작별 없이 가는 것을 용서하여라.

【루비】그것은 마음대로 하여라. 그렇지만 지금 내 마음과 눈에 보이는 사람이 너 하나뿐이니, 네 생명이 내게 달린 것이 아니라 내 생명이 네게 달렸다. 그러니 서호와 만리장성의 일을 기억하여라. 기억하지 않으면, 천벌을 받는다.

조지가 대답하고 가니, 루비는 다른 생각이 없고 조지의 말처럼 조지를 기쁘게 하는 것이 최고일지니 재능을 다해 조지를 기쁘게 할 것만 생각하는지라.

이때 강주가 루비를 작별하고 남경으로 올라가 백부님 댁에 머물면서 조지와 루비 사이에는 언약이 있음을 생각하니,

'대개 두 남자가 한 여자를 두고 다투게 되면 두 생명이 다 위태하지만, 우리는 두 여자가 한 남자를 두고 다투게 된지라. 루비의 행동을 보니 조지를 얼러 보다가 뜻대로 되지 않으면 법률로 해결할지라. 우리 중국은 치외법권이 없어서 이 소송을 판결하지 못할뿐더러, 수구守舊의 성질이 많은 관리가 나를 도울 수도 없는지라. 반면에 영국 영사는 혈통을 보존한다는 이유로 루비를 도울지니, 결국 나는 실패하고 루비는 승리할지라. 내가 승리할 방법으로는 조지가 내게 홀리게 하는 것이 최상의 계책이라.'

하고 남경에 올라와 있는 조지를 청하여 루비와 면회한 일 전부를 말하고,

"나는 네가 혼자인 줄 알고 연애를 시작하였더니 제삼자인 루비가 있으니, 루비는 나의 원수이며 나는 루비의 원수라. 이 마귀의 장난 같은 장애물을 파괴할 사람은 너 하나뿐이다. 네 생각에 내가 네 평생의 즐거움을 만족하게 할 것 같으면 루비와의 관계를 칼로 베듯 끊어서 루비로 하여금 절망하게 하고, 루비가 평생의 즐거움을 만족하게 할 줄로 알거든 나와의 관계를 끊어 나로 하여금 단념하게 하여라."

【조지】 나는 이미 결정하였다. 루비와의 관계를 까닭 없이 끊어버리면 약속을 어기는 비루한 남자가 될 염려가 있고, 또 루비는 확실히 자살할 여자이다. 그 마음을 완화하려는 생각이지, 양손에 사탕을 쥐려는 '양수집당兩手執糖'의 생각은 아니다.

【강주】 그러면 네가 그렇게 완화시킬 방법을 찾았느냐?

【조지】 가장 좋은 방법은 찾지 못하였으나, 첫째로는 결혼을 연기하여 그 마음에 싫증이 생기게 하고, 둘째로는 다른 남자를 소개하여 새로운 정을 깨닫게 하고자 한다.

강주가 웃으며,

"그런 수단은 무식한 보통 남녀에게 사용할 수단이지, 높은 수준의 학문이 있는 남녀에게 사용하면 기교를 부리려다가 도리어 졸렬해지는 꼴이 된다. 네가 생각해 보아라. 네 마음에 루비가 박혔으면 이 세상 여자가 다 매달려 뽑아도 뽑지 못하고, 루비 마음에 네가 박혔으면 이 세상 남자가 다 매달려 흔들어도 흔들리지 않는다. 그리 짐작하고, 시험하여라."

【조지】 그 외에는 아직 별 방법이 없구나.

【강주】 장차 신기한 방도가 생기겠지. 하여튼 루비가 나와 상종하지 말라고 강요하지 않더냐?

조지가 웃으며,

"그것은 어떻게 알았느냐? 루비가 너와 상종하지 말라고 강요하며 만일 면회하면 두 말 없이 쏘아죽이겠노라 말하는데, 편지 왕복도 그 범위에 있느냐고 물으니 편지 왕복은 마음대로 하라고 하더라."

강주가 웃으며,

"루비가 높은 수준의 학문을 받았으나 지혜는 보통 여자와 같다. 나는 동성 본가에 가 있을 것이니, 너는 상해에 있으면서 루비의 마음을 완화시켜라."

작별하고 동성으로 가니, 조지는 남경에서 중국과 영국 사이의 교섭을 해결하는지라. 성도成都로 가던 캐나다 선교사 부부는 강도의 요구대로 장개석蔣介石의 개인 재산에서 은 20톤ton을 주고 위험에서 벗어나게 하고 선박의 손해는 정부에서 배상하니, 중국과 영국 사이의 교섭이 결말을 맺은지라.

조지가 상해로 내려와 해관의 관세 관련 사무를 정리하며 루비를 방문하여 완화를 힘쓰니, 루비도 약간 완화되는지라. 그 좋은 일에 마가 끼지 않을까? 루비의 숙모가 충동하기를,

"조지의 마음이 너를 누그러뜨리려는 생각이라. 그 완화하는 계책에 속아 네가 단념하든가, 만약 속지 않으려거든 빨리 혼례를 올려라."

루비도 생각하니 조지의 사랑이 완화하려는 수단이지, 실제로는 마음이 없는 듯한지라. 조지를 불러 크리스마스에 혼례를 올리자고 의논하니,

【조지】 내가 1년만 연기하자고 사정하니, 네가 허락하지 않았느냐? 허락한 지 불과 두 주일 만에 다시 따지고 드니, 자세히 알지는 못하나 누구의 충동을 받은 듯하구나.

【루비】 네가 나를 중학교 1~2학년의 여자로 생각하느냐? 대학을 졸업하고 나이 스물이 넘었다. 누구의 부추김을 받을 터이냐? 지금 나는 부부로 생활할 생각이 목마른 데 물 마실 생각보다 더 간절하구나.

【조지】 그렇게 간절하면, 중학을 졸업하고 결혼할 것이지 지금까지

참았을까?

【루비】 참은 것이 아니라 모른 것이다. 서호에서 네게 배워 깨달았다.

【조지】 그러나 얼마 동안 연기하자.

【루비】 연기를 허락하지만, 나의 요청을 시행할 터이냐?

【조지】 무슨 요청인지 말하여라.

【루비】 혼례를 연기하지만, 서호와 만리장성에서 의논하던 일을 결말짓자.

【조지】 서호와 만리장성의 일은 우리가 어찌어찌 하다가 실수한 것이지, 다시 실수할 터이냐? 혼례 올리기 전에는 그런 생각을 하지 말거라.

루비가 울며,

"서호에서는 감언이설 달콤한 말로 어르더니 지금은 이 핑계 저 핑계 하니, 나만 속았구나."

【조지】 사실 내가 얼렀느냐? 네가 나를 얼렀지. 나만 실수한 것이 아니며 너만 실수한 것도 아니고, 두 사람 모두가 실수한 것이다. 누구를 원망하거나 누구를 허물할 것 없이 얼마 동안 참아라.

루비가 아무리 강요하고 압박하나, 효과를 얻지 못하고 오히려 일을 그르치게 될지라. 조지의 목을 안으며,

"아이 러브 유I love you. 너는 뭐라고 대답할 것이냐What do you answer?"

【조지】 아이 러브 유 투I love you, too.

【루비】 나를 사랑하면 혼인은 왜 거절하느냐?

【조지】 내가 거절이냐? 연기하자는 것이지.

루비가 키스하며,

"그럼 내가 다시 생각할지니, 이후 다시 청할 때 거절하면 법률에 내

어놓을 터이다."

【조지】 법률에 내어놓으면 나만 수치이겠느냐? 두 사람이 다 수치이다. 수치를 당하지 않으려면, 두 사람의 뜻이 부합하는 것이 제일이다.

루비도 더 강요하지 않고,

"조지야. 다른 한가한 잡담이나 하자."

【조지】 잡담을 할 것 같으면, 나는 사무를 정리해야 할지니 작별하자.

루비가 놓아 보낼 생각은 없지만, 사무처리 하려는 것을 막을까?

"가서 사무를 처리하고, 저녁에 오거라."

조지가 대납하고 집으로 가서 사무를 처리하며,

'루비의 행동이 나를 달래서 잡으려는 것으로 생각되니, 충분히 주의하리라.'

매일 저녁 찾아가지만 정담은 일절 꺼내지 않고 문학적이거나 정치적인 대화로 성탄절과 새해를 보내는지라. 그 네댓새 후 저녁에 루비가 다시 결혼 문제를 꺼내니,

【조지】 너는 아침저녁으로 바뀌는구나.

【루비】 아침저녁으로 바꾸는 것이 아니다. 천번 만번 생각하다가 잠이 들어도 잊을 수 없다. 결혼해야 내가 안심이 되고 기쁨도 얻지, 그 전에는 온갖 근심이 구름 피어나듯 일어나 기쁨을 잃게 되는구나.

【조지】 내가 매일 저녁 와서 담화하는데, 온갖 근심이 무엇이며 기쁨 잃는 것이 무엇인가?

【루비】 내가 너의 방문을 풀이해보니, 나를 사랑하여 방문함이 아니고 나를 속이려고 방문함이다. 결혼을 허락하지 않으면, 법률에 내어놓을 터이다. 대답하여라.

【조지】 법률이 결혼하라면 결혼하고, 결혼 끝에 이혼할 터이다.

【루비】 네 말이 명백히 거절하는 것이로구나.

【조지】 거절이 아니다. 수치를 당하고 결혼하면 그것이 무슨 기쁨과 즐거움이겠나? 네가 끝까지 강요하면, 나는 너와 강주를 다 거절하고 독신으로 이 세상을 살아갈 터이다.

루비가 울며,

"네가 완전히 파혼이 결정되었다고 알리는구나. 이 세상에 남자가 없는 것이 아니라 한없이 많이 있다만, 나는 서호와 만리장성의 일로 인해 다른 남자를 마주할 면목이 없어졌다. 이 시간이 내 생명에서 마지막 순간이니, 나만 죽으면 여우같은 강주 그 계집만 기뻐할지라. 원수의 계집을 죽이지 못하는 것도 원통하고 분한데, 기쁨까지 줄까? 너 죽이고 나도 죽어 그 계집의 희망을 파괴할 터이다."

총 끝을 조지의 가슴에 대니, 조지가 웃으며,

"살면 희망이 있어도, 죽으면 희망이 없다. 좋은 일에는 방해가 많다는 '호사다마'를 몰랐더냐? 우리 연애에는 강주가 마귀의 장난 같은 장애물이라. 연애에 장애물이 없으면, 아무 재미가 없다. 그 장애물을 파괴하면 연화보좌에 올라앉지만, 파괴하지 못하면 지옥으로 간다. 죽일 테면 죽여라."

가슴을 내미는데, 루비가 그 말을 들어보니 일의 형세가 참으로 그러한지라. 총을 거두며,

"그럼 나도 재능을 다해 이겨보다가 마지막 순간을 결정할지니, 네가 나를 잊지만 말아라."

【조지】 잊을 리 있느냐? 강주가 우리 두 사람 앞길의 마귀인 줄은 알

지만, 그 유혹을 받아 헤매는 것이 연애의 원칙이로구나.

얼마간 담화하다가 집으로 돌아오는지라. 그 이튿날 루비와 강주에게 똑같은 절교의 편지를 쓰기를,

'높고 귀한 루비와 강주여. 내가 두 여사를 만난 것이 불행이냐? 행복이냐? 나는 양손의 캔디로 알았더니, 지금에 이르러서는 양손의 캔디가 아니고 양손의 범이로다. 어느 한 쪽을 놓는 날에는 내 생명이 위태할 것이니, 생명이 위태할 바에는 모험적으로 둘 다 놓는 것이 옳을 줄로 알고 두 사람과의 관계를 모두 끊어버리나니, 나의 잘못은 이 세상의 관리는 판결하지 못하고 오직 하나님 한 분이 판결할지니, 나를 단념하라. 나는 두 사람과의 약속을 배신한 대가로 독신 생활로 이 세상을 살아갈지니, 그리 짐작하여라. 모년 모월 모일, 조지 홉킨스.'

라 써서 두 곳에 부치고, 그날 저녁부터 루비 방문하는 일을 그만두는지라.

이때 루비는 조지가 오지 않는 것을 의심스럽게 여기다가 그 이튿날 편지 한 장을 받으니, 자기와 강주 두 사람과 모두 관계를 끊고 독신 생활을 하겠노라고 한 조지의 편지라. 천지가 뒤집히는지 아니면 깜깜해지는지 알지 못하다가, 정신을 수습하여 생각하니 법률에 내어놓지 않을 수 없는 형편이라. 곧바로 영사를 방문하려다가, 우선 조지의 부모와 의논하여 둘의 자유이니 상관치 않겠다고 하면 법률에 호소하기로 작정하고 곧바로 윌리엄 홉킨스 부부를 방문하는지라. 그 노인 부부가 루비의 됨됨이와 품행을 칭찬하다가 추수감사절에 루비가 정신을 잃고 쓰러진 일로 인해 조지와 연애 관계가 있는 줄 알았으니, 여간 사랑할까? 맞이하며,

"미스 그래함, 무슨 일로 오셨나?"

루비가 인사하고,

"제가 방문한 것은, 조지의 일로 부모님 두 분께 의논드릴 것이 있어 왔습니다."

홉킨스가 이 말을 들으니, 아직 혼인하지 않았으니 '부모'란 말을 쓰지 않고 '미스터 홉킨스'라고 부를 터인데 거침없이 '부모'라고 부르니, 이름으로는 부부가 아니지만 실제로는 부부가 된 것이 명백한지라. 웃으며,

"조지의 일로 왔어? 그럼 말하여라."

【루비】 내가 이곳에 온 후 조지를 만나게 되어 연애했는데, 작년 2월 15일에 결혼을 약속하고 혼례 올릴 것을 묻기에 함께 의논하여 방학 이후에 혼례를 올리기로 결정하고 지냈습니다. 그러다가 종려 주일 휴가로 서호에 가서 1주일을 지내고 만리장성 유람 가서 1개월을 보내고 돌아와서 혼례에 대해 물었더니, 조지가 크리스마스에 혼례를 하자고 말하기에 내가 허락했습니다. 그 뒤에 한구 주재 영국 영사의 입에서 조지가 중국 여자 장강주와 연애 관계가 있다는 말을 듣고 내가 정신을 잃고 쓰러졌습니다. 의사의 응급 처치로 회생했는데, 누가 불렀는지 남경에 있던 조지가 그 이튿날 아침에 방문했기에 강주의 사건이 사실인가 물으니 속이지 않고 자백했습니다. 그래서 '우리가 서로 떨어지지 못할 처지가 되었으니, 오늘 혼례를 올리자'고 했는데, 조지의 말이 '너와 강주가 양손의 사탕과 같다. 어느 것을 먹을지 아직 판단하지 못했으니, 1년만 연기하면 어느 한 쪽을 선택할 터이다' 하며 사정하기에 허락하고서 그 행동을 눈여겨보니, 말과 몸은 내게로 쏟아지지만 그 마음은 강주에게 빼앗겼습니다. 그런 까닭에 법률로 결혼하려다가, 부모님께 여쭈

어서 나를 동정하시면 법률에 내어놓을 것이 없고 동의하지 않으시면 법률로 결혼하기로 작정했습니다. 아버님 뜻은 어떠하십니까?

【노인】 혈통의 관계로나 네 처지로나 네게 동정하지, 절반쯤 개화된 다른 인종 여자에게 동정할 터이냐? 그렇지만 지금 그 놈에게 너와 결혼하라고 강요하면, 싫은 마음이 생겨서 강주인가 그 계집아이와 달아날 것이다. 아무 말 없이 영국으로 보내면 영국에 가서 편지할 것이니, 네가 좇아가서 그곳에서 상종하다가 혼례를 올려라. 그 외의 방법은 모두 완전하지는 못하다.

루비가 감사하고,

"영국으로 보낸다면 언제 보내실 것입니까?"

【노인】 이 달 22일에 배편이 있으니 그 배에 보낼 것이다. 그 전에도 배편이 하나 있으나 날짜가 너무 촉박하니 그 배로는 가지 못할 것이다.

【루비】 감사합니다. 아버님이 동정하시니, 나의 소원대로 일이 이루어지겠습니다.

【노인】 우리 부녀가 의논한 말은 누설하지 말거라.

루비가 대답하고, 집으로 돌아와서 관망하니라.

이때 조지가 편지로 두 사람과의 관계를 모두 끊고 조용히 지내는데, 루비가 매일 전화로 면회하자고 청하니 그 대답하기도 성가신지라. 남경으로 몸을 피할까 생각한즉, 남경이 지척이기도 할뿐더러 강주가 있는 곳이니 루비가 의심하고 쫓아다닐 것이 분명한지라. 미국으로 갈까 아프리카로 갈까 주저하는데, 아버지가 부르거늘 들어가니,

【아버지】 네가 중국에 온 지 사오 년이며, 본국 재산을 관리하는 사람이 없으니 네가 가서 집안 재산을 정리해야 한다. 또 네가 정치계에 머

리를 내밀고 눈을 굴리고 하려면 상류 정치가들과 교제를 맺어야 한다. 그러니 영국으로 가거라.

조지가 이 말을 들으니 큰 행운이라고 여기는지라. 어디론가 갈 계획을 세우고 있는데, 아버지가 가라고 하니 마다할까?

"영국으로 가면 어느 달에 떠나도록 작정하오리까?"

【아버지】 이달 14일 배편은 너무 촉박하니, 22일 배편에 가게 하여라.

【조지】 너무 급하고 바쁩니다. 2월 배편으로 가는 것이 좋을 듯합니다.

【아버지】 급할 것도 바쁠 것도 없다. 네 일은 남경 정부의 외교를 돕는 것이니 편지로 사임하면 그뿐이고, 이곳의 사무도 혼자서 맡는 것이 아니고 돕는 것이다. 그러니 급하거나 바쁘다고 할 것이 없다.

조지가 더 이상 말하지 못하고 그 배로 가기를 작정하니, 이 소식을 들은 루비가 전화로,

"결혼하고야 어디로 가지, 결혼 전에는 상해를 떠나지 못한다."

트집을 잡아 떠들어대니, 조지가 애걸하기를,

"영국에 갔다가 7월에 돌아올 것이니, 그리 알고 참아라."

하고 강주에게 편지하려는데, 답장이 온지라. 뜯어서 보니,

'디어, 디어, 마이 디어 조지dear dear, my dear George. 궁금하던 중에 네 편지를 받아보니, 기쁨이 날아가고 섭섭함이 홍수같이 일어난다. 네가 나와 루비 두 곳과의 관계를 다 끊고 독신 생활을 하겠다고 하니, 나를 속임이냐? 루비를 속임이냐? 아니면 자기를 속임이냐? 태평양이 마르고 지브롤터 바위가 물이 되어도 그 마음 변치 않는다더니 그 말의 여음이 끊어지기도 전에 변하니, 남자는 거짓말을 모아서 사람가죽으로 싸 놓은 것인 줄 지금 내가 깨달았다. 당당한 신령스런 나라 중국의 금이나

옥처럼 신성한 내 몸이 앵글로의 오랑캐 종자에게 더럽혀졌으니, 참으로 원통하고 분하다. 누구를 원망하고 누구를 허물하고 할 것 없이 내 어리석음을 한탄하고, 스스로 위로하여 서호의 맑은 물에 개와 돼지가 첨벙거리다 간 것이라 여긴다. 네가 독신 생활을 하려거든 지조 있게 하여라. 그러면 나도 독신 생활을 할 터이다. 가슴에 서린 말들이 서로 나가려 다투기로, 그만 붓을 던진다.'

하였거늘, 곧바로 답장 쓰기를,

'너의 편지 받아보고 기쁜 것이 아니라 원통함이 북받쳐 오른다. 너의 오만하고 무례함을 내가 알지만, 나를 너무 무시하는구나. 나만 오랑캐 종자냐? 너의 조상이 반고盤古이니, 그 단어가 원숭이라는 뜻이다. 하여튼 내가 이달 22일 배편으로 영국에 가나니, 너는 18일 싱가포르Singapore 가는 배편으로 싱가포르에 가서 나를 기다려라. 다른 사정은 싱가포르에서 말할 것이기로 그치노라.'

하여 보내고, 행장을 준비하니라.

이때 강주가 조지의 절교하는 편지에 답장을 한 지 며칠 뒤에 편지가 다시 오거늘, 열어보니 이달 18일에 싱가포르로 가는 배편이 있으니 그 배편으로 먼저 가서 기다리라 하였는지라. 부모에게 남경 백부님 댁을 방문하러 가노라 말하고 떠나서, 남경에서 백부님을 방문하여 싱가포르에 갔다 올 뜻을 말하고 상해로 내려가는지라. 강주가 싱가포르로 가는 배표를 사려고 영어로 물은즉 사원이 중국말로 대답하거늘, 강주가 의심이 생겨서 중국말을 알지 못하는 체하니 사원이 다시 영어로 어느 나라 사람인가 묻는지라.

【강주】 나는 원래 조선 사람으로 부모를 따라 미국 캘리포니아California

로 가서 자랐는데, 상해에 온 지는 불과 2년이라.

대답하니, 사원이 의심치 않고 배표를 주는지라. 숙소로 돌아와서 이틀을 머물다가 18일 오후에 배를 타고, 사흘 만에 싱가포르에서 내려 조지가 지정한 호텔에 묵으며 조지를 기다리니라.

이때 루비는 조지에게 못 간다는 위협적인 말을 거리낌 없이 내뱉으나, 조지는 한결같이 애걸이라. 루비가 나중에는,

"내가 홍콩까지 전송할 것이니, 그것은 허락할 터이냐?"

【조지】 홍콩까지가 아니라 싱가포르까지 전송하여라.

허락하는지라. 루비가 홍콩까지 전송하려 함은 강주가 동행하는지 살피고자 함인데, 조지는 강주를 먼저 보내고 뒤에 떠나니 루비가 동행한들 알 것이 무엇이냐? 22일 하오에 조지와 루비가 배에 올라 침실을 정하고 저녁 식사 후에 뱃머리에 나서서 바다 경치를 구경하는데, 정월 날씨인지라 파도가 거세게 일어날 터이지만 이 밤에는 바람은 은은하고 물결은 잔잔하며 달조차 밝게 비추는지라. 뜻 있는 재자와 가인이 무한히 기쁠 시기이나, 조지와 루비는 어려운 처지에 있으니 기쁜 것도 슬픈 것도 없이 묵묵히 아무 말이 없는지라. 조지가 웃으며,

"이번에 영국에 가면 그전에 함께 공부하던 친구를 하나하나 방문할 것이니, 미스 그래함이 영국 유학할 때 친분 있던 남녀가 있거든 소개하시오."

【루비】 여자 친구는 많으나, 남자 친구는 없다. 여자 친구를 소개하면 원수 하나 더 생기게? 언제든지 혼례를 올린 후에야 소개하지 결혼 전에는 못난 물건이라도 소개하지 않을 것이니, 묻지도 말아라.

조지가 웃으며,

"보는 여자마다 다 연애하면, 이 세상 여자와 다 연애하게? 연애는 허락하는 남녀가 따로 있다. 내가 영국과 중국에서 상종한 여자가 천 명은 될 듯하다. 그 많은 여자에게는 애정의 샘이 흔들리지 않더니, 이제 루비와 강주 두 여자에게 연애의 샘이 자극되는구나. 중국 풍속 같으면 두 여자를 다 가까이했으면 좋을 듯하나, 중국 인종이 아니고 영국 혈통이니 영국의 법률과 풍속이 두 아내 두는 것을 허락하지 않으니 어찌합니까?"

【루비】 하나님이 인류를 창조하실 때 남자를 만들고 그 남자의 갈비를 뽑아 여자를 만들었는데, 두 여자를 만들지 않고 한 여자만 만드신 것은 일부일처를 표준으로 삼으심이라. 한 남자가 두 아내를 가지거나 한 여자가 두 남편을 섬기는 것은 신의 본뜻을 어김이라.

【조지】 하나님이 일부일처를 표준으로 삼으셨으면, 어찌하여 아름다운 것을 선택하는 '택미성'을 인간에게 주셨나?

【루비】 택미성을 주신 것은 그 많은 남녀 중에서 자기 마음에 맞는 사람을 선택하라 함이지 보는 자마다 택하라 함이 아니다. 그러나 사람이 정욕으로 인해 궤도 밖으로 넘어가는 까닭에, '탐하지 말라'는 계명을 함께 주셨다.

서로 기쁨이 가득하여 이 경치 이 계절에 담화를 하면 얼어 죽는 것도 모르겠지만, 기쁨이 없으니 찬 기운을 모를 터이냐?

【조지】 냉기가 심하니, 방으로 들어갑시다.

각각 침실로 들어가서 자니라. 이튿날 오후에 홍콩에 당도하니, 조지와 루비가 육지에 내리자마자 기선 회사에 가서 상해 가는 배편을 물어보거늘 사원이 내일 오후에 있다고 대답하는지라. 조지와 루비가 호텔로 들어가 휴식하며 저녁을 먹고, 여관의 차가운 등불 아래 마주앉아 담

화하는데,

【루비】 내가 평소에 남자가 가까이 오면 독사와 사나운 호랑이가 오는 것 같은 두려운 마음이 생기며, 담화할 때에 그 입에서 뿜는 냄새가 오장육부를 뒤집는 까닭에 항상 남자를 싫어하였다. 나이 22세에 대학을 졸업하고 나니 의지할 데 없는 홀몸이라 갈 곳이 없구나. 외숙에게 문의하였더니 상해로 오라 하시기에 큰 바다를 건너 상해에 왔는데, 외숙이 젊은 남녀를 소개하며 친구로 지내라 하니 모든 남녀와 담화가 시작되었구나. 너와 담화할 때에는 두려움을 잊어버린 것인지 이전과 같은 두려움을 깨닫지 못하였으며, 입에서 뿜는 냄새가 악취가 아니고 깨끗하고 향기롭게 느껴지니 자연스럽게 담화가 계속되었구나. 너는 나를 사랑하고 나는 너를 사랑하여 서로 아낌없이 서호의 일을 빚어내었는데, 좋은 일에는 늘 방해가 따르는 법이니 그 마귀의 조상 강주가 나의 사랑을 파괴하려 하였구나. 네가 자비심이 있고 사랑이 있거든 나의 의지할 데 없이 외로운 신세를 불쌍히 여기고 서호의 일을 기억하여라. 강주에게 홀려서 계속 그대로 고집하면, 나는 이 세상을 하직할 터이다.

이 말을 듣는 조지가 한숨을 길게 쉬며,

"미스 그래함이 자기 생각만 고집하고 내 사정은 양해하지 못하는구려. 나의 사정만 양해하면, 강주 아니라 모든 마귀들이 다 쫓겨 갑니다."

어느덧 밤이 깊어지니 각각 침실로 들어가서 자니라. 아침을 먹은 뒤에 조지가 배에 오르게 되니 루비도 같이 배에 올라 키스로 작별하며,

"영국에 도착하면 평안히 갔노라 편지하여라. 어쩌면 7월 중순에 내가 영국으로 가게 될 듯하다."

조지가 웃으며,

"상해로 돌아가서 내 편지를 기다리고, 지나치게 근심하지는 말거라."

루비는 배에서 내려 그날 오후에 상해로 돌아가고, 조지는 만 이랑의 파도를 헤치는 배위에서 서쪽으로 싱가포르를 바라보는지라. 그 이튿날 오후에 배가 싱가포르에 닻을 내리니, 조지가 육지에 내리며 선장에게,

"나의 짐을 싱가포르에 내려놓으라."

하고 부두에 오르니, 강주가 맞이하는지라. 손을 잡으며,

"먼저 와서 기다리느라고 갑갑하였지?"

【강주】 선박의 왕래는 시간이 정해져 있으니, 시간 전에 갑갑해 하며 기다리는 것은 어리석은 일이라.

호텔로 들어가 휴식하며, 루비가 홍콩까지 전송 왔던 것을 말하니,

【강주】 루비가 홍콩까지 같이 왔으면, 이곳까지 데리고 올 것이지.

【조지】 루비가 이곳까지 왔다가, 너 있는 것을 보면 자살하게?

【강주】 자살할 리야 있나? 만약 자살하고자 하면 우리 중국 풍습대로 셋이 같이 살면 되고, 자기 풍속을 고집하면 내가 양보하지.

【조지】 나도 그렇게 할 생각이 있어서 '양손의 사탕'이라고 여러 차례 말했는데, 양해를 못하는구나.

그 밤을 지내고, 그 이튿날 지방 관청에 가서 결혼 증서를 내고 그곳에 있는 감독교監督敎 예배당에서 결혼 예식을 거행하고자 하니 감독교 신부는 영국인이니 혈통 관계로 거절하는지라.[31] 다시 미국 선교부 감리교회에 가서 결혼 예식을 올리고, 며칠 머물면서 영국으로 가서 생활

31 '감독교회(監督敎會, Episcopalian / the Episcopal Church)'는 감독(監督) 제도를 둔 교회로, 한국의 감리교회, 성공회, 루터교회를 비롯한 영국 국교회(성공회), 미국 성공회, 일본 성공회 등이 여기에 속한다. 여기서는 '신부'를 언급했으므로, '감독교'는 곧 '(영국) 성공회'를 가리키는 말로 이해할 수 있다.

할 것을 의논하니,

【강주】 지옥으로 가나 천당으로 가나 어디로 가든지, 남녀의 큰 도리인 결혼을 하였으나 양가 부모의 동의가 없는 혼례라. 그러니 중국으로 돌아가 양가 부모에게 결혼 사유를 아뢰는 것이 자식 된 도리이니, 중국으로 돌아가 양가 부모님을 찾아뵙고 나서 어디로 가든지 결정하자.

【조지】 중국으로 돌아가면, 양가 부모의 꾸지람 받는 것이야 어떠하든지 문제가 아니지만 루비가 큰 풍파를 일으킬 것이다. 옳으니 그르니 하는 시비를 피하는 것이 상책이다.

【강주】 루비가 풍파를 일으키지 않고 속으로 괴로워할까 염려이다. 풍파만 일으키는 정도라면 내가 누그러뜨릴 수 있다. 그러니 염려 놓고 가자.

【조지】 좌우간 이곳에서 한 주일 한가롭게 휴양하고 가자.

【강주】 휴양이야 얼마든지 상관없다.

하고,

“여관 붉은 등불 아래 네가 없으면 내가 못 살고 내가 없으면 너도 못 살리라.”

한 주일 지내니, 곧 2월 9일이라. 오후에 배를 타고 14일 새벽에 상해에 내려서 조지와 강주가 집으로 들어가니, 아버지가 놀라며,

“영국에 가지 않고, 무슨 일로 되돌아왔느냐?”

하며 보니, 어떤 중국 여자와 함께 왔는데 아름답기로는 세계 일류 미인이라 해도 지나친 말이 아니라. 강주인가 의심하는데, 조지가 그 여자를 인도하여 절을 올리게 하며,

“이 여자는 전 청나라 대관 장지동의 증손녀 강주이온데, 싱가포르에

서 나와 결혼하고 부모님께 절을 올리오니 며느리로 인정하소서."

강주에게,

"이 두 분은 나의 부모이시니, 절을 올리라."

강주가 중국 풍습대로 절을 올리며,

"나는 앵글로 여자가 아니고 중국 여자로, 조지와 마음과 뜻이 합하여 부부 생활을 시작하고 부모님께 절을 올리오니, 자식으로 사랑하시기를 비옵니다."

【노인】 외국의 사람으로 중국 며느리를 맞이하니, 매우 기쁘다.

하고 부인더러 며느리를 인도하라 하고, 조지에게,

"이 신의 없는 놈아. 미스 그래함은 어떻게 하려고 이런 험한 상황을 만들어내었느냐? 혈통 관계로나 사회적 관계로나 미개한 황인종과 결혼하는 것은 무슨 생각이냐?"

【조지】 황인종과 백인종의 피가 섞여 생긴 자식은 정신이 맑고 골격이 빼어난 사람이 됩니다. 혈통 관계로 루비를 깊이 생각하였습니다. 강주는 나를 죽일 수도 살릴 수도 있고 슬프게 할 수도 기쁘게 할 수도 있는 살아있는 사람이지만, 루비는 여자 의복 상점에서 광고로 쓰는 인형doll입니다. 기나 짧으나 평생을 감각이 없는 인형과 생활하면, 무슨 즐거움이나 행복을 받으리까? 또 백인 여자는 시부모를 헌신짝으로 생각하지만, 중국 여자는 시부모를 자기를 낳아준 부모보다 더 존경합니다.

【노인】 나도 중국 여자가 시부모 존경하는 것은 조금 알고 있다만, 루비가 불쌍하지 않으냐?

【조지】 루비가 나를 신의 없는 놈이라거나 정 없는 놈이라고 책망할 줄 알고, 또 내가 그 책망을 면치 못할 줄 아옵니다. 내 마음을 이해하라

고 애걸하나 양해하지 못하니, 어찌합니까?

【노인】 루비를 달래야 할지니, 달랠 방법이 있느냐?

【조지】 아무 방법이 없습니다. 루비가 원하는 바를 들어보고서 달래겠습니다.

이때 루비가 홍콩까지 가서 조지를 전송하고 상해로 돌아온 지 거의 세 주일이라. 조지가 영국에 도착한 지 오래일 것이니 편지를 하였으면 며칠 지나지 않아서 받아보겠다고 생각하는데, 숙모가 들어와,

"조지가 영국에 가지 않고 이곳으로 돌아왔다는구나."

【루비】 조지가 돌아왔으면, 누구와 함께 왔는지 아십니까?

【숙모】 강주 그 계집과 싱가포르에서 결혼해 가지고 돌아왔다는구나.

루비가 강주란 말을 들으니, 세상이 캄캄하거나 노랗지 않고 온통 쪽풀처럼 푸른 빛깔이라. 아무 말 없이 맥맥히 있다가 길게 한숨을 쉬고,

"하나님, 내가 무슨 죄가 많습니까? 어려서 부모의 사랑을 받지 못하고, 자라서는 남자의 사랑도 받지 못하게 되니. 하나님, 불쌍히 보소서."

일어나 침실로 올라가 누우니 모든 빛이 각각의 색깔이 아니고 파란 빛이나, 정신은 더욱 또렷하여 서호와 만리장성의 과거사가 거울같이 비춰지니, 생각할수록 수치스럽고 원통한지라. 어찌 해결할 것인지를 생각하지 못하고 손 비틀기와 이 갈기, 자기 머리 쥐어뜯기로 밤을 밝히고, 그날 5시까지 물 한 모금 없이 생각하다가 끝내 자살하기로 결단하고 유서遺書 한 장을 쓰니,

'사랑하고 존경하는 앵글로 여자여. 나는 캐나다에서 태어나서 부모의 사랑을 받지 못하고 조모님 슬하에서 성장하다가, 10세 때에 조모님이 세상을 떠나시니 의지할 데 없는 외로운 홀몸이 된지라. 배움을 그만

둘 수 없어 계속적으로 대학을 졸업하고 세상에 나서니, 박복한 신세로 22세가 된지라. 어디로 가야 할지 방향을 모르다가 중국 상해에 선교사로 가 있는 외숙에게 문의하였더니, 회답하기를 그곳 와서 선교 사무를 돕고 영국과 미국 두 나라 아이들을 가르치라고 하는지라. 큰 바다를 건너서 중국 상해 땅에 내리니, 산천과 사람이 다 생소한지라. 그러다가 그곳 있는 젊은 남녀와 친구로 지내게 되었다. 내가 평소에는 남자 가까이 오는 것을 독사나 맹수가 가까이 오는 것 같이 두려워하였으며 그 입에서 뿜는 악취는 오장육부를 뒤집어놓게 될 듯하여 항상 남자와의 담화를 싫어했는데, 만찬을 같이 먹던 남녀 10여 명 중에 조지 홉킨스란 젊은이가 있었다. 그이는 옥스퍼드 출신으로 중국 외교를 돕는 젊은 정객이다. 그이와 담화할 때는 공포심과 악취를 깨닫지 못하니 종종 만나게 되었고, 내가 저를 사랑하고 제가 나를 사랑하여 1년 전 이날에 혼인약속을 맺고 방학 후에 혼례를 올리기로 의논을 정했더니, 좋은 일에는 방해가 많은 법이더라. 장강주라 하는 중국 여자는 인물만 아름다운 것이 아니라 구미 유학생이니, 아무 남자나 보면 엔젤 케이크angel cake로 생각할 만한지라. 나와 언약했던 홉킨스가 그 여자의 마법과 독약에 취하여 나를 거절하려 하니, 내가 아무리 못났어도 나의 사랑을 절반만 개화한 중국 여자에게 빼앗길 터이냐? 경쟁이 시작되어 네댓 달 다투다가 조지를 본국으로 쫓아 보내고 뒤따라가려고 했는데, 일찍 가느라고 새벽에 갔더니 이미 어제 저녁에 온 놈이 있는 격으로 그 영험한 마귀 강주가 싱가포르에 가서 기다리다가 조지를 잡아 혼례를 올리고는 상해로 돌아와 자기가 이겼노라고 내게 자랑하니, 나의 모든 계획이 물거품이 되었구나. 참으로 수치스럽고 분통하다. 그 수치와 분함을 참고 구차한 생명을 연장하면, 나 개인은 말할 것 없고 전체 앵글로 여자에게 수치를 돌리게 되나니 영광을 돌리지 못할망정 수치를 돌릴 나이냐? 그 수치를 돌리지 않으려면 스스로 목숨을 끊는 것 이외에 다른 방법이 없다. 오 사랑하는 자매, 나의 경망함을 용서하여라. 한 마디 묻고자 하는 것은, 남자가 무엇으로 된 것인지 아느냐? 성경에서는 하나님이 흙을 빚어 만들었다 하였으나, 흙으로 만든 것이 아니고 무슨 짐승의 가죽에 거짓말 모아서 채운 것이 남자이다. 남자의 입에서 나오는 말은 전부가 거짓말이다. 내가 고등한 학문을 닦았으나 그 말에 속았다. 아아, 자매여. 나의 사정으로 본보기 되는 거울을 삼으라. 1928년 2월 15일, 루비 그래함.'

쓰기를 마치고, 조지와 주고받은 편지를 빠짐없이 불에 태운 뒤에 권총으로 자기 머리를 쏘고 거꾸러지는지라. 숙모가 총소리에 놀라 뛰어가서 보니, 한 송이 장미rose가 맹렬한 불길에 그슬린 듯한 모양이라. 한편으로 의사, 경찰관, 게일 박사를 청하니, 의사가 먼저 오기는 하였으나 의사가 예수 그리스도Jesus Christ가 아니니 죽은 자를 다시 살려낼까? 그 뒤에 영사관의 경찰관과 게일 박사가 오니, 경찰관은 자살한 사유를 기록하고 게일은 윌리엄 홉킨스에게 루비의 자살 소식을 전화로 알려주는지라. 이 나쁜 소식을 받은 노인이 조지를 불러 분노하여 소리 지르며,

"이 신의 없고 박정한 놈아. 여자는 한가지인데 루비를 죽게 하였으니, 네 놈은 지옥 형벌을 면할 터이냐?"

조지가 이 말을 듣고 눈물을 비 오듯 흘리며,

"미스 그래함. 그다지도 괴팍합니까?"

곁에 있던 강주가 이 말을 듣고 곰곰히 생각하기를,

'루비의 성정이 그렇게 강렬했던가? 참말 여자 가운데 장부로다. 루비가 나로 말미암아 죽었으니, 내가 직접 죽이지는 않았으나 사실상 내가 죽인 것이다. 제가 죽었는데 내가 죽지 않으면 의리가 아니요, 또 그 원한과 슬픔을 위로하려면 다른 방법이 없으며 죽는 것이라야 만분의 일이나 위로가 되리라.'

하고 서재로 들어가 한 장의 유서를 쓰니,

'캐나다 강주가 중국 강주를 위하여 죽었으니, 중국 강주가 캐나다 강주를 위하여 죽지 않으면 이는 의리를 모르고 사랑이 없는 하등한 동물이라. 구차한 생명을 연장하여 천당에 갈 수 있고 구차한 생명을 스스로 죽여서 지옥의 유황불에 빠지게 된다 해도, 거리낌 없이 강주의 슬픔과 원한을 위로하기 위해 내 스스로 목숨을 끊나니, 조지 조지 나의 사랑, 내 경망함을 용서하여라. 내가 네게 부탁할 것이 있으니, 나의 시체를 미스 그래함과 합장해다오. 이것이 나의 소원이니 네가 시행하여라. 정숙하고 어진 여자를 선택하여 함께 살다가 이 세상 끝 날에 다시 만나자. 모년 모월 모일, 동성桐城 장강주.'

쓰기를 다하고 자살을 시도하니, 루비는 총이 있으니 마음대로 죽었지만 강주는 총이 없으니 독약을 마실까? 독약을 마시면 죽기는 하겠지만, 강렬하지는 못할지라. 칼로 가슴을 가르고 거꾸러지니, 사환 아이가 보고서 조지에게 급히 알리는지라. 조지가 한걸음에 뛰어 들어가서 보니, 칼을 던지고 피 흘리는 손으로 누구를 오라고 손짓하는지라. 조지가 루비 죽는 것을 보지 못하였으나, 강주의 죽음을 보고 그 형상이 어떠한 것을 짐작할지라. 노인이 들어와서 보고 의사를 부르려고 전화를 집으려 하니,

【조지】 이미 죽었으니 의사 부를 필요가 없습니다. 영사관에 보고하시오.

하고, 장계명에게 강주가 스스로 목숨을 끊은 일을 알리는 부고를 쓰고, 다시 유서 쓰기를,

'나는 인류 사회에 용납되지 못할 큰 죄인이 되었습니다. 그 죄를 속죄하려면 죽는 것 말고는 다른 길이 없습니다. 아버지. 이놈의 불효를 용서하시고, 이놈의 시체를 루비, 강주의 시체와 합장해 주시기를 믿고 또 바랍니다.'

쓰기를 마치고 권총 한 방에 거꾸러지는지라. 영사관의 경찰관이 강주의 자살을 조사하러 왔다가 강주와 조지의 두 시신을 조사하게 되니, 모골이 송연해지는지라. 조지의 유서대로 루비와 강주를 좌우에 눕히고 조지는 그 가운데에 눕혀 세 사람을 '내 천川' 자로 눕히고서 흙을 덮어 장사지낸 후에 '삼각연애의 무덤三角戀愛墓'이라는 비석을 세우니라.

실모지묘失母之猫

어미 잃은 고양이

플로리다Florida 잭슨빌Jacksonville 근방에 프랭크 벳Frank Bates이라는 젊은이가 있으니, 중학교를 졸업한 후에 앤트워프Antwerp 사관학교를 졸업하고 장차 웨스트포인트West Point 입학을 준비하였는데 그 아버지가 심장병으로 세상을 떠나니 사연히 학업을 중단하고 생업에 힘쓰게 된지라. 과부인 어머니와 아버지 없는 아들뿐이니 살림이 단출하여 큰 부자 부럽지 않게 지냈는데, 프랭크가 체격이 건장하지는 못하나 인물이 준수한 까닭에 보는 여자마다 연애하려 하니 남자로서 여자의 눈 낚시에 걸리지 않을까? 18세가 된 엘리노 크로스비Ellinor Crosby란 여자와 1906년에 결혼하니, 그때 프랭크의 나이는 24세라.

결혼 후 신체가 건강하지 못하여 종종 의사를 찾아가니, 의사가 진단하기를 '기후를 바꾸면 좋을 듯하다'고 하는지라. 그런 까닭에 재산을 정리하여 홀어머니, 아내, 그동안에 태어난 아더Arthur까지 네 식구가 캘리포니아California로 건너와서 남캘리포니아南加州 레드랜드Redlands에[1] 집

1 레드랜드(Redlands)는 캘리포니아주 남동쪽 샌 버나디노(San Bernardino) 카운티(County)에 있는 도시로, 1882년에 처음 오렌지를 재배하기 시작한 이래 20세기 전

이 딸린 오렌지밭 10에이커ten acre를 사 가지고 생활을 시작하니, 이때가 1910년이라. 자기 손으로 밭 갈고 물 대고 김매고 가지치기pruning를 하나 그다지 고된 일은 아니고 또 신체 건강이 회복되니, 온 가족이 기뻐하는지라.

그 이듬해인 1911년에 오렌지밭의 수입이 2700원이니, 각종 경비를 빼고도 집에서 쓸 돈이 넉넉한지라. 그런 까닭에 그 여름에 3톤three ton의 닭똥 거름chicken manure을 주고 또 쇠iron 가루를 뿌리니, 그 겨울에 나뭇잎이 짙은 푸른색dark blue이 되었는지라. 그해 크리스마스Christmas 다음날 새벽에 된서리가 내려 남캘리포니아 오렌지밭 전부를 얼렸으나, 벳의 오렌지는 얼지 않은 까닭에 수입이 4000원이니 여간 기쁠까?

그뿐이랴? 벳의 산업이 발전될 때라. 벳의 밭 곁에 해밀턴Hamilton의 오렌지밭 60에이커가 있는데 잘 정비된 밭은 아니라. 해밀턴은 시카고Chicago 출신의 부호富豪로 해마다 그곳에 와서 겨울을 보내다가 그 농장ranch을 사고서 대리인을 두고 경작하는데, 매년 이익이 약간 있는지라. 1911년 추수감사절Thanksgiving 때에 나와서 자기 농장을 돌아보니 나무tree가 별로 푸릇푸릇하지 못하고 성글게 보이는데, 그 곁에 있는 오렌지밭은 작년에는 자기 농장만 못했지만 지금은 짙은 푸른색이니 은근히 칭찬하는지라. 크리스마스 다음날 새벽에 된서리로 남캘리포니아의 오렌지밭이 다 얼었는데 벳의 밭은 얼지 않고 전과 같으며 해밀턴의 밭은 얼었으니, 해밀턴이 벳을 방문하고 그 오렌지밭이 얼지 않은 이유를 물으니,

---

반기까지 미국의 대표적인 오렌지 생산지였다.

【벳】 별 이유가 아니고 근면하게 농사를 지은 까닭에 나무가 왕성하게 자라서 추위를 잘 막을 수 있었던 까닭이라.
하니, 해밀턴이 두 말 없이 자기 농장을 대신 관리하여 달라고 하고,
"이전 대리인에게 매년 3500원을 주었으나 4000원을 줄 것이니, 대신 관리하여 주시오. 비료, 가지치기 등은 내가 담당할 것이니, 대리인은 개간cultivate, 관개irrigate, 김매기hoe weeds와 오렌지 실어내는 것만 담당하면 되오."
벳이 허락하고 대신 관리하게 되니, 일꾼long job boy 두 사람을 두고 일하게 하면서 자기는 감독을 할 뿐이라. 그해 봄에는 가지치기를 하고 20톤ton의 닭똥 거름을 주고서 다시 철분iron을 뿌리고 7~9월의 석 달 동안에는 더 많은 물extra water을 주니, 자기 밭과 같이 짙은 푸른색이 된지라. 그해 겨울에 해밀턴이 겨울을 보내려고 와서 보니, 일있던 관계로 수확crop은 적으나 나무는 튼튼한지라. 몹시 기뻐하며 칭찬하는지라. 벳이 감사하고서 닭똥 거름, 철분, 7~9월 3개월의 특별 관개로 인해 특별 경비 1천 원이 들어갔다고 하니, 해밀턴이 군소리 없이 경비를 주고서 다시 부탁하기를,
"대신 관리하는 농장으로 생각하지 말고, 자기 농장 돌보듯이take care 하라."
벳이 대답하고 지낸 지 한 달 후는 새해 첫날New Year's day인데, 찬바람이 몹시 불어 오렌지가 얼게 될 것 같은지라. 훈증smudge을 해도 바람에 연기가 날아가고 냉기를 막지 못하니, 어찌하나? 그러나 하나님과 다투다가 다음날 일어나보니 다른 밭은 다 얼었지만 그 두 밭은 전과 같으니, 벳이 기뻐함은 물론이요 해밀턴은 춤dancing을 추는지라. 여섯 살 아더

놈이 그 옆에서 노인의 춤old man dancing을 추니, 누가 웃지 않을까? 작년에 얼었던 관계로 해밀턴의 밭에 과일이 가득 열리지는 않았으나 경비를 얻었고 자기 밭에서 4,000원 수입을 올렸으니, 벳은 작년과 금년 두 해에 저축한 돈으로 오렌지밭 10에이커를 더 사는지라. 10월에는 일꾼 두 놈을 다 내보내고 새 일꾼을 두니, 성명은 존 맥밀런John Macmillan이라. 나이 35세이며 체격이 건장하고 인물이 준수하니, 참말 다른 사람 농장의 일꾼 되기는 아깝도다. 그러나 농업, 공업, 상업에 지식이 없어 할 수 없이 임금 받는 노동자로 온 것이라. 벳이 다른 일꾼과 같이 살게 하고 음식을 공급하며 월급으로 30원을 주니, 서로 이익이라.

그 후 1914년 세계대전으로 과일 값이 크게 올라서 벳이 30에이커를 사들이니, 오렌지밭이 모두 50에이커라. 1917년 4월에 미국이 독일Germany에 선전포고를 하니, 벳이 보통 사람이면 홀어머니와 처자가 있다는 이유로 출전하지 않지만, 사관학교 졸업자이니 두 말 없이 출전하게 된지라. 해밀턴 농장을 대신 관리하는 일은 그만두고 자기 농장은 존 맥밀런이 관리하게 하고 은행에 있는 현금은 아내에게 인계하고, 4월 말에 병영에 들어가 백병전을 훈련시키다가 9월에 프랑스French로 건너가는지라. 서른 살의 엘리노가 처음 몇 달은 적적한대로 지냈지만, 길고 긴 세월을 어찌 참고 이길까?

사람이면 누구나 신체를 기르는 음식 세 끼를 거르게 되면 먹을 것을 구하러 나서는 법이니, 마음에 영양을 제공하는 연애에 허기지고 목마른 30세 이전 여자가 잠잠히 있을까? 그런 까닭에 연애할 사람을 구하나 마음이 허락하는 남자가 없어 자연스럽게 억제했는데, 그 이듬해 4월에 오렌지밭에 갔다가 마음이 허락하는 남자를 만나게 된지라. 남녀를 막론하고 연애 감정이 생기면 아무리 못생긴 물건이라도 아름다운 꽃처럼 보이며 아무리 졸렬한 자라도 영웅호걸로 보이나니, 하물며 체격이 건장하고 인물이 준수한 남자이니 어떠하랴? 연애에 허기지고 목마른 엘리노의 마음이 감동되어 꽃과 같은 얼굴에 웃음을 머금고 눈 낚시를 던지니, 그 남자가 누구일까? 아침저녁으로 마주치는 존 맥밀런이라. 그렇지만 존은 관심이 없으니 어찌 엘리노가 눈 낚시 던지는 것을 알리오? 트럭truck에 오렌지를 실을 뿐이라. 엘리노가 그전에는 '미스터 맥밀런Mr. Macmillan'이라고 예의 바르게 존칭을 썼지만 지금은 연애의 첫 걸음인지라 '존John' 하고 부르니, 오렌지 싣던 존이 놀라서 돌아다보니 미세스 벳Mrs. Bates이라. 대답하기를,

"미세스 벳. 농장 구경 오셨습니까? 오렌지 자시오. 매우 답니다."

【엘리노】 예, 한 개 먹어보겠습니다. 그런데 오늘 날씨가 더우니 매우 수고할 듯합니다.

【존】 날씨가 차갑지도 뜨겁지도 않으니, 일하기에 매우 적당합니다.

하고 그중 좋은 오렌지를 골라서 주니, 엘리노가 받으며,

"그 오렌지가 매우 사랑스럽고 달듯 합니다."

【존】 그 오렌지만 아니라 모든 오렌지가 기한을 채운 까닭에 당분sugar이 가득합니다.

【엘리노】 나는 단 것만 좋아하지 않고, 약간 신 맛이 있는 것을 좋아합니다.

존이 오렌지를 실으며,

"지금이 정월, 2월이 아니고 4월이니, 오렌지citrus sinensis는 신맛이 없습니다."

【엘리노】 아무리 당분이 가득한full sugar 시기인들, 신맛 나는 것이 있겠지요?

【존】 발렌시아Valencia 만생종 외에는 없습니다.[2]

하고 만차full car를 만들어 가지고 선과장packing house으로 가는지라.[3] 엘리노는 집으로 돌아와서 어머니를 도와 점심을 준비하고서 존을 기다리는데, 정오noon에서 10분이 지나도 존이 오지 않는지라. 누구든지 몹시 기다리는 사람이 오지 않으면 기다리는 마음이 더욱 간절해지는 법이니, 20분 더 기다리는 것이 한 달 맞잡이라. 12시 30분에 존이 와서 세수하고 식당으로 들어오니, 엘리노가 맞이하며,

"매우 늦었습니다. 왜 늦었습니까?"

【존】 선과장에서 포장하는 일꾼packer들이 놀게 된다고 채근하기에 만차가 되지 못하는 것을 더 실어다 주고 왔더니 약간 늦었습니다.

【엘리노】 고된 일hard work 하시던 이가 식사 시간이 지났으니 매우 시장할 듯합니다.

은근한 뜻으로 음식을 돌리며,

"어서 많이 잡수시오."

하고 같이 먹으며,

"오늘 몇 사람이 오렌지를 땄으며 몇 차car를 실어 갔습니까?"

【존】 오렌지 따는 일꾼picker이 16명이지만 천천히slow 일하여 400박

2 발렌시아(Valencia)는 오렌지 품종 명칭이며, 대표적인 만생종(晩生種, late-season fruit)이다. 원문에서는 '발닌스(Valencia) 느즌 귤'이라 하였는데, '늦은 귤'은 만생종을 뜻하는 말로 짐작된다.

3 'full car(만차, 滿車)'는 오렌지를 트럭에 가득 실었다는 말이다. 'packing house'는 잘 익은 과일을 선별하여 포장하는 곳이니, 곧 '선과장(選果場)'이다. 레드랜드(Redlands)는 오렌지 산업의 중심지였기 때문에 과거에는 대규모의 선과장이 있었다.

스 4차를 실어 갔습니다.

하고 점심 식사를 마치고 곧바로 일어서니,

【엘리노】 왜 쉬지 않고 곧바로 일어섭니까?

【존】 감독watchman이 있어도 일꾼들이 천천히 일하는데, 없으면 더욱 천천히 일할지니 가 보아야 하겠습니다.

하고 나가는지라. 엘리노는 어머니를 도와 테이블table을 청소clean하고 나서 얼굴에 분첩powder貼과 립스틱lipstick을 써서 화장하고 옷을 곱게 꾸며 입은 후에 어머니에게,

"존의 말이 일꾼들이 천천히 일한다 하니, 내가 가서 보겠습니다."

하고 나와서 차를 타고 농장으로 가니, 존이 트럭에 앉아 쉬지 않고 일꾼들과 함께 오렌지를 따는지라. 웃으며,

"존. 왜 쉬지 않고 오렌지를 따느냐?"

【존】 노동자가 한가하게 있으면 병sick이 생깁니다. 어느 누가 병을 좋아하오리까?

대답하며 오렌지만 따는지라. 엘리노가 다시 유혹하는 말을 내뱉으려 하지만 다른 일꾼들이 있으니 그렇게 하지 못하고, 일꾼 사이로 지나가며,

"오늘은 오렌지 따는 사람들이 너무 천천히 일한다."

하고 돌아다니며 밭을 돌보는데, 나무 하나가 다른 나무와 같이 짙은 푸른색이 아니고 옅은 녹색green이라.

"존. 존."

하고 부르니 존이 오는지라. 그 나무를 보이며,

"모든 나무가 다 푸릇푸릇한데 이 나무는 푸릇푸릇하지 못하니, 무슨 까닭이냐?"

【존】 지난 2월에 땅다람쥐gopher가 그 뿌리를 파먹은 까닭에 땅에서 양분을 충분히 받지 못하여 푸르지 못합니다만, 새 뿌리가 내려서 양분을 만족스럽게 받으면 다시 푸릇푸릇하게 될 것입니다.

【엘리노】 사람도 자양분을 받지 못하면 활발하지 못하나니, 그런 이치는 식물이나 짐승도 사람과 똑같은가?

은근히 유혹하는 말을 흘리지만, 존은 대답 없이 일꾼 있는 데로 가는지라. 엘리노가 스스로 생각하기를,

'저 사람은 애정의 이치를 모르는 쇠나 돌인가? 내가 한두 번이 아니고 여러 차례 유혹하는 말을 했건만 감동하는 기색이 없으니.'

하고 집으로 돌아가니, 어머니가 웃으며,

"일꾼들이 주인 간 것을 보고 부지런히 따더냐?"

【엘리노】 부지런히 따는지는 알지 못하나, 말을 하지 않더이다.

【어머니】 일꾼이 말하지 않으면 근면하고 성실하게 일하는 것이다.

엘리노가 대답하기를,

"그러면 내가 매일 한 번씩 가보겠습니다."

하고 집에서는 존에게 예의 바르게 대접하니, 이는 그 시어머니의 의심을 막기 위함이라. 그렇지만 농장에 가면 존에게 유혹하는 말을 거리낌 없이 내비치는데, 존은 쇠나 돌인지 아니면 어리석은 물건인지 슬그머니 허락하는 기색이 없는지라. 참다못해 6월 그믐날 점심 먹고 물 보러 가는 존을 뒤쫓아 가서 붙잡고,

"존아. 왜 사랑하는 내 뜻을 깨닫지 못하느냐? 알고도 못생긴 물건이라 여겨 싫어하는 것이냐?"

존이 놀라며,

"미세스 벳. 이 무슨 망언입니까? 이 세상 남자들이 그 동생의 정인情人을 빼앗는 일을 종종 하지만, 나는 그런 부류가 아닙니다. 미스터 벳Mr. Bates이 나를 친형같이 생각하며 또 그 어머니가 나를 자식같이 사랑하시니, 나는 미세스 벳을 제수씨로 생각합니다. 그러니 망령된 생각을 품지 마시고 의리 있게 지냅시다."

이 말을 듣는 엘리노가 군소리 없이 총을 뽑아 쥐고,

"내가 수치를 모르거나 의리가 없는 것은 아니지만, 애정에 목마른 여자이다. 음식 먹지 못한 사람이 음식을 보면 먹으려 하고, 애정을 받지 못한 남녀는 애정을 구한다. 내가 애정을 받지 못한 지 14개월이다. 그런 까닭에 애정을 구하여 보았다. 만나는 남자들이 모두 내 마음과 눈에 허락되지 않더니 네게는 허락되니, 네가 아니면 나의 마음을 구할 사람이 없다. 속담에 '열 집을 구제하지 말고 한 사람의 생명을 구하라'고 했으니, 이 죽을 사람의 생명을 구하여라. 만일 네가 고집하고 한결같이 거절하면, 나는 이 자리에서 자살할 터이다."

하고 총 끝을 미간에 대고,

"허락할 테냐? 거절할 테냐? 한 마디로 결정하여라."

존이 이 광경을 보고 아무리 생각하나, 허락하면 믿음을 잃는 것이요 거절하면 사람을 죽이는 것이라. 허락하기를,

"내가 허락하지만, 한 가지 조건을 요청할 것이니 허락할 터이냐?"

엘리노의 급한 마음은 그 요청이 자기 염통의 피를 한 잔 달라하여도 시행할 지경이니, 거절할까? 대답하기를,

"어떤 요청이라도 시행할 것이니, 말하여라."

【존】 프랭크가 총칼로 싸우는 전쟁터에 출전한 군인이니, 살지 죽을

지를 미리 알 수 없다. 불행히 전사하면 모르거니와, 대성공하여 돌아오면 나와의 관계는 칼로 베듯 끊고 프랭크를 전과 같이 사랑하며 가정불화home trouble를 일으키지 않을 테냐?

【엘리노】 프랭크가 없으니 내가 이 길에 나선 것이지, 있으면 내가 나서겠느냐? 또 프랭크가 법률 문서에 이름이 올라 있는 남편이며 아들딸도 있으니, 이름으로나 실제로나 남편이니 내가 저버릴 리가 있느냐? 그 일은 염려하지 말거라.

존이 엘리노의 목을 안고 키스하니, 남편 프랭크도 젊은 청년이지만 기력이 강하지 못하여 만족스런 즐거움을 받지 못했고 또 얼마 동안은 즐거움을 받지도 못하다가 기력이 강한 존에게서 만족스런 즐거움을 받으니 엘리노는 지금 죽어도 한이 없을 지경이라. 일어나 존의 목을 안고 키스하며 "나의 사랑" 하니, 존이 웃으며,

"이 세상에 남자가 여자를 강간한다는 말이 많지만 여자가 남자를 강간한다는 말은 없는데, 너는 여자로서 남자를 강간하였으니, 남이 알면 '아름다운 이야기'가 될 터이다."

엘리노가 웃으며,

"남자만 강간할 것이 아니고 여자도 강간할 것을 내가 자신한다. 강간이란 것은 한쪽의 청구를 허락하지 않는 까닭에 한쪽이 강제로 청구하는 것이다. 만일 나의 청구를 네가 허락하거나 너의 청구를 내가 허락하면, 그것은 강간이 아니고 화간和姦이다. 나는 간절히 원하나 네가 허락하지 않으니, 정말 부득이하여 강간하는 것이다. 또 강간이 남자에게만 있고 여자에게는 없는 데는 다른 이유가 있다. 남자의 여자에 대한 강간은 그 여자가 바라는 바가 아닌 까닭에 법정에 고소하니 다른 사람

이 알고서 '있다' 함이요, 여자의 남자에 대한 강간은 그 남자가 말하지 않으니 다른 사람이 알지 못하여 '없다' 하는 것이다. 만일 네가 여자같이 법관에게 고소하면 남이 알게 될 것이니, 그래도 없다고 할 터이냐? 애정에 있어 즐거움은 남녀가 같다. 그러니 우리는 비밀을 지키자."

하고 집으로 돌아오니, 프랭크의 편지가 와 있는지라. 떼어보니, 집안 평안을 묻고 자기는 독가스poison gas로 인해 중상은 아니지만 두 주일 동안 병원에 있나가 나왔노라고 한지라. 그전에는 프랭크가 대성공하여 돌아오기를 하나님께 기도하였지만, 이 편지를 받아보고는 전사하기를 남몰래 기도할 생각이 들기 시작하는지라. 7, 8, 9, 10월의 넉 달을 만족한 생활을 하며 지내다가 11월 11일에 휴전 조약이 성립되니, 출전하여 죽은 군인의 가족은 더욱 슬퍼하지만 대성공하여 살아 돌아온 군인의 가족은 안심하고 기뻐하니라. 그러나 엘리노는 만족스러운 존과 갈라서고 만족스럽지 못한 프랭크와 다시 생활할 것을 생각하니, 심장이 터지는 듯하고 세상이 프로펠러propeller 돌아가듯 하는지라. 정신을 수습하여 한숨을 쉬며,

"오 하나님. 나의 소원을 허락하지 않습니까?"

탄식하고 앞으로의 방침을 생각하니, 존과 즐기지 못할 바에는 둘 다 죽는 것이 옳고 만약 살려고 하면 도주하는 것이 상책이라. 무기를 갖고 농장으로 가니, 존이 물 댈 밭고랑을 만드느라고 분주하게 트랙터tractor를 모는지라.

"존. 존."

부르니, 존이 돌아다본즉 엘리노가 온지라. 트랙터를 멈추고 나가며,

"무슨 일로 일찍 오셨소?"

엘리노가 대답 없이 총 끝을 존의 가슴에 대고,

"네가 내 말을 시행할 터이냐? 내 말을 들으면 우리 둘이 다 살고 듣지 않으면 우리 둘이 이곳에 피 흘릴 터이니, 들을지 아니 들을지 대답하여라."

존이 웃으며,

"그전에 강간할 때에는 자기만 죽는다고 위협하더니, 이번 강간에는 둘이 다 죽는다고 하는구나. 둘이 다 죽으면 강간이나 즐거움이 없다. 그러니 시행할 것이니 말만 하여라."

【엘리노】 지금 휴전조약이 성립되었으니, 죽은 장졸은 살아 돌아오지 못하지만 살아남은 자는 대성공하여 돌아올 터이다. 프랭크가 사망자가 아니고 생존자이니, 그곳에 남고 돌아오지 않을 리 있느냐? 오늘 내일은 아니라도 내년 이삼월에는 돌아올 것이니, 돌아오기 전에 우리 둘이 남南 아메리카America로 가자.

존이 웃으며,

"처음 네가 나를 강간할 때 내가 다짐받은 것을 네가 시행하겠다고 허락하지 않았느냐? 그 허락을 한 지 불과 4개월 만에 바꾸니, 참말 이랬다저랬다 신의 없는 여자로구나."

【엘리노】 내가 이랬다저랬다 신의 없는 것이 아니다. 내가 프랭크와 결혼함으로써 인생의 즐거움을 깨달았다. 그러나 프랭크가 만족스런 즐거움을 주지 못하고, 항상 부족한 듯한 생각이 들게 하였다. 그러나 내가 다른 남자에게 즐거움을 받지 못하였으니 만족스런 오락은 없고 그뿐인가 여기다가, 프랭크가 전쟁터에 나간 뒤에 처음 네게서 즐거움을 받으니 참말 끝까지 만족하게 되었다. 모든 사람이 먹으면 뒤로 나갈

음식도 선택하고 입으면 헤질 의복도 선택하는 것은 아름다운 것을 선택하는 보통의 인정이 아니겠느냐? 음식과 의복도 선택하는데, 마음에 영양을 주는 즐거움을 선택하지 않을 것이냐? 네가 주는 즐거움이 프랭크가 주는 즐거움만 못하면, 모르고 한 번이지 두 번을 원할 터이냐? 네가 나를 찾아다니지 않고 내가 너를 따라다닌 것을 보면 짐작할 일이다. 대답하여라.

존이 웃으며,

"네가 기어이 나를 신의 없는 놈으로 만들고자 하는구나. 프랭크가 돌아와 우리의 모습을 보고 무엇으로 생각하겠느냐?"

【엘리노】 프랭크를 염려하지 말거라. 프랭크가 아메리카에 발붙이기가 바쁘게, 대성공한 영웅이라 하여 스무 살 안팎 꽃다운 나이의 여자가 썩은 생선에 쉬파리 날아들 듯 할지라. 프랭크는 대성공한 영웅의 이름도 얻고 절세미인도 안아볼지니 불행이 아니라 행운이며, 나는 만족스러운 열애를 누릴 것이니, 둘 다 만족이다.

존이 아무리 생각해 보아도 죽거나 가거나 하는 수 외에 다른 계책이 없는지라. 누가 죽기를 좋아할 것이며 누가 여자를 마다할까? 가기로 허락하니, 엘리노가 다시 키스하고,

"나는 집으로 가서 노동 사무소에서 일꾼이 올라오거든 너를 해고kick out할 것이니, 너는 샌 버나디노San Bernardino로 가 있어라. 나는 모든 집안일을 정리하고 20일 이른 아침에 내려갈 것이니, 스트리트카streetcar 회사에서 나를 맞이하여라."

존이 대답하는지라. 엘리노가 집에 돌아와 노동 사무소에 전화phone하여 농장 감독teamwork할 사람을 하나 보내라 하니, 노동 알선하는 사

람이 음식, 거처와 월급 액수를 묻는지라.

【엘리노】 음식과 거처는 내가 제공하고, 월급은 80원이다.

노동 알선하는 사람이 대답하니, 엘리노가 저녁을 준비하는데 농장 감독할 사람이 오는지라. 존의 숙소에 지시하여 그 이튿날 이른 아침에 존을 불러,

"이 사람이 미스터 맥밀런 대신 일할 사람이니, 데리고 가서 할 일을 가르쳐 주고 오시오."

존이 대답하고 그 사람을 농장으로 데리고 가서, 어느 날에 물 댈 것인지와 물 빠진 뒤 며칠이 되면 경작cultivate할 것인지, 그리고 남는 시간에는 나무에서 말라죽은 덤불dead brush 제거clean할 일 등을 가르치고 집으로 돌아오는지라. 엘리노가 문서를 꺼내서 보고, 반달이 차지 않았지만 온전한full 1개월치 월급과 삼사 년 동안 긴 시간의 일long job을 했으니 보너스bonus로 300원, 모두 합해 380원의 수표check를 써 주는지라. 존이 감사하고 나가니, 노부인이 묻기를,

"삼사 년 동안 한 가족 같이 지냈으며 또 근면하고 성실하게 일하던 사람을 왜 내보내느냐?"

【엘리노】 가족 같이 지내고 근면하고 성실하게 일하지오만, 그놈의 행동이 단정하지 않기로 내보냅니다.

노부인이 생각하기를,

'남편 없는 젊은 여자이니, 무슨 무례한 행동이 있었던가?'

하고,

"행동이 단정하지 않으면 할 수 없다."

하고 지내는데, 엘리노가 은행에 가서 사장을 방문하고,

"5일 후에 쓸 것이니, 내가 맡겨놓은 돈을 준비해 두라."
하고 집으로 돌아와서 아들 아더Arthur와 딸 메이May를 데리고 나가 좋은 의복 한 벌을 사주고, 며칠을 지내니 곧 19일 오후라. 현금 18,000원을 받아다 두고, 그 이튿날 아침을 먹은 후에 시어머니에게 로스앤젤레스Los Angeles에 쇼핑shopping 간다 하고서 나오다가 샌 버나디노 정거장에 들어가니, 존이 손가방을 들고 기다리는지라. 같이 차에 올라 로스앤젤레스로 가면서 어디로 갈 것인지 의논하니,

【존】 어느 외딴 시골마을로 가자. 그러면 남이 알지 못한다.

엘리노가 좋다고 하고 로스앤젤레스에서 점심을 먹고, 오후에 차로 떠나 시애틀Seattle로 가니 그 이튿날 초저녁이라. 호텔hotel에 들어가서 자고 그 이튿날에 토지 중개업자를 방문하여 토지를 문의하니, 중개자가 어떠한 농장을 원하는가 묻거늘,

【엘리노】 크지도 않고 작지도 않으며, 거처할 집이 딸린 농장을 원하노라.

중개자가 문서를 꺼내서 검사하더니,

"30마일mile 거리에 160에이커의 면적에다 집까지 딸렸는데, 가격은 15,000원이라."
하는지라.

【엘리노】 가서 돌아보고 우리 부부의 마음에 맞으면 살 것이니, 인도하시오.

중개자가 대답하고 아침 식사는 어찌 하였나 묻는데,

【엘리노】 아침은 이미 먹었으니, 지금 갑시다.

중개자가 자기 차에 존의 부부를 싣고 동북쪽으로 한 시간 쯤 가더니,

어느 농장으로 들어가서 차를 멈추며,

"이 농장이 그 농장이니, 돌아보시오."

하고 존의 부부를 인도하여 동서 사방을 가리키며,

"토질이 좋고 농기구가 다 갖추어져 있고 가격이 적당하니, 두 번 만나지 못할 농장이라."

과장하는지라. 엘리노는 토질이 좋은지 좋지 못한지를 알지 못하지만, 존은 일등 농부이니 토지의 품질을 아는 데는 농학박사와 한가지라. 농장을 돌아보며 결함이 있는지 살피니 결함은 없을 듯하고, 땅의 빛깔은 회색인데 전부 다 개간하여 경작하고 있는지라. 80에이커는 알팔파alfalfa가 자라고 있는데 여러 해가 지난 까닭에 다른 작물로 바꿀 것이며,[4] 80에이커는 옥수수를 심어 수확한지라. 농토에 대는 물은 어떠한가 물으니,

【중개자】 물은 한정이 없다. 이 농장에서 쓰고 남는 저 강물을 다른 농장에서 쓰는데, 그것은 이 농장을 개척한 사람이 그 강물을 이 농장의 부속물로 구상한 까닭이라.

존이 다시 묻기를,

"결함은 어떠하냐?"

【중개자】 이 골짜기valley 전부가 결함 없는 옥토이다. 어디를 파든지 30피트feet까지는 토질이 꼭 같다. 그러니 결함 없는 것은 보증guarantee할 터이다.

---

4 '알팔파(alfalfa)'는 콩과의 여러해살이풀로, 서남아시아 원산의 사료작물이다. 우리나라에서는 '자주개자리'라고 부르며, 유럽에서는 'lucern'이라 불렀다고 한다. '알팔파'라는 명칭은 아랍어에서 유래하였으며, 가장 좋은 사료라는 뜻이라고 한다. 여러해살이풀이기 때문에 그대로 남아 있지만, 여러 해가 지났으므로 앞으로는 그 땅에 다른 작물을 심을 생각을 한 듯하다.

존이 엘리노에게 의논하기를,

"12,000원이면 이 곳의 땅값에 적당하다."

【엘리노】 그러면 그 값에 의논하자.

하고 중개자에게,

"우리가 살펴보았으니, 시내city로 돌아갑시다."

【중개자】 농장 주인이 점심을 준비한다 하니, 점심 얻어먹고 갑시다.

하고 인도하여 집으로 들어가니, 나이가 예순이 차지 못한 노인이 맞이하며,

"귀한 손님이 방문하시니 시골 마을에 빛이 나는구려."

하고 인사를 청하는지라. 존이 자기의 성명은 존 맥밀런이라 칭하니, 주인은 제임스 모리슨James Morrison이라 하고서 아들 형제를 소개하며,

"이 두 젊은이는 다 나의 아들이며 워싱턴Washington 대학을 졸업하였는데 이번에 출전 못한 것은 화학사化學士인 까닭이라. 군수품 제조에 조력하다가 추수감사절을 지내려고 집에 온 길이라."

인사를 나누게 한 후에 식당으로 인도하거늘, 따라 들어가니 시골마을에서는 진수성찬이라. 먹으며 대화하다가 농장의 기구를 물으니,

【모리슨】 농장 기구로는 노새mule가 여덟 필이요, 쟁기plow와 경운용 농기구cultivator는[5] 낡은 것과 새 것이 헤아릴 수 없을 정도로 많으며, 트랙터는 작년에 샀고 트럭은 1915년의 것이라. 또 집에서 키우는 젖소milk cow가 두 마리이며, 집은 이층 벽돌집에 10개의 방room이 있고 따로

5 'cultivator'는 경운기를 뜻하는 말이지만, 여기서는 가축이 끌면서 땅을 갈도록 고안된 기구들을 총칭한 것으로 짐작된다. cultivator shovel, cultivator blade, cultivator tooth, cultivator sweep 등이 여기에 포함될 듯하다.

일꾼이 거처하는 집이 있으니, 농업에 편리한 농장이라.

존이 웃으며,

"그렇게 편리한 농장을 왜 팔려 하십니까?"

【모리슨】 나는 이 골짜기에 묻힐 생각이지만 아들딸들이 모던 보이modern boy, 모던 걸modern girl로 행세하려고 대도시로 가고자 하니, 구시대 인물old timer인 내가 거절할 수 없는 까닭이라.

【엘리노】 나는 여자인 까닭에 아는 것이라고는 분powder이나 드레스dress의 가격이며 토지 가격은 모르지만, 나의 남편은 대농부이며 또 워싱턴 주에서 태어난 까닭에 이곳 땅의 성질과 가격을 대강 짐작합니다. 그래서 남편이 말하기를 12,000원이면 적당하다고 하니, 이 가격으로 현금 거래spot cash를 허가하시렵니까?

모리슨이 군소리 없이 허락하기를,

"내가 로스앤젤레스로 이사하려고 비버리 힐즈Beverly Hills에 집을 마련하고, 이 농장은 누구에게 세를 주든가 대리인을 둘까 하다가 팔 수 있으면 팔기로 작정했습니다. 그래서 미스터 킹Mr. King에게 위탁하였는데, 지나치게 비싼 값을 원하면 누가 사지 않을 것이니 헐값으로 15,000원을 요구하되 5분의 1을 현금cash으로 내는 조건을 말하였습니다. 누가 5분의 1인 3,000원을 현금으로 내고 사면 그 나머지 돈을 현금으로 갖기를 원하는 나는 자연히 금융회사finance로 채권을 넘길 것인데, 수수료carrying charge가 수천 원 됩니다. 말은 15,000원이나 그 실제 가격은 12,500원입니다. 공연히 금융회사를 이롭게 하느니 사는 사람이 이익 되면 더욱 기쁠 것이니, 그 가격에 허락합니다."

【엘리노】 우리는 시내로 돌아갈지니, 내일 아침에 미스터 킹의 사무

소로 오시오.

모리슨이 허락하니, 존의 일행은 시내city로 돌아가서 자는지라. 존의 일행이 아침을 먹고 나오는데, 킹이 오며,

"내가 아침 식사 대접하려고 왔는데, 아침을 자시고 나오시니 매우 섭섭합니다. 그러면 점심을 같이 먹읍시다."

하고 인도하여 사무소로 들어가 앉은 지 20분 만에 모리슨이 오는지라. 모리슨을 맞이하여 자리에 앉아 문서를 만들고, 은행으로 가서 현금을 주거니 받거니 한 후에 양쪽이 싸인sign을 하고, 다시 타이틀 컴퍼니title company로[6] 가서 엘리노 크로스비 맥밀런의 소유로 증명을 받고, 킹의 사무소office로 돌아오니 자연 점심 때라. 킹의 인도로 그 곳에서 제일가는 식당으로 가서 칠면조 요리turkey dinner를 먹으며,

【모리슨】 언제 집 넘겨주기를 원합니까?

【엘리노】 그것은 미스터 모리슨Mr. Morrison에게 편리하도록 하시오.

【모리슨】 나는 이미 이사할 준비를 하였으니, 오늘이나 내일은 어렵지만 추수감사절 지낸 후는 아무 날이나 원하는 대로 넘겨줄 것이니, 날을 결정하시오.

【엘리노】 그러면 30일에 집을 넘겨주시오.

모리슨이 대답하고 가는지라. 존과 엘리노는 가구 상점으로 가서 10개의 방에 갖춰놓을 가구를 준비하니, 변변치 않은 것 같으나 4,000원이라. 1,000원은 현금으로 지불하고 나머지 돈은 매달 상환pay down하기로 하고서 30일에 모리슨 농장으로 보내라 하고 나오니, 나중에는 어

6 '타이틀 컴퍼니(title company)'는 부동산 거래를 검증하고 책임지는 회사이다.

떨지 몰라도 지금은 만족이라. 너댓새를 시내에서 머물다가 29일에 농장으로 들어가서 자고, 그 이튿날에 모리슨 가족은 시내로 들어가고 존과 엘리노가 살림살이를 들여와 설치하니 만사가 태평이라.

이때 벳이 텍사스Texas 주에 들어가 500명 병사를 3개월 동안 훈련하니, 모든 병사가 자신을 보호하는 기술과 남을 공격하는 기능이 넉넉해진지라. 또 워싱턴 참모본부에서 프랑스로 가라는 명령을 보내니, 그 명령을 받은 대장이 500명을 이끌고 뉴욕New York으로 가서 이틀 머물고 운송선을 타고 영국으로 가서 한 주일 머물고 영국 대장의 검사를 치르고서 프랑스로 건너가니 이날은 8월 그믐날이라.

파리Paris에 진을 치고 본국 정부의 출전 명령을 기다릴 뿐인데, 그 500명 병졸이 처자가 있는 놈이 아니고 전부 정인도 없는 놈이니 열애를 구하지 않고 병영에 가만히 엎드려 있을까? 전쟁터에서 죽기 전에 즐기려고good time 나가서 헌팅hunting을 시작하는지라. 또 파리 여자들은 그 남편이나 정인이 거의 다 전사하였으며, 또 전쟁 비용으로 인해 세금tex은 뛰어오르며 음식은 귀하기가 황금이나 진주와 같은지라. 또 프랑스 여자의 연애 습관은 미국과 달라서 상류 사회에 드나드는 명사나 부호의 딸은 인물을 가려서 선택하지만 그 이하에서는 인물을 보지 않고 황금의 많고 적음을 보아서 연애하는데, 게다가 이때는 전쟁으로 인해 경제 곤란이 더없이 심한지라. 그런 까닭에 중국인chink과 결혼하여 목숨을 이어나가는데, 중국인이 불과 20만 명이니 그 수많은 여자의 요구에는 부족한지라.[7] 이때 누가 빵bread 1개를 주며 열애를 청하면 두 말없이 허락할 형편이니, 그 막심한 곤궁함을 가히 알지라. 이런 험악한 상황에 금전을 물 쓰듯 하는 미국 병정 500명이 왔으니, 어느 어리석은 여자가 잠잠할까? 모두 재능을 다하여 하나씩 잡으니, 어떤 부정한 자는 여자를 두세 명씩 두고 월급이 부족하면 음식물을 훔쳐다 주는지라. 미국 병정을 가까이한 여자는 몸은 더러워졌으나 옷과 음식 걱정이 없으니 나중은 어찌되었건 지금은 낙원이요, 또 빵 한 개에 팔릴 여자가 미국의 돈과 음식을 마음대로 쓰게 된지라. 미국 병정은 미국 있을 때에는 '연애'라는 말은 알지만 연애의 길이 없던 이들이니, 남자를 다룰 줄 아는 프랑스 여자의 사랑을 받으니 아까울 것이 무엇이랴? 한 달 월급이 19원 50전인데, 매일 그만큼 주어도 늘 부족할 지경이라. 그런 까닭에 음식물을 훔쳐서 연애하는 여자의 요청에 응하니, 미국 병정을 잡지 못한 여자는 미국에서 몇백만million 병정이 오기를 간절히 바라는지라. 사정이 이러하니 벳이 잡히지 않을까?

벳이 앤트워프 사관학교 출신이나, 품행이 바를 뿐 아니라 학교를 마치자마자 엘리노를 만나게 되어 연애하다가 결혼하였으니 애정의 세계에는 무지몽매한 자라. 그 무지몽매함으로 프랑스 연애가 좋은지 좋지 않은지를 어찌 알리오? 병영에 머물며 사무만 처리할 뿐 여자 사회를 돌아보지 않는지라. 남캘리포니아 출신의 맥 주토Mack Zuto라 하는 병사가 나가서 돌아다니다가 프랑스의 일류 미인 루시아나 까보Luciana Gabeau라는 여자와 사귀게 되었는데, 그 여자의 아버지를 비롯하여 집안사람 대

---

7 '칭(chink)'은 중국인을 비하하여 일컫는 말이다. 제1차 세계대전 당시 유럽에서는 부족해진 노동력을 얻기 위해 중국에서 많은 노동자를 데려왔는데, 이들을 흔히 '화공(華工)'이라 한다. '20만 명'은 프랑스에 머물던 화공의 수를 말한 것으로 보이는데, 실제로 적지 않은 수의 화공이 활동했다고 한다. 화공은 세계대전 당시에 공장에서 중요한 역할을 했으며, 그 가운데 일부는 종전 이후에도 유럽에 남았다고 한다.

여섯이 다 전사하였으니 집에 있는 사람은 고아와 과부만 거의 수십 명인지라. 정부에서 주는 구제금이 있지만 그것으로는 목숨을 보전하기가 절대 불가능하니, 누가 빵 한 개만 주더라도 자빠질 형편이라. 주토의 구제를 받으니 자연히 그 요청에 복종하여 몇 달을 지냈는데, 생각해본즉,

'월급이 적은 졸병과 상종하느니 어느 장교와 상종하면, 내 형편이 프랑스 재무 장관보다 더 나을지라.'

생각하는데, 맥이 코트coat를 입지 않고 한쪽 어깨에 걸치고 들어오는지라. 코트를 벗어서 헤치니 그 안에 밀가루 한 부대와 햄ham 한 다리가 있는지라. 루시아나에게 주며,

"너의 집에 양식이 떨어졌을 듯하나, 내게 돈이 없구나. 그래서 먹을 거리를 훔쳐 왔다. 도적질한 물건이라 거절하지 말고, 받아서 어린 동생들을 먹여라."

루시아나가 받고 웃으며,

"연애의 힘이 강하다. 절도의 길을 아무 때나 드나드니."

【맥】 도둑질하지 않으면 어쩌겠느냐? 매일 19원 50전이라도 부족할 터인데, 한 달에 한 번 19원 50전이니. 그것으로는 도저히 너를 기쁘게 할 수 없구나. 병사가 총알을 도적질하면 총살하지만, 먹을거리 훔쳤다고 총살하지는 않는다.

루시아나가 감사하다고 일컫고,

"네가 정말 나를 사랑하느냐?"

【맥】 사랑하는지 사랑하지 않는지를 말할 것 없이, 네가 죽으면 나도 죽는 인생이다. 그런 까닭에 내 힘껏 너를 살리고자 한다.

루시아나가 웃으며,

"그것은 사랑이 아니고, 네가 죽지 않으려는 뜻일 뿐이다. 진짜 사랑은 나를 위하여 네가 가진 것 전체를 다 희생하고 생명까지도 희생한다. 정말 나를 사랑하거든 미국 장교 하나를 내게 소개하여라."

맥이 웃으며,

"이 세상에 아무리 어리석은 자라도 자기 정인을 다른 사람에게 주지는 않는다. 나는 정인을 잃고 어리석은 놈 축에도 끼지 못할 어리석은 물건이 되게?"

【루시아나】 나는 너를 사랑하는데, 너는 나를 사랑하지 않는구나. 네가 나를 사랑하기에 나를 기쁘게 하려고 먹을거리를 도적질하는데, 탄로되지 않으면 다행이지만 탄로되면 중벌을 당할 것이니 그 먹을거리를 받아먹은 내 마음이 평안할 터이냐?

맥이 웃으며,

"그럼 너를 기쁘게 하려고 장교 하나를 소개하겠지만, 너와 나의 관계는 어찌할 테냐?"

【루시아나】 그것은 네가 바라는 대로 하지. 우리 관계를 비밀 속에 계속하든가, 아니면 다른 여자를 소개하든가. 그러나 우리 관계는 이불 속에서 밤chestnut 먹듯 하는 것이 좋을 듯하다.

【맥】 이 세상 남녀가 다 비밀이 있다. 한 여자가 두 정인을 두거나 한 남자가 두 정인을 두는데, 그렇게 연애하는 것은 그 두 여자가 서로 그 남자의 비밀을 모르는 까닭이며 그 두 남자가 서로 그 여자가 자기만 사랑하고 다른 남자가 없는 줄로 아는 까닭이다. 만일 다른 남자나 여자가 있는 줄 알면, 누가 교제할까? 나는 내 정인에게 다른 남자를 소개하는 것이니, 소개를 받는 그 남자는 알지 못하지만 소개한 나는 아는 일이

다. 알고서야 누가 교제할까? 그러니 다른 여자 하나를 소개하여라.

루시아나가 키스하며 "나의 사랑" 하고, 동생을 불러,

"얼른 가서 매리를 청하여 오라."

동생brother이 대답하고 가더니, 어떤 아름다운 여자와 같이 오는지라. 루시아나가 맞이하며,

"요즘 어찌 지내느냐?"

【그 여자】 '어찌'가 다 뭐냐? 어머니가 공장에서 일하고 정부에서 구휼금을 주지만, 그것으로 도저히 연명할 수 없다. 그런 까닭에 나도 공장으로 가려 한즉, 공장에서 노동하는 남자가 전부 중국인이라고 가지 못하게 막는구나. 그래 아메리칸 보이Merican boy를[8] 하나 친해볼까 눈여겨보지만, 그것도 손 날랜 계집아이가 다 잡고 글쎄 내게는 차례가 오지 않는구나. 그래, 너는 하나 잡았느냐?

【루시아나】 나도 잡지 못했다. 잡아볼까 주선하다가 하나 잡기는 하였으나, 나를 원치 않고 다른 여자를 원하는구나. 그래서 너를 청하였으니, 생각이 있느냐?

【그 여자】 생각만 있을까? 누가 빵 한 개 주며 열애를 청하면 군소리 없이 자빠질 터이다. 이번 주는 빵을 먹지 못하고, 밀기울wheat bran로 연명하고 있다.

【루시아나】 그러면 하나 소개하지.

---

8 「실모지묘」의 원문에는 '며리킨'이라는 말이 자주 나타나는데, 이는 'American'을 'Merican'으로 표기하려 했기 때문인 듯하다. 이처럼 표기한 이유가 무엇인지는 분명하지 않은데, 작가가 접했던 사람들의 발음과 관련된 것으로 짐작된다. 이하에서는 '며리킨'을 '아메리칸'으로 옮기되, 원문에서 표기한 바에 따라 'Merican'을 부기해 둔다.

하고 데리고 들어가 맥에게 소개하기를,

"이 여자의 성명은 매리 블렌Mary Bullen이며 나의 친구이니, 인사하시오."

하고, 매리에게 소개하기를,

"이 친구는 아메리칸 보이 맥 주토이니, 서로 인사하라."

매리와 맥이 인사를 나누고 나니, 매리가 웃으며,

"미스터 주토Mr. Zuto. 독일German 사람이구려."

맥이 웃으며,

"과연 아메리카에서 태어난 독일인Merican born German이라. 그것은 어찌 아시오?"

【매리】 그전 우리 학교 교사가 독일인인데 이름이 주토이었기에, 짐작한 것입니다.

맥이 웃으며,

"독일과 프랑스가 서로 원수가 되었으니, 아닌 게 아니라 과연 나를 독일 혈통이라 하여 의심하고 염려하시는 것입니까?

【매리】 독일 태생German born이면 의심하고 꺼리겠지만, 아메리칸이니 두려워하지 않는다.

서로 담화하다가 맥이 일어서며,

"갔다가 저녁에 다시 올 것이니, 그리 아시고 작별합시다."

루시아나가 웃으며,

"여자 하나 소개하라고 사정하기를 하나님께 기도하듯 사정하기에 불쌍히 여겨 소개하였더니, 밀담도 하지 않고 가려 하니 무슨 생각이냐?"

【맥】 밀담하기 바쁘냐? 저녁이 더 좋다.

【루시아나】 내일 아침 먹는 것이 오늘 저녁 먹는 것만 못하다. 질질

끌다가 다른 놈이 집어가면 어쩌려고?

매리를 보고,

"아메리칸 보이가 애정의 세계에는 무지몽매하다. 그러니 네가 나의 침실로 데리고 들어가서 은밀한 약속을 맺어라."

매리가 맥의 손을 끌고 들어가니, 루시아나가 부엌kitchen으로 가서 햄을 절반으로 베고 밀가루를 나눠서 싸는데 기쁨이 충만한 두 남녀가 나오는지라. 루시아나가 맥을 보고,

"멍청한 아메리칸 보이Merican dumb boy가 모던한 프랑스French modern 여자와 담화하여 보니, 재미가 어떠하냐?"

맥이 손을 휘저으며,

"사람을 죽이려고 시험하여서, 죽어가다가 살아 나왔다."

루시아나가 웃으며,

"죽어가다가 살아나오는 것이 죽어가지 않는 것보다 더 재미가 좋다. 저녁에 꼭 오거라. 아니 오면 매리를 다른 사람에게 소개할 테다."

맥이 대답하고 가니, 루시아나가 싼 것을 매리에게 주며,

"이것을 가져다 음식 만들어서 온 가족이 풍성하게 먹어라."

【매리】 주니 감사하다만, 그것이 무엇인가?

【루시아나】 그걸 물어 뭐하게? 집에 가서 풀어보면 알 것 아니냐? 맥이 햄 한 개와 밀가루 한 부대를 갖다 주기에, 너도 같이 먹자고 나눠서 싼 것이다. 지금 네가 맥을 잡았으니, 먹을거리 염려는 없다. 그러니 맥을 기뻐하도록 얼러라.

【매리】 미군 아이Merican soldier boy를 잡은 여자들이 다 호사를 누리기로 나도 하나 잡으려다가 생각해보니 몸 더럽히기가 아깝고 서운하여

자제하다가 다 놓쳤는데, 추위와 배고픔이 심하니 후회가 되어 다시 생각을 바꿨으나 그제는 없더구나. 그래서 앞으로 오는 놈을 잡을 작정이더니, 뜻밖에 하나 잡았으니 끼니 거를 염려는 없어졌다. 그런데 너도 하나 있느냐?

【루시아나】 아직 없다만, 장차 어느 장교 놈을 잡을 계획이다.

【매리】 졸병은 흔하니 잡기가 쉽지만easy, 장교는 적은데 그 드문 장교를 어찌 잡나?

【루시아나】 아무 걱정하지 마라. 이 앞으로 미국 군인이 3백만 명three million은 건너올 것이니, 장교가 3만 명은 된다. 그 많은 장교 가운데 하나를 못 잡을 터이냐? 아직은 맥을 의지하고 있거라. 그때 내가 너도 장교 하나 잡도록 알선하지. 아니 할 말로 파리에서 지목되는 여자로서 졸병과 어울리는 것이 초라하지 않느냐? 할 수 없어 금계랍金鷄蠟 먹기로구나.[9]

매리가 감사하고 집으로 가서 햄을 지지고 비스킷biscuit을 만들어 놓고서 어머니와 동생 오기를 몹시 기다리는지라. 학교에 갔던 동생 남매가 들어오고 공장에서 힘든 일 하던 어머니가 매우 고단한 모습으로 들어오니, 매리가 나아가 맞이하며,

"어머니, 오늘 얼마나 고생하셨습니까?"

【어머니】 죽지 않으니 살아서 고생한다. 그런데 저녁은 어찌 되었어?

【매리】 오늘 저녁은 진수성찬으로 준비하였습니다.

어머니가 웃으며,

9 '금계랍(金鷄蠟)'은 말라리아 특효약인 퀴닌(quinine)인데, 당시에 쓴맛을 대표하는 것으로 널리 일컬어졌다. 비록 쓴맛 때문에 먹고 싶지는 않지만 치료를 위해서는 먹을 수밖에 없었기에, 졸병과의 상종을 여기에 빗댄 것이다.

"밀기울에 설탕sugar 뿌렸겠구나."

매리가 웃으며,

"어머니, 보고 놀라지 마시오."

하고 식당으로 들어가 식탁table에 덮인 보자기를 걷으니, 증기가 구름처럼 피어나는 비스킷에 버터butter 한 조각이 있고 기름이 툭툭 튀는 햄에 깍지콩string bean이 있는지라. 부인이 놀라며,

"아고. 이것이 어디서 났느냐?"

【매리】 루시아나가 오라고 청하기로 간즉 이것을 주며 온가족이 한 진수성찬으로 알고 먹으라 하기에, 가져다가 비스킷 만들고 햄 지졌습니다.

【어머니】 남이야 비웃건 칭찬하건, 루시아나는 아메리칸 보이와 어울려서 호사를 누리는 게로구나.

【매리】 아버지는 전사하고 우리 남아있는 고아와 과부는 생명을 보존할 수 없습니다. 생명을 보존하려고, 원하는 바는 아니지만 어느 중국인을 잡을 생각을 하고 있습니다.

【어머니】 중국인이 여자 사랑할 줄 안다더냐? 자기들 풍속대로 압제할 줄이나 알지. 중국인은 말도 하지 말거라.

매리가 대답하고 같이 음식을 먹으니, 전쟁 전에는 끼니마다 먹던 음식이지만 전쟁 후로는 처음 먹는 음식이니 여간 맛이 있을까? 저녁 식사를 마치니, 어머니는 종일 고된 일을 하다가 풍성한 음식을 먹었으니 식곤증으로 카우치couch에 몸을 기대고 매리는 맥을 몹시 기다리니라.

이때 맥이 루시아나, 매리와 작별하고 병영에 돌아와 저녁을 먹고 곧바로 사무실office로 가서 벳 대위captain Bates를 청하니, 벳이 군복을 입고

나오는지라. 경례 후에,

"오늘 저녁 달빛이 밝으니, 산보 나갑시다."

【벳】 산보 가자고? 그러면 군복 벗고 가지.

【맥】 장교가 군복 차림으로 산보하면 한층 더 높이 보입니다. 그러다 프랑스 미인 하나 만나게 되어도. 군복 입고 나갑시다.

【벳】 이놈아. 무슨 농담이냐?

【맥】 대위가 집 떠난 지 8~9개월이며 이곳에 온 지도 3개월이니, 프랑스 미인 몇 명하고나 어울려 보셨습니까?

【캡틴】 나는 여자와 어울리기는 고사하고, 여자 생각도 하지 않았다.

맥이 웃으며,

"그러하니 프랑스 여자들이 아메리칸 보이는 멍청이라 돌이라 비웃지요. 장교의 이름을 가지고도 프랑스 여자 방문이 없으니."

【벳】 네놈들이 홀린 개처럼 돌아다니며 멍청한 놈dumb boy 노릇을 하니 그 여자들이 비웃지.

【맥】 졸병이 멍청이가 아니라, 장교가 애정의 세계에 멍청하다는 말이외다.

【벳】 나도 남자이니, 여자 생각이 없을 터이냐? 그렇지만 대개 연애는 정담이 재미인데 말이 통하지 않으니 정담을 할 수 없고, 또 장교 명색에 여자에게 기웃기웃하는 것이 예의가 아니로구나. 그래, 너는 몇 명이나 상종했느냐?

【맥】 파리 여자 전부라고 할 수는 없지만, 한 다스dozen 상종했습니다.

【벳】 그래, 상종하니 재미가 우리 아메리카 여자에 비해서 어떠하더냐?

【맥】 우리 아메리카 여자도 여자입니까? 보잘 것 없는 것들이 잘난

듯이 남자 멸시할 줄이나 알고 그 다음으로는 돈이나 알지, 남자 놀라게 할 줄은 모릅니다. 그러나 프랑스 여자는 속으로는 멸시하는지 알지 못하나 겉으로는 끝까지 남자를 기쁘게 합니다. 대위님, 한번 방문해 보시오, 재미가 어떠한가? 우리 아메리카 여자와 상종하는 것은 인디언Indian 여자와 상종하는 것 같고, 프랑스 여자와의 상종은 백인white 여자와의 상종과 한가지외다.

【벳】 정말이냐?

【맥】 프랑스 여자가 아메리카 여자보다 열 배가 아니라 백 배 낫습니다. 내가 길거리에서 어떤 여자를 만나서 인사를 나누었는데, 네댓 차례 사정하나 끝내 거절하기를 자기 신분으로 어느 장교는 괜찮지만 졸병은 원치 않노라고 합니다. 내가 웃으며 장교 하나 소개할까 물은즉, 그 여자가 매우 기뻐하며 장교를 소개하면 그 대가로 자기도 나에게 아름다운 여자를 소개하겠노라는 허락을 받았습니다.

벳이 웃으며,

"네놈이 실컷 먹다가 남은 것을 나더러 먹으라 하는구나."

【맥】 음식은 먹다가 남은 것을 남더러 먹으라고 하지만, 정인情人이야 남 주는 사람이 어디 있습니까? 남의 정인을 빼앗을 생각은 사람마다 품되, 자기 정인을 다른 사람에게 주는 사람은 없습니다.

【벳】 그 여자가 어떠한 여자이기로 신분을 말하느냐?

【맥】 그 여자는 까보 장군general Gabeau의 딸입니다. 아버지 사형제와 자기 형제brother, 사촌cousin이 다 전사하고, 지금은 고아와 과부만 남아 있습니다.

【벳】 까보? 까보라면 프랑스에서 유명한 군인이로구나. 그러면 방문

할 것이니, 인도하여라.

【맥】 그러면 우리가 들어가서, 대위님은 칼 차고 나는 총 메고 갑시다.

【벳】 이놈아. 여자 방문에 총칼이 무엇이냐? 연약한 마음에 겁먹게.

【맥】 프랑스 여자는 칼 찬 남자를 하늘에서 내려온 남자로 봅니다. 나도 칼을 찼으면 상류 사회에 드나들 것인데, 칼을 차지 못한 까닭에 하등 계급으로 돌아다닙니다.

벳이 대답하고 돌아서려는데,

【맥】 대위님. 식량 감독관에게 문서note 1장을 주시고 닭chicken 두어 놈 가지고 갑시다.

【벳】 닭은 무엇 하게?

【맥】 그러니 '멍청한 아이'라는 소리를 듣지요. 방문하면 샴페인champagne 몇 잔은 있을 터인데, 안주가 있어야지.

벳이 문서를 써주고 들어가서 칼을 차고 나오니, 맥도 무슨 꾸러미bundle를 끼고 총을 멘 채로 나오는지라. 맥이 경례하고 앞장서서 우산걸음으로[10] 인도하여 이 골목 저 골목으로 한참 가다가 어느 집 앞에 멈춰서는데, 바라보니 집은 삼층집이며 정원도 굉장하나 관리를 못하여 쓸쓸한 모습이 사람을 슬프게 하는지라. 맥이 삼층 돌계단을 올라가 초인종을 울리니, 누구인가 물으며 문 여는 사람은 남자가 아니라 스무 살 안팎의 젊은 여자인데, 맥을 보고,

"미스터 주토, 들어오시오."

【맥】 내 친구가 같이 오셨는데, 같이 맞이할 터이냐?

---

10 '우산걸음'은 우산을 들었다 내렸다 하듯이 몸을 추썩거리며 걷는 걸음을 뜻하는 말이다.

【그 여자】 주토의 친구면 맞이하지요."
하고 나와서 벳을 보고,

"하우 두 유 두How do you do?"

하니, 벳도 답사하는지라. 그 여자가 벳의 팔을 끼고 인도하여 방으로 들어가 자리에 앉으니, 맥이 루시아나에게 소개하기를,

"벳 대위는 나의 중대company 대장인 프랭크 벳이니, 인사하라."

하고 또 벳에게,

"이 여자는 루시아나 까보입니다."

서로 인사가 끝나니, 루시아나가 담배cigarette를 꺼내 돌리며,

"흡연smoke하시오."

하니, 모두 한 개씩 피워 물고 담화가 시작되는지라. 벳은 프랑스 말을 알지 못하나 루시아나는 런던London 옥스퍼드Oxford 출신이니, 정담을 나누는 것이 어렵지 않은지라. 맥이 꾸러미를 루시아나에게 주며,

"미스 까보. 이것 주방에 전하시오."

루시아나가 받으며,

"그것이 무엇입니까?"

【맥】 미스 까보가 우리 대위님과 담화할 때 샴페인 몇 잔은 있을 듯하기로, 안주 하려고 가지고 온 것입니다.

루시아나가 받아가지고 나가서 그 형수를 주며,

"수고롭지만 이것을 요리cook하여 주시오."

형수가 대답하는지라. 까보가 도로 들어와 담화가 시작되니, 맥이 일어서며,

"미스 까보. 우리 대위님과 담화하시오. 나는 내 친구 방문하러 갑니다."

【루시아나】 마음 놓고 방문하시오. 나는 미스터 벳과 담화하지요.

【벳】 오래 있지 말고 두 시간 안으로 오거라.

【맥】 빨리 올 것이니, 가지 마시고 내가 올 때까지 기다리시오.

하고 나가서 매리의 집에 가서 초인종을 울리니, 올 줄 알고 기다리던 매리가 문을 열고 맞이하며,

"맥, 오느냐? 들어오라."

맥이 들어서며,

"이것 얼른 요리하여라."

매리가 받으며,

"그것 무엇이냐?"

【맥】 술인주 할 것이다.

중얼거리는 바람에 카우치에 의지하여 졸던 부인이 눈을 떠보니, 미국 졸병이라. 일어나며 매리에게 누구인가 물으니,

【매리】 미국 병사Merican soldier인데, 나의 친구입니다.

부인이 웃으며,

"외국에 머무는 재미가 어떠하냐?"

묻고, 매리에게,

"그 꾸러미가 무엇이냐?"

【매리】 알지 못하나 닭 같습니다.

【부인】 그러면 내가 지져다 주지.

【매리】 어머니, 피곤하신데 침실로 가시오. 내가 요리하지요.

부인이 대답하고 침실로 가시니,

【맥】 나는 가서 술 사 올지니, 그동안에 너는 닭을 지져라.

하고 나가서 술을 사 가지고 와서 둘이 한 잔씩 마시며 담화가 시작되는 지라. 루시아나 집에서 이미 은밀한 담화가 있었으니 은밀한 담화는 그만두고 생활담을 하는데, 누구는 아메리칸 보이와 누구 또 누구누구 모두 호사한 생활을 한다는 둥 누구는 절교가 되었다는 둥 사적인 담화가 많으니,

【맥】 아무리 좋은 음식이라도 먹기 싫으면 숟가락을 놓는 것이요, 아무리 비단 의복이라도 마음에 맞지 않으면 벗어 던지는 법이라. 한 사람이 요구하는 것이 아니고 두 사람이 서로 응해야 하는 것이 애정이니, 애정이 많으면 함께 죽기도 하고 애정이 부족하면 헤어지는 것도 마땅한 일이라. 남을 논란할 것 없이, 우리는 처음과 끝이 하나같이 되도록 하자.

【매리】 지금 네가 나를 사랑하고 내가 너를 사랑하니, 서로 차가워지지 말고 항상 뜨겁도록 하자.

【맥】 차가워지지 않고 뜨거우려면, 네가 나를 속이지 않고 내가 너를 속이지 않으면 된다. 그러면 차가움이 오지 못하고 항상 뜨겁게 된다.

정담으로 그 밤을 지내고, 새벽에 병영으로 돌아가니라.

이때 맥이 나간 후에 벳이 루시아나와 담화를 하는지라. 어느 졸병이면 이런저런 이야기 없이 곧바로 정담을 하겠지만, 명색이 장교이니 정담으로 시작하지 못하고 정치담으로,

"내가 아메리카美洲에 있을 때 미스터 까보의 명성을 많이 들었으나 면회할 길이 없어 뵙지 못하였는데, 불행히 세계대전이 터져서 미스터 까보가 출전하였다가 적의 공격에 전사하였다는 소식을 신문으로 알았으나 자세한 사정은 알지 못합니다. 미스miss가 다시 자세히 말씀해주실

수 있습니까?"

【루시아나】 나는 여자라 출전하지 않았으니, 보지 못한 까닭에 자세한 사정은 알지 못했습니다. 그 후 사촌이 시신을 모시고 와서 며칠 머물며 전사하던 전말을 자세히 말하기에 사정을 알게 되었습니다. 원래 나의 아버지가 공격하여 나아가 빼앗는 재능은 있으나 방어하여 굳게 지키는 기술은 부족합니다. 그래서 참모본부에서 굳게 지키는 책임을 주지 않고 공격하는 책임을 주었는데, 벨기에Belgium로 가다가 중간에 독일 태자가 이끄는 군대와 충돌하여 전투를 하게 되었습니다.[11] 나의 아버지나 독일 태자가 모두 공격하는 쪽이니, 사흘 동안 이어진 전투에 아버님도 중상, 독일 태자도 중상을 입었으나 독일 태자는 젊기도 하려니와 고명한 의사의 수술로 목숨을 보전하고 나의 아버지는 나이도 많은데다가 고명한 의사의 수술을 받지 못하여 사망하셨다 합니다. 그 싸움에 아버지와 삼촌uncle 두 분이 전사하고, 그 후 다른 삼촌 두 분, 사촌 다섯 명, 내 형제 둘이 이엄이엄[12] 전사하여 우리 가족이 전멸되다시피 했으며, 남은 사람이라고는 출전하지 못한 어린 자녀 팔구 명과 과부 십여 명까지 모두 수십 명 식구인데 살아갈 방도가 없어졌습니다. 그것은 부형이 집에 있던 현금으로 공채표公債票를 샀기 때문인데, 그 공채표는 누구에게 거저 줄 수는 있지만 다시 매매할 수는 없습니다. 전사한 군인의 가족을 정부에서 구제하나, 한두 사람이 아닌 몇백만 명을 풍족하게 할 수 없습니다. 그런 까닭에 그 가족이 공장에 가서 일한 보수로 부족한 금액을

---

11 독일 태자는 'Prince Maximilian of Baden' 또는 'Max von Baden'으로 일컬어지는 막스 대공(Maximilian Alexander Friedrich Wilhelm, 1867~1929)을 가리키는 것으로 추정된다.

12 '이엄이엄'은 끊이지 않고 자꾸 이어 가는 모양을 뜻하는 말이다.

보태는데, 나의 어머니, 친척, 형수가 공장에 나가 일하였으나 세금과 높이 뛰는 먹을거리 값에 어찌할 수 없어서 나도 가려고 하였습니다. 그런즉 어머니는 자기 자식이니 막지 않으나, 숙모와 형수님이 '굶어 죽어도 못한다. 공장을 감독하는 두목은 우리나라 사람이나 노동하는 남자는 전부 중국인이다. 그 중국인의 무리 속에 섞이는 것은 이리 굴의 양과 같다. 그러니 집에 있고 나서지 마라'고 하며 막으니 할 수 없이 집에 있었습니다. 그러다 맥을 만났는데 그놈이 네댓 번이나 성가시게 굴기에 직접 거절하기 미안하여 핑계로 '어느 장교 한 분을 소개하면 그 대가로 아름다운 여자를 소개하마' 하였더니, 맥이 자기 소원을 성취하고자 미스터 벳을 끌고 온 듯합니다.

【벳】 나는 본국에 홀어머니가 계시며 올해 서른인 아내가 있고 두 자녀가 있습니다. 그런 까닭에 바깥출입에 눈뜰 남자가 아닌데, 맥이 구경가자고 하기에 따라 나왔다가 미스 까보를 만나게 되었습니다.

하는 동안에 닭을 지졌다 통지하는지라. 루시아나가 벳을 이끌고 식당으로 가서 한 잔 두 잔 마신 술에 둘 다 얼근하게 취하고, 또 맥이 오지 않으니 가고 싶은 배에 순풍이 부는 격이라. 다시 담화하다가 12시에 일어서며,

"나는 맥을 기다리지만 오지 않으니 나 혼자 갈 것입니다. 작별했다가 뒷날 다시 만납시다."

루시아나가 막으며,

"정신이 온전하면 혼자서도 갈 수 있지만, 과음하여 정신이 어지러운 이가 아랫사람 없이 혼자 갈 수 있습니까? 내 집에서 주무시고 새벽에 가시오."

벳이 취한 체 못 견디는 체하며 "나의 사랑" 하고 안으나, 루시아나는

거절하지 않고 순종하는지라. 키스하고 자다가, 새벽에 병영으로 돌아오니 모든 군인이 아침을 먹는지라. 식당으로 들어가니, 모든 장교들이 음식 먹다가 웃으며,

"대위, 어찌하여 늦었습니까?"

벳이 대답하려는데, 웨이터waiter를 하는 맥이 대답하기를,

"대위님이 가족family 생각하느라고 늦게 잔 듯합니다."

모든 장교가 웃으며,

"늙은 우리도 가족 생각이 면면히 이어지는데, 젊은 사람이니 밤마다 꿈이 있을 테지. 적적하거든 파리 미인에게 가서 심심풀이나 할 것이지, 잠들지 못할 정도로 마음 고생할 것 있나?"

코웃음을 치니, 벳은 아무 대답 없이 아침 식사를 마치고 나와서 맥을 불러다 놓고,

"이놈아. 나를 미인에게 밀어 넣으며 잠시 친구 방문하고 온다던 놈이 이곳으로 바로 와서 웨이터를 하고 있느냐?"

맥이 웃으며,

"만일 내가 친구 방문하고 가서 '갑시다' 하면, 장교의 이름을 가지고 '아니 가겠다'고 거절할 터입니까? 내가 아니 갔으니 나 기다리는 핑계로 그곳에 있다가 애정의 바다에 목욕하였을 것이니, 재미가 우리 미국 여자와 비교해 어떠하더이까?"

【벳】 아직 재미를 알 수 없다. 어제 저녁은 과음을 하여 세상을 몰랐구나.

【맥】 그러면 오늘 저녁에 다시 갑시다.

벳이 대답하고,

"네가 너의 친구를 방문한다 하였으니, 너의 친구는 됨됨이가 어떠하냐?"

【맥】 그것 알아 무엇 하렵니까? 루시아나보다 나으면 빼앗을 생각으로 묻는 것이니, 말하지 않는 것이 상책이외다.

벳이,

"이놈아. 내가 남의 정인 강제로 뺏는 사람이냐?"

【맥】 대위님보다 더 훌륭한 다윗David 왕도 남의 아내를 빼앗았는데 대위님도 사람이니 믿을 수 없습니다만, 대위님이 물어보시니 사실대로 아뢰지요.[13] 루시아나는 파리에서 첫손가락 꼽는 미인이외다. 나의 정인이 인물로는 루시아나를 따라갈 듯하지만, 신분이 평민의 자식이니 한 단계 떨어집니다.

벳이 웃으며,

"캘리포니아 주에 있을 때에는 흑인 여자nigger girl도 구경 못하던 놈이 파리 미인을 희롱하니, 죽어도 한이 없겠지?"

【맥】 사람마다 의복, 음식, 미인을 탐하고 요구하는 것은 쓸모가 있는 까닭이라. 죽으면 그 탐내고 요구하던 것도 쓸모 없을지니, 죽음은 더욱 원망스러운 일입니다. '죽어도 한이 없겠다'는 말은 그 탐을 내고 요구하는 것을 찾지 못하여 간절하게 바라는 뜻을 알리는 말이외다. 우리 한가한 잡담은 그만 멈추고 정담을 합시다. 루시아나가 전쟁 전에는 부유하였지만 지금은 거지입니다. 그 미인을 가진 대가로 그 여자의 생계를 도와주는 것이 당연하니, 우선 먹을거리를 한 트럭 보내시오.

벳이 놀라며,

---

13 다윗(David)이 우리아(Uriah)의 부인 밧세바(Batthsheba)를 빼앗은 일을 예로 들어서, 벳을 포함한 모든 남자가 다윗 왕과 같은 마음을 가질 수 있다고 말한 것이다.

"먹을거리가 어디 있어서 차로 실어 보낼까?"

【맥】 이 병영 안에 있는 먹을거리가 다 대위님의 것이외다. 식량 감독에게 먹을거리 보내라는 문서만 보내면 명령대로 보내지 한 가지도 줄이지 못합니다. 두 트럭 명령하여 한 트럭은 군인들이 먹고 한 트럭은 루시아나의 집으로 보냅시다.

벳이,

"트럭으로 보낼 것 없이, 갈 때마다 먹을 만치 갖다 주지."

【맥】 매일 줘도 한 달에 한 번 줘도 먹기는 한가지지만, 사람의 생각에는 매일 1원 주는 것은 그다지 기뻐하지 않으나 한 달에 30원 주는 것은 더 기뻐합니다.

벳이 먹을거리 보내라는 명령을 써 주니, 맥이 식량 감독에게 전달하고 먹을거리를 받아 트럭으로 실어다가 캠프camp 창고에 들여서 쌓아놓는지라. 저녁 식사를 마치고 초저녁에 맥이 대위의 차에 먹을거리를 구색 갖춰 싣고 대위를 청하여 루시아나의 집으로 가니, 루시아나가 나와서 벳을 끼고 거실로 들어가는지라. 맥이 먹을거리 절반을 까보의 주방으로 들여보내고 나머지는 매리에게 갖다 주니, 매리의 어머니가 매리보다 더 기뻐하며,

"병사여, 내 아들이soldier boy, my son."

하니, 맥도,

"안녕하세요, 어머니dear madam, my mother."

하고 들어가서 결혼하지 않은 부부로 지내니, 매리의 어머니는 그날부터 공장 노동을 그만두고 집안일을 하는지라.

이때 벳이 처음 외도를 한 것이니 특별히 이상하거나 오묘한 재미를

보지는 못하였으나, 루시아나가 능란한 수단으로 빨고 핥으니 나무나 돌이라도 감동할 지경이니 하물며 사람이야 어떠하랴? 벳의 아내가 못생긴 물건이 아니며 민첩하고 활발한 여자이지만, 루시아나에 비하면 사람이 아니고 여성복 광고하는 마네킹doll이라. 벳은 엘리노를 꿈에도 생각하지 않고, 매주 한 차례 편지할 뿐이라.

벳이 루시아나와 상종한 지 두 주일 만에 프랑스 참모총장 조프르Joffre가 3년 동안에 성공하지 못한 이유로 파면되고, 그 대신으로 포슈Foch 장군이 참모총장의 임무를 이어받게 된지라.[14] 조프르는 '나아가 빼앗는 자'가 아니고 '굳게 지키는 자'인 까닭에 공격에는 힘쓰지 않고 방어에 힘을 다하였으나, 포슈는 까보와 같이 '나아가 빼앗는 자'인지라 진격하기로 작정하고 미국 병사의 능력을 시험하고자 하는지라. 네댓 달 동안 조금씩 건너온 미국 병사가 약 5만 명인데, 조프르 시대에는 그 병사들이 전쟁터에 나가지 않고 않고 참호trench 파는 일과 군사도로 닦는 일을 했지만, 이제 한몫을 맡기니 벳이 이끄는 500명도 정쟁터로 나가게 된지라.

서부전선의 데드맨 힐Dead Man's Hill로 가서 진을 치고 새해New Year를 지낸 삼사일 후, 독일 태자가 이끄는 50만 대군이 반달 모양으로 쳐들어오는지라. 그전의 싸움은 한쪽은 진격하나 한쪽이 굳게 지키니 사상자가 많지 않았지만, 지금은 양쪽이 다 진격하니 병사들이 죽어 넘어지는 것이 건초hay가 베어져 눕는 것 같은지라. 삼일 동안 이어진 전투에

14 조프르(Joseph-Jacques-Césaire Joffre, 1852~1931)와 포슈(Ferdinand Foch, 1851~1929)는 제1차 세계대전에서 활약한 프랑스의 장군이다. 작품 원문에서는 '쪼프리'와 '포쉬'로 표기하였으나, 여기서는 널리 알려진 표기법에 따라 '조프르'와 '포슈'로 표기한다.

연합군이 견디지 못하고 일제히 방어선으로 물러나니, 벳이 이끄는 병사도 물러날 것은 일의 형세가 본디 그러한 것이라. 그러나 벳은 총알이 다 없어지면 물러나지 총알이 남아 있고는 뒤로 물러날 수 없다면서 칼을 휘두르고 발사를 재촉하니, 병사들도 빨리 총알을 다 쓸 생각으로 어지럽게 쏘아댄다. 독일 군대가 5마일을 전진했으나 사흘 동안 이어진 전투에 총알이 다 없어져서 더 전진하지 못하고 굳게 지키고자 하는데, 총알이 있는 미군이 어지럽게 쏘아대니 저항하지 못하고 물러나기 시작하는지라. 총사령관 포슈가 총공격을 명령하니, 총알 가진 군사가 총알 없는 군사 내쫓기는 쉬운지라easy. 독일 군대는 원래의 땅으로 물러나서 굳게 지키고, 연합군도 더 진격하지 못하고 교전을 중지한 뒤에 벳 대위를 불러 크게 칭찬하고 훈장을 주는지라. 미군 사령관 퍼싱Pershing[15] 장군도 벳을 5,000명을 이끄는 연대장으로 승진시키니, '오늘의 졸병이요, 내일의 장수라'라는 말이 벳에게 적당한 말이라.

벳이 취임하는 그날로 자기 옛 부대의 500명 가운데 죽거나 다친 200명을 제외한 나머지 300명에게 한 달 휴가를 주며 파리에 가서 한 달 휴양하고 돌아오라고 하는지라. 대개 어려운 조건에서 힘든 전투를 치른 병사에게 휴가를 주는 것은 군사 전략에서 통용되는 규칙이지만, 한 주일 혹은 열흘을 주되 한가롭게 휴양시키지 않고 어느 철도, 교량, 도로 같은 것을 고쳐짓도록 하는 법이라. 그런데 벳은 한 달 동안의 휴양을 주니, 병사들이 여간 기뻐할까? 그러나 다른 장교들은 시기하는 것인지 군

15 존 퍼싱(John Pershing, 1860~1948)은 제1차 세계대전에 미국군의 사령관으로 참전했다. 원문에는 '피싱'이나 '피쉉'으로 표기되어 있지만, 이하에서는 현재의 인명 표기에 따라 '퍼싱'으로 표기한다.

법을 지키는 것인지 몰라도, 이 사연을 총사령관 퍼싱 장군에게 보고하는지라. 이 보고를 받은 퍼싱 장군이 생각하기를,

'어렵고 힘든 전투를 치른 병사에게 휴가를 주지 않을 것은 아니지. 주기야 주지만 그저 한가롭게 놀도록 하는 것이 아니고 어느 도로나 교량을 수리하게 하는 법인데, 한두 놈도 아니고 300명을 한 달 동안 한가롭게 놀도록 하는 휴가를 주니 이는 상관을 무시함이요 군법을 바꾸는 것이라.'

하고 곧바로 벳을 불러 진짜인지 물으니, 벳이 온순한 말로 대답했으면 아무 일이 없을 것인데 뻣뻣한 말투로,

"전쟁터에서 세운 공을 포상하는 것은 대장의 자유라. 그 병사들이 어려운 전투에서 죽을힘을 다하여 큰 공을 세웠기에, 한 달 휴가를 주었습니다."

【퍼싱 장군】 어렵고 힘든 전투를 치른 병사에게 휴가를 주되 어느 도로나 교량을 수리하게 하면서 1주일을 주면 넉넉한데, 도로나 교량을 수리하는 곳으로 보내지 않고 파리로 보내었으며 또 1개월을 주었으니, 이는 군법을 바꾸려 한 것이 아닌가? 또 상관에게 문의하지 않고 마음대로 결정했으니, 이는 상관을 무시한 것이 아닌가?

【벳】 내가 그전같이 소대장이라면[16] 전쟁에서 세운 공을 포상하는 자유가 없지만, 지금은 연대장이니 전쟁에서 세운 공을 자유로 포상할 수 있습니다. 또 상관에게 문의하지 않았다 하시는데, 장군이 나를 연대장으로 승진시킬 때에는 워싱턴 참모본부에 문의하고 승진시켰습니까?

---

16 맥이 루시아나에게 벳을 소개하는 장면에서는 '중대(company)의 대장'이라고 했다.

만약 문의하고 승진시켰다면 하관下官인 제 잘못입니다만, 문의 없이 승진시켰다면 제가 문의하지 않은 것도 잘못이 아닙니다.

퍼싱 장군이 헌병M. P.을 불러,

"이 연대장을 가둬두라."

헌병이 벳을 군대 감옥에 가두니, 퍼싱 장군이 각 대장을 불러,

"연대장 벳이 군법을 바꾸고 상관을 무시하니, 군법으로 재판할 것이다. 군정관軍政官은 벳을 기소하라."

하는지라. 그 이튿날 재판이 시작되니, 병사 같으면 연합국 각 대장이 참석하지 않지만 병사가 아니고 연대장이니 총사령관 포슈 이하 영국, 프랑스, 벨기에, 이탈리아, 미국 각 대장이 모두 참석한지라. 벳을 불러내어 피고의 자리에 앉힌 뒤에 군정관이 연대장의 죄상을 설명하고 물러나니, 다른 장교가 벳에게 자기 변호권을 주니라. 벳이 일어서서 각 대장에게 경례한 뒤에,

"원고인 군정관이 내가 전공을 포상한 것과 상관에게 문의하지 않은 것을 이유로 죄가 있다고 주장하나, 이 하관은 그 주장에 불복합니다. 대개 병졸이 장교에게 복종하고 장교가 병졸을 이끄는 수단은 법이 아니고 상벌입니다. 그런 까닭에 대장이 병졸의 공적을 살펴서 상 줄 놈은 상을 주고 벌 줄 놈은 벌을 줌으로써 병졸이 죄를 피하고 공을 세우려 힘쓰게 됩니다. 만일 죄를 범하여도 벌을 주지 않으면 누가 사지로 전진하며, 공을 세워도 상을 주지 않으면 누가 창검으로 창검에 맞서느라고 죽을힘을 다하오리까? 이번 큰 전투에서 우리 연합군 150만 명은 72시간 동안 계속 싸웠으나 방어를 못하고 5마일 뒤로 진지를 물렸습니다. 그러나 이 하관이 이끄는 500명은 그 디딘 땅에서 발을 떼지 않고 죽을

힘을 다하여 싸운 결과로 독일 군대를 물리치고 잃었던 진지를 되찾았습니다. 그 공로로 이 하관의 가슴에는 훈장을 달아주고 또 하관을 연대장으로 승진시켰습니다. 하관이 상을 받으면 그 병졸도 상을 받아야 합니다. 그러니 한 달의 휴가를 준 것은 그 병졸을 상 주어 다른 병졸로 하여금 죽을힘을 다하라는 권고를 한 것이올시다. 또 휴가 받은 병졸을 도로나 교량 수리하는 노역장으로 보내지 않고 파리로 보낸 것이 잘못이라 하니, 반박하겠습니다. '휴가'라는 말이 무슨 뜻입니까? 밭 가는 자에게 휴가를 줌은 밭 갈지 말고 쉬라 함이요, 전쟁하는 병졸에게 휴가를 줌은 싸우지 말고 힘을 기르라 함이외다. 말은 휴가 준다 하고서 도로나 교량 수리를 시키는데, 도로나 교량 수리하는 일이 창검으로 다투는 일보다 더 고된 일입니다. 밭 가는 자에게 휴가 준다 하고서 가서 김매라고 하면, 그것은 휴가가 아니고 손을 바꾸는 것이니 상벌이 분명하지 못한 것입니다. 또 전공의 포상을 상관에게 문의하지 않았으니 잘못이라 하나, 그것도 잘못이 아닙니다. 72시간을 계속 싸워서 기진맥진하니 적군과 맞서지 못하고 '퇴진령'을 내렸습니다. 모든 큰 진지가 다 진지를 뒤로 물렸는데, 이 하관은 진지를 뒤로 물리지 않았습니다. 그렇지만 퇴진하지 않겠다고 상관에게 문의한 바는 없습니다. 상관은 퇴진하라 명령하였는데 하관은 퇴진하지 않았으니, 이는 잘못입니다. 그 잘못에 벌을 주지 않고 상을 주었습니다. 그런즉 상벌이 또한 분명하지 못합니다."

군정관이 그만 정지하게 하고 발언권을 박탈하니, 벳은 피고가 앉는 자리로 물러나 앉는지라. 열두 명의 군정관이 투표한 결과는 '무죄No Guilty'라. 아무 시비 없이 재판이 끝나니, 벳이 일어나 모든 대장에게 경례하고 각 대장들도 답례하는지라. 총사령관 포슈 장군이 웃으며,

"벳 대령. 이후에도 성공하든 실패하든지 간에 자유로 군정을 처리하라."

특별히 허락하니, 벳이 다시 경례하며,

"사소한 군정은 자유로 처리하겠지만, 중대한 군정은 문의하겠습니다. 크고 작고를 가리지 않고 사사건건 문의하게 되면, 귀한 시간이 낭비됩니다."

하고 물러나 자기 사무실로 돌아와, 엘리노에게 자기가 대령colonel으로 승진되었으며 몸은 평안하다고 편지를 하는지라. 다시 루시아나에게,

'경애하는 루시아나. 이즈음 어찌 지내나? 매우 적적하지는 않은가? 나는 출전하였으나 대성공을 거두지 못하고 병졸만 200명을 잃었으니, 너를 기쁘게 하거나 위로할 말이 없다. 그러니 스스로 기뻐하고 위로하여라. 나는 다시 파리로 돌아갈 기회가 없을 듯하니, 네가 나를 사랑하거든 한번 이곳을 방문하라. 깊은 사정은 직접 만나게 되면 말하려고 쓰지 않는다.'

연월일과 이름을 쓰고, 엘리노와 루시아나 두 곳에 보내니라.

이때 많은 가족이 거의 죽을 지경에까지 이르렀다가 자신이 벳을 만나게 되어 집안 살림이 회복되니, 루시아나는 어머니, 숙모, 형수의 공장 노동을 그만두게 하고 벳과 결혼하지 않은 부부 생활을 재미있게 두 주일 동안 했는데 갑자기 벳이 와서 출전하노라며 작별을 청하는지라. 참새 잡았다가 놓친 것 같다 할까? 다이아몬드 반지diamond ring 잃은 것 같다 할까? 하여튼 섭섭한 것뿐이나, 어쨌든 작별하여 보내고 전쟁터 소식을 몹시 기다리는지라. 사나흘 후에 서부전선western front 데드맨 힐死山에 큰 전투가 벌어졌다는 소식이 신문에 발표되고, 또 군용물자 수송하는 트럭이 밤낮 끊이지 않으니 큰 전투가 벌어진 것을 직접 보지 않아

도 짐작할지라. 사흘 동안 시시각각으로 소식이 보도되더니 마지막에는 연합군의 대승리라는 소식이 보도되니, 루시아나가 웃으며,

"또 대포 몇 개나 얻었나? 4년 동안 매일 대승리라고 자랑하나, 독일 군대를 격퇴하지 못하고 데드맨 힐에서 일진일퇴하고 있으니 생명과 재산만 허비할 뿐이지."

소식 전하는 비둘기가 오지 않으니 한탄한 지 며칠 후에, 주토가 와서 벳의 안부와 연대장으로 승진한 소식을 전하거늘, 루시아나가 매우 즐거워하고 기뻐하며,

"왜 프랭크가 오지 않고 네가 왔느냐?"

【맥】 나는 졸병이니 휴가 얻어서 왔지만, 벳은 대장이니 평화가 온 뒤에나 파리에 돌아올 것이다. 그러니 벳은 생각하지 말고, 나와 더불어 기뻐하자꾸나.

루시아나가 웃으며,

"그것도 심심풀이는 될 듯하다만, 매리는 어찌하고?"

맥이 웃으며,

"내가 잊었구나. 매리가 평안하냐?"

루시아나가 우스며,

"매리가 평안만 할까? 너보다 백배나 나은 보이를 만나서 죽자 사자 한다."

맥이 웃으며,

"매리가 나를 위해 지조를 고집하는 모양이로구나."

【루시아나】 너도 짐작은 잘 한다. 어서 가서 보거라, 얼마나 기뻐하나.

맥이 대답하고 가니, 루시아나가 벳에게 편지 쓰기를,

'오, 나의 사랑 프랭크. 네가 출전한 후 나의 몸은 평안하나 정신은 시시각각 어두워진다. 이 사정을 하나님만 알고 사람 가운데는 알 자가 없다. 다만 밉게 보고 원망하는 것은 그 원수의 전쟁이다. 빨리 대승리하기를 갈망하더니, 맥이 와서 말해 주기에 자세한 소식을 알았다. 지금 네가 연대장이 되어 평화 전에는 돌아올 희망이 없다고 하니, 내가 그곳을 방문하는 것이 지름길이다. 그러나 내가 남자가 아니고 여자인지라 전쟁터의 진지에 들어갈 계책이 없으니, 어찌하면 면회를 할 수 있을까? 면회할 방법을 만들어라. 세세한 사정은 면회 때에 하기로 하고, 그만 쓰노라. 모년 모월 모일, 루시아나 까보.'

싸인하여 보낸 후에 우체부가 편지를 전달하거늘, 받아보니 벳에게서 온 편지라. 뜯어보니, 보통의 안부인사를 하고서 한번 오라고 한지라. 갈 생각은 간절하지만 갈 방법이 없어 깊이 생각하고 궁리하는데, 매리와 맥이 오는지라. 맞이하여 앉은 후에 와인을 꺼내 한 잔씩 마시며,

"벳이 한번 오라 하였으나 갈 방도가 없구나."

【맥】 미스 까보가 갈 생각이 있느냐?

【루시아나】 갈 생각만 있을까? 가려고 하나 병영에 들어갈 계책이 없구나.

【맥】 네가 가기를 원하면 내게 키스 한 번 주어라. 그러면 내가 갈 방법을 가르쳐 주지.

【루시아나】 갈 방법만 가르쳐 주면 키스만 줄까? 더 깊은 것도 주겠지만, 매리가 화내면angry 어찌하나?

매리가 웃으며,

"남녀의 열애는 자유이다. 내가 결혼한 부부라도 막지 못할 열애를,

친구로서 어찌 막나? 너희 두 사람의 마음대로 하여라."

루시아나가 맥의 목을 안고 키스한 뒤에 갈 방법을 말하라고 하니, 맥이 웃으며,

"대체 여자의 마음은 어떤 것인지? 남자의 거짓말에 속으니. 병영에 갈 방법은 전혀 없다. 그러니 갈 생각은 내지 말고 전쟁이 멈추기를 축원하여라."

루시아나가 웃으며,

"네놈이 나를 속여 키스하였으니, 나도 너를 속일 테다."

【맥】 네가 무슨 수단으로 나를 속여?

【루시아나】 너를 속일 수단이 많다. 너는 나를 속여서 키스하였지만, 나는 너를 사지死地로 보낼 터이다.

【맥】 네가 사지로 보낼 수 있거든 보내어라.

【루시아나】 네 생각에 내가 못 보낼 것 같으냐? 벳 대령에게 네놈이 나를 속이고 키스하였으니 그놈 잡아다 참호로 몰아넣으라고 하면, 두말 없이 잡아간다.

【맥】 여보, 미스 까보. 키스 열 번 줄 것이니, 제발 편지하지 마시오. 편지하면 정말 나는 매리를 버리고 참호로 들어갑니다. 불쌍히 보시고, 용서하소서.

【루시아나】 나는 키스를 원하지 않는다. 병영으로 들어갈 방법을 말하여라. 그 전에는 용서 없다.

매리가 웃으며,

"병영으로 들어갈 방법을 가르쳐 주면 내 소원을 이뤄 줄 테냐?"

【루시아나】 너의 소원이 무엇이냐? 말하여라.

【매리】 미스 까보가 병영에 들어가면, 친구가 고급 장교이니 고급 장교 교제가 쉬울지라. 내게 어느 고급 장교 하나 소개할 터이냐?

【루시아나】 고급 장교 소개는 어렵지 않다만, 맥이 자살하게?

【매리】 그까짓 놈의 자살은 내 머리털 한 가닥 빠지는 것만도 못하다.

맥이 웃으며,

"네 심리를 보니 언제든지 나를 추방kick할 것이니, 추방을 당하기 전에 내가 다른 계집 하나 구할 터이다. 하여튼 미스 까보, 병영으로 들어갈 방법을 가르쳐 주면 내 소원을 이뤄 줄 테냐?"

【루시아나】 누구든지 가르쳐 주면 그 요청하는 바를 시행하지.

【맥】 별다른 소원이 아니다. 나를 대령의 시종병으로 만들어 줄 터이냐? 내가 참호로 들어가지 않고 시종병으로 있게 되면 매리를 데리고 갈 것이니, 매리가 내 품속에 있으면 어떤 신통한 재주가 있더라도 나른 고급 장교를 가까이 하지 못한다.

루시아나가 웃으며,

"무릇 남자의 여자 지킬keep 욕심은 땅보다 더 두터워. 그래, 시종병 되게 주선할 것이니, 매리도 데리고 가자."

【맥】 그러면 내가 가서 미국 군복 두 벌 가지고 올 것이니, 기다려라. 하고 나가서 군복 두 벌을 가져와서 주며,

"너희가 이 군복을 갈아입고 군인의 모습으로 가자. 병영에 가까이 가면 보초병이 검사할 것인데, 내가 '이 군인은 벳 대령의 같은 고향 사람으로 이번에 새로 건너왔는데, 벳 대령을 방문하러 간다'고 하면 아무 장애 없이 들어간다."

매리와 루시아나가 군복으로 갈아입고 거울을 보니, 얼굴이 아름다

운 것만 흠이라. 웃으며,

"군졸이라고 참호로 몰아넣으면 어찌하나?"

하고 곧바로 집에 들어가 어머니, 숙모, 형수에게 데드맨 힐에 가는 사유를 말하니,

【어머니】 여자가 전쟁터의 진지에 드나드는 것이 불길하니, 가지 말고 집에 있거라.

하나, 형수는,

"어서 가 보라. 미스터 벳이 기뻐할 것이니."

루시아나가 나와서 매리를 보고,

"너도 가서 어머님께 작별하고 오너라."

매리가 대답하고 가니, 루시아나가 맥을 보고,

"이놈아. 네가 매리를 기쁘게 하지 못하는 게로구나."

【맥】 나는 내 힘껏 정성껏 기쁨을 주지만, 무언가 만족하지 못하는 점이 있는 것이다.

【루시아나】 만일 매리가 너를 추방하면, 너는 어찌 처리할 터이냐?

【맥】 별다른 처리가 없지. 매리가 찰kick 조짐이 보이면 내가 먼저 저를 찰 것이다. 남자로서 여자에게 차였다는 비웃음이 있을 것이니, 먼저 차는 것이 서로 이익이다.

루시아나가 웃으며,

"우리 프랑스에서는 아메리카 사람은 애정의 세계에 무지몽매하다고 비웃더니, 무지몽매한 것이 아니라 진화가 뛰어나다. 매리의 말이 한 농담 비슷하지만, 그 마음에는 무슨 만족하지 못한 것이 있다. 그러니 짐작해 보아라. 만일 헤어지게 되면 내가 다른 여자를 소개할 것이니, 아

무 염려 말고 할 수 있는 대로 기쁨을 주어라."

【맥】 내가 이곳에 온 지 예닐곱 달에 여자 친구가 매리까지 넷이다. 또 하나 사귀면 다섯이로다. 할 수 있는 대로 프랑스 여자를 많이 상종할 터이다.

매리가 약간의 짐을 가지고 오는지라. 세 사람이 차에 올라 떠나는데, 루시아나의 형수가 나와서 '굿바이goodbye' 하는지라. 같이 '굿바이' 하고 떠나는데, 가다가 만난 보초병이 검사하며,

"매우 곱상한 남자로다. 우리 프랑스 여자들이 사탕candy 집어먹듯 할 테지."

하고 통과pass시키는지라.

빠른 속력으로 1313 캠프로 들어가 차를 멈추고, 맥이 내리며,

"너희는 차에 있어라. 내가 들어가서 대령에게 기별하면 대령이 세 할아버지 영접 나오듯 할 것이다."

하고 들어가 대령에게 경례하니, 벳이 쳐다보고 웃으며,

"왜 휴양하지 않고 돌아왔느냐? 파리 생활이 참호만 못하더냐?"

【맥】 나야 평생을 그곳에서 보냈으면 하지만, 미스 까보가 그 정인 방문하겠다고 야료를 부리니, 파리의 꿈이 꿀처럼 달지만 모시고 왔습니다.

【벳】 까보가 왔어? 왔으면 어디 있느냐?

【맥】 밖에 차에서 기다립니다.

벳이 일어나서 나가 보니, 여자가 아니고 어떤 두 군인이 차에 앉았다가 뛰어내리며 "헬로Hello"로 감사thank하는지라. 벳이 웃으며,

"미스터 까보. 어쩐 일로 오셨소? 내 편지는 받아 보았소?"

루시아나가 받아보았노라 하며 사방을 돌아보니 타인이 없는지라.

"키스 미kiss me."

하며,

"얼마나 그리워했느냐? 꿈도 여러 번 꾸었겠지?"

【벳】 내 몸은 이곳에 있으나, 마음은 까보의 집에서 떠나지 않았다. 하여튼 들어가자.

일행 네 사람이 들어가 의자에 앉으니, 루시아나가 매리를 소개하기를,

"이 친구는 매리 블렌Mary Bullen인데, 맥의 친구이니 인사하시오."

벳과 매리가 인사를 나눈 후에 샴페인을 한 잔씩 마시며, 그간 사랑하고 그리워하던 사정과 전쟁터에서 지내던 형편을 말하니,

【루시아나】 나도 프랭크 잃은 것이 아이들이 장난감toy 잃은 것 같다 할까? 참새 놓아버린 것 같다 할까? 하여튼 쓸쓸히 지내다가 맥이 왔기에 네 안부를 듣게 되니, 만나볼 생각이 불 일 듯 일어나는구나. 그래 맥에게 갈 방법을 물으니, 그놈이 '키스 한 번 주면 갈 방법을 알려주겠노라'고 하더구나. 입술이야 닳아지지 않을지니 키스를 주고서 갈 방법을 물었더니, 그놈의 대답이 '아무 방법이 없으니, 전쟁이 멈추기를 기도하라'고 하니 나만 속았구나. 그래 나도 속일 작정으로 '네놈이 나를 속였으니 나도 속인다'고 한즉 그놈이 웃으며 '나는 속일 수단이 많되, 너는 속일 재주가 없다'고 하기로, 내가 말하기를 '속일 재주가 없어? 대령에게 편지하여 네놈을 잡아다 참호로 몰아넣으라고 할 터이다' 했구나. 그랬더니 이놈이 눈이 휘둥그레지며 '여보 천사님. 매리를 보아 용서하시오. 갈 방법 마련하리다' 하고 나가더니 군복 두 벌을 가지고 들어와 우리더러 갈아입으라 하기로, 우리가 군복으로 갈아입고 온 길이다.

【벳】 하여튼 기쁘다.

하고, 맥을 보며,

"네가 미스 까보를 속여서 키스를 하였으니, 나도 너를 속이고 매리에게 키스를 할 터이다."

【맥】 키스는 마음대로 하시오. 그렇지만 참호로는 보내지 마옵소서.

벳이 웃고 목수carpenter를 불러 사무실 곁에 곁방 둘을 만들어서 하나에는 루시아나가, 다른 하나에는 매리가 머물게 하고, 맥은 시종병侍從兵으로 두는지라. 그 이튿날부터 큰 전투는 없으나 서로 공격을 하니, 벳은 그전처럼 전선의 선봉에 서지 않고 앉아서 전술 변동을 호령하기만 해도 될 터이지만 가끔 직접 전선에 나가서 양쪽 진지의 형세를 살피며 전술을 변동시키는지라. 하루는 독일 대포알이 떨어지는데 얼마나 맹렬한지 사방 50보를 박살내니smash, 그 안에 있던 것은 돌, 나무, 사람 할 것 없이 흙과 같이 먼지가 되니 참말 사지가 떨리는 무서운 대포라. 굴착기steam shovel로 파보니 깊이 40보가 파괴된지라. 다시 대포알이 오기를 기다리는데, 10분 후에 또 떨어지니 파괴하는 능력이 전과 한가지라. 산술로 대포 있을 곳을 계산하니, 36마일 밖인지라. 졸병 네 명을 불러 수류탄hand grenade과 단총을 주고,

"나와 같이 어디 갔다 오자."

하니, 어느 명령이라 거역할까? 사람 먹을 음식과 말먹이를 준비하여 그날 저녁에 떠나 대포 있을 곳으로 향하여 가다가 나무속에서 자고 새벽에 일어나 아침을 먹은 후 대포 소리 나기를 기다리는데, 때마침 발포되니 그 소리가 천둥thunder보다 더 크며 5분 동안 울리는지라. 모두 일어나 수류탄을 주머니pocket에 넣고 단총을 쥐고 민달팽이slug 모양으로 기어가서 엿보니, 장교 한 명과 포병 열 명이 있는데 장교는 망원경으로

적진을 살피고 포병은 대포알을 장전하려 하는지라. 달려들며 "손들어Hands up" 하니, 그 포병들도 무기를 갖추고 있지만 손에 쥐지 못하였으니 할 수 없이 손을 드는지라hands up. 벳이 따라온 병졸에게 호령하여 모든 무기를 빼앗고 대포를 이동시키려 하나, 말이나 증기기관이 없으니 어쩔 수 없이 탄창magazine만 파괴하니라. 독일군 11명을 앞세우고 타고 온 말 있는 데로 와서 음식을 제공하니, 독일군이 이 근래에 처음 먹는 음식이라. 먹기를 마치고 본진에 돌아오니, 본진에서는 대령 도망갔다고 떠드는지라. 벳이 웃으며,

"도망가다가 갈 수 없어 돌아왔노라."

하고 독일군을 불러내 심문한 후 영창에 가둬두고 사령부에 보고하니라. 이때부터 독일군이 미군을 두려워하게 되었으며, 독일 태자도 미국을 원망하는 말을 내뱉고 총공격을 준비하여 5월 1일에 진격을 시작하니 이 전투야말로 전무후무할 대살륙이라. 서로 독가스를 뿌리고 수류탄을 던지며 기관총machine gun으로 전투하기를 사흘 동안 계속하다가, 피차 군수물자가 부족하여 교전을 중지하는지라. 벳도 독가스를 마셨으나 중상이 아닐 뿐더러 루시아나가 힘을 다해 간호하니 죽음을 모면하고, 독일군의 사망자는 알지 못하나 연합군의 사망자는 10여만 명이라.

그런 큰 전투가 두 번 더 있고는 독일군이 기진맥진하게 되었는데, 독일의 내란으로 독일 황제가 네덜란드Holland로 달아나고 사회당 영수 에베르트Ebert가 정권을 잡은 후 11월 11일에 정전停戰이 되니[17] 근심과

17 독일 황제 빌헬름 2세(Wilhelm II, 1859~1941)는 1918년 11월에 네덜란드로 망명하였으며, 사회민주당(SPD)의 프리드리히 에베르트(Friedrich Ebert, 1871~1925)가 정권을 잡게 된다. 에베르트는 이후 1919년 2월에 바이마르 공화국의 초대 대통령이 되었다.

공포에 싸였던 세계가 평화롭고 즐거운 세계로 변하는지라. 그러자 루시아나가 벳을 데리고 파리로 돌아가 크리스마스에 결혼을 의논하니, 벳이 며칠 전에 받은 어머니의 편지로 엘리노가 달아난 줄은 알지만 거절하기를,

"내가 아내가 있고 자녀까지 있다. 그뿐이냐? 우리 미국 법에 중혼重婚은 못한다. 결혼하면 너는 둘째 부인second wife이 되니, 문명한 국민으로서 못할 일이다. 그러니 결혼은 단념하여라."

【루시아나】 우리가 결혼하고 나서 미국으로 가면 중혼죄이지만, 프랑스에 있으면 중혼죄가 아니다.

【벳】 결혼은 못할 것이니, 그리 알고 다시 말하지 말거라.

하고, 퍼싱 장군에게 노모 방문의 사유로 휴가를 요청했더니, 회답에 한 달만 참으라고 한지라. 할 수 없이 그대로 지내다가 정월 발에 다시 청원하니, 퇴직 문서가 온지라. 본가의 어머님께 전보를 보내 2월 14일에 뉴욕에 도착한다고 알리고, 행장을 준비하여 떠나면서 루시아나에게 작별을 청하니,

【루시아나】 이곳에서 작별할 것 없다. 내가 리버풀Liverpool까지 전송할 것이니, 그곳에 가서 작별하자.

하고 같이 떠나서 배를 타고 바다위에서 어르고 달래고 위협하나 마음을 돌리지 않는지라. 행여나 하고 영국 리버풀에 내려서 사흘을 머물며 사정하나 끝내 거절이라. 나중에 작별할 때에,

"박정한 놈, 잘 가거라."

하고 프랑스로 돌아가는지라. 벳은 항해를 계속하여 2월 15일에 뉴욕에 내리니, 어머니와 아들딸이 몹시 기다리고 뉴욕 시장이 군악을 울리

며 맞이하는지라. 서로 예법에 맞춰 인사하고 나서 시장의 인도로 파티 party에 들어가니, 수백 명의 신사가 일어나 경의를 표하거늘 벳이 답례하고,

"여러 명사가 이 자리에 참석하신 것은 전쟁터에서 처음으로 오는 사람이니 전쟁 형편을 알고자 하심인 듯합니다. 매일 신문에 보도되는 것은 큰 줄거리이고 그 나머지 자질구레하거나 기이한 일은 말로 다 할 수 없습니다만, 한 마디로 잘라 말한다면 '전쟁은 위험하고 두려운 것'이라는 말이면 됩니다. 모든 나라가 다 전쟁의 영향을 받았지만, 프랑스 같이 심한 영향을 받은 나라는 없습니다. 미국 군인 300만 명이 프랑스의 고아와 과부를 먹여 살렸으니, 프랑스 여성계는 누추하게 되었습니다. 전쟁이 아니었다면, 그 고상한 여자가 누추해질 리가 있습니까? 그러니 전쟁은 위험하고 두려운 것일 뿐인 줄로, 나는 아옵니다."

자리에 모인 모든 사람이 갈채를 보내는지라. 벳이 물러나 앉자 명사 한 분이 답사를 하고, 점심 식사 후에 벳이 어머니와 자녀를 이끌고 고급 호텔에 가서 이틀을 휴식하고 집으로 오니, 곧 20일이라. 엘리노와 이혼할 것을 어머님께 문의하니,

【어머니】 그야 내가 간섭할 일이냐? 네 마음대로 처리할 것이지.

【벳】 그러면 이혼하겠습니다.

이 말을 듣는 아더가 울며,

"아버지, 못합니다. 어머니가 어찌어찌해서 갔으나, 빨리 돌아올 것입니다. 그러니 아직 이혼을 정지하시오."

【벳】 나를 버리고 간 여자가 다시 올 터이냐? 설혹 온다 하여도 내가 맞아들이지 않을 터이니, 이혼하여 피차 관계를 깨끗하게 하는 것이 옳다.

하고 변호사를 청하려 하니, 아더가 울며 다시 말하기를,

"이혼하면 어머니만 잃는 것이 아니고, 우리 남매 두 자녀도 잃습니다."

【벳】 무슨 일로 너희 남매를 잃어?

【아더】 아버지가 나의 말을 듣지 않고 이혼하면, 우리 남매는 망설임 없이 어머니를 찾아갈 것입니다. 그러니 아버님은 아내 잃고 자녀까지 잃지 않겠습니까?

벳이 이 말을 듣고 망설이니, 어머니가 권하기를,

"아더의 소원대로 아직은 정지하여라."

벳이 그 어머니의 말에는 순종하나니, 이혼을 정지하고 집안일을 정리하니라.

이때 존과 엘리노가 농장으로 들어가 옥수수 밭을 갈아 뒤엎고서 알팔파를 심고 묵은 알팔파는 돌아오는 가을에 다른 작물로 바꾸기로 결정하고, 일꾼 둘을 두어 농사에 힘쓰니 참말 극락세계라. 1919년의 추수가 풍작이 되고 또 농산물 가격이 높이 뛰어오르니, 각종 경비를 제하고도 오륙천 원을 저금하는지라.

엘리노는 벳에게서 낳은 아더와 메이를 잊고 존의 아이를 낳고자 애쓰나 존은 일절 거절하고 산아제한産兒制限을 주장하는데, 엘리노는 존이 죽기를 명령하면 죽지는 않아도 죽는 시늉은 할 여자이니 존의 말을 거역하지 못하고 지내는지라. 그러다가 1920년 9월에 어느 잡지를 보게 되었는데, 이런 기사가 실려 있는지라.

예일Yale 대학 총장이 지난 방학 전에 학교 사무를 처리하고 집으로 가다가 두 어린 것이 인도sidewalk에서 다투는 것을 보고 차를 멈추고 내

려서 무슨 일로 다투는지 물으니, 작은 아이가 대답하기를,

"저놈이 내 구슬marble 한 개를 가져가서 주지 않아요."

총장이 그 말을 듣고 큰 아이에게 구슬 가져갔거든 도로 주라고 한즉, 그 큰 놈이 대답하기를,

"그놈 거짓말입니다. 내가 안 가졌어요."

서로 한 놈은 가졌다고 하고 한 놈은 아니 가졌다고 하니, 누가 옳고 누가 그른 것을 알리오? 총장이 얼른 생각하기를,

'그 놈들이 소유한 구슬을 물으면 명백하리라.'

하고 작은 놈에게,

"너의 구슬이 몇 개나 있었느냐?"

작은 놈이 대답하기를,

"저 아이 구슬 1개를 내게 주면 구슬 수가 서로 같아지고, 내 구슬 1개를 저 아이에게 주면 저 아이 구슬이 내 구슬의 곱이 됩니다."

대답하니, 대학 총장이지만 갑자기 답 찾기는 어려운지라. 5센트짜리 동전nickel을 주며 구슬 사서 가지라고 하고, 집에 가서 풀이하려 하나 쉬운 듯하지만 실로 어려운 문제라. 두 시간을 소비하여 답을 찾고, 신문에 널리 알리기를,

'전국의 소학교 8학년 학생은 이 답을 찾아 보고하라. 답 찾는 학생에게는 예일 대학 장학금scholarship을 준다.'

하니, 전국의 소학교 8학년 학생이 장학금 가질 욕심으로 모두 시험하였으나, 동부의 주eastern state에 두 아이가 있고 서부의 주western state에는 남캘리포니아 레드랜드의 아더 벳뿐이라고 한지라.

아더가 당시 8학년 학생이 아니고 7학년 학생으로 그 답을 찾았으니,

얼굴도 모르는 사람들도 칭찬하거든 그 어머니야 얼마나 기쁠까? 책을 던지고,

"존. 존."

하고 부르니, 채소밭에서 김매던 존이 돌아서며,

"아직 점심시간이 되지 않았는데 부르느냐?"

【엘리노】 점심 먹으라고 부르는 것이 아니고, 잡지 보라고 부른 것이다.

존이 괭이hoe를 던지고 베란다porch로 올라가니, 엘리노가 잡지를 주며,

"이것 보시오."

존이 받아서 보니, 산술 문제로 세 아이가 뽑혔는데 한 아이는 아더 벳이라. 칭찬하기를,

"참말 천재로다. 소학교 7학년 학생으로."

어떤 부모이든지 그 자녀가 남에게 칭찬 받는 것을 큰 영광으로 알고 기뻐하나니, 엘리노가 나무나 돌이 아니고 사람이며 또 그 부모이니 기뻐하지 않을까? 기쁜 김에 자기도 답을 찾아보려고 일주일을 애썼으나 끝내 답을 찾지 못하고 한탄하기를,

"7학년 학생이 찾는 것을 중학 졸업생이 찾지 못하니, 무슨 이유일까? 옳다. 답을 찾기 어려운 문제인 까닭에 총장이 장학금을 걸고 시험하였구나. 내가 가서 만나보리라."

하고 존에게 아더 찾아갈 것을 문의하니, 존이 군소리 없이 방문하라고 하며,

"나는 찾아가보라고 권할 생각이 있었지만, 자네가 기꺼이 따르지 않을 듯하여 조용히 있었더니. 그럼 오늘 저녁 자동차로 떠납시다."

엘리노가 대답하고서 짐을 꾸리고 저녁을 먹은 후에 떠나서 쉬지 않

고 내려오는지라. 그 이튿날 저녁에 로스앤젤레스에서 자고, 다음날 아침을 먹은 후에 존이 엘리노에게,

"자네만 가서 아이들 방문하고 오게. 나는 이 집에서 기다릴 것이니."

엘리노가 대답하고 떠나서 빠른 속도로 레드랜드에 가니, 시간은 8시라. 학교로 가는 길에 차를 세우고 아더와 메이가 내려오기를 기다리는데, 마침 남매가 함께 점심 통과 새첼 백satchel bag을[18] 내두르며 내려오는지라. 엘리노가 기뻐하며,

"아더."

"메이."

하니, 메이는 달려들며,

"어머니, 어디에 가 있었느냐?"

하고 키스하는데, 아더는 돌아서서 아무 말이 없는지라. 엘리노가,

"아더, 네가 나를 모르느냐?"

【아더】 당신이 누구인지 나는 모릅니다.

【엘리노】 내가 너의 어머니인데 몰라?

【아더】 나의 어머니면 나를 버리고 어디로 가지 않을 터인데, 나를 버리고 간 것 보니 나의 어머니가 아니외다.

하고, 메이를 보고,

"어서 학교 가자. 시간 늦어지겠다."

하고 메이의 손을 잡아끄니, 메이는 울며 어머니에게서 떨어지지 않으려 하니,

---

18 새첼 백(satchel bag)은 사각형 모양에 어깨 끈이 있는 가방이다. 원래는 손잡이가 있는 학생가방을 뜻하는데, 손에 들거나 어깨에 맬 수 있도록 만들어진 가방이다.

【아더】 이놈의 계집아이. 가지 않으면 죽이고 갈 터이니, 어서 가자.

엘리노가 메이를 어르며,

"어서 학교에 가거라. 이다음 내가 또 오지."

메이가 울며 "굿바이Good bye"하고, 몇 걸음 가다가 돌아서서 손을 저으며 "굿바이"하고 가다가 또 돌아서며 "마더, 굿바이Mother, Good bye"하고 가는데, 엘리노가 그 광경을 보았으나 아직 깊이 깨닫지는 못한 까닭에 눈물을 흘리며 로스앤젤레스로 돌아가니, 존이 맞이하며,

"아이들을 만나 보았소?"

【엘리노】 학교 가는 길에서 만나보고 왔습니다.

하고 그길로 떠나 시애틀 집으로 가니라.

이때 아더가 메이를 데리고 가며 달래기를,

"어머니가 아직 돌아올 때가 아니다. 다음번next time에 오면 그때는 우리와 같이 있게 될 것이니, 울지 말고 학교에 가서 공부하다가 오후에 집에 가서 아버지 보거든 어머니 보았다는 말은 하지 말거라. 아버지가 알면 어머니를 죽일 것이다. 그러니 입 닫고 아무 말 하지 말거라."

메이가 대답하고서 학교로 가서 공부하고 집에 가서는 여전히 남매 사이에 장난할 뿐 어머니 보았단 말이 없으니, 벳이 이 일을 어찌 알리오?

존과 엘리노가 집으로 돌아가 여전한 사랑으로 그 겨울을 지내니, 날씨는 온화하고 바람은 불어와서 참으로 사람의 정신을 상쾌하게 하는지라. 엘리노는 집에서 특별히 하는 일이 없으니 들에 나가 들꽃을 뜯어다가 방 단장하는 것이 하는 일이요, 그 외에는 서적 보는 데 대부분 시간을 쓰는지라.

그 봄에 고양이가 새끼를 낳았는데, 한 1개월 된 후에 어미 고양이가

어디 가서 들어오지 않는지라. 어린 고양이는 어미 부르느라고 밤낮 '매우매우' 하며 우니 그 소리가 사람을 자지 못하게 하는데, 엘리노가 우유milk를 주며 손으로 감싸주나 울기는 한가지라. 사람이 아무리 잘 건사한다 한들 그 진짜 어미가 돌보는take care 것만 하리오? 그런 까닭에 눈에 눈곱이 끼고 털이 호저porcupine처럼 거칠고 배가 발그스름하니 참말 사람의 눈으로 보기 측은할 정도이지만, 엘리노는 이런 이치를 깨닫지 못하고 항상 흐릿하게 느낄 따름이라. 그러나 그 어미 고양이가 어디 가서 죽었으면 돌아오지 못하지만, 죽은 것이 아니고 그 건너편에 사는 농부가 붙잡아 가둬둔 까닭에 오지 않았을 뿐이라. 한 달 후에 집으로 돌아와 새끼 고양이kitty를 돌보니, 불과 한 달 사이에 새끼 고양이가 눈곱이 벗겨지고 털이 반들반들하여 윤기가 나니, 엘리노가 생각하기를,

'모든 동물을 기르는 데는 인공적인 것보다 천연적인 것이 낫다.'

할 뿐이요 자기 일은 깨닫지 못하는지라. 5월 중순의 일요일에 부부가 함께 교회에 갔다 와서 점심을 먹고, 존은 목초장hayfield에 물 대는 것을 돌보러 나가고 엘리노는 베란다에 앉아 식탁보에 수를 놓는지라. 이때 고양이가 두 마리 새끼 고양이를 데리고 와서 재주를 가르치니, 참말 잔망스럽고 구경할 만한지라. 엘리노가 수놓던 것을 던지고 두 마리 새끼 고양이 노는 것을 보다가, 우편함mail box에 그대로 있던 잡지를 가져다가 펴 보니 '어미 잃은 새끼 고양이'라는 제목의 글이 있으니 아더 벳이 지은 것이라 한지라. 다른 사람의 작문이라도 유심히 볼 터인데, 하물며 자기 자식이 지은 글이야 어떠할까? 내려다보니, 자기 집에 있는 고양이의 행동acting을 직접 본 듯이 그렸는데 그 끝에 결말을 맺기를,

'오늘날 인류의 지식이 발달되어 모든 일에 인공적인 것을 힘쓰나 천

연적인 것만 못하다. 그것은 다음의 사실에서 알 수 있다. 고아원에서 성장한 아이는 100분의 3이 인격을 완성하고 100분의 97은 시들시들하게 되며, 부모의 손에서 성장한 아이는 4분의 1이 인격을 완성하고 4분의 3은 시들시들하게 된다. 그렇지만 그 4분의 3은 고아원에서 시들시들해지는 아이들보다는 나은 점이 많도다.'
하였거늘, 얼리노가 책을 덮어놓고 베란다에 꿇어 엎드려 기도하기를,

"하나님. 나의 죄를 용시히여 주소서. 나는 신령스런 기운을 받은 사람이면서 미물만 못한 등급에 떨어졌으니, 지금 뉘우치고 스스로 고백합니다. 구원하여 주소서."

빌기를 마치고 일어나는데, 식모가 저녁 준비되었다 하고 또 존과 일꾼 세 사람이 들어오는지라. 같이 식당으로 들어가 저녁 식사를 마치고 나와서, 존에게,

"미스터 맥밀런. 문의할 말 한 마디 있으니, 듣고 허락하시렵니까?"

【존】 무슨 말이든지 하시오. 시행할 것이니.

【엘리노】 내가 내일 캘리포니아로 내려갈 작정이외다.

【존】 레드랜드로 가시렵니까? 매우 깊이 깨달은 말씀이니, 나는 기쁘게 시행합니다.

【엘리노】 우리의 관계는 어찌하오리까?

【존】 우리는 아무 관계가 없지요. 결혼한 부부 같으면 이혼한다든가 무슨 비난하고 다툰다든가 하는 일을 하지만, 결혼한 부부가 아니니 서로 헤어지면 남과 한가지라.

【엘리노】 나는 헤어지는 것을 말하는 것이 아니고 재산을 말하는 것입니다. 이 토지를 매매할 때 미스터 맥밀런의 이름으로 매매하지 않고

내 이름으로 매매하였으니, 명의로는 나의 소유라. 내가 캘리포니아로 가면 이 농장은 내게 쓸모가 없으니, 미스터 맥밀런 이름으로 옮길 것이니 그리 아시오.

【존】 그것은 부인 마음대로 하시오. 나더러 대신 관리하라 하면 대신 관리할 것이요, 토지에서 나는 것을 자유롭게 쓰라 하면 자유롭게 쓸 것이오. 토지는 아더와 메이가 있으니, 장차 아더에게 옮기게 하지요.

【엘리노】 아더와 메이는 그 아버지의 재산도 넉넉합니다. 그러니 토지는 미스터 맥밀런이 가지고, 현명한 여자를 택하여 부부로 생활하시오.

【존】 매우 감사합니다. 명령대로 시행하지요.

【엘리노】 그러면 내일 시내로 들어가 명의title를 옮기도록 합시다.

하고, 그 이튿날 아침을 먹고 시내로 들어가 엘리노 크로스비의 이름으로 된 토지를 존 맥밀런의 이름으로 옮기고 나오니라. 점심을 먹은 후에 곧바로 출발하여 내려오다가 포틀랜드Portland에서 자고, 다시 출발하여 내려오다가 로스앤젤레스에서 자고, 아침 식사 후에 느지막이 떠나 레드랜드 캐슬 노마드Castle Nomad 호텔에 숙소를 정하고서 주인에게 부탁하기를,

"내가 벳 대령을 만나볼 것이니, 초청해 주시오."

주인이야 손님의 요청이니 거역할까? 곧바로 전화로 벳을 청하니, 내려간다고 허락하는지라. 엘리노에게,

"대령이 내려오겠노라 대답하였으니, 앉아 계시다가 만나보시오."

【엘리노】 나는 내 방으로 올라갈지니, 대령이 오거든 내 방으로 보내주시오.

주인이 대답하니, 엘리노는 방으로 올라가 벳을 기다리는지라. 한 15

분 후에 누가 문을 두드리거늘 벳이 온 줄로 짐작하고 마음을 담대히 가지나 얼굴이 후끈후끈하는데, 간신히 진정하고 일어나서 문을 열며,

"대령, 들어오시오."

벳이 보니, 엘리노라. 분노가 하늘까지 솟아오르지만, 앞으로 어찌되나 하여 참고 들어서며,

"그 사이 어디 가 있다가 왔느냐?"

【엘리노】 이리저리 바람 부는 대로 돌아다니다가, 대령에게 사죄하려고 수치를 무릅쓰고 왔으니 나의 큰 잘못의 만분의 일이라도 용서하여 주시오. 용서를 받으면, 이 자리에서 죽어도 남은 한이 없겠습니다.

【벳】 너도 수치를 아느냐? 수치를 아는 사람은 자녀를 버리고 가지 않는다.

【엘리노】 그 당시에 수치를 알았더라면 가지 않았을 것인데, 마귀에게 홀려서 마음이 원하는 바만 알고 수치가 될 것은 몰랐습니다. 그 후에 아더가 산술에 뽑힌 것을 보고 감동되었으나 새로운 사람으로 거듭나지는 못하였다가, 이번에 작문을 보고 회개하였습니다. 용서하여 주시오.

【벳】 도저히 용서할 수 없으니, 다시 말하지 마라.

【엘리노】 다시 한번 더 묻고자 합니다. 미스터 벳이 프랑스에 머물 때 아무 여자와도 교제한 바가 없습니까? 교제가 없었거든 용서할 것 없고, 만일 교제가 있었으면 나를 용서하여 주시오.

【벳】 교제는 있었다만, 너처럼 자녀를 버리고 도주하지는 않았다. 네가 집에 머물면서 이 세상 남자를 다 상종하였어도 용서할 것이요, 어느 남자와 같이 가지 않고 너 혼자 집을 떠났어도 용서할 수 없다. 그러니

다시 용서란 말을 꺼내지 말고, 다른 말할 것 있으면 하고 그렇지 않으면 나는 간다.

하고 일어서니, 엘리노가 다시 잡으며,

"사람은 고사하고 보이지 않는 하나님께 이처럼 회개하는 정성으로 기도하여도 용서하실 터인데, 보이는 사람이 용서하지 않습니까?"

【벳】 하나님은 자비로우시니 용서하지만, 사람은 악한 까닭에 용서가 없다.

하고 나와서 집으로 올라가니, 어머니가 무슨 일로 청하던가 물으니,

【벳】 엘리노가 와서 보자고 청함이고, 주인이 청한 것이 아니더이다.

【어머니】 엘리노가 왔어? 왜? 데리고 오지?

【벳】 그런 여자를 집에 들여놓을 수 있소? 용서하라 사정하나 거절하고 왔습니다.

이 말을 듣는 아더가,

"메이. 메이."

하고 부르니, 밖에서 공기놀이jacks play를 하던 메이가,

"왜 부르느냐What do you want?"

하고 대답하니,

【아더】 어머니가 캐슬 노마드 호텔에 계시다 하니, 우리 둘이 가서 모셔 오자.

메이가 이 말을 듣고 하늘로 뛰어오를 듯이 기뻐하며,

"어서 나오라."

고함치는지라. 아더가 나가려 한즉 아버지가 막으며,

"못 간다. 너희가 데려올 것 같으면, 내가 데리고 왔지."

【아더】 어머니가 아버지에게 허물이 있으니 아버지는 거절하지만, 어머니와 우리는 아무 허물이 없습니다. 어머니가 돌아온 것은 아버지를 사랑해서가 아니고 부모 자식 사이의 천륜의 감동으로 인한 것이며, 우리가 어머니를 맞이하려 가는 것도 천륜의 감동으로 인한 것입니다. 천륜의 감동은 사람은 고사하고 하나님도 막지 못합니다. 무식하지 않은 아버지가 막으려 하니, 매우 거북합니다.

【벳】 앞으로는 어떨지 모르지만, 지금은 못 간다.

【아더】 아버지가 한결같이 고집하시면, 우리 남매는 어머니를 따라가겠습니다.

【벳】 의복과 음식이 어디서 나서 먹고 살 터이냐?

【아더】 의복과 음식은 아무 염려 없습니다. 은행에 말하면 군소리 없이 아버지 저금 중에서 우리가 청구한 금액을 내어줄 것이니, 그러면 돈 허비하고 자녀까지 잃습니다. 아버지가 프랑스에서 막 돌아왔을 때 이혼하려는 것을 내가 못하게 함은 오늘이 있을 줄 알고 막음이요, 아버지가 이혼하지 않은 것도 오늘을 기다린 것인 듯합니다. 법률상으로 어머니가 아버지의 아내이니, 허락하시오.

벳은 아무 대답이 없는데, 노부인이 권하기를,

"사람 되고 누가 허물이 없겠나? 한 번 실수는 애정에서는 늘 있는 일이다. 또 솔턴 호수Solton Sea에 기러기 앉았다 날아간 자취 없다.[19] 회개

19 솔턴 호수(Solton Sea)는 캘리포니아 주 임피리얼 카운티(Imperial County)와 리버사이드 카운티(Riverside County)에 걸쳐 있는 염호(鹽湖)의 이름이다. 이 구절은 수많은 기러기가 앉았다가 날아가더라도 호수에는 그 흔적이 남지 않는다는 뜻으로 풀이할 수 있다. 벳의 어머니는 엘리노가 저지른 부정의 흔적 또한 남지 않을 것이니 용서하라는 취지로 이 말을 했을 것이다.

하면 깨끗해지는 것이니, 어서 허락하여라."

벳이 용서할 생각은 없지만 어머니가 권유하시니 허락하기를,

"그럼 너희가 가서 데려 오너라."

이 말을 들은 아더와 메이가 뛰며 구르며 가서 어머니를 데려 오는지라. 엘리노는 벳의 거절에 절망하였는데, 천 번 만 번 곰곰이 생각한 끝에 '자살'이 떠오르는지라. 자살하려 하는 순간에 아더와 메이가 "마마 mama" 하며 문을 두드리니, 기뻐하는 엘리노의 눈에는 아더와 메이가 아니라 하나님이 보내신 두 천사처럼 보이는지라. 문을 열어 두 아이를 껴안으니, 너무 기뻐 웃음이 나지 않고 눈물이 흘러내리며,

"아더."

"메이."

하니,

【아더】 어머니, 집으로 갑시다.

하고 나와서 차를 타고 집으로 올라가는지라. 엘리노가 어머니에게 사과하고, 다시 벳에게,

"프랭크야. 네가 500명 병사로 50만 명을 막는 능력이 있어도, 부모 자식 사이 천륜의 감동은 막지 못하리라."

하고 키스하니라.

2

논설 및 수필

경제적 열애

미주 동포들에게 올리는 글

인생관

경제적 열애經濟的悅愛

이 우주에 사는 모든 종의 동물에게는 의식주衣食住가 가장 중요한 요소가 되었다. 모든 동물이 먹을 것을 찾느라고 밤낮으로 계획하고 행동한다. 사람 이외의 동물은 천연적인 의복으로 추위와 더위, 습기와 건조함을 막지만, 사람에게는 천연적인 의복이 없다. 그런 까닭에 풀잎으로 몸을 가렸다. 풀잎은 열기가 강한 시기에는 적당하지만 냉기가 강한 시기에는 적당하지 않으니, 자기 몸에 맞춰서 날짐승의 깃털을 엮거나 들짐승의 가죽을 잘라 몸을 가림으로써 추위와 더위, 습기와 건조함을 막았다. 다른 동물은 먹을 걱정이나 입을 걱정이 없지만, 사람은 먹을 걱정 이외에 입을 걱정까지 두 가지 걱정이 있다.

그 두 가지 걱정 외에 또 '열애悅愛'라는 걱정이 있다. 사람만 열애 걱정이 있느냐? 피를 가진 동물은 다 있으니, 날짐승과 들짐승, 그리고 물고기나 벌레까지 사람과 꼭 같다. 한 가지 정도의 차이는 있다. 이 동물들은 암컷이 임신 가능한 기간에만 열애를 요구하고 그 이외의 기간에는 열애를 잊는다. 인류는 열애가 싹트는 시기로부터 쇠퇴할 때까지 열애를 요구한다. 그것이 차이이다. 음식은 개체의 요구인 까닭에 목이 마르거나 배고픈 그 개체가 홀로 구해서 마시고 먹고 하지만, 열애는 암컷인 개체나 수컷인 개체가 개체로서 성취하는 것이 아니고 암수가 합의해야 성취된다. 암컷이 아무리 열애를 원해도 수컷이 원치 않거나 수컷이 아무리 원해도 암컷이 원치 않으면 성취를 못한다. 그러니 서로 뜻을 같이해야만 성취된다.

그런데 사람의 경우에는 여성은 인색하고 아름다운 것을 선택하는 성질이 있다. 그 인색하고 아름다운 것을 선택하는 성질이 남성의 아름다움을 살펴보고 열애하게 한다. 만일 아름다움이 부족한 남성이라면 열애를 허락하지 않는다. 아름다움이 풍부한 남성은 시간과 장소를 가리지 않고 여성을 만나는 대로 열애를 하지만, 아름다움이 부족한 남성은 여성의 거절로 인해 열애를 성취하지 못한다. 음식에 대한 굶주림은 각각 개체로서 해결하지만, 연애에 대한 굶주림은 남녀 가운데 한 쪽이 홀로 해결하지 못하고 남녀 양쪽이 합의하여 해결하는 것이다. 그런데 상대방이 거절하면 그 상대방이 기뻐 허락하기를 꾀하지 않을 수 없으니, 진귀한 짐승의 깃털로 의복을 만들어 주거나 신선의 과실로 음식을 만들어 주거나 기이한 광채가 나는 보석으로 장신구를 만들어 주거나 어떤 방법으로든지 구슬려서 열애를 성취하고자 할 것이다. 그 의복과 음식과 장신구가 인색한 여성을 감동시킬까?

그때 사람의 마음은 오늘날 사람의 마음과 달라서 순결한 마음이다. 그러니 아름다움이 아니면 결단코 감동시킬 수 없다. 그런즉 굶주림이 심한 남성이 강탈하거나 겁탈하여 열애를 성취할 것은 자연스러운 이치이다. 문명과 지식이 발달한 오늘날에도 강탈과 겁탈이 있는데, 세상이 아직 미개했던 당시에야 어떠했으랴? 또 여성은 남성과 달라 임신이 있다. 연약한 신체에 임신까지 있으니, 자연히 입을 것과 먹을 것을 구하기 어렵다. 굶주림이 더할 나위 없이 심해진다. 그때 남성이 의복과 음식을 주면 얼마나 감격할까? 참말 밥 한 끼를 준 은혜라도 감사하고 싶을 것이로다. 자연히 화해할 것이니, 그것이 '경제적 연애'의 씨앗이다. 신체가 연약한 여성이 독사와 맹수의 무리 속으로 다니며 먹을 것을 구하느라고 고생할 것 없이 남성에게 무슨 짐승의 깃털로 만든 의복이나 무슨 과실로 만든 음식을 요구한다. 그 남성은 여성의 환심을 사느라고 요청하는 대로 구하여 공급한다. 그것이 습관이 되어 여성의 의복과 음식을 남성에게 맡기게 되었다. 인류가 드물 때에는 천연적인 과실로 배고픔과 목마름을 막고 짐승의 깃털로 추위 등을 막았지만, 인류가 불어나게 되니 유한한 과실이나 깃털로 무한정한 인류의 요구에 응할 수 있을까? 절대로 부족하다. 그래서 육류와 곡물을 먹기 시작하였다. 육류는 동물이니, 뛰는 놈을 마음대로 할 수 있나? 곡물은 풀씨이니, 풀씨는 기후에 따라 결실을 맺는다. 기후가 조화롭지 못하면 결실이 없다. 사람은 먼 미래를 내다보며 원대한 생각을 할 수 있으니, 하늘을 거스르는 생각을 품어 천연적인 것에만 의지하지 않고 사람의 힘으로 길러내었다. 남자는 곡식을 심고 여자는 의복을 만드는 식으로 책임을 분담하였다. 그러나 그것이 아직 보편은 아니었다. 혼인 제도가 시작된 때부터 비로소 고정적인 관습이 되었다.

혼인 제도는 경제적인 이유로 만들어지기도 했지만 그것은 100분의 1이고, 여자의 자유열애가 그 이유의 100분의 97~98이다. 여자의 자유열애로 수많은 남녀의 생명이 희생된다. 강탈, 겁탈, 살해 등 모든 악행이 인류를 멸종시킬 만한 근심거리였는데, 혼인 제도로 그 폐단을 막았다. 그 혼인 제도로 여성은 의복과 음식을 남성에게 맡겨서 남성이 잘 벌어오면 잘 먹고 잘 입지만 못 벌어오면 못 먹고 못 입게 된다. 여성은 남성의 부속물이 되어 남성의 요구를 시행하고 그 대가로 자기의 의복과 음식이라는 짐을 남자의 등에 지웠으니, 남자는 그 짐을 짐으로써 비록 종이라는 이름은 붙지 않았지만 그 여성의 종이 되었다. 종은 되었으나 더없는 권한과 위세가 있다. 그 '아내'라고 하는 여성을 살리고 죽일 수 있는 권한이 있다. 살고 죽는 권한을 잃은 여성은 아름다운 것을 선택하는 택미성擇美性이 있는 까닭에 미남자를 만나면 곧 그 미남자와 열애를 한다. 살고 죽는 권한이 없기 때문에 그 남편의 눈을 가려가며 열애를 하니, 마음대로 되지 않는다. 연애하고 싶은 마음이 간절하여 울화가 일어난다. 여자도 남자와 같이 살리고 죽일 수 있는 권한이 있었다면 그 남편을 죽일 터이지만, 그런 권한이 없으니 자살을 한다. 혼인 제도가 시작된 날부터 지금까지 몇억, 몇천만의 정염을 모닥불에 태웠을까? 참말 헤아릴 수 없을 정도로 많은 수일 것이다. 그 열애가 순전히 심리적인 것이지 경제적인 것은 아니다.

부락 시대部落時代에 의식주를 두고 이 부락과 저 부락 사이의 투쟁이 시작되니, 개인의 투쟁이 아니고 많은 사람의 지혜와 힘을 모아서 하는 투쟁이니 사방에 흩어진 남자가 가정을 돌보지 못하고 투쟁에 나간다. 그런 투쟁은 하루 이틀에 정지되지 않고 몇 달 몇 해 동안 계속되니, 몸을 기르는 음식은 그곳에서 공급하지만 마음을 기르는 열애야 공급할 수 있을까? 자연히 열애에 굶주리고 목마르게 될 것이니, 투쟁에 힘을 쓸까? 그 낌새를 아는 추장酋長이 자기가 가진 추장의 권리로 미혼 여자들을 투쟁하는 군중群衆에 공급하니 그것이 이른바 화랑인데, 오늘날에는 행위가 정숙하지 않은 여자를 '화냥년'이라 한다. 그 여자들은 '화랑'

이라는 이름을 받음으로써 의복과 음식이 풍부해진다. 모든 남자들이 있는 대로 주는 까닭이다. 그것이 경제적 열애의 둘째 단계이다.

추장의 시대가 지나가고 군주 시대君主時代에 들어가니, 문물이 발달되었다. 추장의 시대에는 군중에 기율이 없었지만, 군주 시대에는 기율이 생겨서 군중을 지휘하는 장수가 생겼다. 군중에 공급하는 화랑이 있었으니, 장수를 지배할 여성이 없을까? 그 장수에게 공급하기 위하여 기생妓生이 생겼으니, 기생이란 말은 지배하는 계집이라는 뜻이다. 그 화랑이나 기생의 의복, 음식, 장신구는 가정 생활하는 부녀자의 만 배 이상이다. 아름다운 것을 선택하는 여성이 화랑이나 기생만 호화롭고 사치스럽게 생활하게 하고 자기는 담백한 생활로 평생을 보낼까? 자기는 화랑이나 기생이 아니니 '살리고 죽이는 권한은 있지만 종이라는 이름이 붙지 않은 종'인 남편을 구슬려 호화롭고 사치스러운 생활을 도모하니, 어리석은 남자는 그 아내를 기쁘게 하려고 길을 갈 때에는 배와 수레를 만들고 머물러 살 때에는 기와집을 짓는다. 하루하루 새로워져 오늘날에 이르러서는 100층의 건물과 철제 화륜선이 생기고 전깃불, 전화, 무선전신에 이르기까지 모든 것이 더할 나위 없이 훌륭하고 아름답게 되었으니, 그 진화가 남자의 손으로 이루어졌으나 실상은 여자의 택미성으로부터 만들어진 것이다. 만일 여자에게 택미성이 없었다면 오늘날 '문화 발달'이라는 말이 없을 것이며, 그저 아담Adam과 이브Eve의 시대와 한가지일 것이다.

여자의 택미성은 한편으로는 창조하는 신이지만 한편으로는 훼손하고 파멸시키는 신이다. 그러나 여자의 경제는 부진하여 혼인 제도가 처음 만들어질 때와 한가지이니, 가정이 겉보기로는 안정되었다. 행운이라 할지 불행이라 할지 몰라도, 최근 100년 사이에는 공업이 발달되니 일손이 요구된다. 그 많은 일손을 남자만으로는 도저히 공급할 수 없으니, 완력이 필요하지 않은 간단하고 쉬운 일은 여자에게 나눠주었다. 그 여자들이 일을 한 대가로 독립적인 경제력을 갖게 되니, 경제력이 독립됨으로써 가정이 파괴된다. 그전 경제력이 없어서 의복, 음식, 집을 남자에게 의지할 때에는 아무리 가정이 불만스럽더라도 의식주 때문에 파괴를 단행하지 못하고 생살권 밑에서 신음하고 고통을 겪었지만, 지금은 자기 생활을 영위할 만한 경제력이 있으니 고약하고 제멋대로인 남편의 무릎 아래 꿇어 엎드릴까? 털끝만큼이라도 만족스럽지 못하면 두 말 없이 파괴를 단행한다. 가정을 파괴하는 여자는 "의식주가 부족하니 파괴한다"고 말하지만, 실상은 의식주 부족이 파괴시키는 것이 아니고 그 뒤에 있는 '이상적 남자'가 파괴시키는 것이다. 백이면 백이 다 그렇다고 할 수는 없으나, 백 가운데 아흔다섯 정도는 이상적 남자가 한 것이다.

어떤 이는 말하기를 "의식주 부족으로 가정을 파괴한다니, 백만장자의 부인이 파괴하는 것은 무슨 이유일까?"라 하는데, 나는 두 말 없이 이유가 있다 할 터이다. 육류만 매일 먹는 사람은 채소를 생각하고 채소만 먹는 사람은 육류를 생각할 것이다. 첫째, 부유하고 풍족한 생활을 누리었으니 경제력이 있을 것이요, 둘째, 부유하고 풍족한 생활로 예의가 속박할 것이니 싫증이 생겼을 것이다. 의식주가 부족하여 배고픔과 추위가 닥쳐오면 배고픔과 추위 막을 것 이외에 다른 생각이 없지만, 의식주가 풍족하니 마음이 편안하여 별 도깨비짓이 다 일어난다.

경제의 힘이 연애를 농락한다. 혼인 제도가 생기기 이전에는 연애에 있어서 경제력이 힘을 쓰지 못했지만, 혼인 제도로 인해 경제력이 패권을 가지게 되었다. 남녀의 결혼은 피차 계약적이다. 계약의 대가는 경제력이다. 가령 빈 땅이 있다고 하자. 누구든지 빈 땅을 쓰고자 할 때에는 그 땅 주인을 찾아서 빌려 사용하는 계약을 할 것이다. 만일 땅 주인의 허가 없이 재력을 소비하여 건물을 세우거나 농사를 지었다가 땅 주인이 쫓아내면 항거하지 못하고 쫓겨날 것이니, 그런 손해를 막기 위하여 계약을 한다. 그와 마찬가지로 남녀의 결혼은 모두 서로 일종의 사적인 동기에서 하는 것이다. 내가 좋아하는 물건은 다른 사람도 좋아할 것이다. 여자의 눈에 인격이 완전하고 경제력이 풍부한 남자가 보이면 결단코 가지려 할 터이지만, 다른 여자에게 빼앗길까 근심하여 계약적 결혼을 한다. 남자의 눈에도 겉으로 드러나는 아름다움이 풍부한 여자가 보이면 지혜와 힘을 다하여 계약적 결혼을 한다.

계약적 결혼 후 그 남녀가 그 계약을 이행하느라고 그 남녀와만 열애를 하고 다른 남녀와는 연애가 없느냐? 있느냐? 두말할 것 없이 있다. 모든 사람이 잘 도정한 쌀로 지은 밥을 싫어하지 않으며, 반드시 아름다운 것을 선택하는 법이다. 몸에 관계되는 옷과 음식도 그러하거든, 마음에 관계되는 열애야 어떠할까? 열애하려고 결혼하며, 열애를 보호받기 위해 결혼을 한다. 그러나 결혼과 열애는 하나가 아니고, 완전히 다른 별개의 것이다. 결혼으로 그 열애를 보호하려고 할 것 같으면 완전히 다른 별개의 것이라 할 수 없지만, 열애는 혼인 바깥에 있다. 두 사람이 계약한 집 또는 땅은 계약을 하지 않은 다른 사람이 침범하지 못하지만, 열애는 계약을 하지 않은 다른 사람이 즐길 수 있다. 순수하고 참된 열애는 인물과 애정이 어떠한지를 표준으로 삼을 뿐이며, 경제의 우열은 묻지 않았다. 오늘날의 열애는 인물이나 애정을 보지 않고 경제의 우열을 살핀다. 기생 녹주綠珠가 부유한 석숭石崇을 따른 것은 향기로운 세상에 노닐어 볼 경제적 의사이다.[1] 호양공주湖陽公主가 아내 있는 미남자 송홍宋弘을 원한 것은 순수하고 참된 열애에서 나온 것이다.[2] 순수하고 아름다운 열애는 참말 연화보좌蓮花寶座에 앉는 것이지만, 경제적 의사에서 나온 열애는 지옥에 누운 것 같다. 남자는 경제력으로 원치 않는 여자의 애정 없는 아름다움을 강제로 빼앗았으며, 여자는 애정 없는 아름다움으로 남자의 경제력을 강탈한다. 남에게 억지로 빼앗기거나 강탈을 당하는 것은 인격을 손상하는 일이다.

미국의 어떤 미성년자가 부모의 유산 1,700만을 받았다. 미성년자인 까닭에 그 재산을 자기 마음대로 관리하지 못하고 재정 고문이 있었다, 그래서 그 소년이 쓸 돈을 요구할 때에는 쓸 곳을 명백하게 말해야 고문이 지출하고 명백하지 않으면 거절한다. 참말 강도도 어찌할 수 없고 절도범도 어찌할 수 없는 돈이다. 누가 감히 엿볼까? 그러나 그 돈에 침 흘리는 사람이 있었다. 남자가 아니고 여자이다. 기량이 대단히 뛰어난 큰 강도이다. 그 돈을 강탈하려면 다른 방법이 없고, 조금도 허술함이 없는

1 석숭(石崇, 249~300)은 진(晉)나라 때의 관리로, 사치스러운 생활로 이름이 높아서 '부자'의 대명사로 일컬어진다. 기생 녹주(綠珠)는 석숭의 애첩인데, 석숭은 그녀를 위해 높은 누각을 지어주기도 했다.

2 '호양'은 한나라 광무제의 누이인 호양공주(湖陽公主)이며, 송홍(宋弘)은 광무제의 신하로 인품이 높기로 이름난 인물이다. 광무제는 과부가 된 호양공주의 배필을 구해주고자 했는데, 공주는 아내가 있는 송홍을 마음에 두고 있었다. 이에 광무제는 부유해지면 아내를 바꾸는 세태를 거론하며 송홍의 뜻을 간접적으로 물어보았는데, 송홍은 '술지게미와 쌀겨를 같이 먹은 아내(糟糠之妻)'는 버리는 것이 아니라는 말로 답했다고 한다. 『후한서』「송홍전(宋弘傳)」에 이 이야기가 전하는데, '조강지처(糟糠之妻)'의 고사로 널리 이야기되었다.

완전한 방법은 연애이다. 연애로 강도질하는 권총을 만들어 가지고 연애로 낚시질하였다. 같은 여자가 아니고 상대방이 되는 남자이니, 그 낚시에 걸렸다. 한 번 두 번 연애하다가 열애를 목적으로 삼아 끝내는 결혼하였다. 결혼한즉 여자의 요구대로 음식, 의복, 장신구 등을 공급했다. 의복으로는 친칠라 코트chinchilla coat, 장신구로는 귀에 거는 귀걸이, 목에 거는 목걸이, 손에 끼는 가락지를 주니, 화장한 모습form이 은막 위에서 활동하는 여광대와 흡사하다. 그러나 현금을 요청하면 50원까지만 주고 100원만 요청하여도 거절한다. 의복, 음식, 장신구를 이미 주는데 100원을 요청하니, 포커 게임poker play을 할 터이냐? 자선단체charity 구제부救濟部에 기부를 할 터이냐? 여자의 생각은 50원을 요청하여 응하면 그 다음에는 100원을 요청하고 요청대로 응하면 앞으로 1,000원, 10,000원을 요청할 작정이었으나, 처음 100원 요청을 거절하니 마음껏 빼앗을 재주가 없다.

나중에는 이혼하기로 마음을 먹고 변호사에게 의논하니, 변호사는 의복, 음식, 장신구를 공급하지 않는지 물었다. 여자가 대답하기를 "의복, 음식, 장신구는 요청한 대로 응하지만 현금은 100원의 요청에도 응하지 않는다"고 한다. 변호사가 그 여자의 마음이 어디에 있는지를 짐작하고, 그 남자가 어느 다른 여자나 혹은 동물 같은 것 가운데 사랑하는 것이 있는지 물었다. 그 여자가 "어느 다른 여자를 사랑하는지는 비밀이니 내가 알 수 없지만, 말은 사랑한다"고 하니, 변호사가 "그 말이 어떠한 말이기에 사랑하느냐?"고 물었다. 여자가 "그 말은 1분에 1리를 가는 천리마이다. 그 말에 매달 쓰는 돈이 700원이다"라고 했다. 이 말을 들은 변호사는 동물을 사랑하면서도 그보다 귀한 사람은 사랑하지 않는다는 이유로 소송을 일으켜서 인격을 손상시킨 비용 몇만 원에 매달 이자 700원씩을 받아내었다.

오늘날의 연애는 전부가 이와 비슷하다. 참말 대담한 도둑이요, 큰 강도이다. 그 인격이 손상된 남녀는 수치를 모르고 대로에서 활개치고 다니며 '신사'니 '숙녀'니 하는 존칭을 받는다. 이 세상이 지극히 천하게 보고 천하게 대우하는 것은 매음녀賣淫女이다. 무슨 까닭에? 그 귀한 몸을 1원 헐값에 파니 천하다고 할까? 어떤 음식집은 한 끼 먹는 데 3원을 받으며, 어떤 음식집은 한 끼 먹는 데 10전을 받는다. 그 귀한 재료로 만들기는 한가지이니, 사실 천하고 천하지 않은 것이 없다. 열애는 마음에 관한 진리이다. 진리를 인조물과 바꾸니, 천하다고 지목하는 것이다. 경제력이 이 세상의 천만 가지 일을 농락하다가 보이지 않는 열애까지 농락하는구나. 하하. 연애여.

미주美洲 동포同胞들에게 올리는 글*

첫 번째 한인韓人인 용주龍州와 의주義州의 인삼장수들은 조선 사람이지만 한인으로서의 정신이 없는 중국 사람과 습관, 행동이 꼭 같으니 정치에 대한 관념이 없었다.[1] 그 후 신미양요 때 강화도에서 병사 두 명이 포로로 잡혀 왔고,[2] 세 번째 한인으로는 국가를 대표하는 공사가 갑신년(1884)과 을유년(1885) 무렵에 왔나.[3] 네 번째 한인은 갑오년(1894) 청일전쟁 후에 유학하기 위해 왔으니, 곧 백상규白象圭, 김규식金奎植, 의친왕義親王 등이다.[4] 그 뒤를 이은 한인은 김윤정金潤晶, 위영민韋永敏, 신흥우申興雨,

* 이 글의 앞부분은 현재의 유고에는 보이지 않는다. 따라서 원래의 분량이나 제목은 현재로서는 확인할 길이 없다. 다만 미주(美洲)에서 생활하는 일세대 동포들에게 당부하는 내용을 서술한 것이라는 점을 고려하여, 임시로 제목을 붙였다.

1 '용의주(龍義州)'는 용주(龍州)와 의주(義州)를 합쳐 부르는 말이며, 용주는 용천군(龍川郡)의 옛 지명이다. 삼상(蔘商) 즉 인삼장수들이 처음으로 미국에 건너갔다는 말은 여러 자료에 나타나지만, 그 시기와 정확한 명단은 확인되지 않는다.

2 '신미양요(辛未洋擾)'는 1871년에 미국 군함이 강화도에 침입한 사건인데, 이때 미국에 포로로 잡혀온 병사가 있었다는 이야기는 다른 자료에서는 찾아보기 어려운 듯하다. 원문에는 '신미양요'가 '신미양란(辛未洋亂)'으로 표기되어 있다.

3 1882년에 조미수호통상조약이 체결된 이후, 1883년에 미국에서는 푸트(Lucius Harwood Foote)를 초대 조선공사로 파견하였으며 이에 조선에서는 민영익을 정사로 한 보빙사(報聘使)를 파견하였다. 조선에서 공사를 파견하기까지는 몇 년이 더 걸렸는데, 초대공사 박정양은 1887년에 서울을 떠나 1888년에 워싱턴에 고종의 국서를 전하였다. 따라서 '갑신, 을유 연간'은 정확한 표현은 아닌 셈이다.

4 백상규(白象圭, 1880~1957)는 브라운대학에서 영문학을 전공하고 1924년에 보성

안도산安島山 여러분이라.[5]

도산 안창호가 소수의 학생으로 친목회를 조직하여 활동했는데, 갑진년(1904) 러일전쟁 후에 하와이 사탕농장에 이민으로 왔던 노동자들이 미주美洲로 들어오니 사람 수가 매일 늘어나는지라. 도산이 다시 공립협회共立協會로 조직을 개조하여 대중에게 정치 상식을 제공하며 개인의 생활을 지도했는데, 무도한 강권하에서 한일오조약이 체결되니 미주의 일은 송석준宋錫俊, 정재관鄭在寬에게 맡기고 귀국하셨다.[6] 그 후에 송석준 씨는 불행히 병으로 세상을 떠나시고,[7] 정재관 씨는 이상설李相卨 씨와 함께 원동 연해주의 발전을 경영하러 가게 되었다.[8] 이후 최정익崔正益

전문학교 교수가 되었다. 김규식(金奎植, 1881~1950)은 버지니아주 로녹 대학(Roanoke College)에 유학했는데, 1897년에 입학하여 1903년에 졸업하였다. 의친왕(義親王) 이강(李堈, 1877~1955)은 고종의 다섯째 아들로, 1899년에 유학을 떠나서 오하이오주 웨슬리언대학교(Ohio Wesleyan University)와 버지니아주 로녹 대학에서 공부했다.

5 김윤정(金潤晶, 1869~1949)은 1903년에 콜로라도대학교(University of Colorado)를 졸업하였으며, 외교권을 빼앗긴 이후 귀국하게 되는 마지막 주미대리공사이기도 했다. 위영민(韋永敏)은 1903년에 상항친목회(桑港親睦會) 결성에 참여하였으며, 이후 공립협회와 대한인국민회에서 활동했다. 『공립신보』에는 1905년에 힐스벅 칼리지에서 공부하다가 1906년에 로스엔젤레스 대학 예과에 입학했다는 기사가 보인다. 신흥우(申興雨, 1883~1959)는 1903년에 유학을 떠나 남가주대학(USC)에서 학사 및 석사 과정을 마쳤다. 귀국 이후에는 배재학당 학감이 되었고, 이후 YMCA 총무로 활동하기도 했다. 도산(島山) 안창호(安昌浩, 1878~1938)는 1902년에 미국 유학을 떠났다.

6 '한일오조약(韓日五條約)'은 1905년의 을사늑약을 가리키는 말이다. 안창호는 조약 체결의 소식을 듣고 1906년에 귀국하였다.

7 송석준(宋錫俊, 1865~1907)은 독립협회 해산 이후 미국으로 건너가 『공립신보(共立新報)』 주필로 활동했으며, 1907년에 공립협회 제2대 회장이 되었으나 얼마 지나지 않아 사망하였다.

8 정재관(鄭在寬, 1880~1930)은 1902년에 미국으로 건너갔으며, 1907년에 『공립신보』 주필 겸 공립협회 회장이 되었다. 이후 연해주(沿海州)와 미주에서 활동했다. 이상설(李相卨, 1870~1917)은 헤이그 밀사 사건 이후 여러 나라를 거쳐 1년 정도 미국에 머물렀는데, 1909년 4월에 국민회(國民會) 총회장 정재관(鄭在寬), 부회장 최정익(崔正益) 등과 국민회 이사회에서 협의한 이후 정재관과 함께 연해주(沿海州)로 떠났다.

씨가 공립협회 사무를 접수하여 하와이의 단체와 합칠 때[9] 다시 국민회國民會로 조직을 개조하고 광복 사업에서 무실역행務實力行을 목표로 정하였다. 이후 일반 회원은 이를 신조로 믿고 받들어 오늘까지 이르렀으니, 국민회로 개조된 지 20여년에 무실역행이 성공되었는가? 성공되지 않았는가?

누구든지 판단하기 어렵다만, 내가 판단하건대 약간의 성공은 있고 대성공은 없다. 이 글을 보는 국민회원들은 '성공이 없다니' 하고 놀랄 듯하다만, 성공이 없었던 것을 설명할 터이다. 국민회가 미주에 거주하는 우리 동포를 서로 돕는 데만 한정하는 조직이라면 대성공이라 할 수 있으나, 국민회는 정치가 목표인 조직이다. 그런데 정치에 대한 사업은 아무 성공이 없다. 우리 광복 사업은 이상언론시대理想言論時代는 지나가고 지금은 실행시대實行時代를 맞이하였다. 광복 사업은 말이나 글로 할 일이 아니고, 우리의 피로 원수의 총알을 식히고 칼날을 씻은 후에야 성공이 될 일이다. 그렇게 피를 흘리는 데 보조물로 준비한 것이 무엇이냐? 우리의 형세로 원수와 같이 해군과 육군을 조직하지는 못하지만, 다소간 요긴한 것은 준비해야 할 터이다. 우리는 망한 나라에서 살아남은 사람들이니, 아무 것도 가진 것이 없다. 그러나 원수의 약점을 찾아서 원수가 못하는 것은 우리가 배워야 할 터이다.

다른 동포들이 원수의 약점을 발견했는지는 알지 못하나, 나는 원수의

원동(遠東)은 곧 연해주를 가리킨다.

9 '하와이의 단체'는 곧 한인합성협회(韓人合成協會)이다. 한인합성협회는 1907년에 하와이에서 결성되었으며, 기관지 성격의 『한인합성신보(韓人合成新報)』를 발간하였다. 1909년 2월에 한인협성협회와 샌프란시스코의 공립협회(共立協會)가 통합하여 '국민회(國民會)'가 조직되었으며, 이듬해인 1910년에는 여기에 대동보국회(大同保國會)가 합쳐지면서 '대한인국민회(大韓人國民會)'가 조직되었다.

약점을 찾아보았다. 원수의 큰 약점이 세 가지이다. 첫째, 적군은 스스로 움직이는 사람이 아니고 남에 의해서 움직여지는 기계와 같다. 기차, 기선, 탱크tank, 트럭truck이 무서운 힘이 있으나, 조종하는 기사가 없으면 아무 힘이나 움직임이 없는 바윗돌과 같다. 원수의 병사가 강하다고 세계가 두려워하나, 지휘관만 없어지면 아무 소용이 없는 병사이다. 둘째, 잠항술潛航術이 부족하다. 유럽대전Europe大戰 때에 독일의 잠수함은 해저로 미국 코네티컷Connecticut에 왔고[10] 영국의 잠수함은 지브롤터Gibraltar를 갔으나, 일본의 잠수함은 러일전쟁 때에 36시간을 해저에서 머물지 못하였다. 지난 구주대전歐洲大戰 때에 각국의 잠수함이 해저에 머문 것이 최다로는 100여 시간이며 최소로는 63시간이었다. 그것을 본 일본 해군이 자기 잠수함을 시험하였으나, 36시간을 넘기지 못하였다. 그런 까닭에 재작년 국제연맹國際聯盟 회의에 '전시에 잠수함 사용을 하지 말자'고 제의하였다. 셋째, 비행술이다. 백인들은 270시간에서 330시간까지 공중에 떠 있으나, 원수의 비행사는 2,000마일mile을 비행한 자가 없다. 그런 까닭에 항공모함을 폐지하자거나 잠수함 공격을 폐지하자는 등의 제의가 있었다. 우리는 적의 약점인 잠수함 사용과 비행기 비행을 배워야 할 것이요, 원수의 우두머리를 멸종시켜야 성공이 빠를 터이다.

망국민인 우리 1세대 인물은 늙고 썩었으니 아무 능력이 없다. 이 중대한 짐을 우리가 벗어버리지 못하고, 2세대 국민의 등에 지우게 되었다. 이 수치스러운 짐을 물려주려면, 그 짐을 지고 견딜 만한 기능을 가

10 '유럽대전(Europe大戰)' 또는 '구주대전(歐洲大戰)'은 제1차 세계대전을 뜻하는 말이다. 독일은 1차 세계대전 당시에 잠수함 즉 'U-boat'를 이용하여 무차별적으로 상선을 공격했는데, 이는 결국 미국이 참전하는 계기가 되었다. 또한 독일이 패전한 뒤 맺어진 베르사유 조약에는 잠수함 보유를 제한하는 조항이 포함되기도 했다.

르쳐줘야 한다. 그런 기능은 가르쳐주지 않고 짐만 전해주면, 2세대, 3세대로부터 100세대가 지나도 짐을 벗어버릴 희망이 없다. 우리의 2세대 국민들 가운데에는 야구공baseball이나 축구공football은 100보까지 던지는 아이도 있지만, 쇠공iron ball은 40보를 던지는 아이를 아직 보지 못하였다. 그뿐일까? 어떤 아이는 토끼 쏘는 것을 겁을 내니, 그런 심성으로 원수에게 총을 사용할 터인가? 그뿐일까? 2세대 국민 전부에게는 물어보지 못하였으나, 반수 이상은 물어본 듯하다. '네가 비행기 타기를 원하느냐?'고 한즉 대부분 다 같은 대답으로 '너무 위험해요too danger'라고 하니, 이는 그 아이들이 사상이 부족한 것이 아니고 다만 상무 정신尙武精神이 부족한 까닭이다. 가령 그 아이들에게 25파운드lb 되는 폭탄을 주며 이것을 원수에게 던지라고 하면, 그 놈이 자기 발밑에 던져 자기가 죽기가 쉽지 50보 밖에 있는 원수에게 던질 수 있겠느냐? 또 누가 비행기에 5톤ton의 폭탄을 실어주며 이것을 원수의 대본영大本營에 던지라고 하면, 그놈이 죽기가 쉽지 비행기를 띄울 터이냐? 다른 것은 다 가르치지 못할지라도, 쇠공 던지는 것과 비행기 띄우는 것과 잠수함 사용하는 것은 가르쳐줘야 한다.

미주에도 얼마간 있지만, 본국에는 이른바 '음악대가'니 무엇이니 하는 것이 있어서 독일German에서 졸업이니 스위스瑞士國에서 졸업이니 미국에서 우등으로 졸업이니 하는 음악대가라 하는 말이 『동아일보東亞日報』에 종종 기재된다. 그것이 없는 것보다는 낫겠지만, 우리는 남들과 같이 행복을 누리는 사람이 아니고 망국의 고통을 한정 없이 누리는 사람이다. 피아노의 '딩댕동' 소리나 바이올린의 '앵깽' 하는 소리가 원수를 쓸어 없앨 터이냐? 만일 원수가 듣기만 하면, '한 번 더 연주하라'고 호령할 듯하다. 이조李朝 중엽에 임진왜란이 지나가고 병자호란이 지나갔으나, 정부는 여전히 문교文敎만 숭상하고 무예는 배척하였다. 대장 이완李浣이 너무도 답답하고 민망하여 효종 임금께 이러한 말을 바로 아뢰었다고 한다. "이 자리에 적장이 들어와 장검을 휘두르면 문관이 붓끝으로 적장의 눈을 꾹 찌르겠습니까? 장검을 쥔 대장이 그 장검으로 방어하지요. 외국으로부터 받는 모욕을 막는 무인을 천대하오니, 그것은 무슨 이유입니까?"라고 호통하였다 한다.

참말 진리이다. 도산 안창호가 아무리 대웅변가이며 육당六堂 최남선崔南善과 이광수李光洙가 아무리 대문호라 할지라도, 그 재주로 원수를 죽이는 것은 불가능하다. 윤봉길尹奉吉 의사는 웅변가가 아니며 문호가 아니지만, 6명의 원수를 살상했다. 2세대 국민에게 상무 정신을 주는 것이 무실역행務實力行의 본의가 됨을 짐작하겠는가?

그 외 한 가지 괴이하고 의심스러운 것이 있다. 이 괴이하고 의심스러운 점은 국민회만 가진 이상理想이 아니고 동지회同志會에서도 가진 이상이 있다는 것이다.[11] 동지회뿐만 아니라 본국에서 오는 유학생들에게도 공통된 이상이니, 이를 미루어 보면 우리 민족 전체에 공통된 이상이 된 것 같다. 아아. 송구하고도 두려운 이상. 그것이 더 성장하지 않고 현재대로만 머물러 있어도 우리는 백만 년이 지나도 만겁 지옥을 벗어나 보지 못하게 할 이상이다. 그 이상이 무엇일까? 곧 우리의 독립을 우리

---

11 여기서의 '이상(理想)'은 부정적인 의미를 내포하고 있는데, 문맥을 고려하면 몽상(夢想)이나 꿈 정도의 의미로 풀이할 수 있을 듯하다. '동지회(同志會)'는 1921년 7월에 하와이에서 설립된 단체로, 이승만을 중심으로 활동을 펼쳤다. 이후 1929년에 로스앤젤레스에 지방회를 설치하는 등 세력 범위를 확대하였으며, 국민회(國民會) 즉 대한인국민회와는 여러 차례 대립하였다.

손으로 회복할 생각을 하지 않고 남이 찾아주기를 갈망하는 것이다. 예를 들자면, 원수는 백만 명의 강한 군사에 수삼백 척의 군함이 있는데 우리는 아무 것도 없는 적수공권赤手空拳 맨손이니 무엇으로 백만의 강한 군사를 도륙하며 무엇으로 수삼백 척의 군함을 바닷속에 침몰시키나 생각하고, 중일전쟁이나 러일전쟁이나 미일전쟁이 일어나기를 몰래 축원하고 있다. 설사 중일전쟁이 일어나서 중국이 이기고 원수가 패하면 중국 놈이 조선 독립을 줄 것 같으냐? 또 러시아가 이기면 러시아가 조선 독립을 줄 줄로 믿느냐? 만일 줄 줄로 믿는다고 하면, 그것은 어린아이의 생각만도 못한 천치일 뿐이다. 만약 미국이 이기면 그래도 미국은 지리상의 관계로 주저할 것도 같다만, 그것도 보증할 수 없는데 육지와 바다를 맞댄 중국이나 러시아가 선선히 조선 독립을 허락할 터인가? 을지문덕, 연개소문, 양만춘, 이순신 등 여러 분의 정령精靈이 계시다 하면, 천상과 지하를 막론하고 어느 곳에 계시든지 통곡하시리라. 여러분. 뜻있는 신사님들. 이런 못나고 더러운 이상은 맹렬한 불에 태워버리고, 우리의 손으로 독립을 회복할 것을 굳게 맹세합시다. 우리가 이같이 결심하면 여러 빼어난 조상께서 불쌍히 여기시고 고요한 가운데 도와주시겠지만, 남을 의지하면 밉게 보시고 저주하실 터이다.

말이 많으면 쓰기도 재미없고 보기도 지루할 것이니 그만 끝을 맺고, 이제 지방열地方熱, 당파열黨派熱을 검토하자. 지방열은 무엇이며, 당파열은 무엇인가? 지방열은 조선 8도에 평안도 놈이 다른 7도의 흥망성쇠를 돌아보지 않고 자기 고장 평안도의 행복이 될 것만 힘쓰는 것을 일러 지방열이라 하며, 혹시 동일한 공익사업이라 할지라도 자도自道 사람이 앞서서 주장하면 극력 찬성하고 타도 사람이 앞서서 주장하면 극력 반대하는 것을 지방열이라 일컫는다. '당파열'은 갑당이 주장하는 일이 아무리 더할 나위 없이 훌륭하고 아름다워도 을당은 찬성하지 않으며 을당이 하는 일을 갑당이 반대하는 것이다. 이 지방열이나 당파열은 사람뿐만 아니라 동물의 세계에도 있다.

열등한 동물인 토끼, 양, 노루, 사슴의 사회에는 보이지 않으나, 그밖에 닭, 개, 소, 말, 뱀, 범의 지방열은 승패가 가려진 후에야 정지된다. 닭, 개, 소, 말은 승패로 판정되지만, 뱀과 범은 생사生死로 판정된다. 가령 이 골짜기에 있던 뱀이 다른 골짜기로 가면 그 골짜기에 뱀이 없으면 몰라도 만일 있으면 두 뱀이 싸워서 하나가 먹히고 나서야 정지되며, 이 골짜기에 있던 범이 저 골짜기로 가면 그 골짜기에 범이 없으면 몰라도 만일 있으면 주인 범은 작고 다른 데서 온 범은 클지라도 다른 데서 온 범이 쫓겨난다. 동물 가운데 이리는 지방의 관념이 없고 당파의 관념만 있다. 이리는 단합성團合性이 있기 때문에 어느 이리가 노루나 사슴을 잡아먹으면 지나가던 수많은 이리가 수고를 하지 않았어도 같이 나눠먹는다. 개나 범은 이처럼 나눠먹는 성질이 없다. 이등 동물도 이러하거든 하물며 일등 동물이랴? 일등 동물이면서 지방의 관념이나 당파열이 없다고 하면, 그것은 일등 동물이 아니고 하등 동물인 양이나 토끼의 종류일 것이다.

이 세상에서 지방열이 강한 인종으로는 일본이 제일이다. 그 다음은 중국 사람이며, 또 그 다음은 미국이다. 미국의 48개주에서 각 주州가 자치하는 법을 세운 것을 보면 짐작할 터이다. 세계 각국의 인종이 다 동일하다. 그러한 동일 법칙에 사는 인류이니, 부여夫餘 민족이라고 지방열이 없을쏘냐? 그러나 우리 조선 민족은 지방적 관념이 그중 박약한 것 같다. 평안도 사람이 자도의 이익을 위하여 황해도에 손해되는 일을 행하지는 않았다. 그러나 7도의 시골 사람이 서울 사람을 속이려고 깊이 생각하고 궁리하였으며, 서울 사람은 7도의 시골 사람을 속이려고 별 기기묘묘한 수단을 다 사용하였다. 이전만 그랬던 것이 아니라, 지금도 그러하다. 『동아일보』를 보면, 매일은 아니지만 매달 몇 번씩은 '경상도 사람 속았다'는 둥 '평안도 사람이 속았다'는 둥 각도各道 사람이 몇십 원이나 몇백 원씩 사기 수단에 낭패를 보았다고 기재된다. 이것을 지방적 관념이라고 지목할 수 있을는지? 나는 본국 있을 때에 '지방적 관념'은 그 말조차 몰랐으나, 당파적 관념은 알았다. 그런 까닭에 사색四色 정당의 관념은, 내가 힘이 없으니 할 수 없었지 힘만 있었으면 파괴하였을 터이다.

인생관人生觀

인생관이란 무엇인가? 인생관은 인류 생활의 진보 즉 사람이 살아가는 데 필수적인 의식주衣食住의 문제를 말하는 것이니, 사람이 되고서는 한번 토론할 만한 문제이다. 이 세상 학자들이 국가의 역사나 종교의 경전에 대한 학문, 그리고 의학, 약학, 점술, 천문학, 지리학, 농학, 공학을 다 기록하였으나, 인생관에 대한 학설은 집대성하지 못하였다.

그러다 지금으로부터 70년 전에 마르크스Marx가 경제학과 집산주의集産主義를 썼으며, 같은 시기에 칸트Kant는 분산주의分産主義를 쓰고 헉슬리Huxley는 균산주의均産主義를 쓰고 크로포트킨Kropotkin은 공산주의共産主義를 썼다.[1] 네 사람의 대학자가 기술한 견해는 각기 달랐는데, 오늘날 어떤

1 '4대학자'로 언급된 인물 가운데 '캔튼' 혹은 '캔트'는 어떤 인물인지 분명하지 않은데, 독일의 철학자 칸트(Immanuel Kant, 1724~1804)를 말한 것으로 추정된다. 전낙청이 칸트의 저술을 직접 읽고 인용했다고 말하기는 어려울 듯하지만, 칸트의 자유주의와 사회계약론을 아나키즘적으로 해석한 '신칸트학파(neo-kantianism)' 등 후대 학자의 견해를 정리한 신문이나 잡지의 글을 읽었을 가능성은 생각해 볼 수 있다. 또 여기서는 '분산주의(分産主義)'를 썼다고 했으나 뒷부분에서는 '균산(均産)'을 주장했다고 했는데, 아마도 여기서의 '분산'이 오기(誤記)일 듯하다. 한편 '70년 전'이 마르크스의 저술 시기를 지칭하는 말이라고 본다면, 마르크스(Karl Heinrich Marx, 1818~1883)의 『자본론』 제1권이 출판된 시점이 1867년이니 전낙청은 1930년대 후반 이후에 이 글을 썼다고 추정해볼 수 있다. 헉슬리나 크로포트킨의 저술은 70년의 일이 되기 어렵다. 헉슬리(Thomas Huxley, 1825~1895)의 『진화와 윤리(Evolution and Ethics)』가 출판된 것은 1894년인

사람은 마르크스의 학설을 주장하고 어떤 사람은 크로포트킨의 학설을 주장하여 각각 자기는 옳고 남은 그르다고 부르짖는다. 칸트와 헉슬리의 학설은 그다지 중요하지 않다. 중요하지 않으니 토론할 필요가 없다. 그러나 마르크스의 학설은 대부분의 사람들이 마음으로 환영하고 우러러본다. 마르크스 선생의 학설을 부분적으로 갈라보면 이치에 거의 들어맞지만 종합적으로 큰 줄거리를 잡아보면 그렇지 않다.

오늘날 사람이 살아가는 데 큰 문제가 의식주이니, 의식주를 공급하는 수단은 노동의 보수이다. 그 노동의 보수를 가지고 의식주를 마련한다. 오늘날의 나쁜 결과가 만들어진 원인을 알려면, 인류의 시조 시대부터 점진적으로 살펴볼 수밖에 없다. 예수교의 『성경聖經』에 기록한 말과 같이 하나님이 흙으로 만들었든지 아니면 과학자의 말대로 원숭이가 진화하여 되었든지, 사람이 오늘날 같이 많지 않고 한 남사와 한 여자로 시작된 것은 의심할 바 없는 사실이다. 또 동물에는 풀만 먹는 동물이 있으며, 풀과 과일을 아울러 먹는 동물, 과일만 먹는 동물, 곡물만 먹는 동물, 곡물과 과일을 아울러 먹는 동물, 고기만 먹는 동물, 고기와 과일과 곡물을 다 먹는 동물이 있는데, 사람도 그 동물의 한 종류라. 그러니 사람이 처음 먹은 것은 분명히 과일일 것이다.

모든 동물이 먹는 것으로만 살아남을 수는 없으니, 입어서 추위와 더위, 습기와 건조함을 막기도 해야 한다. 그런 까닭에 모든 동물에게는

데, 중국의 엄복(嚴復)이 얼마 뒤에 이를 '천연론(天演論)'이라는 제목으로 번역하였다. 엄복의 번역본은 당시 동아시아에서의 사회진화론 수용에서 중요한 역할을 하였다. 크로포트킨(Pyotr Alekseevich Kropotkin, 1842~1921)의 『상호부조론』이 출판된 것은 1902년의 일이다. 크로포트킨의 무정부주의를 'Anarcho-communism'으로 일컫기도 하는데, 전낙청이 언급한 '공산주의'는 이런 사실을 참고한 것으로 해석할 수도 있다.

천연적인 옷이 있으니, 하늘에서 나는 놈은 깃털이 있고 땅에서 뛰는 놈은 털가죽이 있어 추위와 더위, 습기와 건조함을 막아서 생명을 보존한다. 깃털이나 털가죽이 없는 뱀, 전갈, 달팽이, 곤충 따위는 추위가 오면 흙속에 들어가 추위를 막다가 따뜻해지면 다시 나와서 삶을 이어간다. 모든 동물은 자신의 생명을 보호하는 능력이 있다. 그 가운데 사람이라는 동물은 날아다니는 새와는 다르니 깃털이 없을 것은 분명한 사실이다. 뛰어다니는 동물이니 털가죽이 있어야 할 것인데, 털가죽이 없고 뱀이나 전갈과 마찬가지로 맨몸이다. 그런 맨몸으로 추위와 더위, 습기와 건조함을 어찌 막을까? 풀잎으로 몸을 덮는 것이 지름길이다. 그렇지만 풀잎은 더위가 강할 때에는 무방하지만 추위가 강할 때에야 추위를 막는 수단이 될까? 추위 막을 방법을 꾀하지 않을 수 없으니, 나는 새의 깃털과 뛰는 짐승의 털가죽으로 깃털 옷이나 털가죽 옷을 만들어 몸을 덮을 것이다. 또 앞에서 말했듯이 이때 먹는 것은 과일일 것이니, 과일 또한 이런 옷과 마찬가지로 천연적인 것이다.

인류가 불어나지 않고 한 남자와 한 여자뿐이라면 부족할 것이 없지만, 인류가 날로 불어나니 유한한 과일로 무한한 인류의 수요대로 모두 공급할 수 있을까? 결코 가능하지 않다. 과일이 부족하여 배고픔과 목마름이 더할 나위 없이 심해지니, 약육강식의 법칙대로 육류를 먹기 시작하였다. 과일은 생명이 없어서 움직이지 않는 사물이니 사람이 마음대로 먹을 수 있지만, 육류는 생명이 있어서 움직이는 사물이니 사람이 마음대로 먹을 수 있겠는가? 목마름과 배고픔으로 인하여 사람의 지혜가 점차 진보하게 되니, 나는 새는 그물로 잡고 뛰는 짐승은 함정으로 잡아서 배고픔을 면하게 되었다. 그렇지만 나는 놈이 모두 그물에 싸이지는 않고 뛰는 놈이 모두 함정에 빠지지는 않으니, 육류에도 의지할 수 없다. 물에서 생선까지 구해 보았다만, 다 사람 마음대로 되지는 않는다.

나중에는 다른 동물이 풀의 씨앗을 먹는 것을 보고 풀의 씨앗을 먹기 시작하였다. 과연 과일과 마찬가지이다. 그러나 풀의 씨앗인 곡물은 기후에 따라 결실이 잘 될 때도 있고 결실을 맺지 못할 때도 있다. 한층 더 진보하여 사람의 노동력을 들여 결실을 꾀하니, 그야말로 하나님과의 투쟁이다. 여러 해의 경험을 통해 어느 지방은 결실이 풍성하고 어느 지방은 결실이 부족한 것을 알아서 결실이 풍성하게 잘 되는 지방에 인류가 모여 살게 되니, 이것이 부락의 시초이다. 그 부락의 사람들은 그 근방에서 나는 과일과 곡물로 배를 채우고 깃털과 털가죽으로 몸을 가리니, 깃털과 털가죽이 있고 과일과 곡물만 있으면 연화보좌蓮花寶座이다. 무슨 걱정이 있겠느냐? 이따금 임수 즉 남녀가 열애를 하여 마음을 기르니, 몸과 마음이 모두 쾌활하다. 이때 사람들은 해가 지면 잠들고 해가 떠오르면 과일과 곡식을 구할 뿐이다. 그러나 그 깃털과 털가죽으로 수많은 인류의 몸을 가릴 수 있을까? 과일과 곡물이 부족한 것과 마찬가지로 깃털과 털가죽도 부족하다. 그래서 풀잎 그대로 몸을 가리는 대신에 풀을 엮어서 천을 만들어 몸을 가리기 시작하니, 이것은 풀잎보다 더 낫다.

그러나 과일과 곡물을 풍성하게 만드는 것은 토질과 기후이니, 토질이 각기 달라서 같은 힘을 들이더라도 결실이 부족해지기도 하며 기후가 각기 달라서 같은 토질에 같은 힘을 들이더라도 제대로 결실을 맺지 못하기도 한다. 그러니 기후와 토질이 적당한 지방에 있는 부락은 음식이 풍족하지만 기후와 토질이 부적당한 지방에 있는 부락은 먹을 것이 부족할 것이니, 먹을 것이 부족한 지방은 춥고 배고픔이 심할지라. 그 무렵에는 인류애가 매우 강하였으니, 가진 자가 갖지 못한 자에게 조건 없이 주는 유무상통有無相通의 시대였다. 먹을 것이 부족한 부락의 사람들은 먹을 것이 풍성한 부락으로 가서 마음껏 먹다가, 과일과 곡물에 사람의 힘이 필요할 때에는 자기 부락으로 가서 자신들의 힘을 들였다. 누구나 먹을 것이 없는 부락에서 먹을 것이 있는 부락으로 갔으니, 유무상통의 시대이다.

그러나 사람의 꾀는 날로 진보한다. 자기 부락에서 사람의 힘을 기울여 거둬들인 곡물을 수고하지 않은 다른 부락 사람이 와서 소비하니, 그것도 수십 년에 한 번이면 모르지만 해마다 와서 소비하니 누가 기꺼이 허락할까? 나중에는 '우리도 부족할 것이니, 다른 부락으로 가 보라.'며 거절한다. 여러 해의 경험으로 어느 지방이 수확이 풍성하고 어느 지방이 수확이 부족한 것을 아는데 부족하다고 거절하니, 서로 유무상통하던 마음을 품었던 사람들이 눈을 부릅뜨고 완력을 시험하게 되었다. 먹으면 살고 못 먹으면 죽는 생명이 살기 위해 먹을 것을 두고 다투기 시작하니, 완력이 강하면 이기고 약하면 질 것이 분명한 이치이다. 먹을 것을 두고 벌이는 다툼이 날마다 심해지니, 먹을 것을 생산해 내는 토지를 두고 쟁탈이 시작된다. 먹을 것을 두고 쟁탈하는 것은 한 해의 문제이지만, 토지를 두고 쟁탈하는 것은 사활의 문제이다. 그런즉 완력과 지혜를 아울러 쓰게 되었다. 그때는 살인하는 무기는 없고 다만 돌이 있을 뿐인지라 돌을 집어던져서 이겼으니, 이긴 부락의 군중은 그 돌을 던진 자를 무슨 신과 같이 존경하여 그자의 말이라면 물불을 가리지 않게 되었다. 그런즉 그자가 '추장酋長'이 되었다.

먹을 것과 토지를 빼앗으려다가 졌든가 먹을 것과 토지를 지키려다가 졌든가 상관없이, 진 이상에야 보복을 꾀할 것이다. '저 부락이 돌을 던져서 이겼으니, 우리 부락은 몽둥이를 쓰리라.'하고 몽둥이 쓰기를 도모하니, 이기는 데에는 돌을 던지는 것보다 그야말로 지름길이다. 이 부락이 몽둥이로 이기니 저 부락은 철을 써야 이길지니, 먹을 것과 토지를 쟁탈하느라고 각 부락이 안락을 누리지 못하고 두려워하며 떠돌아다녔다.

한 부락이 근방의 수십 개 부락을 정복하니, 그 권력으로 모든 부락을 호령하게 된다. 우선 해마다 먹을거리 약간씩을 바치도록 요구하니, 정복된 부락이 이를 거역할까? 분노가 치솟지만 감히 말하지는 못하는 심정으로 공납貢納을 바칠 뿐이라.[2] 추장 시대가 군주 시대君主時代로 바뀌니, 권력이 있는 군주는 각 부락에서 바치는 음식물이 풍족해진다. 그래서 다른 부락을 정복하기 시작하는데, 싸울 때마다 이기기야 쉬운 일일까? 혹 패하게 되면 자기에게 정복된 부락에서 사람을 강제로 징집하여 패권을 다투다가 패망하기도 하고 승리하기도 하였는데, 그 무렵에는 구역을 정하여 사방 100리 또는 1,000리 씩을 다스리니 그것이 곧 오늘날 국가라고 일컫는 '나라'이다.

나라를 형성하니 대군주를 보좌하는 사람이 있어야 할지라. 그런 까닭에 이른바 장군이니 정승이니 하는 이름을 만들게 되니, 정승은 각 부락에 명령을 내려 세금을 거둬들이고 장군은 각 부락의 반항을 진압한

---

2 당나라 시인 두목(杜牧)의 「아방궁부(阿房宮賦)」에 "使天下人, 不敢言而敢怒(천하 사람으로 하여금 감히 말은 못하고 화만 나게 하였네)"라는 구절이 있다. 전낙청은 이를 "감노이불감언(敢怒而不敢言)"으로 고쳐 인용함으로써 정복당한 부락의 사람들이 느꼈을 심정을 표현하였다.

다. 정승이나 장군, 벼슬아치나 군졸은 생산을 하지 못하고 소비만 하는 한민閑民이니, 그들이 소비하는 물건은 어디서 올까? 각 부락에서 거둬들이는 것인데, 처음에는 많건 적건 마음대로 바치니 그 정도의 공납으로는 도저히 부족할지라. 십일세를 마련하여 한 부락의 한 해 농산물이 1,000석이면 그 가운데 100석을 세금으로 바치게 하니, 가령 1,000명이 사는 부락에서 1년 먹을거리가 1,000석이라야 햇곡식을 거둬들일 때까지 양식을 이어갈 수 있는데 100석이 빠져나가게 되면 100명분의 먹을 것이 부족할 것 아니냐? 자연히 먹을 것을 줄이게 될 것이니, 군주, 정승, 장군은 기름진 고기와 좋은 곡식으로 만든 맛있는 음식을 먹으면서 잘 입고 잘 먹는데 부락에 사는 사람들에게는 자연히 거친 옷과 보잘것 없는 음식이 돌아올 뿐이라. 하하. 부락의 백성은 무슨 죄로 극심한 배고픔과 목마름을 겪고 군주와 장군은 무슨 공으로 따뜻한 옷 입고 배불리 먹을까? 군주와 부락의 백성이 똑같은 사람이지만, 군주는 한 층계 위에 걸어앉고 부락의 백성은 섬돌 아래에 엎드리게 되었다.

그 더할 나위 없이 곤궁한 가운데서도 남녀의 열애悅愛가 있으니, 그 열애로 말미암아 무수한 생명이 손상된다. 그러한 폐단을 막기 위해 혼인 제도가 생겼으나, 그 혼인 제도로 말미암아 사람의 삶은 더욱 곤궁하고 가난해진다. 혼인 제도가 생기기 전에는 남녀노소가 함께 노동하여 먹을거리를 생산하고 소비할 때도 함께 소비하였으니, 먹어도 같이 먹고 굶어도 같이 굶었다. 그렇지만 혼인 제도가 생겨 남녀가 결혼하게 되니 여자는 그 남편의 소유물이 되고 남자는 자기의 소유물을 지키기 위해 가정을 형성하였는데, 그 가정으로 인해 '공동 노동'과 '공동 소비'가 깨어지고 가정 단위의 노동과 가정 단위의 소비가 되니 '네 것'이니

'내 것'이니 하는 말이 만들어지고 이기적으로 자기를 생각하는 마음이 생겼다.

그전에 공동노동으로 경작을 하던 토지는 공동 토지였지만, 혼인으로 인해 공동 토지가 나누어지게 되었다. 그 토지를 공평하게 분배하느라고 정전제도井田制度가 생겨서 한 가정에 하나의 정전을 주니,[3] 그 결혼한 남녀는 하나의 정전을 경작하게 되었다. 이전 공동노동과 공동소비의 시대에는 대군주가 부락에게서 세금을 받았지만, 이제는 공동의 제도가 깨어지고 가정의 제도가 세워지니 가정에게서 세금을 받게 되었다. 정전제도는 구분의 일을 세금으로 내는 구일세九一稅이다. 이전의 십일세도 너무 지나친 세금인데, 이 구일세야말로 사람의 피를 빨아내는 세금이다. 그러나 그 가정이 반항하지 못하고 정해진 세율대로 세금을 바친다. 같이 생산하고 소비하는 무리가 있는 부락도 반항하지 못하였는데, 개체일 뿐인 가정이야 반항할 수가 없다.

두 남녀의 열애로 자녀가 생기니, 이전 공동의 시대에는 생산에 참여하지 못하는 어린아이들을 공동으로 길렀지만 지금 가정의 시대에는 그 부모가 아이 기르는 책임을 맡게 되었다. 두 남녀가 생산을 하여 구일세를 지출하고 거기다가 자녀 기르는 짐까지 지게 되었으니, 이야말로 '만근의 무거운 짐'이다. 두 남녀의 1년 생산물이 9석이라 하자. 1석은 세금으로 바치고 나머지 8석을 식구가 먹을 것이니, 두 남녀뿐이라면 겨우겨우 견디겠지만 자녀가 한둘 있으면 부족할 것이 아니냐? 자녀

3 '정전제도(井田制度)'는 중국 고대의 토지제도로 주나라 때 시행되었다고 전한다. 토지를 '정(井)' 자 모양으로 9등분하여, 주위의 여덟 구역은 8개의 가구가 각기 사전(私田)으로 경작하고 가운데의 한 구역은 8개의 가구가 함께 경작하여 조세를 내는 공전(公田)을 삼았다고 한다.

가 한둘이 아니라 만약 서넛, 대여섯, 일고여덟이라면 어찌될까? 배고픔과 목마름으로 죽을 수밖에 없을 것이다. 사람이 곡물을 기르거나 과일나무를 기르는 것은 먹을 것이 생기는 까닭이다. 만일 과일이 열리지 않고 곡물의 열매가 맺히지 않는다면 누가 기르겠는가? 먹을 것이 생기는 까닭에 기르는 것이다.

윗자리에 걸어앉은 대군주는 세금 바치던 남녀가 굶어 죽었다는 소식을 듣고 생각한다. 세금 바칠 사람 하나가 없어졌으니, 그대로 다 굶어 죽고 나면 누가 세금을 바칠까? 세금이 없으면 자기도 굶어 죽을 것이라. 자기가 죽는 것을 모면하려고 세금으로 받아 쌓아두었던 곡식을 그 굶어 죽게 된 남녀에게 꾸어 주는데, 거저 주는 것이 아니고 햇곡식을 거두거든 갚으라 하고 꾸어 준다. 그것이 이른바 환상還上이란 것인데, 1석을 꾸어 주었다가 1석을 돌려받는 것이 아니라 이른바 이자라는 이름으로 3분의 1을 더 받으니 이보다 더 가혹한 일이 또 어디 있을까? 굶어 죽게 되었던 남녀는 빌려주는 곡식으로 죽음을 면하게 되었으니, 내년은 어찌되었건 당장은 다행이다. 그 남녀가 감격하면서 그 군주에게 어질고 현명한 왕이라는 영광스러운 칭호를 올리는데, 대군주는 영광스러운 칭호도 받고 여전히 세금도 거두면서 빌려준 곡식 10말은 13말이 되니 모든 일이 이익이 된다. 어떤 일에서나 그렇지만, 한쪽이 이익을 보면 다른 한쪽은 손해를 입는 법이다. 대군주가 이익을 보면서 평안히 지내니, 인민은 손해를 입으면서 고난을 겪는다.

그뿐이랴? 개체일 뿐인 가정은 무력하다. 그 무력함을 만만하게 보고서, 가정을 이루었으니 가정별로 호세戶稅를, 사람이 있으니 사람별로 인두세를, 소와 말이 있으니 우마세牛馬稅를 징수한다. 이전에 단일세를 징수하던 시절에도 춥고 배고픔이 더할 나위 없이 심했는데, 이 수많은 종류의 세금들을 지출하고 어찌 살아갈까? 어떤 종인지를 가릴 것 없이 모든 동물은 죽지 않으려 하는 것이 일반적인 본성이다. 노루나 사슴은 범이나 이리를 보면 기운을 다해 달아나며, 꿩은 매를 보면 덤불 속으로 숨는다. 이는 다 생명을 보존하려는 지혜와 재능이라. 짐승도 이러한데, 사람이야 어떠하랴? 반항심이 생겨서 여러 사람의 계책을 모아 군중을 몰아서 그 대군주를 쫓아낸다. 대군주가 쫓겨나고 없으면, 군주 없이 지내게 될까? 여러 사람의 힘과 계책을 모은 자가 대군주를 대신하게 될 것이다. 앞의 수레가 엎어진 것은 뒤에 가는 수레가 거울로 삼을 일이라. 자기가 이전 군주를 쫓아내었으니, 다른 사람이 자기를 쫓아내는 것은 당연한 일이라. 쫓겨나지 않으려고 한층 더 치밀하게 일을 꾸며 인민을 돌보고 어루만진다는 그럴듯한 명분으로 각처에 방백과 수령을 두지만, 이는 실제로는 그 백성의 반항을 막는 계책일 뿐이다.

인민의 생활이 더할 수 없을 만큼 곤궁하니, 그 곤궁함으로 말미암아 사람의 지혜와 지식이 더 진보된다. 사람이 걸어 다니면 다리 힘이 약하여 오랫동안 걷지를 못한다. 그래서 다리 힘이 강한 소나 말을 잡아서 탔고, 깊은 물을 건너가려고 뗏목을 만들어 탔으며, 곡물을 운반하느라고 수레를 만들었다. 금, 은, 동, 철과 같은 금속을 발견하였다. 곡물을 옮기는 데 노동력이 허비되니 이를 막기 위해 그 금속으로 돈을 만들었으며, 돈으로 물건을 매매하기 시작하였다. 또 문자도 만들었다. 그 모든 진보가 이뤄지기는 시작했으나, 아직 완전무결할 만큼 훌륭하고 아름답지는 못했다. 그렇지만 사람에게는 아름다운 것을 선택하는 본성인 '택미성擇美性'이 있다. 그래서 사람의 지혜와 지식이 나날이 진보하여 오늘날에는 이만큼 화려하고 굉장하게 되었다. 인류가 거처하는 가옥은 처음에는 풀로 엮은 움막이었는데, 그 다음에는 흙과 나무로 짓고, 또 그 다음에는 흙, 나무에다가 돌을 섞어 지었고, 지금은 강철과 흙으로 짓는다. 처음에는 기어서 드나들던 집이 그 다음에는 서서 드나드는 단층집이더니, 그 후로 2층, 3층에서 지금은 100층까지 되었다. 의복은 풀잎으로 몸을 가리다가 깃털과 털가죽으로 바뀌었고, 깃털과 털가죽이 부족하게 되니 풀을 엮어서 썼다가 이제는 비단으로 짓게 되었다. 음식은 처음에는 과일, 그 다음에는 풀의 씨앗인 곡물을 아울러 먹다가 육류까지 먹게 되었으나 모두 생식이었는데, 지금은 불에 익혀 먹는 화식까지 한다. 금, 은, 동, 철이 생기고 돈까지 생겼으니, 돈으로 물건을 매매하기 시작하였다.

대군주, 대장군, 방백, 수령은 인민에게서 거둬들이는 세금으로 따뜻하게 입고 배불리 먹지만, 그 밖의 사람들이야 따뜻하게 입고 배불리 먹는 것이 다 무엇이냐? 굶어죽지 않으면 다행이다. 공동의 시대에는 의복, 음식, 거처가 공동이니 '있다'거나 '없다'는 말이 없었는데, 공동의 생활이 깨어지고 가정의 생활이 시작되니 가정은 공동이 아니라 따로 따로 하는 생활이다. 가령 갑은 먹을거리가 남지만 옷이 없고, 을은 옷이 남지만 먹을거리가 없다고 하자. 자기에게 있는 의복을 없는 먹을거리로 바꾸거나 자기에게 있는 먹을거리를 없는 의복으로 바꾸는 것은 서로의 삶을 위한 방법이니, 그래서 교역交易이 시작되었다. 의복과 음식만 교역할까? 어떤 종류인지를 가릴 것 없이 내게 없는 것을 남에게 있는 것과 교역한다. 그 교역에 편리하도록 돈을 만들어 돈으로 중개한다. 참말 매매에 편리하다.

그러나 그 돈으로 말미암아 생기는 해악은 한없이 크다. 대군주 이하로 장군과 재상, 방백, 수령의 편안한 생활을 보는 군중이 이를 부러워하지 않을까? 잘 입고 잘 먹기를 바라는 것은 인지상정이다. 이 물건과 저 물건을 물건끼리 교역할 때에는 운반이 불편하여 마음대로 이익을 독점하지 못하였지만, 물건과 돈을 교환하여 매매를 하니 운반이 편리하여 사정이 달라졌다. 당시에 많이 사용되던 것은 농기구이다. 호미, 낫, 도끼, 보습을 누구나 만들 수 있으면 아무도 이익을 독점하지 못하지만, 누구나 만들지 못하고 오직 대장장이라야 만들 수 있다. 대장장이는 모든 농기구를 만들어 시장에 가서 농기구를 구하는 사람과 직접 매매하였다. 그러나 매우 간사하고 교활한 자가 파는 자와 사는 자의 형편을 깨닫고 농기구 만드는 대장장이에게 만드는 대로 제게 팔라고 의논한다. 가령 대장장이가 농기구를 만들어 시장에 가서 직접 매매하면 장날에는 농구기를 만들지 못할 것이니, 하루를 허비한 것 아니냐? 그러나 그 중개자가 시장에서 매매하는 값을 주니, 등에 지거나 말에 싣거나 하지 않고 앉아서 매매하며 시장에 가서 허비하게 될 날에 농기구를 더 만들면 이익이 더 생기니 누가 그렇게 하지 않을까? 그런 까닭에 대장장이는 그 중개자에게 모두 팔 것이요, 그 중개자는 그 농기구를 모두 사서 자기 손안에 두게 되니 마음대로 값을 부를 것이다. 가령 대장장이와 농민이 직접 매매할 때에는 호미 한 개에 한 푼 하더니, 중개자가 팔게 되면 두 푼, 세 푼이 된다. 농민들이 그 호미를 사지 않고 대장장이에게서 직접 사려고 찾아가지만 대장장이에게는 농기구가 없으니, 농민들은 할 수 없이 두 푼, 세 푼을 주고라도 사게 되었다. 그 중개자를 '시정배'라거나 '상인'이라고 지목하고 일반 백성이 미워하고 천하게 여겼다. 다른 사람이 미워하고 천하게 여기지만, 그 재산이 늘어나는 것은 대군주와 비슷하다.

사람의 생활은 나날이 진보하여 단순하던 생활이 이제는 말로 다 할 수 없을 정도로 복잡해졌다. 그전에는 음식을 손가락으로 집어 먹었지만 지금은 수저로 먹으며, 그전에는 생식을 했지만 지금은 화식이니 솥이 생겼다. 그전에는 풀잎에 싸서 먹었지만 지금은 접시에 담아 먹으며, 그전에는 서서 먹거나 앉아서 먹거나 평평한 바위 위에 놓고 먹었지만 지금은 상에 놓고 먹는다. 그전에는 풀에 누워 잤지만 지금은 요에 누워 자며, 그전에는 머리를 묶지 않은 산발이었지만 지금은 갓과 망건을 쓰며, 그전에는 맨발로 다녔지만 지금은 신을 신는다. 그전 여자들은 섭구슬을 꿰어 장신구로 찼지만 지금은 밀화호박, 진주, 금강석을 장신구로 차고,[4] 그전에는 걸어 다녔지만 지금은 말이나 수레를 타고, 그전에는 목이 마르면 물을 마셨지만 지금은 술을 마신다.

사람이 날마다 쓰는 사물이 모두 진보되었으니, 그 진보가 천연적인 것인가? 아니다. 사람의 손으로 만든 인공적인 물품이다. 그 인공적인 물품을 중개자들이 이익을 독점하여 금, 은, 동, 철을 쌓아둔다. 중개자의 이익 독점은 진보하고 또 진보하니, 그전에는 장인匠人에게서 물건을 사서 매매했지만 지금은 넓은 공장을 짓고 장인을 모아서 일한 날짜만큼 임금을 주며 여러 종류의 물건을 만든다. 그 공장에 100명의 장인이 함께 일하고 그 장인 100명이 만들어내는 생산품의 액수가 500이라고

---

4 '섭구슬'을 구슬댕댕이나무의 열매이다. 백석의 시 「추일산조(秋日山朝)」에 이 말이 보인다. '밀화호박(蜜花琥珀)'은 밀랍처럼 누런빛이 나고 젖송이 같은 무늬가 있는 호박이다.

가정해 보자. 그 공장의 주인은 그 생산품의 액수 중에서 1인당 임금으로 한 냥씩을 준다. 그 장인을 감독하는 사람의 임금과 각종 비용을 합하여 150냥이 비용이 되고 그 나머지 350냥은 공장 주인의 금고 속으로 들어간다. 공장의 주인 한 사람이 350명분의 공금을 가지는 것이다. 그 불공평으로 절도와 강도가 생겨서 질서를 문란하게 한다. 위층에 걸어앉은 대군주는 대중이나 군중의 억울함을 풀어주기는 고사하고 도리어 탄압을 하며 공장 주인을 보호한다.

그 현상을 불쌍히 보는 이가 있어 이를 바로잡고자 한다. 노자는 선도仙道를 통해 물욕에 가려지는 것을 막으려 하였고, 석가는 정욕情欲을 끊어버릴 것을 주장하였으며, 공자는 분수를 지킬 것을 주장하고, 예수는 박애博愛를 주장하였다. 이들은 일체의 악행을 소멸시키고자 하였으나, 도덕이 한 자 정도 높아지면 욕심은 천 리 먼 곳까지 가는 법이라. 그 사대 성인의 도덕심이 대중화가 되지 않고, 도리어 공장 주인을 보호하는 호심경護心鏡이 되었다.[5]

인류의 역사가 시작된 지 5천년 동안 그런 현상이 유지되었다. 18세기 말엽에 대중의 고통과 기업주의 횡포를 명백하게 깨달은 사람이 나타났으니, 즉 마르크스, 칸트, 헉슬리, 크로포트킨의 사대 위인이다.

마르크스는 기업주의 횡포와 침해를 명백하게 지적하였으나, 분배는 불완전하게 제시했다. 그가 말하기를 "생산을 하는 기관은 개인인 기업주가 소유하지 말고 정부에서 관리해야 공평하다. 생산하는 기관을 정부에서 관리하여 생산품의 액수를 만든 사람에게 나눠주는 것이 옳다"

5 '호심경(護心鏡)'은 갑옷의 가슴 쪽에 호신용으로 붙이던 구리 조각을 뜻하는 말이다.

고 하였는데, 분배는 각각의 공인이 만든 물품의 다소에 따라 시행할 것을 주장하였으니 그 분배는 불완전하다. 사람의 손재주는 동일하지 않다. 같은 사람이지만, 어떤 사람은 손이 날래고 어떤 사람은 손이 더디다. 사탕무 밭에 김매는 것으로 예를 들어 말해보자. 한 사람은 15개의 고랑을 매는데, 한 사람은 12개의 고랑을 매고, 또 한 사람은 9개의 고랑을 맨다. 마르크스의 말처럼 얼마나 만들었는지에 따라 분배하면, 15개의 고랑을 맨 사람은 15푼을 가질 것이요, 12개의 고랑을 맨 사람은 12푼을 가질 것이요, 9개의 고랑을 맨 사람은 9푼을 가질 것이다. 이 가운데 15푼을 갖는 사람이 독신이라고 가정해 보자. 독신이니 소비하고도 저축이 있을 것이다. 12푼을 갖는 사람은 아내가 있는 부부라고 가정해 보자. 부부 두 사람이 소비하니 저축을 못하고 겨우 입에 풀칠이나 할 것이다. 9푼을 갖는 사람은 아내 외에 자녀 둘이 있다고 가정해 보자. 12푼 가지고는 부부 두 사람이 저축이 없는데, 같은 부부이면서 9푼이면 부족할 것이 아니냐? 하물며 자녀 둘까지 있으니 어떠하랴? 부족하기는 개인인 기업주가 관리하나 정부가 관리하나 마찬가지이니, 이것은 이른바 약탕만 바꾸고 약은 바꾸지 않은 '환탕불환약換湯不換藥'이다.

마르크스는 사유재산제도를 매우 미워하고 크게 공격하였다. 그렇지만 개인의 저축을 허락하였다. 저축이 있으면 사유재산이 있을 것이지만, 사유재산이 없다면 저축할 이유가 뭐가 있겠는가? 마르크스는 저축의 처리 방법에 대해 "개인이 자기 소득으로 저축한 것을 생전에는 자유롭게 쓰도록 하되, 죽은 뒤에는 정부에서 갖게 하는 것이 옳다"고 말했는데, 이는 복잡한 사업을 더 복잡하게 만드는 것일 뿐이다.

헉슬리는 생산품을 누가 만들었든지, 비록 나는 만들지 않았을지라도 내게 쓸모가 있으면 자유롭게 사용해야 된다고 하였다. 그의 입론은 이런 것이다. 우리 사람은 이리를 악한 동물이라고 지목하지만, 이리는 먹이를 구하는 데 있어서 혼자의 힘으로 얻었거나 두세 마리의 힘을 합쳐서 얻었거나 항상 나눠 먹는다. 먹이를 먹을 때 그 먹이를 얻는 데 힘을 보태지 않은 다른 이리가 오더라도 같이 나눠 먹는다. 악한 동물도 자기 종류끼리는 같이 나눠 먹는데, 양심이 있는 사람이야 어떠하랴? 이치에 거의 맞는 말이지만, 실행은 어려울 듯하다.

칸트는 균산을 주장한다. 그런 까닭에 법률, 가정, 종교 할 것 없이 현재의 제도를 모두 부정한다. 칸트의 입론은 이런 것이다. 이 세상 사람이 모두 죄를 범하거나 법률에 복종하거나 할지라도, 나는 죄를 범하지 않으며 법률에 복종할 것 없다. 법률은 죄인에게 효력이 있지만, 죄가 없는 자에게는 법률이 있건 없건 상관이 없다. 이 세상 사람이 모두 이기심을 갖고 자기 개인은 따뜻하게 입고 배불리 먹기를 도모하면서 다른 사람의 춥고 배고픔을 모른다고 할지라도, 나는 이타주의를 갖고 같이 먹고 같이 입기를 실행할 터이다.

마르크스의 집산주의에 대해서는 더 비평할 것이 없지만, 크로포트킨의 공산주의는 비평하고 따져볼 가치가 있다. 공산주의는 진리이지만, 그 실행은 공중에 떠 있는 누각처럼 허술하다. 도덕이 거의 사라지고 양심이 매우 부족한 인류가 재산을 공유하는 '공산'을 실행하는 것이 쉬울까? 모든 일에는 성취되기까지의 단계가 있다. 집을 짓는 일로 예를 들어보자. 여기에도 단계가 있다. 처음에 터를 닦고 그 뒤에 주춧돌을 놓고 기둥을 세우고서야 목재를 맞춰 놓아서 집이 된다. 터 닦지 않고 주춧돌을 놓을 사람이나 주춧돌 없이 기둥을 세우거나 기둥 없이 목재를 맞춰 놓을 사람이 누가 있겠느냐? 그런 까닭에 칸트는 "이 세상이 다 균산을 반대할지라도 나는 균산을 실행할 터이다. 내가 실행한 결과가 좋으면 다른 사람도 모방할 것이니, 한 사람 두 사람이 실행하여 이 세상이 동화되면 자연 공산이 될 것이다. 그렇지 않고 강제로 공산을 실행하면, 그것이 될 터이냐? 설혹 된다고 하더라도, 부도덕한 인류로 인해 자연히 파괴될 터이다. 그런고로 나 개인이 실행할 터이다"라고 하였고, 크로포트킨은 마르크스의 집산은 이치에 맞지만 그 분배는 불완전하다고 비판하였다. 마르크스의 분배 방법은 노동의 양에 기준을 둔 분배이다. 그렇지만 사람의 체력에는 강약의 차이가 있고 손재주에는 날래고 더딘 차이가 있다.

가령 이집트의 피라미드金字塔 같은 탑을 쌓는다고 해 보자. 그 탑에 사용되는 물자가 무엇이냐? 돌이다. 그 돌은 각처에서 옮겨올 것이다. 체력이 강한 자는 200근 무게가 나가는 돌을 들고 오고, 체력이 강하지도 약하지도 않은 자는 150근 무게가 나가는 돌을 들고 오고, 체력이 약한 자는 100근 무게가 나가는 돌을 들고 올 것이다. 노동의 양으로 분배를 한다면, 가장 강한 자는 200푼을 가지고 강하지도 약하지도 않은 자는 150푼을 가지고 약한 자는 100푼을 가질 것이다. 만약 100푼을 갖는 약자가 가정이 없는 홀몸이라면, 자신을 위해 소비하고도 약간 저축이 될 것이다. 150푼을 갖는 자가 가정에 아내가 있다면, 두 사람이 자신들을 위해 소비할 수 있을 것이다. 200푼을 갖는 자에게는 아내와 자녀가 있다면, 아내와 자녀가 있더라도 소득이 200푼이니 자신들을 위해 소비할 수 있을 것이다. 그렇지만 이와 정반대로 200푼 갖는 자가 홀몸이며 100푼 갖는 자에게 아내와 자녀가 있게 되면, 부족할 것이 자연의 이치이다.

어떤 사람은 "누가 저더러 약하라고 했나? 남들처럼 강할 것이지"라고 말한다. 이것은 이치에 맞지 않고 부도덕한 말이다. 그러면 "누가 저더러 강하라고 했나? 남들처럼 약할 것이지"라고 잘잘못을 따질 것도 없다. 동물 가운데에는 집단적 생활을 하는 동물이 있고 개별적 생활을 하는 동물도 있다. 개별적 생활을 하는 동물은 먹을거리를 마주치면 먹다가 먹기 싫으면 그만둔다. 집단적 생활을 하는 동물은 각기 먹을 것을 주장하지 않고 먼저 쌓아두기부터 한다. 예를 들면 벌이나 개미가 집단적 생활을 한다. 벌이 먹을 것을 구하러 나가면 시간이 얼마나 걸리든지 먹을 것을 구해 가지고서야 돌아온다. 만일 먹을 것을 못 가지고 오면, 문지기가 죽인다. 그런 까닭에 능력껏 먹을 것을 구한다. 사람의 경우에 체력이 강한 자는 강한 데 쓰이려고 강하게 된 것이며, 체력이 약한 자는 약한 데 쓰이려고 약하게 된 것이다. 집단적 생활을 하는 사람은, 벌이 자기 능력을 다하는 것처럼 자기 능력을 다 발휘해야 한다. 그것이 도덕적이며 합리적이다. 가령 200근 무게를 가져올 수 있는 힘센 자가 100근 무게를 가져 온다면, 이는 힘을 다한 것이 아니니 부도덕이며 불합리이다. 누구든지 생산에서는 자기 능력껏 힘을 다하고, 소비에서는 빵bread 한 덩이가 필요하면 한 덩이를 가지고 두 덩이가 필요하면 두 덩이를 가질 뿐이다.

마르크스의 주의는 법률적이요, 크로포트킨의 주의는 도덕적이다. 그러나 마르크스의 주의가 먼저 실행되는 것은, 현재 사회제도의 악함으로 인한 결과이며 또 그것이 공산 시대로 들어가기 위해 진보하는 단계이기 때문이다. 오늘날 러시아Russia를 세상에서는 공산 사회라고 지목하며, 러시아 자체도 스스로 공산 사회라고 일컫는다. 그러나 내가 보기에는 공산 사회는 더 먼 훗날의 문제이지만, 아직 집산 사회도 되지 못하고 하나의 강제 사회일 뿐이다. 1917년 10월에 러시아 황실이 전복되고 사회당의 온건파인 케렌스키Kerensky가 임시정부를 맡아서 구시대의 정치범을 모두 석방하였다.[6] 그런 까닭에 시베리아西伯利亞에 유배되어 있던 여성 혁명가 브레시코프스카야Breshkovskaia 여사는 유배지로부터 페트로그라드Petrograd로 돌아왔으나,[7] 스위스瑞士國에서 방황하던 크로포트킨 씨는 러시아로 돌아가지 않았다. 주의와 주장이 다른 까닭이다.

그러나 케렌스키의 노농정부勞農政府가 파괴되고 레닌Lenin의 소비에트soviet 정부가 성립되었다. 케렌스키는 집산파이나, 레닌은 공산파이다. 그래서 크로포트킨 씨가 스위스로부터 러시아로 돌아갔다. 케렌스키는 브레시코프스카야 여사를 환영했지만, 레닌은 크로포트킨을 환영하지 않고 쏘아 죽였다.[8] 그것도 무슨 법에 따른 것이 아니고 그저 억지로 시킨 일이었을 뿐이다. 크로포트킨 씨는 원래 러시아의 귀족이었는데, 부귀를 누리지 않고 자기 몸을 하층 계급에 던져서 무도하고 부도덕한 정부와 50여 년 동안을 한결같이 싸웠다. 그 반항한 죄로 집에 머물지 못

6 케렌스키(Alexander Fyodorovich Kerensky, 1881~1970)는 사회주의혁명당의 온건파에 속한 인물로, 1917년 2월혁명으로 니콜라이 2세가 퇴위한 이후 임시정부에서 활동하였고 총리에까지 올랐다. 이후 10월혁명으로 권력을 잃고 모스크바를 탈출하여 망명하였다. 전낙청은 2월혁명과 10월혁명을 혼동한 듯하다.

7 브레시코프스카야(Ekaterina Konststantinovna Breshkovskaia, 1844~1934)는 '러시아 혁명의 할머니(the grandmother of the Russian Revolution)'로도 일컬어지는 러시아의 혁명가로, 1905년에 두 번째로 시베리아로 추방되었다가 1917년 2월혁명 이후 석방되어 케렌스키를 도왔다. 그의 석방 소식은 당시 미국의 신문에도 크게 보도되었다. '페트로그라드(Petrograd)'는 곧 러시아의 상트페테르부르크(Saint Petersburg)이다. 1914년부터 레닌그라드(Leningrad)로 개칭된 1924년까지 이 명칭이 사용되었다.

8 크로포트킨은 1917년 2월혁명 이후 러시아로 돌아갔으며, 1921년 2월에 폐렴으로 사망했다. 레닌이 크로포트킨을 달갑게 여기지 않은 것은 사실이지만, 전낙청이 말한 귀국이나 사망에 대한 정보는 사실과는 거리가 있다.

하고 외국에 떠돌다가 공산파인 레닌이 성공하였으므로 돌아간 것이다. 크로포트킨 씨는 공산주의의 시조이다. 그 시조를 쏘아 죽이는 것을 보니, 레닌은 그 자손이 아님은 분명하다.

공산 사회를 이룬 지가 거의 20년이지만, 베풀어놓은 실적은 없다. 의식衣食도 학문도 옛 황실 시대와 같고, 어느 것도 진보된 것이 없다. 진보되었다고 할 만한 것은 대지주가 땅을 내놓은 것 밖에 없다. 그러나 그 나라 안에 할 일 없는 백성은 여전히 많다. 할 일 없는 백성은 국가주의에서나 사회주의에서나 큰 좀이다. 그 좀을 쓸어 없애지 않는 것은 이상하다. 군대를 기르는 것은 공산주의를 미워하는 자본주의가 공격할까 염려하고 방어하려는 단계라고 비평하거나 판단하지 말자. 세계 각국에 공산주의를 선전하기 위해 선전비로 해마다 무뢰배에게 소비하는 금전이 수백만 원이다. 그 많은 돈을 무뢰배에게 소비하지 않고 국내에서 맨발로 지내는 사람에게 신발 한 켤레를 주거나 무식한 아동에게 글 가르치는 교사의 비용으로 썼으면, 공산주의의 실행이 더 빠르지 않을까? 이것이 이른바 자기 병은 치료하지 않으면서 남에게 병 고치라고 권유하는 것과 다름이 있을까? 선전을 하지 않아도, 소학교를 졸업하면 집산주의가 무엇인지 공산주의가 어떤 물건인지 다 짐작한다. 그런즉 칸트가 '남이야 무슨 주의로 가든지 나는 나의 주의를 실천할 터이다. 나의 주의를 이행하여 실적이 뛰어나면 누구든지 따라올 것이니' 하고 입론한 것처럼 러시아가 러시아의 주의를 이행하여 그 실적이 양호하면 세계가 모두 따라갈 것이다. 전기가 발명되고서 세상이 모두 전기를 쓰는 것은, 그것이 좋은 까닭이다. 러시아 자체에서 외부 선전을 중지하고 내부 정돈에 힘을 다하여 실적을 내놓는 것이 가장 유력한 선전이다.

우리가 할 일을 세계관에 덧붙이고자 한다. 우리는 몽고 족속이다. 몽고 족속에는 세 지파支派가 있다. 첫째는 몽고족이니, 몽고족은 원래의 몽고 땅에서 산다. 둘째는 한족漢族이니, 한족은 몽고 남부로 나가서 중원에서 산다. 우리는 타타르Tatar족이니, 타타르족은 몽고 동북쪽으로 나가서 시베리아, 만주, 조선에서 산다. 우리 민족은 열등하냐? 아니면 우등하냐? 우열을 직접 말하지 않고, 창조력과 흡수소화력에 대해 쓰고자 한다.

서주西周 중엽에 노동은욱이라는 사람이 혼천도渾天圖를 그리고 『풍우부風雨賦』를 썼으니, 이 사람이 천문학의 시조이다. 그 혼천도를 바탕으로 삼아 공자님이 선기옥형璇璣玉衡을 그렸다.[9] 이는 이중혁 씨가 우리 국문 타자기typewriter를 처음 만들고 이대위李大爲 씨가 이를 바탕으로 삼아 국문 활자기계를 만들게 된 것과 같다.[10] 그 뒤 신라시대에는 천문대가 건축되었다. 이것이 천문학이다. 그 다음은 의학이니, 경방京房이 『약방본초藥方本草』를 썼으며 노의관盧醫官이 『동의보감東醫寶鑑』을 썼다.[11] 이는

9 전낙청이 서술한 천문학의 기원은 현재 알려진 정보와 차이가 있다. "노동은욱"은 어떤 사람인지 분명하지 않은데, 천문도로 짐작되는 '혼천도(渾天圖)'는 후한의 장형(張衡)이나 삼국시대 오나라의 육적(陸績)과 연관된 것으로 알려져 있으며 천문의 변화를 통해 점을 치는 책인 『풍우부(風雨賦)』는 주나라의 공신인 여상(呂尙) 즉 강태공(姜太公)이 썼다고 전해진다. '선기옥형(璇璣玉衡)'은 순임금이 만들었다고 전하는 천문관측기이니, 공자 이전에 만들어진 셈이다.

10 한글 타자기를 처음 고안한 사람은 이원익(李元瀷)으로 알려져 있으며, 이중혁이 어떤 인물인지는 분명하지 않다. 1914년에 이원익이 영문타자기에 한글 활자를 붙인 타자기를 고안했으며, 1915년에 이대위(李大爲, 1878~1928)가 한글 식자기를 발명하여 『신한민보』의 간행에 활용했다고 전한다.

11 경방(京房)은 역학(易學)과 음률(音律)로 이름이 높았던 한나라의 사상가인데, 그가 의학서를 썼다는 말은 보이지 않는다. '약방본초'가 어떤 책인지는 분명하지 않은데, 조선 세종 때의 의약서인 『향약집성방(鄕藥集成方)』(1433)이나 명나라 이시진(李時珍)의 『본초강목(本草綱目)』(1596)을 가리키는 것일 가능성을 생각해볼 수 있다. 『동의보감』(1610)의 저자는 허준(許浚, 1539~1615)이니, 여기서 '노차의'를 언급한 이유가 무엇인지는 분명하지 않다. '노차의'는 『향약집성방』의 편찬에 참여했던 전의

의학의 시조이다. 농학은 사람마다 농사에 대한 상식이 있으니, 따로 농학에 대한 책은 쓰지 않았다. 동서 여러 곳을 정벌하는 데에는 을지문덕, 연개소문, 양만춘, 김유신, 이순신이 있으니, 이순신 씨는 철갑선을 처음 만든 시조이기도 하다. 서적 출판에 있어서는 고려 중엽에 놋쇠활자, 그 뒤에는 주석활자, 그 뒤에는 납판이 나타났으니, 세계 활자 인쇄의 시조이다.[12] 무기에 있어서는 활과 화살은 중국에서 처음 만들었는지 우리가 처음 만들었는지 분명하지 않은데, 화약총은 세계에서 세 번째로 만들었고 오혈포五穴砲는 세계에서 가장 먼저 만들었다.[13] 사기그릇은 중국이 먼저 만들었는지 우리가 먼저 만들었는지 분명하지 않지만, 질그릇은 우리가 처음 만들었다. 방위를 알려주는 수레인 지남거는 중국에서 만들었지만, 우리는 지남철을 처음 만들었다.[14] 문자에 있어서는 세상이 만들어지던 시대부터 중국과 왕래하였으니 중국의 문자를 사용하고 따로 국문을 만들지 않았던 것이다. 그러면 모든 것이 우등이며, 중등도 아니다.

(典醫) 노중례(盧重禮, ?~1452)를 지칭하는 말일 가능성이 있다.

12 금속활자는 재료에 따라 동활자(銅活字), 철활자(鐵活字), 연활자(鉛活字)로 나누어진다. 동활자는 놋쇠활자, 철활자는 무쇠활자, 연활자는 주석활자라고 일컫기도 한다. 동판과 연판은 동활자(놋쇠활자)와 연활자(주석활자)를 가리키는 것으로 이해할 수 있으며, '밀판'은 활자 인쇄를 할 때 활자를 고정시키기 위해 사용하는 판인 '납판(蠟板)'을 가리키는 말로 추정된다.

13 '오혈포'가 어떤 무기인지는 분명하지 않다. 권총을 뜻하는 말로 흔히 사용되었던 '육혈포(六穴砲)'가 탄알을 재는 구멍이 여섯 개 있는 총이라는 뜻임을 고려하면, '오혈포(五穴砲)'는 탄알을 재는 구멍이 다섯 개 있는 권총으로 짐작해볼 수 있다. 20세기 초의 기록 가운데 '갑자기 오혈포를 꺼내서 쏘았다'는 정도의 표현도 찾아볼 수 있는데, 이때의 오혈포는 권총을 가리키는 말로 이해된다.

14 '지남거(指南車)'는 항상 남쪽을 가리키는 신선의 형상을 설치하여 방위를 알 수 있도록 한 수레인데, 주나라 때 또는 삼국시대에 만들어졌다고 전한다. 지남철(指南鐵)은 곧 자석이다.

이제 흡수소화력을 말해 보자. 우리가 중국 문화를 받아들였으니 그 소화가 어떠했는가? 의관과 같은 문물이나 예의법도가 중국보다 더 뛰어났다. 그 증거는 공자님이 중국에서 온갖 고생을 경험하다가 우리 조선으로 오시고자 한 것을 보면 될 것이다. 문장도 중국보다 뛰어났는데, 이는 고운 최치원의 「격황소서檄黃巢書」를 보면 알 것이다. 그 다음은 서역의 불교이다. 동진東晉 초기에 인도 승려 마라난타가 불교를 전하였는데,[15] 이렇게 전래된 불교는 고구려 시대부터 고려 말엽까지 우리 민족의 심리를 지배했다. 그 후 이씨 왕조로부터 융희隆熙 말년까지는 유교가 지배했다. 그러다가 50년 전에 미국인 언더우드元杜尤가 예수교를 품고 들어와 전파하기 시작했다.[16] 이처럼 우리는 한편으로 흡수하며 한편으로 소화하는 실적이 양호하였다.

흡수하고 소화하는 실적이 양호한데, 나라는 왜 망하였나? 창조력이 산산이 깨졌기 때문이다. 창조력이 끊어졌으니, 그 나라가 망하지 않고 누가 망할까? 사람은 활동하지 못하면 죽고, 나라는 창조력이 없으면 망한다. 고려 이전에는 창조력이 있기 때문에 중국과 패권을 다투었지만, 고려로부터 오늘날까지 중국과 대등하게 경쟁하기는 고사하고 머

15 불교의 전래에 대한 언급은 현재 알려진 것과 차이가 있다. 불교는 삼국시대에 우리나라에 전래되었는데, 가장 먼저 전진(前秦)의 순도(順道)가 고구려에 불교를 전했고 10여년 뒤에 인도 출신의 승려 마라난타(摩羅難陁)가 백제에 불교를 전했다고 알려져 있다. 원문에서는 우리나라에 불교를 전한 인물이 '호승 로의'라고 했는데, 이는 '인도 승려 마라난타'를 뜻하는 말인 듯하다. 『삼국사기』에 "호승 마라난타가 진나라에서 왔다(胡僧摩羅難陁自晉至)"는 구절이 있기 때문이다.

16 '원두우(元杜尤)'는 1885년에 입국한 언더우드(Horace Grant Underwood, 1859~1916)이다. 그렇지만 언더우드가 최초의 개신교 선교사는 아닌데, 1년 앞선 1884년에 영사관 공의(公醫)로 입국한 알렌(Horace. N. Allen, 安連, 1858~1932)이 있기 때문이다.

리를 숙이고 명령을 따랐다. 머리를 숙이고 명령을 따른 것은 창조력이 끊어졌기 때문이다. 누구든지 날마다 쓰는 사물이나 진취적인 무기를 새로 만들어내면 위험한 인물이라고 처형한다.

임진왜란 전에 함경도의 대장장이가 오혈포를 처음 만들었는데, 세상에 내놓지 못하고 땅속에 감췄다. 만일 내놓으면 만든 사람의 생명이 끊어지기 때문이다. 나라에서 창조자를 처형하지 않고 포상하고 장려했다면, 임진왜란에 대살육을 당하는 일은 없었을 것이다. 왜놈은 탄알 하나를 재는 단혈포를 쓰는데 우리는 탄알 다섯을 재는 오혈포를 쓰게 되니, 우리 총 열 개가 왜놈의 총 오십 개인 셈이 된다. 그러니 얼마나 나은 것이냐? 그러나 그 대장장이가 세상에 오혈포를 내놓지 못하고 감췄다. 그런 까닭에 임진왜란에 우리나라가 황폐한 벌거숭이 땅이 되었다.

그뿐일까? 지금으로부터 60년 전 신미양요辛未洋擾를 겪은 후에 평양 외성外城 사람이 나무로 소와 말을 만들었다. 그 나무로 만든 소가 쌀 40말을 싣고 여전히 왕래하는 것을 구경했다는 노인의 말을 내가 들었다. 그러나 그 나무로 소와 말을 처음 만든 사람은 포상을 받는 대신에 사형을 받았다. 이 일은 박규수朴珪壽가 평양감사로 있을 때 벌어졌다.[17] 성천成川의 이경화李景華는 뛰어난 의사이다. 그이의 의술은 전국에서 다 알았지만, 의술로 인해 사형을 받았다.[18] 사사건건 새로운 것을 만든 자를 박살내니, 무엇이 진화될까? 자연히 퇴보할 뿐이다.

17 박규수(朴珪壽, 1807~1876)는 1866년부터 1869년까지 평안도 관찰사로 있었으며, 제너럴셔먼 호 사건 때에는 직접 군사를 지휘하기도 했다. 따라서 신미양요가 일어난 1871년에는 이미 평안도 관찰사가 아니었으니, "박규수가 평양감사로 있을 때"라는 말은 사실과는 어긋난다.

18 이경화(李景華, 1721~?)는 성천 출신의 학자로, 의서인 『광제비급(廣濟秘笈)』(1790)을 편찬하였다. 이경화가 처형되었다는 말이 어디에 근거를 둔 것인지는 분명하지 않다.

그 퇴보로 청일전쟁이 일어났다. 그리고 청일전쟁으로 우리나라가 망하였다. 나라가 망하니 왜놈의 쇠채찍에 우리 민족의 뇌수가 땅에 흘렀다. 왜놈의 쇠채찍에 두개골을 얻어맞고서 구렁에 뒹굴었다. 그러다가 세계대전歐洲大戰에 러시아가 제정帝政을 전복시키고 공산국가를 건설하니, 그 영향으로 우리 민족의 뇌수에 사회주의, 공산주의가 수입되어 둘도 없는 하늘의 이치를 원하듯이 환영받게 되었다.

그 외에 민족주의가 생겼다. 그런데 그들이 스스로 일컫는 민족주의란 무슨 뜻인가? 나라가 망하여 정부는 무너지고 토지는 남의 식민지가 되고 인민은 노예가 되었는데, 그 망한 나라를 회복하려고 '나는 국가주의자라'고 일컬어야 함에도 그 통치자의 미움을 받지 않으려고 민족주의자라고 일컫는 것인가? 아니면 진짜 민족주의자인가? 그 주의가 분명하지 못하다.

무릇 나라는 구역을 한정하는 법이니, 그 구역 안에 혈통이 같지 않은 인종이 섞여있더라도 그 나라의 인민이다. 역사가 같지만 때로 언어가 같지 않을 수도 있다. 그러나 그 나라 안에서 사는 까닭에 화와 복을 같이한다. 민족은 역사, 언어, 구역으로 기준을 삼지 않고 혈통으로 기준을 삼는다. 예를 들어 러시아는 슬라브Slav 민족이다. 남유럽에 있는 세르비아Serbia, 루마니아Romania, 그리스Greece도 슬라브 민족이다. 언어가 다르고 역사가 같지 않으며 구역도 여기저기에 떨어져 있지만, 하나의 민족이다. 그러니 '조선'이라는 나라 안에 있는 인종을 '민족'이라고 칭할 필요는 없다. 우리 민족의 생존을 유지하며 멸망을 피하려면 어떻게 해야 할까? 시베리아Siberia, 만주, 조선에서 사는 인종이 혈통이 같은 '민족'이다. 화와 복을 같이하는 것이 민족주의이다. 만일 만주에 사는 인민이 시베리아나 조선에 사는 인종의 화와 복을 상관하지 않는다면, 그것은 민족주의가 가이고 국가주의이다. 그와 마찬가지로 조선 안에 있는 인종의 화와 복만 상관한다면, 그 또한 민족주의가 아니고 국가주의이다. 민족주의를 말하는 여러분은 만주와 시베리아까지 관심을 두고 있는가?

그 외에 사회주의를 부르짖는 동포의 심리는 무엇을 품고 있는지 인식하기 어렵다. 사회주의는 인류가 행복으로 들어가는 첫 번째 관문이다. 사회주의는 칼 마르크스가 주장한 집산주의이다. 토지나 공장과 같은 생산하는 기관을 개인이 소유하지 말고 단체 즉 정부가 관리하여 제조품을 생산하게 하고 생산자의 의식주를 공급하자고 하였다. 복잡하지 않고 단순하다. 그러나 우리 조선 신사가 부르짖는 사회주의는 마르크스의 간단명료한 사상이 아니며, 레닌의 것도 아니고 마르크스의 것도 아닌 듯하다. 그런즉 여러분이 깨달은 이상을 사람들 앞에 내놓으라. 그 깨달음을 보는 사람들이 옳고 그름을 판단하여 찬성과 반대를 분명히 할 것이니, 그 진행도 빨라질 것이다. 마음으로 깨달은 이상은 비밀스럽게 감춰두고서 그저 사회주의를 많이 부르짖기만 하면, 누가 찬성하고 따를 터이냐? 이는 '사회주의자'가 깊이 생각해야 할 바이다.

또 공산주의를 토론하고자 한다. 나는 근본적으로 집산주의를 찬성하지 않고 공산주의를 찬성한다. 집산주의는 내가 하지 싫지만 사회의 강제로 인해 불가피하게 일하게 되는 것이요, 공산주의는 누구의 권고가 있기 전에 내가 하고 싶어서 열심히 일하는 것이다. 누구든지 강제 아래 일하게 되면 전력을 다하지 않고 적당히 시늉만 내고 딴 짓을 할 것이지만,[19] 누구든지 자기가 하고 싶어서 열심히 하면 전력을 다할 것이니 일은 절반으로 줄고 공은 배로 늘어난다. 집산주의는 법률적이요 공산주의는 도덕적이다. 하나님이 우리에게 "너희가 법률 아래 살겠느냐? 아니면 도덕 아래 살겠느냐?"고 물으시면, 누구든지 도덕 아래 살겠다고 대답할 것이다. 법률은 내가 아무리 원하여도 어쩔 수 없고 내가 아무리 원치 않아도 어쩔 수 없는 것이다. 도덕은 내가 하고 싶으면 하고, 하기 싫으면 아니하는 것이다. 법률은 속박이요, 도덕은 해방이다. 사회주의나 공산주의가 우리 인종의 뇌 속에 들어온 후에 사회주의자가 그 주의를 실행함으로써 검거되거나 감옥살이를 한다는 말을 듣지 못하였으나, 공산주의자가 그 주의를 실행함으로써 검거되고 참담한 감옥살이를 한다는 말은 하루에 한두 번이 아닐 만큼 많이 들었다. 그러면 사회주의자는 지식이 많아서 꾀를 내서 피하는 것인가? 아니다. 그 주의가 진리가 아닌 까닭에 사람을 움직이게 만드는 힘이 없다. 공산주의는 진리인 까닭에 사람을 움직이게 만드는 힘이 강하다. 그 진리에 감화된 까닭에 누가 시키지 않아도 자연히 하고 싶게 된다.

그런 공산주의가 현재의 제도에 합당하면 그 제도가 미워하거나 박살내려 하랴? 그 주의는 개인이 부귀영화 누리는 것을 꾸짖고 모두 같은 수준으로 살아가자 함이다. 내가 조선에서 오는 어느 잡지를 보니, '우리 조선 민족의 살아날 길이 무엇인가'라는 제목 아래 '공산주의가 살아날 길'이라고 결론하였더라. 참말 금이나 옥과 같은 명언이다. 우리 조선 사람만 그러하랴? 하늘을 이고 땅을 딛고 선 모든 인류의 살아

19 '벌제위명(伐齊爲名)'은 어떤 일을 한다는 명분만 내세우고는 실제로는 딴 짓을 함을 뜻하는 말이다. 전국시대 연(燕)나라의 악의(樂毅)가 제(齊)나라를 공격했는데, 제나라의 전단(田單)이 '악의가 제나라를 정벌한 뒤에 제나라 왕이 되려 한다'고 연나라에 거짓 소문을 퍼뜨렸다고 한다.

날 길이다. 인류만 그러하랴? 금수에게도 살아날 길이다.

이런 최상의 진리를 일부 인사들은 비난한다. "남이 잘 벌고 잘 먹는데, 누가 저더러는 잘 벌지 말라거나 잘 먹지 말라 하였나? 저도 남과 같이 잘 벌고 잘 먹을 것이지. 일하기 싫고 게으른 놈이 남 벌어놓은 것을 갈라먹고자 함이지"라고. 하하. 이 무슨 양심 없고 부도덕한 말이냐? 인류의 초창기에는 일하기 싫어하는 사람도 없었고 게으른 사람도 없었다. 모두 열심이었다. 법률이 제정되면서 나태한 사람이 생겼다. 법률이 쌀 한 자루 가진 사람을 두 자루 갖게 만드는 수는 있어도, 반 자루 가진 사람을 한 자루 갖게 만들지는 않거니와 도리어 그 반 자루를 빼앗아간다. 너희가 양심이 있거든 보아라. 벌이나 개미는 혼자 벌어 쌓아놓고 혼자 먹는 것이 아니고, 무리가 벌어다가 한 곳에 쌓아놓고 무리가 나눠먹는다. 개나 쥐는 그렇지 않아서, 이 쥐가 벌어다 쌓아 둔 것을 저 쥐가 훔쳐 먹고 저 쥐의 것을 이 쥐가 훔쳐 먹는다. 개도 이 개가 얻어다 둔 것을 저 개가 먹는다. 나눠 먹는 것이 아니고 서로 훔쳐 먹는 것이다. 그래서 강도나 절도를 서절구투鼠竊狗偸라 한다.[20] 그러니 그 인사들의 비난은 "우리가 서절구투의 행위로 잘 먹으니, 너희도 서절구투가 되어라" 하는 말이 아니냐? 던지면 개도 물어가지 않을 더러운 돈을 지키기 위하여 추한 말로 진리를 저주하지 마시오.

그 가운데 의혹되는 점은 국가주의자, 집산주의자, 공산주의자가 맞서서 옥신각신하는 것이다. 무릇 다른 사람을 배척하고 공격하는 것은 국가주의가 사용하는 수단이다. 내가 지어서 살고 있는 집을 어느 다른

20 '서절구투(鼠竊狗偸)'는 쥐나 개처럼 남의 물건을 훔친다는 말이다.

사람이 빼앗거나 불로 태우거나 도끼로 파괴할까? 그런 생각을 품은 자는 배척하고 공격해야 할 것이다. 그렇지만 우리의 처지는 살던 집이 파괴되었으니 다시 지어야 할 따름이다. 다시 집을 지으려면 여러 사람의 힘과 계책을 모아야 될 터이다. 도와줄 자를 배척하고 공격하면, 그 건설에 누가 협조할까?

국가주의 혼자의 힘으로 건설한다고 가정해 보자. 얼마 지나지 않아서 집산주의자에게 파괴될 것이다. 아직 건설하지도 못하고 다음에 파괴될 것을 염려하니, 땅이 터지면 깁겠다고 솔뿌리 캐러 다니는 격 아닐까? 집산주의자는 국가주의가 대중의 행복이나 고난을 돌아보지 않으니 파괴하고서 새로운 이상으로 건설할 수밖에 없다고 여긴다. 또 공산주의의 경우에는 너무 현실과 거리가 있어서 건설이 아득히 멀다고 여긴다. 그런 까닭에 간편하고 쉬운 집산 사회를 건설하기로 생각하고 국가주의와 공산주의를 미워한다. 공산주의자는 현재의 제도를 파괴하고 새로 건설할 바에는 가장 좋으면서도 가장 적당하게 건설해야 견고하지, 좋지 못하거나 아름답지 못한 데가 있으면 또 파괴될 것이라고 여긴다. 그런 까닭에 좋고 아름답고 적당한 공산주의라야 영원할 것이며 다시 파괴할 자가 없으리라고 주장한다. 각각 주장을 펴며 대치하는데, 그 대치로 인해 셋 모두 건설을 못하게 된다. 사람들의 힘이 부족한 까닭이다. 세 주의자는 깊이 이해하여 배척하고 공격하기를 멈추고 서로 협조하여라. 그러면 어느 한 주의가 성공할 것이니, 성공되면 단계적으로 인간세상의 천당을 건설하게 될 터이다.

해설

존재하는 모든 것들의 공존

미주 이민자 전낙청의 사랑에 관한 한 상상

1. 근대 초기 모빌리티의 균열

한인 미주 이민자 전낙청이 1930년대에 노트에 남긴 소설이 소설집으로 묶였다. 이 글은 근대 초기에 일어났던 이동과 접촉의 한 양상으로서, 한인 미주 이민자의 소설 쓰기의 양상과 서사적 상상력을 규명하고자 한다. 근대 초기의 이동은 대체로 서양으로부터 동양으로 정향된 것으로 여겨왔다. 그래서 그 역방향의 모빌리티는 예외적인 것으로, 그렇기 때문에 개별적인 것으로 축소시키거나, 집단적인 것으로 뭉뚱그려오기 일쑤였다. 이 현상을 예외적인 것으로 규정함으로써 그 안에 내재하는 다양한 결들을 무시해 온 것도 문제거니와, 그것의 외연을 충분히 확보하지 못한 것이야말로 더욱 큰 문제이다. 떠났으나 돌아오지 못한 사람들과 그들의 삶이 여전히 많다. 2년 전 tvN의 드라마 〈미스터 션샤인〉이 크게 흥행했던 이유 중 하나는, 미국으로 건너가 미군이 되어 돌아온 조선의 노비가 주인공이었기 때문이다. 충분히 있었을 법한 개연성에도 불구하고, 한 번도 궁금해한 적 없던 존재의 귀환은 드라마가 갖추어야 할 서사적 긴장 그 자체였다. 근대 초기 서양으로 간 사람들에 대한 무관심은 그들의 귀환을 영원히 유예하는 것이기도 하다. 근대 초기의 다양한 이동을 발견하는 일은 당대의 역사를 실증적으로 재구성하는 것일 뿐만 아니라 동시에 그 역사에 내재하는 균열을 확인하는 것과 연동된다.

최근 근대 초기 미국이나 유럽 등으로의 모빌리티에 관한 다양한 자료와 연구들이 등장하고 있다.[1] 그중 미주 이민사와 함께 미국 최초의 한인 캠프, 파차파에 관한 연구[2]가 눈에 띈다. 근대 초기 역방향의 모빌리티에 관한 연구들이 대체로 근거리 이동과 경유, 원거리라 하더라도 유학이나 여행에 집중되어 있었다면, 이 연구는 정착과 집단 거주에 주목하고 있기 때문이다. 특히, 그들의 정착 과정을 다루면서 경제와 행정 등 조직 구성 못지않게, 각 개인의 일상과 문화 영역을 탐색하고 있는 점은 흥미롭다. 기록되지 않아 기억되지 않았던 미주 한인들의 삶을 발견해 낸 것, 그들의 조직이 자치적으로 구성되었을 뿐만 아니라 임시정부가 추구한 민주주의와 연결되어 있음을 재구성한 것 등, 이 연구의 성과는 그들의 삶과 문화, 제도에 대한 관심과 긴밀하게 연동되어 있다. 파차파와 그 구성원들의 삶이 현지에 적응하거나 모국을 그리워하는 수동적이고 고립된 것이 아니라 개척하고 연대하는 역동적인 것이었음을, 게다가 식민지 조선의 상황과 긴밀하게 연동되어 있음을, 이 연구는

1 장태한 · 캐롤 박, 장태한 · 윤지아 역, 『미주한인사』, 고려대 출판문화원, 2019; 김동성, 황호덕 · 김희진 역, 『미주의 인상-조선 청년, 100년 전 뉴욕을 거닐다』, 현실문화, 2015; 성현경 편, 『경성 에리뜨의 만국 유람기』, 현실문화, 2015; 유충희, 「閔泳煥의 세계여행과 의식의 漸移-한국 근대형성기 조선 축하사절(1896)의 여행기록물을 중심으로」, 성균관대 석사논문, 2008.

2 장태한, 『파차파 캠프, 미국 최초의 한인타운』, 성안당, 2018.

그들이 빚고 남긴 문화를 통해 여실히 증명하고 있다. 캘리포니아 리버사이드의 파차파 캠프는 단순히 한인 이민자들을 위한 임시 거처가 아니라, 그들의 자발적인 민주주의 공동체이자 미국 사회와 식민지 조선, 뿐만 아니라 동아시아와 상호작용하는 주변과 아래로부터의 삶을 증명하고 있어 주목할 필요가 있다.

파차파 캠프에 관한 이 책은 문화와 관련 내용 중에 미주 이민 및 파차파 1세대 중 한 사람인 전낙청 일가의 기록에 관해 언급하고 있는데,[3] 최근 기록 전문이 유족의 기증으로 공개되었고 그중 소설과 수필이 섭경인문학연구단(RCCZ)에서 해외자료총서 001・002, 각각 주석본과 현대어역본으로 출간되었다. 소설로는 「오월화」와 「구제적 강도」, 그리고 「삼각연애묘」와 「실모지묘」 등 네 편이 포함되었다. 이 책은 '구제적 강도' 제하의 노트에 실린 세 편의 소설, 「구제적 강도」, 「삼각연애묘」, 「실모지묘」, 그리고 「오월화」라는 제하의 노트에 실린 「오월화」의 선집이다.[4] 분량을 기준으로 「오월화」, 「삼각연애묘」, 「실모지묘」는 단편, 「구제적 강도」는 중편 정도에 해당된다.[5] 「오월화」와 「구제적 강도」는 소설 한 편의 상하권으로 보일 정도로 상호텍스트성이 두드러진다. 이 소설들 중 두 편의 소설은 모두 한인 이민자 잭 전의 연애 이야기를 다루고 있으며, 국제연애에 초점이 맞추어져 있다. 연애, 그중에서도 국제연

3 위의 책, 193~199쪽.

4 황재문, 「「구제적 강도(救濟的强盜)」 연구－1세대 재미 한인의 체험과 문학적 혼종성」, 『춘원연구학보』 13, 춘원연구학회, 2018, 351~353쪽 참조.

5 원문을 해제한 황재문에 의하면 「오월화」는 22면(200자 원고지 약 200매), 「구제적 강도」는 82면(200자 원고지 약 740매), 「실모지묘」는 27면(200자 원고자 245매), 그리고 「삼각연애묘」는 34면(200자 원고지 315매) 정도의 분량이다(위의 글, 351~352쪽 참조).

애가 이야기의 중심에 놓인다는 점이 흥미로운데, 이 두 개의 키워드는 이 소설이 식민지 조선과 미국 사이의 접촉과 교차를 시도하고 있음을 일러준다. 자유연애를 통한 근대적 자기 구원을 표방하는 이 소설은 이광수의 『무정』이 미국사회와 만나 확장된 이본처럼 보인다. 『무정』의 연애가 서양의 계몽사상을 통합하는 서사적 장치라면, 『구제적 강도』의 연애는 서양의 계몽사상에 균열을 일으키는 의장이라는 점에서 차이가 있다. 세 작품을 통해 반복적으로 등장하는 상대방에 대한 배려가 깊은 잭의 연애관은 이민자로서의 한 개인의 운명을 넘어 경계를 사이에 둔 양자의 관계를 근본적으로 다시 상상하게 만든다. 그래서 이 텍스트들은 서양과 동아시아 사이의 모빌리티와 계몽의 역학을 해체적으로 재구성하는 접촉과 교차의 문화적 산물처럼 보인다.

전낙청(1876~1953)은 평안북도 정주에서 태어나 1904년 하와이를 거쳐 1907년 캘리포니아로 이주했다. 그가 오렌지 농장, 철도, 호텔을 전전하며 노동자로 일하면서 쓴 소설과 에세이는 따로 출판하지 않고 딸 엘렌 전과 손녀 멜린다 로가 보관하고 있다가, USC(University of Southern California)에 기증되면서 그 존재가 확인되었다.[6] 원본은 현재 USC의 동아시아 도서관East Asian Library에 세 편의 장편소설과 다섯 편의 단편소설, 그리고 여섯 편의 에세이와 함께 소장되어 있다. 이 소설들은 명확한 기록으로 남아있지는 않으나 1930년대에 창작된 것으로 보인다. 「오월화」와 「구제적 강도」가 경제공황과 그로 인한 미국의 구제정책 등을 다루고 있는 점, 「삼각연애묘」에 남경정부와 그 이후 중국의 정세가 등장

6 이지영, 「20세기 미주 이민 서북인의 홍경래란에 대한 기억－전낙청의 「홍경래전」에 대한 고찰」, 『정신문화연구』 41-3, 한국학중앙연구원, 2018, 276쪽.

하고 있는 점을 염두에 둘 때 1930년대 초반의 미국과 동아시아 정세를 지켜 본 자의 시점時點이 확인된다. 또한 「삼각연애묘」는 미국만이 아니라 상하이를 배경으로 하고 있어, 한인 미주 이민자의 독백이라기보다 서양과 동아시아 사이의 대화를 지향한다는 특징을 지니고 있다. 한글과 영어, 그리고 한자어를 자유롭게 넘나들며 병존하게 하는 서술방식 역시 경계 너머 혼종적인 서사의 성격을 강하게 환기한다. 이 선집의 해제를 맡은 황재문은 이 작품들에서 표기 형식과 문장, 소재, 구성 등에서 전통적인 것과 근대적인 것, 떠나온 한국의 것과 미국의 것이 뒤섞인 문학·문화적 혼종성을 간파했으며,[7] 같은 맥락에서 이 소설들의 판소리 관련 서술양상에 관한 논의도 최근 제출되었다.[8]

선행연구가 언급하고 있는 서술방식 외에도 전낙청의 소설들은 한반도, 하와이, 캘리포니아, 그리고 상하이의 일상과 문화를 반영함으로써 소설세계를 넓히고 있다. 이 개방성과 확장성을 기반으로 그의 소설들은 몇 가지 중요한 성격을 공유하고 있다. 네 작품 중 두 작품에서 한인 미주 이민자, 잭 전이 주인공이며, 그는 지적, 정서적, 윤리적으로 탁월하다. 이러한 인물 설정은 동아시아로 이식된 서양의 모방이면서 동시에 그것의 허구를 암시하는 장치로 확장된다. 다음으로는 연애소설답게 잭의 연애가 중심 모티프로 등장하는데, 그의 연애는 늘 복수의 형태로 존재한다. 그렇다고 소위 치정의 양상을 띠지는 않는데, 이 일대 다수의 연애는 공적 감정으로서의 사랑을 환기하는 것처럼 보인다. 마지

7 황재문, 앞의 글 참조.

8 이지영, 「20세기 초 미주한인 소설에 나타난 판소리 관련 서술에 대한 고찰」, 『판소리연구』 48, 판소리학회, 2019, 303~337쪽 참조.

막으로 표제작인 「구제적 강도」에서는 이 공적, 정치적 감정으로서의 사랑이 사회적 실천으로 표출되는데, 사랑하는 연인과 그녀의 가족을 위해 은행 강도가 되어 스스로를 희생하는 장면으로 등장한다. 이 소설은 지적, 정서적, 윤리적으로 탁월한 서양이 계몽·이식하지 못한 정치적 감정으로서의 사랑을 제시함으로써 양자 사이의 일방적 관계를 의심케 한다. 이 지점에서 이 서사는 서양과 동아시아 사이의 관계를 탈구축하는 접경Contact Zones의 문화적 상상력을 수행한다. 이 소설들은 잭이라는 인물을 통해 이민자와 선주민 공동체 사이의 적극적인 교호를 전경화함으로써 새로운 관계의 가능성을 상상한다.

궁극적으로 이 글은 전낙청의 소설과 글쓰기 행위가 내포하는 접경성을 규명하고자 한다. 이때 접경성은 그의 글쓰기가 이루어진 지리적 성격의 반영이기도 하지만, 무엇보다 미국과 한국, 나아가 서양과 동아시아라는 당대의 일방적 관계에 내재하는 균열을 드러내는 역학이기도 하다. 이 책에서 다룰 소설 모두 한글과 영어, 한자어를 자유롭게 혼용한다. 뿐만 아니라 문체마저도 고전소설과 근대소설, 그리고 영문소설을 종횡무진한다. 이 텍스트들의 가치는 이와 같은 혼종성을 통해 이민자가 놓인 사이공간In Between Space을 양쪽의 경계를 낮추는 접촉지대로 재인식하게 만든다는 점에 있다. 재현이 특정 현실을 보편적인 것으로 만드는 전략이라고 할 때, 접경성은 현실과 재현 사이의 간극을 드러낸다는 점에서 일종의 정치적 재현, 즉 재현의 정치를 수행한다. 서양의 동아시아 침탈이 아무리 역사적 사실이라 할지라도, 그 과정에 동원되었던 계몽 등과 같은 지배의 장치들이 과연 일방으로 정향된 것이었을지에 관한 보론이 필요하다. 당시의 계몽에 관한 연구가 주로 그것이 본래 지니고 있었던 오리엔탈리즘에 주목해 왔다면, 접경성은 계몽을 관계의 역학에서 조명하게 해준다. 접경은 흔히들 중심의 지배를 받는 주변으로 인식되어 왔으나, 끊임없이 자신의 주변적 위치를 스스로 배신하는 역사와 문화를 생성하는 공간이기도 했다. 이 글은 지적, 정서적, 윤리적으로 탁월한 주인공, 복수의 연애, 그리고 표제인 '구제적 강도'가 계몽을 통해 이식되지 않은 것들의 환기를 통해 그것에 균열을 일으키고, 존재하는 모든 것들의 공존을 상상하는 양상을 확인하고자 한다.

2. 소설 쓰기의 영화적 상상

앞 절에서 언급한 것처럼, 「오월화」와 「구제적 강도」는 소설 한 편의 상하권으로 읽힐 정도로 상당 부분의 상호텍스트성이 발견된다. 우선 등장인물과 사건, 그리고 시공간적 배경의 연속성이 눈에 띈다. 두 작품에 주인공으로 등장하는 인물은 잭 전, 조선으로부터 이주해 온 10대 소년이다. 「오월화」가 잭의 하이스쿨 재학 시절을 다루고 있다면, 「구제적 강도」는 졸업 이후의 삶을 다루고 있다. 잭은 어린 나이에도 불구하고 수학 영역에서 학습능력이 뛰어나고 그 학교 및 주변 학교의 여학생들 사이에서 인기가 많을뿐더러, 자신을 좋아하는 여인들에 대한 태도에 있어 그곳에 단 한 번도 존재한 적 없었을 것 같은 예의를 갖춘 인물이다. 수학을 잘 하는 어린 등장인물은 「실모지묘」의 아더에게도 적용되는데, 이때는 헤어진 가족의 안부를 확인하는 계기가 된다는 점에서 미디어를 통한 만남의 근대적 양상을 환기한다. 두 작품의 중심 사건은 물론 잭의 연애이다. 「오월화」가 잭이 자신을 흠모하는 수많은 여학생들 사이에서 그의 마음에 오롯이 새긴 캐더린에 대한 고백이 결렬되는 서사라면, 「구제적 강도」는 와이오밍에서 만난 팻시 영과 하이스쿨 시절 첫 개인교습을 해주었던 에바 해스링 사이에서 후자와의 연애가 성사되는 서사이다. 이 과정에서 「구제적 강도」는 하이스쿨 시절 잭의 구애를 거절한 여인의 후일담을 소개하고, 「오월화」에는 잠깐 시사된 이민 또는 이주자의 연애에 관한 다기한 상념들이 변주되고 있다. 두 작품의 시공간적 배경은 잭의 하이스쿨 시절부터 졸업 이후 실업자 구제 캠프에서 일했던 1930년대의 1년 남짓, 그리고 캘리포니아와 와이오밍을 왕래하면서 연속성을 지닌다.

「오월화」와 「구제적 강도」의 주인공인 잭 전은 물론 허구의 인물이지만, 전낙청 일가의 체험과 상상이 투영되어 직조된 캐릭터이다. 잭 전은 실제로 전낙청의 셋째 아들의 이름과 일치한다. 장태한의 조사에 의하면 파차파 캠프에 정착한 전낙청의 가계는 3대로 구성되어 있다. 아버지 전채수의 두 아들로 전낙준과 전낙청이 있고, 둘째인 전낙청은 오베드, 샘, 엘리자베스, 엘렌, 잭, 오마스, 이소 등 5남 2녀의 자녀를 두었다. 첫째인 전낙준은 경부, 경무, 경유 등 세 아들을 두었다.[9] 실제로 전낙청의 아들 잭이 주인공 잭의 나이와 유사하기는 하나 이름처럼 일치한다고 보기는 힘들다. 『신한민보』 1934년 7월 5일자에는 「팔리택릭 중학에 우리의 수재」라는 기사가 실리는데 그 내용은 다음과 같다.

---

9 장태한, 앞의 책, 193쪽.

> 연년이 팔리택릭 중학에서는 한인 학생이 우등생으로 기록을 지어놓음은 누구나 아는 바라. (…중략…) 전낙청 씨의 오마스 군이 우수한 성적으로 졸업을 하였으며, 그중에 오마스 군은 수학에 능한 고로 **그 학교 야학부 수학 교수까지 하였다 한다.** (…중략…) 전오마스 군은 미국에 '엔지니어' 학교로 가장 유명한 '캘택'으로 입학하리라 한다.[10] (강조는 인용자)

위의 기사 중 수학에 능하고 야학부 교수까지 했다는 내용을 참고하면 소설 속 주인공 잭 전은 실제의 잭이 아니라 그의 동생 오마스일 가능성이 있다. 그렇다 하더라도 로스앤젤레스와 리버사이드 등 캘리포니아를 넘어 와이오밍에 이르기까지 만나는 여성마다 그를 흠모하게 만든다거나, 짧은 시간 안에 거금을 융통하고, 도박에도 능하며, 결국에는 은행 강도마저 서슴지 않고 감행하는 인물은 아무래도 가족의 범위를 넘어선다.[11] 이 완벽한 캐릭터는 어디로부터 온 것인가.

세 편의 소설에는 당대 미국의 대중문화가 직접 인용된 장면이 다수 포함되어 있다. 댄스파티 도중 라디오에서 흘러나오거나 그들이 직접 부르는 노래, 그리고 옐로스톤 국립공원에서 잭과 에바, 팻시 일행이 기획한 공연에 초청된 가수가 부르는 재즈 등이 대표적이다. 이에 못지않게 자주 등장하는 미국의 대중문화가 있다면 바로 영화이다. 세 편의 소설에 등장하는 인물들이 나누는 대화 속에서, 또 그들의 데이트 코스에서 영화는 자주 소환된다. 여기에는 무성영화나 발성영화 같은 극영화

10 위의 책, 158~159쪽에서 재인용.

11 황재문은 「오월화」와 「구제적 강도」의 중심 사건이 만국통혼(萬國通婚), 특히 황백통혼(黃白通婚)인 점에 착안하여 전낙청 일가 중 당시에 이 문제를 직접 체험했던 전경무가 잭의 모델이었을 가능성을 시사하고 있다. 황재문, 앞의 글, 369~370쪽 참조.

뿐만 아니라 보드빌Vaudeville 같은 공연양식들도 포함되어 있다. 특히 소설에 인용된 영화의 경우, 소설이 창작될 당시를 기준으로 상당히 동시대적인 것이었고, 제목만이 아니라 배우, 캐릭터 이름만 들어도 단번에 내용을 간파할 수 있을 정도로 흥행에 성공한 것들이었다.[12] 인용된 작품이나 빈도, 그리고 서술방식을 감안할 때, 전낙청은 평균 이상의 영화광이었을 가능성이 있다. 세부사항을 기억할 정도로 영화를 보았거나, 적어도 기록을 찾아볼 수준은 되었다는 점에서, 특히 대중의 영화 취향을 간파하고 있었다는 점에서 그렇다.[13] 지적, 정서적, 윤리적으로 탁월해 여성들의 사랑을 한몸에 받는 로맨스의 주인공이자, 게다가 악당을 제압하고 도박에도 재주가 있는 등 느와르noir의 세계마저 장악한 인물이란 할리우드 메이저 스튜디오들이 앞을 다투어 쏟아내는 로맨스와 액션 장르의 전형적인 캐릭터였고, 따라서 책의 대부분은 영화로부터 빚어졌을 가능성이 크다.

이 소설들의 영화 인용이 비단 인물에만 그치는 것은 아니다. 상해를 배경으로 세 남녀의 연애 사건을 다룬 「삼각연애묘」는 영화와 더욱 관련이 깊다. 공교롭게도 「삼각연애묘」에서 영화가 인용되는 빈도가 상대적으로 증가하는데, 이는 소설을 쓰던 당시 상해 경험이 없었던 전낙청에게 그 소설의 인물, 사건, 배경을 상상하게 만든 원천으로 영화만한

12 「삼각연애묘」에서 루비와 조지가 함께 자동차극장에 들어가 본 두 편의 영화를 서술하는 장면에서 등장한 '노마 쉬어러가 이혼하는 영화'에서 노마 쉬어러(Norma Shearer, 1902~1983)는 1930년대 할리우드의 대표적인 스타였고, 〈The Divorcee〉로 짐작되는 이 영화를 통해 아카데미 여우주연상을 받기도 했다.

13 전낙청은 '폴라 네그리', '미술가와 연애하는 영화', '노마 쉬어러', '이혼하는 영화' 등 배우 이름과 중심 사건을 단편적으로 제시하면서 독자로 하여금 영화 제목을 스스로 연상하게 하는 대화적 서술을 시도하고 있다.

것이 없었음을 증명하고 있다. 게다가 「삼각연애묘」는 전낙청의 변함 없는 캐릭터가 공간을 초월한 것으로 볼 수 있는데, 이는 할리우드 중심의 당대 미국영화가 로맨스와 액션으로 장르화되면서 전 세계를 단일한 시간대로 재편하는 역학과 유사하다. 그렇다고 이를 통해 전낙청이 미국영화광이었음만을 증명하고자 함은 아니다. 또한 1930년대라면 단순한 상호텍스트성 너머 소설 쓰기의 영화화가 하나의 보편적 경향으로 자리잡은 때이기도 하다. 세 소설 모두 대화를 서술할 때, 큰 따옴표로 표시하거나 앞에 발화자를 따로 명시하는 방식을 병행하고 있다. 전자가 소설에서 익숙한 것이라면, 후자는 희곡이나 시나리오에 사용되는 표기법이다. 소설의 영화화, 영화의 소설화에 대한 문화적 증거로서 1920년대 식민지 조선에 본격적으로 등장한 영화소설이 이 두 가지 표기법을 병행하고 있어[14] 이를 전낙청 소설 쓰기의 영화화에 대한 증거로 삼을 만하다. 소설이 쓰인 당시와 다소의 시차는 있으나, 미국영화의 전 세계 흥행에 결정적인 역할을 했던 영화가 연속영화Serial Film였던 점을 감안한다면, 「오월화」와 「구제적 강도」 외에도 전낙청의 소설 쓰기가 이어 쓰기와 다시 쓰기로 변주되는 것 역시 영화에 대한 모방의 증거로 삼을 수도 있다.

그렇다면 왜 소설의 영화화인가. 「오월화」와 「구제적 강도」에서는 이민자로서 겪을 수밖에 없는 불편과 부당, 그리고 고통스러운 현실을 찾아보기는 힘들다. 가끔 잭의 입을 통해 파편적으로만 언급될 뿐이다. 이민자 모두가 고통스러운 현실을 맞닥뜨리고 있다고 생각할 필요는

14 전우형, 『식민지 조선의 영화소설』, 소명출판, 2014 참조.

없으나, 이 소설들에서는 일부러 삭제된 느낌이 강하다. 영화야말로 현실을 지우는 데 탁월한 미디어이다. 영화 속 인물과 시공간은 현실의 그것과 전혀 다르고, 관객들은 그렇기 때문에 영화 속 현실에 탐닉하는 이중의 현실 소외가 이루어지는 공간이 바로 영화관이다. 전낙청의 소설 쓰기는 지적, 정서적, 윤리적으로 탁월한 이민자가 자유로운 세계의 주인 되기에 대한 욕망으로 보인다. 소설 속에 반복적으로 등장하는 파티와 잭의 활약상은 이를 상징적으로 보여주는 판타지이다. 파티의 무한 반복은 이민자에게 파티를 한없이 낯선 일상이면서 동시에 이민자의 소외상태를 극복할 기회의 공간으로 상상하게 만든다.[15] 이를 위해 그의 소설 쓰기는 현실에 엄연히 존재하는 분할의 경계들을 넘어 무한히 확장하는 서사의 전형으로 영화적 상상력을 선취했을 가능성이 있다. 선험적으로 각인되어 있는 온갖 차별에도 불구하고, 영화는 사이와 주변의 숙명에 편입된 이민자로 하여금 적어도 세계의 동시대성을 경험하게 하는 유일한 공공재였다. 그래서 「삼각연애묘」와 「실모지묘」의 변화가 흥미로운데, 전낙청은 이 두 소설을 통해 이민자는 물론 선주민에 대한 관찰자의 시선을 취함으로써 자신이 처한 주변적 위치를 중심으로 전유하는 뫼비우스의 판타지를 완성한다.

15 「오월화」에는 졸업식을 마친 잭이 '코리언 국민회'에서 마련한 파티에 가는 장면이 등장한다. 그 파티에 관한 서술은 잭이 생활담을 말하고 준비된 다과를 먹고 해산했다는 요약 제시로 대체된다. 서양 친구들에게 초청받은 다른 파티와는 성격이 다를뿐더러 서술의 구체성도 결여되어 있다.

3. 상상된 사랑과 헤테로토피아적 공존

전낙청의 소설에 등장하는 주인공들이 영화적 의장을 갖추고 있다고는 하나, 근본적인 것은 지성과 인성, 그리고 감수성 모두 뛰어난 인물들이라는 점이다. 전낙청 소설의 분량에 비하면 사건 자체가 빈약한 편인데, 대부분의 서술이 주인공의 인물됨을 제시하는 데 편재되어 있다. 단순화하기는 곤란하나 「오월화」와 「구제적 강도」, 「삼각연애묘」, 「실모지묘」의 주된 사건은 주인공 남녀의 연애, 또는 그와 연루된 개인적 / 사회적 갈등 등이다. 게다가 이것이 중심 사건임에도 불구하고 서술의 비중은 작고 그 속도는 상당히 빠른 편이다. 「오월화」에서 캐더린에 대한 잭의 연모하는 마음은 소설의 끄트머리에 잠깐 등장하고 캐더린의 약혼남이 등장하며 너무 쉽게 끝나버린다. 「구제적 강도」를 예로 들면 이 상황은 더욱 극단적이 되는데, 잭과 팻시, 그리고 잭과 에바 사이의 연애는 그들의 일상에 묻혀버리기 일쑤며, 잭과 에바가 서로의 사랑을 확인하는 순간 역시 너무 늦게, 그것도 잠깐 동안 스쳐 지나간다. 「실모지묘」 역시 연애와 사랑이 주인공처럼 보이지만, 성적 긴장에 관한 요약 제시의 성격이 강하다. 「삼각연애묘」에 이르면 연애를 다루는 전낙청의 서술패턴이 명징하게 드러나는데, 사랑하는 연인이 서로의 마음을 확인하기까지의 지난한 시간 동안 두 사람의 사랑하는 마음보다 더 많이 서술되는 것은 각 인물의 성정이다. 예를 들어 상대방의 어떤 면이 특별하기 때문에 그 또는 그녀를 사랑하지 않을 수 없다는 서술이 반복적으로 제시되어 있다. 지적, 정서적, 윤리적으로 탁월한 각 개인의 면모가 지나칠 정도로 강조되어 있다. 그래서 이들의 사랑은 특별해 보인다. 지성과 인성, 감수성을 겸비한 인물들 간의 사랑이 표상하는 것은 무엇인가.

이 질문은 연애의 자격으로서 각 개인에게 너무 많은 자질을 요구하는 것은 아닌가라는 의심과 맞닿아 있다. 연애, 특히 전낙청의 소설들에 등장하는 연애는 자유연애이다. 그중에서도 만국통혼萬國通婚이나 황백통혼黃白通婚 등 당시로서는 가장 극단적인 형태의 자유연애라 할 수 있다. 이미 잘 알려진 것처럼 이 자유연애란 동양의 전통에는 부재하는 낯선 것이다. 정혼의 세계에서 연애란 불가능하다. 「삼각연애묘」는 루비와 조지의 대화를 통해 동아시아 내에 연애의 부재를 끊임없이 확인해 주고 있다. 상해에서 태어나 자란 조지는 동아시아에서의 연애란 역설적으로 그것이 결여된 가족 간 결합으로서의 결혼으로 대체되어 있음을 강조한다. 그렇다면 각 개인에게 연애의 자격을 지나칠 정도로 요구하는 전낙청의 관점을 동아시아적 전통의 잔존으로 볼 수 있을까. 소설에 등장하는 인물들의 가족 관계가 생략되어 있다는 점에서 그렇게 보기는 힘들다. 「오월화」와 「구제적 강도」에서의 잭은 누이와 동생만 등장하거나, 「삼각연애묘」에서 루비는 혈혈단신으로 등장한다. 무엇보다 가문이 아니라 개인의 수월성이 사랑의 자격으로 전제되는 것처럼 보여 동아시아적 전통으로부터 거리를 두는 것처럼 보인다. 그런데 특이한 것은 이 동아시아적인 것이 완전히 자취를 감추지 않고 주인공의 반대편에 투사projection되어 있다는 점이다. 「오월화」에서 잭이 연모하던 캐더린에게는 집안에서 정한 약혼자가 있었고, 「구제적 강도」에서의 에바 역시 그러하다. 「삼각연애묘」에서 루비는 외숙과 외숙모의 평판이 조지에 대한 애정을 결정적으로 좌우하는 것처럼 보인다. 이 일종의 투사는 무엇을 의미하는 것일까.

자유연애는 말 그대로 근대적인 자아가 되는 통과의례인 동시에 그들에게 주어지는 권리이다. 그렇기 때문에 자유연애는 개인을 중심으로 구축한 새로운 사회질서이며 서양이 동아시아에 이식한 중요한 사건 중의 하나이다. 이광수의 『무정』은 영채와 선형 사이에 선 형식을 통해 전통적인 연애관과 근대적인 연애관의 혼재 또는 갈등의 사회상을 재현하기도 했다. 그렇다면 이러한 설정은 전낙청 자신의 내면을 타인에게 덧씌우는 투사에 지나지 않는 것인가. 이 투사는 오히려 자유연애의 발신지에 내재하는 균열을 드러내기 위한 의장처럼 보인다. 가문의 개입은 개인의 자유를 억압함으로써 자유연애 자체를 불가능한 것으로 만들어 버린다. 잭의 구애를 거절하면서 캐더린은 잭의 왜소한 체구를 탓하나, 보다 결정적인 이유는 패서디나 부호의 아들을 약혼자로 둔 까닭이다. 에바가 일찌감치 잭을 마음에 두었으면서도 선뜻 나서지 못한 것 역시 집안끼리 맺은 정인情人이 있었기 때문이다. 전낙청은 이러한 설정을 통해 이민자가 겪는 현실의 결핍을 드러내려고 했을지 모른다. 그러나 이 장면은 같은 시기 서양이 동아시아에 이식했던 자유연애의 민낯을 정확히 짚어내고 있어 흥미롭다. 전낙청의 첫 소설이라고 볼 수 있는 「오월화」는 곳곳에 인종에 대한 차별과 억압을 드러내고 있다. 잭과 메이, 그리고 해리를 두고 '타타르', '잽', '칼라걸' 등의 속어들이 난무하고, 이들에 대한 타자화 뿐만 아니라, 세 사람 사이에서조차도 이러한 시선이 노골적으로 내면화되어 있다. 결국 자유연애의 민낯은 단지 이민자로서의 설움을 폭발하는 데 그치는 것이 아니라 자유연애 자체를 불가능하게 만드는 이 분할과 경계를 폭로하는, 나아가 개인 중심의 사회를 지향하는 서양 계몽사상의 허위의식을 들추어내는 것과 연동되어 있다.

「삼각연애묘」는 여기에서 더 나아가 동아시아의 연애와 서양의 연애를 비교한다. 루비와 조지의 대화 속에서 동아시아는 개인 간의 행위를 금기시하는 문화 때문에 연애가 존재하지 않고, 따라서 둘의 비교는 사랑에 초점을 맞출 수밖에 없다는 잠정적 결론에 도달한다. 그런데, 제목에서 알 수 있는 것처럼 이들의 연애, 또는 사랑은 복수로 존재하는 것들이다. 연애의 경험이 전무한 루비는 사랑이나 연애를 마치 소설이나 영화 속의 사건쯤으로 대하며 삼각연애야말로 가장 연애다운 것으로, 또 중국에서는 일대 다수 사이의 사랑이 가능하다는 조지의 말에 호기심을 느낀다. 그들은 동아시아의 예모禮貌에 관해 긍정적인 입장을 취하면서 동시에 그것으로 인해 서양식 교육이 수월했을 것이라는 오리엔탈리즘의 입장에 서 있는 부류이다. 이런 그들에게 조지와 예전부터 알고 지내던 장강주가 나타나 셋은 말 그대로 삼각연애를 시작한다. 「삼각연애묘」에서 강주는 복수의 사랑과 만국통혼이나 황백통혼에 적극적인 태도를 취한다. 그런데 강주의 이러한 태도는 루비로부터 자신의 사랑을 지키고 연애를 즐기기 위한 것만으로는 보이지 않는다. 사랑, 그리고 연애에 관한 이견을 좁히지 못하고 자신의 삶을 비관해 자살한 루비를 쫓아 곧바로 자살을 하는 순간 강주의 사랑은 개인 사이의 사적인 감정을 초월한다. 강주의 이러한 태도는 루비가 지향하는 순결과 순수가 결국 인종주의에 종속되어 있는 것과 대비되어 읽힌다. 「삼각연애묘」 내내 개인과 개인 사이의 사랑과 자유연애에 대한 신념으로 가득차 있던 루비는 역설적으로 그것을 시도해보지도 못했거니와 지켜내지도 못했다. 루비와 조지의 사랑과 연애는 역시 양가의 개입에 의한 것이었고, 그 기준 가운데 가장 결정적인 것은 물론 같은 인종이라는 점이었다. 그런데 강주는 루비의 신념, 즉 자유연애로 포장된 순결주의에 동의하지 않으면서 개인의 자유에 의한 연애를 경험했고, 결국 연적을 위한 희생을 통해 그것으로부터도 자유로워질 수 있는 사랑의 길을 선택했다.

강주의 사랑을 동아시아적인 것으로 국한시킬 필요는 없다. 「삼각연애묘」에서 강주는 중국에서 태어났다지만 구미 유학을 마치고 돌아온 재원이다. 동아시아의 입장에서 삼각연애, 즉 일대 다수의 사랑을 고집하는 것이 아니라 이인종과의 사랑과 연애에 개방적이고 적극적인 태도를 취하는 자유연애주의자에 가깝다. 게다가 강주는 조지를 사이에 두고 루비와 대결의 양상을 보이는 것과 별개로 각자의 사랑이 평화롭게 공존할 수 있기를 바라는 일종의 이상주의자처럼 보이기도 한다. 그러면서도 시종일관 그것이 가능하지 않을 상황이 닥치면 루비와 조지의 사랑을 위해 양보할 준비가 되어 있는 것처럼 행동한다. 루비의 자살 즉시 자신의 삶을 마감하는 행위 역시 이의 연장선에 있다고 볼 수 있다. 강주의 자살은 단순한 죄책감이 아닌 사랑을 지키지 못한 사람에 대한 연민으로부터 비롯된 행위에 가깝다. 그렇기 때문에 강주의 자살은 그녀의 사랑을 단순히 사적인 것을 넘어 공적인 감정에 근접한 것으로 만든다. 강주의 자살은 루비를 위한 행위이며, 그녀는 비로소 이것을 사랑이라고 부른다. 마사 누스바움은 감정을 사적인 영역에서 떼어내어 공적인 영역으로 이동시키면서 동시에 감정 자체의 공적 성격을 강조한다. 공적 감정으로서 사랑은 계급, 인종, 성별을 비롯한 여러 정체성에 의해 구획된 사회에서 타인에게 벌어진 일이 자신에게도 일어날 수 있다는 사실이나 타인만큼 자신도 취약하다는 사실에 대한 거리두기에 비판적으로 개입한다.[16] 배타적이지 않았던 강주의 사랑은 그렇기 때문에

이인종과의 연애를 금기시하는 서양식 자유연애의 반대편에 서서 그것의 허위의식을 들추어내는 정치적 감정이다. 「구제적 강도」에서 잭의 연애는 이를 사회적 실천으로 옮기는 행위이다. 에바를 위한 헌신, 즉 '구제적 강도'는 사회를 구성하는 계급, 인종 등의 경계를 낮추는 정치적 행위이다. 이 작품들에서 사랑은 사적 소유를 공유될 수 있는 공공재commons로 변형하는 과정이면서 동시에, 서양의 자유연애에 내재하는 반사교적a-social 위기, 즉 인종주의와 오리엔탈리즘 등을 드러내고 들어내는 것으로서 자발적인 연대와 우정, 함께 있음의 힘에 접근한다.[17]

이렇게 볼 때, 전낙청의 페르소나로 볼 수 있는 잭의 지적, 정서적, 윤리적으로 탁월한 성격과 그가 이인종 여인과의 일대 다수의 연애, 그리고 계급과 인종을 넘어 보여준 그의 사랑은 서양이 동아시아에 이식했던 계몽의 기획, 그중에서도 특히 자유연애가 지니는 모순과 허위의식을 비판하기 위해 빚어진 서사적 의장이다. 잭의 성격은 근대적 자아를 길러내기 위한 서양식 교육 이전에 형성된 것으로서 계몽의 기획을 조롱한다. 「오월화」에서 자신의 수학 재능을 의심하는 교사와 학생들 앞에서 교사보다 뛰어난 산술능력을 보여주거나 야학의 교사로 활약하는 장면의 배후에는 동아시아의 전통 수학에 기반하여 동서양 수학을 아우르는 통찰력이 놓여있다.[18] 해리를 비롯해 친구들의 이야기에 몰입하고

---

16 마사 누스바움, 박용준 역, 『정치적 감정』, 글항아리, 2019, 410쪽 참조.

17 안토니오 네그리 · 마이클 하트, 이승준 · 정유진 역, 『어셈블리—21세기 새로운 민주주의 질서에 대한 제언』, 알렙, 2020 참조.

18 「오월화」에는 잭이 대중 앞에서 '수리(數理)'를 주제로 강연하는 장면이 등장하는데, 이때 '『수학통종(數學統宗)』의 차분(差分)'을 인용하고 있다. 황재문에 의하면 이것이 명의 정대위(程大位)가 저술한 『산법통종(算法統宗)』(1593)일 가능성을 지적하고 있다. 황재문, 앞의 글, 376쪽.

공감하는 문학적 감수성이 뛰어날뿐더러, 이민자이자 이인종인 자신과의 관계가 팻시나 에바 등의 미래에 누가 될 것을 염려하여 자신의 욕망을 스스로 제어할 만큼 윤리적이기까지 하다. 이와 함께 불의로 인해 곤경에 처한 에바와 대공황으로 곤궁한 처지에 내몰린 가난한 사람들을 구제하기 위해 자기를 희생하는 정의는 미국의 선주민들과 대비됨으로써 이 모든 것의 출처가 이민자에게는 선험적인 것이었음을 암시한다. 잭의 구제는 「실모지묘」에서 맥 주토가 파리 여인을 차지하기 위한 목적으로 그들을 구휼하는 행위와는 분명한 차이가 있다. 물론 이러한 이야기들이 2절에서 밝혔듯, 이민자로서의 궁핍과 결여를 잊거나 상상적으로 보상받기 위한 판타지였을 가능성을 배제할 수는 없다. 다만, 이것이 경계를 재구축하고 적대적 타자를 소외시키는 것이 아니라 그들을 이해하고 수용하는 화해와 공존의 공동체를 지향한다는 점에서 잭의 존재와 그의 사랑은 근대 초기 서양과 동아시아의 관계에 관한 일종의 재현 정치를 수행한다.

전낙청의 소설들은 이처럼 근대적 자아에 입사한 개인들에게 권리로서 부여된 자유연애를 변주하고 있다. 서양으로부터 계몽의 경로를 통해 전파된 이 자유연애가 동아시아에서 일종의 신화처럼 행세하고 있을 때 이 소설들이 전파지의 가장 근접한 곳에서 이민자에 의해 다시 쓰이고 있었다는 사실이 흥미롭다. 이 소설들은 자유연애를 탈신화화함으로써 서양의 다른 근대적 가치들에 내재할 법한 균열과 간극으로 시선을 이동시켰을 뿐만 아니라, 그렇게 함으로써 서양과 동아시아 사이의 일방적 관계를 해체적으로 재구성할 계기를 만들었다. 계몽을 통해 이식된 것을 매개로 상상된 서양이 아닌 이식되지 않은 것들을 통해 서양을 현전하게 함으로써 이 소설들은 계몽이 지닌 본래의 폭력성과 대면하고 있다. 「삼각연애묘」에서 루비의 이동은 이 계몽의 기획을 표상하면서, "절반만 개화한 중국 여자"와 같은 표현을 통해 이 기획의 허위의식을 여실히 증명한다. 연애를 중심 사건으로 다루면서 책은 이민과 인종뿐만 아니라 계급과 성별 등에 관한 현지의 법과 사람들의 인식에 내재하는 시차와 시행착오에 대해 도발적인 질문들을 이어간다. 그렇기 때문에 이 소설들은 이민지라는 접경의 산물이면서 동시에 그곳을 지배와 종속, 중심과 주변 등 이분법적 구획으로부터 탈구된 공간으로 상상하게 만든다. 이 소설에서 이민지는 이제 이민자들에 의해 세워진 고립된 유토피아가 아니라 존재하는 모든 것들의 공존을 위한 연속적이고 개방적인 헤테로토피아처럼 보인다.[19] 근대 초기 서양으로부터 이식되지 않은 것들, 즉 분할과 경계, 차별과 배제 등이 만연해 있는 미국의 일상을 재현한 이 소설의 뒤늦은 귀환은 근대성 비판의 당대 문학의 전선이 단지, 식민지 조선이나 동아시아에 국한된 것이 아니었음을, 발신지까지 확장되어 접경을 형성했던 사실을 확인해 준다는 점에서 의의가 있다.

19 미셸 푸코, 이상길 역, 『헤테로토피아』, 문학과지성사, 2014 참조.

4. 결론

전낙청의 소설들은 1930년대에 쓰인 것으로 추정된다. 국내에는 2018년 장태한의 연구를 통해 그의 존재가 처음 소개된 이후, 소설들이 부분적으로 공개되었고, 이제 첫 앤솔로지가 출간되었다. 이 소설들은 따로 신문이나 잡지에 발표된 적이 없어 약 80여 년 만에 세상에 처음으로 모습을 드러낸 셈이다. 당시의 식민지 조선과 미국, 그리고 동아시아 사이, 고전산문과 근대소설, 영화 사이의 혼종성을 내포하고 있는 것만으로도 이 소설들은 1930년대 문학의 탈경계적 보편성을 확인해주는 중요한 자원이다. 그럼에도 불구하고 이들의 존재는 한인 미주 이민자문학의 기원을 새로 썼을 뿐만 아니라 그것이 지니는 성격을 실증적으로 재구성하는 데 중요한 역할을 했다. 이 소설들의 뒤늦은 귀환은 근대 초기 모빌리티의 다양성을 복원하고 기록과 기억에서 배제되었던 이민자들의 역사와 문화를 대면하게 했다는 점에서 의의가 있다. 서양과 동아시아의 사이 공간에서 쓰인 이 이민자문학이 둘 사이의 관계를 다르게 조명하고 있어 근대성을 비판하는 문학 전선의 새 접점을 확인하는 계기가 되었다. 무엇보다 이 소설들은 단순히 이민지라는 접경의 산물일 뿐만 아니라, 그곳을 새로운 역사와 문화, 제도와 가치 등을 생성하는 공간으로 상상하게 함으로써 지배와 종속, 중심과 주변 등의 이분법적 인식에 균열을 만들었다.

「오월화」와 「구제적 강도」에서 주인공으로 등장하는 한인 미주 이민자 잭은 지성과 인성, 그리고 예술적 감수성을 겸비한 인물이다. 이러한 인물 설정은 서양식 근대적 자아의 모방인 동시에 그것의 허구를 암시하는 장치이기도 하다. 잭은 시종일관 계몽의 기획을 조롱하고 교란한다. 전낙청의 소설들은 근대적 자아 되기에 입사한 개인에게 부여되는 자유연애를 본격적으로 다루고 있다. 잭의 연애는 잠정적으로 일대 다수, 즉 복수의 형태로 존재한다. 이 복수의 연애는 자유연애의 왜곡된 형태라기보다 각 개인의 자유를 최대한 존중하는 형태로 등장하며, 만국통혼이나 황백통혼을 저지하는 서양의 자유연애가 지니는 모순과 허위의식을 들추어내기에 이른다. 이들의 자유연애는 서양의 자유연애를 탈신비화하는 것과 동시에, 계급, 인종, 성별을 비롯한 여러 정체성에 의해 구획된 사회에서 벌어지는 분할과 경계에 비판적으로 개입하는 사랑의 공적인 역할에 도달한다. 「구제적 강도」에서는 이 공적 감정으로서의 사랑이 정치적 행위로 실천된다. 에바를 구하기 위해 은행 강도가 된 잭이 대공황으로 인해 실업자가 된 가난한 사람들을 구제하는 장면은 우리로 하여금 근대 또는 계몽의 실패한 기획을 마주하게 하며, 동시에 그것의 구제책으로서 사랑을 제안한다. 이 소설들은 공적이고 정치적 감정으로서의 사랑을 텅 빈 기표로서 계몽의 기의로 제안함으로써 서양과 동아시아 양자 사이의 일방적 관계를 의심케 한다. 이 지점에서 이 서사는 서양과 동아시아 사이의 관계를 탈구축하는 접경의 문화적 상상력을 수행한다. 이 소설들은 잭이라는 인물을 통해 이민자와 선주민 공동체 사이의 적극적인 교호를 전경화함으로써 존재하는 모든 것들의 공존을 상상하게 만든다.

이 소설들은 그간 종속되고 주변화된 접경에 관한 일종의 기억전쟁을 선포했다. 접경은 국가와 민족 단위의 인식 프레임이나 이분법적 접근이 빚어낸 최대의 피해자이다. 접경은 이와 같은 시각으로 접근해서는 그 본의에 오롯이 도달할 수 없는 성소이다. 거꾸로 말하자면, 접경은 국가나 민족 단위, 그리고 이분법적 사고의 한계를 여실히 드러내주는 대안적인 텍스트이다. 하나의 국가나 민족에 종속되지도 않을뿐더러, 자신의 주변적 위치를 스스로 배신하는 역사와 문화의 생성 공간으로서 '뫼비우스의 띠'야말로 접경의 숙명이다. 이민지라는 접경은 지난 세기 이래로 극심한 갈등과 불화들을 경험하는 공간이면서 동시에 유례없이 다양한 공동체와 지역사회들이 연결되는 장소로 기능하기도 했다. 접경은 분할과 점령의 대상이기 이전에 연대와 창조의 공공재였다. 그렇기 때문에 접경은 인간과 사회, 세계를 이해하는 일원론적이고 발전론적인 인식의 한계를 벗어나 그것의 다층성과 혼종성 등에 주목하게 만든다. 이 소설들은 접경이 우리의 역사와 문화가 국가, 지역, 민족 사이의 대립항 속에서만 형성되지 않았을 가능성을 시사한다. 국경이나 경계와 먼, 그래서 고정 불변하는 교착상태가 아니라, 중심의 지배로부터 자유로운 세계로서 접경이야말로 다양한 만남을 통해 도래할 역사와 문화를 선취하는 시공간이었으며, 공동체였다. 이 소설들은 이민지를 고립된 유토피아로 상상하는 대신, 존재하는 모든 것들의 공존을 위한 헤테로토피아로 상상함으로써 접경-되기의 한 양상을 제안하고 있다.

중앙대 · 한국외대 HK⁺ 접경인문학연구단 HK교수

전우형